Peter Tremayne

SENDBOTEN DES TEUFELS

atb aufbau taschenbuch

Peter Tremayne ist das Pseudonym eines anerkannten Historikers, der sich auf die versunkene Kultur der Kelten spezialisiert hat. Seine im 7. Jahrhundert spielenden Romane sind zurzeit die älteste und erfolgreichste historische Krimiserie auf dem deutschen Markt. Fidelma, eine mutige Frau von königlichem Geblüt und Anwältin bei Gericht, löst darin auf kluge und selbstbewusste Art die schwierigsten Fälle. Wegen des großen internationalen Erfolgs der Serie wurde Peter Tremayne 2002 zum Ehrenmitglied der Irish Literary Society auf Lebenszeit ernannt.

Im Aufbau Taschenbuch erschienen bisher *Die Tote im Klosterbrunnen* (2000), *Tod im Skriptorium* (2001), *Der Tote am Steinkreuz* (2001), *Tod in der Königsburg* (2002), *Tod auf dem Pilgerschiff* (2002), *Nur der Tod bringt Vergebung* (2002), *Ein Totenhemd für den Erzbischof* (2003), *Vor dem Tod sind alle gleich* (2003), *Das Kloster der toten Seelen* (2004), *Verneig dich vor dem Tod* (2005), *Tod bei Vollmond* (2005), *Tod im Tal der Heiden* (2006), *Der Tod soll auf euch kommen* (2006), *Ein Gebet für die Verdammten* (2007), *Tod vor der Morgenmesse* (2007), *Das Flüstern der verlorenen Seelen* (2007), *Tod den alten Göttern* (2008), *Das Konzil der Verdammten* (2008), *Der falsche Apostel* (2009), *Eine Taube bringt den Tod* (2010), *Der Blutkelch* (2011), *Die Todesfee* (2011), *Und die Hölle folgte ihm nach* (2012), *Die Pforten des Todes* (2012) und *Das Sühneopfer* (2013).

www.sisterfidelma.com

Herbst 671: Unweit vom Herrschersitz der Könige von Muman werden ein älterer Geistlicher und seine Begleiter brutal erschlagen und ausgeraubt. Wenig später kündigt ein Vorbote arrogant eine Delegation aus Rom an, hüllt sich aber in Schweigen über deren Auftrag. Kurz vor Eintreffen der Gäste findet man ihn ermordet in der Burgkapelle. Doch das ist erst der Anfang. Tod und Verdammnis haben offenbar auf der Burg Cashel Fuß gefasst. Selbst Fidelma scheint nicht in der Lage zu sein, den blutigen Ereignissen Einhalt zu gebieten. Haben die Abgesandten aus Rom, die alle bald als Sendboten des Teufels betrachten, etwas damit zu tun?

Peter Tremayne

SENDBOTEN DES TEUFELS

Historischer Kriminalroman

*Aus dem Englischen
von Irmhild und Otto Brandstädter*

atb aufbau taschenbuch

Die Originalausgabe unter dem Titel
The Devil's Seal
erschien 2014 bei Headline Publishing Group, London.

FSC
www.fsc.org
MIX
Papier aus ver-
antwortungsvollen
Quellen
FSC® C083411

ISBN 978-3-7466-3047-2

Aufbau Taschenbuch ist eine Marke
der Aufbau Verlag GmbH & Co. KG

2. Auflage 2015
© Aufbau Verlag GmbH & Co. KG, Berlin 2014
Copyright© 2014 by Peter Tremayne
Umschlaggestaltung und Cover-Illustration
Bert Hülpüsch nach historischer Buchmalerei
Satz LVD GmbH, Berlin
Druck und Binden CPI – Clausen & Bosse, Leck
Printed in Germany

www.aufbau-verlag.de

Für Kate und Dave Clayton
als Zeichen meiner Wertschätzung.
Möge dem ganzen Clayton-Clan
– Dan, James, William und Matthew –
stetes Glück beschieden sein.

*... adfuit inter eos etiam Satan. Cui dixit Dominus: Unde venis?
Qui respondens ait: Circuivi terram et perambulavi eam.*

Iob 1,6.7
Vulgata, latein. Übersetzung des Hieronymus, 4. Jh.

... da die Gottessöhne kamen und vor den Herrn traten, kam
der Satan auch unter ihnen. Der Herr aber sprach zu dem
Satan: Wo kommst du her? Satan antwortete dem Herrn und
sprach: Ich habe die Erde umrundet und bin auf ihr umherge-
zogen.

Hiob 1, 6.7

Schwester Fidelma von Cashel, eine *dálaigh* oder Anwältin bei
    Gericht im Irland des siebenten Jahrhunderts
Bruder Eadulf von Seaxmund's Ham aus dem Lande des
    Südvolks, ihr Gefährte

AN DER EINSIEDELEI SIOLÁN AM FLUSS SIÚR

Gormán, Hauptmann der Nasc Niadh, der Leibwache des
    Königs
Enda, ein Krieger der Leibwache
Dego, ein Krieger der Leibwache
Bruder Siolán
Bruder Egric

AUF DER BURG CASHEL

Colgú, König von Muman, Fidelmas Bruder
Beccan, rechtaire, Hofmeister und Verwalter der Burg
Dar Luga, airnbertach, Haushälterin der Burg
Ségdae, Abt von Imleach und Oberster Bischof von Muman
Bruder Madagan, sein Verwalter
Aillín, Oberster Richter von Muman
Luan, ein Krieger der Leibwache
Aidan, ein Krieger der Leibwache
Alchú, Fidelmas und Eadulfs Sohn
Muirgen, Alchús Kinderfrau
Bruder Conchobhar, Heilkundiger und Apotheker

Deogaire vom Clan Sliabh Luachra, Bruder Conchobhars
    Neffe

Äbtissin Líoch, Äbtissin der Abtei Cill Náile

Schwester Dianaimh, ihre *bann-mhaor*, Schaffnerin der Abtei

Cummasach, Stammesfürst der Déisi

Furudán, sein Brehon

Rudgal, ein Geächteter vom Stamm der Déisi

Der Ehrwürdige Verax von Segni

Arwald, Bischof von Magonsaete

Bruder Bosa, angelsächsischer Schreiber

Bruder Cerdic, ein angelsächsischer Vorbote

Fíthel, Richter vom Rat der Brehons

IN DER ORTSCHAFT CASHEL

Rumann, ein Gastwirt

Della, Gormáns Mutter

Aibell, Freundin Dellas und Gormáns

Muiredach, ein Krieger vom Clan Baiscne

IM EATHARLACH-TAL

Bruder Berrihert, ein angelsächsischer Mönch, sesshaft in
    Irland

Bruder Peccanum, sein Bruder

Bruder Naovan, sein Bruder

Maon vom Stamm der Déisi

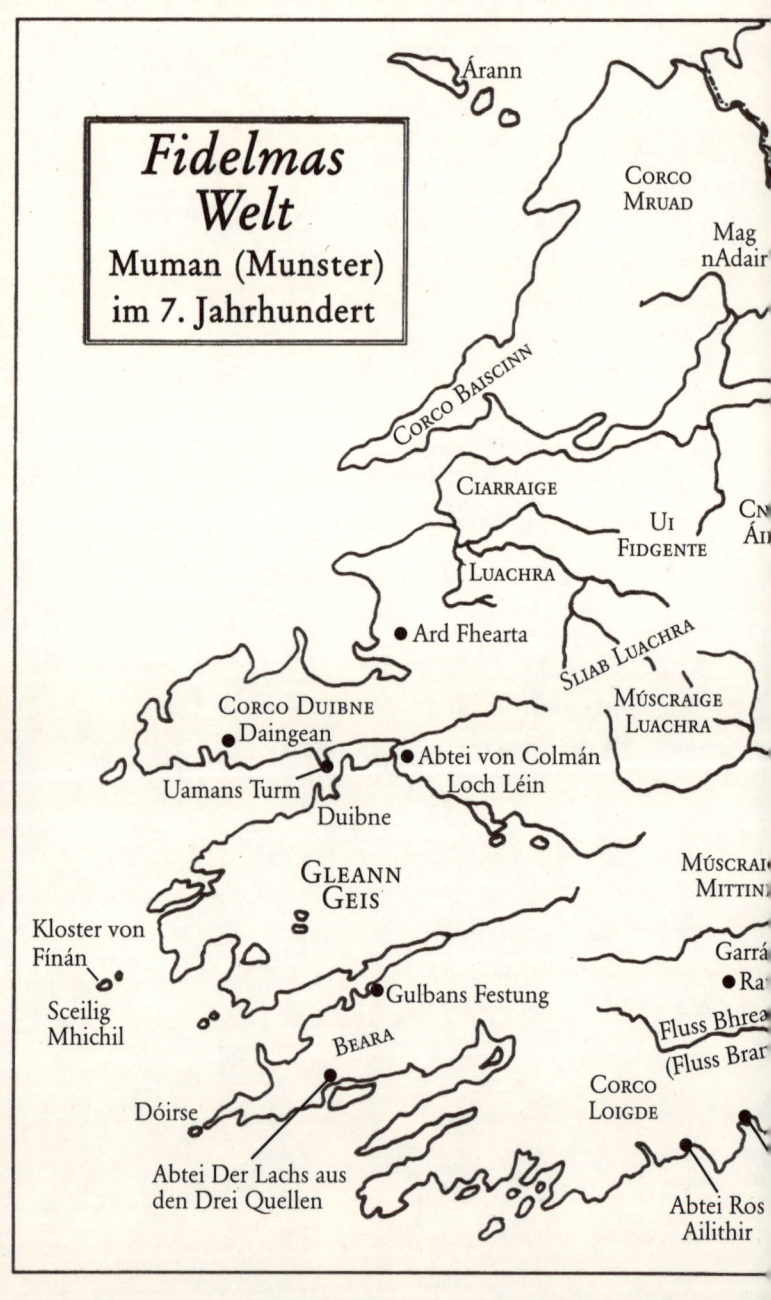

Fidelmas
Welt
Muman (Munster)
im 7. Jahrhundert

Árann

CORCO MRUAD

Mag nAdair

CORCO BAISCINN

CIARRAIGE

UI FIDGENTE

CN ÁI

LUACHRA

● Ard Fhearta

SLIAB LUACHRA

MÚSCRAIGE LUACHRA

CORCO DUIBNE
● Daingean

● Abtei von Colmán
Loch Léin

Uamans Turm

Duibne

GLEANN GEIS

MÚSCRAI MITTIN

Kloster von Fínán

Garrá

● Ra

Sceilig Mhichil

● Gulbans Festung

Fluss Bhrea
(Fluss Bran

BEARA

CORCO LOIGDE

Dóirse

Abtei Der Lachs aus
den Drei Quellen

Abtei Ros
Ailithir

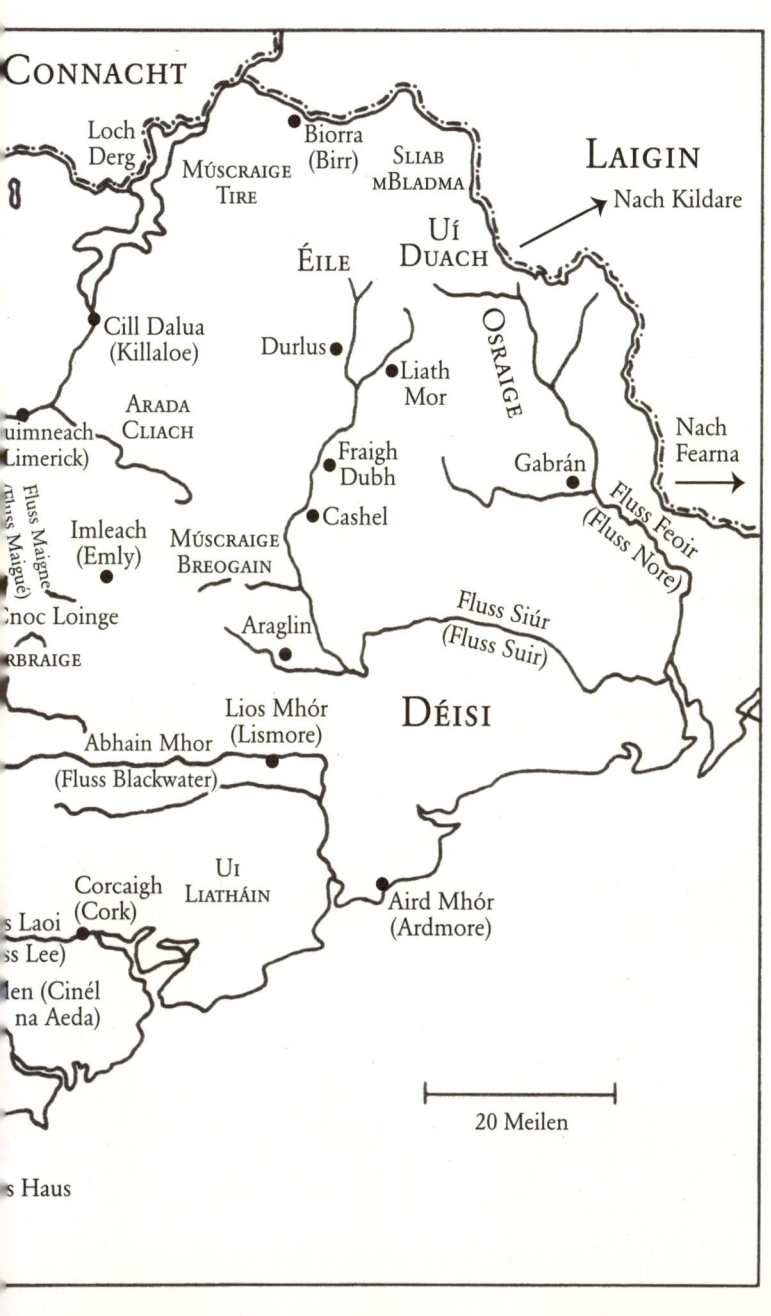

ANMERKUNG DES AUTORS

Die in diesem Roman geschilderten Ereignisse folgen den Geschehnissen im Band *Das Sühneopfer*.

Die Handlung spielt in der Jahreszeit *Dubh-Luacrann*, d. h. dunkelste Tage, die heutzutage den Monaten Januar und Februar entspricht. Die Geschichte beginnt kurz vor dem uralten Imbolc-Fest, das nach heutigem Kalender auf den 1. Februar fällt. Mit diesem Fest wurde die Zeit gefeiert, in der die Mutterschafe wieder Milch gaben und die Tage spürbar länger wurden. Es galt auch der irischen Göttin der Fruchtbarkeit, Brigit, doch bald nach der Übernahme des Christentums wurde daraus der Festtag der heiligen Brigid von Kildare.

Wir schreiben das Jahr 671.

In diesem Buch habe ich die irische Schreibung des Flussnamens Siúr (gesprochen »schur«) übernommen und nicht die anglisierte Schreibung Suir. Man nimmt an, diese Schreibung ist durch die irrtümliche Vertauschung der Buchstaben »i« und »u« entstanden. Ich gebe diese Erklärung nur, um nicht weiterhin Briefe von wohlmeinenden Verfechtern der einen oder anderen Schreibweise zu erhalten, die der Auffassung sind, die irische oder die englische Form sei die einzig richtige.

Siúr heißt wörtlich genommen »Schwester-Fluss«. Er entspringt in den Teufelsbiss-Bergen (Devilsbit Mountains) nördlich von Durlus Éile (Thurles) – vgl. Kapitel 16 im Band *Die Pforten des Todes* –, fließt südwärts durch die Ebene von Tipperary, wendet sich dann nach Osten und erreicht nach einer Länge von 185 Kilometern seine Trichtermündung bei Port Láirge (Waterford). Der heutige Name Devil's Bit oder Bite lautete ehemals Bearnán Éile (Kluft der Éile).

Kapitel 1

Die drei Reiter hielten ihre Pferde auf der Hügelkuppe an und schauten ins Flusstal hinunter. Unter ihnen bildete der dichte Wald eine Barriere zwischen den Bergen und dem breiten, gemächlich nach Süden strömenden Fluss. Die Landschaft war ein Flickenteppich aus Grün-, Gelb- und Brauntönen, je nach den Baumarten und der Laubfärbung ihres Blätterdachs. Meistens waren es stämmige Eichen mit weit ausladenden, gebogenen Ästen und einer breiten Krone. Dazwischen mischte sich Schlehdorn mit seinem harten gelblichen Holz und den langen, tückischen Dornen. Auch graubraune Ebereschen und sogar Weiden waren darunter. All diese Bäume standen eng beieinander, zum Fluss so dicht an dicht, als strebten sie nach dem rettenden Nass.

Der Tag war für die Jahreszeit ungewöhnlich warm. Hinter langsam ziehenden grau-weißen Wolken wurden hin und wieder Fetzen blauen Himmels und die dunstig verschleierte Sonne sichtbar. Der Jahreszeit gemäß hätte es düster und kalt sein müssen, doch es war angenehm hell und mild.

Die drei Berittenen waren junge Männer, Krieger, nach ihrer Kleidung und ihren Waffen zu urteilen, und jeder trug sichtbar den Goldenen Halsreif, woraus sich unschwer schließen ließ, dass sie zur Leibwache des Königs von Muman gehörten. Dessen Herrschaftsbereich war das größte der fünf Königreiche von Éireann, ganz im Südwesten der Insel gelegen. Ihr Anführer beugte sich vor und tätschelte seinem Pferd den Hals. Er sah flüchtig nach Osten, dann glitt sein Blick, als folgte er der hinter den Wolken schwebenden Sonne, nach Westen. Zufrieden nickte er.

»Wir werden noch vor Sonnenuntergang in Honigfeld sein«, verkündete er seinen Gefährten. Cluain Meala, Honigfeld, so hieß eine weiter westwärts gelegene Siedlung am Nordufer des Siúr, dessen Wasser vor ihnen schimmerten. »Dort übernachten wir und reiten am Morgen weiter nach Cashel.«

»Wird mir nicht leid tun, endlich nach Hause zu kommen«, murmelte einer von ihnen und spähte unmutig zurück, wo sich die Hügel zu einem dräuenden Gebirge auftürmten.

Der Anführer grinste, als er das ängstliche Gesicht des jungen Burschen sah. »Du hast doch nicht etwa befürchtet, Enda, dass dich die Frauen der Anderswelt verzaubern bei unserem Ritt über die Berge?«

»Du hast gut reden, Gormán«, empörte sich der Jüngere, »die alten Geschichten haben sich oft genug als wahr erwiesen.«

»Glaubst du wirklich, dass Fionn Mac Cumhail und seine Krieger von den Frauen der Anderswelt verzaubert wurden, während sie über den Berg zogen?« Gormán lachte spöttisch.

»Aber reden wir nicht immer noch vom Sliabh na mBan, dem Frauenberg?«, wehrte sich Enda. »Der Eingang zum Sídh der Femen, dem unterirdischen Heiligtum der Anderswelt-Frauen, ist beim Gipfel dort oben, weiß doch jeder.«

Der Dritte der Gruppe, der bislang geschwiegen hatte, schnaubte verächtlich. »Das sind doch alles Geschichten fürs Lagerfeuer! Wenn uns mulmig wird, sobald wir uns einem Ort nähern, über den Schauergeschichten umgehen, dann dürften wir uns gar nicht erst vor die eigene Haustür wagen. Wir haben den Berg ohne die geringste Schwierigkeit hinter uns gebracht; vor Wesen der Anderswelt braucht sich keiner zu fürchten. Also nichts wie weiter, je früher wir in Honigfeld sind, umso eher können wir uns bei einem Becher *corma* und gutem Essen am prasselnden Herdfeuer ausruhen.«

»Du hast völlig recht, Dego«, stimmte ihm Gormán zu. Er wollte schon sein Pferd antreiben, als er aus der Ferne Vogelgeschrei vernahm. Über die Baumwipfel blickte er zum Fluss und wurde gewahr, dass dort Vögel aufgeregt kreisten.

»Die muss was aufgeschreckt haben«, sagte Enda.

»Vögel sind doch immer schreckhaft«, meinte Dego seelenruhig. »Vielleicht hat ein Wolf oder ein Fuchs sich seine Beute geschnappt.«

Ohne auf sie einzugehen, ritt Gormán weiter voran in den Wald hinein. Er kannte den Schlängelpfad, der zum Fluss hinunterführte. Lange dauerte es nicht, bis sie aus dem Dickicht der Bäume herauskamen und durch niedriges Gebüsch das mit Schilfrohr zugewucherte Ufer des breiten Stroms erreichten. Sie lenkten die Pferde westwärts, während die Vögel aufgescheucht über ihnen flatterten. Ab und zu schoss eine Rohrammer dicht über die Wasserfläche hin und stieß ängstliche Rufe aus. Gormán erkannte Elstern an ihrem lauten Gekecker, die hoch über ihnen ihre Runden drehten, und machte in der Vogelschar auch große schwarze Vögel mit rautenförmigem Schwanz aus. Einige von ihnen ließen sich langsam sinken.

»Raben!«, sagte er mehr zu sich. Ihm waren diese Geschöpfe unheimlich, sie waren die Symbole für Schlachten und Tod, Aasfresser waren das, die sich auch an den Leichen der Gefallenen gütlich taten.

»Da muss jemand seine Beute verloren haben, wie Dego vermutet«, meinte Enda. »Wahrscheinlich machen die Vögel deshalb solchen Krach. Wer sich von Aas ernährt, fliegt heran, um sich sein Teil zu sichern.«

Sie waren im Schritttempo am Nordufer entlanggezogen, bis der Fluss eine Biegung machte. Dann erblickten sie, was die Vögel so erregte.

Nicht nur Gormán zog die Zügel scharf an, weil es ihm den Atem verschlug. Vier Leichen lagen verstreut am Flussufer inmitten von Unrat, zerfetzten Kleidungsstücken, verbrannten Papieren und anderen Sachen. Nahe am Ufer schwankte unvertäut ein *sercenn*, ein Flussboot mit einem einfachen Segel, das eingeholt wurde, wenn Wind und Strömung widrig waren und *ramha* oder Ruder zum Weiterkommen eingesetzt wurden. Schlaff und zerfetzt hing das Segel herab, und eines der Ruder trieb zersplittert neben dem Boot. Irgendein Unheil musste über die Bootsbesatzung hereingebrochen sein. Zwei der Toten – offensichtlich die Schiffer – trugen Lederwämse. Dass die Unglücklichen Opfer einer Gewalttat waren, sah man sofort. Der eine hatte eine blutige Wunde am Schädel, und dem anderen, der mit dem Gesicht nach unten lag, steckte ein Pfeil zwischen den Schulterblättern.

Beim Anblick der beiden anderen Leichen presste Gormán erschrocken die Lippen aufeinander: Es waren Mönche in zerrissenen und blutbesudelten Kutten.

Enda und Dego hatten sofort ihre Schwerter aus der Scheide gerissen und blickten sich wachsam um, bereit, sich jeder Bedrohung zu widersetzen.

Gormán schüttelte den Kopf. »Das hier muss schon passiert sein, bevor wir das Gekrächz der Vögel hörten. Die Mordgesellen sind längst auf und davon.«

Die dicken schwarzen Raben waren vor den Reitern ein Stück zurückgewichen, starrten sie aber feindselig an. Da die Berittenen sie nicht gleich verjagten, hüpften sie wieder näher an die Toten heran. Gormán sprang vom Pferd, sammelte ein paar Steine auf und schleuderte sie gegen den lauernden Trupp. Mit trägem Flügelschlag zogen sich die Vögel zurück, blieben in respektvoller Entfernung hocken und beobachteten den Eindringling, der sich zwischen sie und ihren Fraß drängte. So

ohne weiteres ließen sie sich nicht von ihrer Mahlzeit vertreiben.

Enda ging mit Gormán über die Unglücksstätte. Auch
Dego war abgestiegen, hielt die Pferde an den Zügeln und sah
angewidert den Gefährten zu, die die Leichname untersuch-
ten.

»Räuber?«, fragte er knapp.

»Scheint so«, antwortete Gormán. »Alles, was in dem Boot
an Wertvollem war, haben sie mitgenommen.« Er beugte sich
zu einem der toten Mönche. »Das Kruzifix, das der hier getragen hat, haben sie ihm abgerissen.«

»Woher willst du das wissen?«

»Man muss nur genau hinsehen, das habe ich von Lady
Fidelma gelernt. Sieh mal da, die Striemen und die Schwellung am Hals. Die sind entstanden, weil ihm die Diebe das
Kruzifix entrissen. Was trägt ein Mönch schon um den Hals,
wenn nicht ein Kruzifix?«

»Wer was das? Jemand aus der Gegend hier?«, fragte Enda
und betrachtete den Leichnam. Der Mann lag mit dem Gesicht nach unten, die Kleidung war aufgerissen, auf dem Rücken sah man mehrere lange kreuzweise Narben. Aber das waren alte, längst verheilte Wunden, als hätte man ihn vor Jahren
gegeißelt. Gormán drehte den Toten um. Er war ein älterer
Mann, die Haut gelblich fahl. Irgendwie wirkte er sonderbar,
woran das lag, konnte sich Gormán nicht erklären. Die Tonsur
war nach römischer Art geschoren, unterschied sich von dem,
was in den Fünf Königreichen üblich war. Der andere Tote war
ein jüngerer Mann, auch er hatte die römische Tonsur.

»Fremde, denke ich, sind das. Wahrscheinlich sind sie flussaufwärts gefahren, als sie überfallen wurden. Raubmord, würde ich meinen. Von persönlichen Wertsachen findet sich nicht
die geringste Spur, auch nicht von Waren, die auf dem Schiff

befördert wurden. Und, Dego, ehe du noch fragst, wohin sie wollten, sage ich dir, der Bug des Boots ist stromauf gerichtet. Das heißt, sie wollten weiter hinein ins Land.«

Enda griente. »Du hast wirklich eine Menge von Lady Fidelma gelernt.«

Dego hatte die Pferde an einen großen Busch gebunden und drehte die Überreste von verbranntem Pergament und Papyrus mit dem Fuß hin und her. »Aus den Fetzen hier ist nicht mehr zu erkennen, was sie einmal waren. Ich frage mich bloß, warum die Räuber alles verbrannt haben. Pergament und Papyrus sind kostbar, ein Klostermensch würde viel dafür geben, bloß um sie abzuschaben und den alten Text zu überschreiben. Ich habe mal gesehen, wie das geht. Übrigens …«

Er bückte sich plötzlich und hob etwas auf. Angestrengt beäugte er einen kleinen runden Gegenstand, den er zwischen Daumen und Zeigefinger hielt, brummte dann aber enttäuscht.

»Was hast du da?«, fragte Gormán.

»Ich hielt es für eine Silbermünze, ist aber nur ein rundes Stück Blei. Da sind ein paar Buchstaben eingeprägt, wie auf einer Münze, aber Blei nimmt doch keiner in Zahlung.«

Er schaute noch einmal genauer drauf. »V I T A …«, buchstabierte er laut. »Mehr kann ich nicht ausmachen.«

»*Vita* ist Latein und heißt Leben«, erklärte Gormán sachkundig.

»Na wenn schon, wert ist es nichts.« Dego warf das Bleiplättchen in die Luft und fing es geschickt wieder auf. »Wenigstens lässt es sich als Gewicht für meine Angelrute gebrauchen.«

»Wer mag das hier verbrochen haben?«, fragte Enda.

»Ich habe gehört, dass sich eine Schar junger Burschen von den Déisi gegen Fürst Cummasach aufgelehnt hat«, wusste

Gormán zu berichten. »Vielleicht haben die das auf dem Gewissen.«

Die Déisi hatten ihr kleines Stammesgebiet südlich des
Flusses, ihre Anführer hatten dem König von Muman Ge-
folgschaftstreue gelobt.

»Aufsässige Jugendliche, die ein solches Gemetzel anrich-
ten?« Enda konnte sich das nicht vorstellen.

»Bei Garbhans Befestigung ist es zum Blutvergießen gekommen, als diese Bande junger Kerle mehrere Rinder raub-
te«, erklärte Gormán. »Man hat sie zu *elúdaig* erklärt, zu Geächteten, die alle Rechte als Stammesangehörige verloren
haben. Wahrscheinlich haben sie sich deshalb zu Mord und
Raub verschworen.«

Enda zuckte die Achseln und ging zum Boot. Er hatte dort
ein zusammengerolltes Seil gesehen. »Das Beste wäre, die Leichen aufs Boot zu schaffen und abzudecken, so gut es eben
geht. Damit können wir sie immerhin vor den Raben bewahren. Soweit ich mich erinnere, ist es von hier nur ein kurzer
Ritt bis zur Kapelle von Bruder Siolán. Wenn wir das Seil an
die Pferde binden, können wir vom Ufer aus das Schiff ins
Schlepptau nehmen. Ich bin sicher, unser guter Bruder Siolán
wird ihnen ein christliches Begräbnis ausrichten.«

Damit war Gormán einverstanden, watete zum Boot und
zog es näher ans Ufer. Enda und Dego hoben zuerst den älteren Mönch auf und schafften ihn an Bord. Derweil band Gormán ein Ende des Seils um den Bug.

»Das ist eins von den leichten Flussbooten, da kommen
wir mit einem Zugpferd aus«, äußerte er sich zufrieden und
kletterte die Böschung hoch.

Während seine Begleiter als Nächsten einen der Schiffer
aufnahmen, bemerkte Gormán aus einem Augenwinkel eine
Bewegung. Erst dachte er, einer der Raben schliche sich an,

wurde aber sogleich eines Besseren belehrt. Der jüngere der beiden Mönche regte sich.

Im nächsten Moment kniete er neben ihm und fühlte nach der Halsschlagader. »Beim Himmel!«, rief er erschrocken, »der hier lebt noch!«

Enda holte sofort den Wasserbeutel aus Ziegenleder von seinem Pferd und goss dem Bewusstlosen Wasser übers Gesicht. Der Mann war dunkelhaarig und hatte angenehme Gesichtszüge. An der Schläfe hatte er eine beträchtliche Beule, doch Gormán konnte keine tiefen Wunden oder Abschürfungen erkennen.

Der Wasserguss brachte den Verletzten kurz zu sich, er stöhnte und fuchtelte wild mit den Armen, als fühle er sich immer noch angegriffen. Doch er besaß nur wenig Kraft, und Gormán konnte ihn leicht bändigen.

»Es ist alles in Ordnung, keine Gefahr«, redete er leise und beruhigend auf ihn ein. »Du bist unter Freunden.«

Der Mann hustete und murmelte etwas in einer hart klingenden Sprache, die Gormán bekannt vorkam, die er aber nicht verstand, und sank wieder in Ohnmacht.

»Wird er überleben?«, fragte Enda, der Gormán über die Schulter schaute.

»Wir müssen ihn zu Bruder Siolán schaffen, der versteht sich auf die Heilkunst.«

Enda wandte keine Auge von dem jungen Mönch. »Ein Fremder ist der, gewiss … Doch irgendwie kommen mir diese Gesichtszüge bekannt vor. In welcher Sprache hat er geredet?«

Gormán zuckte nur mit den Schultern. »Hilf mir, ihn aufs Schiff zu tragen. Das ist für seinen Transport besser, als ihn auf ein Pferd zu binden.«

Der Totgeglaubte bekam von alledem nichts mit. Vorsichtig legten sie ihn ins Boot und achteten darauf, dass sie ihn in gewissem Abstand von den Leichnamen seiner Gefährten betteten.

Enda blieb auf dem Boot, einer musste die Steuerung übernehmen. Gormán schaute sich noch einmal auf dem Trümmerfeld um, wollte sichergehen, dass sie nichts Wichtiges zurückließen. Dann band er das Seil an seinen Sattel. Enda ergriff das Ruder, und mit Degos Hilfe stießen sie das Boot von dem schlammigen Ufer ab. Gormán lenkte sein Ross dicht am Wassersaum entlang. Anfangs war das Unternehmen reichlich schwierig, immer wieder musste Enda die Ruderstange in den Schlick stoßen, um zu verhindern, dass das Boot auf Grund lief. Doch allmählich gelang es ihnen, das Gefährt flott zu halten und in gemäßigtem Tempo flussabwärts zu ziehen. Hinter Gormán ritt Dego, der Endas Pferd an der Leine führte und sie gegen etwaige Überraschungen absicherte. Behaglich war keinem zumute, denn die schwarzen Raben folgten ihnen und wollten sich nicht so rasch ihre mutmaßliche Beute entgehen lassen.

Cill Siolán, die kleine Kapelle von Bruder Siolán, lag an einer geraden Flussstrecke. Vom hölzernen Anlegesteg ging ein Pfad zur Kapelle und zur Hütte, in der Bruder Siolán lebte. Und von dort führte ein breiter Weg zur nächsten Siedlung, bekannt unter dem Namen Honigfeld. Im Übrigen war Sioláns Hütte von Wald umgeben, der sich über die Hügel bis zum fernen Gipfel des Sliabh na mBan in der Ferne hinzog.

Die Krieger machten das Boot mit der unheimlichen Fracht am Steg fest. Voller Unbehagen schaute Enda zum Himmel.

»Honigfeld noch vor Einbruch der Nacht zu erreichen, können wir uns aus dem Sinn schlagen.«

»Wenigstens werden wir nicht im Freien kampieren«, tröstete ihn Dego. »Bruder Siolán soll recht gastfreundlich sein.«

Jemand rief ihnen etwas zu, und sie drehten sich um. Ein

untersetzter Mann in Mönchskutte kam ihnen schwerfällig entgegen. Er hatte ein rundliches Gesicht, blaue Augen und einen Wust sandfarbener Haare. Ihm zur Seite trottete ein ausgewachsener Wolfshund, der die Fremden wachsam im Blick hatte.

»Gormán! Freut mich, dich wiederzusehen. Was treibt dich …?« Er stockte in seiner Begrüßung, denn er erkannte, was sich in dem Boot befand. »In Gottes Namen, wer hat …?«

»Raubmörder«, erklärte Gormán knapp. »Wahrscheinlich waren es diese Geächteten von den Déisi, über die so viel geredet wird. Einer von den Opfern lebt noch, deshalb brauchen wir sofort deine Hilfe.«

Bruder Siolán verschwendete keine Zeit mit weiteren Fragen. »Bringt ihn in die Hütte, da kann ich ihn in Ruhe untersuchen.« Dem Hund rief er ein paar Befehle zu, der trollte sich und setzte sich – deutlich sprungbereit – unter das schützende Vordach.

»Enda, fass mal mit zu«, ordnete Gormán an. »Und du, Dego, kümmre dich um die Pferde. Zu Bruder Siolán gewandt, fügte er hinzu: »Selbstverständlich helfen wir dir nachher, die Toten zu beerdigen.«

Sie hoben den jungen bewusstlosen Mönch auf und trugen ihn den Pfad hoch. Bruder Siolán ging ihnen voran. Wortlos deutete er auf das Bett.

»Wann ist das passiert?«

»Genau wissen wir es nicht, Bruder«, sagte Gormán. »Aber sehr lange kann es noch nicht her sein. Wird der Mann überleben?«

Bruder Siolán beugte sich über den reglos Daliegenden und untersuchte ihn. »Die einzige Verwundung, die ich ausmachen kann, ist die Abschürfung und Schwellung da seitlich am Kopf. Hat er zwischendurch wache Momente gehabt?«

»Nur einmal ganz kurz«, antwortete Gormán.

»Immerhin ein gutes Zeichen. Jemand muss auf ihn einge-droschen haben, davon ist er bewusstlos geworden. Vermut-lich hat ihm das das Leben gerettet. Die Angreifer werden gedacht haben, sie hätten ihn erledigt. Wollen hoffen, dass er keine inneren Verletzungen erlitten hat. Jedenfalls wird er über heftige Kopfschmerzen klagen, wenn er zu sich kommt.«

Bruder Siolán griff in ein Schränkchen. »Ich habe hier eine Paste aus den zerstoßenen Blüten einer Pflanze, die bei uns wächst. Die Salbe hält die Wunde sauber und wirkt lindernd. Wenn er das Bewusstsein erlangt, werde ich ihm einen Trank aus der Rinde der Weißweide einflößen. Aber jetzt erzählt mir, wie das alles passiert ist.«

»Wir sollten erst seine Gefährten begraben, bevor wir uns hinsetzen und dir unsere Geschichte erzählen. Die Raben ha-ben keine Ruhe gegeben und sind dem Boot immerzu ge-folgt, seit wir die Toten am Ufer fanden.«

Bruder Siolán sah das ein. »Stimmt. Habt ihr eine Ahnung, wer die Männer sind?«

»Ein Mönch und zwei Schiffer, mehr wissen wir nicht. Wahrscheinlich sind sie vom Hafen in Láirge flussaufwärts gekommen.«

Der Hafen lag an der Mündung des Siúr, seetüchtige Schif-fe gingen dort oft vor Anker.

»Der hier trägt die römische Tonsur«, bemerkte Bruder Sio-lán. »Ich werde ihn versorgen, so gut ich kann. Schafft die Toten hinter die Kapelle, vertäut das Boot gut. Hinter der Hütte findet ihr eine Koppel und Futter für eure Pferde.«

»Und was ist mit deinem Hund?«, fragte Enda und drehte sich beunruhigt um, denn der Hund ließ kein Auge von den Fremden.

»Figleóir? Ach so …« Bruder Siolán lachte. »Keine Sorge,

euch tut der nichts, der hat begriffen, ihr seid meine Freunde.«

»Figleóir. Ein guter Name für einen Wachhund«, murmelte Enda erleichtert. Der Name bedeutete »Wächter«.

Es war längst dunkel geworden, als sie endlich alles erledigt hatten. Die Leichen waren beerdigt und ihre Gräber mit Holzkreuzen versehen. Die drei Krieger hatten das Boot noch einmal gründlich untersucht, um wenigstens herauszufinden, woher es kam. Jetzt drängten sie sich in Bruder Siołáns Hütte und wärmten sich an der Herdstelle, auf der Holzscheite flammten. Der gerettete Mönch lag auf dem Bett des Einsiedlers und atmete gleichmäßig.

»Nun schläft er wirklich fest«, erklärte Bruder Siołán befriedigt und beköstigte seine inzwischen hungrig gewordenen Gäste. Auch ein Krug mit selbstgebrautem Ale machte die Runde und wurde dankbar geleert.

»Ist das wirklich ein gutes Zeichen, wenn jemand so tief und lange schläft?«, wollte Enda wissen.

»Sei ganz beruhigt, das ist gut so. Doch jetzt erzählt, was treiben Mitglieder der Nasc Niadh, der Leibwache unseres Königs, an den Ufern des Siúr? Was gibt es Neues aus Cashel?«

Gormán rekelte sich behaglich vor dem Herdfeuer. »Aus Cashel können wir dir herzlich wenig Neues berichten. Wir sind schon über eine Woche unterwegs. Wir sollten bei einem Streit an der Feuerfurt vermittelnd eingreifen.«

Áth Thine war eine Grenzstelle zwischen den Königreichen Muman und Laighin, an der es öfter zu Handgreiflichkeiten, ja Scharmützeln kam.

»Wir sind von Südwest über den Frauenberg geritten und dann hinunter zum Fluss. Unsere Absicht war, in Honigfeld zu übernachten und tags darauf nordwärts nach Cashel zu ziehen.«

»Mir ist zu Ohren gekommen, dass Caol nicht mehr Hauptmann der Leibwache des Königs sein soll. Ist da was dran?«, fragte Bruder Siolán.

Gormán zögerte, bis er schließlich bestätigte: »Ja, das stimmt.«

Enda griente und verkündete stolz: »Gormán ist zu bescheiden. Er verschweigt, dass er vor kurzem zum Hauptmann ernannt wurde.«

Bruder Siolán schaute erstaunt auf. »Wenn das kein Grund zum Gratulieren ist!«

Gormán war das peinlich. »Colgú hat großes Vertrauen in mich gesetzt. Ich will mich bemühen, seine Erwartungen zu erfüllen, so gut ich kann.«

»So alt war Caol doch noch gar nicht, um seinen Posten so schnell aufzugeben«, überlegte der Einsiedler laut.

»Er hat sich entschlossen, lieber als Landwirt weiter zu leben«, warf Enda ein, woraufhin Gormán ihm mit finsterem Blick zu schweigen gebot. »Er hat ein Gehöft irgendwo auf der Westseite vom Fluss Mháigh übernommen, an der Grenze zum Gebiet der Luachra.«

Bruder Siolán wollte schon seiner Verwunderung Ausdruck geben, doch Gormán lenkte schnell mit der Frage ab: »Dass König Colgú nach seiner Verwundung wieder völlig genesen ist, hast du gewiss längst erfahren?«

Es war erst wenige Monate her, dass jemand versucht hatte, den König zu erdolchen. »Ich habe gehört, Caol hätte den Mörder erschlagen. Da ist es nur recht und billig, wenn er sich hinfort sein Brot friedlicher verdienen darf«, sagte Bruder Siolán nachdenklich. »Und wie geht es der Schwester des Königs? Ist Lady Fidelma wohlauf?«

»Jedenfalls war sie es, als wir Cashel verließen.«

Sie vernahmen ein Stöhnen vom Bett. Der junge Mönch

war zu sich gekommen und nahm seine Umgebung wahr. Bruder Siolán eilte sofort zu ihm und flößte ihm ein paar Schlucke von einer Flüssigkeit ein, die Gormán für einen Kräuteraufguss hielt.

Der Geschundene richtete sich auf, rieb sich die Stirn und fragte etwas in einer rau klingen Sprache, die niemand verstand.

Bruder Siolán erkundigte sich, wie er sich fühlte, und da antwortete er auf Irisch in einem sonderbaren Tonfall. »Was ist mit mir passiert?«

»Du bist von Raubmördern überfallen worden. Weil sie dich für tot hielten, hat man dich liegen lassen. Leider sind all deine Gefährten bei dem Überfall ums Leben gekommen. Du hast Glück gehabt, die drei Krieger hier haben dich gefunden und zu mir geschafft.«

Der junge Mann stöhnte auf, wohl wegen seiner Schmerzen und auch weil er begriff, was ihm widerfahren war.

»Kannst du dich erinnern, wie das alles vor sich gegangen ist?«, fragte Gormán und trat näher an die Bettstatt heran. »Weißt du, wie du heißt?«

Der junge Mann richtete den Blick auf ihn und fuhr sich mit der Zunge über die Lippen. »Ich werde Bruder Egric genannt. Wir haben uns flussaufwärts rudern lassen. Da begegnete uns ein größeres Flussboot, ein halb Dutzend Männer waren darauf. Sie begrüßten uns wie Freunde, und wir dachten, die fahren stromab vorbei. Aber ehe wir überhaupt Verdacht schöpften, fielen sie über uns her. Ich sah noch, wie einer unserer Ruderknechte mit einem Pfeil im Rücken niederstürzte. Unser Boot wurde ans Ufer getrieben. Ich war der Begleiter des Ehrwürdigen Victricius. Der verwahrte sich gegen den Überfall. Das waren alles junge Kerle. Die haben nur hämisch gelacht, und einer hat ihm mit dem Kriegsbeil den Schädel eingeschlagen. Ich wollte fliehen, da traf mich was am Kopf. Mich durchzuckte der Gedanke, jetzt stirbst du. Was sich danach ereignete, weiß ich nicht. War wie im Traum, aus dem ich eben erst erwacht bin.«

Bruder Siolán nickte mitfühlend. »Jetzt bist du in Sicherheit. Ich bin Bruder Siolán. Meine kleine Kapelle steht nicht weit von dem Fleck, an dem ihr überfallen wurdet, und diese tüchtigen Krieger haben dich hierhergebracht. Leider sind der Geistliche, den du begleitet hast, und die Bootsmänner tot. Wir haben sie hinter der Kapelle beerdigt.«

Schmerzlich verzog der junge Mann das Gesicht. »Der Ehrwürdige Vitricius ist tot?«, wiederholte er ungläubig.

»Ja, er ist tot«, bekräftigte Gormán.

»Und unsere Sachen? Ist was gestohlen worden?«, fragte der Verwundete besorgt.

»Viel haben sie nicht übrig gelassen. Was sie nicht verbrannt haben, wurde weggeschleppt. Ihr seid Opfer von Strauchdieben geworden.«

»Habt ihr irgendwas retten können?«, fragte der junge Mann merkwürdig eindringlich.

»Eigentlich nur ein paar Kleidungsstücke, die liegen dort in der Ecke.« Gormán nickte in die Richtung. »Doch erst mal haben wir einige Fragen. Du hast uns gesagt, wie du heißt, und hast den Namen des Geistlichen genannt, mit dem du zusammen warst. Woher seid ihr gekommen? Wohin wolltet ihr?«

Der junge Mann fasste sich an den Kopf, wie um sich an Wörter aus der fremden Sprache zu erinnern. »Wir, ich meine der Ehrwürdige Victricius und ich, sind vor fünf Tagen mit dem Schiff angekommen. Im Hafen Lairge sind wir an Land gegangen und haben dort zwei Schiffer getroffen, die bereit waren, uns auf ihrem Boot flussaufwärts mitzunehmen. Das ist doch der Siúr, an dem wir sind, stimmt's? Wir sollten bei der Ortschaft Cluain Meala das Boot vderlassen. Es hieß, dort würde uns ein Führer erwarten.«

»Ein Führer? Und wo sollte es dann hingehen?«

»Zu einem Ort, der Cashel heißt.«

»Cashel?« Das wunderte Gormán, denn er hatte erwartet, dass fremdländische Mönche zuerst Imleach besuchen würden, die älteste und größte Abtei in ganz Muman.

»In Cluain Meala sollten wir einen Bruder Docgan treffen.«

»Bruder Docgan?« Gormán schaute zu Bruder Siolán hin, doch der schüttelte nur den Kopf. »Der Name klingt reichlich fremd. Könnte sächsisch sein, übrigens dein Name und die Art, wie du sprichst – bist du etwa ein Sachse?«

Der junge Mann verneinte. »Ich bin ein Angle, aber wahrscheinlich würdet ihr den Unterschied gar nicht merken.«

Gormán gluckste vergnügt. »Da irrst du dich. Ich habe einen guten Freund, der jedes Mal die Leute zurechtweist, wenn sie ihn als Sachsen bezeichnen.«

»Verstehe ich nicht.«

»Die Schwester unseres Königs, Lady Fidelma, ist mit einem Angeln verheiratet.«

»Dann sollte ich unbedingt seine Bekanntschaft machen«, erwiderte der Mönch in vollem Ernst. »Aus welchem Königreich der Angeln stammt er?«

»Aus dem Königreich der Ostangeln, sagt er.«

Der junge Mann starrte Gormán verblüfft an. »Daher komme ich auch. Ich bin im Land des Südvolks im Königreich der Ostangeln geboren.«

»Sag mal«, rief der Hauptmann aufgeregt, »hast du jemals von Eadulf aus Seaxmund's Ham im Land des Südvolks gehört?«

»Eadulf?« Dem Mönch versagte fast die Stimme, als er den Namen wiederholte. Es dauerte eine Weile, bis er sich gefasst hatte und dann bedächtig erklärte: »Ich bin Egric aus Seaxmund's Ham im Lande des Südvolks im Königreich der Ostangeln. Ich bin Eadulfs Bruder. Von unserm Vater hat er Amt und Rang des *gerefa* geerbt.«

KAPITEL 2

»Bruder Eadulf aus Seaxmund's Ham im Lande des Südvolks des Königreichs der Ostangeln wird aufgefordert, vor Colgú, König von Muman, zu erscheinen.«

Im ersten Moment war Eadulf geneigt, dem Hofmeister auf Burg Cashel belustigt ins todernste Antlitz zu lachen, besann sich aber rasch und setzte ebenfalls eine unbewegte Miene auf, wusste er doch, dass der beleibte Beccan die peinliche Einhaltung des Protokolls für seine Lebensaufgabe hielt. Er hatte erst wenige Monate das Amt des *rechtaire* oder Verwalters inne. Von Gormán hatte Eadulf erfahren, dass der junge Mann sich so gestelzt gab, weil er mit den Gepflogenheiten auf der Burg noch nicht recht vertraut war. Er stammte aus dem südwärts vom Siúr gelegenen Landesteil und war anfänglich beauftragt worden, die Aufsicht über die Küchen zu führen. Doch schon wenige Monate später hatte der damalige Hofmeister sich entschlossen, zu seiner Familie und auf seinen Hof zurückzukehren, so wurde Beccan unversehens in dessen Amt berufen.

»Eadulf, Gemahl von Fidelma von Cashel, Schwester des Königs Colgú, ist bereit, der Aufforderung Folge zu leisten«, entgegnete Eadulf in gesetzten Worten, lächelte dann aber entspannt. »Was mag Colgú von mir wollen? Warum lässt er mich rufen und nicht Fidelma?«

Beccans rundliches Gesicht verzog sich missbilligend. »Es steht mir nicht zu, des Königs Wünsche und Absichten zu ergründen, ich habe lediglich seine Befehle zu überbringen.«

Der Hofmeister blieb unnahbar, Eadulf zuckte die Achseln und sagte nur: »Ich folge dir auf dem Fuß.«

Fidelma und Alchú, ihr vier Jahre alter Sohn, waren unterwegs auf einem Ausritt, begleitet von Aidan, einem der Leibwächter des Königs. So brauchte er niemandem zu erklären, wohin er ging. Er folgte dem Hofmeister über den Burghof zum Hauptgebäude, in dem sich die Gemächer des Königs befanden.

»Ob diese Aufforderung mit der Ankunft von Abt Ségdae und seinen Begleitern gestern Abend zu tun hat?«, überlegte er laut.

Ségdae, Abt von Imleach und Oberster Bischof von Muman, war tags zuvor in der Abenddämmerung mit seinem Verwalter, Bruder Madagan, und einem fremdländischen Mönch eingetroffen. Sie hatten sich sofort in die Gästekammern begeben. Ségdae war sowohl geistlicher Ratgeber des Königs als auch Mitglied des Kronrats und besuchte Cashel häufig, insofern erregte seine Ankunft keine sonderliche Aufmerksamkeit. Ungewöhnlich war nur, dass der Abt nicht an der Abendmahlzeit teilgenommen hatte.

»Es gibt immer irgendwelche Kirchenfragen zu erörtern«, bemerkte Beccan kurz.

»Ist des Königs *tánaiste* bei ihm?«, fragte Eadulf.

»Finguine, der Thronfolger, ist heute früh fortgeritten, um Glendemnach, den Stammesfürsten der Eóghanacht, aufzusuchen.«

»Vermute, er ist wieder mit der Tributzahlung im Rückstand«, spöttelte Eadulf harmlos.

»Das zu wissen kommt mir nicht zu«, erklärte Beccan steif, »und wenn ich etwas wüsste, würde ich in meiner Stellung die Vorhaben des Königs ohnehin nicht verlautbaren.«

Eadulf unterdrückte ein Auflachen. Der Mann hatte keinen Sinn für Humor. So hielt er lieber den Mund. Schweigend gingen sie durch den Gang, der in die Privatgemächer führte.

Vor der Tür aus rotem Eibenholz stand einer der Leibwächter. Beccan hob den Heroldsstab und pochte dreimal an das Paneel, riss die Tür auf und stellte sich in den Türrahmen.

»Eadulf aus Seaxmund's Ham ...«, begann er laut zu verkünden.

Doch aus der Tiefe des Raums unterbrach ihn Colgú mit matter Stimme. »Mir ist wohl bekannt, wer er ist. Du darfst dich zurückziehen, Beccan. Sorge dafür, dass wir nicht gestört werden, bis ich dich wieder rufe. Tritt ein, Eadulf.«

Beccan schluckte seinen Ärger herunter. Es verletzte ihn jedes Mal, wenn Colgú das Hofzeremoniell beiseiteschob. Mit der Miene eines Leidgeprüften ging er einen Schritt zur Seite, ließ Eadulf eintreten und schloss die Tür betont sorgsam hinter ihm.

»Beccan ist so pedantisch, dass er sich angewöhnt hat, die Namen der Gäste aufzuschreiben, damit er sie in gebührender Weise ankündigen kann«, verriet Colgú. »Vielleicht liegt es auch daran, dass er sich Namen einfach nicht merken kann.«

Abt Ségdae saß Colgú am Kamin gegenüber. Der König lächelte Eadulf kurz zu und winkte ihm, Platz zu nehmen. Bevor sich Eadulf setzte, begrüßte er den Abt – auch der schien irgendwie gereizt. Mit gekrauster Stirn saß er grübelnd da.

»Wir brauchen deine Hilfe«, begann Colgú ohne jede Vorrede.

»Ich stehe dir zur Verfügung und helfe gern, wo immer ich kann«, erwiderte Eadulf, setzte sich und schaute Colgú und Ségdae erwartungsvoll an.

Der König bedeutete dem Abt mit einer Handbewegung, zu beginnen. Der eröffnete ihm schwerfällig: »Wir haben die Nachricht erhalten, dass eine Gesandtschaft von deinen Landsleuten in Bälde in Cashel eintrifft.«

»Eine Gesandtschaft von meinen Landsleuten?« Das war in der Tat höchst ungewöhnlich. »Wer sind sie und mit welcher Absicht kommen sie her?«

»Vermutlich ist es dieselbe Absicht, derentwegen schon mehrfach Konzile abgehalten wurden zwischen unseren Geistlichen und denjenigen, die sich dem Diktat von Rom unterwerfen«, erklärte Abt Ségdae verbittert. »Die scheuen keine Zeit und Mühe, uns von dem Pfad des Glaubens abzubringen, den wir nun einmal gewählt haben.«

Eadulf wartete auf weitere Auskünfte des Abts, und da sie nicht kamen, fühlte er sich verpflichtet, etwas zu äußern. »Ihr habt vermutlich nicht daran gedacht, dass ich selber ein Anhänger der Auffassungen Roms war, bevor ...« Bevor ich Fidelma auf dem großen Konzil in der Abtei St. Hilda bei Streonshalh begegnet bin, wollte er fortfahren, aber Colgú unterbrach ihn.

»Genau deswegen brauchen wir deinen Rat. Ich hoffe, du kannst uns etwas über diese Leute sagen und was sie bewegt.«

»Ich verstehe das immer noch nicht. Denkst du wirklich, einige geistliche Würdenträger kommen her, um uns von den Vorzügen der Rituale ihrer Kirche zu überzeugen? Wer hat so ein Konzil einberufen? Dazu müssen doch Einladungen ergehen, die müssen angenommen werden, und vielerlei muss im Voraus geregelt werden. Und warum wollen sie gerade hierherkommen und nicht zur Abtei Imleach?«

»Sie haben lediglich angekündigt, dass sie hierherkommen wollen.« Abt Ségdae war sichtlich verärgert. »Als Erstes sind in meiner Abtei zwei Boten eingetroffen. Einer war ein Bruder Cerdic, ein Sachse. Bruder Rónán von der Abtei Fearna hat ihn begleitet, doch der war nur sein Fremdenführer. Bruder Cerdic hat schlicht verkündet, in einer Woche würde eine Gesandtschaft in Cashel eintreffen, und hat verlangt, dass der

König höchstpersönlich den Vorsitz beim Konzil übernimmt.«

Eadulf konnte es nicht fassen. »Und das war alles? Keine weitere Erklärung?«

»Hat mir schon gereicht«, murmelte der Abt. »Wie der aufgetreten ist, dieser Bruder Cerdic! Anmaßend war das geradezu, wie er seine Botschaft überbracht hat.«

»Und aus Fearna sind sie gekommen?«, vergewisserte sich Eadulf. »Ob uns da neues Unheil aus Laighin droht?«

Fearna war die Hauptabtei im Nachbarkönigreich Laighin, dessen Könige schon öfter Feldzüge gegen Muman unternommen hatten.

»Das ging mir zunächst auch durch den Sinn«, sagte Colgú. »Doch Abt Ségdae hat von Bruder Rónán insgeheim erfahren, Abt Moling von Fearna ließe ausrichten, König Fianamail habe mit der Angelegenheit nicht das Geringste zu tun. Die Abordnung wäre ohne Vorwarnung in Fearna eingetroffen. Nach einigem unverbindlichen Hin und Her hätte man Abt Moling gebeten, Bruder Cerdic einen Fremdenführer und Dolmetscher mitzugeben.«

»Können wir Abt Moling wirklich trauen?«, fragte Eadulf. »Soviel ich weiß, wurde er in Sliabh Luachra geboren und ist dort aufgewachsen. Nach dem, was wir unlängst dort erlebt haben, bin ich voreingenommen gegen Leute aus der Gegend.«

»Da hast du recht«, bekräftigte Abt Ségdae, »aber ich glaube, wir können ihm trauen. Bruder Rónán hat seinen Auftrag erfüllt und ist stehenden Fußes nach Fearna zurückgekehrt. Die Abtei Fearna wird bei der Zusammenkunft hier nicht vertreten sein.«

»Das klingt alles sehr sonderbar«, meinte Eadulf nachdenklich.

»Für das hochfahrende Benehmen des sächsischen Mönchs gab es keinerlei Anlass«, fügte der Abt hinzu. »Mein Verwalter, Bruder Madagan, und dieser Bruder Cerdic sind so heftig aneinandergeraten, dass sie sich fast geschlagen hätten.«

Eadulf wunderte sich. »So, wie ich Bruder Madagan kenne, kann ich mir kaum vorstellen, dass der die Beherrschung verliert.«

»Daraus kannst du schließen, wie anmaßend dieser Bruder Cerdic war. Überhaupt schon die Unverschämtheit, mit so einer unerhörten Zumutung an unseren König heranzutreten! Bruder Rónán hat versucht, beim Dolmetschen den Ton zu mildern, doch Bruder Madagan hat einige Kenntnis des Angelsächsischen und verstand sehr wohl, wie hochtrabend der Bote daherredete.«

»Könnte es nicht sein, dass ein falscher Zungenschlag beim Dolmetschen zu Missverständnissen führte?«, gab Eadulf zu bedenken. »Vielleicht will diese Gruppe nur Vorbereitungen für ein größeres zukünftiges Konzil erörtern. Möglicherweise legen wir falsch aus, was die Sendboten beabsichtigen.«

Abt Ségdae schnaubte entrüstet. »Die Botschaft war eindeutig. Ich war froh, dass Bruder Madagan wieder zurück war und Bruder Cerdic gebührend zu empfangen wusste. Die Absicht, die uns angekündigt wurde, bedurfte keiner Auslegung. Außerdem hat auch Bruder Madagan ein paar Worte mit Bruder Rónán gewechselt, und der hat ihm bestätigt, dass selbst der König von Laighin empfand, die Sachsen hätten sich unverschämt aufgeführt.«

Dass Bruder Madagan die Sprache der Angelsachsen ein wenig verstand, erstaunte Eadulf. Wann immer er dem Verwalter von Imleach begegnet war, hatte der sich nie mit ihm in Eadulfs Heimatsprache unterhalten.

»Die Botschaft, die uns übermittelt wurde, ist unmissverständlich, Freund Eadulf«, bekräftigte Colgú die Auffassung des Abts.

Eadulf wusste immer noch nicht, wie er das alles verstehen sollte. »Ein Konzil über Glaubensangelegenheiten müsste doch in der Abtei abgehalten werden; dort sind die Gelehrten, die man sofort zu Rate ziehen kann. Warum also kommen sie auf deine Burg? Warum bestehen sie darauf, dass der König den Vorsitz übernimmt?«

»Genau das ist so merkwürdig, und eben deshalb haben wir dich hergebeten«, erklärte Colgú.

»Dabei hat es doch bereits etliche Synoden gegeben, auf denen Delegierte aus allen Himmelsrichtungen uns dazu bringen wollten, unsere Gesetze aufzugeben und unsere Art, den Gottesdienst zu feiern!« Abt Ségdae war entrüstet. »Wären da nicht die Regeln der Gastfreundschaft, an die wir uns natürlich halten, würde ich dem König abraten, sie zu empfangen.«

»Und diese Abgesandten halten sich gegenwärtig in der Abtei Fearna auf?«, fragte Eadulf verwundert.

»Man hat mir berichtet, die Führer der Abordnung haben bei König Fianamail auf seiner Festung Dinn Rig eine Ruhepause eingelegt, bevor sie ihre Reise zu uns fortsetzen. Bruder Cerdic wurde vorgeschickt, um ihre Ankunft zu vermelden. Vermutlich sind sie bereits im Gebiet der Osraige unterwegs und werden in den nächsten Tagen hier eintreffen«, antwortete Abt Ségdae missvergnügt.

»Bruder Cerdic will also wissen, dass diese Sendboten von meinem Volksstamm kommen? Höchst sonderbar. Ostanglien ist nämlich nur ein kleines Königreich, dessen Gebiet sich andere Königreiche der Angeln und der Sachsen schon immer einverleiben wollten. Seine Äbte sind nicht so einflussreich, dass sie als Missionare außerhalb ihrer eigenen Diözesen wirken könnten. Außerdem haben sich meine Landsleute erst während meiner Kindheit zum Neuen Glauben bekehrt ...«

Abt Ségdae hob ungeduldig die Hand. »Wenn ich gesagt habe, sie kommen von ›deinen Landsleuten‹, habe ich gemeint, sie kommen aus dem einen oder anderen Königreich der Angeln und Sachsen«, erläuterte er und überging leichtfertig jegliche Unterschiede in Eadulfs Heimat. »Egal, wer sie sind, Bruder Cerdic hat erklärt, sie kommen mit der vollen Autorität des Bischofs von Rom, Vitalianus. Die römische Partei hat schon mehrfach versucht, unsere Kirchen in ihren Bannkreis zu ziehen. Die Romhörigen sollten endlich damit Schluss machen, immer neue Synoden einzuberufen, und uns unseren Glauben leben lassen, wie wir es gewohnt sind.«

Dem König war nicht recht wohl bei dieser Forderung. Er warf seinem Obersten Bischof einen verstohlenen Blick zu. »Allerdings ist mir bekannt, dass einige unserer Äbte und Bischöfe, besonders in den nördlichen Königreichen, bereits die von Rom vorgegebenen Regeln übernommen haben. Sie folgen den Lehren des Cummène Fota von Connacht.« Weil Eadulf ihn fragend ansah, fügte er hinzu: »Der ist noch gar nicht lange tot, er war Bischof und Lektor in Cluain Ferta. Er hatte sich die römische Liturgie zu eigen gemacht und hat sie allenthalben verteidigt.«

»Cummène war gewiss ein kluger Mann und ein gründlicher Gelehrter, hat sich aber in die Irre leiten lassen«, warf Abt Ségdae ein. »Warum sollten wir uns an seine Lehren halten?«

Eadulf war wenig geneigt, sich auf Spitzfindigkeiten in der Liturgie einzulassen. »Bei all dem begreife ich nicht, welche Rolle ich in dieser Angelegenheit spielen soll. Was wollt ihr von mir?«, fragte er und hob hilflos die Hände.

»Heißt es nicht bei den antiken Philosophen *nam et ipsa scientia potestas est?*«, bemerkte der Abt trocken.

»Dass Wissen Macht ist, weiß jeder, doch was für ein Wissen ist hier gefragt?«

»Bruder Cerdic hat berichtet, einer der Abgesandten ist ein Bischof Arwald. Vielleicht ist er dir bekannt, und wir könnten daraus schließen, wie wir ihm begegnen sollen. Er ist in Begleitung eines römischen Geistlichen namens Verax, beide kommen mit Vollmacht und Segen von Vitalianus, dem Bischof von Rom, und von Theodor, dem Erzbischof von Canterbury, den du wohl kennst.«

»Theodor? O ja, den kenne ich«, bestätigte Eadulf. »Ich war in Rom, als er zum Obersten Bischof der angelsächsischen Königreiche geweiht wurde, nachdem Wighard in Rom ermordet worden war. Fidelma und mir gelang es, das Geheimnis um diesen Mord zu lüften. Theodor ist ein Grieche aus Tarsus, ich wurde beauftragt, ihn in Denkart und Lebensweise der Angeln und Sachsen zu unterweisen, bevor er sein Amt antrat. Später ergab sich, dass Erzbischof Theodor mich als einen Sendboten in dieses Königreich schickte. Doch ich entschloss mich, hier zu bleiben.«

Colgú lachte. »Wir kennen deine Geschichte, Eadulf. Kein Wunder, dass wir auf dein Wissen und deine Hilfe bauen. Wir hoffen, du weißt etwas über diese Sendboten, aus dem wir schlussfolgern können, was sie wollen. Kennst du Bischof Arwald von Magonsaete?«

»Von Magonseate?« Eadulf zuckte zusammen.

Sofort hakte Colgú nach: »Du kennst den Mann also?«

»Ihn persönlich kenne ich nicht. Doch über Magonsaete weiß ich einiges. Dass von dort ein Bischof ernannt wird, um über Kirchenfragen in unserem Königreich oder sonst wo zu verhandeln, hätte ich am allerwenigsten erwartet.«

Colgú horchte auf. »Erzähl uns, was du weißt. Wo liegt dieser Ort überhaupt?«

»Es ist ein Königreich, das vor noch gar nicht langer Zeit entstanden ist, weder kann man es den Angeln zurechnen noch den Britanniern. Es existiert gewissermaßen eingezwängt zwischen den beiden Völkern und entstand, weil Penda von Mercia – Mercia ist eines der größeren Königreiche der Angeln – sich mit den Britanniern verbündete, um sein Herrschaftsgebiet nach Westen auszudehnen. Unter den Britanniern, die für Penda kämpften war ein Krieger, der sich Merewalh nannte – der Name bedeutet ›berühmter Krieger‹; wie der bei den keltischen Britanniern heißt, weiß ich nicht. Zwanzig Jahre ist es her, dass Penda ihn für seine Dienste zum Kleinkönig über das neu erworbene Gebiet Magonsaete ernannte.«

Colgú überlegte und rieb sich das Kinn. »Demnach ist das ein Königreich der Britannier, das einem Königreich der Angeln zur Gefolgschaft verpflichtet ist. Reichlich verworren.«

»Nicht ganz so. Die Angeln aus Mercia fingen an, in dem neuen Königreich zu siedeln und verdrängten die ansässigen Britannier, die nach Westen flohen. Merewalh ist ein Britannier, doch herrscht er über die neuen Siedler. Außerdem hat er eine von Pendas Töchtern geheiratet. Seinem eigenen Volksstamm hat er den Rücken gekehrt.«

Colgú mühte sich, die politische Gemengelage zu begreifen. »Du meinst also, der Britannier schickt diesen Bischof mit dem Segen von Rom und Canterbury zum Streitgespräch zu uns?«

»Doch scheint das kaum glaubhaft«, erwiderte Eadulf ernst. »Es ist erst zehn Jahre her, dass sich Merewalh zum Glauben an Christus bekannt hat.«

»Aber die Britannier sind doch wohl alle Christen?«

»Möglicherweise war Merewalh ursprünglich auch ein Anhänger des Neuen Glaubens, hat dann aber seine Ansichten geändert, als er das Bündnis mit dem König von Mercia einging. Penda war kein Christ, er glaubte an die alten Götter unserer Völker, an Wodan und all die anderen.«

»Offenbar weißt du eine ganze Menge über dieses Königreich, obwohl es mit dem Volk, dem du entstammst, nicht verbündet war. Wie kommt es, dass du dich da so gut auskennst?«

»Penda war ein Angle, war aber als König erbarmungslos und ruhmsüchtig«, erklärte Eadulf. »Er versuchte, mein Königreich der Ostangeln zu unterwerfen und erschlug unseren großen König Anna in der Schlacht. Ich war damals noch ein junger Bursche. Selbst nachdem Penda gestorben war – damals war ich vielleicht zwanzig –, hat sein Sohn Wulfhere unserem kleinen Königtum seinen Willen aufzwingen wollen. Wir waren also schon immer der Bedrohung von Mercia ausgesetzt.«

Colgú schüttelte verzweifelt den Kopf. »Bei aller Achtung vor deiner Herkunft, Eadulf, all die fremden Namen verwirren mich. Diese vielen Königtümer der Angeln und der Sachsen kann man sich nur schwer merken. Herrscht denn kein Hochkönig über sie wie bei uns?«

»Allmählich greift eine solche Vorstellung unter unseren Volksstämmen um sich. Doch gegenwärtig bestehen elf größere Fürstentümer der Angeln und der Sachsen, deren Herrscher einander oft bekriegen. Ich bezweifele, dass sie sich jemals werden einigen können. Es geht ihnen nicht darum, ein vereinigtes Königreich zu schaffen, jeder will nur den Titel Eroberer und Beherrscher der Britannier für sich beanspruchen.«

»Nun verstehe ich gar nichts mehr.«

»Der Titel heißt *Bretwalda,* das bedeutet eben ›Herrscher über alle Britannier‹. Man muss bedenken, dass die Königreiche der Angeln und Sachsen aus den Gebieten der Britannier zusammengeflickt wurden, als unsere Vorfahren vor zweihundert Jahren auf der Insel Britannia Fuß fassten. Dabei ist der Titel vollkommen bedeutungslos, denn die Britannier sind vor den Eindringlingen zwar zurückgewichen, haben sich ihnen aber niemals unterworfen.«

Colgú gab resigniert auf. »Deine Völkerschaften scheinen stets auf Krieg aus zu sein, auf immer neue Eroberungen.«

»Bedauerlicherweise ist das so«, räumte Eadulf ein. »Doch bleibt zu hoffen, dass sie sich mäßigen und friedfertiger werden, wenn der Neue Glauben stärker Fuß fasst. Unsere Königreiche sind aus Eroberungsgelüst und unter vielem Blutvergießen entstanden. So mag es noch eine Weile dauern, bis die Gewalttaten aus vergangenen Zeiten verblassen.«

»Was sollen wir also mit diesem Bischof Arwald aus Magonsaete anfangen?«

»Wir können uns erst ein Bild von ihm machen, wenn wir ihn kennengelernt haben. Er ist von den Bischöfen Vitalianus und Theodor bevollmächtigt, sagt ihr?«

»Mehr wissen wir bislang auch nicht.«

»Dennoch unbegreiflich. Warum sollten Rom und Canterbury Sendboten nach Cashel schicken, wenn die nur beauftragt sind, Fragen des Glaubensbekenntnisses zu erörtern?«

»So bleibt es ein Geheimnis. Wir haben gehofft, du könntest Licht in die Sache bringen, bevor die Abordnung eintrifft«, äußerte sich Abt Ségdae bekümmert.

»Leider kann ich euch nicht mehr sagen, als ich weiß. Wer ist noch unter den Abgesandten?«

»Da ist ein römischer Kleriker, Verax heißt der«, ergänzte der Abt.

»Der Name kommt unter den höheren Geistlichen öfter vor«, sagte Eadulf, »der ›Wahrhaftige‹ bedeutet er.«

»Und dann haben wir Bruder Cerdic.«

»Es könnte schon sein, dass Cerdic aus Magonsaete stammt«, sagte Eadulf nachdenklich und fügte hinzu, als die anderen ihn verwundert anschauten, »Cerdic ist ein Name, der eigentlich unter den Britanniern verbreitet ist – Ceretic. Da wir in Magonsaete nun ein Gemisch von Britanniern und Angeln haben, ist der Name dort nicht ungebräuchlich, auch die Angeln haben ihn übernommen.«

»Dann können wir lediglich darauf warten, dass die Abordnung hier erscheint und wir von den Abgesandten erfahren, was sie zu uns führt«, fasste Colgú ihre Überlegungen zusammen.

Dem war nichts hinzuzufügen, denn eine andere Wahl blieb ihnen nicht. Nur, dass Colgú völlig unerwartet das Gesicht zu einem schalkhaften Lächeln verzog. »Es sei denn, Abt Ségdae, du willst Deogaire um Rat angehen.«

Verärgert runzelte der Abt die Brauen, bemerkte aber rasch, dass der König einen Scherz mit ihm machte.

»Das habe ich gewiss nicht vor«, erwiderte er knapp.

»Entschuldigt, wovon redet ihr?«, wollte Eadulf wissen. »Wer ist Deogaire?«

»Ein Mensch, den man besser meiden sollte«, riet ihm Abt Ségdae. »Das gilt besonders für dich, voreingenommen gegen Sliabh Luachra, wie du bist.«

»Mit meiner Anspielung meinte ich Deogaire von Sliabh Luachra«, erklärte Colgú. »Ausgerechnet jetzt will er Cashel einen seiner seltenen Besuche abstatten, als hätten wir nicht schon Unannehmlichkeiten genug. Er ist davon überzeugt, ihm sei die Gabe der Weissagung verliehen.«

Erst vor kurzem war Eadulf im Grenzbezirk der Luachair Deaghaidh gewesen und war Zeuge geworden, wie ihr Stammesfürst Fidaig von einem seiner Söhne ermordet wurde.

Noch jetzt überlief ihn ein Schaudern, wenn er an die dräuenden Berge dachte, die das düstere, freudlose Land von Sliabh Luachra wie eine Festungsmauer umgaben.

»Gehört dieser Deogaire zum Clan des Stammesführers?«, fragte er »Warum sollte der eine Lösung für unsere Probleme haben?«

»Das hat der König nur im Spaß gesagt«, erwiderte der Abt. »Deogaire ist ein ungehobelter Bursche aus den Bergen. Er behauptet von sich, er könne die Zukunft voraussagen wie ein Zauberer, ein Wahrsager eben. Ab und zu kommt er von den rauen Bergen herunter und verkauft leichtgläubigen Leuten, die noch kein Vertrauen zum Neuen Glauben haben, seine Prophezeiungen.«

»Er bringt es sogar fertig, mit seinen Verkündungen Streit unter den Klosterbrüdern zu entfachen«, ergänzte Colgú.

»Warum erlaubt ihr ihm dann, auf die Burg zu kommen?«

»Wir können es ihm schlecht verwehren. Er ist der Neffe unseres alten Bruders Conchobhar, der Sohn von dessen Schwester.«

Es bedurfte keiner weiteren Erklärung, denn Eadulf wusste, Bruder Conchobhar war der Arzt und Apotheker, der Colgú und Fidelma von ihren Kindertagen an betreut hatte und oft auch ihr Ratgeber war. Schon bevor sie geboren wurden, hatte er ihrem Vater Failbhe Flann gedient. Wenn es in Cashel einen Menschen gab, dem Eadulf bedingungslos vertraute, dann war es dieser Alte mit den strahlenden Augen.

»Eadulf, ich möchte, dass du an diesem kommenden Konzil teilnimmst, und zwar als mein persönlicher Berater«, bekräftigte Colgú.

»Fidelma könnte eine solche Rolle weit besser ausfüllen«, wehrte Eadulf ab.

Colgú schüttelte den Kopf. »Du kommst aus dem Land

dieser Leute, sprichst ihre Sprache und weißt, wie sie denken. Und genau das Wissen brauche ich. Und was Fidelma angeht, in Rechtsfragen habe ich Aillín dabei, meinen Obersten Brehon, so, wie ich mich auf Abt Ségdae verlassen kann, wenn es um Glaubensdinge geht.«

»Da du gerade Glaubensfragen erwähnst«, nahm der Abt den Faden auf, »es hat mich sehr erstaunt, dass Bruder Cerdic darauf bestand, Äbtissin Líoch im Kloster Cill Náile aufzusuchen. Er hat ihr einzureden versucht, es wäre in ihrem Interesse, am Konzil in Cashel teilzunehmen.«

Eadulf war verblüfft. »Die Äbtissin ist eine alte Freundin von Fidelma. Warum gerade sie an einer Versammlung von Prälaten teilnehmen soll, wundert mich sehr. Es gibt wahrlich höherstehende Kleriker, die dazu geladen werden müssten.«

»Könnte es sein, dass Bruder Cerdic sie einladen sollte, weil sie deine Leute kennt …, ich meine die Angeln?«, erwog Colgú. »Vor etlichen Jahren gehörte sie zu einer Gruppe von Missionaren, die ins Königreich Northumbria zogen. Sie hat dort einige Zeit in der Abtei Laestingau verbracht, ist also mit deinen Leuten ein wenig vertraut und weiß einiges über ihre Sitten und Denkart.«

Abt Ségdae unterstützte diese Ansicht. »Es kann nur von Vorteil sein, auch sie als Sachkennerin bei dieser Zusammenkunft dabei zu haben.«

»Ich habe nichts dagegen«, verkündete Eadulf, wenngleich der Abt ihn nicht gefragt hatte, ob er Einwände hätte. »Begegnet bin ich der Äbtissin allerdings noch nie.«

Zwar wusste er, dass Cill Náile innerhalb eines Tages von Cashel aus zu erreichen war, doch hatte er die kleine Glaubensgemeinschaft nie aufgesucht. Wie Fidelma ihm erzählt hatte, war Líoch eine ihrer Gefährtinnen gewesen, als sie sich der irischen Abordnung anschlossen, die zum großen Konzil von Streonshalh reiste. Daran teilgenommen hatte Líoch aber nicht; sie war in Laestingau geblieben, das einige Tagesritte westlich von Streonshalh lag.

»Wo hält sich Bruder Cerdic jetzt auf? Ihr seid doch zusammen nach Cashel gekommen?«

Abt Ségdaes Gesicht verfinsterte sich. »Richtig. Er ist hier auf der Burg und erwartet die übrigen Angehörigen seiner Gruppe.«

»Soll ich versuchen, mit ihm zu sprechen? Vielleicht kann ich ihm ein paar nähere Auskünfte entlocken.«

»Ich habe gehofft, dass du das tust«, ermunterte ihn Colgú erleichtert. »Ich fühle mich unwohl bei der ganzen Geschichte, zumal wir überhaupt nicht wissen, was uns erwartet.«

»Vermutlich findest du ihn in der Kapelle«, sagte der Abt. »Er scheint zu den Menschen zu gehören, die den Umgang mit anderen meiden.«

Als Eadulf über den Burghof zur Kapelle ging, kam Fidelma zum Haupttor hereingeritten. Sie saß auf ihrem Rappen, den sie Aonbharr nannte, nach dem Ross, auf dem Mannanán Mac Lir, der alte Gott des Meeres, über die Wogen flog. Auf seinem gescheckten Pony neben ihr ritt vergnügt Alchú, ihr vierjähriger Sohn mit dem feuerroten Schopf. Dicht hinter ihnen, ebenfalls hoch zu Ross, folgte ihr Leibwächter Aidan von der Schutztruppe des Königs. Eadulf konnte nicht anders, er blieb kurz stehen, um seine Frau zu bewundern. Jahrelang war sie Schwester Fidelma in der schlichten Tracht einer Nonne gewesen. Noch hatte er sich nicht völlig daran gewöhnt, sie jetzt als Fidelma, Prinzessin der Eóghanacht, zu sehen. Ihr rotes Haar war in drei Zöpfe geflochten, die mit Silberreifen aufgesteckt waren. Sie trug ein sich um die Taille schmiegendes Obergewand, das sich nach unten hin locker bauschte. Enganliegende *triubhas* oder Beinkleider reichten bis zu den Knöcheln. Die Füße steckten in blauen Lederstiefeln mit kurzen Schäften. Um die Schultern lag ein knapper Umhang mit Biberfellkragen, der von einer Silberbrosche zusammengehalten wurde. Jedes der Kleidungsstücke war mit Gold- und Silberstickerei verziert.

Fidelma hatte sich vom Klosterleben völlig getrennt, doch Eadulf hatte sich nicht dazu durchringen können. Er trug weiterhin die römische Tonsur und die Mönchskutte, kam sich aber hin und wieder, wenn er bei festlichen Anlässen neben seiner Frau stand, ein wenig farblos gekleidet vor.

Er löste sich aus seinen Betrachtungen, lief ihnen entgegen und half seinem Sohn beim Absteigen, noch ehe der *echaire*, der Stallmeister, hinzuspringen konnte.

»Hallo, kleiner Jagdhund«, begrüßte er ihn mit seinem Kosenamen, denn so hieß Alchú wörtlich genommen. »Wie war der Ausritt, hat es Spaß gemacht?«

Jauchzend fiel ihm der Junge in die Arme. »Es war herrlich, *athair*. Wir sind durch den Wald geritten und haben Rehe und Hirsche aufgescheucht. Die sind vor uns geflüchtet. Und als wir nach Hause kamen, haben wir viele Männer gesehen, die bauen ein neues Gebäude.«

»Ein neues Gebäude?« Eadulf runzelte ungläubig die Stirn.

»Er meint die Arbeiten an der Südwestmauer«, erklärte Fidelma. »Da wird gerade das Holzgerüst für die Steinmetze und Maurer hochgezogen.«

Unterhalb der Königsburg war es zu einem Felssturz gekommen, der hatte ziemlichen Schaden an der Umfassungsmauer angerichtet. Der Fels von Cashel, auf dem die große Burg der Könige von Muman aus dem Geschlecht der Eóghanacht thronte, erhob sich zweihundert Fuß über der Ebene mit steilen, nahezu uneinnehmbaren Kalksteinwänden. Auf der Hochfläche hatten im Laufe von vier Jahrhunderten die Eóghanacht ihre Festungsanlagen errichtet.

Eadulf wollte seinem kleinen Sohn einschärfen, wie gefährlich es auf so einer Baustelle ist, doch Alchú redete unbeirrt weiter. »Und dann haben wir zwei merkwürdige Frauen gesehen, und außerdem noch ...«

Fidelma war abgestiegen, hatte ihr Pferd dem Stallmeister übergeben und Aidan, ihren Leibwächter, mit einer Handbewegung entlassen.

»Geh und mach dich erst mal frisch, danach kannst du deinem Vater alles erzählen«, unterbrach sie den Jungen ernst. »Schau, da kommt Muirgen, die holt dich zum Waschen und hat bestimmt noch was Leckeres zum Naschen für dich.«

Ihre Kinderfrau Muirgen war auf dem Burghof erschienen. Zutraulich griff der Junge nach ihrer ausgestreckten Hand und zog mit ihr los. Eadulf wunderte sich, warum Fidelma den Jungen abgelenkt hatte, der von dem Abenteuer des Vormittags übersprudelte, spürte aber, dass sie mit ihm allein reden wollte.

»Ich komme gleich nach, kleiner Jagdhund«, rief ihm Eadulf hinterher. »Dann erzählst du mir, was du alles erlebt hast.«

Alchú aber hatte bereits die ihm versprochenen Leckereien vor Augen, hörte den Vater kaum noch und trottete fröhlich mit seiner Amme davon.

Inzwischen waren die Pferde in die Stallungen gebracht worden, der Burghof war leer und Eadulf fragte Fidelma besorgt: »Ist unterwegs etwas geschehen?«

»Ja und nein. Auf dem Weg nach Cashel habe ich eine Bekannte getroffen, wir haben angehalten und eine Weile miteinander gesprochen.«

Eadulf hob fragend eine Braue. »Die merkwürdige Frau, von der Alchú erzählen wollte?«

»Einem kleinen Jungen wie ihm muss Äbtissin Líoch in der Tat merkwürdig vorkommen. Wir alle hier tragen gern farbenfrohe Sachen, sogar die Klosterschwestern haben immer etwas Buntes in ihrer Tracht. Aber seit Líoch aus den Ländern der Angelsachsen zurück ist, trägt sie nur schwarz, selbst ihr Gesichtsschleier und auch die Fibeln oder Broschen, die den Umhang zusammenhalten, sind schwarz. Da glänzt kein Edelstein, es sei denn, er ist schwarz und in geschwärztem Silber gefasst.«

»Äbtissin Líoch? Ist sie denn schon hier?« Eadulf konnte seine Überraschung nicht verbergen.

»Wieso schon hier?« Fidelma sah ihn verwundert an. »Woher weißt du, dass sie in Cashel erwartet wird?«

»Ich weiß nur, dass man sie aufgefordert hat, hierherzukommen. Doch erzähl du zuerst, ich höre zu und erzähl dir dann, was ich weiß.«

»Wir kamen von unserem Ausritt zurück und bogen gerade auf den Hauptweg nach Cashel ein. Da begegneten wir der Äbtissin und ihrer *bann-mhaor*, der Verwalterin ihres Hauswesens, ich habe den Namen vergessen, jedenfalls war es eine der Schwestern aus ihrer Abtei. Da ich Líoch kenne, habe ich natürlich angehalten. Sie teilte mir mit, man hätte sie gedrängt, sich hier einzufinden, weil ein Konzil abgehalten würde. Eine Abordnung aus einem der Königreiche der Angelsachsen würde in Kürze eintreffen. Das klingt reichlich mysteriös.«

»Wo ist die Äbtissin jetzt?«, fragte Eadulf und blickte zum Tor, als müsste sie jeden Moment erscheinen.

»Sie wollte mit uns nur bis zur Siedlung reiten. Sie und ihre Begleiterin wollen sich eine Herberge im Ort suchen, obwohl ich ihr versichert habe, die Burg meines Bruders sei groß genug, um beiden Unterkunft und Verköstigung zu bieten. Ich hatte den Eindruck, sie sieht dieser Zusammenkunft mit einiger Beklemmung entgegen. Was soll das Ganze überhaupt?«

Eadulf atmete tief durch. »Wenn ich das nur wüsste. Da braut sich irgendetwas zusammen, aber was?« Er hob die Hand und schüttelte den Kopf, als Fidelma ihm weitere Fragen stellen wollte. »Lass mich dir erst erzählen, was ich weiß.«

Er berichtete ihr kurz, warum ihn ihr Bruder Colgú und Abt Ségdae zu sich gerufen hatten. »Mir ist unerklärlich, aus welchem Grund hier ein Konzil stattfinden soll. Bemerkenswert ist allerdings, dass Äbtissin Líoch gedrängt wurde, herzukommen, wie du sagst.«

»So habe ich sie jedenfalls verstanden; auch ich halte das für höchst seltsam.«

»Abt Ségdae denkt, es könnte damit zusammenhängen, dass sie einige Zeit in Northumbria verbracht hat.«

»Líoch hat mir berichtet, dass vor einigen Tagen zwei Mönche ihre Abtei aufgesucht haben. Einer von ihnen war der angelsächsische Mönch, den du erwähnt hast, dieser Bruder Cerdic. Der andere kam aus der Abtei Fearna. Ihren Worten nach hat Bruder Cerdic ihr eindringlich nahegelegt, zum Konzil zu erscheinen. Es läge in ihrem Interesse, soll er gesagt haben. Die Aufforderung hat sie ziemlich beunruhigt.«

»Es läge in ihrem Interesse? Eine seltsame Wortwahl.«

»So jedenfalls hat sie es wiederholt betont. Kennst du Bruder Cerdic?«

Eadulf verneinte. »Ich weiß nicht mehr und nicht weniger, als ich dir eben erzählt habe.«

»Wo ist er jetzt? Hier in Cashel?«

»Er ist gemeinsam mit Abt Ségdae und dessen Verwalter, Bruder Madagan, gekommen. Ich wollte ihn gerade suchen.

Vielleicht gelingt es mir, etwas über diese seltsamen Emissäre von ihm zu erfahren.«

»Und wo ist Bruder Rónán?«

»Der ist schon wieder nach Fearna unterwegs, weil er als Fremdenführer nicht mehr benötigt wurde. Abt Ségdae sagt, Bruder Cerdic behauptet, er sei lediglich Vorbote, um die Abordnung anzukündigen.«

Fidelma blickte skeptisch. »Hat Abt Ségdae ihm geglaubt?«

»Das möchte ich bezweifeln«, antwortete Eadulf spöttisch. »Wie kann jemand eine lange Reise übers Meer und in ein fremdes Land unternehmen, ohne die mindeste Ahnung zu haben, welche Absicht die Gruppe verfolgt, mit der er unterwegs ist. Und wenn er Äbtissin Líoch einredet, es sei in ihrem Interesse, an einem Konzil teilzunehmen, muss er doch wohl mehr wissen.«

»Das sehe ich auch so«, meinte Fidelma. »Warum sollte Bruder Cerdic sie in ihrer Abtei aufsuchen und ihr klarmachen, es sei für sie nur gut und richtig, sich hierher zu begeben, ohne ihr zu erklären, warum? Es hat sie jedenfalls in Unruhe versetzt. Entweder sie hat ihn gekannt oder er hat ihr eine Andeutung gemacht, warum sie nach Cashel kommen soll.«

»Ich will versuchen, mit Bruder Cerdic unter vier Augen zu sprechen. Vielleicht ist er einem Landsmann gegenüber weniger zugeknöpft.«

»Aber zuallererst musst du Alchú gegenüber Wort halten«, ermahnte ihn Fidelma. »Er möchte doch seinem Vater erzählen, was er alles bei dem Ausritt erlebt hat. Also, du gehst zu ihm, und derweil suche ich meinen Bruder auf; ich muss erfahren, wie er sich auf diese sonderbaren Abgesandten einstellt.«

Es dauerte nicht allzu lange, bis Eadulf wieder über den

Burghof ging, um sein Vorhaben auszuführen. Dabei traf er Beccan, den Hofmeister, und fragte ihn, ob er Bruder Cerdic gesehen hätte. Beccan wies mit dem Daumen zur Kapelle hinter ihm.

»Der Sachse ist vor kurzem in die Kapelle gegangen. Der Kerl ist so was von unfreundlich«, sagte er und schniefte verächtlich.

Eadulf hatte sich mittlerweile fast damit abgefunden, dass die Bewohner der fünf Königreiche von Éireann alle Fremden von jenseits der See für Sachsen hielten, ganz gleich ob sie Angeln oder Jüten oder wirklich Sachsen waren. Leise trat er in die Kapelle und blieb zunächst stehen, bis sich seine Augen an den Lichtwechsel gewöhnt hatten. Dann schaute er sich in dem düsteren Raum um.

Vor dem Altar kauerte eine Gestalt und schien im Gebet versunken.

Eadulf räusperte sich, um auf sich aufmerksam zu machen, doch die Person rührte sich nicht. Reglos verharrte sie in ihrer Stellung. Knie und Füße waren unter den gebeugten Leib gezogen, die Stirn berührte den kalten Steinboden. Eadulf zuckte zusammen. Vor der Gestalt glitzerte es, und er brauchte einige Momente, bis er begriff, es war der flackernde Schein der Kerze, der sich auf etwas Flüssigem spiegelte. Blut.

Er unterdrückte einen Fluch, eilte nach vorn und tippte der Gestalt auf die Schulter. Allein die leichte Berührung ließ den Mann auf die Seite rollen. Das Gesicht war kreidebleich, tote, weit aufgerissene Augen starrten ihn an.

Eine Waffe war in unmittelbarer Umgebung nicht zu entdecken, doch der blutige Schnitt quer über die Kehle sprach für sich. Weder Messer noch Dolch lagen neben ihm. Selbst entleibt hatte sich der Mönch nicht.

Kapitel 3

Fast widerstrebend machte sich Eadulf daran, den leblosen Körper genauer zu betrachten. Zwar war ihm der Anblick von Toten und Ermordeten nicht fremd, die Leiche mit der durchschnittenen Kehle hier aber hatte in ihrer zusammengekauerten, betenden Haltung etwas befremdlich Pathetisches an sich.

Das flackernde Kerzenlicht fiel auf eine im ersten Moment wenig einnehmende Gestalt. Der Mann mochte etwa in Eadulfs Alter sein, dünn, fast hager, mit strähnigem blondem Haar, die Tonsur nach der Sitte Roms geschnitten. Die Kleidung war aus schlichtem Tuch gefertigt und hatte ein unscheinbares Weißgrau, die schmutzige Färbung von naturbelassener Wolle. Demnach musste der Tote, so schlussfolgerte jedenfalls Eadulf, ein Anhänger des heiligen Benedikt gewesen sein, dem laut Festlegung des jüngsten Konzils von Autun alle Gläubigen zu folgen hatten. Die frommen Brüder hatten das Gelübde abgelegt, sich mit in der Natur vorkommenden Dingen zu begnügen, auf jegliche Verzierung der Kleidung zu verzichten und sich eines einfachen Lebens mit Arbeit und Gebet zu befleißigen.

Mit ziemlicher Sicherheit war der Tote, der vor ihm lag, Bruder Cerdic, Antworten auf seine Fragen würde Eadulf folglich nicht mehr erhalten.

Er langte nach unten und berührte den Nacken des Mannes. Er war noch warm. Bei dem Gedanken, dass Bruder Cerdic, erst kurz bevor er selbst die Kapelle betreten hatte, zu Tode gekommen war, sprang er erschrocken auf und blickte sich argwöhnisch um. Dunkle Nischen ringsumher, unheimliche Stille bis auf das sachte Tropfen von flüssigem Wachs auf den Steinfußboden.

Eadulf hastete zur Tür der Kapelle, öffnete sie und sah etwas weiter hinten auf dem Hof den alten Bruder Conchobhar, der dort zusammen mit einem jüngeren Mann stand. Sonst war niemand in der Nähe.

»Bruder, ich muss dich stören«, rief er ihm zu.

Bruder Conchobhar blickte auf und kam sofort zu ihm, gefolgt von dem anderen, den Eadulf nicht kannte. Der Unbekannte steckte in einem auffällig bunten Umhang und war von ebenmäßigem, wohlgefälligem Äußeren mit heller Haut und schwarzem Haar, das in der fahlen Sonne leicht bläulich schimmerte. Was aber Eadulf kurz gefangen nahm, waren seine Augen. Sie waren von einem seltsamen hellen Blau, glitten ruhelos wie die Wasser des Ozeans hin und her und drohten Eadulf in ihre unergründlichen Tiefen zu ziehen. Es kostete ihn einige Mühe, nicht in ihren Sog zu geraten.

»Du scheinst bedrückt, guter Freund«, sagte der Fremde. Der Tonfall und die Melodie seiner Stimme wirkten geradezu hypnotisierend und hätten so manchen verstummen lassen. Ganz selten hatte Eadulf Menschen mit einer derartigen Stimme erlebt.

Bruder Conchobhar reagierte rasch. »Das ist Deogaire, ein Verwandter von mir. Aber er hat recht. Etwas liegt dir auf der Seele, Bruder Eadulf.«

»Habt ihr jemand aus der Kapelle kommen sehen?«, fragte er.

»Ich jedenfalls nicht«, erwiderte der alte Apotheker und blickte fragend seinen Verwandten an. Aber auch der schüttelte den Kopf. »Suchst du jemand bestimmten?«

Statt einer Antwort bedeutete er den beiden, ihm ins Innere der Kapelle zu folgen. Wortlos wies er auf die vor dem Altar liegende Gestalt.

Ohne auch nur einen Moment zu zögern, eilte Bruder Conchobhar zu dem Toten und beugte sich zu ihm. Sein erfahrener Blick erfasste sofort die Verletzung und die Verfärbung der Haut.

»Wie ist das passiert?«, fragte er.

»Ehrlich gesagt, ich weiß es nicht«, entgegnete Eadulf. »Erst vor wenigen Augenblicken habe ich die Kapelle betreten, in der Absicht, mit diesem Mann zu sprechen. Stattdessen fand ich ihn hier zusammengekauert, berührte ihn an der Schulter, und er glitt lautlos zur Seite.«

»Und von einer Waffe keine Spur«, meinte Deogaire und schaute sich sinnend um. Es klang mehr nach einer Feststellung als nach einer Frage.

»Jedenfalls habe ich keine gesehen«, bestätigte Eadulf.

»Und doch bewirkte sie den unmittelbaren Tod«, stellte Bruder Conchobhar fest und erhob sich. »Nach meiner Auffassung zuerst ein Schnitt durch die Kehle, um jeden Aufschrei zu vermeiden, und gleich darauf ein einziger Stich ins Herz – der Tod war unvermeidlich.«

Eadulf presste die Lippen zusammen. »Demnach kannte sich der Täter im Gebrauch von Waffen aus.«

»Und auch in der Anatomie«, fügte Deogaire trocken hinzu.

»Lange ist er noch nicht tot«, sagte Bruder Conchobhar. »Deshalb war wohl auch deine erste Frage, ob wir jemand aus der Kapelle haben kommen sehen?«

»Ja.«

»Sich hier in der Kapelle zu verbergen ist kaum möglich«, meinte Deogaire mit einem prüfenden Blick in die Runde. »Der Täter muss sich, just bevor du hereinkamst, aus dem Staub gemacht haben.«

Bruder Conchobhars Stoßseufzer war nicht zu überhören. »Das lässt Böses ahnen für Cashel, guter Freund. Dir ist ja wohl nicht entgangen, dass es sich hier um einen sächsischen Mönch handelt, der eben erst auf Cashel eingetroffen ist.«

»Colgú und Abt Ségdae haben mir von ihm berichtet. Dabei habe ich erfahren, dass wir eine Abordnung von sächsischen Geistlichen zu erwarten haben, die an irgendeiner Ratssitzung teilnehmen sollen. In diesem Zusammenhang wurde ich gebeten, mit dem Mönch hier ins Gespräch zu kommen.«

»Und mir gab man zu verstehen, dass dieser Mann da, Bruder Cerdic, mit seinem anmaßenden Auftreten für Ärger gesorgt hat«, teilte Bruder Conchobhar erregt mit.

»Von wem hast du das?«, fragte Eadulf.

»Von Bruder Madagan, dem Verwalter des Abts.«

»Bei allem Ärger – musste man ihn da gleich ermorden?« Eadulf schürzte die Lippen. Die Frage war mehr rhetorisch.

»Auf Cashel kommen böse Zeiten zu«, meinte Deogaire vielsagend. »Schlimme Zeiten. Ich spüre es.«

Eadulf vermied einen Blick in Deogaires stechende, tiefliegende Augen. »Ich muss Colgú von der Sachlage in Kenntnis setzen.«

Bruder Conchobhar nickte zustimmend. »Wir kümmern uns um den Leichnam.«

Es gehörte zu Bruder Conchobhars Aufgaben, auf dem Burggelände zu Tode gekommene Menschen in seiner Apotheke für das Bestattungsritual vorzubereiten. Eadulf ließ ihn und Deogaire, seinen seltsamen Verwandten, bei dem Toten zurück und machte sich auf den Weg zu den Gemächern des Königs. Fidelma eilte ihm bereits entgegen.

»Was gibt es Neues?«, fragte sie ohne Umschweife. »Hast du deinem Landsmann etwas entlocken können?«

»Er ist tot. Ermordet«, war Eadulfs grimmige Antwort.

Um ihre grünen Augen zuckte es. In aller Kürze schilderte er ihr den Vorfall.

»Das lässt Böses ahnen«, sagte sie nur und wiederholte damit fast genau Bruder Conchobhars Worte. »Und du hast niemand in oder in der Nähe der Kapelle gesehen? Nein, natürlich nicht«, gab sie sich selbst zur Antwort. »Eine törichte Frage, du hast ja schon alles erzählt.«

»Lass uns zu Colgú und Bischof Ségdae gehen, sie müssen erfahren, was geschehen ist.« Er zögerte. »Weißt du eigentlich etwas mehr über diesen Deogaire? Ich hatte bisher nie etwas von ihm gehört.«

»Deogaire?« Der Name berührte sie nicht sonderlich. »Ein merkwürdiger Mensch. Merkwürdig, aber harmlos, es sei denn, man sieht in ihm einen Hellseher und glaubt seinen Prophezeiungen. Er kommt hin und wieder hierher und besucht den alten Conchobhar, seinen Onkel, aber meist hält er sich mehr bei denen auf, die an seine hellseherischen Kräfte glauben.«

»Also bei Leuten in Sliabh Luachra?«

»Genau.«

»Er hat etwas Betörendes an sich, auch ich konnte mich der Anziehungskraft, die er ausstrahlt, kaum entziehen«, gab Eadulf zu.

»Die will ich ihm nicht absprechen. Ohne die könnte er nicht Menschen in die Irre führen, denn das tut er sehr wohl. O je, auch das noch …«

Eadulf stutzte nur kurz über ihre plötzliche Verärgerung, denn auch er sah Aillín, Colgús Obersten Brehon, auf sie zueilen. Der schon etwas ältliche Mann kam aus der Richtung der Kapelle gerannt. Seine ohnehin scharfkantigen Gesichtszüge waren zu einer fast feindseligen Fratze verzerrt, als er vor ihnen stehen blieb.

»Ich habe soeben mit Bruder Conchobhar gesprochen«, erklärte er aufgebracht; sein unfreundlicher Ton galt Eadulf. »Ich gehe geradewegs zum König ...«

»Das trifft sich gut, auch wir wollen zu ihm«, fiel ihm Fidelma gelassen ins Wort, erntete aber nur einen zornigen Blick.

»Wie ich erfuhr, war Bruder Eadulf Zeuge beim Mord an seinem Landsmann«, eröffnete ihnen der Richter. »Ich muss wissen, was der Sachse zu dir gesagt hat, bevor er starb.«

Fassungslos sah Eadulf den Mann an. »Nicht ein Wort hat er zu mir gesagt. Als ich ihn fand, war er bereits tot. Ich war beileibe kein Zeuge seiner Ermordung. Ich habe ihn nicht einmal gekannt.«

»Was hast du überhaupt von ihm gewollt? Ihr seid beide Sachsen. In welchem Verhältnis stand er zu dir?« Böse spuckte Brehon Aillín seine Fragen heraus.

In dem Bemühen, seinen Unmut zu zügeln, atmete Eadulf tief durch. Er wusste, dass Brehon Aillín auf Fidelma nicht gut zu sprechen war, besonders, seitdem sie vor dem Rat der Obersten Brehons von Muman für den Posten kandidiert hatte, den Aillín jetzt innehatte. Zudem hegte er eine Abneigung gegen Eadulf, konnte sich offensichtlich nicht damit abfinden, dass er mit Fidelma verheiratet war.

»Ich stamme aus dem Königreich der Ostangeln, Bruder Cerdic hingegen kam aus dem Königreich der Magonsaete. Wenn du es also schon genau nehmen möchtest – wir sind keine Sachsen«, erwiderte Eadulf in aller Ruhe, aber mit deutlicher Betonung.

»Ob Angeln oder Sachsen, das macht doch keinen Unterschied«, wütete Aillín.

Noch ehe Eadulf etwas entgegnen konnte, ging Fidelma scharf dazwischen.

»Eadulf suchte den Mönch im Auftrag meines Bruders auf

und sollte herausfinden, welches Anliegen ihn hierhergeführt hat. Mein Bruder hatte heute Morgen Eadulf zu sich und Abt Ségdae gerufen, ihn in der Angelegenheit zu Rate gezogen und hatte schließlich befunden, Eadulf solle mit dem Fremden das Gespräch suchen. Wenn dir das als Antwort nicht genügt, wende dich bitte an meinen Bruder, den König.«

Brehon Aillín kniff die Augen zusammen, er zog eine hässliche Grimasse.

»Ich bin der Oberste Brehon deines Bruders«, zischte er langsam, aber unmissverständlich. »Es ist meine Aufgabe, diesen Mord aufzuklären, und ich lasse mich nicht aus dieser Verantwortung drängen.«

Fidelma zwang sich zu einem Lächeln. »Ich wüsste nicht, wer dich aus dieser Verantwortung drängen möchte, Aillín. Begleite uns einfach und lass uns mit meinem Bruder beraten. Er legt gewiss großen Wert darauf, aus Eadulfs Mund zu erfahren, was geschehen ist, denn nichts liegt ihm mehr am Herzen, als sich Klarheit über den Vorfall zu verschaffen.«

Sie warf Eadulf einen raschen Blick zu, drehte sich um und strebte mit ihm an der Seite den Gemächern ihres Bruders zu. Nach kurzem Ringen mit sich selbst eilte Brehon Aillín ihnen hinterher.

Colgú nahm die Nachricht voller Besorgnis entgegen. »Wir müssen Abt Ségdae informieren. Über diesen Bruder Cerdic wissen wir also nichts. Wo aber fangen wir bei der Suche nach Verdächtigen an?«

Brehon Aillín räusperte sich. »Es gibt eine Person hier in der Burg, die aus dem gleichen Land stammt wie er …«, begann er.

Aufhorchend wandte sich Colgú ihm zu, begriff aber im selben Moment, worauf der Mann hinauswollte.

»Ach so, du denkst an Eadulf. Das hilft uns ja wohl nicht

weiter, oder? Mir geht es um die Person, die seinen Tod herbeigeführt hat. Und da fehlt uns jeder Anhaltspunkt.«

»Bruder Eadulf war aber zugegen, als er starb«, beharrte Brehon Aillín. »Folglich ...«

»Lass so eine alberne Gedankenspielerei, Aillín«, sagte Colgú verärgert. »Zu Späßen ist jetzt nicht die Zeit. Wir müssen alles ernsthaft durchdenken.«

Bruder Aillíns Lippen zogen sich zu einem dünnen, blutleeren Strich zusammen. Zwar hatte Colgú die Äußerung als Spaß abgetan, aber Eadulf war sich durchaus im Klaren darüber, dass der Brehon gegen ihn voreingenommen war und es sehr wohl ernst gemeint hatte. Er würde sich in Zukunft vor ihm in Acht nehmen müssen.

Fidelma ließ nicht unnütz Zeit verstreichen und kam zur Sache. »Dieser Bruder Cerdic da und Bruder Rónán haben bei Äbtissin Líoch vorgesprochen und sie zu der Ratssitzung nach hier eingeladen. Allem Anschein nach hat sie es vorgezogen, unten in der Siedlung zu wohnen und nicht bei uns auf der Burg. Da wir uns nicht fremd sind, sollte ich vielleicht mit ihr reden und sie nach Bruder Cerdic fragen, ob sie ihn gekannt hat oder ob er sich etwas konkreter geäußert hat, als er sie in Cill Náile in ihrer Abtei aufsuchte.«

Colgú zuckte mit den Achseln. »Wenn du meinst, es könnte etwas bringen, solltest du es unbedingt tun. Überzeuge sie bei der Gelegenheit auch davon, dass wir weitaus bessere Möglichkeiten zur Beherbergung von Gästen haben als die Ortschaft unten.«

Brehon Aillín machte mit einem trockenen Hüsteln erneut auf sich aufmerksam.

»Darf ich dich daran erinnern, dass es als dein Oberster Brehon meine Pflicht ist, alle notwendigen Erkundigungen selbst einzuziehen und ...«

»Ich bin mir der Situation durchaus bewusst«, erklärte ihm Colgú gereizt. »Auf dich warten jedoch weit wichtigere Aufgaben. Du wirst dich mit Abt Ségdae zusammentun und alle Fragen zur bevorstehenden Abordnung erörtern. Wenn etwas von vorrangiger Bedeutung ist, dann ist es das. Dem Tod des Mönchs kann Fidelma nachgehen, sie hat sich bei der Klärung ähnlicher Probleme oft genug bewährt.«

Brehon Aillín versuchte seine Einwände geltend zu machen. »Aber ...«

Er kam nicht weit. Colgú hob die Hand und gebot ihm zu schweigen. »Je schneller du dich mit Abt Ségdae berätst, desto besser. Sollte dir jedoch irgendetwas zu Ohren kommen, was Fidelmas Nachforschungen dienlich ist, wirst du es sie selbstverständlich wissen lassen.«

Missmutig starrte der ältliche Brehon den König an, entschloss sich dann aber zu einer leichten Verbeugung, wandte sich um und verließ den Raum.

Die Zurückbleibenden atmeten erleichtert auf.

»Von Woche zu Woche wird dieser Mann unerträglicher«, murmelte Colgú und überraschte mit seiner Bemerkung seine Schwester und Eadulf. Ein König durfte gegenüber anderen eigentlich nicht abfällige Bemerkungen über seinen Obersten Brehon machen.

»Er ist dein Oberster Brehon«, gab deshalb Fidelma vorsichtig zu bedenken.

»Aber er war nicht meine Wahl«, erinnerte sie ihr Bruder.

Damit hatte er recht. Er hatte gewissermaßen kampflos den Posten errungen, als Áedo, der gewählte Oberste Brehon von Muman, wenige Monate zuvor bei dem Versuch, König Colgú vor einem Attentäter zu schützen, selbst zu Tode gekommen war. Aufgrund seines Alters und seiner Erfahrung hatte man Aillín seinerzeit zu Áedos Stellvertreter berufen. Der Rat der Brehons war damals davon ausgegangen, dass er ohnehin bald aus dem Amte scheiden würde, und hatte den Posten des Stellvertreters als Anerkennung für seine langjährigen Dienste für sinnvoll erachtet. Dann aber wurde Áedo getötet, und man hatte sein Aufrücken zwangsläufig hinnehmen müssen, wenngleich alle um seine Vorurteile, seine pingelige Art und Pedanterie wussten. Sein Hang, sich an unwesentlichen Dingen aufzuhalten, kostete unnötig Zeit und lenkte Colgú von wichtigen Fragen ab.

Der König wandte sich Eadulf zu. »Hast du eine, und sei es eine noch so verschwommene Ahnung, was zu Bruder Cerdics Tod geführt haben könnte?«

»Ich halte Fidelmas Vorschlag für vernünftig, noch einmal mit Äbtissin Líoch zu sprechen. Im Augenblick scheint mir das der einzige logische Weg zu sein. Irgendjemand hier auf der Burg muss ihn so gut gekannt haben, dass er Grund hatte, ihn umzubringen.«

»Wie kommst du darauf? Genauso gut könnte doch auch ein Fremder die Tat begangen haben, irgendjemand, der einen Groll gegen seine Herkunft oder sein Glaubensbekenntnis gehegt hat. Man muss bedenken, dass gerade in letzter Zeit nach dem Beschluss von Streonshalh, der Auffassung von Rom zu folgen, viele unserer Kirchenleute und ihrer Anhänger aus den Königreichen der Angeln und Sachsen vertrieben wurden. Einige Angeln und Sachsen haben sich sogar entschlossen, hierherzukommen und bei uns an ihrem Glauben festzuhalten; denk mal zum Beispiel an Bruder Berrihert und seine Gefährten, die sich in Eatharlach niedergelassen haben.«

»Dagegen ist nichts zu sagen«, meinte Eadulf. »Aber Bruder Cerdic kannte seinen Gegner. Ich glaube, dass der Mord vorsätzlich geschah.«

»Hast du einen Anhaltspunkt dafür?«

»Bruder Cerdic hegte keinen Verdacht gegen den Mörder. Arglos ließ er ihn so nahe an sich herankommen, dass der Attentäter ihm die zwei tödlichen Wunden beibringen konnte. Dafür aber musste der Mörder unmittelbar neben ihm sein. Das Opfer ahnte nicht im Mindesten, was ihm geschah. Cerdic starb, ohne einen Laut von sich zu geben oder sich in irgendeiner Form zu wehren.«

»Das ist eine überzeugende Schlussfolgerung«, stimmte ihm Fidelma zu.

Colgú unterdrückte einen Seufzer. »Dann gehe diesen Überlegungen nach, so gut du kannst. Es wäre sehr hilfreich, wenn wir die Sache klären könnten, bevor Bischof Arwald mit seinem Gefolge eintrifft. Was immer der Grund ihres Kommens sein mag, es muss sich nicht noch zusätzliches Ungemach zusammenbrauen.«

»Wir werden unser Bestes tun, um die Dinge zu klären. Sei unbesorgt«, versprach Eadulf und stand auf.

Fidelma erhob sich ebenfalls, und gemeinsam gingen sie zur Tür. Sie hatte schon den Türgriff in der Hand, als Colgú ihnen nachrief: »*Post equitem sedet atra cura.*«

Draußen gestand Eadulf: »Ich habe nicht verstanden, was er damit meinte.«

»Es ist ein Zitat aus einer Ode von Horaz«, erklärte Fidelma. »Unheil sitzt dem Reiter im Nacken« (Horaz, Carmina, Buch 3, Ode 1, Vers 40).

»Selbst ein König ist nicht vor Unheil gefeit«, deutete Eadulf das Zitat philosophisch um. »Ich habe den Eindruck, der Hergang der Dinge belastet ihn.«

Sie holten ihre Pferde aus dem Stall und begaben sich quer über den Hof zu den Haupttoren. Der diensthabende Wachmann, der Krieger Luan, salutierte zum Gruß.

»Wir reiten nur in die Siedlung, Luan. Sollte jemand nach uns fragen, wir sind nicht lange fort.«

»Wo werdet ihr zu erreichen sein, Lady?«

»Wir wollen zur Äbtissin Líoch, müssen nur erst einmal herausfinden, wo sie Quartier bezogen hat.«

»Äbtissin Líoch habt ihr gerade verpasst.«

Fidelma wechselte einen erstaunten Blick mit Eadulf.

»Was willst du mit ›wir hätten sie verpasst‹ sagen?«, fragte sie.

»Gemeinsam mit ihrer Gefährtin hat sie eben erst die Burg verlassen. Ihr müsstet sie eigentlich noch einholen, denn sie sind zu Fuß.«

Luan hatte schon an den Toren Dienst gehabt, als Fidelma am Morgen von ihrem Ausritt mit dem kleinen Alchú zurückgekehrt war. Auf dem Weg, der sich an der Südseite des hohen Kalksteinfelsens, auf dem die Burg ihres Bruders thronte, hinunter zur Siedlung schlängelte, war sie der Äbtissin und ihrer Begleitung begegnet. Sie konnte sich gerade noch zurückhalten, Luan die törichte Frage zu stellen, ob er sich wirklich nicht irrte. Auf seine Auskünfte war in der Regel Verlass.

»Wann ist die Äbtissin hier eingetroffen?«, fragte sie.

»Nur wenige Minuten nach dir«, erwiderte der Mann. »Du standest noch im Hof, unterhieltest dich mit Freund Eadulf, und dann trenntet ihr euch. Die beiden kamen unmittelbar danach.«

»Sie muss es sich anders überlegt haben«, grübelte Fidelma laut, »ist nicht in die Stadt gegangen, sondern ist umgekehrt und uns gefolgt.«

»Luan hat doch aber eben gesagt, sie wären zu Fuß gekommen«, warf Eadulf ein. »Hattest du mir nicht erzählt, sie wären zu Pferd gewesen?«

Fidelma schaute ihn nachdenklich an und wandte sich erneut an Luan. »Es stimmt, dass die Äbtissin mit ihrer Begleitung zu Fuß gekommen ist?«

»Ja«, bestätigte der Krieger.

»Da stehen wir schon wieder vor einem Rätsel«, murmelte Eadulf, wenn auch mehr zu sich selbst.

»Aber vor einem, das sich leicht lösen lässt«, meinte Fidelma und gab ihrem Pferd die Sporen.

Tatsächlich holten sie Äbtissin Líoch und ihre Gefährtin auf dem Marktplatz der Siedlung ein. Beide waren zu Pferd. Fidelma rief sie bei ihrem Namen, die Äbtissin drehte sich um, brachte ihr Pferd zum Stehen, und ihre Gefährtin tat es ihr gleich.

»Líoch, wir haben uns auf der Burg verpasst«, begrüßte Fidelma sie.

Gab es da einen nervösen Blick zwischen der Äbtissin und ihrer Gefährtin? Eadulf war sich nicht ganz sicher, schwieg aber.

»Mein Bruder besteht darauf, dass ihr in unseren Gästekammern wohnt, und würde es als persönliche Kränkung auffassen, wenn ihr die Gastfreundschaft ablehnt«, redete Fidelma munter drauflos und fuhr fort: »Das hier ist übrigens Eadulf, den ich dir gegenüber erwähnt hatte. Eadulf, das ist Äbtissin Líoch von Cill Náile.«

Eadulf neigte höflich den Kopf. »Fidelma hat oft von dir gesprochen, Äbtissin.«

Die Äbtissin erwiderte seinen Gruß nur flüchtig und ohne ein Wort.

Eadulf verstand, warum der kleine Alchú sie als »merkwürdig« bezeichnet hatte. Sie war kaum älter als Fidelma, hatte aber dunkle Augenbrauen und tiefliegende dunkle Augen. Das durchaus hübsche Gesicht mit den rosigen Wangen war etwas rundlich, dem Rot der vollen Lippen musste nicht durch Beerensaft nachgeholfen werden. Sie war, wie Fidelma schon beschrieben hatte, von Kopf bis Fuß in Schwarz gekleidet. Zwar hatte er eine ähnliche Art, sich anzuziehen, bei älteren Frauen in Rom gesehen, für das Land hier aber war das ungewöhnlich.

»Entschuldige, ich habe deinen Namen vergessen, Schwester«, sprach Fidelma in heiterem Ton die Gefährtin der Äbtissin an, die sich bisher jeglicher Äußerung enthalten hatte.

»Das ist meine *bann-mhaor*«, antwortete die Äbtissin für sie. »Schwester Dianaimh.«

Im Gegensatz zur Äbtissin war Dianaimh in den üblichen farbenfrohen Stoffen gekleidet, wie sie die Menschen der Fünf Königreiche liebten. Unter der *caille*, der Kapuze oder dem Schleier, den die frommen Schwestern trugen, drängte sich hier und da das blonde Haar hervor. Helle blaue Augen aus einem scharfgeschnittenen, aber hübschen und jugendlichen Gesicht betrachteten Eadulf argwöhnisch.

»Wie gesagt, mein Bruder besteht darauf, dass ihr auf der Burg wohnt, und erst recht während des Besuchs der unbekannten Geistlichen. Du kannst das schlecht ablehnen.«

Die Äbtissin schien einen Moment zu überlegen, meinte dann aber achselzuckend: »Wenn es der König gebietet, muss man ihm Folge leisten.« Ihre Tonlage verriet, dass sie das Angebot nur widerwillig annahm.

»Uns ist entgangen, dass ihr zur Abtei gekommen wart«, begann Fidelma erneut. Es klang fast ein wenig vorwurfsvoll. »Als wir uns vorhin trennten, dachte ich, ihr wärt auf dem Weg in den Ort.«

»Mir fiel erst dann ein, dass ich Abt Ségdae von meiner Anwesenheit wissen lassen sollte, du hattest mir ja gesagt, dass er sich auf der Burg aufhielte.«

»Ja, stimmt. Der Wächter berichtete, ihr hättet die Strecke zu Fuß bewältigt.« Fidelma tat völlig harmlos. »So ein Fußmarsch ist ganz schön ermüdend, reiten wäre entschieden einfacher gewesen.«

»Die Pferde brauchten eine Pause«, erwiderte die Äbtissin kurz, merkte aber sogleich, dass Fidelma und Eadulf befremdlich reagierten und fügte erklärend hinzu: »Wir hielten es für besser, die Tiere nicht unnütz zu strapazieren, und baten einen jungen Burschen, auf sie Obacht zu geben, bis wir von der Burg zurück wären.«

»Und hast du den Abt sprechen können?«, erkundigte sich Eadulf.

Äbtissin Líoch verneinte kopfschüttelnd. »Er war nirgends zu finden, und so machten wir kehrt, gingen zu unseren Pferden und wollten uns jetzt nach einer passenden Unterkunft umsehen.«

»Ein vergeblicher Ausflug also«, stellte Fidelma fest.

»So kann man es sagen, ja«, lautete die trockene Antwort.

»Komm. Wir geleiten dich zu unserem Gästequartier«, forderte Fidelma sie auf und wendete ihr Pferd. »Zumindest können wir dir besseres Essen bieten, in der Siedlung gibt es wenig Vernünftiges.«

Eadulf dachte schon, die beiden Frauen würden sich weigern, aber nach kurzem Zögern schlossen sie sich ihnen an. Fidelma ließ eine Weile verstreichen, ehe sie darauf zu sprechen kam, weshalb sie Äbtissin Líoch hatte aufsuchen wollen. »Mein Bruder und auch Abt Ségdae sind über die zu erwartende Abordnung überrascht. Hattest du nicht gesagt, dass der sächsische Bote, Bruder Cerdic, zu dir in die Abtei gekommen wäre und dich aufgefordert hätte, an der bevorstehenden Ratssitzung teilzunehmen?«

»Ja, das habe ich erwähnt.«

»Wir haben nicht die geringste Ahnung, was Bischof Arwald hierherführt. Hat Bruder Cerdic etwas über das Anliegen des Besuches angedeutet?«

»Nur insoweit, dass man im kirchlichen Auftrag käme.«

»Ich finde es merkwürdig, dass er bei dir in der Abtei vorsprach und erst dann weiter nach Imleach zu Abt Ségdae ritt.«

So leicht ließ sich die Äbtissin nicht aus der Reserve locken, starr blieb ihr Blick auf den Pfad vor ihr geheftet.

»Er kam aus Laighin, und Cill Náile liegt auf dem Weg, wenn man von dort nach Imleach will«, entgegnete sie schließlich. »Insofern ist es nicht weiter verwunderlich, dass er und Bruder Rónán bei uns vorbeischauten.«

»Das ist einleuchtend«, bestätigte Fidelma leichthin. »Nur das Anliegen, das ihn zu dir führte, bleibt mir ein Rätsel. Du gabst mir doch heute Morgen zu verstehen, dass du nur auf seine ausdrückliche Aufforderung hin zu der Ratssitzung hierherkämest.«

Verärgert zog Äbtissin Líoch die Stirn in Falten, woraufhin Fidelma sie harmlos anlächelte und beschwichtigend erklärte: »Du musst mir schon verzeihen, meine Gute. Aber ich bin nun mal eine *dálaigh*, und eine Anwältin hat es so an sich, allerlei Fragen zu stellen. Das Fragenstellen ist mir zur zweiten Natur geworden, aber nichts steht mir ferner, als mich in Dinge einzumischen, die mich nichts angehen.«

Abwehrend schüttelte Äbtissin Líoch den Kopf. »Ich wollte keineswegs den Eindruck erwecken, dass ich dir deine Fragen übelnehme.«

»Also noch einmal, abgesehen von den geographischen Gegebenheiten, was hat Bruder Cerdic bewogen, in Cill Náile Halt zu machen und dich ausdrücklich zu bitten, an der Zusammenkunft teilzunehmen?«

Äbtissin Líoch überlegte einen Moment. »Ich vermute, er hatte erfahren, dass ich eine Weile im Königreich von Oswy in Northumbrian gelebt und gearbeitet habe. Vielleicht glaubte er, meine bescheidenen Kenntnisse der Sprache seiner Landsleute könnten sich als wertvoll erweisen.«

»Das wäre ein Gesichtspunkt, ja. Als du dich seinerzeit in Oswys Königreich aufgehalten hast, bist du Bruder Cerdic aber nie begegnet? Ich kann mich noch gut erinnern, dass du damals, als wir nach I-Shona übersetzten und nach Streonshalh reisten, mit dabei warst. Zu Hildas Abtei hast du uns dann allerdings nicht begleitet, und du nahmst nicht an dem Konzil teil. Wie hieß doch gleich der Ort, an dem du bleiben und arbeiten wolltest?«

»Das war Laestingau, die Abtei von Laestingau«, erwiderte die Äbtissin; es klang nicht unbedingt freundlich. »Und was deine erste Frage betrifft, ich bin Bruder Cerdic nie zuvor begegnet, erst jetzt in Cill Náile habe ich ihn zum ersten Mal gesehen. Warum willst du das eigentlich alles so genau wissen, Fidelma?«

»Ich möchte dich nicht unnötig beunruhigen, will dir aber nicht vorenthalten, dass Bruder Cerdic ermordet wurde.«

Die Äbtissin zerrte derart scharf am Zügel ihres Pferdes, dass das Tier wiehernd aufschreckte und die Vorderhufe in die Höhe riss, ehe es zum Stehen kam. Sie war aschfahl geworden und blickte Schwester Dianaimh an, die nach wie vor schwieg, aber gleichfalls besorgt dreinschaute.

Fidelma tat, als bemerkte sie die Reaktion der beiden nicht und fragte seelenruhig: »Als du oben auf der Burg warst, um Abt Ségdae aufzusuchen, bist du Bruder Cerdic wohl nicht begegnet, oder?«

»Nein«, erwiderte die Äbtissin sofort. »Ist der Mord erst vor kurzem geschehen?«

»Er wurde tot in der Kapelle aufgefunden«, erläuterte Eadulf. »Genauer gesagt, ich war es, der ihn tot vorfand.«

»Und ermordet hat man ihn, sagst du?«

»Erstochen«, bestätigte Eadulf, dass man Cerdic auch die Kehle durchschnitten hatte, unterschlug er.

»Das wirft einen Schatten über den bevorstehenden Besuch«, murmelte Äbtissin Líoch.

»Ich hatte gehofft, du könntest etwas Licht in das Dunkel bringen«, meinte Fidelma. »Du bist die Einzige, die uns über diesen Besuch etwas sagen könnte.«

»Ich kann dir nicht mehr sagen, als ich schon getan habe. Ich weiß nur, dass die zu erwartende Abordnung beabsichtigt, mit dem König und dem Obersten Bischof, Abt Ségdae, irgendwelche Fragen zu erörtern. Weshalb man mich dabei haben will, entzieht sich meiner Kenntnis.«

»Schade, ich dachte, du wüsstest mehr. Aber lassen wir das. Als du nach Abt Ségdae Ausschau hieltest, ist dir wohl nichts Besonderes aufgefallen?«

»Was meinst du mit ›Besonderes aufgefallen‹?«

»Könnte ja sein, du bist in die Nähe der Kapelle gekommen und hast dort jemand gesehen? Einen, der dort hineinging oder herauskam?«

»Wir haben niemand gesehen«, lautete die entschiedene Antwort.

Sie waren an die Burgtore gelangt, und Luan, der immer noch Wache hatte, begrüßte sie.

»Hol den Stallmeister, er soll die Pferde unserer Gäste versorgen«, ordnete Fidelma an. »Und schicke jemand zu Beccan mit dem Auftrag, Kammern für die Äbtissin und ihre Begleiterin herzurichten.«

Schon wenige Augenblicke später ging Beccan den Neuankömmlingen voran zum Gästequartier.

»Glaubst du dem, was sie sagt?«, fragte Eadulf.

Fidelma seufzte. »Im gegenwärtigen Stadium bringt es nichts, weiter in sie zu dringen. Was sollten wir ihr vorhalten? Wie auch immer, irgendetwas ist hier faul. Nur so, wie ich Líoch kenne, ist sie keine von denen, die zur Lüge greifen und einen betrügen. Wiederum habe ich sie seit ihrer Rückkehr aus Oswys Königreich und seitdem sie Äbtissin von Cill Náile ist äußerst selten gesehen. Sie scheint sich stark verändert zu haben. Sie hat nichts mehr von dem heiteren, unbekümmerten jungen Mädchen an sich, macht eher einen verbitterten Eindruck. Nimm doch nur das schwarze Gewand, in das sie sich hüllt, oder die Art und Weise, wie sie mit mir spricht, als wäre ich eine Fremde für sie.«

»Ist sie dir so auch schon heute früh begegnet, als du sie mit Alchú beim Ausritt trafst?«

»Ja, obwohl ich da dem noch keine besondere Bedeutung beigemessen habe.«

»Jetzt aber doch?«

»Wir müssen abwarten; bevor wir nicht mehr wissen, können wir nichts machen.«

»Wir könnten ihre Begleiterin befragen. Vielleicht ist sie etwas mitteilsamer als die Äbtissin.«

»Schwester Dianaimh? Die *bann-mhaor* scheint mir sehr schweigsam, steht da wie ein bloßer Schatten, man nimmt sie kaum wahr. Auch ihr Name ist merkwürdig, ich hab den noch nie gehört.«

»Es ist ein Name aus Laighin und bedeutet so viel wie ›die Makellose‹. Man hätte sie besser ›die Schweigsame‹ nennen sollen. Jedenfalls bleibt uns nichts weiter übrig, als nachzuforschen, ob es nicht doch einen Menschen gibt, der jemand in der Nähe der Kapelle gesehen hat, als du da drin warst. Bruder Conchobhar allerdings hat niemand weiter bemerkt, hast du gesagt?«

»So ist es. Aillín hat übrigens recht«, fügte Eadulf in ruhigem Ton hinzu.

»Womit?«, fragte sie stirnrunzelnd.

»Wäre ich an seiner Stelle, würde ich ebenfalls mich verdächtigen.«

»Sei nicht albern!«, fuhr sie ihn an.

»Vergiss nicht, dass ich ein Angle bin. Ich hätte ohne weiteres Bruder Cerdic aus früheren Zeiten kennen können. Ich weiß einiges über das Königreich, aus dem sein Bischof kommt. Wer will da aufstehen und sagen, ich würde ihn nicht kennen und wüsste nichts über diese rätselhafte Abordnung?«

Fidelma musste lachen und verwirrte ihn damit. »Dass jemand darauf besteht, als Verdachtsperson für einen Mord in Betracht gezogen zu werden, erlebe ich zum ersten Mal.«

Eadulf verzog ärgerlich das Gesicht. »Ich sage ja nur, dass Aillíns Standpunkt seine Berechtigung hat.«

»Aillín ist ein missmutiger alter Mann, der als nicht talentiert genug angesehen wurde, um vom Rat der Brehons zum Obersten Brehon ernannt zu werden. Nur durch Áedos Tod ist er auf diesen Posten gerutscht, wie mein Bruder es ausgedrückt hat. Ihm fehlt jeder Weitblick; die Vorstellungskraft, was sich hinter einer bloßen Tatsache verbirgt, geht ihm völlig ab. Aber lassen wir das Thema. Begeben wir uns lieber zu Bruder Conchobhar, vielleicht kann er etwas mehr sagen, nachdem er den Leichnam untersucht hat.«

Doch Bruder Conchobhar hatte keine neuen Erkenntnisse gewonnen und konnte nur das bestätigen, was sie ohnehin schon wussten. Frustriert verließen sie die Apotheke und wurden auf dem Hof von hinten angerufen. Es war Gormán.

Fidelma strahlte den jüngst zum Befehlshaber der Leibgarde ihres Bruders Ernannten freudig an. »Gormán! Wie schön, dich wohlbehalten zurückgekehrt zu sehen. Hast du den Streit in Áth Thine beilegen können? Ist alles in bester Ordnung?«

»Den Streit in Áth Thine hätte auch ein dort zuständiger Brehon befrieden können«, erwiderte Gormán fröhlich. »Es ging lediglich um das liebe Vieh, das sich beim Grasen über die Grenze gewagt hatte. Aber unter den Déisi scheinen sich ernstere Auseinandersetzungen zusammenzubrauen.«

»Inwiefern ernster?«, fragte Eadulf.

»Östlich von Honigfeld sind auf dem Fluss Reisende überfallen worden, zwei Bootsleute und einer der Reisenden, ein älterer Mönch, wurden dabei getötet.«

»Und das ist auf dem Fluss passiert, östlich von Honigfeld, sagst du?«, fragte Fidelma erschrocken.

»Ja, auf dem Fluss, unweit der kleinen Kapelle von Bruder Siolán. Wir überquerten gerade den Frauenberg, es war spät am Nachmittag, als wir Honigfeld vor uns hatten und das Unheil entdeckten.«

»Weiß man, wer die Angreifer waren?«

»Wir hörten, dass Cummasach von den Déisi in letzter Zeit einigen Ärger mit jungen Leuten gehabt hat. Wir haben den Brehon von Honigfeld von dem Vorfall in Kenntnis gesetzt, und er wird der Sache auf den Grund gehen. Einer der Reisenden hat überlebt und ausgesagt, sie wären mit einem Bruder Docgan verabredet gewesen. Wir haben überall nachgefragt, aber ein Bruder Docgan war nirgends bekannt.«

»Docgan? Das ist ein sächsischer Name, er bedeutet so viel wie ›kleiner Hund‹«, erklärte Eadulf.

»Und es gab einen Überlebenden?«, forschte Fidelma.

»Ja. Wir haben ihn hergeschafft. Ich glaube, am besten sprichst du mit ihm, Bruder Eadulf. Ich habe ihn in euer Gemach gebracht.«

Eadulf blickte den jungen Krieger verdutzt an und hoffte auf eine nähere Erklärung.

»Du sprichst irgendwie in Rätseln, Gormán.« Es war Fidelma, die nicht locker ließ.

»Ich kann nicht anders, Lady. Ich muss die Gewissheit erlangen, ob der Mann, den ich hierhergebracht habe, der ist, der zu sein er vorgibt. Freund Eadulf muss ihn zuerst sehen.«

Die Auskunft blieb auch für Eadulf mysteriös, da er aber merkte, dass sie von Gormán keine weiteren Erklärungen erwarten konnten, sagte er nur: »Dann komm, je schneller wir den rätselhaften Überlebenden vor uns haben, desto besser.«

Sie eilten zu den Räumlichkeiten, die er und Fidelma bewohnten.

Als sie das Zimmer betraten, wurden sie Endas gewahr, den Gormán offensichtlich zur Bewachung des Fremden dort zurückgelassen hatte. Der Krieger begrüßte sie mit einem kurzen Nicken, dann erst fiel ihnen die Gestalt am anderen Ende des Raums auf, die ihnen mit dem Rücken zugewandt am Fenster stand und hinausschaute. Langsam drehte sie sich um, da sie ihr Eintreten bemerkt hatte. Sie hatten einen jungen Mann vor sich.

Eadulf verschlug es den Atem vor Überraschung, und unwillkürlich trat er zwei Schritte zurück. »Du?!«, war das Einzige, was er herausbekam.

KAPITEL 4

»Ja, ich bin es«, bestätigte der junge Mann und streckte Eadulf fröhlich die Arme entgegen. Beide Männer hatten die Worte in ihrer Muttersprache gewechselt, doch Fidelmas Kenntnisse reichten, um sie zu verstehen.

»Ich glaubte dich all die Jahre tot«, sagte Eadulf gedehnt.

»Nicht, dass ich dich in deinem Glauben verunsichern möchte, lieber Bruder«, entgegnete der andere und lächelte immer noch. »Aber in diesem Fall bring ich ihn gern ins Wanken.«

Ungläubig schüttelte Eadulf den Kopf. »Egric, bist du es wirklich und wahrhaftig?«

»Dein zehn Jahre jüngerer Bruder.«

Eadulf fiel aus seiner Starre, stürzte auf den jungen Mann zu und umarmte ihn. Ein Wortschwall in seiner Muttersprache sprudelte aus seinem Mund, so rasch und überschwänglich, dass Fidelma ihm nun nicht mehr folgen konnte.

Lachend befreite sich der Neuankömmling aus Eadulfs Umarmung und schob ihn sachte zurück. Sein fragender Blick galt Fidelma, und auch Eadulf drehte sich mit fast schuldbewusster Miene zu ihr um.

»Das ist Egric, mein jüngerer Bruder.« Es hätte der Erklärung kaum bedurft. Die Ähnlichkeit der beiden nebeneinander Stehenden war unverkennbar.

»Als solcher hat er sich auch ausgegeben«, bestätigte Gormán. »Doch ich musste mich erst vergewissern. Wir gehen, wollen eure Wiedersehensfreude nicht länger stören.« Er gab Enda einen Wink, und beide verließen den Raum.

Nachdem Eadulf seinem Bruder auch Fidelma vorgestellt

hatte, rief man nach Muirgen. Sie sollte Getränke und einen Imbiss bringen. Zu dritt ließen sie sich am Feuer nieder.

»Du wirst mir eine Menge berichten müssen«, sagte Eadulf zu seinem Bruder. Er begann in seiner Muttersprache, ging aber sogleich ins Lateinische über, das Fidelma fließend beherrschte. »Kannst du genügend Latein für ein Gespräch zu dritt?«, fragte er Egric.

Egric lachte. »Ich habe einige Zeit bei den Anhängern des Neuen Glaubens verbracht, kenne mich aber auch in der Sprache dieses Landes aus. Zum Neuen Glauben haben mich – genauso wie dich – Lehrer aus diesem Land bekehrt. Nicht nur das, ich habe auch etliche Jahre unter den Cruthin im Norden als Missionar gelebt, das war, nachdem Oswy sie in einer Schlacht geschlagen hatte. Dort hatten sich auch viele aus Dál Riada niedergelassen, deren Sprache ähnliche Anklänge hatte, und so lernte ich ganz schön dazu.«

»Ihr werdet euch viel zu erzählen haben«, sagte Fidelma zu Egric und wählte ihre eigene Sprache, um zu testen, wie viel er davon verstand. Wenn er sich mit Gormán und den anderen hatte verständigen können, musste er der Sprache einigermaßen mächtig sein, dachte sie. »Aber eins nach dem anderen. Was hat dich hierhergeführt?«

»Das ist eine lange Geschichte, doch ich will sie kurz machen. Was weißt du über mich? Hat Eadulf mit dir über mich und meine Vergangenheit gesprochen?«

Fidelma hielt es für besser, bei der Wahrheit zu bleiben. »Es tut mir für dich leid, aber er hat nie einen Bruder erwähnt.«

Eadulf war peinlich berührt. »Das hatte seinen Grund darin, dass ich annahm, er sei tot. Als junge Burschen bekehrten uns Fursa und seine Brüder zum Neuen Glauben. Sie waren ins Königreich der Ostangeln gekommen, um ihre Lehre zu verbreiten. Fursa legte mir nahe, mich in Tuam Brecain weiterzubilden, und so verließ ich Seaxmund's Ham. Ich dachte immer, Egric hätte sich Athelwolds Kriegern in Rendel's Ham angeschlossen. Er hatte immer davon geträumt, Krieger zu werden. Wulfhere von Mercia bedrohte damals unser Land, und es wurde zum Heerbann aufgerufen. Als ich nach Seaxmund's Ham zurückkehrte, konnte mir niemand etwas über Egrics Verbleib sagen. Und bis eben jetzt hatte ich nie wieder etwas von ihm gehört. Ich habe ehrlich geglaubt, er wäre in einer Schlacht gefallen.«

»Auch ein kleiner Junge wird reifer und klüger«, meinte Egric achselzuckend. »Ich habe mich letztendlich für den Glauben und nicht für den Kriegszug entschieden.«

»Es ist schon erstaunlich, dass wir uns nach all den Jahren ausgerechnet hier treffen«, stellte Eadulf fest.

»Seit du von Seaxmund's Ham fortgegangen bist, haben sich unsere Wege nie wieder gekreuzt, Bruder. Ich geriet an den Hof von Oswy in Streonshalh und stieß dort auf eine Gruppe von frommen Brüdern. Sie erwähnten deinen Namen, das war im Zusammenhang mit der großen Synode, die dort abgehalten wurde, und es hieß, du wärest nach Rom gegangen.«

»Das stimmt auch«, sagte Eadulf. »Das war damals meine zweite Reise nach Rom.«

»Oswy hatte den Ritus von Rom anerkannt«, mischte sich Fidelma erklärend ein, »obwohl es immer noch einige Priester und Bischöfe gab, die sich zu der Lehre der Missionare von Aidan hingezogen fühlten, die den Glauben nach Nordhumbrien brachten. Eadulf und ich sind damals zusammen nach Rom gereist. Welcher Abtei gehörtest du an, als du in Streonshalh warst?«

»Gar keiner«, erwiderte Egric. »Oswy benötigte neue Missionare, die den Glauben unter den Cruthin verbreiten sollten, über deren Königreich er gebot. Also ging ich dorthin. Die Jahre, die ich dort verbrachte, predigte ich natürlich, lernte aber auch dabei ihre Sprache.« Er machte eine kurze Pause. »Letztes Jahr, es war noch vor dem Frühling, starb Oswy. Über die Cruthin herrschte zu der Zeit Drust, Sohn von Donal, der aber unter Oswy wenig zu sagen hatte. Den Cruthin war die Vorherrschaft der Ausländer, wie sie es sahen, lange genug ein Dorn im Auge gewesen, und sie schlossen sich jetzt in einem Aufstand zusammen. Ich musste um mein Leben bangen und floh. Es glückte mir, zurück nach Streonshalh zu gelangen.

In Oswys Königreich ging ein erheblicher Wandel vor sich. Zwischen den Unterkönigen von Deira und Northumbria herrschte Zwietracht, jeder wollte die Macht. Wilfried, der Verfechter der pro-römischen Seite bei der großen Synode von Streonshalh, hatte es zu entscheidenden Machtbefugnissen gebracht und herrschte praktisch wie ein König. Er begann damit, viele Vertreter der alten Kirche des heiligen Columban, wie zum Beispiel Bischof Chad, beiseitezuschieben. Vermutlich hatte er es darauf angelegt, niemanden in Amt und Würden zu dulden, der nicht den Geboten Roms folgte. Selbst Oswys Frau Eanfleda sah sich gezwungen, mit ihrer Tochter in der Abtei Hildas, einer Verwandten des toten Königs, die sich immer noch zu den Lehren von Colmcille bekennt, Zuflucht zu suchen. Allem Anschein nach ging Wilfried in vollem Einverständnis mit Theodor von Canterbury vor, denn der ernannte ihn dann sogar zum Bischof von Northumbrian.«

Egric gönnte sich eine kleine Pause für einen Schluck aus seinem Becher.

»Bei allem, was sich nun in Oswys Königreich abspielte, war meines Bleibens dort nicht länger, und ich freundete mich mit dem Gedanken an, nach Süden zu ziehen. Ich machte mich auf den Weg nach Kent. Dort lernte ich in einer Stadt einen älteren Mönch aus Rom kennen, den Ehrwürdigen Victricius aus Palestrina. Er erzählte mir, er hätte einen Auftrag von Theodor, dem Erzbischof von Canterbury, in dieses Königreich hier zu reisen und bedeutende Leute aufzusuchen. Und da er nur über geringe Sprachkenntnisse verfügte, bat er mich, ihn als Dolmetscher zu begleiten.«

Eadulf sah ihn überrascht an. »Du sagst, Theodor hätte dich hierhergeschickt? Das ist eine merkwürdige Geschichte, Bruder. Denn während meiner kurzen Zeit in Rom war ich sein Ratgeber und begleitete ihn ins Königreich Kent. Und von da kam ich als sein Gesandter hierher und bin seitdem auch hiergeblieben.«

»Nicht, dass du mich missverstehst, Theodor selbst bin ich nie begegnet, ich hatte immer nur mit dem Ehrwürdigen Victricius zu tun«, beeilte sich Egric richtigzustellen.

»Was hat Theodor von Canterbury bewogen, den Ehrwürdigen Victricius ausgerechnet in diese Ecke der Welt zu schicken?«, fragte Eadulf. »Geschieht das in dem gleichen Auftrag, der auch Bischof Arwald von Magonsaete in unser Königreich führt?«

Bei der Nennung des Namens horchte Egric auf. »Bischof Arwald, ist er hier?«

»Wir erwarten ihn jeden Tag. Gibt es da also doch eine Verbindung?«

Egric schien beruhigt. »Vielleicht, vielleicht auch nicht. Leider hat mich Victricius nie ins Vertrauen gezogen, hat mich lediglich gefragt, ob ich ihn begleiten und ihm als sein Dolmetscher behilflich sein könnte.«

Fidelma und Eadulf wechselten einen vielsagenden Blick.

»Auf der ganzen Reise hierher hat er nie eine Bemerkung

über deren Sinn und Zweck gemacht?«, forschte Fidelma. »Bischof Arwald aber hat er erwähnt?«

Egric schüttelte den Kopf. »Bischof Arwald war in Canterbury bekannt, das ist das Einzige, was ich weiß. Ich habe von ihm gehört, bin ihm aber nie begegnet.«

»Das ist eine mehr als wundersame Geschichte.« Eadulf war ehrlich verblüfft.

»Der Ehrwürdige Victricius hat keinerlei Erklärungen gegeben«, beteuerte Egric. »Er hatte ein Kästchen bei sich, mit dem er äußerst behutsam umging. Als wir überfallen wurden, ging sein Inhalt verloren. Was eigentlich darin war, weiß ich nicht.«

»Noch einmal, auf der ganzen langen Reise von Canterbury hierher hat dein Gefährte kein Sterbenswörtchen über den Zweck eurer Reise verloren?«, vergewisserte sich Fidelma.

»Es ist die reine Wahrheit, Lady. Der Ehrwürdige Victricius gehörte zu den Menschen, die nicht viele Worte machen und ihre Meinung für sich behalten. Ich kann mir gut vorstellen, dass es euch wenig glaubhaft erscheint, dass ich es unter den genannten Umständen mit ihm aushielt, aber ich blieb bei ihm und tat es freiwillig. Ich fühlte mich ihm verpflichtet, er Theodor von Canterbury und der wiederum Vitalianus von Rom. So einfach ist das. Ich habe hingenommen, dass ich etwas über den Sinn der Reise erfahre, wenn die Zeit dafür reif ist.«

Fidelma neigte den Kopf, und als sie sprach, klang es ein wenig spöttisch. »Was den blinden Glauben und Gehorsam angeht, scheinst du dich von deinem Bruder sehr zu unterscheiden. Doch nun ist der Ehrwürdige Victricius tot, und seine Dokumente sind verschwunden, wie willst du da seinen Auftrag zu Ende bringen, wenn du gar nicht weißt, worum es ging?«

»Ich bin dazu außerstande«, entgegnete Egric ohne Umschweife. »Von seinen Papyri scheint ja nichts mehr geblieben.«

»Gewiss wirst du mehr erfahren, wenn Bischof Arwald mit seiner Begleitung hier eintrifft.«

»Mit seiner Begleitung?« In Egrics Frage schwang Verunsicherung mit.

»Ein römischer Geistlicher namens Verax.«

»Den kenne ich nicht«, erklärte Egric kopfschüttelnd.

»Kennst du einen Bruder Cerdic?«, fragte Fidelma unvermittelt.

Egric starrte sie verdutzt an. »Wie war der Name?«

»Bruder Cerdic«, erwiderte sie nachdrücklich.

Egric machte ein verständnisloses Gesicht, aber den beiden anderen blieb nicht verborgen, dass der Name ihm etwas sagte. »Bruder Cerdic? Nicht, dass ich wüsste. Wer ist er?«

»Ein Sendbote, den man vorausgeschickt hat, um den bevorstehenden Besuch der Abordnung von Theodor von Canterbury anzukündigen.«

Egric verfiel in ein auffälliges Schweigen, ehe er fragte: »Heißt das, dass Bruder Cerdic bereits hier ist? Vielleicht kann er das ganze Drumherum erklären.«

»Das kann er nicht«, entgegnete Eadulf kurz und knapp.

»Wieso nicht?«, fragte sein Bruder zurück.

»Er ist tot.«

Überzog Blässe sein Gesicht, oder irrten sie sich? Jedenfalls wiederholte Egric erschrocken: »Tot? Cerdic ist tot?«

»Man hat ihn heute früh hier in der Kapelle ermordet. Wir wissen weder, wer es war, noch warum derjenige es getan hat.« Argwöhnisch zog Eadulf die Stirn in Falten. »Du wirkst betroffen, dabei hast du doch eben gesagt, du kennst ihn nicht.«

Langsam strich sich Egric mit der Hand über die Augenbraue. »Das stimmt auch. Aber ein angelsächsischer Bote und hier … Mich könnte das gleiche Schicksal ereilen. Und das, nachdem ich gerade erst einen Überfall überlebt habe, bei dem mein Gefährte getötet wurde.«

»Die Vorfälle sind rätselhaft, das lässt sich nicht leugnen«, bestätigte Fidelma in ruhigem Ton. »Genau deshalb brauchen wir jeden nur denkbaren Hinweis, um Licht in das Dunkel zu bringen.«

»Verständlich«, stimmte ihr Egric rasch zu. »Da bin ich nun gerade erst in dieses Land gekommen, und schon werde ich mit meinem Gefährten feindselig empfangen und auf dem Fluss überfallen.«

»Wir werden alles tun, um die Täter zu überführen«, versicherte ihm Fidelma und stand plötzlich auf. »Die Nachricht von deinem Eintreffen wird inzwischen in der Burg die Runde gemacht haben. Es würde gegen die Hofordnung und die gute Sitte verstoßen, wenn wir dich länger hier festhielten. Zunächst gehen wir mit dir zum König. Und dann musst du auch Abt Ségdae vorgestellt werden, der zugleich der Oberste Bischof des Königreiches ist.«

»Ist es wirklich nötig, dass ihr mich zum König und seinem Bischof führt?« Egric schien nicht sehr erbaut. »Ich habe eine lange Reise hinter mir, die zudem nicht ohne Zwischenfälle blieb. Ich bin ziemlich erschöpft.«

»Du bist Eadulfs Bruder. Eadulf ist mein Mann. Der König ist mein Bruder. Deine Ankunft ist folglich ein Familienereignis. Der König wird den Bruder meines Mannes kennenlernen wollen, besonders angesichts der Umstände.«

»Angesichts welcher Umstände?« Spitzfindig griff Egric ihre Wortwahl auf. »Welcher Umstände?«

»Die bevorstehende Ankunft besagter Abordnung, der Tod von Bruder Cerdic, diesem Vorboten, nicht zuletzt der Überfall auf dich und deinen Gefährten. Der Ehrwürdige Victricius von Palestrina ist allem Anschein nach ein Mann mit von Rom ausgestatteten Befugnissen gewesen. Über Cashel braut sich etwas zusammen.« Fidelma blieb trotz ihrer Worte ruhig.

»Stimmt, wir müssen Egric umgehend Colgú vorstellen«, fand auch Eadulf. »Aber vielleicht möchte Egric auch erst seinen Neffen sehen?«

Egric blickte beide befremdet an.

»Das ist unser kleiner Sohn Alchú«, klärte ihn Fidelma auf, meinte aber kopfschüttelnd zu Eadulf: » Du vergisst, wie spät es ist. Wir können Alchú jetzt nicht wecken, bloß damit er seinen neuen Onkel kennenlernt. Muirgen würde das nie zulassen. Dafür bleibt noch morgen genügend Zeit. Nein, als Erstes führen wir dich zum König.«

Beim Aufstehen wandte sich Egric unauffällig an seinen Bruder, um ihn leicht verschämt in ihrer Landessprache zu fragen: »Ich müsste noch mal aufs Örtchen, ehe ich dem König vorgestellt werde.«

»Ich zeige dir, wo es ist«, erwiderte Eadulf, und zu Fidelma gewandt, sagte er auf Irisch: »Einen Augenblick nur, wir sind gleich wieder da.« Er hatte rasch die Sprache gewechselt, sein Bruder sollte nicht wissen, dass Fidelma auch das Sächsische verstand.

Draußen meinte Egric verlegen: »Tut mir leid, aber ich weiß kein brauchbares Wort für ›Örtchen‹ in eurer Sprache hier.«

Eadulf grinste. »Na ja, du könntest es *fialtech* nennen, und ein Pissoir ist ein *fúatech*.« Er zeigte auf eine Tür. »Ich warte hier. Übrigens wäscht man sich hierzulande die Hände in dem Becken in der Ecke.« Er hatte in all den Jahren gelernt, wie genau es die Menschen in den Fünf Königreichen mit der Reinlichkeit nahmen. Abends war ein Vollbad die Regel, und auch die morgendliche Wäsche durfte nicht fehlen. Dort, wo er herkam, war Sauberkeit weit weniger wichtig, deshalb hielt er es für angebracht, Egric darauf hinzuweisen.

Sein Bruder nickte und verschwand. Es dauerte nicht lange, und er war wieder da, wunderte sich aber über Eadulfs kritische Miene. »Hab ich etwas falsch gemacht?«, fragte er.

»Nicht unbedingt. Ich dachte nur daran, dass es bei den Glaubensbrüdern eigentlich üblich ist, ein Kreuz zu schlagen, wenn sie den Abort betreten oder verlassen.«

Egric musste lachen. »Was soll denn das bezwecken?«

»Man ist eben der Ansicht, dass just dort die Dämonen zu Hause sind, folglich soll jeder, der hineingeht, die bösen Geister und gleichermaßen sich selbst segnen. Das Gleiche gilt auch beim Verlassen des Raums.«

Egric fand das eher lustig. »Ein kurioser Brauch. Aber zu etwas anderem: Glaubst du, deine Frau, Fidelma, sieht das richtig, dass die Menschen hier durch den Mord heute verängstigt sind?«

»Ich weiß nicht, ob sie von ›verängstigt‹ gesprochen hat«, erwiderte Eadulf. »Aber die Ermordung eines fremdländischen Vorboten, eines Klosterbruders dazu, auf dem Burggelände des Königs ist natürlich beunruhigend. Dann kommst du und erzählst, dass man dich überfallen und deinen Gefährten, einen angesehenen frommen Bruder, getötet hat. Das ist weiß Gott Grund genug, besorgt zu sein.«

»Hast du bewusst das Wort ›angesehen‹ gewählt?«

»Die Bezeichnung ›ehrwürdig‹ wird nicht leichthin vergeben.«

»Da hast du wohl recht.«

Fidelma hatte die Stimmung auf Cashel durchaus richtig eingeschätzt. Als sie mit Egric zu den Gemächern des Königs gingen, hörte man die wildesten Vermutungen.

Colgú und Abt Ségdae hießen Egric, der in seinem Auftreten sehr verunsichert wirkte, mit der gebotenen Höflichkeit willkommen. Natürlich wollte man von ihm Einzelheiten über den Überfall hören, Brehon Aillín bedrängte ihn geradezu, machte aus seinen Verdächtigungen keinen Hehl und wurde sehr bissig.

»Der Brehon in Cluain Meala hat sich der Sache angenommen«, erklärte Gormán, der zugegen war und dem es leid tat, wie die Flut von Fragen auf Egric einstürzte. »Er hat wie ich den Verdacht, dass es die Banditen von den Déisi waren.«

»Dann sollten wir die nötigen Nachforschungen auch ihm überlassen«, erklärte Colgú. »Wir haben genügend eigene Probleme mit dem Tod von Bruder Cerdic. Wie steht es mit den Bestattungsfeierlichkeiten?« Die Frage war an Abt Ségdae gerichtet, doch gleichzeitig schaute Colgú suchend in die Runde. »Müsste nicht Bruder Madagan, dein Verwalter, hier sein, um Bericht zu erstatten?«

»Er hatte etwas Wichtiges zu erledigen, wird aber zurück sein, um das Notwendige zu veranlassen«, erläuterte der Abt. »Wie es die Sitte verlangt, wird Bruder Cerdic zur Mitternacht außerhalb der Burgmauern begraben. Vielleicht könnte Bruder Egric als Landsmann von ihm die Grablegung leiten und den Segen sprechen?«

Eadulfs Bruder beglückte der Vorschlag wenig. »Ich bin gerade erst hier angekommen und nicht vertraut mit euren Bräuchen. Ich halte es für besser, wenn Eadulf die Aufgabe übernimmt.«

»Ich hätte nichts gegen die Beibehaltung der dir geläufigen Riten«, redete ihm Abt Ségdae zu.

Man sah Egric an, dass ihm der Auftrag nicht behagte, und so erklärte sich Eadulf bereit, für ihn einzuspringen.

»Mit deinen Nachforschungen, wer für Cerdics Tod zur

Verantwortung zu ziehen ist, bist du wohl noch nicht merklich weitergekommen?«, frage Colgú seine Schwester.

Fidelma schaute, ehe sie antwortete, kurz zur Äbtissin Líoch, die ebenfalls anwesend war. »Bislang nicht. Zeugen hat es offensichtlich nicht gegeben, und auch die Suche nach einer Person, die möglicherweise eine verdächtige Gestalt die Kapelle hat betreten oder verlassen gesehen, ist ergebnislos geblieben. Aber wir lassen uns nicht beirren und werden weiter ermitteln.«

Nach allgemeinem Schweigen nahm Colgú erneut das Wort. »Dann müssen wir uns eben in Geduld üben und die Ankunft dieses ominösen Bischof Arwald abwarten. Früher werden wir wohl nichts über das Anliegen der Abordnung erfahren.«

Beccan, sein Verwalter, hüstelte und trat einen Schritt vor. »Da wäre noch die Sache mit dem Nachtmahl. Es gilt, besondere Vorkehrungen für zusätzliche Gäste zu treffen.«

Der König zog die Stirn in Falten. »Was für besondere Vorkehrungen?«

»Die Gästeliste muss erstellt werden.«

»Gäste? Ach so ... Natürlich leisten uns Abt Ségdae, Bruder Madagan, Brehon Aillín, Äbtissin Líoch und ihre *bann-mhaor* Gesellschaft ... ja, und selbstverständlich gehören auch Eadulfs Bruder, meine Schwester und Eadulf dazu.«

»Und die Tafel wird vor Mitternacht aufgehoben?«

Colgú drohte der Geduldsfaden zu reißen. Selbst Fidelma wünschte, Beccan würde hier und da aus eigenem Ermessen handeln und nicht ständig das Einverständnis ihres Bruders einholen.

»Nach dem Essen, das heißt kurz vor Mitternacht, versammeln wir uns im Hof, um dem Leichnam die letzte Ehre zu erweisen und ihn zu seiner Grabstätte zu begleiten«, erwiderte der König gereizt. »Was dabei zu bedenken ist, lässt sich doch wohl gemeinsam mit Bruder Madagan klären, oder?«

Beccan errötete. »Wir reden aber über Ereignisse, die den königlichen Haushalt betreffen, und bevor ich irgendwelchen Vorschlägen zustimme, verlangt die Hofordnung, dass ich mich der Zustimmung des Königs versichere und …«

»Ich will jetzt nichts weiter hören«, schnitt ihm Colgú entschieden das Wort ab. »Kümmere dich um die notwendigen Absprachen mit Bruder Madagan, und kurz vor Mitternacht versammeln wir uns im Hof zum Leichenzug.«

Beccan neigte kurz ergeben den Kopf, sah aber sogleich wieder den König an und wollte erneut etwas sagen. Doch Colgú ließ es gar nicht erst dazu kommen.

»Ich wünsche auch nicht über die Speisenfolge für heute Abend befragt zu werden. Dar Luga, meine *airnbertach*, ist zur richtigen Auswahl sehr wohl imstande. Die Haushälterin kennt meine Vorlieben, und wenn nicht, muss man unter Umständen einige Bedienstete auswechseln.«

Jetzt wurde Beccan puterrot. Jedermann wusste, wie pedantisch genau er es mit der Hofordnung nahm, und hätte Colgú ihn nicht derart spöttisch abgekanzelt, hätte er genau die Frage gestellt, die der König als nächste erwartet hatte.

So recht entspannend wollte es an der abendlichen Tafel nicht werden. Eine merkwürdige Stimmung hing im Raum. Brehon Aillín saß mit finsterem Gesicht da, gab nur kurze, fast einsilbige Bemerkungen von sich. Äbtissin Líoch wäre am liebsten nicht geladen gewesen und blieb schweigsam, fast genauso schweigsam wie Schwester Dianaimh. Bis auf Bruder Madagan waren alle der Einladung gefolgt; aus dem Wichtigen, das er zu erledigen hatte, war jetzt eine Unpässlichkeit geworden. »Eine Erkältung macht ihm zu schaffen. Bruder

Conchobhar hat ihn mit wildem Knoblauch und anderen Kräutern versorgt, die ihm Linderung verschaffen sollen«, erklärte Abt Ségdae. »An dem Leichenbegängnis will er aber auf jeden Fall teilnehmen.«

Die Unterhaltung bei Tisch wäre gänzlich verstummt, hätte nicht Eadulf seinen Bruder gedrängt, über die Abenteuer zu berichten, die er in den letzten Jahren erlebt hatte. Er hatte ihn schon zuvor dazu überredet, denn am liebsten wäre auch Egric gar nicht zum Essen erschienen. Doch im Laufe des Abends wurde er lockerer und war bald der einzige Redner, zumal seine Geschichten spannend waren und er sich nicht wiederholte. Er erzählte vorrangig von seiner Zeit bei den Cruthin, einem seltsamen Völkchen, das im Norden der britischen Insel lebte. Der Legende nach stammten sie von einem gewissen Cruthine und dessen sieben Söhnen ab. Sie waren erbitterte Krieger, die sich vor einer Schlacht wild bemalten. Bei den Römern hießen sie *Pictii*, das bemalte Volk.

Oswy von Northumbrian hatte die Cruthin mit Hilfe von ihm hörigen Unterkönigen regiert. Egric schilderte, dass zu der Zeit, als er dorthin kam, der Groll zwischen ihnen und den Angeln von Northumbrian anwuchs. Die Dál Riadan, die sich bereits drei Jahrhunderte zuvor im Westen angesiedelt hatten, verfügten ebenfalls über ein beträchtliches Heeresaufgebot. Ein Jahr nach Oswys Tod kam es zu einem Aufstand der Cruthin.

»Das war eine schwierige Zeit«, gestand Egric den gebannt Zuhörenden. »Wir sollten eigentlich Oswy dienen, zu dem Zweck hatte man uns ja entsandt, und nun wendete sich Drust, Oswys Unterkönig, gegen uns Missionare.«

»Entsandt, um Oswy zu dienen?« Abt Ségdae runzelte die Stirn. »Eure Mission bestand doch wohl eher darin, unter den Cruthin Christus zu dienen?«

»Stimmt, das war ein falscher Zungenschlag.« Egric lächelte den Abt verbindlich an. »Oswy war allerdings damals der rechtmäßige Herrscher und stellte sich schützend vor die Kirche. Die Aufständischen machten da keinen Unterschied, legten Feuer und zerstörten blindlings, was sie nur konnten.«

»Und wie bist du dem Gemetzel entkommen?«, fragte Colgú.

»Viele von uns schafften es bis zur Küste, zu einem Hafen an der Mündung des Flusses Deathan. Dort nahmen wir ein Schiff zurück nach Streonshalh in Northumbrian.«

»Die Menschen, die ihr zurückgelassen habt, hätten doch aber in so schwerer Zeit Unterstützung in ihrem Glauben gebraucht?«, merkte Abt Ségdae an. »Gegen Mönche vorzugehen und sie gar umzubringen ist eine schändliche Tat und gesetzeswidrig.«

»Einem Mann, der mit Schwert und Schild wütet, kann man schwerlich mit Argumenten Einhalt gebieten«, verteidigte sich Egric. »Die Gruppe, zu der ich gehörte, ist bei der Flucht vor den sinnlos Wütenden gerade so mit dem Leben davongekommen.«

»Waren die Cruthin nicht aber auch Christen?«, fragte Brehon Aillín verwundert.

»Sehr wohl«, mischte sich Äbtissin Líoch zu aller Erstaunen ein. »Vor mehr als zweihundert Jahren begründete ein Mann namens Ninnian in dem Landstrich, der als Land der Cruthin galt, seine Mission. Viele Mönche zogen dann in das Land – unter anderen auch unser Colmcille, der den Dál Riada an der Küste der Gälen den Neuen Glauben brachte.« Unversehens schaute sie Egric an. »Es ist schwer vorstellbar, dass sich solch ein Volk erhebt und ohne jeglichen Anlass fromme Gemeinden angreift.«

»Ich kann nur berichten, was ich gesehen und erlebt habe«, meinte Egric gleichgültig.

»Und glücklicherweise konntest du heil und unversehrt fliehen.« Colgú hatte ein Lächeln auf dem Gesicht. »Nicht nur das, das Schicksal wollte es, dass du in Cashel gelandet bist und deinen lange verlorengeglaubten Bruder gefunden hast.«

»Dem Ehrwürdigen Victricius war das Glück weniger hold«, stichelte Brehon Aillín. »Nicht zu vergessen die beiden Bootsmänner. Die Namen der beiden weißt du wohl nicht?«

Eadulf entging nicht der hämische Ton in der Stimme des alten Brehon.

»Leider weiß ich ihre Namen wirklich nicht«, erwiderte Egric.

»Und das eigentliche Anliegen eurer Reise entzieht sich auch deiner Kenntnis?« Es war nicht das erste Mal, dass Brehon Aillín diese Frage stellte.

Colgú neigte sich vor. »Es erübrigt sich, erneut darauf zu antworten. Bruder Egric hat bereits gesagt, dass ihn der Ehrwürdige Victricius diesbezüglich nicht ins Vertrauen gezogen hat.«

Brehon Aillín schniefte verärgert und senkte den Kopf. Zwar musste er sich fügen, machte aber keinen Hehl daraus, wen er im Verdacht hatte.

Bruder Egric hingegen wandte sich an Äbtissin Líoch. »Offensichtlich weißt du etliches über die Cruthin, Mutter Äbtissin. Warst du früher mal in deren Gebiet? Zu meiner Zeit zogen viele Reisende aus den Fünf Königreichen dort umher, gerade auch aus dem Königreich der Ulaidh. Die Sprache der Cruthin ist eine merkwürdige Mischung aus eurer Sprache hier und der ihrer südlichen Nachbarn, der Britannier.«

Angenehm schien der Äbtissin die Frage nicht zu sein.

»Viele von uns, auch meine Freundin Fidelma, mussten sich nach Norden zu den Ulaidh begeben und das Wasser zur Küste der Gälen überqueren, wo Colmcille auf I-Shona seine Abtei begründet hatte. Ähnlich wie schon vor uns Aidan, Finan, Colmán, Tuda und ihre Gefährten führte auch uns der Weg durch die Gebiete der Cruthin. Wir gedachten den Angeln von Nordhumbria den Glauben in unserer altehrwürdigen Form zu bringen, von dem Oswy sich auf der Synode von Streonshalh dann trennte.«

Fidelma glaubte aus den Worten der Äbtissin eine gewisse Verbitterung herauszuhören und warf Eadulf einen besorgten Blick zu.

»Auf eben jenem Konzil begegnete ich Eadulf«, erinnerte sie die Äbtissin ruhig.

»Wie wir wissen, endete das Konzil in versöhnlicher Stimmung. Wer die Liturgien und Riten der Fünf Königreiche beibehalten wollte, tat das«, erläuterte Eadulf. »Selbst Äbtissin Hilda in der Abtei Witebia blieb dabei. Das Gleiche traf auf Cuthbert, Chad und viele andere zu. Wer aber das Gefühl hatte, dass die Lehren aus Rom nicht in seinen Lebensbereich passten, wie zum Beispiel Bischof Colmán, entschloss sich, mit Gleichgesinnten hierher zurückzukehren. Es gab keinerlei Diskriminierung gegen die, die an ihrer Auffassung des Glaubens festhielten.«

»Aber nur, solange Oswy lebte«, konterte Äbtissin Líoch scharf. »Seit ich von dort zurück bin, ist mir zu Ohren gekommen, dass der Hauptverfechter der Römischen Kirche auf dem Konzil damals sich erdreistet hat, sich selbst zum Erzbischof von Northumbrian zu ernennen und Chad, der unseren Umgang mit dem Glauben tolerierte, abzusetzen. Soweit ich weiß, haben er und Theodor von Canterbury die Absicht, sich all derer, die in den Königreichen der Sachsen und Angeln den Lehren von Colmcille treu geblieben sind, zu entledigen.«

»Liebe Freunde«, versuchte Colgú diplomatisch einzulenken, »wir haben uns hier als Freunde zu einem gemeinsamen Mahl zusammengefunden und nicht, um uns im Nachspielen einer großen Synode zu üben. Ich fände es an der Zeit, sich einem anderen Thema zuzuwenden.«

Alle schwiegen betreten, doch Fidelma rettete die Situation und begann von den Vorfahren der Eóghanacht zu erzählen und wie es dazu gekommen war, dass sie ihren Hauptsitz und die Burg auf dem Felsen von Cashel erbauten. Besonders für Egric waren ihre Darlegungen ein Gewinn. Für die anderen war der plötzliche Themenwechsel reichlich befremdlich, aber Fidelma blieb unbeirrt. So empfand man das Glockengeläut von der Kapelle geradezu als Erleichterung, die Tafel wurde aufgehoben, und man begab sich auf den Hof, wo sich der kleine Leichenzug formierte.

Vier fromme Brüder trugen den in das traditionelle *racholl* gehüllten Leichnam auf einem *fuat*, einer Bahre aus Ginster. Ungefähr ein Dutzend Männer, die den Toten zu seiner letzten Ruhestätte begleiten würden, hielten brennende Fackeln in den Händen. Ihr Anführer war Bruder Conchobhar, der alte Apotheker, der den Toten für den Heimgang vorbereitet hatte. Bruder Eadulf, der sich bereit erklärt hatte, die Bestattungszeremonie zu zelebrieren, stellte sich an die Spitze der Gruppe.

In der Dunkelheit gesellte sich eine in einen Kapuzenmantel gehüllte Gestalt zu ihnen. Überrascht nahm sie Abt Ségdae wahr.

»Bruder Madagan, du? Solltest du bei deiner Erkältung nicht lieber im Warmen bleiben?«

»Der wilde Knoblauch tut seine Wirkung«, entgegnete der

Verwalter und unterdrückte ein Husten. »Und schließlich gehören die Trauerfeierlichkeiten zu meinen Obliegenheiten.«

»Alles ist bestens vorbereitet«, versicherte ihm der Abt.

Colgú blickte fröstelnd in die Runde und zog den Umhang fester um die Schultern. »Wenn Bischof Arwald eintrifft, kann er uns zumindest nicht vorwerfen, wir hätten seinen Abgesandten nicht gebührend gewürdigt«, sagte er leise zu Fidelma.

»Glaubst du, er könnte das tun?«

»Jedenfalls wäre es gut, wir fänden den Täter, der ihn ermordete. Das würde weit mehr für uns sprechen«, raunte er ihr zu, um dann mit für alle vernehmlicher Stimme zu sagen: »Lasst uns aufbrechen.«

Der Leichenzug war im Begriff, sich in Bewegung zu setzen, als eine gebieterische Stimme ihn ins Stocken brachte.

»Ihr Menschen von Cashel, seid gewarnt! Der Sohn des Chaos droht euch. Sein Vollstrecker sucht euch heim!«

Auf den Stufen der Kapelle war im Dunkeln eine Gestalt zu erkennen. Sie stand mit ausgebreiteten Armen da, als wollte sie die Gruppe unten schützend umarmen, der Mantel glitt ihr vom Körper, was ihr etwas Groteskes gab. Verunsichert schauten die Angesprochenen auf.

»*Antikos* nähert sich aus dem Osten«, tönte die Stimme beschwörend. »Euer Widersacher wird als der Morgenstern, als der Überbringer des Lichts erscheinen. Tod und Zerstörung werden ihm folgen.«

Abt Ségdae starrte entgeistert die Gestalt an, bekreuzigte sich und murmelte: »*Quod avertat Deus!*«

Colgú schnaubte verächtlich und schaute sich suchend nach dem Befehlshaber der Leibwache um. »Gormán, bring Deogaire an einen Ort, von dem aus er nicht die Toten beleidigen kann.«

Doch Bruder Conchobhar kam ihm zuvor. »Vergib ihm, Herr«, bat er inständig. »Lass mich ihn in mein Haus schaffen, ich bürge für sein lauteres Verhalten. Er hat die Toten nicht beleidigen wollen.«

Deogaire war einen Schritt aus dem Dunkel in das Licht einer brennenden Fackel getreten. Sein Gesichtsausdruck war schwer zu beschreiben, er bestand aus einer Mischung von Ekstase und Besorgnis. »Ich beleidige die Toten nicht, ich warne nur die Lebenden. Schon bald wird der Versucher, der Vater der Lügen, sich diesem Orte nähern, und dann wehe euch! Ich spüre es in dem kalten Atem der Luft aus dem Osten. Auch in den dunklen Himmeln und der Blässe des Mondes steht es geschrieben. Sei auf der Hut, Ségdae von Imleach, nimm dich derer an, die zu schützen du vorgibst. Mehr habe ich euch nicht zu sagen.«

Für alle unerwartet, drehte sich Deogaire um und verschwand in der Dunkelheit. Gormán und Bruder Conchobhar wollten ihm nacheilen, doch Colgú hielt sie zurück.

»Lasst ihn gehen. Worte können uns nicht schrecken. Unsere Aufmerksamkeit gehört der Bestattungszeremonie.«

Abt Ségdae war immer noch aufgebracht und gab Bruder Madagan, seinem Verwalter, den weisen Rat: »Hüte dich vor Prophezeiungen oder dem Öffnen von Grabstätten. Wer so etwas tut, ist jenseits aller Erlösung, wie der arme Wicht da.«

Fidelma war kurz unschlüssig, reihte sich dann aber doch in den Leichenzug ein, der durch die Burgtore hinaus und hügelabwärts zu dem Friedhof schritt, wo man bereits ein Grab ausgehoben hatte. Da niemand Bruder Cerdic kannte, wurde auch keine *amrath*, keine Totenpreisung, verlesen. Stattdessen trat Eadulf vor und sprach das *nuall-guba*, das Klagelied. Der Abt gab seinen Segen, und schweigend kehrte man zur Burg zurück, während die Totengräber die Grube mit Erde auffüllten.

Als Fidelma und Eadulf spät in der Nacht beieinanderlagen, meinte sie: »Das war heute ein merkwürdiger Tag, Eadulf. Nie hast du ein Wort darüber verloren, dass du einen Bruder hast.«

Natürlich klang in dem Satz die Frage »warum?« mit an. Eadulf drehte sich zu ihr. Auch ihn beschäftigten die Ereignisse des Tages, und er hatte keinen Schlaf finden können. Das Auftauchen seines Bruders ließ ihm ebenso wenig Ruhe wie die rätselhaften Umstände der Ermordung von Bruder Cerdic. Und hinzu kam noch Deogaire mit seiner unheimlichen Warnung.

»Ich dachte, ich hätte es erklärt«, sagte er leise. »Ganz ehrlich, ich hatte immer gedacht, Egric wäre tot. Als ich das letzte Mal in Seaxmund's Ham war, hieß es, er sei losgezogen, um Krieger zu werden, und alle behaupteten, er wäre umgekommen. Weshalb hätte ich also Geister heraufbeschwören sollen?«

»Das kann ich verstehen«, erwiderte sie. »Du hast mir erzählt, dass dein Vater bei euch Friedensrichter war.«

»Er war *gerefa*, ja. Ebenso wie mein Großvater. Von dem hieß es in der Familie, dass er sich so großartig im Rechtswesen auskannte, dass er nach Canterbury ging und Ratgeber von König Athelberht wurde, auf den die ersten großen Gesetzestexte in unserer Sprache zurückgehen.«

»Gab es nur dich und deinen Bruder in der Familie? Ich dachte immer, du hattest gar keine weiteren Verwandten.«

»Meine Mutter starb an einer Vergiftung, als ich fünfzehn Jahre alt war, und meinen Vater raffte die Pest dahin, da war ich gerade achtzehn.«

»Von deinem Vater hast du mir erzählt, aber nie von deiner Mutter. Vergiftet? Wie kam es dazu?« fragte Fidelma erschrocken.

Eadulf fiel es schwer, darüber zu sprechen. »Sie ging eines Tages zu einer Nachbarin, und dort hatte man gerade frisches Brot gebacken. Man saß beisammen und aß davon. Als sie nach Hause kam, war ihr übel, bald darauf wurde sie von Schüttelkrämpfen gepackt, und ihre Arme starben ab. Den Nachbarn erging es nicht anders. Unser Apotheker erkannte die Ursache und verbot sofort, von dem Brot zu essen. Aber es war zu spät. Es dauerte nur wenige Tage, und unsere Nachbarn starben ... und meine Mutter auch.«

Fidelma tastete mitfühlend nach seiner Hand.

»Was war mit dem Brot?«, fragte sie leise.

»Der Apotheker untersuchte das Korn des Nachbarn, das man zum Brotbacken genommen hatte. Er entdeckte, dass es von einem Pilz befallen war, was manchmal passiert, wenn es kalt oder feucht ist. Wenn man den Pilz nicht bemerkt, das Korn drischt, Mehl daraus mahlt und schließlich zu Brot verbäckt, produziert er ein Gift, und wer von dem Brot isst ...« Eadulf brachte den Satz nicht zu Ende.

»Es tut mir leid«, flüsterte Fidelma.

»Ich habe dir ja gesagt, es bringt nichts, Geister heraufzubeschwören.«

»Das muss schlimm für dich gewesen sein und natürlich auch für deinen Bruder. Wie alt war er damals?«

»Fünf Jahre.«

»Und als euer Vater starb, da warst du achtzehn? Es ist traurig, wenn man keine Eltern mehr hat, ich habe das selbst erlebt. An meinen Vater kann ich mich nur vage erinnern, und meine Mutter habe ich nie gekannt – sie starb bei meiner Geburt.«

»Eine traurige Geschichte, fürwahr. Ich bleibe dabei, es tut nicht gut, Geister heraufzubeschwören. Damals jedenfalls war Fursa in unser Königreich gekommen und predigte den Neuen Glauben. Zwar hatte ich das Amt des *gerefa* von meinem Vater geerbt, aber ich fühlte mich mehr zu der Welt hingezogen, die mir Fursa eröffnete. Und wie du weißt, folgte ich seinem Rat und beschäftigte mich eingehend mit dem Glauben. Nicht nur das, schon immer hatte mich die Kunst des Apothekers gefesselt, und so beschloss ich, meine Kenntnisse in Tuaim Brecain zu vertiefen. Den Rest kennst du.«

»Das mit dem Medizinstudium, war das wegen deiner Mutter?« Fidelmas Frage traf auf Schweigen, sie lag mit ihrer Vermutung wohl richtig. »Wieso hast du geglaubt, dein Bruder wäre umgekommen?«, fragte sie nach einer Weile, »nur, weil die Leute es sagten?«

»Er wollte schon immer, eigentlich von Kindheit an, Krieger werden. Wir sind dann beide zu Fursa gegangen und haben uns seine Darlegungen über den Neuen Glauben angehört, doch ich hatte den Eindruck, das berührte ihn wenig. Als ich später fortging, um mich den Studien zu widmen, die Fursa mir anempfohlen hatte, eröffnete mir Egric, er würde sich der Heerschar unseres Königs Athelwold anschließen. Bei meiner Rückkehr in die Heimat, das war Jahre später, hieß es, er wäre tatsächlich gegangen und hätte sich nie wieder blicken lassen. Niemand wusste, was aus ihm geworden war. Für mich stand fest, dass er als Athelwolds Krieger in einer Schlacht sein Leben gelassen hatte.«

»Und nun ist er aber am Leben und tritt in deine Fußstapfen. Das muss ein schönes Gefühl für dich sein, Eadulf.«

Sie hörte in der Dunkelheit seinen Seufzer. »Es ist schwer zu sagen, was ich fühle. All die Jahre habe ich keinen Bruder mehr gehabt, und dann diesen verlorengeglaubten Bruder plötzlich vor sich stehen zu sehen und unter solchen Umständen, das ist schwer zu fassen. Außerdem ...«

Fidelma half sacht nach. »Außerdem?«

»Ich finde manches, was er sagt, seltsam. Zum Beispiel seine Schilderungen über das, was er bei den Cruthin erlebt hat, oder auch sein Verhalten beim Betreten des *fialtech*.«

»Ich verstehe nicht, was du meinst.«

»Es ist, als nähme er es mit dem Glauben nicht so genau. Vielleicht liegt es aber auch nur daran, dass wir zu lange voneinander getrennt waren. Ich bin einfach nicht mehr daran gewöhnt, einen Bruder zu haben.«

»Es werden doch nicht noch mehr Geschwister von dir hier überraschend auftauchen?«

»Wenn das geschieht, weiß ich von ihnen genauso wenig wie du.«

»Eine völlig neue Vorstellung, dass unser kleiner Alchú plötzlich einen Onkel hat«, sagte Fidelma sinnend.

Eadulf schmunzelte vor sich hin. »Da wird er ein neues Wort lernen müssen, und ich wohl nicht minder.«

»Wie soll ich das verstehen?«

»*Amnair* ist in eurer Sprache das Wort für den Onkel mütterlicherseits. Und weil er das Wort noch nicht richtig aussprechen kann, ist dein Bruder für ihn König Am-Nar. Wie aber soll er nun Egric anreden?«

»*Bratháir-athar.*«

»Na, das wird ja erst recht ein Zungenbrecher für ihn.«

Fidelma musste lachen. »Vermutlich macht er so etwas wie ›Braw-her‹ daraus.«

Eine Weile schwiegen beide, dann meinte Eadulf: »Warum die Schicksalsmächte Egric ausgerechnet nach Cashel geführt haben, bleibt mir ein Rätsel. Was mag es nur mit dieser Abordnung auf sich haben? So viel jedenfalls scheint klar: Der

Ehrwürdige Victricius sollte mit ihr zusammentreffen. Aber wie ist in der ganzen Geschichte der Tod von Bruder Cerdic einzuordnen?«

»Eine Frage, die wir noch nicht beantworten können.«

»Welche genau meinst du?«

»Dass es jemand zuwege brachte, in der Burgkapelle Bruder Cerdic zu töten, und wir nicht wissen, wer der Täter war. Mit anderen Worten, auch heute Nacht schleicht auf dem Burggelände ein Mörder umher.«

Dazu sagte Eadulf erst einmal nichts, gestand dann aber: »Deine Freundin, diese Äbtissin Líoch, ist mir nicht ganz geheuer.«

»Sie ist anders als früher«, gab Fidelma zu. »Ich muss noch einmal mit ihr sprechen, ich weiß nur nicht, wie ich es am geschicktesten anfange. Wenn ich sie der Tat beschuldige, wird sie es schlichtweg leugnen. Nicht ohne Grund ist sie Äbtissin geworden, Entschlusskraft und Charakterstärke haben ihr dazu verholfen. Ich muss mir noch etwas einfallen lassen.«

»Was wissen wir und was nicht?« Eadulf überlegte. »Bruder Cerdic sprach bei ihr vor, ehe er zu Abt Ségdae weiterreiste. Warum tat er das? Vermutlich doch, weil er sie kannte. Wieso redete er ihr ein, dass es für sie von Vorteil wäre, auch nach Cashel zu kommen, obwohl sie ihn angeblich nicht kannte und er sie auch über das Anliegen der Abordnung im Dunkeln gelassen hat?«

»Alles gute Fragen, Eadulf. Wenn wir die Antworten auf sie wüssten, stünden wir nicht vor einem Rätsel.«

»Und was hat es mit diesen Prophezeiungen von Bruder Conchobhars Verwandtem auf sich? Meiner Meinung nach ist der nicht ganz richtig im Kopf. Was sollte das ganze Theater heute Abend? All das Geschwätz über das Böse, das Cashel droht. Nimmst du seine Beschwörungen ernst?«

Eadulf dachte schon, Fidelma wäre eingeschlafen, weil sie nichts erwiderte. Doch dann sagte sie: »Ich will Deogaire nicht unbedingt als verrückt abtun. Ein sonderbarer Mensch ist er schon, ja, aber in seinem Verhalten liegt auch etwas Bedrohliches.«

»Dem kann ich nicht widersprechen. Ich weiß sehr wohl, dass viele ihm seine Wahrsagungen abnehmen. Aber was sollten all diese merkwürdigen Namen, mit denen er die Person bedachte, die sich Cashel aus dem Osten nähert und vor der wir auf der Hut sein sollen?«

»Merkwürdige Namen?« Fidelma klang überrascht. »Ich fand, dass sich Deogaire für einen, der in den Bergen von Sliabh Luachra lebt und eigentlich die alten Götter und Göttinnen verehrt und den Kontakt zu Menschen scheut, in der Heiligen Schrift erstaunlich gut auskennt.«

»Das musst du mir erklären.«

»Sohn des Chaos und sein Vollstrecker, Widersacher, Versucher, Vater der Lügen, der als Morgenstern, der Vorbote des Lichts, erscheint ...«

»All die Bezeichnungen sind der reinste Unfug für mich.«

»*Antikos* ist der Widersacher, und schon unsere christlichen Väter, Origenes und Hieronymus, kannten den Morgenstern als den Überbringer des Lichts ... Luzifer.«

Eadulf konnte nichts damit anfangen. »Was sagst du da?«

»Deogaire hat lediglich auf die Namen zurückgegriffen, die schon in der Heiligen Schrift stehen und die griechischen Textstellen *ho diabolos* und *ho satanos* umschreiben – der Teufel oder der Satan.«

KAPITEL 5

Schon lange vor Sonnenaufgang hatte es zu regnen begonnen. Der Himmel war ein einziges Grau. Auch gab es keinerlei Anzeichen, dass aufkommender Wind die tiefhängenden Wolken vertreiben würde. Dicht fallender Regen durchtränkte Wiesen und Felder und nahm dem Betrachter von hoch oben auf der Burg jegliche Sicht. Selbst den dicken Rauch, der stets aus den Feuerstellen in den Häusern der Siedlung unten aufstieg, konnte man nur erahnen.

Es war einer der Tage, über die keiner glücklich war. Die Bauern fluchten, weil sich der Boden in Morast verwandelte und Hafer und Gerste nicht rechtzeitig ausgesät werden konnten. Wer unterwegs war, schimpfte, weil Straßen und Wege knöcheltiefer Morast waren, Bäche zu reißenden Flüssen wurden und Flüsse sich nicht mehr überqueren ließen. Mit einem Tag wie diesem nahm es nur der auf, der unbedingt hinaus musste; wer irgend konnte, scherte sich nicht um die Arbeit draußen und wartete auf besseres Wetter. Den Bewohnern oben auf der Burg ging es nicht anders. Man wärmte sich an den Feuerstellen, und auch die Krieger mit dem Goldenen Halsreif, die Leibgarde des Königs, blieben – sofern sie nicht gerade Dienst hatten – lieber in ihrer *laochtech*, der Halle der Helden, wie man ihre Unterkunft nannte. Selbst der Stallmeister und seine Stallburschen hatten sich ein wärmendes Plätzchen gesucht.

Fidelma und Eadulf hatten sich Unterschiedliches vorgenommen. Eadulf wollte seinen Bruder Egric mit ihrem kleinen Sohn bekanntmachen und ihn anschließend im Burggelände herumführen. Fidelma gedachte Äbtissin Líoch aufzusuchen und das Gespräch auf Bruder Cerdics Ermordung und ihre Verdachtsmomente zu lenken.

Sie fand die Äbtissin in dem *tech-screptra*, dem Haus, in dem die Handschriftensammlung aufbewahrt wurde. Außer ihr saß niemand in der Bibliothek, wenn man von dem *leabhar coimedach*, der die Schätze dort hütete, absah. Er hockte in einer Ecke und schrieb auf dem *ceraculum*, einer Wachstafel, die häufig für Notizen verwendet wurde; man konnte später das Wachs glätten, die Schriftzeichen löschen und die Schreibfläche erneut benutzen.

Als Fidelma den Raum betrat, schaute er hoch und wollte schon aufstehen, aber sie legte nur den Finger an die Lippen und deutete mit dem Kopf auf die Äbtissin, die, in eine Handschrift vertieft, in einer hinteren Ecke saß. Cashel war stolz auf seine Bibliothek, auch wenn sie kleiner als die meisten Klosterbibliotheken war, aber sie konnte sich erlesener Schätze in griechischer, lateinischer und hebräischer Sprache rühmen, selbst an Werken in der Sprache der Fünf Königreiche fehlte es nicht. Die Bände steckten in Lederranzen, die an Haken oder Gestellen an den Wänden hingen. Bücher erfuhren eine große Wertschätzung und wurden dem König oft als Geschenke mitgebracht.

In ihrer Ruhe aufgestört, blickte Äbtissin Líoch mit gekrauster Stirn Fidelma entgegen.

»Du bist beschäftigt, wie ich sehe«, begrüßte Fidelma sie lächelnd und setzte sich.

Die Äbtissin tippte mit dem Zeigefinger auf die Tischplatte vor ihr.

»Ich lese gerade Tirechán von den Uí Amolngid in Connacht, sein jüngstes Werk.«

»Tirechán?«, wiederholte Fidelma überrascht. »Soviel ich weiß, ist er erst kürzlich gestorben. Hatte er sich nicht für Ard

Macha starkgemacht, das den Anspruch erhebt, der Hauptsitz des Glaubens in den Fünf Königreichen zu sein?«

»Ja, eben der. Aber den gleichen Anspruch erheben viele andere Abteien, die weitaus älter und bedeutsamer sind als Ard Macha.«

»Dass zu dem Bibliotheksbestand auch Tirechán gehört, habe ich gar nicht gewusst. Abt Ségdae wäre gewiss empört, würde er davon erfahren. Wenn ich mich richtig erinnere, behauptete Tirechán, Patricius wäre derjenige gewesen, der in den Fünf Königreichen jede Kirche und Abtei hat bauen lassen.«

»Tirechán hielt alle, die ihm nicht darin beipflichteten, dass Ard Macha der Hauptsitz des Glaubens ist, für Abweichler, Diebe, Räuber und Kriegstreiber«, fügte Äbtissin Líoch spöttisch hinzu.

»Als Abt von Imleach und Oberster Bischof von Muman wäre Ségdae der Erste, der sich dagegen verwahren würde, dass Ard Macha über alle Kirchen und Abteien herrscht«, ergänzte Fidelma.

»Ich nehme mit Erstaunen zur Kenntnis, wie stark du dich immer noch mit Machtfragen der Kirche beschäftigst, Fidelma. Ich hatte stets den Eindruck, dein Interesse galt mehr dem Rechtswesen als der Religion.«

Fidelma nahm ihr die Feststellung nicht übel. »Manchmal legen es Abteien geradezu auf eine Auseinandersetzung mit der Gesetzgebung an. Von dir weiß man ja, dass du gegen das Befolgen der Bußvorschriften bist, Regeln, die sich nicht mit unserer Rechtsauffassung vertragen. Verschiedene Äbte aber haben sich darauf eingelassen, besonders die, die glauben, wir sollten uns enger an die Lehren von Rom halten.«

»Du bist eine kluge Anwältin, das will ich nicht bestreiten. Ja, es stimmt, ich stehe zu unserem Glauben und zu unseren herkömmlichen Gesetzen«, erwiderte die Äbtissin. »Es hat mich nicht überrascht, als ich hörte, du hättest dich formal von der Kirche losgesagt. Dabei bist du nach wie vor überall als Schwester Fidelma bekannt. Aber du warst schon immer besser im Rechtswesen als in der frommen Gemeinschaft aufgehoben.«

»Darf ich das als Kompliment verstehen?«

»Durchaus. Als ich gestern zum ersten Mal deinem Ehemann Eadulf begegnete, fiel mir auf, dass er die Tonsur nach der Art der Mönche von Rom trägt. Wie sieht er sich selbst?«

»Im Hinblick auf den Glauben? Er hält sich an die von Rom verkündeten Lehren, hatte aber schon immer ein besonderes Rechtsempfinden, von dem er sich leiten lässt, egal, worum es geht. Missionare aus Connacht, die in das Königreich der Ostangeln zogen, aus dem er stammt, haben ihn für den Neuen Glauben gewonnen. Danach kam er hierher, um sich an einer unserer Hohen Schulen weiterzubilden.«

»Und trotzdem hat er die Tonsur aus Rom beibehalten?«

»Von hier ging er wieder zurück nach Rom. Ich lernte ihn auf der Synode in Streonshalh kennen, wo er die römische Seite vertrat.«

Die sonst strengen Züge der Äbtissin verwandelten sich in ein schmerzliches Lächeln.

»Das ist noch gar nicht so lange her. Wie lange genau? Sechs oder sieben Jahre? Erinnerst du dich noch an unsere kleine Gruppe? Wir waren alle Pilger und versammelten uns auf der Insel Oen Druim in der Abtei des heiligen Machaoi, um von dort die Überfahrt nach I-Shona zu wagen.«

»Ich erinnere mich sehr gut«, bestätigte Fidelma. »Es war das erste Mal, dass ich innerhalb der Fünf Königreiche so weit nach Norden in das Land der Dál Riada von Ulaidh gereist war. Wir hatten alle Angst vor dem heftigen Sturm; die Wasser zwischen Oen Druim und I-Shona waren sehr aufgewühlt.«

»Ich war fast die ganze Zeit seekrank«, stimmte ihr Äbtissin Líoch zu. »Aber dank Gottes Güte landeten wir auf der Insel von Colmcille, ohne weiteren Schaden zu nehmen.«

»Eine wunderschöne kleine Insel«, schwärmte Fidelma. »Nach der glücklichen Landung ging es weiter durch das Land der Cruthin und in König Oswys Königreich. Mit wahrer Begeisterung folgten wir Aidans Spuren zu Hildas Abtei. Für uns war es damals der erste große Streit mit denen, die uns die neuen Ideen aus Rom aufzwingen wollten.«

»Aber schon da bist du nicht als Fürsprecherin der Kirchengemeinden aufgetreten, sondern hast unsere Abordnung in Fragen von Recht und Ordnung beraten.« Äbtissin Líoch vermied, Fidelma direkt in die Augen zu sehen.

»Dazu habe ich auch immer gestanden. Doch aus welchen Gründen hattest du dich auf jene Reise begeben und bist dann gar nicht bis zu Hildas Abtei mitgekommen?«

»Vielleicht erinnerst du dich, ich war nicht allein, ich reiste zusammen mit einem jungen Gelehrten. Er war … er war ein guter Freund von mir.«

»Stimmt. Olcán hieß er. Was ist euch zugestoßen?«

»Wir trennten uns von der Gruppe und ritten in südwestliche Richtung weiter. Wir wollten nach Laestingau, einer kleinen Abtei, die einer der Unterkönige begründet hatte, weil er dort einmal begraben sein wollte. Bis zu Hildas Abtei wäre es nur ein Tagesritt gewesen, und ursprünglich hatten wir auch die Absicht, einige Tage später wieder zu euch zu stoßen.«

»Was trieb euch ausgerechnet nach Laestingau?«

»Der Abt dort war Cedd …«

»Der war doch der angesehenste Dolmetscher auf dem großen Konzil.« Fidelma entsann sich sehr gut, fragte sich aber, wohin die Geschichte führen sollte.

»Ja, Cedd beherrschte mehrere Sprachen. Er hatte Cum-méne, den Abt von I-Shona, gebeten, ihm eine Abschrift des *Computus* von Mo Sinu maccu Min von Beannhoir zu schicken, weil er das Werk noch vor dem Konzil zu lesen wünschte. Cumméne vertraute die Handschrift Olcán und mir an. Wir sollten sie ohne Umwege nach Laestingau zu Cedds Abtei bringen. Deshalb trennten sich damals unsere Wege.«

»Cedd kam doch aber nach Streonshalh und beteiligte sich äußerst lebhaft an den Streitgesprächen dort. Weshalb habt ihr ihn nicht dorthin begleitet?«

»Als wir Laestingau erreichten, war Cedd bereits unterwegs nach Streonshalh. Wir aber brauchten eine Pause und blieben dort zur Nacht. Und in jener Nacht ...« Sie hielt inne, und ihr Gesichtsausdruck veränderte sich merklich. »Unsere Pläne für den nächsten Tag wurden zunichtegemacht.«

»Was soll das heißen? Wie zunichtegemacht?«

»Die Abtei wurde überfallen. Sie bestand nur aus ein paar Holzbauten, es gab keinerlei Mauern. Der Angriff fand statt, als wir im Bett lagen. Olcán wurde getötet, nicht nur er, ande-re auch, sogar Frauen waren darunter.«

»Davon habe ich nichts gewusst. Es tut mir leid.«

»Wie du selbst vorhin sagtest, es ist Jahre her.«

»Wie bist du entkommen?«

Der Äbtissin entfuhr ein schwer zu deutender Laut, eigent-lich mehr ein Stöhnen.

»Entkommen? Da war nichts mit Entkommen. Man verge-waltigte mich und ließ mich liegen. Sie glaubten mich tot. Als Cedd nach dem Konzil zurückkehrte, fand er ein paar Über-lebende vor, die sich in den Trümmern der Abtei verkrochen hatten, eine von ihnen war ich. Ich brauchte mehrere Wochen, ehe ich wieder zu mir fand.«

»Wer waren die Übeltäter?«

»Schlechthin Einbrecher. Räuber aus dem benachbarten Königreich Mercia.«

Fidelma atmete tief durch. Sie konnte sich entsinnen, dass Banden aus Mercia während des Konzils in Streonshalh den Frieden bedrohten.

»Hat man die Schurken fassen und bestrafen können?«

»Ich weiß nur, dass Cedd ziemlich bald nach seiner Rückkehr erkrankte. Er wurde noch im Herbst desselben Jahres ein Opfer der Gelben Pest. Wir beerdigten ihn bei der Abtei. Ich blieb noch einige Zeit dort; ich wollte mich den Menschen erkenntlich zeigen, die sich in der Zeit, als ich halb wahnsinnig war vor Kummer und Scham, aufopferungsvoll um mich gekümmert hatten. Ohne ihre Hilfe wäre ich nicht mehr. Schließlich kehrte ich hierher zurück, zurück in mein Land, zu meinen Leuten, und vergrub mich in meiner kleinen Abtei in Cill Náile in die Arbeit. Schon bald führte ich meine kleine Gemeinde und wurde zur Äbtissin gewählt.« Äbtissin Líoch lehnte sich zurück und lächelte Fidelma müde an. »Nun kennst du meine traurige Geschichte. Seit ich wieder hier bin, ist alles gut.«

»Vielleicht nur bis jetzt?«

Die Äbtissin zuckte zusammen und starrte Fidelma einen kurzen Augenblick an.

»Wieso?«

»Bis zu dem Zeitpunkt, da Bruder Cerdic in deiner Abtei erschien. Ich finde es merkwürdig, dass er dich aufsucht und dir nahelegt, dass es für dich gut wäre, an der Beratung in Cashel teilzunehmen. Er tut das, ehe er überhaupt Abt Ségdae oder meinen Bruder gefragt hat. Ich erfahre von Eadulf, dass der Anführer der zu erwartenden Abordnung ein Bischof Arwald von Magonsaete ist, das wiederum ist ein Unterkönigreich von Mercia.«

»Meine Antwort darauf hat sich seit gestern nicht geändert«, erklärte die Äbtissin verbissen. »Ich kann dir nur das sagen, was ich weiß.«

»Du hast gesagt, du hättest Bruder Cerdic nicht gekannt.«

»Habe ich auch nicht! Erst in Cill Náile habe ich ihn zum ersten Mal gesehen.«

»Eadulf meint, sein Name würde darauf hindeuten, dass auch er aus Magonsaete stammt.«

»Und daraus schließt du was?« Fidelma traf ein herausfordernder Blick.

»Nach deiner bitteren Erfahrung in Laestingau könnte ich mir vorstellen, dass du gegen die Leute von dort eine gewisse Antipathie hegst.«

Gereizt presste die Äbtisin die Lippen zu einem Strich zusammen. »Trotz allem, was ich habe durchmachen müssen, weiß ich sehr wohl zwischen einem ganzen Volk und der Handlungsweise einzelner Menschen zu unterscheiden«, erklärte sie mit fester Stimme.

»Eine lobenswerte Haltung. Dennoch muss ich dir die Frage stellen: Hast du Bruder Cerdic getötet?«

»Habe ich nicht!«

»Immerhin hattest du die Gelegenheit dazu«, fuhr Fidelma unbeirrt fort. »Du hast dein Pferd unten am Berghang gelassen und bist zu Fuß zur Burg hoch gekommen. Mir hast du dann erzählt, du hättest dem Pferd eine Ruhepause gönnen wollen.«

»Das war auch so. Schwester Dianaimh hatte den Eindruck, ihr Pferd lahmte bereits.«

»Ihr beide seid also zu Fuß hier oben angelangt. Was führte euch hierher?«

»Ich wollte mit Abt Ségdae sprechen.«

»Das ist dir aber nicht gelungen. Du hast ihn nicht gefunden und bist wieder losgegangen, ohne ein Wort an jemanden zu verschwenden. Nur der Wachposten hat dich kommen und gehen sehen. Wo hast du nach dem Abt geschaut? In der Kapelle?«

Das Gesicht der Äbtissin war zu einer steinernen Maske geworden.

»Für dich steht deine Meinung längst fest, nicht wahr?« Sie sprach langsam und betont. »Ich dachte immer, es ginge dir um die Wahrheit und um nichts anderes. Jetzt aber gewinne ich den Eindruck, du suchst ein Opfer, um den Tod dieses Mannes erklären zu können.«

Fidelma sah ihr lange und fest in die Augen. »Bei allem, was dir heilig ist, Líoch, bei unserer Freundschaft, die uns früher verband …, sage, dass du nichts mit dem Tod von Bruder Cerdic zu tun hast.«

Die Äbtissin beugte sich zu Fidelma, so dass beider Gesichter kaum eine Handbreit voneinander getrennt waren, und erklärte mit allem Nachdruck: »Bei allem, was mir heilig ist, beim Grab des armen Olcán weit weg in einem fernen Land, sage ich dir, dass ich an diesen Menschen namens Cerdic nicht Hand angelegt habe.«

Fidelma schwieg eine Weile, ehe sie sagte: »Ich nehme dein Wort zur Kenntnis, Líoch. Ich hoffe, du verstehst, weshalb ich so und nicht anders handeln konnte. Wenn wir nicht herausfinden, wer Bruder Cerdic getötet hat, wird Colgú in großen Erklärungsnöten stehen, wenn Bischof Arwald mit seiner Abordnung eintrifft.«

Traurig schaute Äbtissin Líoch die Freundin an. »Wir haben glücklichere Tage gesehen, Fidelma von Cashel. Beide waren wir jung und vielleicht auch arglos. Mit dem Älterwerden haben wir erfahren, dass es viel Böses auf der Welt gibt und dass wir uns dem stellen müssen. Du hast dich auf deine Art entschieden und ich auf meine. Wenn ich von hier abreise, erlischt unsere Freundschaft. Und jetzt entschuldige mich bitte, ich würde mich gern wieder meiner Lektüre widmen.«

»Es schmerzt mich, dich so reden zu hören«, erwiderte Fidelma. »Aber Freundschaft schließt die Suche nach der Wahrheit nicht aus.«

Unbefriedigt, dass sie keinen Schritt weitergekommen war, verließ Fidelma die Bibliothek. Im Grunde genommen war sie nur noch argwöhnischer als zuvor. Líochs Leidensgeschichte in Laestingau hätte durchaus ein Motiv für sie hergeben können. Fidelma glaubte die Äbtissin gut genug zu kennen, um ihre eidesstattliche Erklärung ernst zu nehmen, und doch herrschte in ihr ein Widerstreit der Gefühle. Líochs Leugnung der Tat ließ ihr innerlich keine Ruhe.

Draußen vor der Bibliothek blieb sie unter dem überdachten Eingang stehen, denn sie sah eine Gestalt mit gesenktem Kopf durch den Regen hasten. Es war die junge Begleiterin der Äbtissin, Schwester Dianaimh, die auf das Gebäude zueilte. Unter dem schützenden Vordach angelangt, wischte sie sich die Regentropfen aus dem Gesicht und nickte Fidelma mit einem schwachen Lächeln zu.

»Ich suche die Äbtissin, hast du sie gesehen?«

»Sie ist in der Bibliothek«, erwiderte Fidelma und hielt Schwester Dianaimh zurück, als sie ins Haus verschwinden wollte. »Ich hätte gern erst noch ein paar Worte mit dir gewechselt.«

Fragend blickten sie die hellen blauen Augen des Mädchens an.

»Stehst du schon lange in Diensten der Äbtissin?«

»Seit letztem Sommer.«

»Für eine *bann-mhaor* bist du aber noch sehr jung.«

»Ehe ich zur Äbtissin kam, habe ich in der Abtei von Slé-ibhte in Laighin gedient, Lady. Mit Erreichung des Alters der Wahl hatte ich mich Abt Aéds Gemeinde angeschlossen.«

»Als Bruder Cerdic vor ein paar Tagen bei Äbtissin Líoch in Cill Náile vorsprach, kannte sie ihn da schon von früher?«

Herausfordernd schob Schwester Dianaimh das Kinn vor. »Da fragst du die Äbtissin besser selbst.«

»Weißt du, wenn jemand ermordet worden ist, muss ich eben Fragen stellen«, fuhr Fidelma fort, ohne auf die Antwort des Mädchens einzugehen. »Du wirst dich daran erinnern, dass ich mit euch ein Stück Wegs nach Cashel ritt, nachdem wir uns auf der Straße getroffen hatten …«

»Ja, du warst mit deinem Sohn und einem Krieger zu Pferd unterwegs«, bekräftigte das Mädchen.

»Und dann trennten wir uns, du rittest mit der Äbtissin in den Ort auf der Suche nach einer Unterkunft, und wir ritten hinauf zur Burg. Ihr habt dann eure Meinung geändert, habt die Pferde unten am Berg zurückgelassen und seid zu Fuß hier hochgekommen. Das finde ich etwas merkwürdig.«

»Der Äbtissin fiel plötzlich ein, sie müsste Abt Ségdae wissen lassen, dass sie in der Siedlung sei. Wir fanden aber, dass die Pferde schon reichlich erschöpft waren, mein Pferd lahmte sogar ein wenig, und so ließen wir sie in der Obhut eines jungen Burschen und erklommen den Berg zu Fuß.«

»Abt Ségdae habt ihr letztendlich gar nicht gefunden?« Es war mehr eine Feststellung als eine Frage.

»Die Äbtissin hat dir doch schon gesagt, dass es nicht zu einer Begegnung mit ihm kam«, erwiderte die Schaffnerin der Abtei; ihr Tonfall klang argwöhnisch.

»Wo habt ihr denn nach ihm gesucht?«

Auf dem Gesicht der jungen Schwester machte sich Unsicherheit breit. »Ich war nicht dabei. Ich war am Tor geblieben, die Äbtissin ging allein nach ihm suchen.«

»Hat sie den Wachposten vorn gefragt, wo der Abt sein könnte?«

»Das weiß ich nicht, könnte es mir aber vorstellen. Ist ja auch egal, sie ging jedenfalls und wollte ihn suchen.«

»Noch einmal genau: Die Äbtissin machte sich auf die Suche, und du bliebst am Tor. War das nur so am Tor oder auf dem Innenhof?«

»Unmittelbar am Tor, aber schon innen. Die Äbtissin war auch gar nicht lange fort. Sie war einem der Mönche dort begegnet, einem alten Mann, der ihr sagte, der Abt sei beim König. Daraufhin beschloss sie, dass wir uns lieber weiter um eine Unterkunft in der Siedlung unten kümmern sollten. Wir waren gerade wieder bei unseren Pferden angelangt, als du und der Sachse, dein Mann, uns überholten. Ist das jetzt alles?«

»Einen Augenblick noch. Du hast eben gesagt, du hättest am Tor, aber schon auf der Hofseite gewartet.«

»Ja«, bestätigte das Mädchen gereizt.

»Dann konntest du den ganzen Hof überblicken bis hin zur Kapelle. Hast du irgendjemand über den Hof gehen sehen?«

»Mehrere Leute, ja, das ist doch ganz natürlich.«

»Was für Leute? Beschreib sie.«

Schwester Dianaimh zuckte mit den Schultern, als wollte sie die Frage als nichtig abtun. »Ich kannte keinen von ihnen, einer könnte der Stallmeister gewesen sein, zwei Krieger und ... und dann war da noch ein Mönch.«

»Ein Mönch? Wie sah der aus?«

»Er hatte eine Kapuze auf. Aber auch ohne die hätte ich ihn nicht erkannt. Bin ja noch nie hier gewesen. Kann ich jetzt gehen?«

Fidelma nickte gedankenverloren, und das Mädchen huschte ins Haus. Kurz stand sie noch da, dann zog sie den Umhang enger um sich und eilte durch den immer noch anhaltenden Regen hinüber zum kleineren Hof hinter der Kapelle, wo sich in einer Ecke Bruder Conchobhars Apotheke befand.

Ein starker Duft verschiedener Aromen umfing sie, als sie die Apotheke betrat. Er entströmte den getrockneten Kräutern, die sorgsam gebündelt von der Decke hingen, und den unzähligen Pflanzen, die in Töpfen wuchsen und sich auf Bänken drängten. Der alte Bruder Conchobhar stand hinten über einen Tisch gebeugt, wo er mit einem Mörser emsig in einer Schüssel rührte. Bei ihrem Eintreten blickte er auf und ließ die Arbeit ruhen.

»Ich habe dich erwartet«, begrüßte er sie mit ernstem Gesicht.

»Wieso das?«, fragte sie erstaunt zurück.

»Ich konnte mir ausrechnen, dass du mit mir über Deogaires unpassendes Verhalten gestern Nacht würdest sprechen wollen.«

»Ach das. Stimmt schon, es war etwas absonderlich«, gab Fidelma zu. »Aber das ist nicht mein eigentliches Anliegen.«

»Womit kann ich dir dann dienen?«

»Angeblich ist Äbtissin Líoch gestern früh hier auf dem Burghof gewesen, noch bevor Eadulf den Leichnam von Bruder Cerdic gefunden hat. Könnte sein, du hast sie sogar gesehen.«

Bruder Conchobhar rieb sich die Schläfe, wie um seinem Gedächtnis nachzuhelfen. »Ich habe sie gesehen, und sie hat nach Abt Ségdae gefragt«, bestätigte er. »Ja, so war es. Ich hab ihr gesagt, der Abt sei beim König, sie bedankte sich und ging.« Er überlegte kurz. »Oder nein, es lief etwas anders. Ich war hier in meiner Apotheke und hatte durch die kleine Tür da den Weg im Blick, der zu dem Eingang an der Rückseite der Kapelle führt. Sie rüttelte am Griff, und da sagte ich ihr, dass die Tür von innen mit einem Riegel verschlossen ist und dass nur die Haupttüren vorn offen seien.«

»Du hast also die Äbtissin an der Kapellentür gesehen? Bekam sie von innen eine Antwort?«

Bruder Conchobhar schüttelte den Kopf. »Etwas in der Art ist mir nicht aufgefallen. Als ich sie dort bemerkte, fragte ich sie natürlich, ob ich ihr irgendwie behilflich sein könnte. Da sagte sie mir, dass sie Abt Ségdae suche, und ich erteilte ihr die Auskunft, dass er zu deinem Bruder, Colgú, gegangen sei.«

»Und daraufhin ging sie?«

»Ja. Ich aber wartete auf Deogaire, der mir helfen wollte, ein paar Sachen zur Schmiede zu bringen.«

»In die Kapelle könnte sie nicht gegangen sein, oder?«

Ein unsicherer Blick traf sie. »Dann müsste just in dem Moment, als ich mich umdrehte, jemand gekommen sein und die Riegel zurückgeschoben haben. Du verdächtigst doch nicht etwa Äbtissin Líoch des Mordes an dem Sachsen – an Bruder Cerdic?«

»Ich bin von Natur aus argwöhnisch. Das weißt du doch, alter Wolfsnarr«, erwiderte sie und benutzte bewusst die wörtliche Übersetzung seines Namens als Zeichen ihrer Vertrautheit miteinander.

»O ja, deine Wesensart ist mir nicht fremd«, bekannte der Alte mit einem matten Lächeln. »Habe ich dich nicht, als du Kind warst, ermutigt, Fragen zu stellen?«

»Du hast mich vor allen Dingen gelehrt, die richtigen Fragen zu stellen, um die richtigen Antworten zu erhalten. Das Problem ist nur, dass die Antworten, die ich auf meine Fragen jetzt bekomme, keinen Sinn ergeben.«

»Dann stellst du eben nicht die richtigen Fragen.«

»Vielleicht ist das so. Aber mir fällt da noch etwas ein. Gleich nach deiner Begegnung mit der Äbtissin gesellte sich offensichtlich Deogaire zu dir, und ihr seid dann beide an dem vorderen Eingang zur Kapelle vorbei über den Hof gegangen, nicht wahr?«

»Ja. Deogaire kam, und er und ich wollten zusammen ein paar Körbe mit Kräutern zur Schmiede schaffen, als Eadulf uns von der Eingangstür zur Kapelle anrief. Er wollte wissen, ob wir jemand aus der Kapelle hätten kommen sehen, hatten wir aber nicht. Es war ja sonst niemand da ... das heißt, Bruder Madagan am anderen Ende des Hofes, aber der ging in eine gänzlich andere Richtung. Daraufhin zeigte uns Eadulf dann den ermordeten Bruder Cerdic.«

Die Fragerei brachte Fidelma nicht weiter. »Ich stecke in meinen Nachforschungen fest, da fehlt ein Glied in der Kette. Nun gut, ich komme schon noch dahinter.«

»Und was wird mit Deogaire?«, forschte Bruder Conchobhar. »Gedenkt dein Bruder, ihn wegen gestern Nacht zu rügen?«

»Ich glaube nicht, es sei denn, Anwesende haben sich durch seinen Wortschwall persönlich getroffen gefühlt.«

»Deogaire ist überzeugt, er besäße die Gabe der Prophezeiung, die *imbas forosnai*«, meinte Bruder Conchobhar bekümmert. »Sich dessen zu rühmen ist wahrlich nicht klug.«

»Abt Ségdae spricht sich sogar für ein Verbot der Wahrsagerei aus. Für ihn bedeutet sie eine Verleugnung des Neuen Glaubens.«

Der alte Mann nickte besorgt. »Doch mit einem Verbot schafft man das nicht aus dem Wege, man kann nicht einfach tun, als hätte es so etwas nie gegeben. Viele Dinge sind verboten und erweisen sich dennoch als wahr. Hat sich nicht selbst

Fionn Mac Cumhaill oft genug der Kunst der Weissagung bedient? Ganz unter uns, ich glaube durchaus, Deogaire verfügt über eine besondere Begabung. Schon mehrfach hat er sich mit seinen Verkündigungen als ernstzunehmender Weiser erwiesen.«

»Heißt es nicht aber auch, nicht immer ist ein Weiser weise?«, gab Fidelma zu bedenken.

»Auch das ist richtig. Gleichfalls heißt es, dass ein schweigender Mund manchmal der beredste ist. Vielleicht hätte Deogaire sich lieber daran halten sollen.«

»Hat er sich dir gegenüber geäußert, was er mit seiner Vorhersehung bewirken wollte?«

Aus dem hinteren Raum der Apotheke ertönte eine schneidende Stimme. »Die Vorhersehung überkam mich ganz plötzlich.« Deogaire erschien und ließ Bruder Conchobhar gar nicht erst zu Wort kommen.

»Und in welcher Form erleuchtete dich die Vorsehung?«, fragte Fidelma, von seinem plötzlichen Auftauchen unbeeindruckt.

»Das geschah gestern Abend, als ich über den Bergen die Königin der Nacht aufsteigen sah. Nennen wir sie nicht oft Aesca, den Ort, aus dem wir Wissen und Weisheit schöpfen?«

»Und beim Betrachten des Monds hast du plötzlich über der Burg meines Bruders Gefahr aufziehen sehen?«

»Das will ich nicht bestreiten.«

»Ich weiß, dass du nicht viel mit dem Neuen Glauben im Sinn hast, Deogaire, aber ist es klug, sich der Gabe der *imbas forosnai* zu rühmen?«

»Nicht alle haben die alten Pfade der Weisheit zugunsten des Neuen und Ungewissen verlassen, Lady. Du selbst hast dich vom Klosterleben abgewandt und fühlst dich unseren alten Gesetzen verpflichtet.«

»Ich habe das Klosterleben aufgegeben, das heißt aber nicht, dass ich auch den Glauben aufgegeben habe, Deogaire. Was ich sagen wollte, ist, du lehnst den Neuen Glauben ab, und doch sind dessen Vorstellungen und Bilder in deiner Prophezeiung mit verwoben.«

Deogaire lachte vergnügt. »Hätte ich für meine Warnung ältere Bilder unseres alten Glaubens und unserer Kultur aus längst vergangenen Zeiten verwenden sollen? Wie hätte ich dann meine Aussage verständlich machen können? Mit bildhaften Gleichnissen ist es wie mit den Wörtern einer fremden Sprache, sie ergeben nur einen Sinn, wenn man sie zu deuten versteht.«

»Trotzdem sind einigen die von dir benutzten Bilder unverständlich geblieben, ich musste sie ihnen erst erklären«, eröffnete ihm Fidelma belustigt. »Weshalb hast du uns davor gewarnt, dass Cashel sehr bald vom Satan heimgesucht wird?«

»Ich habe die Bilder des Teufels benutzt, weil es wenig Wirkung gehabt hätte, wenn ich von den Boten der Fomorii gesprochen hätte, die sich aufmachten, um mit dem König zu speisen.«

Fidelma sah ihn erstaunt an. Die Fomorii waren in der Vorstellung ihrer Leute die alten bösen Gottheiten, der Name bedeutete so viel wie »Unterwasserbewohner«. Sie krochen aus ihren Höhlen im Meeresgrund und griffen – angeführt von Cichol, von Balor mit dem bösen Blick und von dem ziegenköpfigen Gaborchend – immer wieder die guten Götter und Göttinnen, die Kinder der Danú, an. Letzten Endes wurden sie von Lugh Lamhfada und Nuada mit der Silberhand ins Meer zurückgetrieben.

»Welche sprachlichen Bilder du auch immer gewählt hast, deine Prophezeiung läuft darauf hinaus, dass Cashel von Bösem heimgesucht wird?«

»Ist das nicht schon längst geschehen?«

»Du meinst die Ermordung von Bruder Cerdic?«

»Du magst die Dinge deuten, wie du willst, Fidelma von Cashel. Ich sage nur, ich spüre einen kalten Wind aus dem Osten. Nehmt es als Warnung. Zweimal hinter sich zu blicken ist besser als einmal vorauszuschauen. Der Tod erscheint uns in mannigfaltiger Weise, selbst als geflügelter Dämon vom Himmel. Ich betreibe keine bloße Phantasterei. Ich habe die Gabe der *imbas forosnai* von der Mutter meiner Mutter geerbt und die schon von der Mutter ihrer Mutter, das geht in der mütterlichen Linie zurück bis in die Vorzeit.« Mit diesen Worten drehte sich Deogaire um und verließ die Apotheke.

Bruder Conchobhar schwieg betreten, hüstelte nervös und hob die Arme in einer hilflosen Geste.

»Es tut mir leid, Fidelma.«

Sie hatte ihren eigenen Gedanken nachgehangen, blickte nun auf und schaute ihn lächelnd an. »Es braucht dir nicht leid zu tun, alter Wolfsnarr. Ich kenne noch andere, nicht nur ihn, die die Gabe der Wahrsagung haben. Genügend jedenfalls, um ihre Prophezeiungen nicht auf die leichte Schulter zu nehmen. Wenn Cashel aus dem Osten Böses droht, dann sollten wir gewappnet sein.«

KAPITEL 6

Eadulf hatte mit seinem Bruder den Raum betreten, in dem Muirgen den kleinen Alchú betreute. Er nahm den Jungen kurz in die Arme und erklärte Egric: »Das also ist unser Sohn Alchú. Sein Name bedeutet so viel wie ›kleiner Jagdhund‹«, und zu dem Kind gewandt, sagte er: »Und das ist mein Bruder, Alchú, dein Onkel Egric.«

Unmittelbar nach Fidelmas Aufbruch zur Äbtissin Líoch war auch Eadulf mit Egric losgegangen, um Onkel und Neffen miteinander bekanntzumachen. Muirgen, deren Aufgabe es war, den Jungen zu waschen, anzukleiden, ihm das Frühstück zu geben und ihn zu beschäftigen, bis seine Eltern Zeit für ihn hatten, zog sich in eine Nebenkammer zurück und machte sich an der Wäsche zu schaffen. Der kleine rothaarige Bursche, der seinen Vater fröhlich begrüßt hatte, betrachtete ernst den fremden Besucher. Unbeholfen schaute Egric in die hellblauen Augen, die den Blick nicht von ihm wendeten.

»Er ähnelt mehr deiner Frau als dir«, sagte er nach einer Weile zu Eadulf, ohne dem Kleinen ein freundliches Wort zu schenken.

»Das kann für ihn nur von Vorteil sein«, meinte Eadulf. Als er merkte, dass zwischen den beiden immer noch Schweigen herrschte, versuchte er seinen Sohn zu ermuntern. »Willst du deinen Onkel nicht mit einem ›Hallo‹ begrüßen?«

Der Junge, der unverwandt in dem Gesicht des fremden Mannes forschte, drehte sich zu seinem Vater. »Ist das wirklich mein Onkel, *athair*?«

»Natürlich. Und es gehört sich, dass du ihn nett begrüßt. Es ist …«, er suchte krampfhaft nach dem entsprechenden

Wort für »unhöflich«, kam aber nur auf *dorrda*, was jedoch eher »eingeschnappt« oder »mürrisch« hieß. »Es ist unhöflich, wenn man das nicht tut.«

Alchú zog einen Schmollmund. »Hallo«, brachte er schließlich heraus.

Mehr als ein Kopfnicken hatte Egric als Antwort nicht übrig. »Mit Kindern weiß ich nicht recht umzugehen, Eadulf«, bekannte er.

»Er grüßt nicht zurück«, beschwerte sich Alchú bei seinem Vater. »Ist das nicht auch *dorrda*?«

Eadulf wurde rot, war unschlüssig, wie er sich verhalten sollte.

Egric hingegen, der die Bemerkung durchaus verstanden hatte, herrschte den Kleinen verärgert an. »Ich sehe und höre dich sehr wohl. Du vergreifst dich im Ton, Bürschlein, hüte deine Zunge.«

In Eadulf stieg leise Wut auf, als sein Bruder den Jungen so barsch zurechtwies. Schon wollte er ihn verteidigen, hatte er doch zu Recht bemängelt, dass Egric seinen Gruß nicht erwiderte. Wiederum aber hatte er das Kind selbst erst ermahnen müssen, dass er als Erster dem Erwachsenen »Guten Tag« zu sagen hatte. Die Begegnung der beiden ging eindeutig schief. Nie hätte er gedacht, dass sein Bruder sich so steif und unfreundlich gegenüber seinem Sohn verhalten würde. Und das Kind spürte das natürlich.

Aus dem Raum nebenan erschien plötzlich Muirgen. Allem Anschein nach hatte sie den Wortwechsel mit angehört und hielt es für das Beste, sich einzumischen.

»Es ist Zeit für das morgendliche *fidchell* Spiel«, verkündete sie. *Fidchell* oder »Klugheit auf dem Spielbrett« war in allen Fünf Königreichen ein beliebter Zeitvertreib. Alchú beherrschte dieses Spiel schon erstaunlich gut.

Eadulf schaute sie erleichtert und dankbar an, nahm seinen jüngeren Bruder am Arm und verließ mit ihm das Zimmer. Sie blieben im Burginneren, denn draußen schüttete es immer noch. Egric ging schweigend neben Eadulf, und der gestand sich ein, dass ihm sein Bruder wie ein Fremder vorkam. Die inzwischen vergangenen Jahre hatten sie gefühlsmäßig voneinander getrennt, und die unterschiedlichen Lebenserfahrungen taten ein Übriges.

»Es ist nicht mehr so wie früher, im Laufe der Zeit hat sich vieles für dich und für mich verändert«, sagte Eadulf nach einer Weile in dem Versuch, das unerträgliche Schweigen zu beenden.

»Man bleibt eben nicht der gleiche, ein jeder verändert sich mit dem Älterwerden«, gab Egric zurück.

»Dass du dich dem Klosterleben zuwenden würdest, hätte ich nie gedacht. Immer wolltest du Krieger werden. Unser Vater gab dir den Namen Egric, nannte dich nach dem kriegerischen König unseres Volkes.«

»Ich kann mich recht gut an König Egric und seinen Bruder Sigebert erinnern. Beide fanden den Tod in der Schlacht, als die Mercier in unser Land einfielen. Dabei war Sigebert, der ja Jahre in einem Kloster verbracht hatte, nur mit einem Wanderstab in der Hand mit seinem Bruder in die Schlacht gezogen.«

»Daran kann ich mich nicht erinnern, wohl aber an die Jahre, da Ana König wurde, und das war, nachdem Sigebert und Egric gefallen waren.«

»Mir wiederum ist im Gedächtnis, wie verworren die Zustände damals waren. Ich weiß noch gut, wie Ana die Mercier aus unserem Land trieb. Wir wurden danach richtig mächtig. Selbst ein Mann wie Cenwealh von den Westsachsen suchte bei uns Asyl, als die Mercier ihn aus seinem Königreich warfen.«

»Aber eigentlich warst du doch viel zu jung, um dich an all das zu erinnern«, wunderte sich Eadulf.

»Mein Erinnerungsvermögen ist gut, Bruder. Ich war durchaus alt genug, um bewusst mitzuerleben, wie das war, als wir erfuhren, dass auch Ana in einer Schlacht gegen die Mercier getötet worden war. Mit dem Tag damals stand für mich fest, einmal Krieger zu werden.«

»Da warst du noch keine dreizehn Jahre alt.«

»Stimmt. Aber noch immer habe ich die dunklen Tage vor Augen, als Penda, der König der Mercier, sich als Kriegsherr über die Ostangeln aufspielte. Er war ein gottloser Tyrann.«

»Penda lebte und starb als Heide«, pflichtete Eadulf seinem Bruder bei. »Aber wir alle hielten uns damals an die alten Götter, bis wir uns dem Neuen Glauben zuwandten.«

»Oswy von Nordhumbrien forderte Mercia in strömendem Regen am Fluss Winwaed heraus, wo dann Penda jämmerlich geschlagen und enthauptet wurde.« Egric klang nahezu begeistert. »Wir waren wieder frei, Athelwold eroberte unser Königreich zurück und trieb die letzten Mercier und ihre Statthalter aus dem Land. Der Kriegsgott war auf unserer Seite. Großartige Tage waren das, Eadulf. Entsinnst du dich?«

Egric war fast ins Schwärmen geraten, seine Augen blitzten vor Erregung. Eadulf wollte ihn schon daran erinnern, dass seine leidenschaftliche Schilderung sich schlecht mit der Berufung, Gott als Mönch zu dienen, vertrug.

»Natürlich entsinne ich mich«, sagte er schließlich. »Ich war ja älter als du.«

»Weißt du noch, wie wir mit unserem Vater zu König Athelwold und seinem großen Hof in Rendel's Ham gegangen sind?«

»O ja. Wir sind auf eigene Faust losgelaufen, weil wir die

nahe gelegene königliche Begräbnisstätte sehen wollten, die eigentlich nur Angehörige des Königshofes zu bestimmten Anlässen betreten durften.«

»Das waren aufregende Zeiten, Eadulf.«

»Aber dann kam für mich das wirkliche Leben. Ich verließ Seaxmund's Ham, folgte Fursas Rat und bin auf die Hohe Schule gegangen. Schließlich bin ich in den Fünf Königreichen geblieben.«

»Du hast das Amt des *gerefa* ausgeschlagen, das nach Vaters Tod an dich übergegangen wäre.« Klang die Bemerkung seines jüngeren Bruders etwa vorwurfsvoll? Eadulf war sich da nicht so ganz sicher.

»Ich habe von ihm einiges gelernt, was für einen Gesetzeshüter wichtig ist, und das ist mir gut zustatten gekommen. Was er mir beigebracht hat, ist nicht umsonst gewesen. Aber wieso hast du dann nicht das Amt übernommen, als ich von Seaxmund's Ham fortging und mich für den Glauben entschieden hatte?«

Egric lachte hell auf. »Ich und ein *gerefa*, ein Gesetzeshüter? Ich hielt immer noch an dem Traum fest, eines Tages Krieger zu werden und unser Volk zu verteidigen. Du hast unser Dorf verlassen – bist du jemals dorthin zurückgekehrt?«

»Mehrfach sogar. So war ich in Rendel's Ham Zeuge, als König Swithhelm von den Ostsachsen sich zum Neuen Glauben bekannte und am königlichen Hof getauft wurde; Athelwold stand Pate. Damals erkundigte ich mich auch danach, was aus dir geworden ist. Ich nahm dann an dem Konzil in Streonshalh teil und kehrte von dort mit Wighard, der Erzbischof von Canterbury werden sollte, nach Rom zurück. Wighard sollte den Segen des Bischofs von Rom erhalten, wurde dort aber ermordet. Fidelma und ich haben geholfen, den Fall aufzuklären.«

»Und später bist du nie wieder an der Stätte unserer Kindheit gewesen?«

»Doch, einmal noch. Gewiss erinnerst du dich an meinen
alten Freund Botulf? Auch er hatte sich zum Neuen Glauben
bekannt und ging an die Abtei von Aldred. Vor fünf Jahren
suchten Fidelma und ich den Erzbischof Theodor von Canterbury auf, und während unseres Aufenthalts dort erreichte
uns eine Botschaft von dem armen Botolf. Er wünschte mich
dringend zu sehen. Wir machten uns sofort auf den Weg zur
Abtei von Aldred, kamen aber zu spät. Man hatte Botulf ermordet, und uns fiel die Aufgabe zu, den Täter zu finden.
Wir mussten um unser Leben bangen, aber zum Glück fanden wir im Wald um Rendel's Ham Zuflucht und Schutz. Das
war das letzte Mal, dass ich zu erfahren versuchte, was aus dir
geworden ist.«

»Und was hast du zu hören bekommen?«

»Leute, die dich noch kannten, glaubten, du wärest losgezogen, um als Krieger im Heer des Königs zu dienen. Mul,
ein Bauer aus der Gegend, ...«

»Mul? Der verrückte Mul aus Frig's Tun?« Egric lachte.
»Der hielt nichts vom Neuen Glauben. Sein ganzes Leben
lang hätte er sich von Wodan leiten lassen, erklärte er und
schwor, es niemals anders zu machen.«

»Genau der war's«, bestätigte Eadulf. »Er erinnerte sich
noch an mich, wusste aber nicht, dass du dich zum Neuen
Glauben hattest bekehren lassen.«

Egric zuckte mit den Schultern. »Als ich den Entschluss
gefasst hatte, mich zum Glauben zu bekennen, blieb ich nicht
länger in Seaxmund's Ham, habe mich auch im Gegensatz zu
dir nie wieder dort sehen lassen. Aber wenn ich dich richtig
verstanden habe, bist du die letzten fünf Jahre auch nicht
mehr dort gewesen?«

»So ist es. Ich lebe jetzt hier und bin glücklich.«

»Richtig glücklich?«, fragte Egric zynisch. »Als Fremder in einem fremden Land?«

»Man hat mich warmherzig aufgenommen. Meine Frau ist von hier, gemeinsam haben wir einen Sohn. Und Freunde habe ich auch. Was will ich mehr?«

»Du hast nicht das Verlangen, die Stätten deiner Kindheit und Jugend wiederzusehen?«

»Sie sind in meiner Erinnerung fest verankert. Aber das ist es dann auch, denn die Zeit geht weiter, und mit ihr verändern sich die Dinge. Nicht umsonst heißt es, alle Fußstapfen weisen nach vorn und nicht nach hinten.«

»Vielleicht ist das so«, lenkte Egric ein. »Und wenn du es so und nicht anders siehst, dann bitte schön. Ich wollte deine Entscheidung beileibe nicht rügen. Es ist einfach nur seltsam – da begegnet man sich nach so vielen Jahren und stellt fest, dass sich die Lebenswege völlig voneinander getrennt haben. Wie auch immer, ich vertraue darauf, dass du in deinem neuen Leben glücklich bist.«

»Offensichtlich haben sich unsere Lebenswege gar nicht so weit voneinander getrennt. Auch du bist Mönch geworden, auch dir ist durch deine Reisen die Sprache der Menschen hier nicht gänzlich fremd, und plötzlich gerätst du nach Cashel. Eine seltsame Fügung der Ereignisse.«

»Der Zufall hat es so gewollt«, entgegnete Egric entschieden.

Eadulf schwieg und blickte zum Fenster. Der Regen hatte aufgehört. Zwar war es noch bewölkt, doch die Wolken waren nicht mehr ganz so düster und wurden von einem aufkommenden Wind langsam auseinandergetrieben.

»Es tut mir leid, aber ich muss mich um einige Dinge kümmern, Egric. Ich werde dich mit einem Mitglied aus der Leibgarde des Königs bekanntmachen, einem Krieger namens Dego. Er wird dir die Siedlung unten am Fuße des Felsens zeigen und kann dir auch etwas über den Ort, die Burg und ihre Geschichte erzählen.«

Im Grunde genommen hatte Eadulf nicht wirklich etwas zu erledigen und schon im nächsten Moment ein schlechtes Gewissen, dass er nicht länger mit seinem Bruder zusammen bleiben mochte. Er versuchte, sich sein Verhalten zu erklären. Lag es daran, dass Egric sich völlig gewandelt hatte, nicht mehr so war, wie er ihn in Erinnerung hatte? Der einst so begeisterte, lebensfrohe junge Bursche, der – ähnlich wie alle jungen Männer in einem gewissen Alter – davon schwärmte, Krieger zu werden, den es zu den Mädchen, zu Festen und zum Tanzen trieb – nichts von alledem war mehr da. Eadulf fühlte sich wenig zu dem mürrischen, enthaltsamen Mann hingezogen, der sich unfreundlich und argwöhnisch verhielt und Eadulfs Lebensweg nicht guthieß. Erst einen Tag zuvor hatte Eadulf seinen längst verlorengeglaubten Bruder beglückt in die Arme geschlossen, und jetzt trachtete er danach, ihn zu meiden.

Es war nur wenig später, als Eadulf und Fidelma auf dem Hof aufeinander stießen.

»Du siehst nicht gerade fröhlich aus«, begrüßte sie ihn.

»Deine Stimmung scheint auch nicht viel besser zu sein«, entgegnete er.

Fidelma machte keine Umschweife. »Noch gestern wollte niemand irgendwen in der Nähe der Kapelle gesehen haben, und nun hat man doch irgendwelche Leute dort gesichtet. Das ist mir nicht geheuer.«

»Von Bruder Conchobhar und Deogaire, die ich beide gesehen hatte, habe ich dir aber erzählt«, betonte Eadulf.

»Hinzu kommen jetzt Äbtissin Líoch und ein unbekannter

Mönch – möglicherweise Bruder Madagan –, die angeblich dort gewesen sein sollen. Deogaire nennt Bruder Madagan, während Schwester Dianaimh von einem ihr unbekannten Mönch spricht, der ihr ins Blickfeld geraten war, als sie am Tor auf die Äbtissin wartete. Könnte sein, es handelt sich um ein und dieselbe Person.«

»Hast du immer noch die Äbtissin in Verdacht?«, fragte Eadulf mit leicht hochgezogenen Augenbrauen.

»Solange ich nicht alle Fakten beisammen habe, schließe ich niemanden aus«, erwiderte sie. »Ich muss mit Bruder Madagan sprechen, kann ja sein, er bestätigt, dass er derjenige in der Mönchskutte war.«

»Ich habe ihn gerade erst am Haupteingang der Kapelle gesehen, er ist hineingegangen.«

»Bestens. Wo hast du eigentlich deinen Bruder gelassen? Wolltest du ihn nicht mit Alchú bekanntmachen?«

»Ich war mit ihm dort, aber er ist im Umgang mit Kindern reichlich unbeholfen. Alchú ist in Muirgens Obhut, und ich habe Dego gebeten, Egric ein wenig die Siedlung zu zeigen.«

Sie spürte Eadulfs Unbehagen. »Ist etwas schiefgelaufen?«

»Alchú war von seinem neuen Onkel nicht sehr angetan. Ihm ist daraus kein Vorwurf zu machen. Es lag an Egric, er hat sich sehr befremdlich verhalten.« Über seinen eigenen Zwiespalt der Gefühle wollte Eadulf nichts sagen.

»Das würde ich nicht so tragisch sehen«, ermunterte sie ihn. »Er kann all das, was er hinter sich hat, nicht so rasch verkraften. Landet plötzlich hier, nachdem sein Gefährte ermordet wurde, sieht sich nach Jahren seinem Bruder gegenüber, einem Bruder, der verheiratet ist und ein Kind hat …«

»Und vor allen Dingen mit der Schwester eines fremdländischen Königs verheiratet ist«, ergänzte Eadulf. »Glaubst du, das ist der Grund, weshalb er nicht mit sich im Reinen ist?«

»Es wäre nachvollziehbar. Wann, sagtest du, habt ihr euch das letzte Mal gesehen?«

»Vor über zehn Jahren.«

»Da hast du's. Du kannst doch nicht all die vergangenen Jahre an einem einzigen Abend wettmachen. Lass ihm Zeit. Er muss viel über dich und dein Leben jetzt lernen, ebenso wie du über seins.«

Eadulf war nicht gleich überzeugt, bekannte dann aber: »Wahrscheinlich hast du recht. Vielleicht habe ich zu viel auf einmal erwartet.«

»Das wird wohl so sein«, gab sie lächelnd zur Antwort. »Komm, lass uns mit Bruder Madagan reden.«

Sie gingen über den Hof zur Kapelle. Drinnen war es düster, und der bleierne Himmel machte es nicht gerade besser. Eine kleine Laterne erhellte den Eingangsbereich, und auf dem Altar spendeten zwei brennende Kerzen diffuses Licht.

Fidelma und Eadulf warteten ein Weilchen, bis sich die Augen an das Dämmerlicht gewöhnt hatten. Zunächst hatten sie den Eindruck, als wäre niemand in der Kapelle. Es war absolut still, so dass die letzten vereinzelten Regentropfen, die auf das Dach fielen, den Lauschenden wie hüpfende getrocknete Erbsen vorkamen.

»Bruder Madagan?«, Fidelma flüsterte es fast, und doch hallte ihre Stimme aus dem Gewölbe wider.

Gleich darauf vernahmen sie ein Räuspern. Aus dem Schatten einer Säule löste sich eine Gestalt.

»Schwester Fidelma?«

Viel war nicht zu sehen, aber an der Stimme erkannten sie Bruder Madagan, den *rechtaire* von Abt Ségdae.

»Ja, wenn auch nicht mehr Glaubensschwester, wie du wissen müsstest«, erwiderte Fidelma mit Nachdruck.

»Verzeih, Lady, ich habe davon gehört, dass du dich von

der Klostergemeinschaft getrennt hast, um dich stärker Recht und Gesetz zu widmen.«

»Was macht deine Erkältung, Bruder Madagan?«

»Es geht schon sehr viel besser, Lady. Nur schade, dass ich gestern nicht am Abendessen teilnehmen konnte.« Er reckte den Hals, um genauer sehen zu können. »Ist das Bruder Eadulf neben dir?«

»Ja, ich bin's«, bestätigte Eadulf und trat einen Schritt vor.

»Ich wollte mich mit deinem Bruder bekanntmachen. Wo finde ich ihn?«

»Er ist mit Dego hinunter in den Ort gegangen.«

»Ich hätte von ihm gern etwas genauer erfahren, wie das mit dem Überfall am Fluss war. Ein höherer Geistlicher aus Rom soll dabei sein Leben gelassen haben. Hat dir dein Bruder Näheres erzählt?«

»Nicht allzu viel. Aber hast du ihn nicht selbst bei dem Begräbnis gestern Nacht gesehen?«

»Ich hab ihn in der Dunkelheit nicht ausmachen können und schon gar nicht nach dem Zwischenspiel des verrückten Neffen von Bruder Conchobhar.«

»Hältst du ihn für verrückt?«, fragte Fidelma dazwischen.

»Das war doch der reinste Wahnsinn, der aus ihm gestern Nacht sprach«, bekräftigte Bruder Madagan seine Auffassung.

»Meinst du Deogaire mit seiner Prophezeiung?«

»Genau den. Gotteslästerung war das. Der junge Mann verdient bestraft zu werden. Heißt es nicht ›Wehe dem, der seine Meinung als Wahrheit ausgibt? Wehe den Verkündern von unheilvollen Warnungen und Prophezeiungen?‹«

»Ist die Heilige Schrift aber nicht selbst voller Warnungen und Prophezeiungen?«, gab Fidelma vorsichtig zu bedenken.

»Sie enthält jedenfalls keinen frevelhaften heidnischen Unfug.«

»Du meinst, weil er mit Begriffen aus der Heiligen Schrift um sich warf?«

»Allein, dass er eine Bestattungszeremonie benutzte, um seine Warnungen zu verkünden, entbehrte jeder Ehrfurcht und war Gotteslästerung.«

»Meines Wissens hat Deogaire, egal wo er ist, noch nie ein Blatt vor den Mund genommen. Aber über ihn wollte ich eigentlich nicht mit dir reden.«

»Schade. Worüber denn dann?«

»Vielleicht können wir uns setzen.« Fidelma wies auf eine Bank neben der Säule, wohin auch ein wenig Licht durch ein Fenster drang. Sie ließen sich nieder. »Kurz bevor man Bruder Cerdics Leiche entdeckt hat, sollst du hier nahe der Kapelle gewesen sein. Hast du zu dem Zeitpunkt vielleicht jemand gesehen, oder genauer, aus der Kapelle gehen sehen?«

Bruder Madagan antwortete nicht sogleich, als müsste er sich das alles ins Gedächtnis zurückrufen. »Gesehen habe ich niemand. Aber gehört habe ich etwas, und als ich mich umdrehte, war da Bruder Eadulf, der Bruder Conchobhar und Deogaire etwas zurief. Hatte das etwas mit der Leiche zu tun …?«

»Ich hatte den Toten da gerade entdeckt«, erklärte Eadulf unnötigerweise. »Bruder Cerdic hatte die Abtei von Imleach aufgesucht und ist dann mit dir und dem Abt hierher gekommen. Hat er unterwegs irgendetwas gesagt oder getan, was darauf hingedeutet hätte, dass man ihm nicht wohlgesinnt war, oder was erklären würde, dass er Opfer eines tödlichen Anschlags geworden ist?«

Bruder Madagan gab ein höhnisches Grunzen von sich. »Er war ungemein arrogant und hätte lieber daran denken sollen, dass er sich auf fremdem Boden und nicht unter seinen Landsleuten befand, wo andere Sitten herrschen.«

»Wie ich hörte, hast du, als er nach Imleach kam, im Umgang mit ihm fast die Beherrschung verloren.« Eadulf machte die Bemerkung, ohne spitz zu werden, und Bruder Madagan nahm sie gelassen hin.

»Das stimmt. Ich konnte seine Hochnäsigkeit nur schwer ertragen.«

»Übrigens habe ich erst jetzt erfahren, dass du dich in meiner Sprache verständigen kannst«, eröffnete ihm Eadulf.

»Das hast du nicht gewusst? Ist ja auch nicht weiter wichtig, nur, wenn ich noch etwas zu Bruder Cerdic sagen darf, der hatte von unserer Sprache keinerlei Ahnung. Sein Latein war auch bescheiden, und Griechisch konnte er überhaupt nicht. Deshalb brauchte er Bruder Rónán von Fearna als Begleiter und Dolmetscher.«

»Wo hast du eigentlich Eadulfs Sprache gelernt?«, wollte Fidelma wissen.

»Ich habe einige Zeit in der Hafenstadt Láirge verbracht. Viele Reisende aus fremden Ländern, besonders solche, die an unseren Hohen Schulen Wissen erwerben wollen, gehen dort an Land. Zwei Sommer lang habe ich Studenten aus den Königreichen der Sachsen unterrichtet, ehe sie dann zu ihren Bildungsstätten, wie zum Beispiel Darú, weiterzogen.«

»Kommen wir noch einmal auf Bruder Cerdic zurück«, meinte Eadulf in dem Bemühen, das Gespräch wieder auf ihr eigentliches Anliegen zu lenken. »Wenn ich richtig unterrichtet bin, warst du zugegen, als er und Bruder Rónán dem Abt darüber berichteten, was sie nach Cashel führt.«

»Ja, natürlich. Als *rechtaire* gehört das schließlich zu meinen Aufgaben.«

»Dann hätte ich gern von dir gewusst, zu welchem Zweck nach seinen Worten die Abordnung unter der Leitung von Bischof Arwald hierher unterwegs ist.«

Bruder Madagan gab einen Stoßseufzer von sich. »Genau das war das Problem. Er sagte dazu nichts. Er teilte uns nur mit, dass eine Abordnung auf dem Wege nach Cashel sei und man die Anwesenheit des Abts wünsche. Es klang wie ein Befehl.«

»Hat er davon gesprochen, dass er unterwegs in Cill Náile Halt gemacht und Äbtissin Líoch nahegelegt hat, auch nach Cashel zu kommen?«

»Kein Wort hat er darüber fallenlassen. Ich habe das später von Bruder Rónán erfahren.«

»Und wie hat sich Bruder Rónán zu der Sache geäußert?«

»Ich glaube, er war genauso frustriert wie wir. In Fearna hat man ihn vom Gespräch mit Bischof Arwald ausgeschlossen, so dass er auch nicht sagen konnte, was dort verhandelt wurde. Ich hatte den Eindruck, er war geradezu erleichtert, dass er wieder nach Fearna zurückkehren konnte, nachdem er Bruder Cerdic nach Imleach begleitet hatte.«

»Und Bruder Cerdic war auf der Reise mit dir und dem Abt wenig mitteilsam?«

»Wenn er den Mund aufmachte, kommandierte er uns herum, als wären wir seine Diener. Das hat mich erbost.«

»Das heißt, er konnte andere leicht gegen sich aufbringen?«, vergewisserte sich Eadulf.

»Es hätte mich nicht gewundert, wenn ihn jemand, schon bevor er nach Cashel gelangte, ermordet hätte.«

»Wie meinst du das?«, fragte Fidelma.

»Ich kann mir vorstellen, dass auch andere ähnlich wütend wie ich über sein Auftreten waren«, erwiderte er mürrisch. »Wir können nur hoffen, dass dieser Bischof nicht so arrogant wie sein Vorbote ist.«

»Hat Bruder Cerdic sich in irgendeiner Form über Bischof Arwald geäußert?«, wollte Eadulf wissen.

»Eigentlich gar nicht. Eher war ihm an dem Geistlichen gelegen, der den Bischof begleitet.«

»Ein Geistlicher? Was hat es mit dem auf sich?«

»Der kommt aus Rom. Bruder Cerdic meinte, er sei ein Gelehrter. Wie heißt er doch gleich? Ach ja, Verax heißt er, genau. Der Ehrwürdige Verax, Sohn des Anastasius von Segni.«

Eadulf holte tief Luft, weshalb Fidelma ihn überrascht ansah.

»Bist du dir ganz sicher, dass er so heißt?«, fragte Eadulf.

»So ein fremdländischer Name prägt sich einem ein«, erwiderte Bruder Madagan. »Wieso fragst du?«

»Es ist nicht von Belang. Nur, dass ich den Namen schon mal gehört habe, als ich in Rom war.«

Fidelma bedachte ihn mit einem nachdenklichen Blick, wandte sich aber gleich wieder dem Verwalter von Imleach zu.

»Wieso glaubst du, dass Bruder Cerdic ihn für bedeutender hielt als den Bischof?«

Bruder Madagan zuckte mit den Achseln. »Schwer zu sagen, Lady. In seiner Stimme schwang eine gewisse Ehrfurcht mit, wenn er den Namen Verax aussprach. Ich glaube, der alte und anerkannte Gelehrte flößte ihm Respekt ein. Das ist alles.«

»Noch einmal meine Frage: Bruder Cerdic hat nie eine Bemerkung darüber fallenlassen, was den Ehrwürdigen Verax und Bischof Arwald nach Cashel führt?«

»Nur, dass es um ein wichtiges Gespräch ginge, bei dem unbedingt Abt Ségdae und der König von Cashel zugegen sein sollten.«

»Die Sache gefällt mir nicht«, ließ Eadulf verlauten.

Bruder Madagan nickte. »Mir geht es ähnlich, Freund Eadulf. Irgendetwas braut sich da zusammen. Irgendetwas …«

Fidelma winkte ab. »Gleich wirst du in Deogaires Prophezeiung einstimmen und behaupten, es handele sich um Sendboten des Teufels.«

Bruder Madagan wurde rot vor Empörung, und Fidelma stand unversehens auf.

»Wie auch immer, ich wollte vor allen Dingen wissen, ob dir gestern irgendetwas Ungewöhnliches aufgefallen ist, als du in der Nähe der Kapelle warst. Dem ist aber nicht so.«

»So ist es«, bestätigte der Verwalter von Imleach und erhob sich ebenfalls. Auch Eadulf blieb nicht länger sitzen.

»Dann wollen wir dich nicht länger bemühen. Vielen Dank, Bruder Madagan.«

Draußen angelangt, blieb Fidelma stehen. »Offensichtlich sagt dir der Name Verax etwas.«

»Nicht der Name Verax als solcher, aber der Ehrwürdige Verax, Sohn des Anastasius von Segni«, verbesserte Eadulf. »Der vollständige Name sagt mir etwas.«

»Nämlich was?«

»Du wirst dich erinnern, dass ich, nachdem wir das Geheimnis um den Tod von Wighard, dem bereits ernannten Erzbischof von Canterbury, gelöst hatten, noch eine Weile in Rom blieb. Du warst schon auf dem Rückweg nach Cashel. Während meiner Zeit in Rom damals sollte ich dem neuen Erzbischof von Canterbury, Theodor, beratend zur Seite stehen, denn er war aus Tarsus und Grieche und hatte keine Ahnung von meinen Landsleuten.«

Fidelma bezwang nur schwer ihre Ungeduld. »All das weiß ich. Komm zur Sache, was ist mit dem Namen?«

»Ich verbrachte geraume Zeit im Lateran«, fuhr Eadulf nachdenklich fort.

»Eadulf ...!«, mahnte ihn Fidelma erneut.

»Der Bischof von Rom heißt Vitalianus.«

Fidelma konnte sich kaum noch zurückhalten. »Und weiter?«

»Vitalianus ist ein Sohn des Anastasius von Segni.«

Sie brauchte eine Weile, um die Bedeutung des Satzes zu erfassen. »Willst du damit sagen, der Ehrwürdige Verax könnte …?«

»Er muss der Bruder von Papst Vitalianus sein und folglich ein hochangesehener Kirchenfürst.«

Schweigend stand Fidelma da, sie hatte zu tun, die Tragweite des soeben Gehörten zu verarbeiten. »Der Bruder des Bischofs von Rom? Bruder des Papstes der Gläubigen?«

Es war noch nicht lange her, dass der Bischof von Rom den lateinischen Titel *Papa* angenommen hatte und auch als solcher anerkannt wurde – ein Begriff aus dem Kindermund für »Vater«. Für Mitglieder der Kirchengemeinden in den Fünf Königreichen war es noch keineswegs üblich, den Bischof von Rom so zu nennen, und auch Fidelma nahm den Begriff nur wegen der absonderlichen Situation in den Mund.

Erregt fuhr sie fort: »Wenn eine Person von so hohem Rang hierherkommt, wird der Grund des Besuches noch rätselhafter.«

»Umso dringlicher stellt sich uns die Aufgabe, den Mord an Bruder Cerdic vor ihrem Eintreffen geklärt zu haben«, betonte Eadulf. »Bruder Cerdic könnte der Abgesandte des Ehrwürdigen Verax gewesen sein, und nicht der von Bischof Arwald.«

»Wir müssen Colgú von dem hohen Rang des Gastes ins Bild setzen.«

»Und ich sollte meinen Bruder Egric noch einmal befragen. Der Ehrwürdige Victricius, sein Gefährte, war sicher im Zusammenhang mit dieser Abordnung nach hier unterwegs. Er muss ein führender Mönch aus Rom gewesen sein, nicht

umsonst durfte er seinen Namen mit ›der Ehrwürdige‹ schmü-
cken. Er könnte davon gewusst haben, dass er hier mit dem
Ehrwürdigen Verax zusammentreffen würde.«

»Aber weshalb sollte er sich deinem Bruder gegenüber völlig in Schweigen gehüllt haben?«

»Ich weiß nicht. Egric hat möglicherweise ...« Eadulf zögerte und ließ seine Gedanken unausgesprochen.

»Fürchtest du, er hat dir nicht die Wahrheit gesagt?«

Eadulf presste die Lippen aufeinander. »Irgendetwas behält
er für sich. Das mag verschiedene Gründe haben. Vielleicht
sollte er nichts Genaueres über den Ehrwürdigen Verax verlauten lassen? Wenn er aber weiß, dass wir herausgefunden
haben, um wen es sich bei dieser Person handelt ... auch
wenn nur durch den glücklichen Umstand, dass ich eine Zeit-
lang in Rom war ..., gibt er sich vielleicht offener.«

»Und an welche anderen Gründe denkst du noch?«

»Könnte sein, er ist wirklich ahnungslos. Oder er weiß etwas und hat guten Grund, nichts preiszugeben. Manches, was
er sagt, ist jedenfalls für einen Mönch befremdlich.«

Fidelma wollte etwas dazu anmerken, aber ein Reiter
preschte auf den Hof. Es war der hagere, etwas düster wirken-
de Aidan, ein Krieger aus der Leibgarde des Königs. Er zügel-
te sein Pferd und sprang hinunter, noch ehe das Tier richtig
zum Stehen gekommen war, rief nach einem Stallburschen
und eilte auf das Haupthaus zu, in dem sich die Gemächer
des Königs befanden.

»Aidan!«, rief Fidelma, der die entschlossene Miene des
Kriegers nicht entgangen war. »Was gibt es? Du siehst ernst
aus.« Aidan drehte sich um, schien Fidelma erst jetzt zu bemerken. »Ich habe Nachrichten für deinen Bruder«, sagte er
mit einem entschuldigenden Lächeln.

»Besteht Grund zur Besorgnis?«

»Ich erhielt gestern den Auftrag, Spähposten nach Osten zu schicken. Dein Bruder erwartet Besucher aus Richtung Fearna.«

»Ja, ich weiß.«

»Da gibt es Neues zu vermelden. Die Gruppe hat den Fluss An Fheoir passiert, und gestern Abend hieß es, sie machten in der Kirche von Mogeanna Rast.«

Fidelma zog die Augenbrauen hoch. »Das ist etwa dreißig Meilen von hier. Das bedeutet ...«

»... dass sie morgen hier sein könnten«, beendete Aidan ihren Satz, grüßte rasch und hastete davon.

Voller Besorgnis schaute Fidelma Eadulf an. »Morgen schon.« Es klang bedrückt. »Da bleibt uns wohl kaum genug Zeit, um noch vor der Ankunft des Papstbruders etwas zu klären.«

Kapitel 7

Unten im Ort an der Westseite des Marktplatzes lag Rumanns Schenke. Das Pferd, das draußen davor stand, gehörte Dego. Eadulf erkannte es sofort. Tatsächlich fand er im Gastraum Dego und Egric, die sich an einem Bier gütlich taten. Es war ein heimisches Erzeugnis, denn Rumann betrieb gleich hinter der Schenke eine eigene Brauerei. Erstaunt sahen die beiden auf, als Eadulf auf sie zusteuerte, gefolgt von Rumann, der eilfertig einen weiteren Krug Bier an den Tisch brachte.

»Dass du bei uns einkehrst, geschieht nicht oft, Bruder Eadulf«, begrüßte ihn der stämmige Gastwirt fröhlich. »Wie geht es Lady Fidelma und deinem Sohn?«

»Danke, gut, Rumann. Und wie schaut es bei dir und deiner Familie aus?«

»Mein Sohn macht sich prächtig und ist mir eine große Stütze.« Er nickte den dreien zu und ging hinüber zu seinen anderen Gästen, einer Gruppe Hirten aus der Umgebung.

Eadulf prostete Dego und seinem Bruder zu. Egric schien nicht sehr erbaut, ihn zu sehen, während Dego vergnügt seinen Becher hob und nichts von dem Unbehagen des anderen bemerkte.

»Ich habe deinem Bruder die Siedlung gezeigt«, berichtete er. »Lange dauerte es nicht, und da dachte ich, man sollte ihm nicht den wichtigsten Platz des Ortes vorenthalten.« Er wies mit ausladender Geste auf die Gaststube. »Ehe ich es vergesse, wir haben Della unterwegs getroffen, und sie bat mich, Fidelma auszurichten, sie hätte ein paar besondere Kräuter für sie. Jetzt, da Aibell bei ihr wohnt, kann sie sich wieder mehr um Acker und Garten kümmern.«

Della war eine Freundin von Fidelma, die sie vor langer Zeit wegen fälschlicher Mordanklage erfolgreich verteidigt hatte. Das Mädchen Aibell hatte Della erst vor wenigen Monaten zu sich genommen. Man hatte sie unweit von Dellas Haus gefunden, und es stellte sich heraus, dass sie aus dem Land der Sliabh Luachra, wohin man sie gegen das Gesetz als Leibeigene verkauft und wo man ihr arg zugesetzt hatte, nach Cashel geflohen war. Fidelma hatte sie unter ihre Fittiche genommen.

»Ich werde es Fidelma ausrichten«, versprach Eadulf.

»Bist du meinetwegen hier?«, fragte Egric mit gekrauster Stirn. »Gibt es Ärger?«

»Ärger schon, aber nicht deinetwegen. Ich hätte dir nur gern noch ein paar Fragen gestellt.« Um Verständnis heischend, blickte er Dego an. »Lässt du uns bitte kurz allein?«

»Ich schaue derweil hinüber zum alten Nessán«, erwiderte Dego. »Ich wollte mich ohnehin mal mit ihm unterhalten.«

»Worum geht es?«, wollte Egric wissen, sobald sie unter vier Augen waren.

»Immer noch um das Gleiche«, meinte Eadulf freundlich und tat, als nähme er von dem abwehrenden Ton seines Bruders keine Notiz. »Ich möchte mich nur noch einmal vergewissern, ob der Ehrwürdige Victricius dir gegenüber absolut keine Andeutung gemacht hat, weshalb er sich die lange Reise hierher zumutete.«

»Ich habe dir bereits gesagt, dass er das nicht getan hat«, lautete die verärgerte Antwort.

»Ich wollte es nur bestätigt haben. Und du wusstest nicht, dass du hier auf Bruder Cerdic stoßen würdest?«

Einen kleinen Moment zögerte Egric, ehe er antwortete. »Ich habe Bruder Cerdic nicht gekannt. Auch das habe ich dir schon gesagt.«

»Na gut.« Eadulf lehnte sich zurück und sah seinen Bruder forschend an. »Ich frage erneut, wann bist du dem Ehrwürdigen Victricius das erste Mal begegnet?«

Egrics Augen wurden zu Schlitzen und verrieten Argwohn. »Das war in Canterbury.«

»Wie genau kam es zu der Begegnung? Es ist wichtig.«

»Wie genau? Ich hatte zusammen mit ein paar Brüdern von Streonshalh den Seeweg genommen und landete dort.«

»In Streonshalh kanntest du ihn noch nicht?«

»Nein. War er denn dort?«

»Also wo und wie bist du ihm in Canterbury begegnet?« Eadulf blieb beharrlich und überging die Frage seines Bruders.

»Ich bemühte mich, ein paar Mönche oder Kaufleute zu finden, die eine neue Abtei im Osten des Königreiches Kent zum Ziel hatten, von der ich gehört hatte. ... Ich glaube, es war in einer Schenke, dass ich ihm begegnete.« Er bemerkte Eadulfs Stirnrunzeln und fügte harmlos hinzu: »Wo sonst würde man etwas von Kaufleuten hören, die von Canterbury fort wollten?« Eadulf war schon im Begriff darauf hinzuweisen, dass es in Canterbury auch fromme Häuser und Herbergen gab, aber Egric kam ihm zuvor. »Ich war verzweifelt am Suchen, wollte unbedingt eine solche Reisegruppe finden und kam da mit dem Ehrwürdigen Victricius ins Gespräch. Er erzählte mir, dass er von keinem Geringeren als dem Erzbischof Theodor einen vertraulichen Auftrag bekommen hätte, der ihn in das Land hier führe. Ich erwähnte, dass ich im Land der Cruthin gewesen war, auch, dass ich ein wenig die Sprache von Cashel beherrsche, wenngleich ich nie hier gewesen war. Aber all das hörst du nicht das erste Mal von mir.«

»Und er hat dich dann gebeten, ihn zu begleiten?«

»Er brauchte meine Kenntnisse, und hinzu kam, dass er alt und ich jung war.«

»Und du hast dich sofort einverstanden erklärt, dich auf eine lange und anstrengende Reise in ein unbekanntes Land zu begeben, ohne eine Ahnung davon zu haben, zu welchem Zweck diese Reise unternommen wird? Das klingt mehr als merkwürdig, Egric.«

Egric sah seinen Bruder misstrauisch an. »Merkwürdig?«

»Ja. Dass du von Canterbury aufbrichst und den Ehrwürdigen Victricius begleitest, ohne ihn zu kennen und ohne eine Vorstellung zu haben von dem, was er vorhat.«

»Merkwürdig mag es klingen, aber es ist die Wahrheit, Bruder. Ich war an keine andere Aufgabe gebunden, und die Aussicht auf ein Reiseabenteuer schien verlockend. Hast du dich selbst nie auf eine Reise gemacht, von der du nicht wusstest, wie sie enden würde?«

Eadulf schwieg kurz, denn so ganz abwegig war der Gedanke seines Bruders nicht. »So richtig überzeugt mich das noch nicht, Egric. Die Tatsache, dass Bruder Cerdic hier eintrifft, uns mitteilt, dass wir eine Abordnung aus Canterbury zu erwarten hätten, und dann ermordet wird …«

»Willst du den Mord etwa mir in die Schuhe schieben?«

»Sei nicht so empfindlich, Egric. Als du in Cashel ankamst, hatte man Bruder Cerdic bereits ermordet. Ich möchte nur einen Anhaltspunkt finden, von dem aus ich die rätselhaften Vorgänge zurückverfolgen kann.«

»Schon als Junge hast du immer versucht, Rätsel zu lösen«, schnaubte Egric ungehalten.

Eadulf stöhnte. »Ist es nicht seltsam, dass Bruder Cerdic aus Canterbury herkommt und hier ermordet wird? Dass du und der Ehrwürdige Victricius ebenfalls aus Canterbury anreist, ihr überfallen werdet und Victricius dabei getötet wird?«

Egric schüttelte heftig den Kopf. »Das, was ich weiß, habe ich gesagt. Kann schon sein, dass alles etwas mit dem Anliegen der Reise des Ehrwürdigen Victricius in dieses Königreich zu tun hat. Aber es entzieht sich meiner Kenntnis.«

»Nicht lange, und Bischof Arwald wird zusammen mit dem Ehrwürdigen Verax hier sein. Von Arwald hattest du gehört, wie du sagtest, von Verax auch?«

Egric hüllte sich in Schweigen und führte lieber den Becher zum Mund.

»Also kennst du nun den Ehrwürdigen Verax oder nicht?«, drängte Eadulf.

»Eadulf, ich bin ein Mönch niederen Ranges, dem es nicht ansteht, sich unter hochgestellte Persönlichkeiten der Kirche zu mischen.«

»Das hat dich aber nicht davon abgehalten, dich dem Ehrwürdigen Victricius als Begleiter anzubieten?«

»Das war etwas anderes.«

»Inwiefern ›etwas anderes‹?«

»Wann wird die Abordnung in Cashel erwartet?«, fragte Egric und vermied eine Antwort.

»Es heißt, sie wären noch etwa einen Tagesritt entfernt.«

Eadulf wandte keinen Blick von seinem Bruder. Instinktiv wusste er, das Egric nicht mit der Sprache herausrückte und etwas für sich behielt. Aber was war es? Einer Mittäterschaft am Tod von Bruder Cerdic konnte er ihn nicht bezichtigen, er hatte ja selbst klargestellt, dass Bruder Cerdic bereits vor der Ankunft von Egric in Cashel ermordet worden war. Und doch stand für ihn fest, dass sein Bruder weit mehr wusste, als er preisgab.

»Ich muss zur Burg zurück«, erklärte er schließlich, bemüht, sich seinen Unmut nicht anmerken zu lassen, und stand auf. »Es gibt noch einiges zu erledigen, ehe der Ehrwürdige Verax mit seiner Begleitung eintrifft. Wir sehen uns später.«

Egric sah zu seinem Bruder auf. »Es tut mir leid, wenn ich dir Ärger mache.«

»Lass gut sein. Wenn die Abordnung erst mal da und wieder fort ist, setzen wir uns richtig zusammen und tauschen unsere Erlebnisse während der Jahre unserer Trennung aus. Wir gehen dann an den Siúr angeln, das ist der Fluss, der westlich von uns im Bogen fließt und großartige Angelplätze hat. Ich weiß noch sehr gut, wie gern du am Fromus vor unseres Vaters Haus gefischt hast.«

»Das ist lange her.«

»Und doch ist es mir lebhaft in Erinnerung. Nein, wirklich, die Fischgründe sind gut hier, und die Jagdgebiete nicht minder.«

»Vielleicht hast du recht, Bruder«, meinte Egric plötzlich nachdenklich. »Ich sollte mir Ruhe und Entspannung gönnen.«

»Genau so wollte ich es verstanden wissen.« Eadulf beugte sich vor und klopfte seinem Bruder aufmunternd auf die Schulter. »Du hast Schlimmes hinter dir. Wenn wir erst einmal wissen, was den Ehrwürdigen Verax zu uns treibt, finden wir bestimmt Zeit für gemeinsames Angeln und Erzählen.«

Er wandte sich um, winkte Rumann, dem Gastwirt, Dego und den anderen zum Gruß zu und verließ die Schenke.

Zurück auf der Burg, ging er schnurstracks zu den Wohngemächern in der Hoffnung, Fidelma dort zu finden. Muirgen war mit Saubermachen beschäftigt, und Alchú schaute ihr zu.

»Hallo, kleiner Jagdhund«, begrüßte ihn Eadulf.

Der Junge blickte auf und sah mit gekrauster Stirn über ihn hinweg, als würde er da noch jemand vermuten.

»Wo ist dieser merkwürdige Mann, *athair*?«, fragte er.

»Welcher merkwürdige Mann?«

»Er meint deinen Bruder«, half Muirgen.

»Das ist doch kein merkwürdiger Mann«, verbesserte Eadulf den Kleinen. »Das ist Egric, dein Onkel.«

Alchú zog einen Schmollmund. »Ich hab ihn noch nie zuvor gesehen, und ich mag ihn nicht.«

Eadulf setzte sich ihm gegenüber und zwang sich zu einem Lächeln; der Junge würde hoffentlich nicht merken, ob es aufrichtig war oder nicht. »Was magst du denn an deinem Onkel nicht?«

Alchú sah krampfhaft auf seine Hände und schüttelte den Kopf. »Ich weiß nicht. Es ist einfach so.«

»Du musst doch einen Grund haben. Bisher kennst du ihn ja noch gar nicht richtig. Was denkst du denn über ihn?«

Das Kind antwortete nicht, starrte nur nach unten und vermied es, seinen Vater anzusehen.

Hilflos blickte Eadulf zu Muirgen, der Amme. Sie winkte ihn mit dem Kopf auf die andere Seite des Zimmers und sprach dann leise auf ihn ein.

»Heute früh, nachdem du ihm deinen Bruder vorgestellt hattest, verhielt er sich merkwürdig schweigsam. Einige Kinder, vielleicht sogar die meisten, haben für gewisse Dinge ein sicheres Gespür. Von ihnen zu verlangen, das in Worte zu kleiden, ist sinnlos.«

»Du weißt, wie ich dein Wissen und Können als Amme schätze, Muirgen. Nicht umsonst haben wir dich und deinen Mann Nessán von Sliabh Mís mit hierhergenommen, um den kleinen Alchú zu versorgen. Was du aber jetzt sagst, verstehe ich nicht.«

»Na ja, ein Kind wird zum Beispiel behaupten, es mag keine Eier oder auch was anderes zum Essen nicht. Frag es, warum, und es kann es nicht erklären. Mit Menschen ist das nicht anders. Du begegnest einem und spürst sofort ein Unbehagen. Da du älter und reifer bist, suchst du vielleicht nach

145

Gründen, aber meist kommst du da auch nicht weiter, und es bleibt eine reine Gefühlssache.«

»Du meinst also, ich sollte nicht weiter in ihn dringen?«

»Überlass es deinem Bruder, es liegt an ihm, den Jungen für sich zu gewinnen.«

»Das dürfte schwierig werden. Ich fürchte, Egric hat kein Geschick im Umgang mit Kindern.«

»Soviel ich vom Hörensagen mitbekommen habe, ist er vielleicht auch nicht in der Verfassung, mit den Menschen hier unbeschwert umzugehen. Er hat mit Müh und Not einen Überfall überlebt, bei dem sein Gefährte getötet wurde, und ist plötzlich allein und als Fremder in einem fremden Land. Wie soll er da entspannt sein? Eher treiben ihn Ängste um. Wem soll er vertrauen? Kein Wunder, wenn er verschlossen und verunsichert gegenüber jedermann ist, nicht nur gegenüber Alchú.«

Eadulf sah die Amme einen Moment an, ihr Verständnis für die Situation verblüffte ihn. »Du taugst zu einem guten Weltweisen, Muirgen«, sagte er anerkennend.

Sie wehrte ab. »Ich bin in einer einfachen Familie auf dem Lande aufgewachsen. Wir haben ein engeres Verhältnis zur Natur als die meisten Stadtmenschen. Ein engeres Verhältnis zur Natur heißt auch ein engeres Verhältnis zu allen Lebewesen. Dein Bruder behält seine Gedanken und Gefühle für sich. Ich sehe das. Und das ist alles.«

»Du rätst mir also, den Dingen ihren Lauf zu lassen?«

»Ja.«

»Und ich soll den Jungen in Ruhe lassen und nicht weiter auf ihn einreden?«

»Es ist besser so.«

»Dann will ich mich daran halten. Eine andere Frage – hast du Fidelma gesehen? Es müsste doch gleich *eter-shod* sein.«

Eter-shod war das Mittagsmahl.

»Nebenan ist angerichtet, und Lady Fidelma hat gesagt, sie würde zum Essen kommen, sowie sie mit ihrem Bruder gesprochen hat.«

»Ist auch für Egric gedeckt?«

»Selbstverständlich.« Fast fühlte sich Muirgen beleidigt, und Eadulf entschuldigte sich sofort.

Doch Egric erschien nicht zum Mittagstisch. In Gegenwart von Alchú verloren Fidelma und Eadulf kein Wort darüber und nahmen das zu dieser Tageszeit übliche leichte Mahl zu sich, als wäre nichts geschehen. Erst nach dem Essen, als Muirgen mit dem Jungen gegangen war, brachte Fidelma das Thema zur Sprache. Eadulf berichtete von der steifen Begegnung mit seinem Bruder und dem Gespräch in der Schenke, das eigentlich nichts gebracht hatte, erwähnte auch Alchús Abneigung gegenüber seinem Onkel und erzählte ihr, wie Muirgen das alles sah.

Fidelma war nicht ganz bei der Sache und fragte nur: »Wusste Egric, dass wir ihn zum Essen erwarteten?«

»Ja.«

»Vielleicht solltest du dich noch mal vergewissern, was mit ihm ist. Ich werde ein weiteres Mal mit Bruder Conchobhar sprechen.«

Sehr erbaut war Eadulf nicht von dem Gedanken, erneut in Rumanns Schenke vorbeizuschauen und seinem Bruder Vorhaltungen zu machen, weil er nicht zum Mittagessen erschienen war. Egric würde ihm das bestimmt übelnehmen. Doch kaum machte er sich auf den Weg, da kam ihm Gormán über den Hof entgegen. Vielleicht wusste er, ob Egric schon wieder zurück war.

»Ich glaube, er ist noch in Rumanns Schenke. Auf dem Rückweg von meiner Mutter habe ich dort kurz reingeschaut, weil ich mit Rumann etwas zu bereden hatte. Da saßen er und Dego fröhlich beisammen, unterhielten sich über Angel- und Jagderfolge und ließen es sich gut gehen.«

Eadulf staunte nicht schlecht. »Dass er darüber aber vergisst, zum Essen zu kommen, wundert mich.«

Endas plötzlicher Ruf vom Wachturm ließ sie aufhorchen. »Reiter in Sicht!«

»Aus Richtung Osten?«, rief Gormán zurück, der den Auftrag hatte, rechtzeitig die Ankunft von Bischof Arwald und seiner Begleitung zu melden.

»Nein, aus Richtung Süden. Sechs Männer, vier sehen wie Krieger aus, und einer trägt ein Banner.«

»Ein Banner, von wem?«, wollte Gormán wissen.

»Ich kann es von hier nicht erkennen. Sie reiten durch die Siedlung auf das Burggelände zu.«

»Sag Bescheid, sowie du das Banner erkennst«, rief Gormán zurück und wandte sich wieder Eadulf zu. »Zumindest sind es noch nicht die Besucher, die der König erwartet. Ich habe auf dem Hügel nach Osten ein paar von meinen Leuten Posten beziehen lassen, sie werden uns rechtzeitig genug warnen.«

»Wegen dieser Abordnung greift Unruhe um sich.«

Gormán konnte ihm da nur zustimmen. »Um ehrlich zu sein, Freund Eadulf, Deogaire hat den Leuten mit seinen Prophezeiungen Angst eingejagt.«

»Böses aus dem Osten?« Eadulf lachte auf, aber es klang hohl, und er spürte es. »Ich würde da nicht viel drauf geben.«

»Mich persönlich berührt das wenig«, erwiderte der Krieger, »aber es gibt viele, die noch recht abergläubisch sind.«

»Die Reiter kommen näher!«, rief Enda von seinem Aussichtsturm. »Jetzt kann ich das Banner sehen …, ja, es ist das Banner von Cummasach.«

Gormán gab einen leisen Pfeifton von sich. »Was führt

den Stammesfürst der Déisi nach Cashel? Das kommt selten vor.«

»Könnte der Überfall auf meinen Bruder und seinen Gefährten der Anlass dafür sein?« Eadulf hatte gleich die richtige Schlussfolgerung zur Hand.

Verärgert schnalzte der Krieger mit der Zunge. »Natürlich, das wird es sein. Trotzdem, selbst nach einem solchen Vorfall ist es ungewöhnlich, dass sich der Stammesfürst der Déisi höchstpersönlich auf das Nordufer des Siúr begibt. Sie haben eine merkwürdige Geschichte hinter sich, diese Déisi.«

»Wie meinst du das?«

»Es gab eine Zeit, da waren sie ein wohlhabendes und mächtiges Volk, das in den fruchtbaren Gebieten von Midhe, dem mittleren Königreich, lebte. Der Legende nach kam es zu einem Streit, in dessen Verlauf der Stammesfürst mit einem Speer auf den Hochkönig zielte und ihm ein Auge nahm. Daraufhin kamen die Brehons zusammen und beschlossen, dass die eine Hälfte der Déisi, nämlich die unter Aonghus mit dem Schrecklichen Speer, über das breite Wasser nach Osten verbannt werden sollte. Sie siedelten sich dort an und begründeten ein Königreich mit dem Namen Dyfed. Die andere Hälfte der Déisi schickte man nach Süden, wo der König von Cashel ihnen gestattete, sich südlich des großen Flusses Siúr niederzulassen.«

Eadulf erschrak, entsann er sich doch, wie er und Fidelma an der Küste von Dyfed Schiffbruch erlitten und erlebt hatten, dass die Bewohner dort ihnen nicht weniger vertraut waren als die Menschen in den Fünf Königreichen.

»Wie lange liegt das zurück, dass man sie verbannte?«

»Oh, das ist Jahrhunderte her. Mach dir keine Sorgen. Die Déisi von Muman sind friedfertige Leute und zahlen ihre Abgaben an Cashel zuverlässig und regelmäßig.«

»Das ist mir durchaus klar«, bekannte Eadulf, »hab ich doch Fidelma oft genug durch ihr Gebiet begleitet.«

Von der Auffahrt zu den Burgtoren ertönte plötzlich ein Hornsignal. Es war üblich, dass sich Waffen tragende Fremde auf diese Weise ankündigten.

»Antworte darauf!«, rief Gormán dem Krieger Enda zu. »Ich werde sie empfangen.«

Enda setzte sein Jagdhorn an und blies die langgezogene Erwiderung. Eadulf folgte Gormán über den Burghof zum Hauptportal. Kaum waren sie dort, trabte eine Schar Berittener durch das Tor. Eadulf stellte sich in eine Mauernische, und der Hauptmann der Leibgarde des Königs ging ihnen entgegen.

Der Anführer der Schar war ein breitschultriger Mann mit widerborstigem rostbraunem Haar und Bart in farbenprächtiger Kleidung. Man sah ihm an, er war es gewohnt, Befehle zu erteilen. Aus Umhang und Waffen, die er trug, durfte man auf einen Mann von Rang und Ansehen schließen. Der neben ihm reitende Krieger hatte das Banner erhoben, darauf sah man das Wappen der Déisi. Ihnen folgte ein Mann vorgerückten Alters in der Robe und mit dem Amtszeichen eines Brehon. Eadulfs Aufmerksamkeit aber galt vor allem einem jüngeren Mann, dem man die Hände mit einem Strick gefesselt hatte. Er steckte in zerrissenen und schmutzigen Sachen. Das Gesicht war blutverschmiert, und das zerzauste Haar starrte vor Dreck. Trotz seines elenden Aussehens spielte ein selbstbewusstes Lächeln um seine Lippen, furchtlos blickte er geradeaus. Den Schluss der Gruppe bildeten zwei weitere stolze Krieger.

Gormán trat vor und begrüßte den Anführer. »Sei willkommen in Cashel, Cummasach. Ich bin Gormán, Hauptmann der Nasc Niadh, der Leibgarde des Königs.«

Gleichmütig schaute Cummasach auf den Krieger herab und erwiderte die Begrüßung nach den üblichen Regeln.

»Ich danke dir für den Willkommensgruß, Krieger vom Goldenen Halsreif. Ich habe Furudán, meinen Brehon, bei mir, wir müssen dringend Colgú sprechen.«

»Ich werde Colgú unverzüglich von deiner Ankunft unterrichten, Cummasach. Selbstverständlich werden deine Begleiter versorgt, doch wer ist der Gefangene, den ihr mit euch führt?«

»Er heißt Rudgal und ist leider ein Geächteter meines Stammes.«

Gormán blickte kurz den unbeteiligt dreinschauenden Gefangenen an. »Ist der etwa ...«

»Du hast sofort deinen König in Kenntnis zu setzen«, herrschte ihn Cummasach an. »Wir haben einen langen Ritt hinter uns, und ich gedenke mich nicht länger hier aufzuhalten, als unbedingt erforderlich.«

Sofort besann sich Gormán auf seine Pflichten und winkte einen seiner Untergebenen heran. »Ruf den Stallmeister und versorgt die Pferde. Führt die Krieger ins Haus der Helden und bietet ihnen Speis und Trank.«

Eadulf war aus dem Schatten getreten und übernahm den Gormán gegebenen Auftrag. »Ich gehe und benachrichtige Colgú.« Er spürte, dass Cummasach ihn durchdringend ansah, wandte sich um und eilte davon. Noch im Fortgehen hörte er, wie Cummasach dem Hauptmann der Leibgarde die Weisung erteilte, den Gefangenen in sicheren Gewahrsam zu bringen und bewachen zu lassen. Auf dem Gang zur Ratskammer des Königs stieß Eadulf mit Fidelma zusammen, die in Eile war.

»Ich höre, neue Gäste sind eingetroffen. Sind das etwa ...«

»Cummasach und sein Brehon«, erklärte Eadulf. »Sie haben einen Gefangenen hergebracht. Ich denke, er ist einer von den Kerlen, die Egric und seinen Gefährten auf dem Fluss überfallen haben. Der Stammesführer besteht darauf, sofort deinen Bruder zu sprechen.«

Fidelma war erstaunt. »Das klingt nicht schlecht. Da wäre wenigstens einer der Verbrecher gefasst. Doch warum verlangt Cummasach, sofort zu meinem Bruder vorgelassen zu werden?«

»Jedenfalls ist Eile geboten«, wies Eadulf ihre Frage ab und hastete weiter zur Ratskammer. Dort trafen sie Colgú, Abt Ségdae und Beccan, den Hofmeister, an. Der König schaute überrascht auf, als die beiden unaufgefordert eintraten. Fidelma hielt sich zurück, während Eadulf erklärte, warum sie so stürmisch eingedrungen waren.

»Cummasach hat persönlich seinen Gefangenen hergebracht?«, fragte Colgú ungläubig. »Für einen Stammesfürsten der Déisi ist das höchst ungewöhnlich.«

»Ich vermute, es ist einer von den Schuften, die über meinen Bruder und den Ehrwürdigen Victricius hergefallen sind«, erklärte Eadulf.

Colgú schickte Beccan los. »Benachrichtige Brehon Aillín, er wird hier dringend benötigt, und hole auch Eadulfs Bruder Egric her.« Eadulf flüsterte er zu: »Wenn das der Täter ist, brauchen wir deinen Bruder, um ihn zu identifizieren. Ihr bleibt beide hier und hört mit an, was Cummasach uns zu berichten hat.«

Es schien, als hätte Brehon Aillín vor der Tür gewartet, denn kaum war Beccan gegangen, war der Richter auch schon da. Gleich darauf klopfte es an der Tür, und Beccan trat ein.

»Cummasach, Stammesfürst der Déisi …«, begann Beccan, doch Colgú unterbrach ihn ungeduldig: »Ich weiß, ich weiß. Führe sie herein.«

»Fürst Cummasach und Furudán, sein Brehon«, vervollständigte der Hofmeister dennoch seine Ankündigung, auch Gormán folgte den Genannten.

Die Begrüßung zwischen Cummasach und Colgú fiel reichlich kühl aus. Colgú blieb in seinem Amtssessel sitzen, alle anderen standen, nur dem Stammesfürsten der Déisi rückte man einen Stuhl zurecht. Der Sitte gemäß wurde der Willkommenstrunk gebracht, und ein Bediensteter reichte jedem einen Becher.

»Was führt dich zu uns, Lord Cummasach ...?«, begann Colgú.

»Mein Brehon wird euch die Sache schildern.« Cummasach wies mit einer Handbewegung auf seinen Begleiter. »So kommen wir schneller voran.«

Einen Augenblick herrschte Stille, dann begriff Colgú, dass der Brehon auf die königliche Erlaubnis wartete, das Wort zu ergreifen. Ungeduldig gab er ihm einen Wink.

»Der Brehon in Cluain Meala hatte mir von einem Überfall am Fluss in der Nähe von Bruder Sioláns Kapelle berichtet. Mein Stammesfürst hat bereits seit geraumer Zeit Ungelegenheiten mit einer Schar ungezügelter junger Männer, die sich weigert, sich den Ältesten des Clans unterzuordnen und die Gesetze der Brehons zu achten. Mein Verdacht fiel sofort auf diese Unruhestifter, denn sie hatten schon mehrere Reisende auf dem Weg über die Berge ausgeraubt und sich sogar bis zur Kirche von Miodán vorgewagt ...«

»Miodáns Kirche?«, unterbrach ihn Fidelma. »Die liegt doch am Südufer des Siúr, gar nicht weit vom Hafen in Láirge.«

»So ist es, Lady«, stimmte Furudán ihr zu, der Fidelma zumindest vom Sehen kannte. »Vor kurzem wurde ein stromauf fahrendes Handelsboot überfallen. Das könnten diese Räuber gewesen sein, dachte ich mir. Gerade an dem Tag hatten wir in Erfahrung gebracht, wo sie ihren Unterschlupf in den Bergen hatten. Ich berichtete Fürst Cummasach von dem neuerlichen Raubzug, und er rief sofort ein Dutzend seiner Krieger zusammen. Wir machten uns auf den Weg in die Berge und überraschten sie bei Sonnenaufgang in ihrem Lager.«

Die kurze Atempause, die sich der Brehon gönnte, nutzte Cummasach: »Das war ein Trupp törichter junger Burschen. Sie erkühnten sich, Widerstand zu leisten anstatt sich einem Gerichtsverfahren zu unterwerfen. Es kam zu einem erbitterten Kampf, zwei konnten entfliehen, die anderen erlagen den Schwertstreichen meiner Männer.«

»Bis auf einen«, ergänzte Brehon Furudán.

»Und den habt ihr als Gefangenen hergebracht?«, fragte Eadulf.

Cummasach runzelte verärgert die Stirn. Aber Colgú besänftigte ihn rasch: »Dem Ehemann meiner Schwester kannst du ruhig antworten, er hat unser volles Vertrauen.«

»Unser Gefangener heißt Rudgal«, bestätigte der Brehon.

»Und was ist mit den beiden anderen, die entkommen sind?«, wollte Eadulf wissen.

»Die haben wir noch nicht gefunden, doch ewig versteckt halten können die sich nicht.«

»Wenn seine Kumpane auf Tod und Leben gekämpft haben, was hat dann Rudgal bewogen, sich zu ergeben?«, suchte Colgú zu ergründen.

»Unten im Burghof hatte ich nicht den Eindruck, dass er befürchtet, bestraft zu werden.« Eadulf sagte laut, was er dachte. »Er sah aus wie einer, der eher mit Klauen und Zähnen kämpft, als sich zu ergeben.«

»Ich gratuliere dem Ehemann deiner Schwester zu seiner Beobachtungsgabe«, äußerte sich Cummasach mit einem grimmigen Lächeln. »Wahrscheinlich hätte er weitergekämpft, doch da er sah, dass seine Kumpane flohen oder fielen, verlegte er sich aufs Verhandeln.«

»Was für ein Verhandeln? Worüber?«, fragte Fidelma.

»Das verstehen wir auch noch nicht so ganz. Er senkte Schild und Schwert und schrie – Waffenruhe!« Der Brehon benutzte das Wort *essomon*. Unterbrechung des Kampfes hieß das, um kurz miteinander zu reden.

»Ihr habt also aufgehört zu kämpfen und dann doch wohl den jungen Kerl gefangengenommen, vermute ich?« Der sarkastische Unterton war nicht zu überhören; ungeduldig wartete Colgú darauf, dass seine Besucher mit ihrer Geschichte zu Ende kamen.

»Die Kampfhandlung wurde abgebrochen«, erwiderte der Brehon würdevoll. »Im Gegenzug für seine Freiheit bot Rudgal Nachrichten an, die nur dem Obersten Bischof des Königreichs etwas nützen würden.«

Abt Ségdae schreckte hoch. »Was kann so ein Dieb schon wissen, das nur mir nützen könnte?«

»Ich gebe lediglich wieder, was er uns sagte. Außerdem bestand er darauf, sein geheimes Wissen allein vor Abt Ségdae und dem König darzulegen. Niemand anderem gegenüber wollte er sich dazu äußern.«

»Ihr habt ihn natürlich zum Reden gebracht?«, fragte Colgú.

»Versucht haben wir es, doch er blieb standhaft, wollte nichts preisgeben. Immerhin hat er eine wesentliche Sache eingestanden. Er und jeder seiner Kumpane haben einen *cumal* erhalten, dafür sollten sie zwei fremdländische Mönche auf dem Fluss überfallen und töten. Vor allem aber sollten sie den Älteren der beiden umbringen. Außer dem Geld, das sie erhielten, durften sie sich alle Wertsachen nehmen, die die Klosterbrüder bei sich hatten.«

Betroffenes Schweigen im Raum. »Wer war es, der sie für diese abscheuliche Tat bezahlt hat?«, unterbrach schließlich Abt Ségdae leise die Stille.

»Das wollte er uns nicht verraten. Nur dem Abt und dem König würde er sich offenbaren, sagte er. Uns gegenüber hat er von da an geschwiegen.«

»Ihr habt doch bestimmt das Lager dieser Meuchelmörder durchsucht?«, fragte Fidelma. »Habt ihr Gegenstände gefunden, die sie den Mönchen gestohlen hatten?«

»Wir haben einen Haufen Münzen gefunden – darunter waren auch blitzblanke *cumals*, die schienen uns Rudgals Aussage zu bestätigen. Ferner stießen wir auf eine Reihe von Beutestücken, die sie Reisenden bei verschiedenen Überfällen abgenommen hatten, sicher war auch einiges dabei, dass den erschlagenen Mönchen gehörte. Aber etwas besonders Auffälliges entdeckten wir nicht. Überreste von verbranntem Pergament lagen herum und von andern Dingen – vermutlich Bücher oder was Mönche sonst so bei sich haben, doch was die völlig verkohlten Sachen einst gewesen waren, ließ sich nicht mehr feststellen.«

Colgú trommelte mit den Fingern auf die Armlehne seines Sessels, er war unzufrieden und wusste nicht weiter.

»Also bleibt nur, sich anzuhören, was dieser Mensch uns mitzuteilen hat und womit er sich von seiner Mittäterschaft bei dem grässlichen Verbrechen freizukaufen hofft. Gormán und Eadulf geht und holt diesen … Wie heißt er doch?«

»Rudgal, hoher Herr«, wiederholte Richter Furudán.

»Dann bringt diesen Rudgal her, und wir werden erfahren, was er uns zu eröffnen hat. Wenn es wahr ist, dass jemand für die Ermordung der geistlichen Besucher unseres Königreichs gezahlt hat, müssen wir denjenigen finden.«

»Wir leben, weiß Gott, in lausigen Zeiten«, bemerkte Gormán zu Eadulf, während sie die Ratskammer des Königs verließen und in den Burghof hinuntergingen. »Ich begreife beim besten Willen nicht, was das alles soll.«

»Da bist du nicht der Einzige, dem es so geht«, murmelte Eadulf. Gleichzeitig fiel ihm ein, dass der König Egric dem Täter gegenüberstellen wollte. Hoffentlich war sein Bruder schon wieder in der Burg. Von dem Wächter am Tor erfuhren sie aber, dass Egric und Dego noch unten im Ort waren. Im *laochtech*, dem Haus der Helden, in dem die Leibwache des Königs untergebracht war, trafen sie im Vorsaal Enda und Luan an. Zusammen mit den Schwertträgern der Déisi saßen sie um ein Brettspiel, dass *brandubh*, schwarzer Rabe, genannt wurde. Es war bei den Kriegern sehr beliebt, war aber nicht so schwierig wie *fidchell*, die »Klugheit auf dem Spielbrett«, ein Spiel, bei dem alle Adligen den Ehrgeiz hatten, es darin zur Meisterschaft zu bringen.

Wie es sich gehörte, sprang Enda auf, und auch Luan erhob sich, als ihr Hauptmann und Eadulf hereinkamen.

»Wir wollen den Gefangenen abholen«, erklärte Gormán knapp.

»Er ist im Lagerhaus hinter dem Schlafsaal. Wir haben die Fesseln an seinen Händen nicht entfernt, man kann ja nie wissen.«

»Und vor der Scheune hält keiner Wache?«, fragte Gormán überrascht.

Enda gab sich selbstzufrieden. »Ist doch nicht nötig. Seine Hände sind gefesselt, und das Tor ist mit einem Balken gesichert. Außerdem macht der Gefangene nicht den Eindruck, dass er zu fliehen gedenkt.«

Gormán nickte und bedeutete den Kriegern, sich wieder an ihr Spiel zu setzen. »Wir holen ihn selbst.«

Er und Eadulf gingen um das Hauptgebäude herum, wo

sich ein *etad* oder Lagerhaus befand. Dort wurden vor allem Waffen und Ausrüstungen für die Krieger aufbewahrt. Noch ehe sie davor standen, fing Gormán an zu fluchen. Eadulf sah ihn verwundert an, denn der junge Mann gebrauchte sonst nie Kraftausdrücke. Doch der wies auf das Scheunentor.

»Enda hat den Gefangenen mit gefesselten Händen einge-sperrt, bloß hat er den Sicherungsbalken nicht ordentlich vor das Tor gelegt. Ein kleiner Schubs reicht, und ein Flügel schwingt auf. Verdammt noch mal. Wache soll er stehen, bis er schwarz wird, für so eine Nachlässigkeit.«

Eadulf begriff, dass der schwere Balken über beide Torflü-gel reichen musste, damit es unmöglich war, das Tor von in-nen zu öffnen. Doch der Balken war wie in Eile nur halb in die Führung geschoben.

Gormán stieß die Sperre zurück und riss das Tor auf. Innen war es düster. Sie blieben kurz stehen und vernahmen ein gleichmäßig schabendes Geräusch, wie wenn ein schwerer Ge-genstand an einem Seil hin und her schwingt.

Angestrengt starrte Eadulf in den Raum. Sobald sich seine Augen an das Dunkel gewöhnt hatten, rief er: »*Quod avertat Deus!* Gormán, hol eine Laterne!«

Er wartete im Toreingang, während Gormán zum *loachtech* rannte. Nur wenige Minuten vergingen, und Gormán kam mit einer Laterne zurück, gefolgt von Enda und Luan mit ei-ner zweiten Laterne. Enda verteidigte sich wortreich.

»Ich kann nur sagen, der Balken war richtig in beide Halte-rungen gelegt. Das Tor war ordentlich gesichert …«, wieder-holte er immer wieder.

Alle drei blieben hinter Eadulf stehen, Gormán und Luan mit erhobenen Laternen.

Von einem der Querbalken hing eine Leiche an einem Strick und schwang sachte hin und her. Die Füße baumelten nur eine Handbreit über dem Boden, gerade hoch genug, um dem Opfer keinen Halt geben zu können. Allein die Schlinge um den Hals und der abgeknickte Kopf sagten den Männern alles: Man hatte den Eingesperrten erhängt.

Kapitel 8

Eadulf ging zu der Querlatte, um die der Strick geknotet war, und rief seinen Helfern zu, den Leichnam abzustützen. Luan stellte die Laterne beiseite und fasste mit Enda zu, während Eadulf den Strick durchschnitt. Vorsichtig legten sie den Toten auf den Boden. An dem dunkel angelaufenen und verzerrten Gesicht erkannte Eadulf sofort, dass Rudgal erstickt war. Stutzig allerdings machte ihn etwas, das im Mundwinkel klemmte. Die Zunge war es nicht. Nach sachtem Zerren und Ziehen hielt er einen Fetzen Tuch in der Hand.

Enda betrachtete die Leiche ohne jegliche Gefühlsregung. »Er hat also lieber den Tod gewählt, als sich dem Gericht zu stellen.«

Eadulf, der noch auf dem Boden hockte, schaute zu ihm hoch und fragte sarkastisch: »Du meinst doch nicht etwa, er hätte sich selbst erhängt?«

»Ist das nicht offensichtlich?«, gab Enda verwundert zurück. »So seelenruhig, wie der war, als sie ihn hergebracht haben! Er wusste von vornherein, er würde sich für seine Taten nicht verantworten müssen.«

»Was du seelenruhig nennst, hatte eher damit etwas zu tun, dass er hoffte, sich seine Freiheit mit einem Geständnis erkaufen zu können«, stellte Eadulf richtig.

»Das verstehe ich nicht«, bekannte Enda verwirrt.

Eadulf richtete sich auf und sah ihn ungehalten an. »Die Tatsachen sprechen für sich. Schau doch hin. Seine Hände sind immer noch zusammengebunden, wie vorhin, als du ihn eingesperrt hast. Du hast den Mann gefesselt hier hineingestoßen und hast das Tor ordentlich verriegelt, wie du sagst.«

»Der Sicherungsbalken lag in der Halterung, wenn er auch nicht richtig vorgeschoben war. Das beweist doch, niemand sonst ist hier drin gewesen«. Gormán fühlte sich verpflichtet, Enda beizustehen.

»Erwartest du ernsthaft, ich soll glauben, ein Mann beschließt, sich zu erhängen, obwohl er überzeugt ist, sich aus seiner prekären Lage retten zu können? Meinst du wirklich, ein Mann mit straff gefesselten Händen findet in der Scheune hier im Dunkeln einen langen Strick, knüpft daraus eine Schlinge, wirft das andere Ende über den Balken dort oben, legt sich die Schlinge um den Hals, bindet den Strang an der Querlatte fest … ja und, was dann? Wundersamerweise kann er sich schließlich selbst hochziehen, so dass er frei in der Luft hängt?«

»Er hätte doch das eine Ende des Seils festbinden und sich auf etwas stellen können. Danach hätte er nur den Kopf in die Schlinge stecken und abspringen müssen«, verteidigte Enda seine Vorstellungen.

»Selbst wenn das möglich wäre, so unwahrscheinlich es auch ist, wo hätte er etwas finden sollen, um darauf zu klettern und abzuspringen? Wo sind Schemel oder Holzkiste, auf die er hätte steigen können? Denkst du etwa, er hätte sich zuerst erhängt und sich dann losgemacht und seinen Tritt versteckt? Und all das soll er mit immer noch gefesselten Händen bewerkstelligt haben?« Eadulf konnte seinen Spott nur mit Mühe zügeln.

»Aber was schlussfolgern wir daraus, Freund Eadulf?«, fragte Gormán geduldig.

»Während wir beim König waren, ist jemand zum Lagerhaus gekommen, hat den Sperrbalken beiseitegeschoben, hat Rudgal diesen Stofffetzen als Knebel in den Mund gestopft, hat den Strang genommen, sein Opfer hingestellt und hochgezogen, bis es erstickt war. Dann hat der Mörder den Strick um die Latte gebunden und die Leiche hängen lassen. Vielleicht hatte er es danach eilig und hat deshalb das Tor nicht ordentlich verriegelt. Rudgal ist ermordet worden. Er wurde zum Schweigen gebracht, damit er das, was er wusste, nicht preisgeben konnte.«

Gormán starrte ihn erschrocken an. »Das würde doch aber heißen …«

»Das heißt, jemand in der Burg ist der Mörder. Es ist ein und derselbe Täter, der Bruder Cerdic getötet und nun Rudgal ermordet hat. Daraus ergibt sich, dass da ein Zusammenhang besteht.«

»Immerhin können wir einige Leute aus dem Kreis der Tatverdächtigen ausschließen«, stellte Gormán frohgemut fest.

»Nämlich wen?«

»Na alle, die mit Colgú in der Ratskammer sind. Sie sind noch dort und warten darauf, dass Rudgal ihnen vorgeführt wird.«

»Da bleiben aber ziemlich viele Verdachtspersonen übrig«, stellte Eadulf missmutig fest. »Du nimmst jetzt hier alles in die Hand, während ich Colgú benachrichtige. Frag einen jeden, der in der Halle der Helden oder in der Umgebung zu tun hatte, während Rudgal eingesperrt war. Irgendwer könnte ja etwas gesehen oder gehört haben, das uns auf die Spur des Mörders bringt.«

»Soll sofort geschehen, Freund Eadulf.«

Eadulf war nicht darauf gefasst, von Aillín, dem Obersten Brehon, derart angegriffen zu werden, nachdem er den zweiten Todesfall auf der Burg geschildert hatte. Betroffen hatten alle Versammelten geschwiegen, nur Brehon Aillín hatte sofort losgedonnert.

»Jetzt muss ich mich des Falls persönlich annehmen, mein

König«, hatte er gestelzt erklärt. »Innerhalb weniger Tage hat sich ein zweiter Mord in deiner Burg ereignet, und es gibt noch keinerlei Spur, die zum Täter führt. Wenn ich mir den Hinweis erlauben darf, so liegt das daran, weil mir nicht gestattet wurde, gegen den mutmaßlichen Täter zu ermitteln. Ich hatte dir angeraten, mir unverzüglich die Ermittlung im Fall der Ermordung von Bruder Cerdic zu übertragen. Wäre das geschehen, hätte dieser zweite Mord vielleicht verhindert werden können.«

Fidelmas Miene verfinsterte sich bedrohlich. Sie sah bereits voraus, wen der streitsüchtige Brehon als »mutmaßlichen Täter« präsentieren würde.

»Du hast also eine Vorstellung, wie der Mord an Bruder Cerdic mit dem des jungen Geächteten zusammenhängt?«, staunte Colgú, der diesmal nicht so scharfsichtig war wie seine Schwester.

Fidelma konnte nicht an sich halten. »Sprich nur, Aillín, sprich. Wir sind gespannt, wie die Lösung des Rätsels um den ersten Mord den zweiten hätte verhindern können.«

Bei ihrem spöttischen Ton schoss Brehon Aillín die Röte ins Gesicht, und verärgert fragte er: »Soll ich etwa von einem jüngeren Anwalt, einer bloßen *dálaigh*, verhört werden?«

»Ich nehme an, du hast eine stichhaltige Erklärung«, entgegnete Colgú ruhig. »Die Ermittlungen im Fall des Todes von Bruder Cerdic sind meiner Schwester übertragen worden, die in solchen Dingen einige Erfahrung hat, ungeachtet ihres Ranges vor Gericht. Doch gern hören wir uns deine Darlegungen an.«

Brehon Aillín richtete sich zu voller Größe auf und zog die Brauen zusammen. »Ich habe die größere Erfahrung im Rechtswesen, deshalb bin ich zu deinem Obersten Brehon berufen worden.«

»Nur der Not gehorchend«, murmelte Abt Ségdae leise, doch hörbar genug. Er konnte den verknöcherten Richter nicht ausstehen.

»Zumindest wäre ich über jede unstatthafte Einflussnahme erhaben«, erwiderte der Brehon bissig und schaute Eadulf an, der nun begriff, was auf dem Spiel stand, und feuerrot wurde.

»Unstatthafte Einflussnahme?« Fidelma war kurz davor, die Beherrschung zu verlieren. »Offensichtlich wirfst du mir vor, voreingenommen zu sein. Ich erinnere mich sehr wohl, dass du Bruder Cerdics Tod Eadulf zur Last legen wolltest, nur weil auch er aus dem Volk der Sachsen stammt. Das war doch so?«

Brehon Aillín gab sich nicht geschlagen. »Ich wäre logisch vorgegangen und hätte mich nicht von Gefühlen leiten lassen. Wie wir wissen, war Bruder Eadulf an jedem der beiden Tatorte unmittelbar zugegen. Einen solchen Umstand darf man nicht übersehen.«

Unwillkürlich trat Eadulf einen Schritt vor, die Hände zu Fäusten geballt, doch Colgú gebot ihm Einhalt. Auch er blickte finster drein, und sein Ton wurde kalt und bestimmt.

»Du vergisst dich, Brehon Aillín. Was die Ermordung von Rudgal angeht, so dürfte deinem scharfen Verstand nicht entgangen sein, dass Eadulf zu der Zeit, als Rudgal in die Burg gebracht wurde, hier bei uns war. Erst danach ist er zusammen mit Gormán losgegangen, um den Gefangenen herzuholen. Und was Bruder Cerdics Tod betrifft, da habe ich zunächst gedacht, du machst einen Witz, als du zu erwägen gabst, Bruder Eadulf könnte der Tatverdächtige sein. Nun erkenne ich, dein Denken ist in Vorurteilen befangen, und ich sehe keinerlei Anlass, deinen Mutmaßungen nachzugehen. Verlass uns jetzt bitte.«

Während der König sprach, versteinerte Brehon Aillín förmlich. Seine Lippen wurden bleich, und mühsam stammelte er: »Aber der Tod von Rudgal ... Das bedarf der Aufklärung.«

Colgú schaute ihn einen Moment nachdenklich an. »Ich werde jemanden beauftragen, sich der Sache anzunehmen. Ich schlage vor, dass du dich zurückziehst und deine Lage überdenkst. Du hast den Gemahl meiner Schwester ohne ersichtlichen Grund verleumdet, und das vor Zeugen.«

Brehon Aillín verharrte einige Augenblicke reglos. Die dünnen Lippen zitterten, als wollte er etwas erwidern. Dann wandte er sich abrupt um und verließ den Raum.

Fidelma hatte sich derweil beruhigt, und ihre Verärgerung ging fast in Mitleid über. »Ob wir ihn nicht doch zu hart angepackt haben, Bruder?«, brachte sie vor.

Colgú sah sie erstaunt an. »Deine Stimmungen wechseln aber rasch, Schwester.«

Fidelma schüttelte den Kopf. »Zugegeben, manchmal bin ich nicht frei von Gefühlsaufwallungen. Aber bei klarem Verstand sehe ich, Aillín ist alt, und alte Männer werden mitunter wunderlich.«

»Er ist der Oberste Brehon von Muman«, erwiderte Colgú unnachgiebig. »Selbst wenn er zu dem Amt gekommen ist, weil der arme Áedo so früh sterben musste, ist er jetzt der höchste Hüter des Gesetzes in meinem Königreich, und gerade er muss Recht und Gesetz achten.«

Eadulf, den der Wortwechsel peinlich berührte, räusperte sich. »Es wäre mir sehr unlieb, wenn der alte Mann leiden muss, bloß weil er mich nicht mag.«

»Jemand nicht mögen ist eine Sache, Eadulf«, belehrte ihn Colgú, »aber jemanden des Mordes zu verdächtigen, lediglich weil man eine Abneigung gegen ihn hegt, überschreitet die Gebote des Gesetzes. Wir alle haben bei unserer Ehre geschworen, der Wahrheit zu dienen.«

»Und bei allem die Regeln des Anstands gegenüber von Gästen nicht zu verletzen.« Abt Ségdae brachte sie auf den Boden der Tatsachen zurück. Während des gesamten Vorfalls hatte Stammesfürst Cummasach stumm auf seinem Stuhl gesessen, sein Brehon stand neben ihm. Der Streit und die Nachricht, die ihn auslöste, hatten auch sie berührt, doch sie hatten sich nicht dazu geäußert.

Jetzt erhob sich Cummasach.

»Länger hier zu verweilen wäre Zeitvergeudung«, stellte er sachlich fest. »Ich habe meine Pflicht getan und den Mann festgenommen, der den Überfall auf die Geistlichen am Fluss angeführt hat. Ich habe ihn hergebracht und in die Obhut des Königs gegeben. Nun ist er tot. Ich kehre ins Land der Déisi zurück.«

»Eines allerdings bleibt noch zu klären.« Der Brehon der Déisi, Furudán, verlangte Aufmerksamkeit. »Ich muss darauf verweisen, dass Rudgal, der bekanntermaßen ein Mörder war, gegen Gesetz und Ordnung ohne Urteil getötet wurde – und zwar auf der Burg des Königs von Muman. Er wurde unter dem Schutz von Cummasach, dem Fürsten der Déisi, hierhergeschafft. Daher steht Cummasach Wiedergutmachung zu, sein Ruf wurde geschädigt, denn nun wird er als jemand angesehen, der unfähig ist, einem Mann Schutz zu bieten, der sich ihm ergeben hatte.«

Alles schwieg, und Colgú blickte hilflos zu Fidelma. »Wie ist die Rechtslage in dem Fall?«, fragte er sie mit verhaltener Stimme.

Sie nickte bedächtig. »So und nicht anders. Jedoch muss einem Brehon eine angemessene Zeit zugestanden werden, damit er Ermittlungen aufnehmen und prüfen kann, wer für diesen Akt der Selbstjustiz verantwortlich ist, bevor Wiedergutmachung geleistet wird.«

»Eine angemessene Zeit?«, fragte Colgú nach. Seine An-
spannung wich, und er wandte sich Brehon Furudán zu.

»So steht es im Gesetz«, bestätigte der Richter. »Doch ist
›angemessen‹ ein dehnbarer Begriff.«

»Einigen wir uns darauf: Angemessen ist die Zeit, die benötigt wird, den Fall zu klären«, schlug Fidelma vor.

»*Comchirte*«, erwiderte der Brehon mit dem vor Gericht üblichen Ausdruck für »einverstanden«.

»Wir haben gleich Vollmond«, erklärte nun Fidelma, »gebt
uns Zeit bis zum nächsten Vollmond. Wir werden uns bemühen, bis dahin unsere Ermittlungen abzuschließen. Seid ihr
damit einverstanden?«

Furudán und Cummasach sahen sich an und nickten.
»*Comchirte!*«, wiederholte Furudán.

Man verabschiedete Fürst Cummasach und seinen Brehon
ohne weitere Zwischenfälle. Die Gesetze der Gastfreundschaft
wurden sorgsam befolgt. Man bat die beiden eindringlich, zu
bleiben und am Abendessen teilzunehmen, doch das lehnten
sie höflich ab. Ehrlich gesagt, Colgú war sehr erleichtert.

Nachdem sie gegangen waren, fragte er Fidelma besorgt:
»So weit, so gut, aber was machen wir, wenn du die Sache
nicht klären kannst? Jetzt müssen wir uns nicht nur mit dem
Tod des Vorboten dieser Abordnung aus Canterbury befassen, sondern auch noch mit dem von Rudgal.«

»Es gibt kein Rätsel, das sich nicht lösen lässt«, entgegnete
sie bestimmt. »Überlass es nur uns. Die Frist zwischen diesem
Vollmond und dem nächsten ist vollkommen ausreichend.«

Sehr überzeugt sah der König nicht aus, doch ihre Zuver-
sicht tat ihm wohl.

»Gormán befragt bereits alle Männer der Leibgarde, ob sie
etwas Verdächtiges bemerkt haben«, tat Eadulf kund.

»Der Tote muss in Bruder Conchobhars Apotheke geschafft

werden, damit er ihn für die Beerdigung herrichtet«, ordnete Colgú an. »Wo ist Egric, dein Bruder? Hat er den Mann erkannt, von dem er überfallen wurde?«

Angenehm war Eadulf die Frage nicht. »Mein Bruder ist noch nicht aus Rumanns Schenke zurück. Er ist mit Dego zusammen. Beide waren schon dort, als Cummasach mit seinem Gefangenen eintraf. Ich werde ihn holen und sehen, ob er den Täter wiedererkennt.«

»Wir müssen in der Angelegenheit vorankommen, so schnell es irgend geht«, mahnte Colgú. »Fidelma hat in Erfahrung gebracht, dass ein Bruder des Bischofs von Rom Leiter der zu erwartenden Abordnung ist.«

»Können wir sicher sein, dass dieser Ehrwürdige Verax wirklich ein Bruder des Bischofs von Rom ist?«, erkundigte sich Abt Ségdae bei Eadulf. »Bruder Madagan ist er nicht bekannt.«

»Wenn jener geistliche Würdenträger *tatsächlich* der Ehrwürdige Verax ist, Sohn des Anastasius von Segni, dann gibt es daran keinen Zweifel. Er ist in der Kirche hochangesehen. Ich wüsste nicht, warum Bruder Madagan ihn kennen sollte. Mir hat der Name nur sofort etwas gesagt, weil ich einige Zeit in Rom war.«

»Dann wissen wir also, woran wir sind«, äußerte sich Colgú nicht eben erfreut. »Wir haben es mit einem Kirchenfürsten zu tun. Und das heißt …«, er runzelte die Stirn und sah sich nach seinem Hofmeister Beccan um, »… wir müssen für Festessen und Unterhaltung sorgen, die eines Fürsten würdig sind.«

»Was soll mit Brehon Aillín geschehen, Bruder?«, fragte Fidelma. Sie glaubte, daran schuld zu sein, dass man den alten Richter in Ungnade fortgeschickt hatte.

Colgú lehnte sich zurück und antwortete ihr entschieden: »Ich brauche einen neuen Rechtswahrer.«

»Aillín ist noch immer dein Oberster Brehon.«

»Aillín ist zur Belastung geworden. Er hat dich nie gemocht, und Eadulf ist ihm überhaupt nicht genehm. Unklug
und uneinsichtig hat er sich benommen und hat mich vor
dem Stammesfürsten der Déisi und seinem Brehon herabge-
setzt.«

»Es obliegt dem Rat der Brehons, zu beurteilen, in welchem Maße er sich gegen Gesetz und Sitte vergangen hat und
deshalb abgelöst werden muss. Ehe das geschieht, hast du kein
Recht, ihn seines Amtes zu entheben«, erinnerte ihn Fidelma.

»Ich wollte, ich könnte es«, erwiderte ihr der König. »Jedoch kann ich mir zum Berater nehmen, wen ich will, solange er die nötige Eignung hat. Wir haben es mit zwei ungeklär-
ten Mordfällen zu tun. Du bist bereits beauftragt worden, in
dem einen Fall zu ermitteln, nun musst du auch den anderen
übernehmen. Außerdem ...«, er zögerte einen Moment, »...
benötige ich dich und Eadulf als Berater, wenn die hohen
Würdenträger eintreffen. Haltet euch zur Verfügung.«

Eadulf räusperte sich verlegen.

»Möchtest du einen Einwand vorbringen, Freund Eadulf?«,
fragte der König rasch.

»Wäre es nicht besser, während des Besuchs der Abgesandten Brehon Aillín zur Seite zu haben? Würde es nicht sonderbar aussehen, wenn dein Oberster Brehon nicht anwesend
ist?«

Colgú wies das zurück. »Ich brauche jemand, dem ich vertrauen kann, der nicht in Vorurteilen befangen ist. Mir ist jemand lieber, der vorwärts schaut, der nicht so pedantisch und
rückwärts gewandt ist wie Aillín.«

»Er wird es nicht auf sich beruhen lassen, auf solche Art
entlassen zu werden«, beharrte Fidelma.

»Ich tue das keineswegs gern«, räumte ihr Bruder ein.

»Doch leider gehört auch so etwas zu den Pflichten eines Königs.«

»Du magst dir zum Berater wählen, wen du magst, doch es ist Sache des Rats der Brehons, aus ihren Reihen den Obersten Brehon zu wählen«, wiederholte Fidelma.

»Der Rat hatte Áedo zum Obersten Brehon ernannt«, stellte Colgú klar. »Als Áedo vor ein paar Monaten starb, weil er mich vor einem Meuchelmörder schützte, übernahm Aillín das Amt, denn der Rat hatte ihn seinerzeit in Anbetracht seines Alters und seiner langen Dienstjahre zum Stellvertreter bestimmt. Sie hatten ihm ehrenhalber das Amt angeboten, aber nicht erwartet, dass er es annahm. Nun ist es Zeit, dass sie wieder zusammenkommen und einen neuen Obersten Brehon wählen.«

Abt Ségdae sah zu Fidelma hinüber, ein verschmitztes Lächeln spielte um seine Lippen. »Damals hattest du dich als Gegenkandidat zu Áedo um die hohe Stellung beworben.«

Mit vollem Ernst entgegnete sie: »Das stimmt schon. Doch ich habe inzwischen erkannt, dass Oberster Brehon zu sein, nicht das ist, was ich wirklich will. Ich muss mich voll und ganz dafür einsetzen können, dem Gesetz Geltung zu verschaffen. Ein Oberster Richter verbringt einen großen Teil seiner Zeit damit, die Tätigkeit von Richtern und Anwälten im ganzen Königreich zu überwachen und über Beschwerden und Eingaben zu entscheiden. So hat er kaum Kontakt zu den einzelnen Menschen, doch meine Stärke liegt gerade darin, nahe an den Leuten zu bleiben. Ich bin voll und ganz damit zufrieden, als Anwältin zu wirken.«

Eadulf ließ nicht erkennen, wie erleichtert er von diesen Worten war. Er hatte sich schon gefragt, ob Fidelma die Gelegenheit ergreifen und sich erneut zur Wahl stellen würde. Damals, als man ihr Áedo vorgezogen hatte, hatte er sich insgeheim gefreut.

»Wir müssen die Brehons auffordern, bald zu ihrem Rat zusammenzutreten«, entschied Colgú. »Ich werde Boten ausschicken, ihnen meine Aufforderung zu überbringen.«

»Wie aber willst du mit Brehon Aillín verfahren? Wie wird er in Kenntnis gesetzt?« Fidelma war immer noch besorgt.

»Ich werde ihn zu einem Gespräch unter vier Augen einladen«, versicherte ihr Colgú. »Er ist Witwer, und seine Tochter und ihr Mann haben einen Gutshof südlich von Rath na Drinne. Die werden ihn gewiss liebevoll aufnehmen.«

»Aber sei darauf gefasst, dass er sich sträuben wird«, warnte ihn Fidelma.

»Er wird sich damit abfinden müssen.« Colgú blieb hart. »Wir haben jetzt alle Hände voll zu tun. Halt mich auf dem Laufenden, wie du mit den Ermittlungen vorankommst.«

Er erhob sich, und damit war die Zusammenkunft beendet.

Sie verließen die Ratskammer, doch Fidelma war missmutig. »Ich hätte mir gewünscht, Aillíns Amtszeit wäre glücklicher zu Ende gegangen. Immerhin ist er nicht immer ein alt werdender Griesgram gewesen. Viele junge Anwälte haben von ihm gelernt.«

»Das liegt nun nicht mehr in unserer Hand«, stellte Eadulf gleichmütig fest.

Fidelma antwortete nicht darauf. »Sehen wir nach, wie weit Gormán gekommen ist«, schlug sie vor. »Hoffentlich hat einer bemerkt, ob sich jemand dem Lagerhaus genähert hat.«

»Ich muss aber zuerst Egric finden, vielleicht kennt er den Toten«, erinnerte sie Eadulf.

Sie betraten den Burghof, und schon kam ihnen Bruder Conchobhar entgegen. »Ich wollte euch gerade suchen gehen«, sagte er leise und schaute sich wie ein Verschwörer um.

»Ich habe da etwas gefunden, dass ihr euch unbedingt ansehen müsst.«

Er drehte sich um und ging ihnen rasch zur Apotheke voran. Sie stellten keine weiteren Fragen, denn der Alte schien
merkwürdig erregt. Sie folgten ihm in den kleinen Raum hinter seiner eigentlichen Wirkungsstätte, in dem er üblicherweise Gestorbene für die Bestattung herrichtete. Der tote Rudgal
lag auf dem Tisch, auf dem er gewaschen werden sollte. Ein
racholl, ein Leichentuch, bedeckte lose den Körper.

»Ich habe den Leichnam ausgezogen, und dabei fand ich
das hier, es war um die Taille geschlungen.«

Aus einem Bündel von Kleidungsstücken auf einem Stuhl
zog Bruder Conchobhar ein Stück Stoff heraus und reichte es
Fidelma.

Es war ein schmales, aus Lammwolle gewebtes Band. Es
musste einmal weiß gewesen sein, war jetzt aber schmutzig
und voller Flecken. Es war etwa drei Finger breit und wie zu
einer Schleife geformt, die Enden hingen frei herab. Sechs
schwarze Kreuze waren darauf gestickt.

»Ganz früher gehörte so etwas zum Priestergewand, das alle
Bischöfe des Neuen Glaubens trugen«, wusste der Apotheker
zu berichten, »wenngleich das hier etwas anders aussieht.«

»Doch warum wollte es Rudgal verbergen und hat es sich
um den nackten Leib gebunden?«, fragte Fidelma verwundert. »Ob es das war, was er für so wesentlich hielt?«

»Könnte Rudgal es Victricius gestohlen haben?«, rätselte
Eadulf. »Vielleicht war Victricius ein Bischof und das Band
Zeichen seiner Würde?« Er nahm den langen Wollstreifen in
die Hand und betrachtete ihn eingehend.

»Wenn dem so war, muss Rudgal mehr darüber gewusst
haben«, überlegte Fidelma.

»Doch wie soll jemand wie er Kenntnis über die Gewänder

der hohen Geistlichkeit gehabt haben?« Eadulf krauste die Stirn. »Brehon Furudán zufolge hat Rudgal behauptet, jemand im Hafen von Láirge habe ihn und seine Mordgesellen dafür bezahlt, den Ehrwürdigen Victricius und meinen Bruder zu überfallen und umzubringen. Vermutlich hat dieser Mensch ihm mehr dazu erklärt.«

»Scheint mir nicht sehr glaubhaft«, wandte Fidelma ein. »Wenn sie nur angeheuerte Verbrecher waren, hätte niemand Rudgal und seine Bande in ein Geheimnis eingeweiht, das sie zu weiteren Untaten ermutigen könnte.«

»Bloß wenn Rudgal nichts weiter gesagt wurde, weshalb hat er das Band an sich genommen und es sich umgebunden? Ist selbstbewusst hergekommen und hat darauf vertraut, damit ein sicheres Faustpfand zu haben? Und warum hat man ihn ermordet?«

Fidelma schaute ihn nachdenklich an. »Du stellst lauter gute Fragen, Eadulf. Eines zumindest scheint sicher: er hat das Ding da an sich genommen, weil er hoffte, damit seine Freiheit zu erkaufen. Aber es gilt, etwas anderes zu ergründen.«

»Nämlich was?«

»Wir wissen, dass ein solches Band vor vielen Jahren den Bischöfen als Statussymbol galt. Vielleicht hat sich seine Symbolkraft mittlerweile gewandelt.«

»Ich könnte mich ganz unverfänglich danach erkundigen«, bot Bruder Conchobhar an. »Unser Hüter der Bücher ist ein weithin belesener Mann, wenn ich dem eine harmlose Frage stelle, würde das keine Aufmerksamkeit erregen.«

»Aber zeig es ihm nicht«, warnte ihn Fidelma und legte das Band zusammen. »Beschreib es ihm, als hättest du früher einmal so etwas gesehen. Und verwahr es gut an sicherer Stelle.«

Sie verließen Bruder Conchobhars Apotheke und waren verwirrter als zuvor. Gormán kam ihnen entgegen.

»Ich will euch nur berichten, dass ich mit allen Männern der Leibwache gesprochen habe, die im oder in der Nähe des *laochtech* waren, während Rudgal gefangen gehalten wurde.« Man sah ihm seine Betroffenheit an. »Niemand von ihnen hat auch nur das Geringste bemerkt. Enda hielt zu der Zeit dort Wache, er und Luan hatten den Gefangenen ins Lagerhaus gesperrt. Die Krieger von den Déisi sind ins *brandubh*-Spiel vertieft gewesen. Alle anderen waren auf ihren Posten und haben sie weisungsgemäß nicht verlassen.«

»Dumm ist nur, dass das Lagerhaus sich hinter der Halle der Helden befindet«, stellte Fidelma fest. »Jeder hätte also von hinten kommen können und wäre von den Kriegern im *laochtech* gar nicht wahrgenommen worden.«

»Wie dem auch sei, ich habe vorerst Dringenderes zu tun«, entschied Eadulf. »Ist mein Bruder inzwischen zurückgekommen? Er muss den toten Rudgal in Augenschein nehmen und uns sagen, ob der einer der Mörder war. Er wird doch wohl nicht noch immer bei Rumann in der Schenke sitzen?«

Gormán sah ihn erstaunt an. »Hat er dir denn nichts gesagt?«

»Was soll er mir gesagt haben?«, brauste Eadulf auf. »Ich habe ihn seit Stunden nicht gesehen.«

Der junge Hauptmann schluckte. »Er ist mit Dego los. Sie werden ein paar Tage weg sein.«

Verständnislos starrte Eadulf ihn an, ihm fehlten die Worte. Leise fragte Fidelma Gormán: »Wo wollten sie hin und warum für ein paar Tage?«

»Ich hatte Eadulf doch erzählt, dass sie sich über Fischfang und Jagen unterhalten haben.«

»Und?«, blaffte Eadulf. »Was hast du mir jetzt zu erzählen?«

»Also, ich habe Dego erlaubt, ein paar Tage auszuspannen nach seinem langen Ritt neulich. Er wollte angeln gehen und auf die Jagd. Irgendwo in den Sliabh na gCoille hat er eine Hütte.«

Das waren die sogenannten »Waldberge« im Südosten. Das Gebiet war ziemlich groß.

»Seit wann weißt du das?«, fragte er Gormán verärgert.

»Während du zum König gingst, um ihm vom Tod des Gefangenen zu berichten, ist Dego auf die Burg gekommen und hat mir gesagt, dass er ein paar Tage frei haben möchte. Da er unten im Ort war, als Rudgal ermordet wurde, konnte er damit nichts zu tun haben, und so habe ich eingewilligt.« Der Krieger war beschämt und verlegen.

»Darum geht es uns nicht«, erklärte ihm Fidelma ruhig. »Wir nehmen an, der Erhängte war derjenige, der Egric überfallen hat, und deshalb brauchen wir Egric als wichtigen Zeugen.«

Hilflos hob Gormán die Arme. »Egric ist nicht mit Dego zurück auf die Burg gekommen. Wahrscheinlich hat er unten in der Schenke auf ihn gewartet. Ich bin davon ausgegangen, er hätte Eadulf von seiner Absicht erzählt, als Eadulf ihn dort traf. Eben bin ich übrigens Beccan begegnet, der wissen wollte, ob Egric heute Abend am Festessen teilnehmen wird, das der König gibt. Ich hab noch nie einen Hofmeister erlebt, der sich so pingelig um alles kümmert. Aber das spielt jetzt keine Rolle ... Du hattest ihm doch sicher gesagt, wo die besten Stellen zum Angeln sind?«

Ungehalten schüttelte Eadulf den Kopf. »Er hat mit keiner Silbe erwähnt, dass er sofort mit Dego aufbrechen will.«

»Wie sollte ich ahnen, dass er dir nichts von seiner Absicht gesagt hat? Und ich konnte mir auch nicht vorstellen, dass du was dagegen haben würdest.«

»Natürlich habe ich nichts dagegen«, wehrte Eadulf verärgert ab. »Aber gerade jetzt und unter diesen Umständen ... Das ist ein Unding.«

»Du kannst nichts dafür, Gormán«, beschwichtigte Fidelma den unglücklichen Hauptmann der Leibgarde. »Wir wollten Egric nur fragen, ob er Rudgal als den Burschen wiedererkennt, der ihn niedergeschlagen hat. Doch so wichtig ist das nicht, wäre eigentlich eine bloße Formsache gewesen, denn wir haben genügend andere Beweise. Aber wegen des zweiten Mords und der bevorstehen Ankunft von Abgesandten aus dem Osten wäre es besser, wenn alle Männer der Leibgarde des Königs in der Burg blieben.«

»Ob ich ihnen einen Reiter hinterherschicke ...?«, begann Gormán.

»Moment mal. Sind beide beritten?«

»Sie haben die Pferde, mit denen sie heute früh losgeritten sind. Dego ist nur zurückgekommen, um sich ein paar Sachen zu holen. Dein Bruder hat doch alles, was er bei sich hatte, bei dem Überfall am Siúr verloren, daher vermute ich, sie werden sich noch ein paar Dinge im Ort besorgt haben, bevor sie loszogen.«

»Welchen Weg könnten sie eingeschlagen haben?«

»Da bin ich mir nicht sicher. Degos Hütte ist oben in den Waldbergen, irgendwo zwischen den Höhen südlich vom Eatharlach-Tal.«

Fidelma schaute Eadulf zweifelnd an. »Ein guter Reiter kann sie wahrscheinlich einholen, aber nur wenn er weiß, welche Richtung sie eingeschlagen haben.«

»Kann er gewiss, es gibt doch nur einen Hauptweg nach Südwest«, meinte Eadulf zuversichtlich.

»Dego kennt gewiss noch ein Dutzend anderer Wege«, erwiderte sie. »Man brauchte schon einen sehr erfahrenen Fährtensucher, der ihre Spur im Wald verfolgen kann. Zwischen den Bergen dort kann sich leicht eine ganze Heerschar verstecken, und du würdest sie nicht finden, selbst wenn du jahrelang danach suchst.«

Eadulf war immer noch wütend. »Und gerade jetzt brauchten wir dringend die Auskünfte meines Bruders.«

Fidelma begriff, was Eadulf so aufwühlte. Er war verletzt, dass Egric so wenig für ihn empfand und ohne ein Wort davongeritten war, obwohl sie sich eben erst wiederbegegnet waren.

»Wenn Dego gesagt hat, dass er in einigen Tagen zurück ist, können wir uns darauf verlassen. Uns bleibt nur, auf ihre Rückkehr zu warten. Bis dahin haben wir vermutlich noch nichts klären können«, antwortete ihm Fidelma in aller Ruhe. »Bislang hat Egric dir zweimal versichert, dass er keine Ahnung hat, weshalb der Ehrwürdige Victricius die Reise unternommen hat. Warum sollte er beim dritten Mal etwas anderes sagen? Er hat dir erzählt, dass Victricius Schriftstücke bei sich hatte. Von Cummasach oder genauer von seinem Brehon haben wir erfahren, dass Rudgal und seine Bande alle Dokumente vernichtet haben. Somit können wir von Egric kaum weitere Hilfe erwarten.«

Eadulf holte tief Luft und schien sich ein wenig zu beruhigen. »Du meinst also, wir sollen warten, bis Egric und Dego zurück sind?«, fragte er beklommen.

»Was können wir denn sonst tun? Dann werden wir auch erfahren und verstehen, warum dein Bruder sich so und nicht anders verhalten hat.«

Richtig beruhigt war Eadulf nicht, er fragte Gormán: »Du hast gesagt, Degos Hütte ist in den Bergen des Sliabh na gCoillte. Hat er dir jemals genauer beschrieben, wo sie sich befindet?«

»Wo seine verborgene Klause ist und wie seine Zufluchtsstätte heißt, hütet Dego wie ein Geheimnis.«

Eadulf seufzte gequält. »Dir geht doch noch etwas anderes durch den Kopf. Was ist es?«, fragte ihn Fidelma.

»Wenn das, was Victricius und Egric mit sich führten, ein Kernstück all der Rätsel bildet, die wir zu lösen haben, wenn man sie deswegen überfallen hat und wenn nun auch Rudgal deshalb ermordet wurde, dann könnte Egric ebenfalls in Gefahr schweben. Schließlich hätte man ihn beinahe genauso wie Victricius und die Ruderleute erschlagen.«

»Das ist ein wichtiger Gesichtspunkt, Eadulf«, sagte Fidelma verständnisvoll. »Wenn Egric jetzt mit Dego in den Bergen unterwegs ist, dann ist er dort sicherer als hier auf der Burg. Dego ist ein tapferer Krieger und ein umsichtiger Leibwächter.«

So weit hatte Eadulf noch nicht gedacht. Es leuchtete ihm ein, und er nickte zustimmend. »Wahrscheinlich hast du recht. Er ist außer Gefahr, wenn er nicht hier ist.«

KAPITEL 9

Colgú lud abermals zum Abendessen ein, da Abt Ségdae und Äbtissin Líoch immer noch Ehrengäste auf der Burg waren. Auch ihre Verwalter wurden dazugebeten und natürlich Fidelma und Eadulf. Zu den Gästen gehörte auch Gormán, denn der Hauptmann der Leibgarde wurde oft zu Festmählern hinzugezogen. Hofmeister Beccan geleitete unter vielen Bücklingen die Gäste zu ihren Plätzen und kündigte, wie es die Hofordnung verlangte, den König an, zog sich dann aber zurück. Er hatte Colgú bereits in Kenntnis gesetzt, dass Egric mit Dego einige Tage in den Bergen sein würde, denn als Eadulf anfing, seinen Bruder zu entschuldigen, winkte der König mit mattem Lächeln ab. »Ich wünschte, ich könnte die nächsten Tage mit ihnen verbringen. Lieber würde ich ein Wildschwein erlegen, als mich mit diesen widrigen Dingen herumzuschlagen.«

Es hatte sich so ergeben, dass Fidelma während der Mahlzeit neben Schwester Dianaimh saß, der Schaffnerin der Abtei Cill Náile. Eine Weile plauderten sie über Alltägliches, dann fragte sie die junge Nonne, ob sie je etwas von dem Ehrwürdigen Victricius gehört habe.

»Ehrwürdiger Victricius? Der Name sagt mir nichts. Warum auch?« Das Mädchen schaute Fidelma verständnislos an.

»Schon gut, es war nur so ein Gedanke. So hieß nämlich der Geistliche, der auf dem Wege zur Abtei Imleach ermordet wurde. Eadulfs Bruder war sein Gefährte, er hat Glück gehabt und ist heil davongekommen.«

»Von dem Überfall habe ich gehört, doch mit dem Namen kann ich nichts anfangen.«

Nach dem Essen sprach man weiter fröhlich dem Wein zu, vielleicht war es sogar ein wenig zu viel des Guten. Die Tische wurden abgeräumt, und die Musikanten kamen. Fidelma nutzte die Gelegenheit, um mit Gormán eine Frage zu klären, die sie beschäftigte.

»Du hast doch die bei dem Überfall Getöteten nicht weit von Bruder Sioláns Kapelle gefunden. Hast du da den Leichnam des alten Geistlichen genauer untersucht?«

»Selbstverständlich! Ich musste mich doch vergewissern, dass er tot war, und wie hätte ich sonst Bruder Siolán die Einwilligung geben können, ihn zu bestatten.«

»Wenn man einen Menschen zu Lebzeiten nicht gesehen hat, ist es schwer, sich ein Bild von ihm zu machen. Hat Egric bestätigt, dass der Tote der Ehrwürdige Victricius war?«

»Das hat er.«

»Der alte Mann hat die Tonsur nach römischer Art getragen?«

»Ja, er war klein und dunkelhäutig. Man sah sofort, das war ein Fremdländischer von jenseits des Meeres.«

»Wie war er von Statur …, war er kräftig?«

»In meinen Augen nicht, er war ja auch schon älter, sonderlich gut ausgesehen hat er auch nicht. Ich denke eher …«, Gormán zögerte, »… er war einer jener sonderbaren Asketen, von denen man gelegentlich hört. Die glauben doch, wenn sie ihr Fleisch peinigen, gelangen sie näher zu Gott; die gönnen sich selbst überhaupt nichts und strafen ihren Leib, um zu zeigen, wie gottgefällig sie sind. Nach meiner Auffassung sind die im Kopf nicht ganz richtig.«

Fidelma horchte auf. »Wie kommst du darauf, dass er so einer war?«

»Sein Rücken war voller Narben, Platzwunden wie von Geißelhieben. Sie waren aber längst verheilt. Klosterbrüder sollen sich ja selbst geißeln, heißt es, um Gott zu zeigen, wie stand-haft sie Schmerz ertragen und sich so zu Ihm bekennen. War-um es Gott gefallen soll, sich selber Schmerzen zuzufügen, verstehe ich nicht. Predigt man nicht immer, dass Er für Frie-den und Liebe einsteht?«

»Du bist ein scharfsinniger Bursche, Gormán. Aber behalte die Sache für dich, erwähne niemand gegenüber, was du gese-hen hast. Nur so viel: Dein Augenzeugenbericht ist für meine Nachforschungen von großem Wert.«

Sie drehte sich um und ging zu Colgú hinüber. Ihr Bruder schien entspannt und gelöst. »Gutes Essen und guter Wein bereichern einen Abend ungemein«, scherzte er. »Auch muss-ten wir nicht Beccan ertragen, der alle paar Minuten mit dem Heroldsstab auf den Boden stößt, um der Hofordnung ge-mäß etwas zu verkünden.«

»Besser, dass er alle Regeln so genau beachtet, wenn Gäste da sind, als umgekehrt.« Fidelma wusste, wie oft ihr Bruder bei seinem Hofmeister die Geduld verlor. »Wo ist er über-haupt? Er verschwand, kaum dass wir uns alle gesetzt hatten. Er ist doch sonst immer bei solchen Anlässen zugegen.«

Colgú tat die Sache als nebensächlich ab. »Er hat unten im Ort etwas zu erledigen und hat sich von mir beurlauben las-sen. Übrigens, Eadulf scheint wenig begeistert davon, dass sein Bruder Egric gleich wieder losgezogen ist, sie hatten sich ja gerade erst in die Arme geschlossen. Was soll man davon halten? Stimmt da was nicht zwischen den beiden?«

»Sie haben sich zehn Jahre lang nicht gesehen und sind sich unter ziemlich absonderlichen Umständen wiederbegegnet. Egric ist mit Dego für ein paar Tage auf die Pirsch gegangen.«

»Ich weiß und beneide ihn. Das habe ich auch Eadulf zum Trost gesagt. Am liebsten würde ich hinterherreiten, doch das verbietet sich. Wir müssen uns wohl gedulden, bis der Ehrwürdige Verax und Bischof Arwald eintreffen und wir von ihnen erfahren, warum sie die beschwerliche Reise unternommen haben.«

»Das dürfte schon morgen sein, wenn die Berichte stimmen, die wir erhalten haben.«

»Wenn uns nur mehr Zeit bliebe. Ich vermute, du bist noch keinen Schritt weitergekommen mit deinen Ermittlungen zum Tod von Bruder Cerdic. Stimmt's? Zwei Mordfälle müssen wir jetzt aufklären, und ich bin ohne einen Obersten Brehon, auf den ich mich verlassen kann.«

»Da du ihn gerade erwähnst, Bruder«, Fidelma schaute sich in der Festhalle um, »wo ist Brehon Aillín heute Abend? Müsste er nicht bei einem Abendessen mit Gästen anwesend sein?«

Colgú antwortete ausweichend: »Hast du erwartet, dass er kommt?«

»Hast du mit ihm geredet? Du hattest das doch vor.«

»Ja, das habe ich gemacht. Ich hielt es für richtig, bevor Beccan die Aufforderung an die Mitglieder des Rats der Brehons sandte, zusammenzutreten und einen neuen Obersten Brehon zu wählen.«

»Ich fürchte, er hat deine Entscheidung nicht gerade begeistert aufgenommen. Das erklärt wenigstens teilweise, warum er nicht erschienen ist.«

»Nicht gerade begeistert?« Colgú lachte sarkastisch auf. »Geradezu tätlich bedroht hat er mich. Er will Anklage gegen Eadulf erheben, obwohl er es war, der ihn beleidigt hat. Und er hatte sogar die Stirn, mich daran zu erinnern, dass ein König nicht über dem Gesetz steht.«

»Das ist wohl wahr. Von einem König wird erwartet, dass er sich dem Gesetz ebenso beugt wie der niedrigste Knecht auf einem Bauernhof.«

»Weiß ich doch alles! Aber mir sogar zu drohen ... Es ist schwierig, sich im Zaum zu halten, wenn der alte Mann *gáu flathemon* herumschreit.«

»Ungerecht ist der König, und das wird Folgen haben«, deutete Fidelma die Worte bekümmert.

»Der alte Narr hat mir mit dem *troscud* gedroht; er will vor meiner Tür sitzen und nach den Regeln des Gesetzes fasten, bis ich nachgebe und ihn wieder sein Amt ausüben lasse.«

»Wirklich?« Fidelma war erstaunt, denn der *troscud* oder Hungerstreik war ein Mittel, zu dem man nicht so leicht greifen konnte. »Hat er dir das vorschriftsmäßig angekündigt?«

»Nein, er hat nur damit gedroht. Warum fragst du danach?«

»Es gibt Regeln und Fristen dafür. Die muss er berücksichtigen, wenn er ernsthaft die Absicht hat.«

»Ich hoffe, es kommt nicht dazu, und auch nicht dazu, dass er gegen Eadulf gerichtlich vorgeht.«

»Weswegen will er Eadulf verklagen?«, fragte sie, neugierig geworden. »Er kann ihn doch nicht ernsthaft des Mords an Bruder Cerdic bezichtigen.«

»Er will Wiedergutmachung verlangen, weil Eadulf ihn in seiner Ehre verletzt hat.«

»*Deirmitiu?*«, fragte Fidelma überrascht, sie benutzte den in der Rechtssprache üblichen Ausdruck.

»Genau das. Er verlangt, dass Eadulf das Bußgeld *enech rucce* zahlt wegen der ihm angetanen Ehrverletzung.«

Fidelma überschlug, wie viel das sein würde. »Das wäre ja eine Wiedergutmachung von acht *cumals*.« Es entsprach dem Wert von vierundzwanzig Milchkühen und war die Hälfte des Ehrenpreises, der für einen Obersten Brehon im Gesetz festgelegt war. »Das hat er doch wohl nicht im Ernst gewollt?«

»Es war ihm mehr als ernst, er war richtig erbost. Aber ich habe ihn davon abgebracht.«

»Wie ist dir das gelungen?«

»Wahrscheinlich nur, weil ich ihm klargemacht habe, dass ich gegen ihn als Zeuge für Eadulf auftreten würde. Das hatte ich ihm gleich gesagt, als er mir sein Fasten androhte. Er gebärdet sich wie ein völlig verbitterter alter Mann. Ich kann nur hoffen, dass sich die Brehons bald versammeln.« Mit einer raschen Handbewegung deutete Colgú an, sich nicht weiter damit befassen zu wollen. »Doch wenn es dich beruhigt, Aillín war heute Abend eingeladen. Schließlich ist er immer noch als Gast hier, und ich halte mich an die Regeln der Gastfreundschaft. Er hat aber wohl lieber fernbleiben wollen.«

Der König wandte sich ab. Fidelma bedauerte ihn plötzlich, er schien nicht mehr so heiter wie vorhin. Vielleicht hätte sie besser die Sprache nicht auf Brehon Aillín bringen sollen. Sie ging zu Eadulf hinüber, der mit Bruder Madagan und Abt Ségdae zusammensaß. Der schaute zu ihr hoch und lächelte beklommen.

»Bruder Eadulf hat uns berichtet, ihr seid mit den Nachforschungen noch nicht viel weitergekommen.«

»Leider ist das so.«

»Er hat uns auch einiges über diesen Bischof Arwald von Magonsaete erzählt«, ergänzte Bruder Madagan. »Schon merkwürdig, dass ein Mensch wie der im Gefolge des Bruders des Bischofs von Rom herkommt.«

»Du denkst nicht allein so, auch wir wundern uns«, bekräftigte Eadulf.

»Lange werden wir nicht mehr im Ungewissen sein«, meinte Fidelma. »Schon morgen werden wir erfahren, was sie hierherführt. Zu spekulieren, ohne Näheres zu wissen, ist sinnlos.«

Eadulf konnte sich eines Schmunzelns nicht erwehren, als

sie ihren bekannten Grundsatz verkündete, fügte aber rasch hinzu: »Du hast wie so oft recht.«

»Alt, wie dieser Grundsatz ist, er ist immer wieder wahr«, erwiderte sie schnippisch.

Die Musikanten begannen mit einem schnellen lustigen Stück, und der fröhliche Lärm, der dabei entstand, machte jedes Gespräch unmöglich. Das war auch die Absicht, denn nur so konnten sie sich Gehör verschaffen. Sie spielten auf Trommeln, Glocken, Flöten und Saiteninstrumenten. Als der Redeschwall abgeebbt war, gingen sie zu einer sanfteren Melodie über. Der Jüngste aus der Gruppe trat vor und stimmte ein Lied an, zu dem er sich auf einer kleinen Harfe mit acht Saiten begleitete.

So dauerte die Abendunterhaltung noch eine Weile an, bis Äbtissin Líoch sich eine Hand vor den Mund hielt und damit ein Gähnen andeutete. Das war eine diplomatische Geste, sie erhob sich und bedauerte damit gleichsam, sich zurückziehen zu müssen, weil Müdigkeit sie überkam. Colgú nickte ihr verständnisvoll zu, und die Äbtissin verließ mit ihrer jungen Schaffnerin die Festhalle. Fidelma gab Eadulf zu verstehen, dass sie sich nach dem nächsten Musikstück ebenfalls auf diese Art verabschieden würden.

Beide standen auf, Colgú entließ die Musikanten mit der Erklärung, man hätte einen langen Tag vor sich und alle hätten die Nachtruhe nötig.

Gemächlich gingen Fidelma und Eadulf hinüber zu ihren Wohnräumen. »Der Ehrwürdige Victricius ist mir noch immer ein Rätsel«, bemerkte Fidelma unterwegs. Sie hatte Eadulf berichtet, was sie von Gormán über die Narben auf dem Rücken des Leichnams erfahren hatte. »Hast du den Namen in Rom schon mal gehört?«

»Häufig ist der Name gerade nicht, doch ganz ungewöhnlich ist er auch nicht. Es gab mal einen Bischof in der Stadt Rotomagus in Gallien, der hieß so. Er hat in den römischen Legionen gedient, bis er zum Neuen Glauben bekehrt wurde.«

»Woher weißt du denn das?«, fragte Fidelma verwundert.

»Du erinnerst dich doch, dass wir einmal in Menevia waren? Abt Tryffin hat mir von ihm erzählt.«

»Dass wir an der Küste von Dyfed Schiffbruch erlitten, gehört nicht gerade zu meinen angenehmen Erinnerungen. Aber warum hat sich Abt Tryffin mit dir über einen ehemaligen Legionär unterhalten? Die Britannier haben die Römer doch verabscheut.«

»Dieser Victricius muss es verstanden haben, sich bei den Britanniern beliebt zu machen. Jedenfalls haben sie ihn aufgefordert, einen Streit unter ihren Bischöfen zu schlichten. Natürlich war das viele, viele Jahre bevor meine Leute anfingen, sich auf der Insel Britannia festzusetzen. Der Abt hat mir ein Buch gezeigt, das dieser Victricius geschrieben hatte – *De Laude Sanctorum*.«

»Zum Lobe der Heiligen«, murmelte Fidelma.

»Woraus sich ergibt, es hat immer mal Leute mit dem Namen Victricius gegeben«, schlussfolgerte Eadulf.

Fidelma schwieg einen Moment und sagte dann: »Gormán ist der Ansicht, dass Victricius einer der Asketen war, die sich selbst geißeln. Doch die Wunden seien vernarbt gewesen, es muss lange her sein, dass er sich kasteit hat.«

Sie waren in dem schmalen Durchgang zwischen dem Haupthaus mit den Königsgemächern und dem Gebäude mit ihren Wohnräumen angelangt. Pechfackeln an jedem Ende warfen ihr zuckendes Licht an die grauen Steinmauern.

Mit ihrem überaus scharfen Gehör vernahm Fidelma ein Kratzen über ihnen. Ein Schatten strich über die Wände, dessen Herkunft im Ungewissen blieb. Von einem Impuls getrieben, versetzte sie Eadulf einen derben Stoß und sprang ihm nach, so dass einer über den anderen stürzte. Unmittelbar hinter ihnen schlug ein schwerer Marmorbrocken auf die Steinplatten und zerbarst krachend, Splitter flogen in alle Richtungen.

Im Nu war Fidelma wieder auf den Füßen und schaute vorsichtig nach oben.

Eadulf nahm die Trümmer einer Statue wahr, die mit anderen auf dem Dach der Königsgemächer gestanden hatte.

Aus dem Dunkel stürmten einige Gestalten herbei, die der Krach aufgestört hatte, allen voran Enda mit einer Laterne. »Was ist passiert?«, keuchte er, sah das zertrümmerte Standbild und fragte: »Seid ihr verletzt?«

Fidelma verneinte, Eadulf rieb sich den Unterarm und brummte: »Bloß ein paar Kratzer von den Splittern.«

Fidelma starrte auf die zerborstenen Stücke, irgendwie schienen sie ihr bekannt. Dann ging ihr auf, dass sie zu dem Standbild eines grotesken Geschöpfs aus der Anderswelt mit Flügeln gehörten. Sie schüttelte sich wie ein Hund, der eben aus dem Wasser kommt, und fand zu ihrer Tatkraft zurück.

»Enda, du folgst mir mit deinen Männern!«

Eadulf hatte seine Überraschung noch nicht überwunden, da rannten die anderen bereits zu einer Seitentür. Er hastete ihnen hinterher und fragte atemlos: »Wie konnte das passieren?«

»Ein Standbild von der Größe eines Kindes stürzt nicht von selber ab«, rief sie ihm über die Schulter zu.

Fast blieb er stehen, als er begriff, was den Vorfall ausgelöst hatte, doch die Krieger schoben ihn beiseite und eilten Fidelma nach, die eine Treppe hochlief. Endas Gefährten nahmen zwei brennende Laternen von den Wänden, ehe auch sie auf das Flachdach des Königshauses stiegen. Im Schein der hoch erhobenen Laternen mussten sie feststellen, dass dort oben niemand war. An zwei Seiten begrenzten breite Brüstungen das Dach. Drei Statuen standen auf jeder Brüstung, doch auf der Seite zum Durchgang fehlte jetzt eine.

»Sucht alles ab«, befahl Fidelma knapp. »Enda, komm mit deiner Laterne hierher.« Sie untersuchte die Stelle, wo die Statue gestanden hatte. Eadulf sah ihr über die Schulter und bemerkte wie sie die weißen Schrunden auf dem Mauerwerk. Auch waren Vertiefungen aus dem Stein geschlagen, als ob dort jemand etwas hatte aushebeln wollen. Fidelma atmete tief durch, denn sie fand bestätigt, was sie geahnt hatte.

»Wie erklärst du dir das?«, fragte Enda.

»Es ist, wie ich es erwartet habe. Schau her, da hat die Statue gestanden, genau wie die anderen in der Mitte der Brüstung. Von selbst hätte sie nicht herunterstürzen können. Jemand hat nachgeholfen und sie zur Kante der Brüstung geschoben. Dazu war eine Brechstange aus Eisen oder so etwas nötig. Da und dort hat das Eisen Brocken aus dem Stein geschlagen. Siehst du die Schleifspuren? Wer immer da zugange war, hat das Standbild an die Kante vorgeschoben und gewartet, bis wir im Durchgang waren. Er hat sich vorgebeugt und zum entscheidenden Stoß angesetzt, als er uns sah. Ich hörte das Kratzgeräusch. Wäre ich nicht …«

Sie schwieg und zuckte die Achseln. Endas Leute kamen hinzu. »Wir haben niemand gefunden, Lady. Bloß das hier haben wir entdeckt, es lag bei der anderen Tür.« Es war eine Eisenstange, gut vier Fuß lang und an beiden Enden flachgehämmert.

»Da hätten wir ja die Brechstange, die benutzt wurde, um die Statue zum Absturz zu bringen«, stellte Fidelma fest. »Was ist mit der zweiten Tür, die auf das Dach führt?«

»Ist von innen verriegelt.«

»Wenn der Meuchelmörder uns dort entkommen ist, muss er den Riegel vorgeschoben haben«, bot Enda als Erklärung an.

»Es wäre jedenfalls der einzig mögliche Fluchtweg für ihn gewesen«, ergänzte Fidelma. »Als wir die andere Treppe hochrannten, ist uns niemand begegnet.«

»Wo führt die zweite Treppe hin?«, fragte Eadulf. Er kannte nicht alle Nebengelasse in dem weitläufigen Königshaus.

»Unmittelbar zu den Gästezimmern des Königs«, berichtete Enda. »Von dort geht es hinunter zu den Räumen der Dienerschaft, den Gemächern des Königs, der Ratskammer und der Festhalle.«

»Das heißt, der Täter konnte das Haus leicht verlassen. Zu dumm aber auch!«

»Ganz so leicht ist das nicht«, unterbrach ihn Fidelma. »Nachts sind Männer der Leibgarde an allen Zugängen postiert. Seit dem Versuch, meinen Bruder zu ermorden, sind die Nasc Niadh besonders wachsam.«

»Demnach …«, begann Eadulf, doch Fidelma erteilte bereits weitere Befehle. »Einer deiner Männer bewacht die verriegelte Tür, möglicherweise glaubt der Täter, wir seien verschwunden, kommt aufs Dach zurück und sucht nach einem anderen Fluchtweg.«

Enda konnte eben noch einen seiner Krieger auf den Posten stellen, da eilte Fidelma bereits die Treppe zum Durchgang hinunter und lief über den Burghof zum streng bewachten Portal zu den Königsgemächern.

Vor den hölzernen Türflügeln hielt ein Leibgardist Wache, der sofort Haltung annahm, als er Fidelma erblickte. Sie gab ihm keine Gelegenheit, nach dem Losungswort zu fragen, sondern blaffte: »Hat vor kurzem jemand die Tür hier benutzt?«

»Niemand, Lady, seit du mit Bruder Eadulf das Haus verlassen hast.«

»Dann gib Acht, dass niemand ohne meine Zustimmung hier herein- oder herauskommt.« Sie schob den verdutzten Wächter beiseite, öffnete einen Türflügel und verschwand mit ihrem Gefolge. Drinnen stießen sie auf Gormán, der fürs erste Drittel der Nacht die Wache übernommen hatte und sie erstaunt ansah. »Lady, ich dachte, du bist schlafen gegangen ...« Doch sie schnitt ihm das Wort ab und schilderte, was sich eben ereignet hatte.

»Stell sicher, dass alle Wächter auf ihrem Posten sind und dass niemand das Gebäude verlässt.«

»Ich kümmere mich sofort darum, Lady.«

»Schick Dar Luga, die Haushälterin, zu mir.«

Gormán hastete davon, und aus der Ratskammer erschien Fidelmas Bruder. An seiner Seite war Abt Ségdae, beide hatten sich offenbar noch nicht zur Ruhe begeben. Erneut berichtete Fidelma, was inzwischen vorgefallen war.

»Erkläre mir noch mal, Bruder, wie kommt man zu den Gästezimmern und von dort zu den anderen Räumen im Gebäude?«

»Die Gästekammern sind im vierten Stockwerk, und eine Treppe geht von dort in den dritten Stock. Natürlich gibt es auch von dort eine Treppe, die aufs Dach führt. Man kann so über die Dachterrasse laufen und auf einer andern Treppe hinunter zum Durchgang gelangen. Das hat der Baumeister so angelegt, damit wir einen Fluchtweg haben, falls ein Feuer ausbricht und die Haupttreppe versperrt.«

»Wenn jemand auf dem Dach ist, muss er dann eine der Treppen benutzen?«, erkundigte sich Eadulf.

»Anders geht es überhaupt nicht.«

»Gilt die Regelung noch, dass je ein Mitglied der Nasc Ni-

adh in den einzelnen Stockwerken Wache hält?«, fragte Fidelma

»Die Regelung ist eigentlich überflüssig«, erwiderte Colgú.
»Ich will sie abschaffen. Sie wurde nach dem Versuch, mich
umzubringen, eingeführt.«

»Jetzt kann sie uns jedoch von Vorteil sein. Denn niemand
hätte ungesehen die Gästequartiere verlassen können, nachdem wir uns von der Abendunterhaltung verabschiedeten.
Folglich kann der mutmaßliche Attentäter nur dort sein.
Enda, schick den Mann her, der vor dem Eingang zum Gästequartier Wache hält. Und noch eins, Enda«, rief ihm Fidelma
hinterher, »bleib du auf seinem Posten und lass niemand an
dir vorbei.«

Colgú forderte alle auf, ihm in die Ratskammer zu folgen,
und bald war auch Aidan, der im vierten Stock Wache gestanden hatte, zur Stelle.

»Bist du auf deinem Posten an der Treppe gewesen, seit die
Gäste sich zurückgezogen haben?«

»Ja, Lady, die ganze Zeit.«

»Hat einer der Gäste irgendwas benötigt, hat an dir vorbeigemusst?«

Der Wächter antwortete mit einem klaren Nein.

»Also niemand hat sein Gästezimmer verlassen, seit du
dort Wache standest?«

»Jedenfalls nicht über die Treppe nach unten. Man hätte
allerdings aufs Dach gehen können.«

»Uns interessiert nur, ob jemand die Treppe herunterge-
kommen ist. Nicht bloß ein Gast, sondern auch sonst irgendwer.«

»Wenn die Person nicht übers Dach gelaufen und die andere
Treppe genommen hat, dann hätte sie an mir vorbeigemusst,
Lady«, bestätigte Aidan. »Ist aber nicht geschehen.«

»Demnach kann einer, der vor kurzem auf dem Dach war und die zweite Treppe nicht benutzt hat, nur in einer der Gästekammern stecken«, machte Eadulf mehr sich als den andern klar.

»So ist es«, bestätigte der Krieger.

»Geh zurück auf deinen Posten und schicke Enda wieder her.«

An der Tür blieb Aidan stehen. »Stimmt irgendwas nicht?«

»Im Augenblick besteht kein Grund zur Besorgnis. Aber weißt du, ob Beccan wieder auf der Burg ist?«

Die Antwort kam von Colgú. »Ich habe dir doch gesagt, er hatte von mir die Erlaubnis, die Burg zu verlassen.«

Überrascht drehte sie sich um. »Ich dachte, das galt nur für den heutigen Abend.«

»Ich habe ihn für zwei Tage beurlaubt. Er sagt, er müsse sich um eine Verwandte kümmern, die unten im Ort krank ist.«

Fidelma äußerte ihr Missfallen. »Ob das eine richtige Entscheidung war, da wir jeden Tag diese Abordnung erwarten?«

»Bis die Abgesandten hier sind, ist er längst zurück. Er ist doch nur in der Siedlung«, versicherte ihr Colgú.

Die Auskunft stellte Fidelma nicht zufrieden. »Dass er eine Verwandte im Ort hat, ist mir neu. Woran kann sie erkrankt sein? Wir sollten Vorsicht walten lassen, es könnte etwas Ansteckendes und Beccan leicht der Überträger sein.«

»Daran habe ich durchaus gedacht«, beruhigte er seine Schwester geduldig. »Ganz so unfähig, wie du manchmal glaubst, bin ich nicht, Schwesterlein. Er hat mir versichert, dass es keine ansteckende Krankheit ist. Und was seine Aufgaben auf der Burg betrifft, kann ich nur sagen, Dar Luga hat uns länger gedient als mein Hofmeister Beccan. Wer, wenn nicht sie, kann sich am besten um meine Gäste kümmern?«

Kaum war Aidan gegangen, erschien Gormán mit Dar Luga. Ihr unterstand die Hauswirtschaft auf der Burg. Die füllige Haushälterin rieb sich die Augen, sie war aus tiefstem Schlaf geholt worden.

»Es tut uns leid, dich gestört zu haben«, versicherte Fidelma der behäbigen Frau. »Kannst du mir sagen, ob heute Abend alle Gäste nach dem Essen in ihre Schlafkammern gegangen sind?«

Ein solche Frage hatte die Haushälterin nicht erwartet, und sie musste kurz überlegen. »Nur Abt Ségdae ist nicht auf sein Zimmer gegangen. Alle anderen haben sich zur Ruhe begeben, es hat auch keiner mehr nach einem Diener gerufen, weil er etwas brauchte. Was ist denn los, stimmt was nicht?«

»Abt Ségdae ist die ganze Zeit bei mir gewesen, Fidelma«, rief Colgú munter dazwischen. »Das wäre schon ein Verdächtiger weniger.«

Fidelma war nicht zum Spaßen zumute. »Wir müssen die Gästeräume durchsuchen und jeden befragen, ob er noch einmal aufgestanden und hinausgegangen ist«, wies sie Gormán an. »Es gibt nur den Ausgang durch das Hauptportal, und der ist immer von einem Leibgardisten bewacht. Dann hätten wir noch den Weg über das Dach und …«

»… die Tür zur Küche und den Vorratsräumen«, beendete Dar Luga den Satz. »Und von da geht es nach draußen.«

»Wird die Tür verriegelt?«

»Riegel gibt es da nicht, aber die Tür wird nachts abgeschlossen.«

»Wer schließt üblicherweise ab?«

»Na, der Hofmeister natürlich.«

»Aber Beccan war heute Abend nicht da.«

»Stimmt, Lady. Selbstverständlich habe ich das übernommen und abgeschlossen.«

»Also Gormán geht und befragt die Gäste, und ich überprüfe derweil mit Dar Luga den Hinterausgang.«

Fidelma und Eadulf folgten der Haushälterin durch Korridore zum Küchenbereich im Königshaus. Die Küche oder *cuchtar* war ein großer Raum voller Schränke, Regale und Tische. Dort wurden sämtliche Mahlzeiten vorbereitet. An einem Ende befand sich ein aus Feldsteinen gemauerter Herd mit einem mächtigen Drehspieß. Gekocht und gebraten wurde aber wegen möglicher Brandgefahr außerhalb des Hauptgebäudes in Steinhäusern. Es gab sogar zwei solcher Häuser, das eine war die *áith* oder Darre, um Getreide zu trocknen, in dem anderen gab es verschiedene Herdstellen und Backöfen. In der Küche war es dunkel, und man musste eine Laterne holen. Bald stellte man fest, dass die schwere Holztür sicher verschlossen war und der große eiserne Schlüssel an seinem Platz neben der Tür hing.

Damit war der Beweis erbracht, durch die Hintertür hatte niemand ins Freie gelangen können. Fidelma erlaubte Dar Luga, wieder zu Bett zu gehen, und eilte zu den andern in die Ratskammer. Dort hatten sich mittlerweile Bruder Madagan, Äbtissin Líoch und Schwester Dianaimh versammelt, auch der mürrisch dreinschauende Brehon Aillín war zugegen. Colgú hatte ihnen bereits erläutert, was sich zugetragen hatte.

»Ich kann mir kaum vorstellen, dass wir einen der Gäste hier verdächtigen können«, gab Brehon Aillín verdrossen von sich. Alle hatten bereits beteuert, dass sie eben erst ihre Kammern aufgesucht und sie nicht wieder verlassen hatten.

»Das mag wohl so sein«, nahm Fidelma das Wort, »doch von selbst ist die Statue nicht ins Wanken geraten, auch die Eisenstange …«

Von außen drang Lärm herein, und alle drehten sich zur Tür. Die flog auf, und Enda kam einigermaßen zerzaust hereingestolpert. Er musste eben einem Handgemenge entkommen sein und atmete heftig.

»Ich habe den Täter gefasst«, keuchte er triumphierend. »Nachdem wir die Gäste hier heruntergebracht hatten, haben Aidan und ich die übrigen Räume abgesucht, die nicht benutzt wurden. Dabei haben wir einen zusätzlichen Gast gefunden.«

Er wandte sich um und winkte durch die offene Tür. Drei miteinander ringende Männer drängten sich herein.

Einer war der Krieger Aidan und der andere Luan. Mit eisernem Griff hielten sie eine sich windende, arg zugerichtete Gestalt gepackt. Laut schimpfend stieß sie um sich. Es war Deogaire aus Sliabh Luachra, Bruder Conchobhars Neffe.

KAPITEL 10

»Reiß dich zusammen, Deogaire!«, herrschte ihn Fidelma an. »Du stehst vor deinem König.«

Der kalte Ton ihres Befehls verfehlte nicht seine Wirkung. Der Mann wehrte sich nicht länger.

»Dann sag diesen hirnlosen Idioten, sie sollen mich loslassen«, brummte er.

»Diese Krieger sind Mitglieder der Nasc Niadh, meiner Leibgarde«, belehrte ihn Colgú streng. »Sie werden dich erst loslassen, wenn du dich beruhigt hast und dich nicht weiter sträubst.«

»Ich war es nicht, der sie angegriffen hat. Im Schlaf sind sie über mich hergefallen und haben mich aus meinem Bett gezerrt. Wenn ich körperlicher Gewalt ausgesetzt bin, wie soll ich mich denn sonst zur Wehr setzen?«

»Dir wird keiner Gewalt antun, sobald du aufhörst, um dich zu treten«, versicherte ihm Fidelma.

»Ist das das Wort Colgús, des Königs?«, fragte Deogaire spöttisch.

»Es ist mein Wort, das einer *dálaigh*«, versetzte Fidelma bissig.

»Dann will ich Ruhe geben, vorausgesetzt, des Königs hechelnde Hunde gehorchen dir.«

Fidelma bedeutete Enda und seinem Waffengefährten, beiseitezutreten. Sie ließen ihren Gefangenen los, blieben aber auf dem Sprung, falls Deogaire sich nicht an die Vereinbarung hielt. Der richtete sich auf und versuchte eine würdevolle Haltung einzunehmen, wobei er sich die Handgelenke rieb, die sich von dem heftigen Zugriff gerötet hatten.

Mit einem spöttischen Lächeln verneigte er sich vor Fidelma.

»Verzeih, Lady, dass ich in so unangemessener Aufmachung vor dir erscheine. Ich wurde aus meinem Bett gerissen, und man gab mir nicht die Zeit, mich anzukleiden, bevor ich vor den König geschleift wurde.«

»Du sprichst von ›deinem Bett‹«, erwiderte Fidelma im gleichen spöttischen Ton. »Es ist niemandem bekannt, dass du eingeladen wurdest, dich in einem Gästezimmer des Königs einzuquartieren.«

Der Mann lächelte sie unverfroren an. »Wenn ich ›mein Bett‹ gesagt habe, bedeutet es natürlich nicht, dass es mein Eigentum ist. Seit ich aus Sliabh Luachra fort bin, habe ich in keinem Bett mehr geschlafen, das wirklich mir gehörte. Verlangt das Gesetz etwa, dass ich jedes Mal den Besitzer des Bettes benennen muss, in dem ich schlafe?«

»Du gefällst dir darin, meine Worte zu wörtlich auszulegen, Deogaire. Um es ganz klar zu formulieren, was hast du im Gästequartier des Königs gemacht?«

»Ich habe geschlafen, bis ich grob geweckt wurde.« Er blieb bei seiner spöttischen Art.

»Die Angelegenheit, um die es hier geht, ist zu ernst, um sich mit Wortspielereien aufzuhalten«, griff Colgú ein. »Du hast die Fragen meiner Schwester ohne jede Ausflüchte zu beantworten. Auf ihr Leben und das ihres Ehemannes ist ein Anschlag verübt worden. Das ist außerordentlich ernst. Wenn du dich weiter so leichtfertig gibst, müssen wir dich für den Schuldigen halten, selbst wenn wir noch nicht genügend Beweise haben.«

Kurz senkten sich Deogaires Lider wie die eines Raubvogels und verbargen die blitzenden blauen Augen. Dann zuckte er gleichgültig mit den Schultern. »Ich bin mit meinem

Onkel, dem frommen Bruder Conchobhar, in Streit geraten. Mein Schatten dürfe nie mehr auf seine Schwelle fallen, hat er mir gedroht. Deshalb war ich auf der Suche nach einem bequemen Bett.«

»Und rein per Zufall bist du trotz der Wachposten ins Königshaus geraten, hast dich zu den Gästezimmern durchgefunden, bist in eine leere Kammer gegangen und hast dich ins Bett gelegt.« Gormáns Stimme war hohntriefend.

»Keineswegs«, entgegnete Deogaire in aufmüpfigem Ton. »Ich habe früh am Abend Beccan erzählt, was mir passiert war. Der sagte mir, dass heute Nacht nicht alle Gästezimmer belegt wären, und wenn ich mit keinem darüber rede, könnte ich in einem davon unterkommen.«

»Willst du etwa Beccan die Schuld in die Schuhe schieben?« Gormán schaute zu Colgú hin und rief: »Wir verschwenden hier unsere Zeit, Lord. Ist doch klar, er ist der Übeltäter und hat sich dann versteckt, hat gedacht, wir würden nicht alle Kammern durchsuchen.«

Deogaire schaute um sich. »Wo soll ich, bitte schön, den Anschlag auf Lady Fidelma verübt haben?«

»Eine Marmorstatue wurde vom Dach gestürzt, als Eadulf und ich im Durchgang waren. Der Täter ist durch die Tür, die zu den Gästequartieren führt, entkommen und hat hinter sich den Riegel vorgeschoben. Es gab keinen andern Weg, um von dort zu fliehen, weil in jedem Stockwerk Wachen standen. Wir haben alle Gäste befragt. Enda hat also recht daran getan, jeden festzunehmen, der sich ohne Berechtigung in den Kammern aufhielt«, erläuterte Fidelma.

Endlich schien Deogaire den Ernst der Lage zu begreifen. »Ich habe die Wahrheit gesagt«, erklärte er ruhig. »Fragt Beccan. Er hat den Vorschlag gemacht, ich könnte für eine Nacht in einer der Gästekammern bleiben. Ich habe mit ihm an der

Seitentür zu den Vorratsräumen gesprochen, er hat mich mit hochgenommen und mir eine leere Kammer gezeigt, während alle anderen in der Festhalle waren. Ich könnte dort schlafen, hat er gemeint, mich aber gewarnt, dass in den Nachtstunden überall Posten stehen. Erst bei Tageslicht sollte ich mich wieder herauswagen, wenn Leben in die Burg kommt.«

»Wie schade, dass Beccan nicht hier ist, um deine Geschichte zu bestätigen«, bemerkte Eadulf trocken.

»Nicht hier?« Ein ängstlicher Ausdruck huschte über Deogaires Gesicht. »Wo ist er denn? Er hat doch gesagt, er würde nicht lange weg sein.«

»Erzähl mir lieber, wie konnte es so weit kommen, dass Bruder Conchobhar einen Verwandten aus seinem Haus geworfen hat?«, forderte ihn Fidelma auf, ohne auf seine Frage zu antworten. »Bruder Conchobhar ist ein Bewahrer der alten Sitten und Gebräuche. Die Gesetze der Gastfreundschaft verletzt er so leicht nicht, schon gar nicht einem Blutsverwandten gegenüber.«

Deogaire schien seine Selbstsicherheit zu verlieren. »Du weißt, in Fragen der Religion sind er und ich nicht einer Meinung. Ich halte mich an unsere alten Vorstellungen, während er den Gottesglauben des neuen Mystizismus, der aus dem Osten kommt, angenommen hat. Ich traue dem nicht. Bei unseren Vorfahren hieß es: Wissen und Weisheit findet sich im Westen, Kampf gibt es im Norden, Gefahr im Osten und Ruhe und Gelassenheit im Süden. Gefahr kommt aus dem Osten! Und diese Gefahr kommt auf uns zu!«

»Du hast mir schon einmal damit gedroht«, erwiderte sie und erinnerte an den Ausspruch: »Zwei Blicke zurück bewirken manchmal mehr, als unentwegt nach vorn zu blicken.«

»Manche Leute fassen eine Warnung als Drohung auf. Ich sehe die Gefahr aus dem Osten voraus. Das ist keine Drohung. Das ist eine Warnung. Nimm sie ernst, und du wirst sicher sein. Mehr habe ich damit nicht gemeint.«

»Ich weiß sehr wohl, was du gesagt hast. Unter anderem auch, der Tod komme in mancherlei Form – sogar als geflügelter Dämon aus heiterem Himmel.«

Eadulf zuckte unwillkürlich zusammen. »Das Standbild war ...«, wollte er gerade sagen.

»War es etwa die Statue der Aoife?«, fragte Colgú. Seine Stimme klang merkwürdig heiser, er wurde sogar blass.

Mit einer Handbewegung bestätigte Fidelma die Frage; die Anwesenden überlief ein Schauer.

»Aoife? Wer ist das?« Eadulf konnte mit dem Namen nichts anfangen.

»Aoife war eine böse Stiefmutter, und zur Strafe für ihre Niedertracht gegenüber den Kindern des Lir hat die Göttin Bodh Dearg sie in einen Luftgeist verwandelt«, erklärte ihm Gormán. »Die Standbilder auf dem Dach stellen alle Gestalten aus unseren alten Legenden dar.«

Erschrecken spiegelte sich in Deogaires Gesicht, doch er gewann seine Beherrschung rasch wieder. Trotzig schob er das Kinn vor. »Und was zeigt das Ganze? Doch nur, dass ich wirklich mit der Gabe *imbas forosnai* begnadet bin, der Prophetengabe der Dichter.«

Fidelma schwieg einen Moment. »Ereignisse vorhersagen kann man meist, weil man selber daran beteiligt ist. Ich bin kein Seher, wie du es von dir behauptest, Deogaire. Ich muss mich auf Fakten stützen und logische Schlussfolgerungen. Darin besteht meine ganze Weisheit.« Sie zögerte einen Moment und fuhr fort: »Deine Erklärung, warum du in der Gästekammer warst, kann erst bestätigt werden, wenn Beccan zurückkommt. Keine Angst, bevor wir nicht ausreichende Beweise haben, fällen wir kein Urteil. Wir warten auf Beccans

Rückkehr und bieten dir für den Rest dieser Nacht ein anderes Bett an.« Zu Gormán gewandt, sagte sie: »Schaff Deogaire ins *laochtech* und verwahre ihn dort als Gefangenen, bis ich die Anordnung aufhebe. Es wird dir schlecht ergehen, Deogaire, wenn du nicht ruhig und vernünftig diesen Kriegern folgst.«

Den jungen Mann hatte Angst gepackt. »Den letzten Gefangenen, der dort verwahrt wurde, hat man erhängt gefunden, und das war nicht von eigener Hand geschehen.«

»Sei unbesorgt«, beruhigte ihn Fidelma. »Du wirst in einem der Räume im Haus der Helden untergebracht, und ein Krieger wird vor deiner Tür stehen. Gormán, kümmere dich darum«, fügte sie hinzu.

»Wird gemacht, Lady.« Gormán tippte Deogaire auf die Schulter. »Bist du bereit, jetzt friedfertig mit mir zu gehen, oder ...?«

Deogaire rieb sich immer noch die Handgelenke und zog zum Einverständnis eine Grimasse. »Friedfertig, das klingt gut, ziehen wir los, friedfertig.«

Nachdem Gormán und Aidan mit dem Gefangenen den Raum verlassen hatten, holte Fidelma tief Luft, schaute in die Runde und ließ sich unaufgefordert in einen Armsessel fallen.

»Ich könnte einen Schluck *corma* gebrauchen, hast du noch etwas da, Bruder?«, fragte sie.

Colgú schenkte ihr von dem feurigen Alkohol ein und forderte die Umstehenden auf, sich ebenfalls zu setzen und einen Schluck zu nehmen. Allen war der Schreck über die Ereignisse des Abends tief in die Glieder gefahren. Nur Brehon Aillín entschuldigte sich hölzern und ging in seine Kammer zurück.

»Deogaire hat also die Statue vom Dach gestoßen?« Abt Ségdae stellte die Frage mit einer gewissen Genugtuung. »Hat er auch die anderen Toten auf dem Gewissen? Aber warum sollte er das alles getan haben? Damit er seine Prophezeiung erfüllt sah?«

Fidelma schien mit sich selbst beschäftigt, starrte in ihren Becher, bevor sie einen Schluck nahm und äußerte sich dann verhalten: »Ich bin mir nicht so sicher, ob er an all dem schuld ist.«

Alle horchten auf.

»Du bist dir nicht sicher, ob er die Morde begangen hat?«, fragte Eadulf verwundert.

»Es erscheint mir alles ein wenig zu plausibel«, erwiderte sie.

»Mitunter lassen sich Vorkommnisse im Leben ganz einfach erklären. Nicht alles ist so verworren, wie man uns oft glauben machen will«, gab ihr Bruder zu bedenken.

»Das ist schon wahr. Und doch … überlegt mal, was sich hier während der letzten Tage ereignet hat. Kann man einfach sagen, er war schuld an Bruder Cerdics Tod? Er hat Rudgal erhängt? Und wie war das mit dem Überfall am Fluss und dem …« Sie sprach nicht weiter, denn sie merkte, fast hätte sie zu viel gesagt. Der Tuchstreifen, den Rudgal an seinem Körper verborgen hatte, musste noch geheim bleiben. Aber Bruder Conchobhar wusste davon. Hieß das, auch Deogaire wusste Bescheid? Mit einem warnenden Blick forderte sie Eadulf auf, Stillschweigen zu bewahren.

Der fragte dann auch nur: »Und was machen wir nun? Müssen wir warten, bis Beccan wieder da ist?«

Gormán kam gerade herein, um zu berichten, dass der Gefangene eingeschlossen und bewacht sei, und hörte noch Eadulfs Frage.

»Ich könnte in die Ortschaft gehen und ihn holen, wenn ich wüsste, wo diese kranke Verwandte wohnt.« Er schaute zum König. »Weiß denn jemand, wo sich seine Verwandte aufhält?«

»Willst du damit sagen, Beccans Verwandte ist hier nicht bekannt?«, fragte Colgú erstaunt. »In der Siedlung Cashel kennt doch jeder jeden. Da gibt es keine Fremden.«

»Beccan hat nie davon gesprochen, dass er unten im Ort eine Verwandte hat«, bekräftigte Gormán. »Meine Mutter kennt wirklich jeden dort. Da muss es doch leicht sein, ihn zu finden.«

»Ich denke, wir warten, bis er wieder hier ist, soll er in Ruhe seine kranke Verwandte pflegen«, entschied Fidelma. »Inzwischen will ich mit Bruder Conchobhar reden. Wenigstens erfahren wir so, was an der Geschichte wahr ist, dass er seinen Neffen vor die Tür gesetzt hat.«

Abt Ségdae leerte seinen Becher. Er war sichtlich unzufrieden. »Ich meine, Deogaires Schuld liegt klar zutage. Ich verstehe nicht, welche weiteren Beweise du noch brauchst, Fidelma.«

»Mir ist das nicht so klar, aber ich bin ja auch eine *dálaigh*«, entgegnete sie und fügte hinzu, damit es nicht so kurz angebunden klang: »Könnte durchaus sein, dass er die Wahrheit sagt.«

»Wenn dem so ist, dann wäre zu überlegen, ob der Täter nicht doch jemand anderer ist«, stellte der Abt scharfsinnig fest. »Und dann kann es nur einer von uns in den Gästezimmern sein, und ...«

»... und damit hätten wir die Wahl«, fuhr Gormán fort und grinste in Vorfreude auf das nun entstehende Unbehagen, »... die Wahl zwischen dem Verwalter des Abts, Bruder Madagan, Brehon Aillín, Äbtissin Líoch und ihrer *bann-mhaor*, Schwester Dianaimh.«

»Das ist absolut lächerlich!«, sagte Abt Ségdae erbost. »Eher

203

will ich glauben, Deogaires Dämon ist aus der Hölle aufgestiegen, als dass er in die Statue der Aoife gefahren ist. Bedrohungen! Unheil, das aus dem Osten kommt! Wenn ich das schon höre!«

Eine Weile herrschte Schweigen, schließlich erhob sich Fidelma. »Komm, Eadulf, es ist reichlich spät geworden.«

Gormán sprang auf. »Ich begleite euch und sichere, dass ihr gefahrlos eure Wohnräume erreicht.«

Fidelma wies ihn freundlich lächelnd ab. »Ich bin überzeugt, uns geschieht jetzt nichts. Außerdem heißt es, der Blitz schlägt niemals an derselben Stelle ein.«

Sie verließen das Königshaus, doch Fidelma wählte diesmal einen anderen Weg; sie gingen um die Gebäude herum zu ihren Räumen. Eadulf wies sie darauf hin, dass sie einen Umweg machten, doch sie lachte nur kurz auf.

»Mir ist eingefallen, meine Feststellung von vorhin war falsch.«

»Welche Feststellung war falsch?«

»Der Blitz kann sehr wohl an derselben Stelle einschlagen. Damals, als ich auf Brehon Moranns Hoher Schule die Rechte studiert habe, gab es einen Schäfer. Der hütete seine Schafe auf den Hügeln in der Umgebung und suchte sich selten während eines Gewitters Schutz. Er hat mehrere Unwetter erlebt, viermal ist der Blitz neben ihm eingeschlagen, und er hat jedes Mal überlebt. Ich will das Schicksal nicht herausfordern.«

»Klingt ungemein beruhigend, was du mir da erzählst. Trotzdem, warum gehen wir jetzt hier entlang?«

Sie wies auf ein Haus neben der Kapelle. Das war Bruder Conchobhars Apotheke, und in der brannte noch Licht.

»Wir sollten die Gelegenheit nutzen und unserem guten Bruder Conchobhar ein paar Fragen stellen.«

»Dann wird es ja noch später«, wandte Eadulf ein. »Ich

habe Alchú versprochen, gleich morgen früh mit ihm auszu-
reiten.«

Fidelma erwiderte nichts, strebte zielbewusst der Apotheke
zu und pochte heftig an. Es dauerte eine Weile, bis sich etwas
regte, sich die Tür öffnete und der alte Arzt angestrengt ins
Dunkel schaute. Im Schein seiner hochgehaltenen Laterne erkannte er die Besucher.

»Ihr seid ja wirklich spät unterwegs«, begrüßte er sie, ließ
sie herein und schloss die Tür hinter ihnen. Der Duft von
getrockneten Kräutern schlug ihnen entgegen.

»Und du bist noch auf zu so später Stunde«, erwiderte Fidelma und ging hinüber zum Kamin, vor dem ein paar Stühle standen.

Bruder Conchobhar schlurfte ihr hinterher, und Eadulf
folgte.

»Ich bin es so gewohnt. Spät zu Bett gehen und spät aufstehen, das behagt mir.«

»Von der Redensart *sero venientibus ossa* hältst du wohl
nichts?«, fragte Eadulf und dachte sehnsüchtig an sein Bett,
das nun noch länger auf ihn warten musste. Wörtlich hieß
das, »wer zu spät kommt, muss mit den Knochen vorliebneh-
men«, im übertragenen Sinne bedeutete es auch, nur wer früh
aufsteht, hat Erfolg im Leben.

Bruder Conchobhar nahm seine Bemerkung mit belustig-
tem Kopfschütteln hin. »Ich verbringe Stunden auf meinem
kleinen Dach hier oben und beobachte die Bewegungen am
Himmel. Wie sich die Stellung der hellen Gestirne am dunklen Himmelszelt zueinander verändert, gibt Aufschluss über
den Lauf unserer Geschicke. Dieser Beschäftigung kann man
nicht bei Tageslicht nachgehen.«

Eadulf fiel ein, dass sie sich schon öfter mit dem alten Arzt
über seine Sterndeuterei unterhalten hatten.

»Und was hat sich dir heute Nacht offenbart, lieber Freund?« Fidelma ließ sich auf einen Stuhl sinken. Sie musste auf eine Antwort warten, denn zuerst schenkte ihnen der Alte etwas zu trinken ein.

»Die Zeichen deuten überwiegend auf eine ruhige Nacht hin. Der Mond hält die Waage zwischen nicht weniger als vier Planeten vor dem Sternbild des Wassers. Auch der Planet des Wissens gehört dazu. Vom Wasser erhalten wir all unser Wissen, wie unsere Altvorderen lehrten. So lässt sich vielerlei aus der Konstellation der heutigen Nacht ableiten. Das heißt jedoch nicht, dass es völlig ruhig bleiben wird, denn der Planet des Widerstands befindet sich in rückläufiger Bewegung.«

Eadulf verstand nur die Hälfte dieser Symbolik, konnte aber nicht umhin zu fragen: »Hast du heute Abend einen Dämon am Himmel fliegen sehen, der sich anschickte, über Fidelma und mich herzufallen?«

Erschrocken wandte sich Bruder Conchobhar ihm zu. »Du machst doch wohl nur einen Scherz, guter Freund?«

»Leider ist dem nicht so«, erklärte Fidelma. »Doch erst einmal hätte ich gern gewusst, warum du dich heute mit Deogaire gestritten hast.«

Die Frage schien Bruder Conchobhar nicht zu überraschen. »Ich will hoffen, er hat sich und anderen keine Ungelegenheiten bereitet«, murmelte er. »Bei aller Liebe zur Verwandtschaft, ich muss gestehen, ich habe die Beherrschung ihm gegenüber verloren. Meiner Schwester und unserer gemeinsamen Vorfahren zuliebe habe ich seine sonderbaren Ansichten immer hingenommen. Aber es gibt Grenzen. Wir haben uns richtig gestritten und uns Beleidigungen über unsere Glaubensrichtungen an den Kopf geworfen. Dabei sind mir die Nerven durchgegangen, was ich aufrichtig bedauere. Ich habe ihm ge-

sagt, er solle sich fortscheren und brauche sich nie wieder bli-
ckenlassen. Da ist er gegangen.«

Fidelma nickte bedächtig. »Wer von euch ist deiner Meinung nach schuld daran, dass es so weit kam?«

»*Mea culpa*. Es war mein Fehler, und ich schäme mich, dass
ich trotz meines Alters und meiner Lebenserfahrung meinen
Zorn nicht im Zaum gehalten habe. Ich war auch deshalb so
aufgebracht, weil der Verwalter von Abt Ségdae Zeuge unserer
Auseinandersetzung wurde. Er war gekommen, um sich wil-
den Knoblauch für ein Leiden zu holen, das ihn quälte. Aber
warum fragst du danach? Ist Deogaire etwas zugestoßen?
Und was hat das mit dem fliegenden Dämon zu tun, der euch
angefallen hat?«

Fidelma schilderte kurz den Anschlag auf ihr Leben. »Deogaire steht jetzt unter strenger Bewachung«, fügte sie hinzu
und streichelte dem Alten beruhigend die Hand. »Morgen
werden wir erfahren, wie es wirklich vor sich gegangen ist.«

Der alte Apotheker betrachtete sie sorgenvoll. »Ich kann
mir ja vieles vorstellen, doch dass er dir und Eadulf etwas antun wollte, das glaube ich nicht. Hochmütig wie er ist, hält er
so manches für richtig, was unwahr ist, doch in einem hat er
recht. Unheil zieht herauf, wenn es nicht schon unter uns ist.
Was da aus dem Osten kommt, bedeutet Ungemach.«

»Was wir aus dem Osten erwarten, betrachte ich lediglich
als eine friedfertige Abordnung frommer Glaubensbrüder. Es
dürfte keinen Grund geben, etwas von ihnen zu befürchten.«

»Du wählst deine Worte sorgfältig, Fidelma. Es *dürfte* keinen Grund geben, etwas von ihnen zu befürchten. Das heißt,
du hast da durchaus deine Befürchtungen.«

»Du hast scharfe Ohren, Bruder Conchobhar.«

»Zwei scharfe Ohren braucht man schon und mitunter
auch einen scharfen Verstand. Sag mal, Deogaire war doch

nicht der Einzige im Gästequartier. Hatte nur er Zugang zum Dach, als die Statue auf euch herabkrachte?«

»Nein, da waren auch noch andere«, bestätigte Fidelma.

»Und hast du alle anderen ausgeschlossen, die möglicherweise mit der Sache zu tun haben könnten?«

»Nein, habe ich nicht«, erwiderte sie, was Eadulf sehr wunderte.

»Du hast aber gewiss auch die anderen bereits befragt.«

»Noch nicht«, räumte sie ein, »heute wird sich keiner aus dem Staube machen, denn alle sind in ihren Betten in den Schlafkammern. Dich beschäftigt aber ein anderer Gedanke, stimmt's?«

»Bruder Madagan war doch gewiss dabei, als du mit Deogaire gesprochen hast. Da hat er wohl auch bestätigt, dass wir uns gestritten haben, oder?«

Fidelma horchte auf, der alte Mann berührte einen entscheidenden Punkt. Bruder Madagan hatte während der ganzen Zeit geschwiegen.

»Wie viel kann er von eurem Streit mit angehört haben? Hat er zum Beispiel mitbekommen, dass du Deogaire hinausgeworfen hast?«

Bruder Conchobhar war sich nicht sicher. »Möglicherweise nicht. Aber es kann ihm nicht entgangen sein, dass wir laut wurden.«

»Das besagt noch nicht viel.«

»Bruder Madagan spricht doch deine Sprache, Eadulf«, bemerkte der Apotheker.

»Ziemlich gut sogar. Er hat uns erzählt, er hätte die Sprache erlernt, während er in der Hafenstadt Láirge war.«

»Er hast sich länger darüber ausgelassen«, ergänzte Fidelma. »Er hat uns geschildert, wie er zwei Sommer lang dort war und Studenten aus den angelsächsischen Königreichen unterrichtet hat, bevor sie auf unsere Hohen Schulen weiterzogen. Láirge wird gern von Schiffen angelaufen, die aus Ländern jenseits des Meeres kommen.«

»Hat er auch erwähnt, wem die kleine Schule gehörte, an der er unterrichtet hat?«

Fidelma sah Eadulf fragend an und schüttelte den Kopf.

»Die gehörte seiner Schwester.« Bruder Conchobhar zögerte, ob er weiterreden sollte, doch sie warteten auf seine Erklärung, und so fuhr er fort. »Mella, seine Schwester, unterhielt eine kleine Schule am rechten Ufer des Siúr unweit vom Hafen. Sie beherrschte deine Sprache recht gut, Eadulf, denn sie hatte sich längere Zeit im Königreich des Cenwealh aufgehalten, dessen Frau Seaxburh ...«

»Das ist doch das Königreich der Westsachsen«, unterbrach ihn Eadulf. »Woher weißt du das alles?«

»Bruder Madagan hat mir so mancherlei erzählt. Das liegt allerdings schon eine Weile zurück. Seine Schwester war Missionarin dort. Da sie die fremde Sprache gelernt hatte, beschloss sie bei ihrer Rückkehr, den Sachsen, die hierherkamen, unsere Sprache beizubringen. Er ist zu ihr gegangen, hat ihr beim Unterrichten geholfen und hat dabei selber Kenntnisse des Angelsächsischen erworben.«

»Ich hatte keine Ahnung, dass er überhaupt eine Schwester hat«, äußerte sich Fidelma verwundert.

»Das war einmal. Mella ist tot.«

»Woran ist sie gestorben? An der Gelben Pest? Viele in der Gegend dort wurden von ihr dahingerafft, als die Seuche damals in unserm Land wütete.«

»Nein, es war nicht die Pest. Einer von den sächsischen Fremden hat sie umgebracht. Er hat sie vergewaltigt und dann ermordet. Bald darauf ist Bruder Madagan in die Abtei Imleach gegangen und Verwalter bei Abt Ségdae geworden.«

»Und das hast du alles von ihm erfahren?«, wollte Eadulf wissen.

»Es waren auch Gerüchte im Umlauf«, schränkte Conchobhar ein. »Doch das ist Jahre her.«

»Aber wie bist du gerade jetzt darauf gekommen?« Fidelma drängte auf Klarheit.

»Ich wurde wieder daran erinnert. Vielleicht hätte ich schon früher darüber sprechen sollen. Bruder Madagan half mir, den Leichnam von Bruder Cerdic für die Bestattung vorzubereiten. Ich hatte ihn allein gelassen, um das *racholl*, das Leichentuch, zu holen. Bei der Rückkehr war ich entsetzt.«

»Du warst entsetzt?«

»Ich habe nie ein Gesicht so voller Bosheit gesehen wie seines. Er stand über die Leiche gebeugt da und stieß Flüche aus, alle Sachsen gehörten auf ewig ins *Ifenn*, in die Hölle, und dürften nie erlöst werden, selbst wenn sie nun brave Christen seien.«

»Das klingt so gar nicht nach Bruder Madagan.«

»Mir war, als spräche eine Schlange aus ihm in diesem Augenblick. Seine Züge waren hassverzerrt. Er merkte, wie ich ihn fassungslos anstarrte, fand die Beherrschung wieder und erzählte nun von seiner Schwester, die von einem Fremden vergewaltigt und ermordet wurde.«

»Hat man den Fremden gefasst?«, fragte Fidelma.

Bruder Conchobhar schüttelte den Kopf. »Mellas Leiche wurde erst am nächsten Tag gefunden, und man nahm an, er sei mit der Morgenflut in sein Land zurückgesegelt.«

»Man hat sich also von einer bloßen Annahme leiten lassen?«

»Bruder Madagan war aufgefallen, dass ein Mann mit Namen Ceolwulf sich mehr als üblich um seine Schwester bemüht hatte. Gleich am Morgen nach der schrecklichen Tat

hat ein Brehon den Hafen Láirge nach diesem Ceolwulf absu-
chen lassen. Der Mann war nicht aufzuspüren, doch früh hatte ein Schiff bereits Segel in Richtung auf den fremdländischen Hafen Clifadun gesetzt – das sei ein Hafen im Norden
des Königreichs der Westsachsen, war ihm versichert worden.
Der Brehon hatte keine Amtsbefugnis, das Schiff verfolgen
zu lassen. Ich könnte mir vorstellen, dass der Tod der Schwester bei Bruder Madagan einen tiefen Hass gegen alle Sachsen
bewirkt hat.«

»Mir gegenüber hat er nie auch nur die geringste Feindse-
ligkeit gezeigt«, bekräftigte Eadulf.

»Er versteht es, Gemütsaufwallungen zu unterdrücken. Ich
glaube, er trägt seinen Namen zu Recht, mitunter kann er wie
ein knurrender bissiger Köter sein.«

»Daraus ließe sich ein Motiv für den Mord an Bruder Cerdic herleiten«, überlegte Fidelma laut. »Aber es reicht nicht,
um auch den Tod Rudgals zu erklären oder gar den Anschlag
auf uns.«

»Wir sprechen zwar über deinen Verwandten, Bruder
Conchobhar, doch wenn ich jetzt eine Wette eingehen müsste, würde ich sagen, Deogaire ist der Schuldige«, offenbarte
Eadulf. »Er hatte die Gelegenheit und auch ein Motiv …
nämlich seine Drohung gegenüber Fidelma wahr werden zu
lassen. Angst sollte geschürt werden vor der Ankunft von Bischof Arwald und seinem Gefolge.«

Fidelma war sich nicht so sicher. »Mir fehlt da ein Verbin-
dungsstrang zu den anderen Todesfällen. Es ist leichter, unter-
schiedliche Verdächtige für jeden einzelnen Mord zu finden
als einen Verdächtigen für alle Taten.«

»Dann müssen wir eben nach mehreren Mördern Ausschau
halten«, schlussfolgerte Eadulf.

»Meinst du wirklich, Deogaire hat gehandelt, nur damit

sich seine Prophezeiung erfüllt?«, fragte sie. »Es stimmt, er hat sich nicht zur Neuen Lehre bekannt. In abgeschiedenen Gegenden wie Sliabh Luachra halten die Leute noch immer an den alten Glaubensvorstellungen fest. Aber die Fünf Königreiche haben sich unwiderruflich dem Neuen Glauben verschrieben. Seit etwa zwei Jahrhunderten sind wir bekannt dafür, andere kommen an unsere Ufer, um sich hier ausbilden zu lassen, und wir schicken Missionare über die Meere, um die Heiden dazu zu ermutigen, ihre alten Sitten und Gebräuche aufzugeben.«

»Weiß ich doch alles«, grummelte Eadulf. »Aber ...«

»... das erklärt nicht, warum Deogaire hätte töten sollen, selbst wenn er Angst schüren wollte vor Bischof Arwald und der Abordnung der Geistlichen. Weshalb sollte er aus der Bergwelt der Sliabh Luachra in eine Welt herabsteigen, in der der Neue Glaube fest verwurzelt ist, nur um so etwas zu tun? Bloß um das Rad der Geschichte zurückzudrehen?«

Eadulf hob hilflos die Arme, er hatte keine Antwort darauf.

»Brehon Aillín käme vielleicht noch als Verdächtiger in Frage; er hätte sowohl ein Motiv als auch die Gelegenheit gehabt«, sagte er schließlich. »Außerdem kann er mich überhaupt nicht leiden.«

Fidelma nahm das ohne jedes Lächeln hin. »Diese Möglichkeit habe auch ich nicht ausgeschlossen.«

Dass sie seine Überlegung guthieß, wunderte ihn dann doch. »Ich weiß, er kann mich nicht ausstehen, und dass dein Bruder für mich als Zeuge auftreten will, muss ihn noch mehr aufbringen, aber der Oberste Brehon unseres Königreichs sollte einen Mord aus purer Rachsucht planen ...«

»In jedem von uns steckt die Veranlagung, in blinder Wut um sich zu schlagen, wenn wir dazu getrieben werden«, erwiderte Fidelma. Sie hatte Eadulf noch nicht erzählt, dass sie von ihrem Bruder erfahren hatte, Brehon Aillín wäre drauf und dran gewesen, Eadulf vor Gericht zu bringen, und dass Colgú es hatte verhindern können. »Aber ich stimme dir zu, so richtig bin ich nicht davon überzeugt, dass er es war, der die Statue auf uns stürzte.«

»Was spricht deiner Ansicht nach dagegen?«

»Er ist ein gebrechlicher alter Mann. Du hast doch die Eisenstange gesehen, die benutzt wurde, um das Standbild zu verschieben. Es hatte die Größe eines Kindes, da muss man schon kräftig zupacken können.«

Aufmerksam hatte Bruder Conchobhar sich ihren Wortwechsel angehört. »So heftig ich mich mit Deogaire auch gestritten habe, Fidelma, dass jemand aus meiner Familie so etwas hat tun wollen, kann ich mir nicht vorstellen. Ich mag nicht glauben, dass Deogaire zu so einer Tat imstande ist.«

»Sei unbesorgt, alter Freund. Man wird ihn nicht anklagen, bevor nicht alle Umstände sorgsam untersucht sind.« Sie war schon im Begriff aufzustehen, da fiel ihr noch ein: »Hast du den Bibliothekar wegen der zum Messgewand gehörenden wollenen Binde fragen können?«

Der Apotheker stutzte einen Moment. »O ja. Er hat bestätigt, dass es vor einigen Jahrzehnten üblich war, dass die Bischöfe etwas Ähnliches während des Gottesdienstes angelegt haben, um ihren besonderen Rang zu unterstreichen. Doch er meint, dieser Teil des Ornats ist nicht mehr benutzt worden, nachdem von Rom ein anderes Muster vorgeschrieben wurde. Er will in einer alten Handschrift nachlesen, ob es darüber noch Genaueres gibt.«

»Lass uns davon hören, sobald du mehr weißt. Der Tag war lang genug, ich bin jedenfalls todmüde.« Und damit ging sie zur Tür.

»Also gut denn«, meinte Eadulf und folgte Fidelma. »Reden wir morgen früh weiter. Nur, wie du selbst gesagt hast, uns bleibt kaum Zeit, noch vor Bischof Arwalds Eintreffen eine Lösung zu finden. Dass wir von ihm etwas zu befürchten haben, glaube ich weniger. Doch dass der Ehrwürdige Verax, Bruder des Bischofs von Rom, zur Gesandtschaft gehört, gibt mir zu denken.«

Später im Schafgemach fragte er unvermittelt: »Glaubst du das alles, was Bruder Conchobhar uns über Bruder Madagan erzählt hat?«

Fidelma schaute ihn verwundert an. »Ich habe ihn noch nie eine Unwahrheit sagen hören. Warum sollte ich ihm dann jetzt misstrauen?«

»Ich finde es merkwürdig, dass er just in dem Moment den Verdacht äußert, Bruder Madagan könnte Bruder Cerdic ermordet haben, als er davon erfährt, dass sein Neffe als Verdächtiger gefangen genommen wurde.«

Kapitel ii

Es war ein frischer, trockener Morgen, die finsteren Gewitter-
wolken hatten sich verzogen; bei klarem blauem Himmel feg-
te ein kalter, von Nordost kommender Wind über die Ebe-
nen. Eadulf fühlte sich wie zerschlagen, denn er hatte kaum
geschlafen. Aber das Versprechen, das er seinem kleinen Sohn
gegeben hatte, wollte er unbedingt halten. Zu oft hatte er das
nicht getan, wenn er Fidelma auf ihren Erkundungen begleitet hatte. Wenigstens schien der kühlende Wind seine po-
chenden Kopfschmerzen zu lindern. Er saß steif auf seinem
stämmigen, gedrungenen Pferd und ritt vor Alchú her, der auf
seinem Pony folgte. So klein er noch war, der Junge beherrschte sein Reittier selbstsicher. Eadulf, der sich im Sattel
nie wirklich wohl fühlte, beneidete ihn darum. Neben dem
Jungen ritt wachsam Luan, einer der Krieger des Königs.

Eadulf hatte sich für den leichten Weg von Colgús Burgberg
hinab entschieden, der südwärts durch hochragende Eiben,
Birken und Ulmen führte. Der Wald bot noch den kahlen,
strengen Anblick des Winters. Nur hier und da zeigten sich
Gruppen von Schneeglöckchen, die vom Ende der kalten Jahreszeit kündeten. Dazwischen sprossen die weißen Sternchen
des *lus an sparáin* aus ihrem grünen Blattwerk. Was hatte er
während seines Studiums der Heilmittelkunde über diese Blu-
men gelernt? Richtig, träufelte man ihren Saft ins Ohr, linder-
te das Schmerz und Entzündung. Auch der Ginster zeigte
schon die ersten Knospen, aber selbst wenn es nun allmählich
wärmer wurde, konnte es noch Wochen dauern, bis die hell-
gelben Blüten in voller Pracht aufbrachen.

Aus dem Gebüsch drang das aufdringliche »Tsick-tsick-

tsick« des winzigen Zaunkönigs, der sich kurz sehen ließ und dann verstummte. Eine Singdrossel mit weißgelb gesprenkeltem Bauch schoss von einem Busch zum andern. Plötzlich schwiegen alle Vögel. Eadulf schaute sich um und entdeckte etwas entfernt einen Raben mit schwarzglänzenden Flügeln, den »Unglücksvogel«. Aber der war ja ein Aasfresser und wurde von den kleinen munteren Vögeln wohl nicht als Bedrohung empfunden. Ein Paar Turmfalken kam in sein Gesichtsfeld. Das Weibchen erkannte er am kastanienbraunen Gefieder und das Männchen an seiner ziegelroten gesprenkelten Oberseite, den langen spitzen Handschwingen und dem grauen Schwanz mit dunkler Endbinde. Gewiss schwiegen alle kleineren Vögel wegen der Falken, den todbringenden Greifvögeln. Der schwarze Rabe lauerte vermutlich nur darauf, dass die Falken Beute machten, denn wenn die sich sattgefressen hatten, würde er von den Resten leben, die sie übrigließen.

Eadulf überlief ein Schaudern. Das vordergründig friedliche Bild erinnerte ihn daran, dass er in einer grausamen Welt lebte, und sosehr er auch den Gedanken zu verdrängen suchte, der Mensch war ein Teil davon. Menschen konnten ebenso grausam und unerbittlich sein wie die raubgierigen Falken, die nur darauf warteten, dass ein Zaunkönig oder eine Singdrossel unvorsichtig waren und dann …

Er blickte hinter sich – Alchú zeigte kindliche Freude an den Vögeln, die über ihnen schwebten. Ob der kleine Junge sie jemals so betrachten würde wie er? Als eine Szene unerbittlicher Grausamkeit? Jetzt aber war es für ihn nur ein Ausritt unter rauschenden Bäumen, die eine fahle Sonne beleuchtete.

Eadulf hatte nicht die Absicht, sehr lange zu reiten, vielleicht nur bis zum Rath na Drinne, wo Ferloga und seine Frau Lassar ihr *bruden*, ihr Gasthaus, hatten, bei dem Fidelma und er oft abgestiegen waren. Es lag in einem alten Ringwall, aus dem ein befestigter größerer Hof geworden war. Wörtlich hieß der Ort »Befestigung der Wettkämpfe«. Ferloga hatte ihm erzählt, dass dort früher große Wettkämpfe stattgefunden hatten, wie *immán* oder *camán*, bei denen Spieler mit Eschenschlägern einen Ball über den Rasen trieben, mit dem Ziel, den Ball zwischen die Torstäbe zu bringen. Auch athletische Wettkämpfe wurden ausgetragen, zum Beispiel im Ringen, Diskuswerfen oder auch Rennen.

Jenseits vom Rath na Drinne endete der Wald an einer ausgedehnten, mit Grass bewachsenen Ebene, der Ebene von Femen, die sich bis Honigfeld, der Siedlung am Ufer des Siúr, erstreckte. Die Eóganacht hatten ihren Hauptort so gewählt, dass sie von ihrer Burg die Ebene überblicken und somit auch ihr Königreich sichern konnten. Am Südwesthorizont erhoben sich die Sliabh na gCoilte, die Waldberge. Zwischen ihnen gab es den sonderbaren See Drachenschlund. Dort hatte der Gott der Liebe Aonghus Óg die schlanke Maid Cáer gefunden, die ihm im Traum erschienen war. Sie gestanden sich gegenseitig ihre Liebe, verwandelten sich in Schwäne, zogen drei feierliche Kreise auf dem See und entschwanden ins Zauberland. Beim Gedanken daran musste Eadulf lächeln. Gerade diese Sage hatte er oft von den Geschichtenerzählern in Cashel gehört. Es waren die Geschichten von Fidelmas Volk, von ihren Vorfahren.

Und schon verging ihm das Lächeln. Fidelmas Leute waren das, nicht seine. Ihm wurde plötzlich klar, was sein Bruder Egric gemeint hatte. War er tatsächlich nur ein Fremdländischer in einem fremden Land? Ein Land, zu dem er nicht gehörte? Warum stellte er sich jetzt diese Frage nach all den Jahren? Hatte er sich selbst etwas vorgemacht, wenn er glaubte, dass man ihn in den anderen Kulturkreis aufgenommen hatte? Lag es an den Bemerkungen seines Bruders, dass er sich jetzt so verunsichert fühlte, an der Abneigung des alten Brehon Aillín gegen ihn oder am Hass Bruder Madagans auf seine Leute, von dem er nun erst erfahren hatte? Hatten die Menschen hier ihn einfach nur geduldet, hatten ihn freundlich angelacht, ihn aber hinter seinem Rücken geschmäht?

Alles war so friedlich und harmonisch gewesen, bis Egric erschienen war und ihn gefragt hatte, warum er hiergeblieben war. Woher nahm Egric das Recht dazu? Ihre Wege hatten sich getrennt, jeder hatte sich in seinem Leben eingerichtet. Warum war er gerade jetzt aufgetaucht und an diesem Ort? Unversehens war er in Cashel erschienen, und ebenso plötzlich hatte er sich mit Dego auf ein Jagdabenteuer davongemacht. Ohne sich zu verabschieden, ohne ein Wort zu sagen. Das war seltsam. Eadulf vertraute Dego. Der Krieger hatte Fidelma und ihn auf vielen Reisen begleitet und manche Gefahr mit ihnen durchgestanden. Auf Dego war Verlass. Dego achtete Eadulf doch? Er würde ihn nicht als bedeutungslosen Fremden abtun. Wäre er nicht davon überzeugt gewesen, dass Eadulf von dem Plan wusste, hätte er sich nicht so leicht überreden lassen, Egric mit auf die Jagd zu nehmen. Die düsteren Gedanken überrollten ihn wie eine Flut. Täuschte er sich, dass seine Heimat jetzt hier war, oder ... Nein, nur Egric hatte diese freudlosen, ihn belastenden Gedanken heraufbeschworen.

Das war es: Es war Egric, der ihn an die Geister der Vergangenheit, seine Familie, sein früheres Leben erinnert hatte. Dabei hatte er sie nie vergessen, hatte sie niemals verleugnet. Er war einfach seinen Weg weitergegangen. Das hatte er auch seinem Bruder erklärt. *Vestigia nulla retrorsum* – keinen Schritt zurückgehen. Schon stieg in ihm ein Hass gegen seinen Bruder auf, weil er seine Lebenskreise gestört hatte. Doch gleich besann er sich, schalt sich, solche Regungen überhaupt aufkommen zu lassen. Er hatte Fidelma. Da war ihrer beider Sohn Alchú. Und da waren die Jahre, die er mit ihnen in ihrer Welt verbracht hatte. Sollte das alles verkehrt gewesen sein? Nein, gewiss nicht! Es war die Welt, an der er teilhaben wollte; es war seine Welt, nicht irgendeine fremde Welt.

Er musste an ihre erste Begegnung in der Abtei Streonshalh denken. Er hatte sich dort nur hinbegeben, um die neuen Lehrmeinungen von Rom zu vertreten, um gegen die alten Rituale der westlichen Kirchen zu argumentieren, für deren Erhalt die Geistlichen der Fünf Königreiche so heftig stritten. Er war durch die Gänge der Abtei geeilt, als sie plötzlich um eine Ecke kam und gedankenverloren mit ihm zusammenstieß. Er hatte die Hand ausgestreckt und sie davor bewahrt, beim Zurückschrecken hinzuschlagen. Wohlgefallen sprach aus ihren grünen Augen, während sein Blick ihr aufgelöstes rotes Haar, das bleiche Gesicht mit den sparsam hingetupften Sommersprossen umfasste. Unbeholfen hatte sie sich auf Latein entschuldigt. Er hatte höflich geantwortet, dass es seine Schuld gewesen sei. Einen Moment hatten sie beieinander gestanden; einen Moment, in dem unausgesprochene Sympathie zwischen ihnen aufkeimte. Dann waren sie weitergegangen.

Wenige Tage später war ihre Freundin, Äbtissin Étain, ermordet worden. Beide Seiten beschuldigten einander, und eine einvernehmliche Einigung über Fragen des Gottesdienstes schien kaum noch möglich. Daraufhin hatten König Oswy und Äbtissin Hilda vorgeschlagen, Fidelma und Eadulf mit der Aufklärung des rätselhaften Vorgangs zu beauftragen, so dass keine Partei der anderen Voreingenommenheit vorwerfen konnte. Sie mussten plötzlich gemeinsam eine Aufgabe lösen, obwohl sie, abgesehen von der flüchtigen Begegnung, einander nicht kannten. Jetzt, sechs oder sieben Jahre später, arbeiteten sie immer noch zusammen und hatten einen kleinen Sohn. Nein, ein Fremder war er nicht in diesem Land.

»Bruder Eadulf!«, drang eine Stimme an sein Ohr, und eine kräftige Hand packte ihn an der Schulter.

Eadulf blinzelte und spürte, dass er merklich zur Seite gerutscht war, unweigerlich wäre er vom Pferd gefallen, hätte ihn nicht der Krieger Luan gestützt, der jetzt neben ihm ritt. Er richtete sich im Sattel auf, rieb sich die Stirn und schüttelte sich ein paarmal.

»Du bist eingenickt, Bruder Eadulf«, rügte ihn Luan.

»Warst du am Einschlafen, *athair*?« Klein-Alchú saß kerzengerade auf seinem Pony und schaute ihn ernst an.

Eadulf wandte sich zu ihm um. »Ich habe nur gerade ein bisschen nachgedacht. Habe nicht aufgepasst, mein kleiner Jagdhund.«

»Ist alles in Ordnung, Bruder Eadulf?«, erkundigte sich Luan besorgt, »oder sollen wir lieber umkehren?«

»Ich habe letzte Nacht kaum geschlafen«, gestand Eadulf. Doch als er sah, wie enttäuscht sein Sohn war, sagte er rasch: »Ich werde schon wieder munter. Ferlogas Schenke ist nicht mehr weit. Wir reiten hin, machen dort Rast, und erst dann geht es zurück.«

Seine Aufmerksamkeit galt von da an völlig seinem Pferd. Insgeheim ärgerte es ihn, dass das plötzliche Auftauchen seines Bruders ihn derart aus der Fassung gebracht hatte.

Nachdem Fidelma früh am Morgen Eadulf, Klein-Alchú und ihren Beschützer Luan verabschiedet hatte, ging sie zu Gormán. Sie wollte sich vergewissern, dass Deogaire die Nacht sicher in seinem Gefängnis verbracht hatte. Nach der sie beruhigenden Auskunft forderte sie den Hauptmann auf, mit ihr aufs Dach des Gästequartiers zu steigen und es bei Tageslicht noch einmal abzusuchen. Vielleicht gab es Dinge, die man im Dunkeln und beim flackernden Licht der Laternen übersehen hatte. Sie ging zunächst zu der Brüstung, auf der die Statue der Aoife gestanden hatte. Es war deutlich zu erkennen, an welcher Stelle mit der Eisenstange eine Höhlung unter das Postament getrieben worden war. Nur so hatte man die Marmorfigur losbrechen und zum Rand vorschieben können. Die Schleifspuren waren Beweis genug.

»Einer deiner Männer hat gestern Nacht eine Eisenstange auf dem Dach gefunden«, sagte sie zu Gormán. »Die wurde als Brechstange benutzt, um die Statue auszuheben. Er hat sie dann bei der Tür dort drüben fallen lassen.«

Gormán kam mit dem Stück Eisen in der Hand zurück, es war gut vier Fuß lang. Beide Enden waren flach gehämmert – ein geeignetes Werkzeug für die Aufgabe in der vergangenen Nacht.

»Sieht aus wie ein *forsua-fert*. Nur ein Schmied kann so ein Ding machen«, stellte Gormán fest.

Fidelma streckte die Hand aus und nahm es ihm ab. Ein solch »langes Stemmeisen« benutzte man, um Baumwurzeln auszugraben oder Steinblöcke zu bewegen oder tief im Boden versunkene Gegenstände hochzudrücken. Die Eisenstange hatte ein beträchtliches Gewicht, man musste sie mindestens in Schulterhöhe heben, um damit gegen das Postament der Statue zu stoßen. Es gehörte Körperkraft und Ausdauer dazu. »Ob unser Schmied das Werkzeug wiedererkennen und uns damit einen Tipp geben kann, wer es benutzt hat?«, fragte sie.

»Selten ist so ein Stück gerade nicht«, erwiderte Gormán. »Da fällt mir ein, die Arbeiter, die die Burgmauer an der Südost-Ecke wieder in Ordnung bringen, benutzen ähnliche Brechstangen, um Gesteinsbrocken vom Felssturz wegzuschieben. Trotzdem, den Schmied zu befragen könnte aufschlussreich sein.«

Deogaire war sicherlich stark genug, mit so einem Werkzeug umzugehen. Wer sonst hätte die nötigen Kräfte gehabt? Im Stillen ging sie mit sich ins Gericht. Warum eigentlich verspürte sie diese seltsame Zurückhaltung, ihn als den Schuldigen anzusehen? Im Grunde genommen passte doch alles zusammen. Sein Widerspruchsgeist, seine Drohung oder Warnung, wie er es nannte; auch dass ihn sein Onkel hinausgeworfen hatte, könnte ihn zu der Tat angestachelt haben. Dabei übersah sie nicht den Umstand, dass Deogaire den Streit vom Zaune gebrochen hatte, selbst wenn Bruder Conchobhar sich noch so sehr dafür entschuldigte.

»Nimm sie mit«, sagte sie und drückte Gormán die Eisenstange in die Hand. »Sie ist ein wichtiger Beweis.« Noch einmal betrachtete sie gründlich die Begrenzungsmauern, doch weitere Anhaltspunkte waren nicht zu finden. Enttäuscht wandte sie sich dem geduldig wartenden Hauptmann zu. »Wir gehen durch das Haupthaus zurück.«

Sie waren im Begriff, die Treppe am Gästequartier hinunterzusteigen, die sie auch zuvor benutzt hatten, als Fidelma plötzlich stockte, so dass Gormán fast mit ihr zusammenstieß. Jemand blockierte das Treppenhaus. Bleich und erschrocken starrte Brehon Aillín zu ihr hoch. Sie sagte nichts, betrachtete den alten Richter jedoch mit fragender Miene.

Schließlich erklärte er: »Will nur mal eine Weile nach oben, um frische Luft zu schnappen.« Demonstrativ atmete er in kurzen Zügen.

»Du bist außer Atem. Geht es dir nicht gut?«

Brehon Aillín fand zu seiner bekannten hochmütigen Art zurück. »Ich will gerade aufs Dach steigen, um einmal richtig durchzuatmen. Weiter nichts.«

»Weiter nichts?« Sie sah ihn scharf an.

Der Alte presste für einen Augenblick die Lippen zusammen. »Also gut. Ob es deinem Bruder gefällt oder nicht, ich bin der Oberste Brehon. Ich will mich dort oben vergewissern, ob eine junge, unerfahrene *dálaigh* auch nichts übersehen hat.«

Fidelma hielt ein Lächeln zurück. Wusste der alte Richter, dass Colgú ihr erzählt hatte, dass er gegen Eadulf Anklage erheben wollte, ja sogar gegen Colgú selbst, nachdem er erfahren hatte, dass der Rat der Brehons einberufen war, um einen neuen Obersten Brehon zu wählen? Brehon Aillín war gewiss der schwächste Rechtsberater, den er bislang gehabt hatte. Dennoch empfand sie Mitleid mit ihm. Er hatte ein hohes Alter erreicht und verfügte gewiss über viel Erfahrung im Rechtswesen. Für jeden aber kam die Zeit, mit Würde in den Ruhestand zu treten.

»Tu das nur, such das Dach gründlich ab. Wir haben es bereits getan. Ich glaube nicht, dass du noch etwas Aufschlussreiches findest.«

Brehon Aillín ließ sie stehen und setzte seinen Weg nach oben fort. Dabei fiel sein Blick auf die Eisenstange, die Gormán in der Hand hielt. Für den Bruchteil einer Sekunde stutzte er, ging aber gleich darauf weiter, als wäre nichts geschehen. Für Fidelma war es ein Zeichen dafür, dass er das eiserne Werkzeug erkannt hatte. Und schon arbeitete es fieberhaft in ihrem Kopf. Konnte sie sich so geirrt haben? War der alte Richter doch kräftig genug, um das Standbild auszuhebeln und es hinabzustürzen, als sie unten vorbeigingen? Wollte er jetzt aufs Dach, weil ihm siedend heiß eingefallen war, dass er die Brechstange bei seiner Flucht hatte fallen lassen? Wollte er sie nun holen? Eigentlich schien das unmöglich, doch wie anders ließ sich sein Mienenspiel erklären, als er das Eisenstück sah?

Die Gedankenspielerei lohnte nicht, man musste warten, bis sich eine verfängliche Situation ergab.

Gormán räusperte sich. »Lady?«, fragte er, denn ihn wunderte, warum sie immer noch im Treppenhaus stand. Sie nickte ihm zu und ging die Stufen hinunter. Die Gästekammern schienen alle verlassen. Eine Magd putzte und räumte dort auf. Am Fuß der Treppe begegnete ihnen Dar Luga.

»Guten Morgen, Lady«, grüßte sie sichtlich erregt. »Ist alles in Ordnung? Gibt es etwas …«

Beruhigend tätschelte Fidelma der Haushälterin den Arm. »Mach dir keine Sorgen, Dar Luga. Du hast dich richtig verhalten und hättest vergangene Nacht nichts verhindern können. Sind die Gäste inzwischen aufgestanden?«

»Ja, Lady.«

»Wo sind sie jetzt?«

»Brehon Aillín ist noch in den Räumen oben …«

»Wir haben ihn eben gesehen«, bestätigte Fidelma.

»Die Äbtissin und ihre Schaffnerin sind zur Bibliothek gegangen. Bruder Madagan ebenfalls. Der Abt ist in der Ratskammer bei deinem Bruder.«

Fidelma wies auf die Eisenstange, die Gormán trug. »Hast du das da irgendwo mal gesehen?«

Die Frau trat einen Schritt vor, um den Gegenstand genauer zu betrachten, schüttelte aber den Kopf. »Sieht aus wie ein Werkzeug.«

»Wir denken, es könnte ein Gerät sein, das Bauarbeiter benutzen«, stimmte Fidelma ihr zu.

»Ich kenne mich da nicht aus. Am besten fragst du den Baumeister, der die Aufsicht bei den Ausbesserungsarbeiten an der Burgmauer hat. Der wird dir sagen können, was das ist.«

»Hier im Haupthaus ist dir so etwas noch nicht aufgefallen?«

»Nein, noch nie.«

Fidelma entließ die Haushälterin in die Küche, während sie mit Gormán durchs Hauptportal auf den Burghof ging.

»Wenn die Brechstange von der Baustelle ist, muss sie der mutmaßliche Mörder ins Gästequartier mitgenommen haben«, überlegte Fidelma beim Weitergehen. »Dann hat er gewartet, bis wir die Festhalle verlassen, ist aufs Dach gerannt, hat sich vergewissert, dass Eadulf und ich den engen Durchgang zu unseren Wohnräumen benutzen, und hat es bei aller Eile fertiggebracht, das Standbild auf uns zu stürzen.« Sie blieb stehen und runzelte die Stirn. »Der Übeltäter muss außerordentlich geschickt gewesen sein, und obendrein hatte er noch Glück.«

Gormán schaute sie kurz an. »Du glaubst doch nicht im Ernst, dass es sich so abgespielt hat?«

»Es wirft zu viele Fragen auf.«

»Ich kann dir nicht ganz folgen.«

»So eine Eisenstange am Körper zu verbergen ist schwierig, wenn nicht gar unmöglich. Der Täter kann also nicht aus einer plötzlichen Eingebung heraus gehandelt haben. Er muss die Stange vorher in seine Kammer oder schon aufs Dach geschafft haben, als er sicher war, keinem zu begegnen. Wann beziehen die Wächter ihre Posten? Schon bevor die Gäste sich in ihre Räume begeben oder erst danach?«

»Gleich danach, Lady, sobald wir wissen, sie haben sich zur Nachtruhe zurückgezogen.«

»Keiner der Gäste hätte genügend Zeit gehabt, die Festhalle zu verlassen, eine Brechstange aufzustöbern und mit in seine Kammer zu nehmen. Nein, er muss die Stange schon oben gehabt haben, ehe die Abendmahlzeit begann.«

»Es sei denn, er ist nicht zum Abendessen erschienen wie Deogaire ...«

225

»… oder Brehon Aillín«, ergänzte Fidelma. »Man kann es drehen und wenden, wie man will, mir gefällt das nicht. Selbst wenn der Täter die Stange früher nach oben gebracht hat, so musste er sich noch für die richtige Statue entscheiden, nämlich für die über dem Durchgang. Er hätte auch genau wissen müssen, wann wir die Festhalle verlassen und welchen von den beiden Wegen zu unseren Wohnräumen wir wählen. Schließlich und endlich musste er einschätzen, wie lange es dauerte, die Statue loszubrechen, musste den Zeitpunkt berechnen, wann wir im Durchgang und eben an der Stelle waren, auf die das Standbild stürzen sollte. Wenn der das alles allein gemacht hat, dann muss er geradezu zaubern können.«

Unwillkürlich schüttelte sich Gormán. »Nicht, dass hier böse Geister ihr Unwesen treiben«, raunte er.

»Schäm dich, Gormán!« Sie stampfte mit dem Fuß auf. »So ein Gedanke verbietet sich. Ich werde schon eine Antwort auf alles finden.«

Wirklich überzeugt war der Krieger nicht, und so fragte er lediglich. »Was machen wir jetzt als Nächstes, Lady?«

Fidelma schaute zum Himmel, um die Tageszeit abzuschätzen. Obwohl sie vorgab, sie hätte lange genug geschlafen, fühlte sie sich schlapp und müde und hatte das Verlangen, sich noch etwas auszuruhen. »Ich werde mich eine Weile hinlegen, bis Eadulf mit Alchú zurück ist. Das dürfte gegen Mittag sein. Dann werden wir Deogaire befragen. Der hat bis dahin Zeit, seine Lage zu überdenken und zu begreifen, dass er uns aufrichtige Antworten geben muss.«

Gormán deutete auf die Brechstange, die er immer noch hielt. »Was soll ich damit machen?«

»Verbirg sie sicher im *laochtech*. Wir werden sie später Deogaire zeigen und hören, was er dazu zu sagen hat.«

Ihr war, als hätte sie ihr Schlafgemach gerade erst betreten und wäre soeben aufs Bett und in den Schlaf gesunken, als sie Eadulf hereinkommen hörte. »Lange fort gewesen seid ihr aber nicht«, meinte sie vorwurfsvoll und rieb sich die Augen.

Eadulf konnte nur müde lächeln. »Wir waren sogar ziemlich lange unterwegs. Mittag ist schon vorüber. Bis Rath na Drinne sind wir geritten und haben bei Ferloga Rast gemacht. Ich kann nur sagen, unser kleiner Sohn hat mehr Durchhaltevermögen als mancher von den Kriegern deines Bruders, auf alle Fälle mehr als ich. Ich bin völlig erledigt.«

»Was? Mittag ist schon vorbei?« Sie war entsetzt, so lange geschlafen zu haben. »Wo ist Alchú?«

»Bei Muirgen.« Eadulf konnte kaum ein Gähnen unterdrücken und schaute verlangend zum Bett. »Ich geh nicht zum Mittagessen und leg mich erst mal hin«, erklärte er. »Irgendwas zu essen bekomme ich auch später.«

Fidelma stand auf. »Ich wollte aber Deogaire befragen.«

Er streckte sich auf dem Bett aus. »Kann das nicht später geschehen?«

»Ich habe mit Gormán verabredet, das um die Mittagszeit zu machen. Ich gehe und erzähle dir später, was ich herausgefunden habe.«

Eadulf hörte sie schon nicht mehr, er war sofort eingeschlafen. Sie zuckte die Achseln, ging hinaus und vergewisserte sich zunächst, ob Alchú den Ausritt gut überstanden hatte. Der wurde von seiner Kinderfrau gerade gewaschen. Beruhigt eilte sie weiter zur Halle der Helden, dem Quartier der Krieger. Sie fand dort, wie erwartet, Gormán, der hastig sein Mittagsmahl beendete. Sie selbst verspürte seltsamerweise überhaupt keinen Hunger. Als Erstes erkundigte sie sich, ob Beccan wieder in der Burg sei. Das musste Gormán verneinen, auch hatte er nicht herausbekommen, wo im Ort die kranke Verwandte des

Hofmeisters wohnte. Schließlich holte er auf ihr Geheiß die Eisenstange und ging ihr voran in den hinteren Teil des Kriegerquartiers, in den man Deogaire gesperrt hatte.

Die Zelle, in der Deogaire seit der letzten Nacht einsaß, war eng. Als Fidelma hereinkam, erhob sich der Gefangene von seinem notdürftigen Lager.

»Ist Beccan endlich zurück? Hat er bestätigt, was ich gesagt habe?«, war seine erste Frage.

Fidelma betrachtete ihn schweigend und setzte sich auf den einzigen Schemel im Raum. Gormán bezog an der Tür Posten, mit dem Eisen in der Hand. Erst jetzt bemerkte Deogaire die Eisenstange, fuhr zurück und wurde leichenblass. »Wollt ihr mich damit etwa erschlagen?«

Fidelma fuhr ihn an: »Sei nicht albern! Wofür hältst du uns? Sind wir vielleicht finstere Hinterwäldler?«

Deogaire breitete theatralisch die Arme aus. »Ich weiß nur, dass ich für etwas beschuldigt werde, das ich nicht getan habe, und das an einem Ort, an dem schon zwei vor mir ermordet wurden. Was soll ich da sonst glauben? Ihr sperrt mich ein, und dann kommt ihr mit einer Eisenstange. Warum wohl?«

»Natürlich, um dich zu fragen, ob du so ein Ding kennst«, erwiderte Fidelma grimmig. »Schau es dir genau an. Sagt es dir etwas?«

»Es ist ein Stück Eisen wie jedes andere.« Deogaire war verunsichert.

»Ganz so einfach ist es nicht. Soviel ich weiß, benutzt man so ein Werkzeug bei Bauarbeiten.«

»Ich bin aber kein Bauarbeiter.«

»Also, du hast das hier nie gesehen und auch kein ähnliches Gerät?«

Deogaire schüttelte den Kopf. »Als Brechstange vielleicht, um Feldsteine aus dem Acker zu holen, wenn gepflügt werden soll. Kann sein, dass es auch Steinmetze nehmen, um schwere Blöcke in Position zu rücken.«

»Aber hier in Cashel ist dir so etwas nicht aufgefallen?«

Deogaire blieb hartnäckig bei seiner Verneinung. »Was gehen mich Werkzeuge und Waffen an, ich bin schließlich Dichter und Philosoph.«

Fidelma wies Gormán an, die Stange draußen vor die Tür zu stellen. »Wie kam es dazu, dass du dich im Gästequartier aufgehalten hast?«, wollte sie von Deogaire wissen.

»Das habe ich doch bereits gestern Abend erklärt«, protestierte er.

»Du hast gesagt, Bruder Conchobhar hätte dich aus seinem Haus geworfen, dann wärest du zu Hofmeister Beccan gegangen und hättest ihn gefragt, ob der einen Raum wüsste, wo du schlafen könntest. Das war zufällig eine Kammer im Gästequartier des Königs, das nur geladenen Gästen vorbehalten ist. So war es doch?«

»Mehr oder weniger war es so«, gab er zu.

Gormán grinste ihn an. »Wie viel mehr?«

Deogaire atmete tief aus und hob die Arme. »Das ist die reine Wahrheit. Conchobhar, der alte Narr, hat mich aus seiner Apotheke geworfen. Vorher hat er mir eine Predigt über die neuen Moralgrundsätze aus dem Osten gehalten. Und darüber sind wir in Streit geraten. Über solche Fragen streiten wir uns oft, doch gestern Abend hat sich Conchobhar schrecklich aufgeregt.«

Fidelma behielt für sich, dass Bruder Conchobhar die Geschichte bestätigt hatte. »Worüber zum Beispiel habt ihr euch besonders gestritten?«

»Ich habe ihm gesagt, dass die alten Götter, die Kinder der Danú, wenigstens nicht für sich in Anspruch genommen haben, allmächtig zu sein. Gerecht wollten sie herrschen, hatten aber alle Wesenszüge, Schwächen und Stärken von Sterblichen.«

»Finde ich merkwürdig«, mischte sich Gormán ein. »Deswegen muss keiner aus der Haut fahren.«

»Dieser neue Gott aus dem Osten, habe ich ihm erklärt, soll der eine und einzige Gott sein, ist allmächtig, allsehend, allwissend. Er weiß alles, weiß, was geschehen ist, was gegenwärtig geschieht und in Zukunft geschehen wird. Allumfassende Macht wird ihm zugeschrieben.«

»Das sind Grundsätze des Neuen Glaubens«, pflichtete ihm Fidelma bei.

»Wenn er die Macht hat, Kriege zu verhindern, warum lässt er sie zu? Er ist in der Lage, Seuchen zu verhindern, doch er lässt zu, dass sie um sich greifen. Ich habe gefragt, wie können Menschen an die Güte eines solchen Gottes glauben, der schlimme Dinge geschehen lässt, obwohl er sie abwenden könnte? Ich begreife nicht die Logik dieses Glaubens aus dem Osten, es sei denn, dieser Gott ist seinem Wesen nach bösartig und ergötzt sich daran, seine Geschöpfe zu quälen. Da wurde Conchobhar richtig wütend, noch nie habe ich ihn so erlebt. So zu denken, hat er mir entgegengehalten, würde mich in ewige Verdammnis stürzen. Mit meinen Ansichten sollte ich zur Hölle – *ifrenn* – fahren, den Ort ewigwährender Bestrafung, der Teil eurer Religion ist.«

»Wusstest du, dass Bruder Madagan Zeuge eures Streits war?«

»Er kam nur rasch vorbei, um von Conchobhar etwas zu holen, ist aber sofort wieder gegangen.«

»Du hast also die Apotheke verlassen und bist losgezogen, Beccan zu suchen?«

»Ganz so war es nicht. Ich war völlig ratlos und bin ihm auf dem Burghof begegnet. Er sah mir an, wie verärgert ich war und wollte wissen, was mich bedrückte. Ich erzählte ihm, dass Conchobhar mich eben rausgeschmissen hätte. Mir bliebe nichts anderes, als mich auf den Weg zurück nach Sliabh Luachra zu machen. Er riet mir davon ab, es wäre schon ziemlich spät, um jetzt noch auf Wanderschaft zu gehen. Ich machte ihm klar, dass ich nicht mal ein Bett für die nächste Nacht hätte. Unter bestimmten Bedingungen könne er mir behilflich sein, versprach er. Wenn ich mich noch einmal in die Apotheke schliche und ein paar Medikamente für seine kranke Verwandte holte – er beschrieb mir, was er brauchte –, würde er mir helfen. Ich müsste das aber tun, ohne dass Conchobhar es merkte. Ich willigte sofort ein.«

Fidelma gab nicht zu erkennen, dass sie das überraschte. »Hatte Beccan denn eine genaue Vorstellung, was er haben wollte? Welche Mittel waren es?«

»Das waren übliche Sachen gegen Fieber und Erkältung. Nichts Gefährliches, falls du an so etwas denkst.«

»Und als du ihm die Mittel ›besorgt‹ hattest, was dann?«

»Ich sollte an der Hintertür zur Küche warten, sobald sich der König und seine Gäste zum Abendessen gesetzt hatten. Er würde mich dann ins Gästequartier in eine der freien Kammern bringen. Er schärfte mir ein, so lange dort zu bleiben, bis die Gäste am nächsten Morgen zum Frühstück gegangen wären. Dann würden auch die Leibgardisten des Königs ihre Posten verlassen, die in Treppenhäusern und am Hauptportal Wache halten. Nach Tagesanbruch könnte ich mich heimlich davonmachen.«

»Und das alles, nur weil du ihm ein paar Heilmittel beschafft hattest?«

»Genau so war es.«

»Noch eine Frage, waren Bedienstete in der Küche, als Beccan dich hereinließ?«

»Niemand war da, während mich Beccan durch die Küchenräume lotste.«

»Das ist sehr merkwürdig«, murmelte Fidelma.

»Mir klingt das Ganze eher unglaubhaft«, äußerte sich Gormán. »Der Hofmeister hätte mehr als jeder andere bedenken müssen, dass die Sicherheit des Königs oberstes Gebot ist. Nicht umsonst werden seit dem Anschlag auf Colgú vor ein paar Monaten auch die Gästekammern besonders bewacht.«

Herausfordernd setzte ihm Deogaire entgegen: »Jemandem Schaden zuzufügen widerspricht meiner Lebensanschauung.«

»Was noch zu beweisen ist«, meinte Fidelma.

»Du glaubst mir nicht?«

»Ehe ich nicht die Lösung eines Problems gefunden habe, glaube ich mir selber nicht«, erwiderte sie in aller Ruhe. »Beccan wird einiges zu erklären haben, vor allem sein Verhalten, das dem, was man vom Hofmeister des Königshauses erwartet, so gar nicht entspricht.«

Wütend starrte Deogaire sie an. »Ich bin kein Lügner, Lady. Ich habe die Wahrheit gesagt, nichts als die Wahrheit.«

»Dann wird sich die Lüge in Nichts auflösen, und die Wahrheit wird siegen«, entgegnete sie zuversichtlich und stand auf.

Deogaire knirschte mit den Zähnen. »Sagt man nicht, Lügen halten sich hartnäckiger als die Wahrheit?«

»Lügen haben kurze Beine«, versicherte ihm Fidelma, »allein die Wahrheit wird sich behaupten.«

»Ich wünschte, ich könnte so wie du an die Wahrheit glauben«, stieß Deogaire hervor. »Zwei Männer sind hier schon gestorben, und du und dein Mann, ihr seid dem Tod um Haaresbreite entgangen. Niemand weiß, wer dahintersteckt. Wo auf der Burg hält sich die Wahrheit wohl verborgen?«

Gormán grinste. »Die Wahrheit wird zutage treten, verlass dich drauf.«

»Wir warten, bis Beccan zurück ist«, entschied Fidelma. »Das heißt, bis dahin musst du im *laochtech* bleiben.«

Deogaire wollte aufbrausen, fügte sich dann aber gleichmütig ins Unvermeidliche. »Wenigstens habe ich hier eine trockene Lagerstatt und bekomme etwas zu essen.«

Sie verließen den Gefangenen, und obwohl der in seiner Zelle eingeschlossen wurde, bestand Fidelma darauf, dass ein Wachmann weiterhin in unmittelbarer Nähe blieb.

Gormán schaute sie fragend an. »Bezweifelst du immer noch, dass er der Täter ist? Wenn du befürchtest, jemand könnte ihm etwas antun, hältst du ihn eher nicht dafür, oder?«

»Rudgal hatte sich bestimmt schuldig gemacht beim Überfall auf Bruder Egric und den Ehrwürdigen Victricius. Er wurde von deinen Kriegern bewacht, Gormán. Und doch wurde er ermordet, weil wir nicht wachsam genug waren. Wie, wenn Deogaire die Wahrheit sagt, obwohl seine Geschichte ziemlich unglaubhaft klingt, und jemand anderer der Verbrecher ist? Er könnte irgendwem im Wege sein. Auch diese Möglichkeit müssen wir ins Auge fassen.«

Gormán kam nicht dazu, etwas erwidern, denn ein Hornsignal ertönte, und beide eilten zum Haupttor der Burg.

Vom Wachturm rief ihnen ein Krieger zu: »Ein kleiner Trupp zieht vom Osten heran, Lady. Vier Krieger und drei Geistliche. Einer der Krieger trägt das Baumbanner des Clan Baiscne.«

»Die Baiscne – das ist die Leibwache des Königs von Laighin, Lady«, erklärte Gormán erregt. »Das müssen die geistlichen Würdenträger der Angelsachsen sein, die der König erwartet. Und der Hofmeister ist nicht hier, um sie der Sitte gemäß zu begrüßen und alles Weitere zu veranlassen.«

KAPITEL 12

Um den hochrangigen Gästen einen gebührenden Empfang zu bereiten, gedachte Colgú sie in Gegenwart auserwählter Mitglieder des Königshofs in seiner Ratskammer zu begrüßen. Fidelma und Eadulf wurden um ihre Anwesenheit gebeten. Fidelma blieb gerade noch Zeit, zu ihren Gemächern zu eilen und Eadulf, der sich kurz hingelegt hatte, zu wecken. Während er sich frischmachte, berichtete sie ihm von ihren Erlebnissen des Vormittags und dem Ergebnis ihrer Befragungen. Abt Ségdae und Bruder Madagan, sein Verwalter, waren gleich ihnen auf dem Weg zum König. Dort fanden sie bereits Brehon Aillín vor; er hatte auf die Hofordnung gepocht und auf seine Anwesenheit bestanden, denn noch hatte ihn der Rat der Brehons nicht offiziell verabschiedet. Colgú musste es geschehen lassen. Auch Äbtissin Líoch und ihre Begleiterin, Schwester Dianaimh, hatte man aufgrund der besonderen Umstände, unter denen Bruder Cerdic sie nach Cashel zu kommen gedrängt hatte, hinzugezogen.

Das Warten auf die Gäste war für alle nervenaufreibend. Gormán, als Befehlshaber der königlichen Leibgarde, empfing die Besucher an den Toren des Burggeländes, dem folgte das übliche Begrüßungsritual, und erst dann führte er sie zu den Wartenden. Da Beccan fehlte, musste Gormán auch die Rolle des Hofmeisters übernehmen und die Namen der Eintretenden verkünden.

Bischof Arwald von Magonsaete kam als Erster herein. Arrogant – war das einzig passende Wort, das Eadulf sofort einfiel. Der Mann sah genau so aus, wie er ihn sich vorgestellt hatte. Groß gewachsen, scharfe, fast ausgezehrte Züge, Adler-

nase, dazu ein herablassender Blick, der ihm von Natur gegeben zu sein schien. Unter buschigen Augenbrauen, die an der
Nasenwurzel zusammenliefen, funkelten dicht beieinander-
stehende dunkle Augen. Die Stirn war leicht vorgewölbt. Die
Lippen zeichneten eine dünne rote Linie, die den Mund andeutete. Er trat einen Schritt vor und blieb vor Colgú stehen,
der im Begriff war, sich als Zeichen einer wohlwollenden Begrüßung aus seinem Amtsstuhl zu erheben. Als Bischof Arwald aber keine Anzeichen machte, dem König mit dem gebührenden Respekt gegenüberzutreten – weder den Kopf zu
neigen oder das Knie zu beugen als Zeichen der Anerkennung des höheren Ranges, beschloss der König, sitzen zu
bleiben.

Vielmehr richtete er seinen Blick auf den kleineren, grau-
haarigen Mann hinter Bischof Arwald, der vom ersten Eindruck her mehr wie ein gütiger älterer Onkel wirkte. Er hatte
ein fast puttenhaftes Gesicht, wenngleich das babyhafte Äußere nicht über strenge Züge hinwegtäuschen konnte. Die
Mundwinkel verrieten Entschlossenheit und ließen unnach-
giebige Härte ahnen. Unter den buschigen Augenbrauen lagen eiskalte Augen. Die dunkle, olivenfarbene Haut deutete
darauf hin, dass er aus dem Süden stammte. Er blieb seitlich
hinter Bischof Arwald stehen und warf kurz den Kopf zurück,
als Gormán ihn als den Ehrwürdigen Verax ankündigte.

Beide, Bischof Arwald und der Ehrwürdige Verax, waren in
kostbare Gewänder gehüllt und trugen bewusst zur Schau,
dass sie Männer von Rang und Würden waren. Zwar waren
ihre bestickten Umhänge von der Reise staubbedeckt, aber
die Qualität der Stoffe blieb dem Betrachter nicht verborgen.
Bischof Arwald hatte ein silbernes Kreuz um den Hals, der
Ehrwürdige Verax hingegen eines aus Gold, und es war auch
kunstvoller verziert. Eadulf schaute zu Colgú hinüber und

hoffte, dass ihm bewusst war, dass der eigentliche Anführer der Abordnung der Ehrwürdige Verax war. Natürlich stellte sich die Frage, weshalb Verax den Eindruck vermittelte, dass Bischof Arwald der Vorrang gebührte.

In ehrerbietigem Abstand hinter den beiden stand ein unscheinbarer Mann. Er trug eine einfache, braungefärbte wollene Kutte und, soweit man erkennen konnte, ein Kreuz aus Bronze. Kopf und Blick hielt er gesenkt und veränderte seine Haltung auch nicht, als Gormán ihn als Bruder Bosa, einen Schreiber, ankündigte. Er war von kräftiger Statur und erweckte eher den Anschein eines Kriegers. Je mehr er sich zurückzunehmen versuchte, desto unglaubwürdiger wirkte es.

Nachdem Gormán die Namen der Abgeordneten verkündet hatte, kam es zu einem kurzen Schweigen. Da Bischof Arwald noch immer keine Anstalten machte, dem König in irgendeiner Form zu huldigen, räusperte sich Gormán.

»Du hast Colgú vor dir, Sohn des Failbhe Flann, König von Muman, Nachfahr der Eóghanacht von Cashel, Lord von Tuadmuma, Aurmuma, Desmuma und Iarmuma …«

Normalerweise hätte Colgú ihn aufgefordert, sich bei dem Ritual kurz zu fassen, aber er ließ ihn gewähren und nutzte die Gelegenheit, seine Gäste etwas näher in Augenschein zu nehmen. Schließlich hob er die Hand, ein Zeichen für Gormán, mit der Aufzählung der Ahnenreihe und der Territorien zum Ende zu kommen.

Noch während Gormán sprach, trat der junge Schreiber einen Schritt nach vorn und raunte Bischof Arwald und dem Ehrwürdigen Verax etwas zu. Offensichtlich hatte er nicht nur die Aufgabe des Schreibers, sondern auch die des Dolmetschers. Colgú bekam mit, dass der Mann ins Lateinische übersetzte.

»Die meisten von uns hier sind der lateinischen Zunge

mächtig«, tat er kund. »Wir können ohne weiteres ins Lateinische überwechseln.« Der junge Schreiber zögerte und trat auf ein Zeichen des Ehrwürdigen Verax wieder einen Schritt zurück, während Colgú seelenruhig fortfuhr: »Ich heiße euch willkommen.«

»Das wollen wir hoffen«, erklärte Bischof Arwald mit spröder Stimme. »Lasst eure Sklaven Stühle bringen, damit wir uns setzen können, denn die Reise durch dieses zurückgebliebene Land war beschwerlich genug.«

Die Versammelten hielten den Atem an. Hatten sie richtig gehört? Selbst Colgú, der in all den Jahren seiner Amtszeit gelernt hatte, in der Öffentlichkeit keine Gefühlsregungen zu zeigen, sah den Bischof mit geweiteten Augen an.

Sichtlich gereizt trat Gormán vor, die eine Hand langte gewohnheitsmäßig zum Griff seines Schwerts. Er sprach scharf und leidenschaftlich.

»Ich darf dich daran erinnern, dass du vor Colgú, König von Muman, stehst, der der neunundfünfzigste direkte Nachfahr von Eibhear Fionn, Sohn des Golamh, ist, der die Kinder von Gaedheal Glas vor Urzeiten in dieses Land führte; Eibhear Fionn, dem die Herrschaft über dieses Land übertragen wurde von ...«

Abermals hob Colgú die Hand und gebot Gormán zu schweigen. Seit Bischof Arwalds Äußerungen hatte er keinen Blick von dem Mann gewandt.

»Unsere Gäste sind Fremde und wissen vielleicht nicht um die Gepflogenheiten, die bei uns herrschen.« Er sprach in ruhigem Ton und in einer Art und Weise, als wären seine Worte an Gormán gerichtet, sah aber weiterhin Bischof Arwald an. »Zurückgeblieben, wie wir sein mögen, legen wir großen Wert auf Höflichkeit und auf das Befolgen von Regeln. Es ist bei uns Brauch, dem König Ehrerbietung zu erweisen, wenn man vor ihn tritt. Wenn ein König dich dazu auffordert, darfst du in seiner Gegenwart sitzen. Darüber hinaus solltest du zur Kenntnis nehmen, dass wir hier keine Sklaven haben. Die einzigen Menschen, denen wir Beschränkungen in ihrer Freiheit auferlegen, sind Straftäter aus allen Bevölkerungsschichten und Geiseln.«

Bischof Arwalds ohnehin blasse Haut war bleich geworden. Den Mund hielt er derart zusammengepresst, dass die dünnen Lippen nur noch einen roten Strich bildeten. Die Kiefermuskeln arbeiteten, als versuchten sie Worte zu formen. Colgú schaute indes zu dem Ehrwürdigen Verax.

»Mit Rücksicht auf eure Erschöpfung, die von eurer unwegsamen Reise durch unser unwirtliches Land herrührt, biete ich dir, Ehrwürdiger Verax, und deinem Gefährten, Bischof Arwald, an, für unser Gespräch Platz zu nehmen. Gewiss wollt ihr uns berichten, was euch bewogen hat, die Mühen und Schwierigkeiten auf euch zu nehmen, die ihr unterwegs zu erdulden hattet.«

Jetzt war es der Ehrwürdige Verax, der mit einem krampfhaften Lächeln einen Schritt nach vorn tat.

»Dein Angebot in Ehren, aber wir verzichten darauf, Colgú von Muman. Du wirst uns, denke ich, unsere Unkenntnis eurer Sitten und Bräuche verzeihen.«

»Es sind doch aber die gleichen Sitten, die auch im Königreich von Laighin herrschen, in dem ihr gewiss bei König Fianamail zu Gast wart.« Fidelma konnte sich in ihrer Verärgerung nicht länger zurückhalten.

Rasch drehte sich Bischof Arwald zu ihr um und betrachtete sie mit zusammengekniffenen Augen.

»Wer bist denn du?«, höhnte er.

»Das ist Lady Fidelma, meine Schwester«, klärte ihn Colgú in eiskaltem Ton auf. Augenscheinlich war Bischof Arwald nicht so rasch einzuschüchtern. »Und neben ihr, das ist Bruder Eadulf, der aus deinem Land stammt, aber hier seine Heimat gefunden und meine Schwester geheiratet hat. Er ist ein geachteter Freund und steht dem Hof mit Rat und Tat zur Seite.«

»Eadulf? Und aus meinem Land?«, fragte Bischof Arwald zurück. Sein Blick war auf Eadulf gefallen, und sein Gesichtsausdruck änderte sich merklich. Argwohn spiegelte sich darin, und er sah bedeutungsvoll zum Ehrwürdigen Verax.

»Nicht unmittelbar aus deinem Land, Arwald von den Magonsaete«, nahm Eadulf das Wort. »Ich bin aus Seaxmund's Ham, das liegt im Land des Südvolks des Königreiches der Ostangeln.«

»Eadulf aus Seaxmund's Ham?« Bischof Arwald forschte eindringlich in seinem Gesicht. »Mich dünkt, du bist erst seit kurzem hier, Eadulf aus Seaxmund's Ham.«

Eadulf wunderte sich über den düsteren, fast drohenden Tonfall, antwortete aber: »Das ist nicht der Fall. Wie kommst du darauf?«

»Warst du nicht gerade erst noch in Canterbury?«

»Da irrst du dich. Im Königreich von Kent war ich das letzte Mal im Winter vor fünf Jahren.«

Bischof Arwald gab sich nicht zufrieden. »Mir ist aber zu Ohren gekommen, dass du Canterbury erst vor einigen Wochen zusammen mit einem älteren Mann verlassen hast. Und in Laighin hörten wir, dass man dich mit eben demselben Mann in einem der südlichen Häfen hat landen sehen.«

Eadulf blinzelte erstaunt und schaute kurz zu Fidelma. Hielt Bischof Arwald ihn für seinen Bruder? Wenn ja, was sollte dann der drohende Unterton in seiner Stimme? Er wollte schon eine Frage stellen, als Colgú, der sich der gespannten Situation nicht bewusst war, das Wort nahm.

239

»Ich kann dir versichern, dass unser Freund Eadulf seit einigen Jahren hier ist und zusammen mit meiner Schwester in meinem Auftrag mit vielen Missionen betraut war.«

Die dunklen argwöhnischen Augen des Bischofs schwenkten zum König. »Missionen? Was für Missionen und warum mit einer Frau?«

Es war zum zweiten Mal, dass allgemeine Verwunderung durch den Raum ging, wie ein Fremder es wagen konnte, den König in einem solchen Ton anzuherrschen. Und wieder war Colgú bereit, die Verletzung der Normen zu übersehen, und antwortete.

»Könnte es sein, dass du nie etwas davon gehört hast, dass meine Schwester, Lady Fidelma, gemeinsam mit ihrem Mann Eadulf in vielen Teilen der Fünf Königreiche und auch jenseits ihrer Grenzen meine Belange vertreten hat?«

Dieses Mal verfehlte die Bemerkung nicht ihre Wirkung auf den Ehrwürdigen Verax. Er wandte sich Fidelma zu, sah sie forschend an und erklärte: »O ja, natürlich. Ich entsinne mich, dass der Ehrwürdige Gelasius ihre Klugheit gerühmt hat. Hat sie nicht auch wertvolle Dienste in Rom geleistet, als Wighard, der zum Erzbischof von Canterbury geweiht war, im Lateran ermordet wurde? O ja, jetzt fällt es mir wieder ein. Sie gehörte wohl auch zur Delegation, die sich gegen die von Seiner Heiligkeit eingeführten Veränderungen starkmachte, die in Streonshalh und später auch auf dem Konzil zu Autun zur Debatte standen. Doch, wir haben von ihr gehört.«

Eadulf glaubte im letzten Satz einen warnenden Unterton herauszuhören, war sich aber nicht sicher, ob er Fidelma oder Bischof Arwald galt.

Colgú lehnte sich in seinem Stuhl entspannt zurück. »Ich denke, du wirst während deines Aufenthalts hier noch viele Geschichten über ihre Taten hören, wenn meine Barden von ihnen singen. Jetzt aber darf ich doch annehmen, dass man euren unmittelbaren Bedürfnissen nach der Reise Rechnung getragen hat?«

Bischof Arwald hatte seinen Blick immer noch nicht von Eadulf gelöst und schien wenig geneigt, von seinem Thema abzulassen. Doch sein Gefährte bedeutete ihm, nachzugeben, und so stand er Colgú Rede und Antwort, behielt aber die feindselige Art bei.

»Eine Eskorte von vier Kriegern begleitet uns, sie wurde uns von König Fianamail und dem Abt von Fearna zu unserem persönlichen Schutz zur Verfügung gestellt. Deine Krieger haben ihnen den Zugang auf das Burggelände verwehrt.«

Gormán hüstelte, um die Aufmerksamkeit des Königs auf sich zu lenken. »In der Begleitung der Mönche waren vier Krieger des Clan Baiscne. Ich habe angewiesen, dass man sie unten in der Siedlung in Rumanns Schenke unterbringt.«

»Das ist richtig«, bestätigte Bischof Arwald verärgert. »Und ich verwahre mich dagegen mit allem Nachdruck. Die Krieger sind hier unterzubringen, so dass sie mir jederzeit zu Diensten stehen.«

»Du befürchtest doch nicht etwa, auf ihren Schutz angewiesen sein zu müssen, wenn ihr hier als Gäste unter dem Dach des Königs weilt?« Abt Ségdae, den die Arroganz des Bischofs von Anfang an gereizt hatte, konnte sich nicht länger zurückhalten.

Bischof Arwald sah ihn vorwurfsvoll an. »Bei unserer Ankunft erfuhren wir, dass mein Abgesandter, Bruder Cerdic, in diesen Mauern nicht nur Gefahren ausgesetzt war, sondern ermordet wurde. Grund zu Befürchtungen gibt es da doch wohl.«

»Die Untersuchungen zu dem Vorfall sind im Gange«, versuchte Colgú ihn zu beschwichtigen.

»Wie bitte?« Bischof Arwald tat verwundert. »Ist bisher niemand gegriffen und für diese Gräueltat hingerichtet worden? Der Mörder läuft noch frei herum, und du sagst, wir brauchen nichts zu befürchten? Ich habe allen Grund zur Verärgerung, denn Bruder Cerdic hatte sich erst jüngst der … meiner Pilgergruppe angeschlossen. Er hatte sich erboten, im Vorfeld allein herzukommen und unsere Ankunft vorzubereiten. Warum hat man ihn ermordet?«

»Ermittlungen brauchen ihre Zeit.« Dass er gedrängt wurde, sich zu verteidigen, erregte Colgús Unmut. »Wir lassen uns von unseren alten Gesetzen leiten und ergreifen und verurteilen Menschen nicht ohne Beweis und faires Verfahren. Ich habe meine Schwester und ihren Mann beauftragt, die nötigen Nachforschungen zu betreiben.«

»Dann ist ja klar, warum noch keine Ergebnisse vorliegen!«, höhnte der Bischof.

Colgú blickte rasch zu Fidelma, schüttelte andeutungsweise den Kopf in der Hoffnung, sie würde sich nicht herausfordern lassen, und übernahm die weiterführende Rede. »Da ihr fremd hier seid, will ich erklären, weshalb eure bewaffnete Eskorte nicht auf die Burg gelassen wird. Die Beziehungen zwischen den Königreichen von Muman und Laighin sind nicht immer die besten gewesen. Es geschieht leicht, dass Fehlverhalten oder Arroganz die Gemüter erhitzt und es zu Auseinandersetzungen kommt. Deshalb ist es zwischen uns üblich, dass bewaffneten Kriegern aus Laighin der Zugang zu der Burg Cashel verwehrt wird, besonders wenn es sich um Mitglieder der Baiscne, Fianamails Leibgarde, handelt. Das Gleiche gilt bei ihnen für die Mitglieder meiner Leibgarde, der Nasc Niadh. Auch ich würde nie erwarten, dass man bewaffneten Kriegern von mir Zutritt zur Burg Dinn Ríg oder der Abtei Fearna gewährt.«

Bischof Arwald war im Begriff, seiner Empörung erneut Luft zu machen, doch der Ehrwürdige Verax griff ein und schlug einen fast versöhnlichen Ton an.

»Dann wollen wir uns dieser Sitte beugen und es zu keinem Streit kommen lassen.«

»Meine Wachmannschaft ist euch während eures Aufenthaltes stets zu Diensten, ihr braucht also nichts zu befürchten«, fügte Gormán in schneidendem Ton hinzu.

»Für besondere Gäste stehen auf der Burg Räumlichkeiten zur Verfügung, und sie sind für euch vorbereitet«, erklärte Colgú.

Abt Ségdae beugte sich zu Colgú und flüsterte ihm in der ihnen gemeinsamen Sprache zu: »Ehe uns vollends die Geduld ausgeht und wir nicht mehr in der Lage sind, eine Unterhaltung mit ihnen fortzuführen, sollten wir doch noch herausfinden, was diese hochmütigen Prälaten eigentlich hier wollen.«

Glücklicherweise hatte Bruder Bosa die Bemerkung nicht gehört. Colgú nickte. »Ich könnte mir vorstellen, dass ihr euch nach der langen Reise jetzt zur Ruhe zurückziehen möchtet, aber vielleicht könntet ihr uns zuvor andeuten, was euch hierhergeführt hat? Abt Ségdae, unser Oberster Bischof, würde sich gern auf die bevorstehenden Gespräche vorbereiten. Was ist euer Anliegen? Welche Fragen werden uns beschäftigen?«

Der Ehrwürdige Verax fühlte sich bemüßigt, dem Abt einen Blick zu schenken. »Wir haben viel über Abt Ségdae gehört. Den Berichten nach ist er ein einflussreicher und mächtiger Diener der Kirche. Warum gibt er sich damit zufrieden, nur ein Abt zu sein?«

Colgú machte Abt Ségdae ein Zeichen, und der erklärte: »Ich fürchte, ihr seid euch nicht der Sitten in diesem Lande bewusst. Abt ist hier ein höherer Rang als Bischof.« Seelenruhig sah er Bischof Arwald an und ließ sich durch dessen Gesichtsausdruck nicht stören.

»Unter euren Leuten wird aber viel über die Vorrangstellung unter den Bischöfen gesprochen. In Ard Macha, zum Beispiel, gibt es einen Bischof – oder ist es ein Abt? –, der behauptet, dass Patricius, der Britannier, als Erster den Glauben in diesem Land predigte und dass folglich der Abt dort zum Erzbischof ernannt werden sollte, als Oberster aller Bischöfe und Äbte auf diesem Eiland.«

»Wir werden in vielen Punkten unterschiedlicher Meinung sein, Ehrwürdiger Verax«, erwiderte Abt Ségdae, »und dies dürfte einer von ihnen sein. Ist es das, worüber ihr zu sprechen wünscht?«

Der Ehrwürdige Verax schwieg kurz. »Möglicherweise ist es ein Punkt für einen fruchtbaren Gedankenaustausch«, räumte er ein.

Abt Ségdae schüttelte den Kopf. »Der arme Bruder Cerdic hat sich über den Grund eures Besuchs ausgeschwiegen. Er forderte mich lediglich auf, mich von meiner Abtei in Imleach auf den Weg hierher zu machen, und offenbar hat er von Äbtissin Líoch von Cill Náile, die ihr hier vor euch seht, Ähnliches verlangt. Verständlicherweise sind wir alle begierig, zu erfahren, was hochgestellte kirchliche Würdenträger in unser Königreich führt.«

Neugierig drehte sich der Ehrwürdige Verax zu Äbtissin Líoch um.

»Lehnst du ebenfalls die Forderungen des Abts von Ard Macha ab und nimmst sie vielmehr für deine eigene Abtei in Anspruch?«, fragte er.

»Meine Abtei wurde erst vor wenigen Jahren gegründet«, erwiderte sie. »Forderungen dieser Art liegen mir fern.«

Wieder trat Bruder Bosa einen Schritt vor und flüsterte dem Kirchenfürsten etwas ins Ohr. Der Ehrwürdige Verax nickte bedächtig und wandte sich erneut an die Äbtissin. »Ich höre soeben, du hättest etliche Jahre in Oswys Königreich gelebt?«

»Warst du denn dort?« Die Frage der Äbtissin galt dem Schreiber. »Ich kenne dich nicht.«

Bruder Bosa konnte nicht umhin zu antworten. »Ich selbst war nicht dort, aber es war einmal von dir die Rede, und da hieß es, du wärst einige Zeit in der Abtei von Laestingau gewesen.«

Die Äbtissin errötete leicht. »Vielleicht kannst du mich darüber aufklären, weshalb Bruder Cerdic mich zur Teilnahme an dieser merkwürdigen Versammlung drängte?« Es mangelte nicht an Schärfe in ihrem Ton.

»Ich denke, wir sollten das Gespräch auf später verschieben«, mischte sich der Ehrwürdige Verax ein. »Wir sind gerade erst angekommen und bedürfen nach der anstrengenden Reise dringend der Ruhe. Wenn wir wieder frisch sind, können wir uns gern allen anstehenden Fragen zuwenden.«

»Ihr lasst uns also über das Anliegen eures Besuches im Ungewissen?«, stellte Colgú verärgert fest.

»Nur bis wir uns später entspannt zusammensetzen und dann ausführlich beraten können«, gab der Ehrwürdige Verax mit Bestimmtheit zur Antwort.

Colgú musste einsehen, dass es nichts bringen würde, ihn weiter zu bedrängen. Er blickte zu Gormán, der aus Erfahrung wusste, was für Anordnungen er zu erwarten hatte. »Dar Luga wartet draußen, um die Gäste zu ihren Räumlichkeiten zu geleiten.«

Er öffnete die Tür, und die rundliche Haushälterin trat ein. »Das ist unsere *airnbetach*, die Haushälterin. Sie wird euch eure Gästekammern zeigen. Etwaige Wünsche bitten wir, an sie zu richten. Heute Abend wird es euch zu Ehren ein kleines Festessen geben, vielleicht ergibt sich dort die Gelegenheit, das Geheimnis über euren Besuch zu lüften und uns nicht länger im Ungewissen zu lassen.«

Der Ehrwürdige Verax bequemte sich als Erster zu einer steifen Verbeugung, Bischof Arwald folgte seinem Beispiel, wenn auch nur widerwillig. Sie drehten sich um, und mit Bruder Bosa im Gefolge ließen sie sich von Dar Luga aus dem Raum führen. Gormán schloss die Tür hinter ihnen und wartete ergeben.

Kopfschüttelnd lehnte sich Colgú zurück. »Nun ja, Freund Eadulf, du hast mich und Ségdae gewarnt, auf was für einen Menschen wir uns bei Arwald einstellen sollten«, meinte er mit einem gequälten Lächeln. »Nie hätte ich mir vorgestellt, dass er in der Kunst der Diplomatie so wenig bewandert ist.«

Eadulf lachte sarkastisch. »Diplomatie? So und nicht anders sind die Manieren von Mercia. Unter Diplomatie verstehen sie seit Jahren nur den Umgang mit Schwertern. Ich habe dich und deine Geduld bewundert.«

Brehon Aillín hatte sich die ganze Zeit nicht geäußert, jetzt aber polterte er los: »Wenn ich mir erlauben darf, dir einen Rat zu geben, würde ich sagen, wir dürfen uns ihr Verhalten allein schon aus rechtlichen Gründen nicht bieten lassen. Ihre Arroganz verstößt gegen unsere Normen und bedroht deinen Ehrenpreis.«

Aller Augen richteten sich erstaunt auf ihn.

»Wie das?«, wollte Colgú wissen.

»Was immer du nimmst, ob die Gesetzestexte oder die Schriften der Weisen, sie alle betonen, dass über allem die Ehrfurchtsbezeugung gegenüber dem König steht. Es steht geschrieben, dass ein König, dem nicht entsprechend gehuldigt wird, kein König ist. Im *Críth Gablach* heißt es, dass ein König, dem nicht mit dem nötigen Respekt vor seinem Amt begegnet wird und der bereit ist, eine solche Beleidigung zu übersehen, kein rechter König ist. Von einem König wird erwartet, dass er von denen, die sich erdreisten, nicht das Knie vor ihm zu beugen, die nötige Ehrerbietung mit Gewalt erzwingt, andernfalls verliert er seinen Ehrenpreis und damit auch seine Königwürde. Das Gleiche gilt für den Fall, wenn er nicht dafür Sorge trägt, dass auch den Mitgliedern seines Hofes gebührende Anerkennung erwiesen wird.«

Sie ließen den Redeschwall des alten Richters über sich ergehen. Dass er sich derart ereiferte, hatte wohl mehr mit dem vorangegangenen Verweis zu tun, den ihm Colgú erteilt hatte, als damit, dass er ihn in Fragen des Rechts beraten wollte.

Fidelma ging zu ihrem Bruder hinüber und übernahm die Entgegnung für ihn. »Ich bin, wie du weißt, nicht so versiert wie du, Brehon Aillín, und habe auch nicht das Amt eines Brehon inne. Ich bin nur eine *dálaigh*, die vor Gericht aussagt und nur in geringfügigen Fällen ein Urteil fällen darf.«

Brehon Aillín sah sie wütend an. »Du willst mir doch jetzt nicht erklären, dass meine Auslegung des Gesetzes falsch ist?«, höhnte er.

»Du hast den Text durchaus richtig wiedergegeben«, versicherte sie ihm ruhig. Colgú warf ihr einen besorgten Blick zu. Doch bevor sich ein triumphierendes Lächeln auf Brehon Aillíns Gesicht breitmachen konnte, fuhr sie fort: »Wir alle hier waren Zeuge, dass es den Fremden an Ehrerbietung meinem Bruder gegenüber mangelte. Wir alle haben gehört, dass mein Bruder sie deswegen tadelte. Dem Text zufolge, auf den du dich beziehst, wird von einem König aber auch erwartet, dass er gerecht ist und Vorkommnisse nicht losgelöst von den jeweiligen Umständen beurteilt. Mein Bruder ist davon ausgegangen, dass die Gäste hier fremd sind und sich in unseren Gesetzen nicht so gut auskennen können wie du, Brehon Aillín. Zudem haben wir alle gehört, dass der Ehrwürdige Verax zugegeben hat, dass sie als Fremde nicht mit unseren Sitten vertraut sind. Wir haben weiterhin gesehen, dass sie vor dem Verlassen des Raumes als Ehrerbietung dem König gegenüber den Kopf geneigt haben.« Sie hielt kurz inne. »Müsste ich also den König gegen den Vorwurf verteidigen, dass er fehlende Hochachtung ungerügt hingenommen hätte, so müsste ich, wie gewiss alle hier sagen, dass das nicht der Fall war.«

Brehon Aillín wusste nicht, wie ihm geschah. In ihm bäumte sich alles auf. Colgú war bemüht, sich nicht anmerken zu lassen, mit welchem Vergnügen er hinnahm, dass der aufsässige alte Mann gedemütigt worden war, und erklärte lediglich: »Du kannst dich jetzt zurückziehen, Brehon Aillín. Ich brauche vorläufig deinen Rat nicht.«

Mit einer Behändigkeit, die man ihm in seinem Alter nicht zugetraut hatte, fuhr der Brehon herum und stampfte empört aus dem Raum.

Colgú aber lächelte seine Schwester entspannt an. »Wenn Blicke töten könnten, Fidelma …« Der Rest blieb ungesagt.

»Ich würde vor Brehon Aillín auf der Hut sein, Lady«, warnte Gormán. »Bei Menschen wie ihm wird aus feindseligen Gefühlen leicht tätliche Gewalt.«

Äbtissin Líoch war deutlich verstimmt. »Wann erfahren wir endlich, was diese Männer hier wollen? Für mich sprachen sie in Rätseln.«

»Ich hoffe, dass wir heute Abend ein Stück weiter kommen«, entgegnete Colgú. »Ich bin des Herumrätselns auch müde.«

»Was den heutigen Abend angeht, gibt es irgendeine Nachricht, wann Beccan wieder da ist?«, fragte Fidelma.

Colgú musste das verneinen. »Ich hatte mich darauf verlassen, dass er rechtzeitig zurück ist, um sich um das Begrüßungsessen zu kümmern. Jetzt noch jemand loszuschicken, um nach ihm Ausschau zu halten, bringt nichts. Es wird bereits dunkel.«

»Wer übernimmt dann heute Abend die Verantwortung?«, wollte Fidelma wissen.

»Für den festlichen Rahmen wird Gormán zuständig sein«, legte ihr Bruder fest. »Die Vorbereitung der Speisenfolge und die Bedienung obliegt Dar Luga. Natürlich brauchen wir auch Musik und Unterhaltung. Wir sollten den Gästen durchaus zeigen, dass wir etwas zu bieten haben.«

Das fand auch Fidelma. »Ich bin sehr dafür, dass wir ihnen unsere Gastfreundschaft nach allen Regeln der Kunst erweisen.« In jedem königlichen Haushalt der Fünf Königreiche gab es Musikergruppen, die eigens für spezielle Anlässe, vorrangig für die Unterhaltung bei Festgelagen, angestellt waren. Selbst Bläser gehörten zu ihnen, die zur Ehre ganz besonderer Gäste auf einer Vielzahl von Blasinstrumenten spielten.

»Wenn die Gäste den Saal betreten, müssen ihnen die Bläser gleich einen musikalischen Willkommensgruß nach unserer Art entbieten«, fuhr Fidelma fort.

»Und was für Musik soll während des Essens gespielt werden?«, fragte Gormán, der seine Aufgabe sehr ernst nahm.

»Sprich am besten mit den Musikern, Gormán«, riet ihm Colgú. »Die Musik sollte nicht allzu laut, aber auch nicht so leise sein, dass sie einschläfernd wirkt. Stücke in der *gan-traige* Art wären vielleicht am geeignetsten.«

Gan-traige war eine fröhliche Musik, die eine gelöste Stimmung verbreitete, die sich auf den Zuhörer übertrug. Man konnte nur hoffen, dass sie sich wohltuend auf die gespannte Atmosphäre auswirkte und ihr den Ernst und die Steifheit nahm, die die Besucher heraufbeschworen hatten.

»Nach dem Mahl wären ein paar Balladen angebracht«, schlug Abt Ségdae vor. »Damit würde man vermeiden, dass das Gespräch sich ständig im Kreise dreht. Ich habe neulich deinen Barden gehört – wie hieß er doch gleich? –, der spielte auf seiner *cruit* und stimmte einen Lobgesang auf deinen Sieg bei Cnoc Áine über die Uí Figente an.«

Die *cruit* war eine kleine achtsaitige Harfe, die den Dichtern als Begleitinstrument diente, wenn sie ihre Gedichte und Balladen vortrugen.

Colgú blickte zu Gormán. »Du wirst deine Sache schon gut machen. Achte darauf, dass man ein weniger kontroverses Thema wählt als ausgerechnet den Streit mit den Uí Figente. Eine Ballade über den Heiligen Ailbhe wäre nicht schlecht. Da gibt es zum Beispiel eine, die davon erzählt, wie eine Wölfin ihn rettet, nachdem ihn sein Vater als Kleinkind ausgesetzt hat. Das wäre doch eine Geschichte, die unsere ehrenwerten frommen Gäste anrühren müsste.«

»Stimmt, das ist eine gute Ballade, um unsere Gäste auf andere Gedanken zu bringen«, bestätigte Abt Ségdae.

Äbtissin Líoch saß immer noch unglücklich da, und Schwester Dianaimh und Bruder Madagan machten einen ähnlichen Eindruck. Schließlich kam Äbtissin Líoch auf das eigentliche, sie alle bewegende Problem zurück.

»Schön und gut, diese Leute mit Unterhaltung abzulenken. Aber was wollen sie eigentlich? Nicht die geringste Andeutung haben sie gemacht. Was treibt sie unter den Fünf Königreichen just in dieses? Ausgerechnet hierher?«

»Líoch berührt einen entscheidenden Punkt«, nahm Fidelma den Gedanken auf. »Seit dem Moment, da wir von der

Abordnung erfuhren, erschreckt uns ein unerklärlicher Vorfall nach dem anderen. Haben all diese Geschehnisse etwas mit dem Anliegen der Würdenträger zu tun?«

»Zumindest bringt uns keiner der Vorfälle der Antwort näher, was die Männer hierherführt«, ergänzte die Äbtissin Fidelmas Überlegung.

»Trotzdem kann ich die Fremden zu keiner Erklärung zwingen, wenn sie nicht bereit sind, eine zu geben«, gestand Colgú bekümmert ein. »Sagt mir, wie ich sie dazu bekommen kann, und ich folge eurem Rat.«

»Es wird sich heute Abend von selbst ergeben«, meinte Abt Ségdae zuversichtlich, erntete aber nur skeptisches Schweigen. »Ich werde der Auslöser des Konflikts sein«, fuhr er fort. »Als *comarb*, als Nachfolger des heiligen Ailbhe und damit Abt und Oberster Bischof in diesem Königreich, werde ich auf Antworten bestehen.«

»Und wenn sie darauf nicht eingehen?« Äbtissin Líoch klang fast ein wenig spöttisch.

Der Abt machte eine bedeutungsvolle Handbewegung. »Dann nehmen wir das Gesetz zu Hilfe.«

Fidelma horchte auf. »Da musst du dich schon näher erklären.«

»Unter einigen Würdenträgern, besonders solchen, die durch Rom beeinflusst sind, gibt es eine Bewegung, unser Gesetzessystem abzulehnen und es durch ›Bußvorschriften‹, wie sie es nennen, zu ersetzen. In einigen unserer Abteien werden sie bereits eingeführt. Sie sind eine Abscheulichkeit, die uns von außen aufgedrängt wird, und ich verwahre mich dagegen.«

»So weit gehen wir selbstverständlich mit, aber worauf willst du hinaus?«, rätselte Fidelma immer noch.

»In unserer Gesellschaft hat ein Abt oder Bischof dem Gesetz nach nicht mehr Rechte als ein weltlicher Herrscher. Das Gesetz legt ihm Beschränkungen auf. Tut er etwas Falsches, kann seine *tuath*, seine Gemeinde, sein Amt in Frage stellen. Er muss sich vor der Versammlung der *derbhfine* der Abtei – gewissermaßen seiner Familie – verantworten. Wird er dem Gesetz nach wegen Fehlverhaltens für schuldig erklärt, kann man ihn seines Amtes entheben und einen neuen Abt oder Bischof wählen.« Mit einem Blick zu Äbtissin Líoch fügte er hinzu: »Das Gleiche gilt natürlich auch für Äbtissinnen und deren Häuser.«

Er hielt erneut inne, als müsse er sich sammeln. »Alle geistlichen Würdenträger haben die gleichen Rechte wie Landesfürsten und werden gleich ihnen behandelt. Ich bin ein Eóghanacht, und mein Ehrenpreis beträgt laut Gesetz vierzehn *cumals*.«

Fidelma schüttelte den Kopf. »Ich sehe immer noch nicht, worauf du hinauswillst. Was soll das damit zu tun haben, wie wir die Fremden dazu bringen können, uns endlich zu sagen, weshalb sie hier sind? Auf welchen Gesetzestext beziehst du dich?«

»Im *Bretha Nemed toísech* heißt es, dass ein geistlicher Würdenträger die gesellschaftlichen Belange zu berücksichtigen habe. Lässt er die Gesellschaft außer Acht, muss er sich den Konsequenzen stellen.«

Fidelmas Miene war anzusehen, dass sie jetzt den Gedankengang des Bischofs erkannte.

»Der *Córus Béscnai* spricht von den Konsequenzen, die ein Fehlverhalten von geistlichen Würdenträgern, selbst von Äbten und Bischöfen, nach sich zieht. Sie können wie jeder andere Straftäter behandelt werden«, betonte er mit Nachdruck.

Abt Ségdae lächelte triumphierend. »Schon die alten Annalen berichten davon, dass hochrangige Kirchenleute als Geiseln genommen werden können, jegliche Rechte verlieren, ein bestimmtes Gebiet nicht verlassen dürfen und zum Wohle der Gemeinschaft eine Arbeit verrichten müssen.«

Colgú beugte sich auf seinem Stuhl vor. »Einen Moment. Sagst du jetzt, Gormán und seine Krieger sollten Verax und Arwald gefangen setzen? Das würde doch in ihren Ländern zu heller Empörung führen, fremdländische Heerscharen würden an unseren Ufern landen, und wir würden uns bekriegen. Das ist das Letzte, was ich erleben möchte.«

»Das wirst du auch nicht erleben, Bruder.« Fidelma lachte fröhlich. »Abt Ségdae spricht nur davon, was möglicherweise drohen könnte, nicht, dass wir mit dieser Drohung ernst machen. Es ist gewissermaßen ein Gedankenspiel. Er zeigt uns nur, dass wir etwas in der Hinterhand haben – sollte es zu weiteren Ausflüchten kommen, verweisen wir einfach auf unser Gesetzeswerk.« Fidelma erwärmte sich für die Idee. »Vor ein paar Jahren hat der Rat der Brehons sogar einen Gesetzeszusatz verabschiedet, in dem es um die Bestrafung eines Bischofs geht, der in der Ausübung seiner Pflichten gegenüber der Gemeinde versagt.«

»Also gut, wie treten wir dem Ehrwürdigen Verax und Bischof Arwald gegenüber und machen ihnen klar, was wir von ihnen erwarten?«, fragte Colgú. »Wie verpacken wir die Drohung, dass sie uns entweder sagen, was sie hier suchen, oder wir sie schlicht und einfach zu dem machen, was sie in ihrem Land als Sklaven bezeichnen?«

»Wir sollten abwarten, wie sich der Ehrwürdige Verax verhält«, schlug Fidelma vor. »Bei aller Arroganz wird sich Bischof Arwald danach richten, was er sagt. Lassen wir also den Abend auf uns zukommen. Bis dahin würden sich Eadulf und ich gern zurückziehen, denn wir haben noch eine Menge zu besprechen.«

KAPITEL 13

Auf dem Weg zu ihren Gemächern blieb Fidelma mitten im Hof unversehens stehen. Beunruhigt blickte Eadulf hoch zu den sie umgebenden Burgmauern, ob etwa von dort eine Gefahr drohe. Doch Fidelmas Beweggrund war ein anderer.

»Mir fällt gerade noch eine Möglichkeit ein, um hinter die Absichten der Abordnung zu kommen, und damit ließe sich ein Streit vermeiden.«

»Ich hatte eigentlich deinen bisherigen Vorschlag für den besten gehalten. Der Ehrwürdige Verax ist eine angesehene Persönlichkeit und gibt sich weniger arrogant als Bischof Arwald. Wahrscheinlich kann man bei ihm am ehesten an die Vernunft appellieren.«

»Mir schwebt noch ein anderer Versuch vor. Wenn es sich irgendwie ergibt, solltest du mit dem jungen Schreiber, der sie begleitet, ins Gespräch kommen. Weißt du noch seinen Namen?«

»Meinst du Bruder Bosa?«

»Richtig. Er hat sich bisher sehr zurückgehalten, doch als Schreiber bei Bischof Arwald müsste er wissen, was Sache ist.«

Eadulf war da weniger zuversichtlich. »Wenn sie ihm gesagt haben, er solle den Mund halten, wird er das auch tun. Und ganz ehrlich, er gefällt mir nicht.«

»Was spricht gegen ihn?«

»Er ist mir irgendwie nicht ganz geheuer.«

Zu seiner Verwunderung lachte Fidelma hell auf. »Ich fürchte, du entwickelst Vorbehalte gegen Mönche, Eadulf. Erst dein Bruder und jetzt der Schreiber. Menschen werden nicht als Mönch geboren. Sie finden aus verschiedenen Gründen und wegen ihrer Lebenserfahrungen zur Klostergemeinschaft – manche sind sogar ehemalige Krieger. Egal, es wird davon abhängen, wie man Zugang zu ihm bekommt, welche Fragen man stellt. Ich habe das Gefühl, mit seiner Hilfe könnten wir einen Keil in die Mauer treiben, die Verax und Arwald aufgebaut haben. Zudem bist du ein Landsmann von ihm, trägst die römische Tonsur, weil du die Rituale unserer Kirche noch nicht ganz verinnerlicht hast.«

Eadulf konnte sich ihrer Darstellung nicht verschließen. »Vielleicht ist es wirklich ein Weg«, gab er zu. »Ist dir noch gegenwärtig, dass Arwald glaubte, er hätte mich erst vor kurzem in Canterbury gesehen?«

»Wir alle wissen, dass er sich da geirrt hat.«

»Ganz offensichtlich hat er mich mit meinem Bruder Egric verwechselt. Zumindest wird aus seiner Äußerung klar, dass Arwald von Egrics Reise hierher wusste. Weshalb aber sagte er ›in Begleitung eines älteren Mannes‹ und nicht des Ehrwürdigen Victricius?«

»Wir müssen Augen und Ohren offen halten und ...« Fidelma beendete ihren Satz nicht, denn ihr Blick schweifte auf das hintere Ende des Hofes. Sie hatte die Person, von der sie gerade redeten, gesichtet; sie sprach mit einem der Wächter. Wie um Bruder Bosa den Weg zu weisen, zeigte der Wächter auf die Kapelle, und Bruder Bosa begab sich in die gewiesene Richtung.

»Etwas Besseres konnte uns nicht passieren, Eadulf«, meinte sie verschmitzt. »Geh ihm hinterher in die Kapelle und sieh zu, was du ihm entlockst. Ich begebe mich derweil in unsere Wohnung.«

Eadulf lenkte seine Schritte zur Kapelle und betrat das dunkle Gebäude. Einige wenige Lampen spendeten spärliches Licht. Es dauerte ein Weilchen, bis er in der Düsternis die

Gestalt des Sachsen ausmachte, die weiter hinten, ins Gebet vertieft, kniete.

Eadulf störte Bruder Bosa in seiner Andacht nicht; er näherte sich ihm erst, als er sich erhob. Bruder Bosa machte durch seine Haltung und Mimik keinen Hehl daraus, was er von Eadulfs Erscheinen hielt.

»Suchst du mich, Bruder?«, fragte er in der ihnen gemeinsamen Sprache.

»Mir ist aufgefallen, dass du die Abordnung als Dolmetscher und Schreiber begleitest«, begann Eadulf in einem möglichst freundlichen Ton. »Ich staune, wie du es zu einer so guten Beherrschung der Sprache der Fünf Königreiche gebracht hast.«

»Das hat sich einfach so ergeben«, entgegnete der andere achselzuckend. »Ich habe an der Abtei von Darú studiert, wo sich auch viele unserer Landsleute zeitweilig aufhalten. Zwei Jahre war ich dort und kehrte dann nach Hause zurück.«

»Und wo bist du zu Hause?«

Der junge Schreiber vermied eine Antwort und wechselte das Thema. »Ich habe dich sagen hören, du wärest aus dem Königreich der Ostangeln. Unter diesen merkwürdigen Menschen hier zu leben muss doch für dich schwierig sein. Allein wenn ich daran denke, dass die Bediensteten sich ihrem König für ebenbürtig halten. Schon für eine solche Anmaßung würden wir sie auspeitschen.«

»Hier ist es nicht Sitte, Menschen auszupeitschen, die sich um unsere Bedürfnisse kümmern.« Eadulf merkte, wie sich alles in ihm sträubte. »Im Gegenteil, wir schätzen ihre Dienste und entlohnen sie dafür. Wenn du zwei Jahre hier studiert hast, müsstest du das eigentlich wissen.«

»Um das Leben derer außerhalb der Abtei habe ich mich wenig geschert. Ich habe mich auf meine Studien konzentriert und war froh, als ich das Land wieder verlassen konnte«, erklärte Bruder Bosa gleichgültig.

»Ich nehme an, du stammst aus Magonsaete?«, fragte Eadulf, bemüht, sich nicht aus der Ruhe bringen zu lassen und zu dem eigentlichen Grund seines Gesprächs zu kommen.

»Magonsaete? Das rückständige Nest? Ich doch nicht! Ich stamme aus dem Königreich Kent. Ich bin ein direkter Nachfahr von Wecta, Wodans Sohn. Mein Vater war Octha, Bruder von Eorcenbert.«

Eadulf war mehr als verwundert. Eorcenbert war ein König von Kent gewesen, verehelicht mit Seaxburh, Tochter von Ana, dem König seines eigenen Volkes, nämlich der Ostangeln. Man musste wissen, dass Eorcenbert der erste König war, der als Christ aufgewachsen war, und als er in Kent an die Macht kam, hatte er die Ausrottung aller alten Götter und Göttinnen und ihrer Priester befohlen. Er war es, der einen Jütländer zum ersten Erzbischof von Canterbury ernannte. Das war Frithuwine gewesen, der den lateinischen Namen Deusdedit annahm und später an der Gelben Pest starb.

Bruder Bosa deutete Eadulfs Schweigen als ehrfurchtvolles Staunen und lächelte nachsichtig. »Ich bin ein Sohn von Königen und stamme aus dem ältesten Königreich unseres Volkes. Mein Vater, ein frommer Mann, schickte mich zur Ausbildung zuerst nach Rom und dann nach Darú, ich sollte mich mit der Lebensart der Barbaren vertraut machen, die unser Land umgeben.«

Eadulf überging die Beleidigung und betrachtete nachdenklich den jungen Mann. »Bischof Arwald ist aber aus Magonsaete«, stellte er sachlich fest.

Bruder Bosa wurde rot. »Ich bin nie in Magonsaete gewesen«, platzte er wütend heraus.

»Und doch dienst du Bischof Arwald. Warum …?«

»Ich stamme aus Kent. Ich komme aus Canterbury und diene am Hof von Theodor, dem Erzbischof, und dem dient auch Arwald. Ich diene dem Bischof, weil …« Er hielt plötzlich inne, als ertappte er sich dabei, etwas preiszugeben, worüber er lieber schweigen sollte.

»Bischof Arwald, dein Herr und Meister, glaubte, mich schon einmal gesehen zu haben. Oder genauer, er glaubte, mich erst vor kurzem in Canterbury in Begleitung eines älteren Mannes gesehen zu haben. Egal, für wen er mich fälschlicherweise hielt, er sprach davon, dass der Vermeintliche nachgewiesenermaßen in einem der Häfen im Süden an Land gegangen wäre.«

Eadulf machte eine Pause, um Bruder Bosa die Gelegenheit zu einer Erklärung zu geben, aber der schwieg.

»Ich frage mich, wieso Bischof Arwald annimmt, ich wäre dieser Mann gewesen, und woher er weiß, dass er und sein älterer Begleiter in die Fünf Königreiche gereist sind.«

Bruder Bosa zögerte zwar, aber offensichtlich fielen ihm keine Ausflüchte ein, und so bekannte er: »Auch ich habe besagte Person gesehen. Sie ähnelte dir tatsächlich, war jedoch, wie ich jetzt, da du vor mir stehst, feststellen muss, entschieden jünger als du. Während unseres Aufenthaltes in der Abtei Fearna erkundigte sich Bischof Arwald nach gewissen Kaufleuten, die er treffen wollte, und bekam den Bescheid, dass zwei Männer, deren Äußeres auf die gegebene Beschreibung passte, vor kurzem in einem Hafen im Süden eingetroffen wären.«

»Das heißt, ihr seid auf der Suche nach den beiden? Aus welchem Grund?«, fragte Eadulf nicht ohne Erregung.

Wieder zögerte Bruder Bosa, als hätte er bereits zu viel gesagt. »Ich könnte dir darauf eine Antwort geben, aber weshalb sollte die dir etwas bedeuten?«

»Wenn eine der Personen mir ähnlich sieht, ist es doch wohl verständlich, dass mir eine Antwort darauf etwas bedeutet«, erwiderte Eadulf rasch.

»Da ist etwas dran«, gab der Schreiber zu. »Trotzdem kann ich dir da nicht weiterhelfen. Ich kann dir nur sagen, dass Bischof Arwald sehr an ihnen gelegen war.«

»Du weißt doch vermutlich, dass der Ehrwürdige Verax der Bruder des Heiligen Vaters ist?«

Diesmal war das Erstaunen auf Bruder Bosas Seite, denn damit, dass Eadulf das wusste, hatte er nicht gerechnet. Er begnügte sich mit einem bestätigenden Kopfnicken, fügte dann aber hinzu: »Ich diene Canterbury und Rom, und folglich erschüttert es mich, hier unter Barbaren zu sein, die nicht dem wahren Glauben dienen. Du selbst trägst doch die Tonsur Roms, Bruder Eadulf, und dennoch lebst du unter diesen Barbaren und hast sogar die Schwester des Königs geheiratet.«

Eadulf kniff die Augen zusammen. »Hast du etwas dagegen?«

Bruder Bosa nahm Eadulfs Verärgerung gelassen hin. Im Gegenteil, er fühlte sich irgendwie bestärkt, beugte sich vor und tippte Eadulf mit dem Finger auf die Brust.

»Du bist Mönch, und trotz deiner Bekehrung zum Glauben durch Missionare dieses Landes heißt es, du wärest nach Rom gegangen und hättest dich für die Lehren, wie sie auf zahlreichen Konzilen der Bischöfe beschlossen worden sind, eingesetzt. Auf dem Konzil zu Streonshalh hast du den wahren Weg Roms vertreten und bist gegen die Auffassungen der Kirche von Columba zu Felde gezogen.«

»Ja, und?« Eadulfs Stimme klang ein wenig herausfordernd.

»Du bist verführt worden, hast eine Fremdländische geheiratet. Ein Mönch sollte im Zölibat leben.«

Eadulf zog eine Augenbraue hoch. »Du bist also ein Verfechter des Zölibats von Mönchen?«

»Es ist der einzige Weg, will man dem wahren Glauben folgen. Ein Mönch, der heiratet und Kinder zeugt, tut unrecht.«

Der junge Mönch lächelte selbstgefällig. Dass es in Eadulfs Gesicht arbeitete, schien er nicht zu bemerken. Der hingegen vergaß völlig, dass es dem Schreiber gelungen war, ihn von seinen eigentlichen Fragen abzulenken. »Du befindest dich im Königreich von Muman, Bruder Bosa, in dem Land der Fünf Königreiche, die alle einem Hochkönig, der im Mittleren Königreich residiert, Treue gelobt haben«, sagte er mit mahnend kalter Stimme. »Alle Fünf Königreiche folgen den gleichen Gesetzen, Vorgehensweisen und religiösen Auffassungen. Du bist gut beraten, dich nicht dahingehend zu äußern, dass ihre Liturgie einer falschen Lehre entspräche. Vergiss nicht, es ist Rom, das in vielen Konzilen und Disputationen von dem abgewichen ist, was ursprünglich gelehrt wurde, als der Glaube erstmals in dieses Land kam. Hier betrachtet man die Liturgie Roms und die Lehren, denen man in Rom folgt, als von den ursprünglichen Auffassungen des Glaubens abtrünnig.«

»Das ist Unsinn!«

»Unsinn oder nicht, nicht einmal der Bischof von Rom und seine Ratgeber haben sich gegen eine Ehe von Mönchen und Nonnen ausgesprochen. Denke immer daran, wo du bist.«

»Wie meinst du das?«

»Hast du jemals die Werke von Aurelius Ambrosius, einem Mann aus Gallien gelesen, der Bischof von Mediolanum wurde, einer Stadt nördlich von Rom, soviel ich weiß?«

»Nein, nie.«

»Es gibt in seinem Werk zwei wichtige Zeilen, und die solltest auch du beherzigen. *Quando hic sum, non jejuno Sabbato; quando Romae sum, jejuno Sabbato.*«

Bruder Bosa sann kurz nach und übersetzte dann: »Wenn ich mich hier aufhalte, faste ich am Samstag nicht; halte ich mich aber in Rom auf, faste ich am Samstag. Was soll das bedeuten?«

»Mit anderen Worten, Bruder Bosa, befolge dort, wo du bist, die herrschenden Bräuche und versuche nicht, jemandem deine eigenen aufzuzwingen.«

»Wenn ich aber weiß, dass ich die Wahrheit sage? Soll ich selbst dann schweigen?«

»Vergewissere dich stets, dass du mit deiner Wahrheit, ehe du sie aussprichst, nicht die Wahrheit eines anderen verletzt.«

»Und du fühlst dich verletzt, weil ich der Meinung bin, du hast mit der Heirat einer Fremdländischen, um bei den Leuten hier Anklang zu finden, den falschen Glaubensweg eingeschlagen?«

Eadulf war nicht gleich in der Lage zu antworten, denn er spürte Ärger in sich aufsteigen. Auch musste er an die Haltung seines Bruders Egric denken. »Ganz so, wie du denkst, war das nicht. Außerdem ist nirgends in der Christenheit der Gedanke des Zölibats für das Leben im Kloster vorgeschrieben. Selbst die Jünger waren verheiratet, denn hat nicht Christus die Mutter der Frau des Petrus geheilt? Und hat nicht Paulus an Timotheus in Ephesus über die Heirat von Kirchenvätern geschrieben? Er hat nichts gegen ihre Eheschließung gehabt, hat sich aber dahingehend geäußert, dass Bischöfe nur eine Frau zum Weib haben sollten, denn es gab etliche Gemeinschaften mit Vielweiberei.«

»Paulus schrieb auch an die Christen in Korinth«, eiferte sich Bruder Bosa, »und da weist er darauf hin, dass die unverheirateten Mönche dem Anliegen des Herrn dienen und ihren

Lebenswandel nach dem Wohlgefallen des Herrn ausrichten. Die verheirateten Männer und Frauen hingegen kümmern sich nur um weltliche Dinge, trachten danach, ihren Frauen beziehungsweise Männern zu gefallen und streben nach eigenem Wohlstand.«

»Das hat er geschrieben, ja«, bestätigte Eadulf. »Er hat aber auch darauf hingewiesen, dass das seine persönliche Sicht auf die Dinge sei und andere sich nicht danach richten müssten. Es gab keinerlei Zwang, und die Menschen konnten ohne jede Beeinflussung ihre eigene Wahl treffen.«

»In der Heiligen Schrift habe ich gelesen, dass die Apostel von Christus wissen wollten, ob es besser wäre, nicht zu heiraten, woraufhin er gesagt hat, dass seine Jünger eine Eheschließung ablehnen sollten, wollten sie ins himmlische Königreich eingehen.«

Eadulf schüttelte vehement den Kopf. »Halte dich an den Text, Bruder Bosa, du kannst ihn im Evangelium des Matthäus nachlesen. Die Worte Christi sind eindeutig. Er sprach ganz allgemein davon, dass sich für manche eine Heirat verbietet, weil sie so und nicht anders geboren sind. Andere wiederum entscheiden sich vielleicht gegen die Ehe, weil sie ihr ganzes Sein dem himmlischen Königreich widmen wollen. Nirgends aber sagt Christus, dass sie es tun müssten.«

»Immer häufiger erkennen die Kirchen, dass man nicht den Gläubigen dienen kann, wenn man sich gleichzeitig um die eigene Familie kümmern muss. Das war auch einer der Grundsätze, auf die sich Bischöfe und Priester auf dem großen Konzil von Elvira verständigt hatten.« Bruder Bosa blieb hartnäckig.

»Das Konzil von Elvira vor dreihundert Jahren war das erste christliche Konzil in Iberien, auf dem sich nur ein paar Bischöfe und Priester aus dem Umland versammelten. Ihre Erklärung wurde nirgendwo sonst ernst genommen und befolgt. Und komm mir nicht noch damit, dass das erste Konzil der Bischöfe in der westlichen Christenheit, nämlich das von Arles in Gallien, wenige Jahre nach Elvira sich auch für das Zölibat ausgesprochen hätte.«

»Hat es aber«, bekräftigte der junge Schreiber enthusiastisch. »Mehr als dreiundvierzig Bischöfe aus Kirchen im Westen des römischen Reiches bestätigten die Entscheidungen von Elvira, einschließlich die über das Zölibat. Wir sollten uns die Verdikte von Elvira zu eigen machen.«

»Wenn das so ist, lieber Bruder Bosa, fürchte ich, dass eure Abordnung durch ihr Hiersein Gefahr läuft, just gegen diese Erlasse zu verstoßen«, sagte Eadulf kalt.

Verständnislos starrte Bruder Bosa ihn an.

»Erlass Neunzehn von Elvira besagt, dass Bischöfe, Priester und Kirchenälteste nicht ihre Kirchen verlassen dürfen, um sich anderen Dingen zu widmen, sie dürfen sich auch nicht in fremde Gebiete begeben.« Ganz sicher war sich Eadulf nicht, ob er im Detail richtig zitierte, er hatte den Erlass nur vage in Erinnerung. Aber die Wirkung auf Bruder Bosa blieb nicht aus.

»Wir sind nicht hergekommen, um ...«, sagte er, hörte aber genauso rasch auf zu sprechen, wie er begonnen hatte.

»Weshalb seid ihr dann gekommen? Niemand von euch scheint gewillt, es uns zu sagen.«

»Jedenfalls nicht, um uns veraltete Auffassungen aufschwatzen zu lassen, die schon auf dem Konzil zu Arles für hinfällig erklärt wurden«, empörte sich der junge Schreiber.

»Arles wurde von Konstantin, dem römischen Kaiser, nur wegen der Donatisten einberufen, die sich gegen jede Einmischung in Glaubensfragen verwahrten. Und in der ganzen Christenheit wurden viele der Festlegungen von Arles nie übernommen oder befolgt.« Insgeheim ärgerte sich Eadulf, dass er den entscheidenden Moment verpasst hatte, auf die für ihn wichtige Antwort zu drängen.

»Papst Siricius hat darauf bestanden, dass Bischöfe und Priester nicht länger mit ihren Frauen zusammenleben sollten«, verkündete der Schreiber beharrlich.

»Mein lieber Bruder Bosa, dass du diese Vorstellung für dich verinnerlicht hast, sehe ich«, räumte Eadulf mit einem müden Lächeln ein. »Zum Glück wird ein solch unnatürliches Verhalten zwischen Mann und Frau nicht als Gebot empfunden. Die Vorstellung, sich nicht dem Neuen Glauben verschreiben zu können, ohne sich ein Leben als Eunuch zu verordnen, widerspricht dem Gedanken der Schöpfung und ist eine Beleidigung des Gottes, den wir anbeten. Nicht die Ehe ist ein Fluch für den Glauben, sondern triebhafter Sex. Der ist es, der Schimpf und Schande über die Menschen bringt. Wenn man sich gelobt, einander treu zu sein und sich in Freud und Leid zu trösten und beizustehen, folgt man natürlicherweise Gottes Absicht bei der Erschaffung des Menschen. Jetzt aber, denke ich, haben wir genug Zeit auf dieses Thema verschwendet.«

Eadulf war verärgert, dass er sich zu einer Debatte über das Zölibat hatte verleiten lassen. Mit dieser merkwürdigen Abordnung und dem Grund ihres Besuches war er kein Stück weitergekommen bis auf … bis auf das ungute Gefühl, dass das unerwartete Auftauchen seines Bruders und die Ermordung des Ehrwürdigen Victricius irgendwie etwas damit zu tun hatten. Ob vielleicht die Nennung des Namens bei Bruder Bosa eine Reaktion auslösen würde? Er war schon im Gehen, drehte sich aber noch einmal um.

»Nur noch eine Frage, da du ja aus Canterbury kommst. Bist du dort jemals dem Ehrwürdigen Victricius aus Palestrina begegnet?«

Heftiger konnte die Reaktion nicht sein. »Der *Ehrwürdige* Victricius?«, stieß Bruder Bosa überrascht hervor.

»Du kennst ihn also?«

Bruder Bosa betrachtete Eadulf argwöhnisch, seine Gesichtsmuskeln arbeiteten. »Ist er hier?«, fragte er gedehnt und fügte sogleich hinzu: »Er ist der ältere Mann, den Bischof Arwald erwähnte.«

Eadulf beschloss, bei der Wahrheit zu bleiben. »Uns erreichte ein Bericht, dass auf dem Fluss nicht weit von hier im Süden ein Mann, zu dem die Beschreibung passen würde, überfallen und getötet wurde.«

»Von wem wurde er überfallen?« Der Tonfall verriet, wie sehr ihn die Nachricht überraschte.

»Von Banditen.«

»Von Banditen? Hat man ihn ausgeraubt?«, fragte er bestürzt. »Was ist mit den Sachen, die er bei sich hatte? Wurden die ihm weggenommen?«

»Was die Banditen nicht vernichtet haben, ließen sie mitgehen«, erwiderte Eadulf und verzichtete auf die volle Wahrheit. »Du kennst ihn also? Soviel wir gehört haben, war er ein geistlicher Würdenträger aus Canterbury.«

Mit der Antwort, die ihn erwartete, hatte Eadulf beim besten Willen nicht gerechnet. Bruder Bosa gluckste vor sich hin, fasste sich jedoch ziemlich rasch. »Einen Mann namens Victricius habe ich in Canterbury gekannt. Er war aber weder ein geistlicher Würdenträger noch jemand, den man mit dem Beinamen ›der Ehrwürdige‹ bedacht hätte. Ich habe sogar meine Zweifel, ob er wirklich Victricius hieß.«

Eadulf musste mit einer aufsteigenden Beklommenheit kämpfen. »Wer war er dann, dieser Ehrenwerte Victricius?«, fragte er und gab sich nach außen hin ruhig.

»Vielleicht könnte man das ›ehrwürdig‹ gelten lassen«, spöttelte Bruder Bosa. »Alt genug war er. Als ich ihn in Canterbury sah, hatte man ihn an einen Pfahl gebunden, und er wurde ausgepeitscht.«

»Was hatte er denn getan?« Vor Eadulfs innerem Auge stand das Bild, das Gormán beschrieben hatte, abgeheilte Striemen auf dem Rücken der Leiche.

»Als ich ihn sah, trug er eine Tonsur – die Tonsur von Rom. Er gab sich als frommer Bruder aus. Ich glaube nicht, dass er das wirklich war. In Wahrheit war er ein Dieb. Er hatte aus der neuen Abtei in Menstre Gold- und Silberarbeiten gestohlen. Er hat Glück gehabt, dass er nicht wegen Diebstahls gehängt wurde. Er entkam dem Tod durch den Strang, weil er die Prinzessin überzeugen konnte, dass er ein Römer war.«

»Menstre? Prinzessin?« Eadulf konnte seine Unkenntnis nicht verbergen.

»Vergangenes Jahr wurde Prinzessin Domneva aus dem Königshaus Kent Äbtissin eines Kosters, das sie nahe bei Ebbsfleet gründete, Menstre heißt es. Sie ertappte den Dieb und schickte ihn zu Egbert nach Canterbury, wo über die Bestrafung befunden werden sollte. Er war ein Dieb und nicht ein ›Ehrwürdiger‹ Kirchenvater. Bist du sicher, dass er und seine Begleitung tot sind? Und bist du sicher, dass seine Habe gestohlen wurde?«

Der eifrig forschende Ton der Fragestellung ließ Eadulf noch vorsichtiger werden.

»Es heißt, Banditen haben das Boot, das für die Fahrt flussaufwärts angeheuert wurde, überfallen. Die Bootsleute wurden getötet und alle Sachen des Mönchs sollen vernichtet beziehungsweise geraubt worden sein.« Nach wie vor war Eadulf mit der Wahrheit zurückhaltend. Er vermied es, Egric auch nur zu erwähnen.

Wieder zurück bei Fidelma, war er mit seinem Bericht über

das Gespräch mit Bruder Bosa kaum zu Ende, als es an der Tür klopfte und ein junger Bediensteter des Königs zögernd im Türrahmen stand.

»Der König erwartet dich umgehend in der Ratskammer«, verkündete der junge Bursche atemlos.

»Mich allein?«, fragte Fidelma.

»Euch beide, Lady, wenn es recht ist«, stammelte der Junge und eilte davon.

Fidelma und Eadulf sahen sich an.

»Was gibt es jetzt schon wieder?«, rätselte Eadulf.

In der Ratskammer waren nicht nur der König, sondern auch Abt Ségdae und sein Verwalter, Bruder Madagan. Gormán hielt draußen Wache.

Erleichtert blickte Colgú bei ihrem Erscheinen auf. »Ich brauche euch beide und eure klugen Köpfe«, begrüßte er sie.

»Was hat dich so plötzlich bewogen, uns rufen zu lassen?«, fragte Fidelma und folgte der Handbewegung ihres Bruders, sich zu setzen.

»Freund Eadulf hat offensichtlich mit Bruder Bosa gesprochen und für eine rasche Antwort des Ehrwürdigen Verax gesorgt.«

»So? Habe ich das?« Eadulf war überrascht.

»Wenn ich es richtig verstanden habe, hast du versucht, ihn in ein Gespräch zu verwickeln, um für uns Wichtiges von ihm zu erfahren.« Eadulf war im Begriff, sich zu rechtfertigen, doch Colgú gebot ihm mit erhobener Hand zu schweigen. »Bruder Bosa hatte nichts Eiligeres zu tun, als seinen Herren davon zu berichten. Ich deute das dahingehend, dass du mit deinen Fragestellungen durchaus Erfolg hattest.«

Fidelma beugte sich zu Eadulf und flüsterte ihm zu: »Bestimmt hat er die Sache mit Victricius erzählt.«

»Jedenfalls hat der Ehrwürdige Verax mir eine Botschaft des

267

Inhalts gesandt, dass er jetzt unser Drängen verstünde, etwas über den Grund ihres Besuches zu erfahren«, fuhr Colgú fort. »Er ist bereit, sich dazu näher zu äußern.«

»Er wäre *bereit*, das zu tun?« Abt Ségdae konnte es nicht unterlassen, verächtlich zu schnauben.

»Er hat angeboten, sich noch vor dem Abendessen zu erklären, weil er ein festliches Begrüßungsmahl dafür nicht für den geeigneten Rahmen hält. Er hat mich wissen lassen, er würde gern nur mit mir persönlich und meinem Bischof sprechen, womit er Ségdae und seinen Verwalter meint. Ich habe gesagt, dass ich auf die Anwesenheit meines Ratgebers in Rechtsangelegenheiten sowie meines Ratgebers in sächsischen Fragen Wert lege, also auf dich, Fidelma, und auf dich, Eadulf.«

»Und er hat sich damit einverstanden erklärt?«, fragte Fidelma erstaunt.

»Ja«, bestätigte ihr Bruder.

»Dann sollten wir uns anhören, was uns der Ehrwürdige Verax zu verkünden hat«, meinte Fidelma. »Es könnte bedeuten, dass wir dadurch später am Abend eine etwas weniger gespannte Atmosphäre haben.«

Man schickte Gormán, den Ehrwürdigen Verax entsprechend zu benachrichtigen, und schon nach wenigen Minuten kehrte er mit dem gestrengen Verax von Segni zurück. Der Kirchenfürst ließ seinen Blick über die Anwesenden gleiten, ehe er dem König fest in die Augen sah.

Colgú wies auf einen Stuhl. »Nimm bitte Platz, Ehrwürdiger Verax. Du bist gekommen, um uns über den Grund deines Besuches in Cashel zu erhellen?«

»So ist es, und ich möchte mich für unsere anfängliche Zurückhaltung entschuldigen. Aber wir sind Fremde in einem für uns fremden Land, und die Ermordung von Bruder Cerdic, unseres Vorboten, hat uns, die wir unter deinem Schutz in dieser Burg weilen, in Unruhe versetzt.«

Colgú war die Bemerkung sichtlich unangenehm. »Ich habe dir versichert, dass wegen seines Todes Nachforschungen im Gange sind und dass der Täter, sowie er gefunden ist, sich vor dem Gesetz verantworten muss und bestraft werden wird.«

»Ich habe das jetzt verstanden.«

»Was also führt euch zu uns?«

Der Ehrwürdige Verax überlegte kurz. »Lasst es mich auf meine Weise erklären.«

»Dann sollten wir uns alle setzen.« Der König machte eine einladende Geste.

Als alle Platz genommen hatten, lehnte sich der Ehrwürdige Verax etwas zurück und räusperte sich, ehe er begann. »Wie du weißt, hat es eine Vielzahl von Problemen in der Christenheit gegeben, Probleme bei der wahrheitsgetreuen Verbreitung des Glaubens bis in die entfernten Gebiete der Erde. Es gibt Menschen, die glauben, sie allein verständen das Wort Gottes richtig.«

Nicht ohne Zynismus erwiderte Abt Ségdae: »Soweit uns bekannt ist, hat Rom viele Konzile abgehalten, auf denen neue Auslegungen der Heiligen Schrift vorgeschlagen und neue Lehren verkündet wurden. Wir hier im Westen befolgen den Glauben, wie er uns ursprünglich vermittelt wurde.«

Der Ehrwürdige Verax verfiel in seinen spöttischen Ton. »Von wem wurde euch denn der Glaube ursprünglich vermittelt? Ich kann ein Dutzend verschiedene Lehren nennen, die Verbreitung fanden – da waren der Donatismus, der Pelagianismus, der Ikonoklasmus, der Priscillanismus, der Arianismus …, ach, die Liste ist endlos. Rom strebt danach, all diese verschiedenen Sichtweisen eines Tages zu vereinen.«

»Unter Rom«, murmelte Abt Ségdae leise, aber für alle hörbar. »Wie will denn Rom die verschiedenen Sichtweisen vereinen? Viele, die sich zum Glauben bekennen, sind von Jesus und seinen Lehren überzeugt. Andere aber sagen, er war nur ein Mensch, der den Namen ›Sohn Gottes‹ angenommen hat, was bedeutet, dass wir alle Kinder Gottes sind.«

»Diese Lehre wurde auf dem Konzil von Antiochia schon vor vielen Jahren für falsch erklärt«, beeilte sich der Ehrwürdige Verax zu sagen.

»Genauso gut gibt es viele, die glauben, Jesus war ein Mensch, aber seine Seele war göttlich.«

»Auch das wurde verurteilt, und zwar auf dem Konzil von Konstantinopel.«

»Arianus behauptete, die Bezeichnung ›Sohn Gottes‹ war ein Ehrentitel.«

»Auch gegen Arianus hat man sich verwahrt«, widersprach der Ehrwürdige Verax hartnäckig. »Viele, die sich dem Glauben angeschlossen haben, können nicht verstehen, wie Jesus beides – menschlich und göttlich – sein konnte.«

»Gegenwärtig anerkennt Rom, dass Jesus zwei Wesensarten hat, aber nur einem göttlichen Willen unterliegt«, merkte Abt Ségdae an.

»Mein Bruder, der Bischof von Rom, wie auch viele von uns, mühen sich gegenwärtig, auch diese Lehre für falsch und irreführend zu erklären.«

»Bei allem gebotenen Respekt, das sind Streitfragen, die auf den Tisch der Theologen gehören«, mischte sich jetzt Colgú unmissverständlich ein. »Ich bin sicher, dass Auseinandersetzungen dieser Art nicht der Anlass eures Kommens sind. Lassen wir es bei der Feststellung bewenden, dass es keine einheitliche Auffassung über den Glauben gibt und auch nie gegeben hat. Als der Glaube auf diese Insel kam, hieß es, Jesus sei einzig und allein göttlich, und schon bald danach bekamen wir zu hören, dass nicht alle, nicht einmal in Rom, mit dieser Auffassung einverstanden waren. Regelmäßig finden Streitgespräche darüber statt, auf denen das Für und Wider der einen oder anderen Auffassung beleuchtet wird.«

»Und das muss ein Ende haben«, erklärte der Ehrwürdige Verax entschieden.

»Und ihr seid gekommen, um uns eine neue Auffassung zu predigen?« Colgú wollte es nicht glauben.

Der alte Prälat zögerte, schüttelte dann aber doch den Kopf.

»Uns ist bekannt, dass auf dieser Insel fünf Königreiche bestehen. In diesen Königreichen, so höre ich, gibt es viele Bischöfe. Bischöfe wie dich, Abt Ségdae. Jeder Bischof übt die Macht über sein Gebiet aus.«

Abt Ségdae vergewisserte sich erst mit einem Blick zu Colgú, bevor er die Antwort übernahm. »So sehen wir das nicht. Ich habe bereits erwähnt, dass die Äbte hier mehr Macht als ein Bischof haben, denn die Könige und Stammesfürsten des jeweiligen Gebiets überlassen den Abteien den Grund und Boden, und Äbte und Äbtissinnen gehören oft zu derselben Blutlinie wie die Könige und Stammesältesten. Äbte und Äbtissinnen werden von der *derbhfine* in ihr Amt gewählt, die innerhalb der Abteien gewissermaßen als Familie gilt. Bei uns geschieht es oft, dass Söhne das Amt des leiblichen Vaters übernehmen, Voraussetzung ist natürlich, dass sie dafür für würdig befunden werden. Töchter können ihren Müttern als Äbtissinnen in den Klöstern folgen. Wir setzen ein unerschütterliches Vertrauen in den Gerechtigkeitssinn der Familie.«

Der Ehrwürdige Verax tat sich schwer, seinen Abscheu zu verbergen. »Bei uns sind viele der Meinung, dass wir, die wir uns zum Glauben bekennen, Gott nur im Zölibat hingebungsvoll und ohne Ablenkung dienen können.«

»Eine aus unserer Sicht merkwürdige Auffassung, aber wir sollten darüber nicht streiten. Nach unserem Empfinden predigt Rom häufig Herangehensweisen, die unserem Verständnis vom Leben fremd sind«, meldete sich Fidelma zu Wort. »Ich denke, Bruder Eadulf hat sich genau darüber mit Bruder Bosa unterhalten.«

Abt Ségdae sah die Gelegenheit gekommen, sein Lieblingsthema zur Sprache zu bringen. »Wir hier sind davon überzeugt, dass Männer und Frauen für all ihre Handlungen – ob gut oder böse – selbst verantwortlich sind. Ein jeder von uns ist in der Lage, für sich und seine Taten einzustehen. Jetzt höre ich aber, dass Rom an der Lehre des Augustinus von Hippo festhält, der erklärte, dass Adam und Eva mit der von ihnen begangenen Sünde, der Erbsünde, die menschliche Natur befleckt haben und dass wir seitdem alle ohne Ausnahme verdammt sind. Nur Gott würde wissen, wen Er für den Himmel oder die Hölle bestimmt. Rom vertritt die Auffassung, dass der Mensch, ganz gleich was er tut, ob etwas Böses oder Gutes, von vornherein verdammt ist. Wir halten das für eine merkwürdige und dem Glauben schädliche Doktrin.«

Das Gesicht des Ehrwürdigen Verax war plötzlich mit roten Flecken übersät. »Die Lehren von Pelagius haben euch in die Irre geführt. Das ist uns sehr wohl bekannt. Längst hat Rom seine Ketzerei verurteilt.«

»Pelagius hat mit seiner Feststellung, dass wir alle dazu fähig sind, zwischen Gut und Böse zu unterscheiden und unsere Seelen selbst zu retten, lediglich das zum Ausdruck gebracht, was wir alle hier glauben. Die Lehren des Augustinus gefährden Moral und Gesetz, und gerade das Gesetz genießt in unserem Land hohes Ansehen. Würden wir der Logik des Augustinus folgen, hätten wir die Freiheit, nach Herzenslust Böses zu tun, denn egal, was für Verbrechen wir begehen, nach Augustinus' Ansicht haben wir sowieso keine Möglichkeit, uns für unsere Taten zu rechtfertigen, haben wir keine Wahl zwischen Himmel und Hölle. Alles ist von vornherein entschieden.«

»Gott verfügt über unendliches Wissen. Was immer wir tun, unsere Zukunft ist vorherbestimmt. Pelagius gilt als verdammt.« Der Ehrwürdige Verax war regelrecht erbost.

»Der Bischof von Rom, Zosimus, unterstützte Pelagius, als aber Augustinus und seine Freunde politischen Druck ausübten, war er gezwungen, die Lehren des Pelagius für ketzerisch zu erklären«, stellte Abt Ségdae lakonisch fest.

»Richtig, seine Lehren wurden für ketzerisch erklärt, aber hier in den westlichen Hochburgen haltet ihr immer noch an seinen ketzerischen Auffassungen fest!«

Colgú war mit seiner Geduld am Ende und setzte sich gegen den Schlagabtausch zur Wehr. »Ich hatte nicht die Absicht, einen Rat einzuberufen, um Glaubensfragen zu debattieren. Ist das der Grund eures Besuches, Ehrwürdiger Verax? Wenn ja, dann sollten die zuständigen Äbte und Bischöfe ein Konzil einberufen. Das ist ein Thema für die Kirchenväter und nicht für die Könige.«

Der Ehrwürdige Verax schüttelte den Kopf. »Verzeih. Der Bischof von Rom ist darüber beunruhigt, dass den westlichen Gebieten hier in Fragen des Glaubens eine ordentliche Führung fehlt. Er neigt dazu, die Auffassung zu unterstützen, dass der Erzbischof von Canterbury seine Machtbefugnis über alle Äbte und Bischöfe dieser Insel ausdehnen sollte, um eine gewisse Einheitlichkeit bei der Auslegung der Heiligen Schrift zu erreichen. Wir sind hier, um Erkundungen einzuziehen, inwieweit das auf Gegenliebe stößt oder ob es anderweitige Vorstellungen gibt.«

Das Schweigen der Angesprochenen war beredter Ausdruck ihrer Verwunderung. Dann äußerte sich Abt Ségdae langsam, aber entschieden. »Es gibt hier zu viele verschiedene Wege, für die sich die Gläubigen und die Kirchen entscheiden, als dass wir einen solchen Vorschlag ernstlich in Betracht ziehen können.«

Selbst Eadulf konnte dem Vorschlag nicht folgen und fühlte sich gedrängt, seine Meinung dazu zu sagen. »Canterbury übt nicht einmal seine Macht in Glaubensfragen über alle Königreiche der Angeln und Sachsen aus, geschweige denn über die Königreiche der Britannier im Westen oder über die Königreiche der Cruthin und Dál Riadans im Norden. Der Bischof von Rom ist entweder nicht ausreichend unterrichtet oder von seinen Beratern in die Irre geleitet worden.«

Der Gesichtsausdruck des Ehrwürdigen Verax verriet seine innere Empörung. Schon waren alle auf eine scharfe Erwiderung gefasst, aber dazu kam es nicht, im Gegenteil, er brachte ein Lächeln über sich. »Allein zu sehen, wie ein solcher Vorschlag aufgenommen wird, sagt einem alles.«

»Und deswegen seid ihr hier?« Colgú vermochte es nicht zu glauben. »Ihr wollt einfach sehen, wie wir zu solch einem Vorschlag stehen? Dann lass dir versichern, dass wir alle hier im Königreich von Muman geschlossen dagegen sind. Gewiss ist dir im Königreich von Laighin eine ähnlich ablehnende Haltung begegnet.«

»Uns wurde aber auch nicht vorenthalten, dass es einige kirchliche Würdenträger in diesen Königreichen gibt, die es begrüßen würden, wenn es einen Erzbischof gäbe, der über allen Äbten und Bischöfen hier steht«, entgegnete der Ehrwürdige Verax.

Das höhnische Grunzen, das Abt Ségdae von sich gab, zeigte schon allein deutlich, was der davon hielt. Er sagte es dennoch.

»Dass die Äbte in Ard Macha seit geraumer Zeit versuchen,

sich als die Erben von Patricius auszugeben, ist uns bekannt, auch dass sie behaupten, er wäre der Erste gewesen, der den Glauben in den Fünf Königreichen verbreitet hat. Aus dieser Überzeugung heraus erheben sie den Anspruch, Vorrechte gegenüber allen Äbten und Bischöfen auf der Insel zu haben.«

»Und damit seid ihr nicht einverstanden?«

»Wir haben dir schon vorhin gesagt, dass du nur wenigen begegnen wirst, die sich mit dieser Auffassung anfreunden können. Es ist eine Tatsache, dass der Bischof von Rom Patricius als seinen Bischof für alle hierhergesandt hat, die schon zum Glauben bekehrt worden waren, und darüber hinaus sollte er gegen die Lehren des Pelagius angehen, die wir für gut und richtig hielten, die er aber als ketzerisch ablehnte. Schon vor Patricius waren viele hier, die den Glauben gepredigt haben, darunter sogar der Gesandte von Rom, Palladius, der für unseren Freund in Ard Macha am liebsten gar nicht existiert.«

»Du bist also nicht der Meinung, dass die Äbte und Bischöfe von Ard Macha ein historisches Recht haben, als Erzbischöfe über all die Königreiche hier zu herrschen?«

»Ganz bestimmt nicht. Ségéne, der gegenwärtige Abt von Ard Macha« – Abt Ségdae war sorgsam darauf bedacht, den richtigen Titel zu wählen –, »hat selbst den Abt von Dún Lethglaisse deswegen gegen sich, denn der erwähnte Patricius, der Britannier, lebte und starb dort und ist auch dort beerdigt.«

»Wen würdest du denn als führend unter den Kirchen hier ansehen?«, wollte der Ehrwürdige Verax wissen.

»Hier in Muman gab es mehrere, die den Glauben lehrten und im Süden ihre Abteien begründeten, ehe Patricius von Britannien in den nördlichen Königreichen auftauchte. Ich, zum Beispiel, bin der *comarb*, der Nachfolger des heiligen

Ailbhe von Imleach; dann gab es Ciarán von Saighir, Declán von Ard Mór, Abbán von Magh Arnaide. Fiacc begründete die Abtei in Sléibhte, bevor Patricius ihn dort aufsuchte, und selbst Ibar begründete lange vor Patricius seine Gemeinde auf der Insel Beg Ériu in Laighin.«

»Willst du damit sagen, dass all diese Abteien eine Vorrangstellung gegenüber Ard Macha beanspruchen?«

»Man weiß seit langem, dass Imleach im Süden dieser Insel als die erste und ranghöchste Abtei gilt und auch im Königreich von Muman so gesehen und anerkannt wird.« Es war Colgú, der sich derart entschieden äußerte und seinem obersten Bischof zur Seite sprang, denn bislang hatte Abt Ségdae das Wortgefecht mit dem Prälaten aus Rom allein bestritten.

»Falls du auf deinem Weg hierher im Königreich Laighin die gleichen Fragen gestellt hast, hast du gewiss ähnlich lautende Antworten bekommen«, bekräftigte auch Fidelma.

Der Ehrwürdige Verax wandte sich ihr zu. »Ach ja, ich erinnere mich, als Schwester Fidelma hast du etliche Zeit bei den Nonnen in Cill Dara gelebt. Wenn ich mich nicht irre, liegt es im Königreich Laighin.«

»Ich lebte dort, bis ich mich entschied, meine Kenntnisse als Anwältin in den Dienst meines Bruders zu stellen.«

»Ich dachte, du hättest das Kloster wegen Meinungsverschiedenheiten mit der Äbtissin Ita verlassen?«

Fidelma schwieg dazu. Sie hatte sich von der Äbtissin wegen deren Verbrechen losgesagt und hatte es vermieden, sie als Diebin und Mörderin bloßzustellen. Kurz darauf war auch Äbtissin Ita gegangen und in angeblich missionarischen Diensten übers Meer verschwunden.

»Abt Moling, der oberste Bischof von Laighin, hat mir erzählt, Cill Dara erhebt den Anspruch, über allen anderen frommen Häusern zu stehen, weil es von der heiligen Brigit begründet wurde«, fuhr der Ehrwürdige Verax fort. »Rom würde das nie gutheißen.«

»Wieso nicht?«, fragte Fidelma.

»Cill Dara ist ein ... wie ihr es nennt ... ein gemischtes Haus für Männer und Frauen und ihre Kinder? Da gibt es eine Äbtissin und einen Abt. Und wie ich höre, ist die gegenwärtige Situation so, dass Abt Máel Dobarchon der Äbtissin Gnáthnat untersteht, weil sie als die wahre Nachfolgerin der heiligen Brigit gilt. Das aber bedeutet, dass eine Frau in den Königreichen hier eine führende Stellung in der Kirche hat. Eine absurde Vorstellung.«

»Vielleicht in deiner Denkweise«, sagte Fidelma kühn.

»Wer sonst könnte beabsichtigen, das Amt des Erzbischofs in den Fünf Königreichen für sich in Anspruch zu nehmen?«, wollte der Ehrwürdige Verax wissen.

Abt Ségdae blickte zu seinem Verwalter, Bruder Madagan, der sich bisher zurückgehalten hatte. Er begriff, dass man von ihm eine Antwort auf die Frage erwartete, und räusperte sich.

»Ich könnte mir vorstellen, dass es Abt Colmán von Cluain Mic Nois ist, einem Ort, an dem viele der Könige von dort bestattet sind. Er hätte genauso gut einen Anspruch wie andere auch. Wenn es dir aber darum geht, herauszufinden, wer am ehesten den Anspruch erheben darf, Erzbischof über alle Fünf Königreiche zu sein, hast du eine schwere Aufgabe vor dir. Trotz der Gesuche, die die Äbte von Ard Macha an Rom gerichtet haben – und wir wissen, dass sie das getan haben –, gibt es viele in den Fünf Königreichen, die sich dagegen verwahren würden.«

Der Ehrwürdige Verax überlegte und richtete dann seine Frage an Abt Ségdae. »Würdest du in Anbetracht der unterschiedlichen Auffassungen sagen, dass es hier einige Bischöfe oder Äbte gibt, die es gern sähen, wenn sie der Bischof von Rom mit dem Segen eines solchen Amtes versieht?«

»Ich denke nicht, dass es in den Fünf Königreichen auch nur einen Abt gibt, der darin einen Sinn sähe«, erwiderte Abt Ségdae mit einem Anflug von Lächeln. »Der Bischof von Rom wird von uns aus Höflichkeit als der oberste kirchliche Würdenträger anerkannt, denn in Rom, so heißt es, wurden die Grundlagen des Glaubens gelegt, und von dort aus gingen die Lehren in alle Welt.«

»Würdest du aber zustimmen, dass eine entsprechende Anerkennung durch Rom einem solchen Anspruch dienlich ist und ihn stärkt?«

Abt Ségdae zuckte mit den Schultern. »Dass es nicht ohne Wirkung bliebe, könnte ich mir vorstellen. Doch zur Zeit ist es nur Abt Ségéne von Ard Macha, der darauf versessen ist, für ein solches Amt die Bestätigung von Rom zu bekommen. Für alle anderen zählt es mehr, *comarb*, der Nachfolger des ersten unserer gesegneten Lehrer zu sein.«

Der Ehrwürdige Verax lehnte sich zurück und nickte gedankenvoll. »Also doch nicht ganz ohne Gewicht?«, fragte er leise.

»Eine entsprechende Anerkennung würde auf einige durchaus Eindruck machen«, gab der Abt zu.

Es herrschte allgemeines Schweigen, dann erhob sich der Ehrwürdige Verax und neigte andeutungsweise vor dem König den Kopf. »Der Tag geht langsam zu Ende, und ich möchte mich auf den festlichen Empfang und die ihn begleitende Unterhaltung einstellen, den ihr freundlicherweise für unsere wissbegierige Abordnung vorbereitet. Gestattest du, dass ich mich zurückziehe?«

Colgú war perplex. »Das also ist das Anliegen eures Besuchs? Ihr seid hergekommen, um unsere Ansichten darüber zu erkunden, ob wir einen Erzbischof von Canterbury gutheißen oder die Einführung eines eigenen obersten Bischofs über alle Fünf Königreiche unterstützen würden?«

»So und nicht anders ist es«, bestätigte der Ehrwürdige Verax ernst.

Colgú wartete, bis sich die Türen hinter dem hohen Herrn aus Rom geschlossen hatten und machte dann keinen Hehl aus seiner Verblüffung. »Ich habe wenig Verständnis für solche Auseinandersetzungen, aber offensichtlich haben diese Leute die lange Reise nicht gescheut, um sich lediglich in sinnloser Spekulation und Betrachtungsweise zu ergehen«, sagte er zu Abt Ségdae.

»Ich fürchte, die meisten zahllosen Konzile, die die Kirche einberuft, beschäftigen sich mit derart törichten und trivialen Dingen«, ergänzte Eadulf. »Es würde mich nicht wundern, wenn wir eines Tages von einer Beratung hören, in der es darum geht, ob die Sandalen, die Christus trug, ihm überhaupt gehörten.«

»Was mich betrifft, so bin ich froh, dass zumindest das Rätseln um Sinn und Zweck dieser merkwürdigen Abordnung ein Ende hat«, befand Abt Ségdae.

Zustimmendes Gemurmel erfüllte den Raum, das aber Fidelma mit ihrer Bemerkung zum Verstummen brachte.

»Ihr vergesst, dass ein Mitglied dieser merkwürdigen Abordnung in unserer Kapelle ermordet wurde. Hat man ihn wirklich nur deswegen getötet, weil er herausfinden wollte, ob es den Kirchenvätern der Fünf Königreiche nach einem obersten Bischof über sich gelüstet?«

Als sie und Eadulf ein wenig später über den Hof gingen, wurde sie noch deutlicher. »Der Ehrwürdige Verax verlor kein Wort über Victricius, und doch war es deine Erwähnung des

Namens, die ihn dazu trieb, sich uns in gewisser Weise zu erklären. Warum? Und das, was er als Erklärung abgegeben hat, befriedigt nicht. Meiner Meinung nach hat der Ehrwürdige Verax über das eigentliche Anliegen seiner Mission gelogen.«

Kapitel 14

Das traditionelle Willkommensessen für hohe Gäste hatte man in aller Hast vorbereitet. Dar Luga, die Haushälterin, war für die Speisenfolge verantwortlich, und Gormán kümmerte sich um die Sitzordnung und die Einhaltung der Regeln für Festveranstaltungen am königlichen Hof. Als Fidelma und Eadulf die Halle betraten, herrschte schon reges Treiben, und viele Gäste saßen bereits auf den ihnen zugewiesenen Plätzen. Bei einem festlichen Essen achtete man streng auf eine feste Sitzordnung, die sich nach dem Rang der Gäste richtete. Die Tische waren längs der Wände angeordnet, und an der Stirnseite des Saales stand auf einem leicht erhöhten Podest der Tisch für die Ranghöchsten. Dort also würde König Colgú Platz nehmen, üblicherweise auch sein Nachfolger auf dem Fürstenthron und sein Oberster Brehon. Finguine, der *tánaiste* und bestätigte Nachfolger, war unterwegs und trieb von säumigen Gebieten die fälligen Abgaben ein, und Brehon Aillín hatte sich unter den gegebenen Umständen für sein Fernbleiben entschuldigt. Folglich würde Abt Ségdae, der oberste Bischof von Muman, zur Rechten des Königs sitzen und Fidelma und Eadulf zu seiner Linken. An sich hätte auch Gormán als Befehlshaber der Leibgarde des Königs ein Platz zugestanden, da er aber Beccans Aufgabe übernommen hatte, den ordnungsgemäßen Ablauf des Festmahls im Auge zu haben, würde er heute hinter dem Stuhl des Königs stehen. Aufgrund seines Ranges und Amtes war er der Einzige, der in der Festhalle Waffen tragen durfte. Von alters her verboten Gesetz und Sitte allen anderen Personen in der Festhalle, Waffen mitzuführen.

Die Ehrengäste, der Ehrwürdige Verax und Bischof Arwald, saßen am Tisch rechts am obersten Ende in unmittelbarer Nähe des Königs. Hinter ihnen, aber nicht am Tisch, hatte Bruder Bosa seinen Platz, der für Verax und Arwald übersetzen musste, denn keiner von beiden beherrschte die Sprache des Landes, wenngleich man sich mühelos auf Latein verständigen konnte.

Aufgrund der kurzen Vorbereitungszeit hatte man nur einige wenige Fürsten aus dem Königreich mit ihren Gemahlinnen geladen. Es waren Fürsten aus dem Clan der Eóghanacht, unter anderen Áine, Airthir Chliach, Glendamnach und der Stammesälteste der Múscraige Breogan. Sie hatten gemeinsam mit ihren Ehefrauen die Plätze jeweils vor ihren Schilden, die an der Wand hingen, und links hinter ihnen standen ehrerbietig ihre Schildträger. Zu den Vertretern der Kirche gehörten Äbtissin Líoch, einige Geistliche aus dem Königreich und auch der alte Bruder Conchobhar bis hin zu Schwester Dianaimh, die neben Bruder Madagan saß. Sitzgelegenheiten hatte man nur an eine Seite der Tische gestellt, denn die Tradition verlangte, dass man sich nicht gegenüber saß.

Fidelma nahm erleichtert zur Kenntnis, dass Gormán kein Fehler in der Sitzordnung unterlaufen war, denn das hätte leicht zu Unstimmigkeiten führen können, und das wiederum wäre in Anwesenheit fremdländischer Gäste peinlich geworden.

Ein Trompetensignal ertönte, ihm folgten zwei weitere – der *fear-stuic*, der Trompeter, verkündete damit auf traditionelle Weise die Ankunft des Königs. Die Versammelten erhoben sich, hinter dem Sitz des Königs öffnete sich ein Vorhang, und Colgú erschien. Gormán, der keinen Amtsstab hatte, um auf den Boden zu klopfen, machte einen Schritt nach vorn und verkündete: »Heißt Colgú, Sohn des Failbhe Flann, Sohn des

Áedo Dubh willkommen, den neunundfünfzigsten Nachfahren von Eibhear Fionn, Sohn des Milidh, Milesius dem Krieger, der die Kinder der Gälen in dieses Land brachte und der die herrschenden Göttinnen Éire, Banba und Fodhla besiegte. Huldigt Colgú, Nachfahr von Eóghan Mór, dem Ahnen des mächtigen Clans der Eóghanacht, dessen Nachfolger Corc seine Zitadelle auf diesem gesegneten Felsen errichtete, die Burg des Königreiches von Muman. Entbietet Colgú, dem unumstrittenen König der fünf Gaue von Muman euren Gruß.«

Eadulf warf Fidelma einen überraschten Blick zu, denn im Allgemeinen hatte Colgú für das ausführliche Zeremoniell wenig übrig und hatte oft genug seinen Hofmeister unterbrochen, wenn er das gesamte Ritual in Szene setzen wollte. Eadulf hatte sogar schon erlebt, dass Colgú den Barden Einhalt geboten hatte, wenn sie zum traditionellen *forsundud*, dem alten Lobgesang, anhoben. »Es macht keinen Sinn, mich wegen meiner Vorfahren zu preisen. Mir wäre lieber, die Barden lobten mich für das, was ich tue, und nicht für die Taten meiner Väter.« Fidelma aber, der sonst wie ihrem Bruder derlei Huldigungen nicht genehm waren, verfolgte die Zeremonie mit ernstem Gesicht. Eadulf schaute hinüber zu dem Ehrwürdigen Verax und Bischof Arwald. Bruder Bosa stand hinter den beiden und kämpfte mit der Übersetzung. Da begriff Eadulf, dass Colgú alles ihretwegen über sich ergehen ließ.

Schließlich hob Colgú seinen Pokal. »Ich heiße euch alle zum heutigen Abend willkommen. Ich wünsche den Männern Gesundheit und den Frauen ein ewiges Leben!« Es war ein Trinkspruch aus uralten Zeiten, und jene unter den Gästen, die ihn verstanden, wiederholten ihn.

Auf ein Zeichen von Gormán hin begannen am anderen Ende der Halle Musikanten aufzuspielen, und schon öffneten sich die Türen, und Bedienstete trugen frisch bereitete

Speisen auf, Köstlichkeiten in Hülle und Fülle, Reh und Hammel und Wildschwein, Schüsseln mit Gänseeiern und Würsten, verschiedene Sorten Gemüse, Kohl, gewürzt mit wildem Knoblauch, Lauch und Zwiebeln, in Butter gedünstet, dazu die verschiedensten Getränke, aus Gallien importierte Weine, vorrangig aber Apfelwein, darunter als Delikatesse *nenadmin* aus dem wildwachsenden Holzapfel.

Man langte kräftig zu und ließ es sich wohl sein, und doch hatte Eadulf gelungenere Festgelage erlebt. Auch Fidelma blieb schweigsam und ernst, und als Eadulf sie mit einem kurzen Blick streifte, merkte er, dass sie missmutig die Gäste beobachtete. Die Tischgespräche waren sporadisch und verebbten immer wieder. Es wollte keine Leichtigkeit aufkommen, obwohl die Musikanten ihr Bestes taten und allein durch die Wahl der Musikstücke versuchten, die Stimmung zu heben. Es wurde erst etwas ungezwungener, als Colgú sich erhob und die Gäste aufforderte, sich zu mischen und in Gruppen zueinander zu finden. So kam es, dass Eadulf sich plötzlich Bischof Arwald gegenüber sah.

»Es war offensichtlich ein Missverständnis meinerseits, dass ich glaubte, du wärst erst vor kurzem in Canterbury gewesen, Bruder Eadulf. Ich bitte um Nachsicht.«

»Es ist, wie ich schon sagte, viele Jahre her, dass ich dort war.«

»Wie ich aber höre, verfügst du über bemerkenswerte Kenntnisse, was das Königreich hier angeht.«

»Nicht mehr und nicht weniger, wie ich mir als Fremdländischer in den Jahren meines Hierseins aneignen konnte«, entgegnete Eadulf.

»Immerhin bist du in einer einmaligen Lage, hast du doch durch deine Eheschließung ein vertrauliches Verhältnis zum König.«

»Das eine oder andere Vorrecht hat sich daraus ergeben«, gestand Eadulf mit einer gewissen Zurückhaltung ein. »Aber auch manche Behinderung.«

»Zumindest hast du Angehörige des Hochadels näher kennen gelernt.«

»Einige schon.«

»Abt Ségdae, zum Beispiel, kennst du gewiss gut.«

»Das steht außer Frage.«

»Wie ich gehört habe, vertritt er den Standpunkt, dass seine Kirche schon gegründet wurde, ehe der heilige Patricius den Glauben hierherbrachte.«

»Das ergibt sich aus dem Verständnis der Menschen hier für ihre Geschichte. Die Abtei von Imleach wurde von Ailbhe, Sohn des Olcnais von den Araid Cliach, gegründet. Es heißt, dass ein Bischof aus Rom namens Palladius hierher entsandt wurde, um den Glauben zu verbreiten, er war es auch, der Ailbhe im Sinne des Neuen Glaubens taufte. Das geschah viele Jahre, bevor Patricius erschien. Ségdae ist der *comarb*, der Nachfolger von Ailbhe, und wurde von der Gemeinschaft seiner Abtei, die dem Gesetz nach als seine Familie gilt, für würdig befunden und gewählt.«

»Er soll doch auch dem herrschenden Clan entstammen? Ist er tatsächlich mit dem König verwandt?«

»Das ist er, ja. Das ist nichts Besonderes in diesem Land.«

»Man würde sich also in dem Königreich hier gegen den von Ard Macha erhobenen Anspruch, die oberste Kirche zu sein, schon aus dem Grund sträuben, weil es in einem anderen Königreich liegt?«

»Natürlich. Es ist nicht das erste Mal, dass unter den führenden Kirchen der Fünf Königreiche ein solcher Groll hochkocht.«

»Es gibt doch aber einen Hochkönig, der über den Fünf

Königreichen steht. Sind ihm die Kleinkönige nicht untertan?«

»Hochkönig zu sein ist mehr ein Ehrenamt. Die eigentliche Macht liegt in den Händen der Kleinkönige, und die einigen sich auf einen Hochkönig.«

»Der Sohn eines Hochkönigs wird dann aber auch Hochkönig, oder?«

»Das mit dem Königtum läuft hier anders, als wir es kennen. Ein König wird von drei Generationen seiner Familie, der *derbhfine*, gewählt und nur der, den man für am geeignetsten hält, die Aufgaben wahrzunehmen, wird für würdig befunden.«

Bischof Arwald schüttelte verwundert den Kopf. »Ein merkwürdiger Brauch. Ich frage mich, ob Abt Ségdae jemals daran gedacht hat, in Rom vorstellig zu werden und auf die Anerkennung seiner Abtei zu pochen, da er sagt, dass sie vor der in Ard Macha gegründet wurde.«

»Vielleicht fragst du am besten Abt Ségdae selbst, er steht ja dort drüben«, erwiderte Eadulf amüsiert und wies mit dem Kopf zum anderen Ende der Festhalle, wo der Abt stand. »Allerdings glaube ich nicht, dass er großen Wert darauf legt, zu erfahren, was Rom davon hält.«

»Wieso nicht?«, kam die prompte Frage.

»Die meisten Kirchen der Fünf Königreiche betrachten sich als unabhängig von fernab liegenden Institutionen, ganz gleich, ob es sich um Rom, Konstantinopel oder Alexandria handelt. Für die Menschen hier spielt der Gedanke eines obersten Bischofs überhaupt keine Rolle.«

Bischof Arwald zog die Augenbrauen hoch. »Selbst die Britannier und die Iren haben aber die Vorherrschaft Roms anerkannt.«

Eadulf fand es sehr aufschlussreich, dass Bischof Arwald

dieselben Beweggründe wie der Ehrwürdige Verax zur Sprache brachte und auf ihnen beharrte.

»Was die Anerkennung Roms betrifft, so kommt ihm besondere Bedeutung in der Verbreitung des Glaubens zu, und da man das auch so sieht, nimmt man seine Vorherrschaft hin. Du weißt aber, dass sich die Fünf Königreiche mehrfach gegen die Versuche Roms zur Wehr gesetzt haben, ihnen Regeln und sogar Gesetze aufzuzwingen, ich denke da an die Bußgesetze. Es gibt einige kurzsichtige Äbte, die sie übernommen haben, doch die geraten in Konflikt mit den hier herrschenden althergebrachten Gesetzen ...«

»Ja, ja. Ich kann mir gut vorstellen, dass du dich in der Gesetzgebung hier auskennst. Ich finde es jedoch höchst befremdlich – und dir sollte es, da du aus dem Königreich der Ostangeln stammst, nicht anders gehen –, dass eine Frau hierzulande umherziehen, Fragen stellen, urteilen und Recht sprechen kann.«

Eadulf kniff die Augen zusammen. »Sprichst du von meiner Frau?«

»Von jeder Frau, die sich hier als Rechtswahrer aufspielt. Aber kommen wir noch einmal auf Abt Ségdae zurück. Meinst du wirklich, er würde sich nicht über Roms Wohlwollen freuen, wenn man ihn für das Amt des obersten Bischofs in den Fünf Königreichen ins Auge fasste?«

»Ich kann zwar nicht für Abt Ségdae sprechen, aber ich halte es für unwahrscheinlich.«

»Du glaubst nicht, dass es ihm schmeicheln würde, in den Rang eines Erzbischofs erhoben zu werden, in den des obersten Bischofs über alle Bischöfe dieser Königreiche, und als äußeres Kennzeichen mit einem Symbol geschmückt zu werden? Vielleicht würde er für ein solches Zeichen etwas zahlen wollen ..., gerade, wenn es von Rom kommt?«

Eadulf sah den Bischof argwöhnisch an. »Was soll das heißen?«

Bischof Arwald nahm sich sofort zurück. »Nichts weiter. Ich versuche nur herauszufinden, ob sich die Bischöfe in diesem Land damit anfreunden könnten, dass einer von ihnen die Befugnisse eines Erzbischofs erhält.«

»Wenn du darüber mehr in Erfahrung bringen willst, solltest du nun wirklich Abt Ségdae selbst fragen«, ließ ihn Eadulf abblitzen.

»Ich wollte dich beileibe nicht verletzen, Bruder. Als Angle in diesem fremden Königreich bist du für mich jemand, der in der einmaligen Lage ist, mir zu vermitteln, wie die Menschen hier denken und fühlen, ohne dass ich ihnen zu nahe trete und sie womöglich verletze. Ich bitte um Verzeihung, wenn du es anders empfunden hast.«

Eadulf zögerte. Sich zu entschuldigen lag eigentlich nicht in der Art des Bischofs. Doch dann rang er sich zu einer Entgegnung durch. »Solange du verstehst, dass die Leute hier Offenheit für ein hohes Gut halten, ist alles in Ordnung.«

»Dann danke ich dir für deine Offenheit, Bruder Eadulf.« Mit diesen Worten wandte er sich um und ging zielgerichtet auf eine Gruppe zu, die bei Äbtissin Líoch stand. Eadulf schaute ihm nach und merkte nicht gleich, dass er plötzlich Schwester Dianaimh neben sich hatte. Auch sie blickte mürrisch dem Bischof hinterher.

»Du magst unseren Gast wohl nicht?«, fragte Eadulf kühn, denn ihr Gesichtsausdruck war unschwer zu deuten.

Das Mädchen schreckte zusammen. »Sieht man mir das an?«

»O ja.«

»Dann hat es wohl keinen Zweck, es zu leugnen«, gestand sie mit einem kleinen Seufzer.

»Gibt es einen besonderen Grund?«

»An meine Zeit in der Abtei von Laestingau denke ich nicht gern zurück. Die Männer von Mercia, denen ich dort begegnete, behagen mir nicht.«

»Und das ist alles?«

»Was sollte denn sonst noch sein?«

»Was hat dich in Oswys Königreich geführt? Warst du schon damals die Gefährtin von Äbtissin Líoch?«

Das Mädchen schüttelte den Kopf. »Ich bin ihr erst in Laestingau begegnet. Das war nach der großen Synode in Streonshalh, an der ihr, du und Fidelma, wohl auch teilgenommen habt.«

»Weshalb bist du denn nach Laestingau gegangen?«

»Oswy beschloss, Rom zu folgen, woraufhin viele Missionare aus unserem Land wieder in ihre Heimat zurückkehrten, doch kleinere Gruppen von Unentwegten entschieden sich, in den Königreichen der Angeln und Sachsen zu bleiben, die Lehre Christi zu verbreiten und die Menschen zu bekehren. Zu einer solchen kleinen Gruppe gehörte auch ich.«

»Aus welcher Abtei kamst du, als du dich ihnen angeschlossen hast?«

»Ich war zuvor in der Abtei von Sléibhte.«

»An die kann ich mich erinnern. Die liegt doch jenseits des Gebiets von Osraige, nicht wahr?«

»Ja, im Gebiet der Uí Dróna«, bestätigte das Mädchen. »Begründet wurde sie von Fiacc, dem Sohn des MacDara, Stammesfürst der Uí Bairrche, der sich zum Neuen Glauben bekannt hatte, ehe Patricius in dieses Land kam. Die Uí Bairrche regierten einst Laighin, wurden später aber von den Uí Ceneselaig besiegt.«

»Wer ist jetzt dort der Abt?«

»Aéd von den Uí Bairrche. Die Abtei gilt als eine Hochburg

der Uí Bairrche, wird aber von König Fianamail von Laighin, der von den Uí Cennselaig stammt, kaum beachtet. Daraus ergaben sich Spannungen, und die bewogen mich, mich der kleinen Pilgergruppe anzuschließen, die nach Laestingau zog.«

»Und dort bist du dann Äbtissin Líoch begegnet?«

»Ja, sie war aber damals noch nicht Äbtissin. Das wurde sie erst, als sie hierher zurückkehrte und nach Cill Náile ging. Sie fragte mich, ob ich sie begleiten würde, und so wurde ich ihre *bann-mhaor*, ihre Schaffnerin.«

Eadulf hielt die Gelegenheit für günstig, erneut die Frage zu stellen, die Fidelma und ihn die ganze Zeit beschäftigte. »Was ich einfach nicht verstehe, ist, weshalb Bruder Cerdic die Äbtissin drängte, an der Zusammenkunft hier teilzunehmen. Der Ehrwürdige Verax erzählt uns, sie wären nur hier, um zu erfahren, inwieweit es Bestrebungen gibt, einen Erzbischof für die Fünf Königreiche anzuerkennen. Wenn es wirklich an dem ist, welche Rolle sollte da die Äbtissin von Cill Náile spielen?«

»Ich habe keine Ahnung«, bekannte das Mädchen, wirkte aber irgendwie beklommen.

»Dass Cill Náile um eine solche Vorrangstellung ringt, kann ich mir nicht vorstellen«, scherzte er.

Schwester Dianaimh sah ihn verdutzt an, begriff aber sogleich, dass er es nicht ernst meinte, und verzichtete auf eine Antwort.

Im selben Moment gesellte sich Bruder Madagan zu ihnen, murmelte eine Entschuldigung und zog Schwester Dianaimh mit sich fort. Das gab Eadulf die Möglichkeit, nach Fidelma Ausschau zu halten. Er entdeckte sie in ein Gespräch mit Äbtissin Líoch vertieft und fragte sich, ob die beiden ihren vorangegangenen Streit begraben hatten. Fidelma empfing ihn mit einem entspannten Lächeln und forderte ihn auf, sich zu ihnen zu setzen.

»Wir haben gerade über Bruder Cerdic gesprochen«, erklärte sie ihm.

»Und was hat es bisher ergeben?«

»Ich habe Fidelma gesagt, dass ich immer noch nicht verstehe, weshalb er mich unbedingt hier haben wollte«, erläuterte die Äbtissin. »Von all dem, was die Besucher zur Sprache gebracht haben, ist für mich nichts von Belang.«

»Auch mir fällt es schwer, zu glauben, dass das, was der Ehrwürdige Verax dargelegt hat, das wirkliche Anliegen der Abordnung ist«, gestand Fidelma.

»Hast du Gründe, ihm nicht zu glauben?«, fragte die Äbtissin.

Fidelma überging die ihr gestellte Frage. »Als Bruder Cerdic zu dir nach Cill Náile kam und dich aufforderte, dich auch auf den Weg nach Cashel zu machen, wie hat er seine Bitte formuliert?«

»Genau so, wie ich es dir schon gesagt habe. Er meinte, es würde in meinem Interesse liegen, dabei zu sein.«

»Und das war alles?«

»Ja. Nur habe ich bisher nichts vernommen, was in meinem Interesse liegen könnte.«

»Ich habe mich gerade mit Schwester Dianaimh unterhalten«, eröffnete ihr Eadulf, »und habe von ihr erfahren, dass sie bereits in Laestingau in deinen Diensten stand. Könnte es sein, dass sie früher schon mal Bruder Cerdic begegnet ist?«

Ohne jedes Zögern schüttelte die Äbtissin den Kopf. »Das hätte sie mir gesagt. Sie kam kurz nach dem Überfall auf die Abtei nach Laestingau, und erst da lernte ich sie kennen. Du weißt wahrscheinlich, dass sie aus der Abtei Sléibhte kam?«

Fidelma gab einen kleinen Stoßseufzer von sich. »Es ist einfach nicht zu begreifen, wieso Bruder Cerdic unbedingt wollte, dass du nach Cashel kommst.«

Eadulf lachte. »Ich habe schon zu Schwester Dianaimh gesagt, dass Cill Náile wohl kaum auf eine Vorrangstellung gegenüber allen anderen Abteien in den Fünf Königreichen pocht.«

Im Gegensatz zu Schwester Dianaimh nahm die Äbtissin ihn ernst. »Was für ein törichter Gedanke. Unsere Kirchen sind unabhängig; sie vertrauen sich dem Schutz der Könige und Stammesfürsten ihres Gebietes an und streben nicht nach einer übergeordneten Stellung innerhalb aller Gemeinden. Das würde ja dazu führen, dass Glaubensbrüder und -schwestern Bischöfe und Äbte ernennen, die sich als zeitweilige Fürsten betrachten. Als Nächstes würden die ihre eigenen Heere schaffen, um angeblich die Abteien zu schützen, aus denen im Nu Festungen werden würden. Und wir müssten dann unsere Abgaben wohl an die Bischöfe und nicht länger an Könige zahlen.«

Die Äbtissin entschuldigte sich, stand auf und rauschte davon. Eadulf sah ihr sorgenvoll hinterher. »Irgendetwas muss Bruder Cerdic aber im Sinn gehabt haben.«

»Du hast doch vorhin mit Bischof Arwald gesprochen«, ging Fidelma auf seine Bedenken ein. »Hat er etwas gesagt, was die Sache erhellen könnte?«

»Leider nicht. Er wollte sich nur noch einmal vergewissern, ob Abt Ségdae wirklich nichts an einer Fürsprache aus Rom läge und es ihn nicht nach einer Vorherrschaft für Imleach gelüstete.«

»Merkwürdig. Abt Ségdae hatte sich doch mehr als deutlich dazu geäußert.«

»Wird da gerade von mir gesprochen?«

Sie drehten sich um, Abt Ségdae stand hinter ihnen und setzte sich nun.

»Die Frage, worauf unsere rätselhaften Gäste tatsächlich aus sind, lässt uns einfach keine Ruhe.«

»Eine rätselhafte Abordnung, fürwahr«, bestätigte der Abt. »Mir wäre auch wohler, wenn ich wüsste, warum man ihren Vorboten, Bruder Cerdic, umgebracht hat. Schon allein seine Ermordung macht den Besuch als solchen unverständlich.«

Eadulf fing einen Blick von Fidelma auf, offensichtlich hielt sie es nicht für angebracht, den Überfall auf den Ehrwürdigen Victricius und seinen Bruder jetzt weiter zu erörtern.

»Eine äußerst merkwürdige Sache«, fuhr der Abt in seinem Gedankengang fort. »Hätte man mich mit so einem Auftrag bedacht, wäre ich als Erstes in das Königreich von Midhe gezogen zum Sitz des Hochkönigs, hätte einen Rat der obersten Bischöfe aller Fünf Königreiche einberufen und jeden von ihnen seine Argumente vortragen lassen. Das hier aber macht den Eindruck, als wolle man heimlich hinter die verschiedenen Auffassungen kommen. Erst Laighin, dann Muman, und wohin dann, vermutlich nach Connachta …?«

Aus Fidelmas Miene schloss Eadulf, dass der Abt etwas Wichtiges gesagt hatte. Es war zwar nur ein flüchtiger, aber Eadulf wohlvertrauter Gesichtsausdruck, den vielleicht nur er richtig zu deuten wusste – der Lidschlag, das Zucken um die Mundwinkel.

»Deogaire hat uns gewarnt«, versuchte er von dem Thema abzulenken. »Denk mal an die Nacht, als wir Cerdic bestattet haben. Da hast du zu Bruder Madagan irgendetwas über die Gefahren einer Prophezeiung gesagt.«

Er hatte Abt Ségdae tatsächlich zum Lachen bekommen. »Mein Verwalter behauptete, von Träumen geplagt zu sein. Er sprach von einem dummen Traum, in dem das Grab des heiligen Ailbhe, der unsere Abtei gegründet hatte, geöffnet wurde.«

»Bruder Madagan ist ein phantasieloser Mensch«, wunderte sich Fidelma. »Weshalb sollte er davon träumen, dass man Ailbhes Grab öffnet?«

»Er sprach davon, dass in seinem Traum das Grab offenbarte, dass es der Abtei von Imleach beschieden wäre, das größte Zentrum des Christentums in den Fünf Königreichen zu werden. Er hielt das für eine Prophezeiung und glaubte daran. Nach Deogaires Wortschwall ermahnte ich Madagan, Wahrsager und Propheten nicht zu ernst zu nehmen. Oh, entschuldigt mich, ich sehe gerade Bischof Arwald. Ich möchte gern mit ihm reden.«

Fidelma nahm Eadulf kurz beiseite. »Versuch mit dem Ehrwürdigen Verax ins Gespräch zu kommen«, bat sie ihn. »Frag ihn, wie er in Canterbury empfangen wurde und was er mit seiner Reise bezweckte. Würde der Bischof von Rom seinen Bruder auf eine Reise in unser Königreich schicken, nur um sich dummes Geschwätz anzuhören? Mit der Reise hat es eine tiefere Bewandtnis, und sie hat etwas mit Canterbury zu tun.«

Eadulf zog die Augenbrauen hoch. »Seine erste Frage war doch aber, was wir von dem Gedanken hielten, dass Theodor von Canterbury seine religiöse Macht über die Fünf Königreiche ausdehnt.«

»Unsere Haltung dazu konnten sie sich auch vor der Fragestellung denken.«

Eadulf stand auf und ließ seinen Blick über die Gesellschaft gleiten. Der Ehrwürdige Verax unterhielt sich mit Bruder Conchobhar. Eadulf begab sich zu ihnen. Der alte Apotheker schien geradezu erlöst, als er Eadulf auf sie zukommen sah, denn das Gespräch, das er mit dem Prälaten aus Rom führte, behagte ihm wenig. Eadulf verstand bald, warum.

»*Lass hertreten und dir helfen die Meister des Himmelslaufs und die Sterngucker, die nach den Monden rechnen, was über dich kommen werde*«, donnerte der Ehrwürdige Verax, so steht es im Buch Jesaja geschrieben. Und weiter heißt es dort: *Siehe, sie sind wie Stoppeln, die das Feuer verbrennet; sie können ihr Leben nicht erretten vor der Flamme.*« (Jesaja 47,13.14)

Eadulf tat der alte Apotheker leid, der in der Tat aus den Sternen weissagte, wie es hier seit jeher üblich war. Eadulf wusste aber auch, dass es unter den Christen Leute gab, die gegen die alte Wissenschaft der Sterndeuterei waren, wenngleich der Heiligen Schrift zufolge selbst die Geburt Christi von Astrologen vorausgesagt worden war, die dann auch kamen, um Ihm die Ehre zu erweisen. Voller Mitgefühl schaute er den Apotheker an, der eine Entschuldigung murmelte und sich entfernte. Eadulf setzte ein Lächeln auf und sprach den römischen Würdenträger an.

»Gibt dir dein Besuch in diesem Land erhellende Einblicke, Ehrwürdiger Verax?«

Der alte Mann schniefte verächtlich. »Was glaubtest du in der Wildnis zu sehen? Einen schön gekleideten Mann?« Er konnte nicht einmal Matthäus richtig zitieren. »Was ich gesehen habe, reicht, ich habe eigentlich nicht mehr erwartet.«

»Hältst du das hier für eine Wildnis?«, fragte Eadulf, bemüht, seine Verwunderung nicht allzu deutlich werden zu lassen.

»Siehst du es denn anders? Ach, stimmt ja, du bist hier einer besonderen Zuneigung erlegen. Wiederum warst du in Rom, hast dort gelebt und studiert. Im Vergleich dazu ist das hier doch die reine Wüste.«

»Wir können uns gern darüber austauschen, aber – wie ich hoffe – mit mehr Taktgefühl, als Bischof Arwald an den Tag legt«, erklärte Eadulf.

»Ich bin gekommen, um Glauben und Zivilisation zu bringen«, entgegnete der Ehrwürdige Verax. »Taktgefühl braucht man, um Vertrauen zu erwecken. Aber mit dir kann ich offen reden, Eadulf, denn du bist intelligent. Du hältst zu Rom, wie ich an deiner Tonsur erkenne.«

Eadulf wollte ihn schon eines Besseren belehren, hielt es dann aber doch für klüger, Gleichgesinntheit zu mimen, um die Gesprächsbereitschaft des Mannes leichter nutzen zu können.

»Gewiss ist Rom eine völlig andere Welt«, pflichtete er ihm deshalb bei.

»Natürlich habe ich keine Illusionen, wenn ich mich unter die Barbaren begebe«, erklärte der Ehrwürdige Verax von oben herab. »Mir sind sehr wohl die Schilderungen des gerühmten Historikers Strabo gegenwärtig, in denen er die Menschen hier als Kannibalen beschreibt, die es für eine ehrenvolle Sache hielten, ihre verstorbenen Väter zu verspeisen. Er wusste sogar zu berichten, dass sie wie selbstverständlich Geschlechtsverkehr mit ihren Müttern und Schwestern hätten.«

Das ging Eadulf dann doch zu weit, und das zeigte er mit einem zynischen Grinsen.

»Ist das etwa nicht so?«, fragte der Ehrwürdige Verax daraufhin.

»Wenn du genau hinsiehst, wirst du feststellen, dass Strabo unrecht hatte«, erwiderte Eadulf ausweichend. »Oder hast du, seit du dich hier aufhältst, einen Beweis für seine Feststellungen finden können?«

Sein Gegenüber zuckte mit den Schultern. »Wenn ich noch nichts Derartiges gesehen habe, heißt das noch lange nicht, dass es keine Beweise dafür gibt.«

»Und seit wann bist du hier?«, fragte Eadulf und sah seine Chance gekommen.

»Wir sind im ersten Viertel des zunehmenden Monds eingetroffen, unsere Bootsmänner haben sich die Nippflut zu-
nutze gemacht, und so hatten wir eine ruhige Überfahrt. Und
jetzt sind wir im dritten Viertel.«

»Und natürlich seid ihr in Laighin gelandet. Das kenne ich
gut.« Eadulf ging zu einem vertrauensseligen Ton über. »Wo
dort seid ihr an Land gegangen?«

»Der Hafen hieß Anhöhe von irgendwas, sein genauer
Name ist mir entfallen.«

»Ard Ladrann«, half Eadulf nach. »Das ist ein Hafen an der
Ostküste des Königreiches. Dann seid ihr vermutlich direkt
gen Westen nach Fearna weitergereist, oder?«

»Der dortige Bischof, Bischof Moling, nahm uns in Empfang und geleitete uns zum König. Beide, er und der König,
sind Männer mit angenehmen Umgangsformen.«

In dem Bemühen, nicht den Faden zu verlieren, überging
Eadulf die Bemerkung. »Von Canterbury nach Ard Ladrann
ist es eine lange Reise. Das muss für euch ungemein anstrengend gewesen sein.«

»Von Canterbury bis zu dem Ort, wo wir an Bord gingen,
um hierher zu gelangen, war es ein Ritt von fast sieben Tagen.
Ist schon richtig, es war sehr ermüdend, aber überall, wo wir
Rast machten, erwiesen uns die Mönche herzliche Gastfreundschaft.«

»Aber auch die Strecke davor, ihr habt ja wohl den ganzen
Weg von Rom hinter euch …, will sagen, auch die Reise von
Rom nach Canterbury will gemeistert sein und ist nicht ohne
Gefahren. Ich weiß, wovon ich spreche, ich habe die Reise
nach Rom und zurück zweimal unternommen«, erwähnte
Eadulf.

»Die haben schon ganz andere gemacht«, erklärte der Ehrwürdige Verax großspurig. »Und dabei war es vor Jahrhunder-

ten weitaus gefährlicher, als die großen Generäle von Rom mit ihren Legionen unterwegs waren, um die Insel Britannien zu erobern. Sie standen feindlichen Heeren von Barbaren gegenüber.«

»Ich habe die Reise zusammen mit Theodor gemacht, nachdem ihn dein Bruder zum Erzbischof ernannt hatte. Er bat mich dann, als Missionar hierher zu gehen, und hier bin ich auch im Wesentlichen geblieben. Wie geht es Erzbischof Theodor?«

Der Ehrwürdige Verax wurde zugänglicher. »Gesundheitlich geht es ihm gut. Aber ihn belasten eine Reihe anderer Probleme, gerade auch im Umgang mit den Königreichen, für die er zuständig ist. Das ist ja auch ein Grund, weshalb ...« Er hielt inne und biss sich auf die Lippen, als hätte er bereits zu viel gesagt.

»Gehörte Bruder Cerdic schon zu eurer Abordnung, als ihr von Canterbury nach Ard Ladrann unterwegs wart?« Eadulf tat, als hätte er die Schrecksekunde im Verhalten des Ehrwürdigen Verax nicht bemerkt.

»Weshalb erkundigst du dich so angelegentlich nach Bruder Cerdic?«, fragte der römische Sendbote argwöhnisch.

»Du hast von Colgú gehört, dass Fidelma und ich bemüht sind, die Umstände seines Todes zu klären. Bruder Cerdic traf hier gemeinsam mit einem Bruder namens Rónán ein, der inzwischen nach Laighin zurückgegangen ist. Mir stellt sich die Frage, zu welchem Zeitpunkt er sich von euch getrennt und den Weg hierher allein fortgesetzt hat, um uns von eurer nahenden Ankunft in Kenntnis zu setzen.«

Der Prälat überlegte kurz. »Bruder Cerdic begleitete Bischof Arwald und mich seit Canterbury, ebenso wie auch Bruder Bosa. Nach unserer Ankunft in Laighin blieben wir eine Weile in der Abtei von Fearna und verbrachten anschlie-

ßend ein paar Tage auf der Burg von König Fianamail ...
Dinn Ríg war das. Bruder Cerdic erbot sich, hierher vorauszu-
eilen, um uns den Weg zu ebnen, und Bischof Moling beauftragte Bruder Rónán, als Dolmetscher und des Landes Kundi-
ger mit ihm zu gehen.«

»Wenn ich richtig verstehe, sollte er Imleach aufsuchen und
Abt Ségdae bitten, hierherzukommen. Wieso aber wollte
man sich hier treffen?«

»Man hatte mir gesagt, Cashel sei der Sitz des Königs. Und
König Fianamail von Laighin vertrat die Auffassung, dass es
sinnvoller wäre, unser Anliegen in Gegenwart der jeweiligen
Könige zu erörtern.«

»Darin liegt eine gewisse Logik«, bestätigte Eadulf. »Nur,
wie ich erfuhr, stattete Bruder Cerdic auch der Abtei von Cill
Náile einen Besuch ab und erklärte der Äbtissin, dass ihre
Anwesenheit hier erforderlich und erwünscht wäre.«

Auf das Gesicht des Ehrwürdigen Verax trat ein mildes Lächeln. »Von erforderlich und erwünscht kann keine Rede sein.
Deine Formulierung setzt mich in Erstaunen. Natürlich war
Bischof Arwald bekannt, dass die Äbtissin eine Weile in
Oswys Königreich gelebt hat, und möglicherweise kannte
auch Bruder Cerdic sie. Aber wir haben ganz gewiss nicht auf
ihrer Anwesenheit bestanden.«

»Eine für uns aufschlussreiche Feststellung. Bruder Cerdic
könnte sie also gekannt haben?«

»Das entzieht sich meiner Kenntnis. Ist denn das von Wich-
tigkeit?«

»Alles, was hilfreich sein könnte, um die Hintergründe zu
Bruder Cerdics Tod zu ermitteln, muss in Betracht gezogen
werden. Wie dem auch sei, es tut mir leid, dass diese lange
Reise, die ihr auf euch genommen habt, ohne Ergebnis geblieben ist und zudem das Leben eines Mitglieds eurer Ab-

ordnung gekostet hat. Wir werden unser Bestes tun, um noch vor eurer Abreise die Umstände, die zu seinem Tod geführt haben, herauszufinden und den Mörder dingfest zu machen.«

»Dafür wären wir euch sehr dankbar, Bruder Eadulf«, versicherte der Prälat. »Von meiner Seite jedenfalls habe ich dir alles, was ich weiß, mitgeteilt. Bruder Cerdic hat sich von uns in Dinn Ríg, der Festung des Königs von Laighin, getrennt, ging nach Sléibhte und von dort hierher. Mehr kann ich dazu nicht sagen.«

Eadulf war im Begriff, das Gespräch zu beenden, als ihm aufging, dass der Ehrwürdige Verax zuletzt noch etwas erwähnt hatte, wovon zuvor nicht die Rede gewesen war. »Sagtest du eben, Bruder Cerdic wäre nach Sléibhte gegangen?«

»Wie ich hörte, gibt es dort eine alte Abtei, und die wollte er besuchen«, bestätigte der Ehrwürdige Verax, nickte Eadulf zu und schritt davon.

Nachdenklich blieb Eadulf noch ein, zwei Minuten stehen, dann kehrte er zu Fidelma zurück, die jetzt mit ihrem Bruder zusammen saß.

»Wir haben gerade darüber gesprochen, dass nach all unserem Rätselraten der Besuch eigentlich ergebnislos bleibt«, begrüßte ihn Colgú. »Ich habe unseren Gästen vorgeschlagen, noch einen Tag hier zu verweilen und anschließend, wenn sie diese – meiner Meinung nach sinnlosen – Erkundungen weiterverfolgen wollen, zur Abtei von Cluain Mic Noise zu ziehen. Natürlich werden sie dort dasselbe zu hören bekommen wie von uns«, meinte er achselzuckend. »Keiner der Bischöfe der Fünf Königreiche gibt etwas auf die Vormachtansprüche von Ard Macha, und was den Zuständigkeitsbereich von Theodor von Canterbury angeht ...« Er brach in schallendes Gelächter aus.

Fidelma verwies auf einen wunden Punkt: »Es bleibt jedoch noch der Tod von Bruder Cerdic zu klären.«

»Hast du wegen des Attentats auf euer Leben immer noch Deogaire in Verdacht?«, fragte ihr Bruder. »Sollten wir nicht versuchen, ihn zu einem Geständnis zu bewegen? Dass er schuldig ist, scheint doch ziemlich offensichtlich.«

»Genau das ist es, was mir Sorgen bereitet, Colgú«, entgegnete Fidelma. »Eine schuldige Person würde doch eine bessere Ausflucht parat haben als die, mit der er uns gekommen ist.«

»Die Tatsachen sprechen aber für sich«, meinte ihr Bruder.

»Nur hängt es davon ab, wie sich einem die Tatsachen darstellen. Man kann sie auch von einem verzerrten Blickwinkel aus betrachten, und dann ergeben sie ein trügerisches Bild.«

»Ich weiß nicht, worauf du hinauswillst.«

»Vielleicht kann ich im Laufe der Zeit klarmachen, was ich meine.«

»Aber viel Zeit bleibt uns nicht, Fidelma. Du musst bedenken, Bruder Cerdic kam auf meiner Burg zu Tode, und dem Gesetz nach zieht man mich für seinen Tod zur Verantwortung. Ich werde dem Ehrwürdigen Verax eine Entschädigung zahlen müssen und muss mit weiteren Geldstrafen rechnen. Damit ist meine Persönlichkeit mit einem Makel behaftet, und viele würden das gegen mich nutzen. Manche würden sogar so weit gehen und sagen, ich sei nicht länger würdig, König zu sein, und versuchen, mich vom Thron zu drängen.«

»Du denkst an Brehon Aillín«, warf Eadulf ein. »Der Mann könnte in der Tat Unfrieden stiften und andere aufwiegeln.«

»Findet also den Mörder von Bruder Cerdic, bevor der Ehrwürdige Verax abreist, und alles wird sich zum Guten wenden«, brachte Colgú die Sache auf den Punkt. »Es wird spät.

Wie ich sehe, lenkt der Ehrwürdige Verax seine Schritte in unsere Richtung. Vermutlich will er sich entschuldigen und sich zur Nachtruhe zurückziehen.«

Während Colgú sich dem Kirchenfürsten aus Rom zuwandte, zog Fidelma Eadulf beiseite und fragte ihn leise: »Hast du aus dem Ehrwürdigen Verax etwas herausbekommen?«

Eadulf schüttelte den Kopf. »Nicht mehr, als wir schon wussten. Nur, dass Bruder Cerdic, ehe er nach Cill Náile und von dort weiter nach Imleach ging, in der Abtei von Sléibhte war.«

»Was mag ihn dort hingeführt haben?«

»Der Ehrwürdige Verax meinte, Bruder Cerdic hätte gehört, dort gäbe es eine alte Abtei, und er hätte sie besuchen wollen. Interessant daran ist, dass Sléibhte von sich behauptet, älter als Ard Macha zu sein, und dass Schwester Dianaimh dort einst ihre Ausbildung erfuhr.«

Fidelma schien am Ende ihres Lateins. »Ich frage mich, ob das Ganze tatsächlich darauf angelegt ist, herauszufinden, ob Theodor von Canterbury die kirchliche Vormachtstellung sowohl über unsere als auch die sächsischen Königreiche beanspruchen könnte. Irgendetwas stimmt da nicht.«

»Ich bin wie du der Ansicht, dass es nicht mit rechten Dingen zugeht, wenn eine hochgestellte Persönlichkeit wie der Ehrwürdige Verax, Bruder des Bischofs von Rom, auf eine so lange Reise geschickt wird, nur um die Meinung der Königreiche hier zu erforschen, die Rom längst bekannt ist.«

»Ich fürchte, man tischt uns Lügen auf«, sagte Fidelma nachdenklich. »Wir kommen einfach nicht weiter. Ständig legt sich uns ein neues Hindernis in den Weg.«

»Uns bleibt aber noch Beccan, den wir wegen Deogaire befragen können«, erinnerte Eadulf sie. »Danach weiß ich allerdings auch nicht recht, wie wir weiter verfahren sollen. In einer Hinsicht geht es mir wie dir – diesem aalglatten Prälaten kann ich nicht glauben, selbst wenn er der Bruder von Papst Vitalianus ist.«

KAPITEL 15

Bei Sonnenaufgang war es noch trocken, doch ein böiger Wind und dicke schwarze Wolken kündigten Regen an. Fidelma und Eadulf beendeten ihr Frühstück. Geredet hatten sie kaum miteinander, jeder war noch in Gedanken mit dem vorigen Abend beschäftigt. Muirgen kam, um den Tisch abzuräumen. »Habt ihr schon gehört, Beccan ist wieder da, seit heute früh schon.«

Diese Mitteilung ließ beide aufblicken. »Heute früh?« Fidelma schaute zum Fenster. »Dann muss er aber sehr zeitig unterwegs gewesen sein.«

»Ich bin runter in die Küche, weil ich frisches Brot holen wollte, da sah ich ihn gerade durchs Haupttor kommen«, erklärte ihnen ihre Kinderfrau.

Fidelma stand auf. »Wir müssen mit ihm reden, und zwar sofort.« Schon war sie an der Tür. Eadulf konnte sich gerade noch den frisch mit Honig bestrichenen letzten Happen Brot greifen. Auf dem Burghof stießen sie auf Äbtissin Líoch, die zur Kapelle eilte.

»Hast du meine Schaffnerin gesehen?«, fragte sie Fidelma.

»Schwester Dianaimh?« Fidelma verneinte. »Wir sind eben erst aufgestanden, sind heute spät dran.« Doch dann stockte sie. »Du siehst besorgt aus.«

»Ich musste sie dringend etwas fragen«, erwiderte die Äbtissin, »aber ich finde sie nirgends.«

»Vielleicht war sie zeitig wach und sieht sich im Burggelände um. Oder sie ist hinunter in den Ort gegangen. Frag doch die Wächter am Tor«, schlug Eadulf vor.

»Die Wachposten habe ich schon gefragt. Den Burghof hat sie nicht verlassen.«

»So viele Stellen, an denen sie sich aufhalten könnte, gibt es hier auf der Burg gar nicht«, versicherte ihr Fidelma. »Bist du nicht auf dem Weg zur Kapelle? Dort könnte sie durchaus sein.«

Äbtissin Líoch war nicht sehr überzeugt davon, wollte aber trotzdem nachschauen.

»Ob Beccan die sonderbare Geschichte bestätigt, die Deogaire uns aufgetischt hat?«, fragte Eadulf skeptisch.

Sie trafen den Hofmeister in der Burgküche im Gespräch mit Dar Luga an. Händeringend kam er ihnen sofort entgegen.

»Ich habe schon gehört, was sich inzwischen ereignet hat, Lady: Es ist meine Schuld. Ich bin an allem schuld«, jammerte er fast wie ein greinendes Kind. »Von Luan, der mich am Burgtor empfing, habe ich alles gehört. Ich nehme jede Schuld auf mich.«

»Was meinst du mit ›an allem schuld sein‹?«, fragte Fidelma ungerührt.

»Dass ich nicht hier war, als bedeutende Gäste ankamen.« Es klang wie ein unterdrücktes Schluchzen. »Ich habe dem König bereits beteuert, ich bin bereit, alle Folgen zu tragen. Ich hätte niemals ...«

»Hast du auch von der Sache mit Deogaire erfahren?«, unterbrach ihn Eadulf.

»Selbst das ist meine Schuld. Ich hätte Deogaire niemals erlauben dürfen, in einer Kammer im Gästequartier zu übernachten.«

»Beruhige dich, Beccan«, sagte Fidelma, denn der Mann schien den Tränen nahe. »Erzähl mir einfach, was sich zwischen dir und Deogaire zugetragen hat.«

Der kleine Hofmeister fuhr sich mit der Hand übers Gesicht und erklärte dann zögerlich: »Deogaire kam abends an die Küchentür und fragte nach mir. Er wusste ja, welche Stellung ich als Hofmeister habe ...«

»Natürlich. Du kanntest ihn?«

»Ich wusste, dass er ein Verwandter von Bruder Conchobhar ist, auch hatte ich ihn im Burggelände umhergehen gesehen.«

»Sprich weiter.«

»Er berichtete mir, dass er mit seinem Onkel in Streit geraten war und nun kein Bett zum Übernachten hätte. Um den Heimweg anzutreten war es schon zu spät. Er bat mich ...«

»Moment mal. Warum kam er zu dir, obwohl ihr euch nicht persönlich kanntet? Er hätte doch leicht jemand anderen nach einer Unterkunft fragen können. Warum ist er nicht ins Wirtshaus unten im Ort gegangen oder hat den Stallmeister gebeten, ihn in einer Ecke im Stall schlafen zu lassen? Auch im *laochtech* hätte er sich etwas suchen können, wo die Krieger untergebracht sind. Warum ist er ausgerechnet ins Haupthaus des Königs gekommen und hat sich an dich gewandt?«

»Vermutlich war ihm bewusst, welchen wichtigen Posten ich als Hofmeister bekleide«, erwiderte Beccan nicht ohne Stolz.

»Er stand also an der Tür zur Küche und sprach dich an in der Hoffnung, du hättest ein Bett für ihn.«

»Genau so war es«, versicherte ihr der Hofmeister.

Mit Deogaires Schilderung stimmte das freilich nicht überein.

»Du hast ihn dann ins Gästequartier geführt und ihm eine unbenutzte Kammer zugewiesen?«

Beccan nickte eifrig. »Ich konnte doch nicht ahnen, dass er

von dort einen Anschlag auf dich und Bruder Eadulf verüben würde.«

»Dafür fehlen bislang noch die Beweise«, bedeutete ihm Fidelma. »Jedenfalls bestätigst du, dass du seiner Bitte entsprochen und ihm erlaubt hast, in einer leeren Gästekammer zu übernachten. Hast du ihm auch gesagt, dass er sich dort bis zur Morgendämmerung aufhalten muss und nicht früher heraus darf?«

Beccan überlegte kurz. »Ich habe ihm wohl gesagt, dass die Leibwächter des Königs, die Krieger vom Goldenen Halsreif, nachts an Türen und Treppen im Gebäude Wache stehen. Dem König hat diese Anordnung nie gefallen, doch nach dem Anschlag auf sein Leben ...« Er endete mit einem Achselzucken.

»Demnach wusste Deogaire, dass es unmöglich war, sich auf den Flur vor den Gästeräumen zu begeben, ohne dabei ertappt zu werden?«

»Besonders nachdem sich die Gäste zur Nachtruhe zurückgezogen haben. Ich habe ihm das eingeschärft.«

»Hast du ihm auch gesagt, dass es einen Notausgang zum Dach gibt, man übers Dach zu einer Seitentreppe gelangt und von dort ins Freie?«

Beccan schien angestrengt nachzudenken. »Üblicherweise zeige ich den Gästen den Fluchtweg, falls mal ein Feuer ausbricht. Die Gäste könnten ja besonders nach einem Festgelage mit ihren Laternen oder bloßen Kerzen unvorsichtig sein. Gott sei Dank ist das, solange ich hier bin, nicht passiert, doch man hat mir von einem verheerenden Brand erzählt, als Máenach Mac Fingin hier König war. Zwei Gäste sind damals in dem Qualm erstickt.«

Auch Fidelma hatte von dem Feuer gehört. Das hatte sich etwa zu der Zeit ereignet, als sie Brehon Moranns Hohe Schule für Rechtskunde beendet hatte. Auf Anraten ihres Vetters, des Abts Laisran von Darú, war sie dann in die Abtei Kildare eingetreten. Nach dem Tod ihres Vaters, König Failbhe Flann, hatte es für sie in Cashel keine Aufgabe gegeben. Ihres Vaters Neffe Máenach war König geworden. Nach ihm hatte ein entfernter Vetter, Cathal, geherrscht, doch der war an der Gelben Pest gestorben just zu dem Zeitpunkt, als er sie eingeladen hatte, sein Rechtsberater zu werden und nach Cashel zurückzukehren. Dann erst war ihr Bruder Colgú zum König gewählt worden, und ihre Welt hatte feste Konturen bekommen. Sie war Eadulf begegnet, hatte sich einen guten Ruf als *dálaigh* erworben und benötigte nicht mehr die Sicherheit einer klösterlichen Gemeinschaft.

Schnell schüttelte sie diese Gedanken ab und wandte sich wieder der Gegenwart zu. »Deogaire wusste also, wo es aufs Dach und zur Nebentreppe ging?«

»Wahrscheinlich.«

»Du hast ihn in der freien Kammer allein gelassen und bist deinen Pflichten nachgegangen, war es so?«

»So war es.«

»Soweit ich mich erinnere, hast du vor dem Abendessen die Gäste begrüßt und warst dann verschwunden.«

»An dem Abend hatte der Hof nur wenige Gäste.«

»Jedenfalls bist du von der Bildfläche verschwunden und hast Dar Luga die Obliegenheiten des Hofmeisters überlassen.«

»Ich hatte den König um Erlaubnis ersucht, für zwei Tage abwesend zu sein. An dem Abend war ja nur eine kleine intime Gesellschaft beisammen. Ich wurde nicht benötigt, um gemäß der Hofordnung die Speisenfolge anzukünden. Und die notwendigen Anordnungen hatte ich hinterlassen.« Fast klang es, als wollte er sich verteidigen. »Dar Luga hat mir eben bestätigt, dass sie die Küchentür abgeschlossen und den Schlüssel an den Haken gehängt hatte. Das wäre sonst immer meine letzte Aufgabe gewesen.«

»Wohin wolltest du?«, fragte Fidelma rasch. »Zwei Tage sind eine lange Zeit, sich beurlauben zu lassen, besonders wenn die Ankunft bedeutender Gäste kurz bevorsteht.«

»Es war eine rein persönliche Angelegenheit, Lady«, erwiderte er abwehrend. »Der König wusste Bescheid.«

»Du weißt sehr wohl, Beccan, wenn eine *dálaigh* Fragen stellt, um ein schwerwiegendes Verbrechen aufzuklären, gelten rein persönliche Dinge nicht mehr.« Sie benutzte den alten Rechtsausdruck *derritius*. »Ich habe erfahren, du warst unterwegs, um jemanden zu pflegen.«

»Ich bin in den Ort gegangen, um einen ... guten Freund zu versorgen.«

»Drück dich genauer aus.«

»Eine Frau«, sagte der rundliche Hofmeister knapp. »Eine Freundin von mir.«

»Ihren Namen musst du mir auch nennen.«

Nach einigem Zögern antwortete er: »Maon.«

»Ich kenne niemanden im Ort, der so heißt. Du musst mir schon ein bisschen mehr über sie erzählen und warum du sie gerade an dem Abend besuchen musstest. Solltest du dich nicht weiter dazu äußern, werde ich sie befragen müssen.«

Die Warnung brachte ihn leicht aus der Fassung, und er rang mit sich. Es dauerte eine Weile, bis er seine Gedanken geordnet hatte. »Maon war krank geworden. Deshalb musste ich zu ihr und ihr Medizin bringen.«

»Dass sie krank ist, tut mir leid. Was hat sie denn?«

»Sie hatte hohes Fieber. Ich konnte einfach nicht anders, ich musste mich um sie kümmern.«

»Aber unten im Ort gibt es einen Arzt, und hier oben haben wir Bruder Conchobhar, einen von ihnen hättest du doch holen können, damit er der Frau hilft.«

»Ich hatte nach dem Arzt geschickt, doch der war zur Eselsfurt gerufen worden und wurde erst in zwei Tagen zurück erwartet. Ich wusste nicht ein noch aus.«

»Wer hatte den Einfall, dass Deogaire dir die Medizin aus Bruder Conchobhars Apotheke besorgt und du ihm dafür ein Bett verschaffst und davon keinem etwas sagst?«

Sie stellte die Frage in einem völlig unverfänglichen Ton, so dass Beccan sie im ersten Moment nicht recht verstand.

»Er hat mir das als Gegenleistung angeboten«, kam dann als Antwort.

»Wie konnte er überhaupt wissen, dass du in Nöten warst?«

»Ich hatte meine Freundin schon morgens besucht, hatte sie krank vorgefunden und erfahren, dass der Arzt nicht in der Siedlung war. Ich kam zur Burg zurück und war hin und her gerissen, wusste ich doch, der König erwartet meine Dienste. Wiederum wollte ich ihr helfen. Da begegnete ich Deogaire auf dem Burghof, und er fragte mich, warum ich so besorgt dreinblicke. Ich erzählte es ihm. Er bot an, später zur Küchentür zu kommen und mir heilsame Säfte zu bringen, die würden Maon bald fieberfrei machen. Und recht hatte er.«

»Du hast ihm ohne weiteres vertraut?«

»Er hat mir versichert, er würde die Medizin von seinem Onkel beschaffen, und ich weiß doch, dass der ein sehr angesehener Apotheker ist.«

»Ist das Fieber wirklich gesunken?«

»Ja, tatsächlich. Maon ist schon fast genesen. Als ich sie verließ, ging es ihr bereits recht gut; dass ich ihr während dieser letzten beiden Tage beigestanden habe, hat gewiss geholfen.«

»Ich verstehe nur nicht, warum du nicht gleich zu Bruder Conchobhar gegangen bist, ihm den Fall geschildert und ihn zu Maon gebracht hast.«

»Ich war völlig durcheinander. Zufällig lief mir Deogaire in die Arme, und da hielt ich es nicht mehr für nötig, Bruder Conchobhar aufzusuchen.«

»Als du Deogaire getroffen hast, war das vor oder nach seinem Streit mit Bruder Conchobhar?«

»Das war danach. Wir verabredeten, dass er mir die Medizin an der Küchentür übergeben sollte.«

Fidelma überlegte kurz, bevor sie weitersprach. »Das Beste wäre, wenn Bruder Conchobhar jetzt von der Geschichte erfährt. Er sollte wissen, dass ihm zwei seiner Medizinfläschchen abhandengekommen sind. Er sollte auch Maon aufsuchen und sich vergewissern, dass ihr der richtige Heiltrank verabreicht wurde. Es geschieht hin und wieder, dass Fieberkranke rückfällig werden.«

»Meinst du, dass er sie jetzt noch untersuchen würde?«, fragte der Hofmeister naiv. »Jetzt, wo sie schon überm Berg ist.«

»Ich werde ihn fragen. Warum hast du dich die ganze Zeit wegen Maon so bedeckt gehalten? Ich habe ihren Namen nie gehört und wüsste nicht, wo unter den Leuten im Ort ich sie hintun soll.«

Mit ausgebreiteten Armen holte er zu einer längeren Erklärung aus. »Ich bin einer von den Déisi, die südlich vom Siúr leben, wie du weißt, Lady. Sie stammt aus meinem Heimatdorf, das ist nicht weit von der Kirche des heiligen Míodán entfernt. Vor ein paar Tagen ist sie von ihrer Familie weggelaufen, um mit mir zusammen zu sein. Ich habe für sie eine kleine Hütte im Waldstück neben dem Steinigen Weg ausfindig machen können und hoffte, ihr hier in der Küche eine Beschäftigung zu verschaffen. Sie war erst wenige Tage in der Hütte, da packte sie das Fieber. War ja kein Wunder, dass sie sich erkältet hatte auf dem mühsamen Weg zu Fuß über die Berge bei eisigem Regen und Wind. Ihr ging es schon nicht gut, als sie es endlich bis hierher geschafft hatte.«

Fidelma klickte mitfühlend mit der Zunge. »Leider bist du heute in der Burg unabkömmlich. Wäre es anders, würde ich meinem Bruder nahelegen, dich für ein paar Tage zu Maon zu schicken, um sie zu umsorgen. Jedenfalls werde ich veranlassen, dass Bruder Conchobhar nach ihr schaut …«

Dar Luga, die bei ihrer Arbeit das Gespräch mit angehört hatte, machte sich durch ein Räuspern bemerkbar. »Ich kenne die Hütte beim Steinigen Weg, Lady. Ist gar nicht weit weg von Dellas Hof.«

»Della würde ihr bestimmt gern helfen«, warf Eadulf ein.

»Erst vorgestern war ich bei meiner Schwester Lassar in Rath na Drinne«, redete Dar Luga weiter. »Auf dem Rückweg bin ich an der Bude vorbeigekommen, habe mich gewundert, dass da jemand zu wohnen schien.« Sie schaute Beccan an und schüttelte missbilligend den Kopf. »Das ist wirklich keine Behausung für jemand, der Fieber hat. Du hättest das arme Mädel auf die Burg bringen sollen, ein Bett im Quartier der Dienerschaft hätte sich gefunden.« Plötzlich schwieg sie. »Merkwürdig ist trotzdem …« Sie hielt inne und suchte sich zu erinnern.

»Was ist merkwürdig?«, drängte Fidelma sie weiterzureden.

Dar Luga warf Beccan einen Blick zu. »Du hast gesagt, deine Freundin ist zu Fuß dorthin gewandert. Mir ist aber so, als wäre draußen ein Pferd angepflockt gewesen.«

Beccan wehrte energisch ab. »Davon weiß ich nichts. Vielleicht war ein Reiter abgestiegen und hat sich nach dem Weg erkundigt.«

»Wie dem auch sei«, fuhr Fidelma fort, »überlass es uns, wir verfolgen die Sache weiter. Vielen Dank für deine Antworten.«

Draußen äußerte Eadulf seine Bedenken. »Die Geschichte ist mir zu fadenscheinig. Ich vermag sie nicht zu glauben. Wir müssen Deogaire wegen der widersprüchlichen Aussagen noch einmal befragen.«

»Da stimme ich dir zu. Im Moment aber will ich Beccan nicht weiter in die Zange nehmen.«

»Auch gut. In einer Hinsicht können wir jedenfalls sicher sein.«

»Nämlich in welcher?«

»Wir wissen, dass Beccan die Burg durchs Tor verlassen hat, während wir beim Festessen waren, und erst heute früh zurückgekommen ist. Demzufolge kann er nicht auf dem Dach gewesen sein, als die Statue auf uns herabgestoßen wurde. Warum sollte er uns wegen der anderen Dinge belügen?«

»Ja, wenn wir das wüssten«, erwiderte Fidelma.

Sie gingen über den Burghof zur Unterkunft der Krieger. Ehe Fidelma mit Bruder Conchobhar wegen der erkrankten Frau redete, wollte sie sich Deogaire vornehmen. Sie kamen nicht weit, denn sie hörten vom Tor Stimmengewirr, die hohe Stimme eines Kindes und den barschen Ton eines Wachmanns.

Fidelma blieb stehen und blickte in die Richtung, aus der der Wortwechsel kam. Ein Junge von vielleicht zehn Jahren stand aufgebracht vor einem der Torhüter, der ihm den Weg versperrte.

»Ich muss aber zum Brehon des Königs!«, schrie er.

Die grobe Erwiderung des Wächters konnten sie nicht verstehen, es war aber offensichtlich, dass er den Jungen fortscheuchen wollte.

Sofort eilte Fidelma zum Tor, und Eadulf folgte ihr. »Was gibt's denn hier?«, erkundigte sie sich in ruhigem Ton.

Der Krieger nahm Haltung an und hob die Hand zum Gruß. »Der Junge da will uns zum Narren halten, Lady. Ich hab ihm gesagt, er soll sich wegscheren.«

Freundlich redete sie den trotzig dreinblickenden Knaben an: »Was hast du denn, Junge?«

»Mein Vater schickt mich. Ich muss unbedingt den Brehon des Königs sprechen.«

»Dein Vater? Ah, ich kenne dich, bist du nicht Rumanns Sohn? Warum musst du dringend zum Brehon des Königs?«

»Weil … weil …« Der Junge druckste herum, wusste nicht recht, wie er seinen Auftrag loswerden konnte. »Weil mein Vater im Brauhaus einen Toten gefunden hat.«

Froh, dass er seine Nachricht los war, drehte der Kleine sich um und rannte den Burgberg zum Ort hinab.

Eadulf blickte Fidelma aufgeschreckt an. »Hast du gesagt, das war Rumanns Sohn?«, stieß er hervor. »Von Rumann, dem Gastwirt?«

Sie nickte. Er wurde kreidebleich. »Aber … mein Bruder … Egric, mein Bruder! Der Tote muss er sein!« Und schon stürzte er bergab dem Jungen hinterher.

Flugs drehte sich Fidelma zu dem verdutzten Wachposten um. »Sag Gormán, was du eben gehört hast, und sag ihm, wir sind in Rumanns Schenke.« Dann eilte sie ebenfalls hinunter in die Ortschaft. Das war ein beachtlicher Fußmarsch, aber zu warten, bis die Pferde gesattelt waren, wäre sinnlos gewesen.

Rumanns Schenke lag auf der anderen Seite des Marktplatzes. Es war ein beträchtliches Anwesen, weit größer als die sonstigen Gebäude inmitten der Äcker unterhalb der Festung der Eóganacht auf dem uralten Felsstock. Neben dem *bruden*

314

oder Gasthaus mit den Unterkünften für die Reisenden gab es Ställe für die Pferde der Gäste, dann Verschläge für etliche Schweine und fürs Geflügel. Auf Gartenflächen gediehen verschiedene Gemüse und Obstbäume. Rumanns Gastwirtschaft konnte sich in vielen Dingen selbst versorgen, außerdem wurde Ale gebraut, Met und *nenadmin* gemacht, ein Cider aus Holzäpfeln.

Hinter dem Gasthaus standen mehrere Gebäude, in denen Rumann die Getränke herstellte, die er verkaufte, denn er war nicht nur Gastwirt, sondern auch *scoaire*, ein Bierbrauer und Hersteller von alkoholischen Getränken mit Schankrecht nach dem Gesetz. Die angesehensten Alebrauereien besaßen einen vom Gesetz verbürgten Status, sie waren *dligtech* oder Häuser mit Schankerlaubnis. Der zuständige Brehon überprüfte sie und erteilte ihnen die Genehmigung. Kleineren Gasthäusern war es nicht verboten, selbst zu brauen und Wein zu machen, doch wenn sie minderwertige Getränke ausschenkten, mussten sie eine Buße an den Stammesführer zahlen und alle Gäste entschädigen, die sie damit bewirtet hatten.

Die Wirte der Häuser mit Schankrecht nutzten ihren Status aus und verlangten höhere Preise als die anderen. Aber die bezahlte man gern, denn dafür erhielt man ordentliche Qualität. Rumann war stolz darauf, ein gesetzlich geprüftes Wirtshaus und eine Alebrauerei zu führen. Darüber hinaus stand ihm das Vorrecht zu, die Gäste des Königs unterzubringen, für die im königlichen Quartier kein Platz war. Gegenwärtig beherbergte er die Eskorte von Kriegern aus Laighin, die den Ehrwürdigen Verax und Bischof Arwald begleitete.

Eadulf und Fidelma eilten über den Marktplatz auf das Gasthaus zu. Unter einer Überdachung saßen die bewaffneten Krieger aus Laighin bei einem Würfelspiel, das *dísle* hieß. Sie gaben sich den Anschein, ganz darin vertieft zu sein, verfolgten aber die Neuankömmlinge mit scheuen Blicken. Sie ahnten wohl, dass etwas im Argen lag.

Rumann stand an der Tür und winkte den beiden wortlos, ihm ins Gasthaus zu folgen.

»Wer ist es?«, wollte Eadulf wissen, der dem Wirt auf den Fersen folgte. »Wessen Leiche hast du gefunden?«

Rumann drehte sich halb um. »Weiß ich nicht, ein Fremder«, murmelte er.

Eadulf packte ihn am Arm, riss ihn fast um. »Ist es … ist es Egric? Der Mann, der vorgestern mit Dego hier war?«

Erleichtert nahm er wahr, dass der Wirt sofort den Kopf schüttelte. »Der nicht. Hab ihn nicht mehr gesehen, seit Dego mit ihm in die Berge gezogen ist.«

»Wer ist es dann?«, stieß Eadulf immer noch erregt hervor.

»Weiß ich nicht. Hab ich doch gesagt.«

»Lass uns keine Zeit verlieren, zeig uns den Leichnam und erzähl uns, wo und wie du ihn gefunden hast«, mischte sich Fidelma ein.

Rumann führte sie durch den Gastraum zur Hintertür und erklärte derweil: »Gestern Abend hatten wir die Krieger aus Laighin zu versorgen und noch ein paar andere Gäste, die nur essen und trinken wollten. Deshalb habe ich mit meinen Helfern erst heute früh mit dem Brauen von *bracat* angefangen.«

Bracat war ein Ale aus Gerste oder Roggen, man nannte es nach dem Ausdruck *bracha* für Malz.

»Wir hatten das Getreide schon geröstet und zu Maische zermahlen und wollten es gerade in den Braubottich füllen. Ich war dabei, die Maische hineinzuschaufeln, und blickte in das Riesenfass – da lag ein Toter auf dem Grund!«

Inzwischen hatten sie den Hinterhof überquert, auf dem drei Männer sie erwarteten. Einer stand beklommen neben einem großen Holzbottich, vor seinen Füßen lag etwas, das mit einem Sack bedeckt war.

Rumann nickte ihm zu, der Mann bückte sich und zog den Sack beiseite. Stellenweise bedeckte gedarrtes Malz die Leiche, dennoch fiel es nicht schwer, sie als Schwester Dianaimh aus Cill Náile zu erkennen.

KAPITEL 16

Fassungslos blickte Eadulf auf das tote Mädchen. »Wir brauchen Wasser, um die Maische abzuspülen, sonst kann ich nicht feststellen, wie sie gestorben ist«, sagte er zu Rumann.

Der Gastwirt gab die Aufforderung an einen seiner Arbeiter weiter, der sofort losrannte und im Nu mit einem Eimer Wasser wieder da war. Eadulf goss den halben Eimer über Kopf und Hals der Toten. Dann beugte er sich zu ihr und betrachtete sie näher.

»Augenscheinlich hat man sie erwürgt. Schau mal hier«, sagte er und sah mit versteinertem Gesicht zu Fidelma auf. »Ein Strick oder so etwas hat ihr den Hals zugeschnürt. Der Mörder muss sich von hinten an sie herangeschlichen haben«, erläuterte er weiter, »hat ihr den Strick um den Hals geworfen und dann mit einem Ruck zugezogen. Möglicherweise hätte sie noch losschreien können, aber vielleicht war sie so überrascht, dass sie gar nicht dazu fähig war.«

»Ich fürchte, niemand hat in der Nacht einen Schrei gehört, oder doch?«, wandte sich Fidelma an Rumann.

»Ich jedenfalls habe nichts gehört, Lady.«

»Ich werde mich gleich auch bei deiner Familie, den Arbeitern und Gästen vergewissern müssen.«

»Selbstverständlich. Die einzigen ständigen Gäste zur Zeit sind die Krieger vom Clan Baiscne aus Laighin. Abgesehen von meiner Person war nur noch mein Sohn im Gasthaus. Meine Frau ist ja, wie du weißt, vor ein paar Jahren an der Gelben Pest gestorben. Ich habe noch vor Mitternacht abgeschlossen, bin ins Bett gegangen und habe tief und fest geschlafen. Mein Junge schlief bereits, als ich hochkam.«

»Und deine Gäste, die Krieger?«

»Die meisten hatten sich schon hingelegt, nur zwei saßen noch unten und spielten im Lampenschein *búanbach*.«

Unter Kriegern war »Sieg ohne Ende« ein weiteres beliebtes Brettspiel.

»Und deine Leute hier?«, fragte sie und drehte sich zu den drei Männern um.

»Wir wohnen alle am anderen Ende des Platzes, Lady«, antwortete einer der drei. »Gleich nach Sonnenuntergang sind wir gegangen, denn wir hatten ja unser Tagewerk getan. Heute früh kamen wir wieder und wollten mit dem Brauen beginnen, und da entdeckte Rumann ...« Er deutete mit dem Kopf zum Leichnam. »Rumann schickte sofort seinen Sohn zur Burg, um einen Brehon zu holen.«

Fidelma warf einen Blick auf die Tote, sah aber gleich wieder auf die drei Arbeiter. »Darf ich euch um etwas bitten? Würdet ihr die Leiche behutsam in ein Tuch hüllen und auf die Burg zu Bruder Conchobhar schaffen? Ihr sollt auch für eure Mühen entlohnt werden, und wenn euch jemand fragt – ihr handelt auf meine Anordnung.«

Ohne Worte verständigte sich der Sprecher mit seinen zwei Gehilfen, führte eine knochige Hand an die Stirn und erklärte: »Wir sind bereit, das zu tun, Lady.«

Fidelma ging mit den anderen zum Gasthaus zurück, wo draußen vor dem Eingang die Krieger aus Laighin immer noch bei ihrem Würfelspiel saßen. Man merkte ihnen an, dass sie nicht ganz bei der Sache waren. Alle erhoben sich sofort, als Fidelma sich ihnen näherte.

»Was gibt es, Lady?«, fragte einer verunsichert. »Stimmt etwas nicht?«

»Es ist jemand ermordet worden«, entgegnete sie. »Wer von euch trägt für euren Trupp die Verantwortung?«

Einer der Männer trat vor. »Ich bin Muiredach, Lady, und befehlige die Mannschaft.«

»Ich bin Fidelma von Cashel und eine *dálaigh*.«

Muiredach neigte ehrfürchtig den Kopf. »Wie können wir dir dienlich sein?«

»Hat einer von euch in der Nacht irgendetwas gehört?«

Ihre Frage bewirkte lediglich allgemeines Schurren mit den Füßen und Kopfschütteln.

»Um welche Zeit seid ihr schlafen gegangen?«

Ein junger Krieger hüstelte verlegen. »Wir waren schon vor dem Gastwirt im Bett. Um ehrlich zu sein, einige von uns hatten ein paar Bier zu viel intus.«

Und ein zweiter junger Krieger fügte entschuldigend hinzu: »Hier nur herumzusitzen und auf die Rückkehr der geistlichen Würdenträger zu warten, das ist verdammt eintönig. Ehe die aber nicht ihre Angelegenheiten erledigt haben, können wir nicht weiterziehen. Unser Auftrag lautet, sie zu begleiten, etwas anderes gibt es nicht zu tun. Also warten wir hier, vertreiben uns die Zeit mit Würfelspiel und Trinken.«

Fidelma konnte den jungen Mann gut verstehen und nahm sich vor, mit ihrem Bruder darüber zu reden. Der Langeweile der Krieger Abhilfe zu schaffen dürfte nicht schwierig sein. Mitglieder der königlichen Leibwache konnten mit ihnen sicher auf Jagd gehen oder irgendwelche Wettkämpfe veranstalten. Jetzt aber standen andere Dinge im Vordergrund. Dass Muiredach, der Befehlshaber des Trupps, über die Äußerungen seines Untergebenen nicht erbaut war, nahm sie beiläufig zur Kenntnis.

»Dass ihr euch langweilt, kann ich mir gut vorstellen«, meinte sie, »trotzdem gibt es ein paar Fragen zu klären. Wer von euch ist gestern Abend zeitig schlafen gegangen? Man hat mir gesagt, dass wenigstens zwei von euch länger aufgeblieben sind und noch *búanbach* gespielt haben.«

Zwei der Krieger gestanden betreten, etwas zu viel getrunken zu haben und deshalb zeitig zu Bett gegangen zu sein. Die beiden Spieler waren Muiredach und einer seiner Leute gewesen.

»Es war eine spannende Partie, Lady«, erklärte Muiredach. »Rumann hatte uns eine Lampe dagelassen, und wir spielten, bis alle Steine geschlagen waren.«

»Und ich habe gesiegt«, frohlockte der andere, sichtlich stolz, es seinem Vorgesetzten gegeben zu haben.

»Wie lange dauerte das Spiel?«

»Nicht allzu lange«, erwiderte Muiredach. »Aber es schliefen schon alle, als wir zu Bett gingen. Ihr Schnarchen war ohrenbetäubend. Irgendetwas Beunruhigendes hat keiner von uns gehört, erst heute früh nach dem Wachwerden hatten wir das ungute Gefühl, dass etwas nicht stimmte. Ein Mord, sagst du, ist geschehen?«

»Eine junge Nonne ist umgebracht worden, hinten in der Brauerei, zwischen den Bottichen«, erläuterte Eadulf ernst.

Erschrocken sahen ihn die Männer an. In eben dem Moment kamen die Arbeiter um die Ecke des Haupthauses. Sie hatten eine provisorische Trage gezimmert und die Tote darauf gebettet.

»Vielleicht werft ihr einen Blick auf die Leiche, womöglich kommt sie einem von euch bekannt vor«, schlug Fidelma vor und bat die Arbeiter, die Trage abzusetzen. Eadulf zog das Tuch vom Gesicht der Toten.

Die Krieger traten näher heran und betrachteten die Leiche. Muiredach war sogleich anzumerken, dass ihm das Gesicht nicht unbekannt war. Kurz darauf bestätigte er es auch.

Fidelma bedeutete den Arbeitern, die Trage wieder aufzunehmen und ihren Weg zur Burg fortzusetzen. Dann fragte sie Muiredach: »Wo hast du Schwester Dianaimh schon mal gesehen?«

»Ihren Namen kenne ich nicht, doch begegnet bin ich ihr, das war, bevor wir nach Cashel kamen«, lautete die Antwort.

»Bevor ihr nach Cashel kamt?«, wiederholte Fidelma verdutzt.

»Ungefähr vor einer Woche, in Sléibhte.«

Fidelma glaubte, nicht richtig gehört zu haben. »Wo, hast du gesagt?«

»In der Abtei von Sléibhte. Ich hatte Bruder Rónán und einen der Fremdländischen zur Abtei begleiten müssen. Und dort war auch das Mädchen, die Tote eben. Ich bin mir ganz sicher.«

»Du irrst dich wirklich nicht? Kannst du näher beschreiben, wie du ihr begegnet bist?«

Muiredach schaute den Trägern mit dem Leichnam nach. »Mein Gott, sie ist so jung ... war so jung und hübsch. Näher beschreiben? O ja, wenngleich es da nicht viel zu berichten gibt. Ich brachte, wie gesagt, Bruder Rónán und den Fremdländischen von Dinn Ríg nach Sléibhte zur Abtei. Es hieß, wir würden dort zwei Tage bleiben. Dann erklärte Bruder Rónán, sie würden meine Dienste nicht länger benötigen. Ich ritt nach Dinn Ríg zurück und erfuhr dort, ich sollte mir ein paar Krieger nehmen und die anderen drei Fremdländischen sicher nach Cashel bringen.«

»Schön und gut, aber was war mit dem Mädchen? Du hast gesagt, dass sie sich auch in der Abtei aufhielt. Wo und wann genau hast du sie gesehen?«

»Am Tag nach unserer Ankunft wurde ich nach Dinn Ríg zurückgeschickt. Ich sattelte mein Pferd und sah auf dem Hof vor den Stallungen ein Mädchen, das aufsaß und ebenfalls im Begriff war, fortzureiten. Es war genau das Mädchen, das jetzt tot ist. Mich wunderte nur, dass Abt Aéd persönlich zu den Stallungen kam, um sie zu verabschieden.«

»Abt Aéd?«, fragte Eadulf.

»Der Abt und Bischof von Sléibhte«, bestätigte Muiredach. »Doch, ich erinnere mich. Er steckte ihr irgendetwas zu, als sie schon auf dem Pferd saß, und ich hörte ihn sagen: ›Reite wie der Wind. Wenn du schnell genug bist, ist das für unsere Sache von großem Wert.‹ Was sie erwiderte, habe ich nicht gehört, aber sie ritt davon. Jetzt, wo ich eben die Tote vor Augen hatte, fällt mir alles wieder ein.«

Schweigend ließ sich Fidelma das Geschilderte durch den Kopf gehen und fragte dann: »Und seither hast du sie nie mehr gesehen?«

»Nein, erst jetzt wieder, Lady. Ich fürchte, ich kann dir nicht weiterhelfen.«

»Du hast mehr geholfen, als du ahnst«, sagte Fidelma und wandte sich an Rumann. »Ich schicke dir deine Leute umgehend zurück und halte dich auf dem Laufenden.«

Langsam gingen sie und Eadulf zur Burg zurück. »Wie verfahren wir jetzt?«, fragte er unterwegs.

»Als Erstes müssen wir herausfinden, auf welchem Weg Schwester Dianaimh die Burg verlassen hat und zu Rumanns Gasthaus gelangt ist, da sie offensichtlich nicht durch das Tor und am Wachposten vorbeigegangen ist.«

Gormán erwartete sie an der mächtigen Toreinfahrt.

»Sie haben die Leiche zu Bruder Conchobhar in die Apotheke gebracht, Lady«, berichtete er ernst. »Es sieht böse aus. Nicht, dass sich Deogaires Prophezeiung bewahrheitet.«

»Wer war in der Nacht Torhüter?«, wollte Fidelma wissen und ging auf seine düstere Bemerkung nicht ein. Sie wusste, dass Gormán vor nichts zurückschreckte. Sollte jetzt etwa eine übernatürliche Vorstellung wie die Prophezeiung von Deogaire sein Gemüt beunruhigen?

»Enda, Lady«, lautete die prompte Auskunft.

»Wo hält er sich gerade auf?«

»Ich gehe davon aus, dass er sich hingelegt hat und schläft.«

»Dann werden wir ihn leider wecken müssen.«

Fidelma und Eadulf warteten in der Torstube, während Gormán zu den Schlafquartieren eilte und auch bald mit einem leicht zerzausten und flüchtig angekleideten Enda erschien.

»Tut mir leid«, begrüßte Fidelma den Krieger, »aber ich brauche dringend deine Auskunft.«

»Gormán hat mir erzählt, dass Schwester Dianaimh ermordet in Rumanns Wirtshaus gefunden wurde«, entgegnete Enda. »Wie kann ich helfen?«

»Wann hast du mit deinem Wachdienst begonnen?«

»Das Festessen des Königs ging gegen Mitternacht zu Ende. Die Musikanten waren schon bei ihrem letzten Stück, als ich die Nachtwache übernahm.«

»Hattest du die ganze Nacht Dienst?«

»Natürlich nicht, Lady. Bríon hat mich abgelöst.«

»Ich geh ihn holen«, sagte Gormán eilfertig. »Auch er schläft.«

»Eine einfache Frage: Wann hat Schwester Dianaimh die Burg verlassen?«

»Nicht während meiner Schicht, Lady. Äbtissin Líoch hat mir und Bríon schon die gleiche Frage gestellt.«

Fidelma fiel ein, dass die Äbtissin ja bereits am frühen Morgen Schwester Dianaimh vermisst und gesucht hatte. »Könnte dir unter Umständen entgangen sein, dass sie das Burggelände verließ?«

»Es gibt nur einen Aus- und Eingang. Bríon übernahm die zweite Hälfte der Nachtwache. Es war sternenklar, wir können nichts übersehen haben.«

Klare Nächte waren für die Menschen wichtig, denn die meisten berechneten die Zeit durch grobe Schätzungen nach dem Stand der Sterne, so wie es die Bauern schon in Urväterzeiten gemacht hatten.

Bríon, fast noch ein Jüngling, betrat, blinzelnd und sich die Augen reibend, den Raum.

»Entschuldige, dass ich dich habe wecken lassen, Bríon«, begann Fidelma erneut. »Wann heute früh hat Schwester Dianaimh die Burgtore passiert?«

Der junge Krieger starrte sie kurz an und schüttelte sogleich den Kopf. »Ich habe es schon Äbtissin Líoch gesagt, Lady, solange ich Wache gehalten habe, und das war bis kurz nach Sonnenaufgang, ist sie nicht an den Toren gewesen.«

Fidelma hatte keine andere Antwort erwartet, aber sie musste sich genauestens vergewissern. »Noch einmal, euer beider Dienste gingen vom Ende des Festmahls bis Sonnenaufgang, und ihr sagt beide, dass während dieser Zeit Schwester Dianaimh das Burggelände nicht durch das Tor verließ. Waren die Tore geschlossen und verriegelt, wie es die Regel verlangt?«

»Nur einmal wurde das Tor geöffnet«, erklärte Enda, »und das war kurz nach Abschluss des Festmahls, als die Musikanten nach Hause in die Siedlung gingen. Ich kenne jeden Einzelnen von denen. Schwester Dianaimh war nicht unter ihnen, das kann ich dir versichern.«

Eine Weile schwiegen alle, dann verabschiedete Fidelma die Krieger, und sie durften sich wieder zur verdienten Ruhe legen.

»Ihren Aussagen nach hat Schwester Dianaimh die Burg

nicht durch das Haupttor verlassen«, fasste sie zusammen, »bleibt für uns die Aufgabe, herauszufinden, wie sie es getan hat.«

»Da muss sie allerdings geflogen sein«, meinte Eadulf verdrießlich. »Ich kann mir nicht vorstellen, dass sie über Mauern geklettert und sich die Felswände heruntergehangelt hat. Schon bei Tageslicht würde ich so etwas nicht wagen, geschweige denn im Dunkeln.«

»Irgendwie muss sie es aber bewerkstelligt haben. Wir müssen einfach dahinterkommen«, beharrte Fidelma.

Mit gekrauster Stirn verfolgte Gormán ihre Überlegungen. »Ich weiß nicht, ob es der Rede wert ist, aber ich habe ein paar Gesprächsfetzen von ihr und diesem Sachsen – verzeih, Freund Eadulf –, diesem Bruder Bosa, aufgeschnappt.«

»Nur zu«, ermunterte ihn Fidelma, »wir können hinterher immer noch sagen, ob es für uns von Belang war oder nicht.«

»Nun gut. Gestern Abend beim Festmahl bin ich an ihnen vorübergegangen. Das war, nachdem die Sitzordnung aufgehoben wurde und die Gäste sich mischten. Ich ging ein wenig umher und hatte ein Auge darauf, ob alles ohne Störungen ablief. Den Anfang des Gesprächs habe ich nicht mitbekommen. Ich will versuchen, die Unterhaltung so genau wie möglich wiederzugeben.«

Zur besseren Konzentration schloss er die Augen.

»Bruder Bosa sagte: ›Und dein Abt hat kein Interesse daran?‹«

»›Er ist nicht mehr mein Abt‹«, erwiderte Schwester Dianaimh scharf.

»›Du besuchst doch aber weiterhin die Abtei.‹«

»Woraufhin sie erklärte: ›Ich habe oft Botschaften für Abt Aéd befördert, das stimmt. Doch eines weiß ich, und du kannst es mir glauben, Aéd hat sich längst ausdrücklich zu Abt Ségéne von Ard Macha bekannt und ihm seine Ergebenheit zugesichert.‹«

»›Das stünde doch aber im Gegensatz zu den Wünschen von König Fianamail, der Cill Dara als die führende Kirche der Insel unterstützt‹«, gab Bruder Bosa zu bedenken.

»›Aéd ist von den Uí Bairraiche. Fianamail ist von den Uí Cennselaigh.‹«

Gormán ergänzte, dass Bruder Bosa allem Anschein nach nicht um die Feindschaft der rivalisierenden Clans von Laighin wusste, und Schwester Dianaimh offensichtlich nicht Wert darauf legte, ihn aufzuklären.

»Bruder Bosa fragte dann noch: ›Dann ist es also wahr, dass Aéd für einen möglichen Handel entfällt?‹« An diesem Punkt, so schloss Gorman seinen Bericht, hätte sich das Mädchen umgedreht und den Schreiber stehenlassen.

»Für einen möglichen Handel entfällt?« Fidelma wechselte einen nachdenklichen Blick mit Eadulf. »Bruder Bosa wusste also, dass Schwester Dianaimh vor kurzem in Sléibhte war. Wir sollten uns mal in ihrer Kammer im Gästehaus umschauen.«

Das Mädchen hatte sich den Schlafraum mit Äbtissin Líoch geteilt. Die Äbtissin saß auf ihrem Bett, den Kopf verzweifelt in die Hände gestützt. Die Nachricht von Schwester Dianaimhs Ermordung hatte sich in Windeseile verbreitet.

»Ich kann es nicht fassen«, sagte sie mit Tränen überströmtem Gesicht, als die beiden den Raum betraten. »Das arme unschuldige Mädchen, warum hat man es töten wollen?«

»Sicher sind wir an vielen Dingen unschuldig, und doch kommt es vor, dass wir an manchen die Schuld tragen«, konnte Fidelma nur antworten. »Es ist meine Aufgabe, herauszufinden, ob und woran sie schuld war. Du hast doch nichts dagegen, wenn ich einen Blick auf ihre Habe werfe? Es hat hoffentlich noch niemand ihre Sachen durchsucht seit ihrem Tod?«

»Wer hätte das tun wollen? So wenig, wie sie bei sich hatte.« Sie nickte zu dem anderen Bett hinüber, über dessen Fußende ein wollenes Tuch gebreitet war. An einem Haken hing eine *srathar*, eine Satteltasche, und hinter dem Bett hing ein *ciorbhog*. Ein solches Kammtäschchen hatten Frauen ungeachtet von Rang oder Stellung stets bei sich. In der Satteltasche befand sich die für Reisen nötige Kleidung zum Wechseln. Fidelma nahm das Kammtäschchen an sich, setzte sich auf die Bettkante, durchsuchte es und ließ es wieder sinken. Es enthielt nichts Wertvolles, nur die üblichen Utensilien. Um es wieder zurückzuhängen, musste sie ihr Körpergewicht etwas verlagern und spürte plötzlich unter ihrem Schenkel etwas Hartes und Festes.

Rasch stand sie auf und hob den Strohsack an. Ein Lederbeutel kam zum Vorschein. Fidelma zerrte ihn hervor.

»Ganz schön schwer«, murmelte sie.

Sie rückte den Strohsack wieder zurecht, setzte sich erneut, stellte den Beutel neben sich ab und knüpfte die Lederbänder auf, die ihn zusammenhielten. Mit vorgerecktem Hals lugte sie gespannt ins Innere.

Völlig überrascht stieß Eadulf, der sich neugierig über ihre Schulter beugte, seinen Atem so heftig aus, dass ein Pfeifton entstand.

»Was gibt es?«, wollte Äbtissin Líoch wissen, stand vom Bett auf und ging zu ihnen hinüber.

»Wusstest du, dass Schwester Dianaimh diese Münzen hier bei sich trug?«, fragte Fidelma.

»Münzen? Was für Münzen?« Als die Äbtissin näher hinschaute, verschlug es ihr den Atem.

Der Beutel war voller Gold- und Silbermünzen, einer Mischung aus römischen und gallischen Münzen, auch welche von den frühen Britanniern waren darunter.

»Das müssen ja an die ...« Eadulf versuchte, den Wert zu überschlagen.

»Genug, um den Ehrenpreis für einen beliebigen König der Fünf Königreiche zu zahlen«, stellte Fidelma leise fest.

»Genug, um eine Herde von fast fünfzig Milchkühen zu kaufen«, hauchte Äbtissin Líoch und sank wieder auf ihr Bett. Der Schock lähmte sie.

Fidelma band den Beutel zu und sah die Äbtissin prüfend an. »Ich gehe davon aus, dass du nicht gewusst hast, dass deine Schaffnerin eine solche Summe bei sich trug.«

Die Äbtissin schüttelte langsam den Kopf. »Ich hatte keine Ahnung und frage mich nur: Warum ...? Woher ...?«

»Bis die Angelegenheit geklärt ist, müssen wir den Beutel mit Inhalt in sicheren Gewahrsam nehmen«, erklärte Fidelma entschieden. »Bis dahin darfst du niemandem gegenüber ein Sterbenswörtchen darüber verlieren.«

Die Äbtissin nahm es schweigend, aber mit zustimmendem Kopfnicken zur Kenntnis.

»Was meinst du, haben wir jetzt das Motiv für ihre Ermordung gefunden?«, fragte Eadulf. »Vielleicht hat der Mörder gewusst, dass sie eine solche Summe bei sich trug, und hat sie wegen des Geldes getötet.«

»Selbst Sehgeschädigte würden mitkriegen, dass sie die Münzen nicht mit sich herumschleppte. Wusste man aber, dass sie der Überbringer eines derartigen Reichtums war, hätte man genauso gut gewusst, dass sie ein solches Gewicht nicht ständig mit sich herumtragen konnte, sondern es irgendwo verstecken musste, wo sie es sicher glaubte ... zum Beispiel an einem Ort wie diesem. Wenn es dem Mörder tatsächlich um die Münzen ging, warum kam er dann nicht hierher und suchte danach?«

Äbtissin Líoch blickte verzweifelt zu ihr. »Ich war die ganze Nacht hier und habe geschlafen, erst heute früh stellte ich fest, dass Schwester Dianaimh nicht da war.«

Fidelma erwiderte darauf nichts, stand auf, nahm den Beutel und reichte ihn Eadulf. Er war wirklich schwer, wie sie fand.

»Wohin damit nun?«, fragte Eadulf.

»Wir bringen den Fund zur sicheren Aufbewahrung zu meinem Bruder. Im Übrigen glaube ich, wir kommen jetzt ein Stück weiter.«

»Da muss ich passen, für mich wird es immer undurchsichtiger«, gab Eadulf zu. »Zuerst wird ein sächsischer Mönch ermordet. Dann haben wir auf dem Fluss einen Überfall auf meinen Bruder und seinen Gefährten. Wir vermuten, es waren Räuber aus dem Stamm der Déisi. Die Räuber werden gefangen und bis auf ihren Anführer getötet. Den schafft man hierher, weil er darauf besteht, angehört zu werden, da er hofft, sich mit einem Beutegut freizukaufen. Bevor es dazu kommt, wird er erhängt. Man kündigt uns eine Abordnung aus Canterbury an. Als Nächstes versucht jemand, uns umzubringen. Dann hören wir, der Gefährte meines Bruders wäre kein Mönch, sondern ein Dieb gewesen. Und nun findet man noch die junge *bann-mhaor* von Äbtissin Líoch ermordet auf. Sie hatte einen Beutel mit Münzen, ein beachtliches Vermögen, mit auf die Reise genommen. Wie reimt sich das alles zusammen?«

»Mit genügend Geduld lässt sich jedes verfitzte Geflecht entwirren«, bemerkte Fidelma trocken.

»Wenn es stimmt, dass der Ehrwürdige Victricius ein Dieb war, was hat er dann hier gewollt? Ist sein Ansinnen der Grund dafür gewesen, dass er meinem Bruder gegenüber geschwiegen hat?«

»Sobald wir die Münzen bei Colgú in sichere Verwahrung gegeben haben, suchen wir Bruder Bosa, vielleicht kann er etwas sagen, was zur Klärung beiträgt.«

Sie fanden Bruder Bosa auf dem Wehrgang der Burg, er stand gegen die Brüstung gelehnt und blickte gedankenverloren auf die im Nordwesten liegenden Berge.

»Mit einem Land wie diesem könnte ich mich nicht anfreunden«, begrüßte er sie. »Berge, wohin man sieht. Da lob ich mir die harmlosen Hügel und das flache Land und das Meer.«

»Ich habe einen Eindruck vom Königreich Kent«, ging Fidelma auf ihn ein, »auf unserem Weg zu Aldreds Abtei waren wir kurz mal in Canterbury. Ich kann mich noch gut an die niedrigen Hügel und Flüsse erinnern, nirgends richtige Berge. Jedem das Seine, würde ich sagen. Bei uns gibt es die Redensart ›Der eigene Herd ist Goldes wert‹.«

Bruder Bosa seufzte bedeutsam. Verglichen mit der Hochnäsigkeit, die er früher an den Tag gelegt hatte, machte er jetzt einen geradezu empfindsamen Eindruck.

»Wir wollten dir ein paar Fragen stellen«, offenbarte ihm Eadulf.

Sofort war es mit Bruder Bosas umgänglicher Art vorbei. »Worum geht es?«, fragte er schroff.

»Du hast wahrscheinlich von Schwester Dianaimhs Ermordung gehört?«

»Ja. Man soll sie in einem Wirtshaus gefunden haben, für eine tugendhafte Nonne ein fragwürdiger Ort.«

»Es wäre durchaus vorstellbar, dass sie sich nach ihrer Ermordung nicht dagegen wehren konnte, wo man ihre Leiche hinschaffte«, erwiderte Eadulf bissig.

Er erntete einen vorwurfsvollen Blick von Fidelma. »Du wirst verstehen, dass ich dir als *dálaigh* ein paar Fragen stellen muss«, versuchte sie einzulenken.

»Wieso gerade mir?«, grollte der Schreiber.

»Du hast dich gestern während des Festmahls mit ihr unterhalten. Hat sie da vielleicht in irgendeiner Form angedeutet, dass sie vor irgendjemand auf der Hut sein müsste?«

Bruder Bosa schüttelte den Kopf. »Ich habe nur kurz mit ihr gesprochen.«

»Und worüber?«

Er zögerte, rang sich dann aber zu einer Antwort durch. »Du weißt inzwischen, dass unsere Mission darin besteht, uns Klarheit darüber zu verschaffen, wie man auf der Insel über die Vormachtstellung einer Abtei denkt.«

»Und danach hast du ausgerechnet sie gefragt?«

»Mir war bekannt, dass sie ihre Ausbildung in einer Abtei namens Sléibhte erhalten hatte, die es schon gab, als Patricius hierherkam, um die Menschen zum rechten Glauben zu führen. Während unseres Aufenthaltes in Laighin war davon die Rede, dass Sléibhte sich unter Umständen um den Vorrang bewerben und sich damit gegen Ard Macha wenden könnte. König Fianamail von Laighin wiederum unterstützte eine andere Abtei, die hieß Cill Dara, doch die würde der Heilige Vater wohl kaum in Betracht ziehen, weil sie einer Äbtissin untersteht.«

»Du wolltest also von Schwester Dianaimh erfahren, ob Abt Aéd auf die Vormachtstellung aus war und sich dafür stark machte?«

»Dem Ehrwürdigen Verax lag daran, Gewissheit zu haben, und da dachte ich mir, ich könnte sie ja mal fragen.«

»Und hat sie dir die erhoffte Auskunft gegeben?«

»Nicht wirklich.«

»Wie bist du überhaupt darauf gekommen, dass gerade

Schwester Dianaimh, *bann-mhaor* der Äbtissin Líoch von Cill Náile, besondere Kenntnisse über Sléibhte haben könnte?«, fragte Fidelma.

»Ich hatte, wie schon gesagt, von ihren Verbindungen zur Abtei Sléibhte gehört«, murmelte Bruder Bosa.

»Könnte es sein, dass sie vor gar nicht langer Zeit Bruder Cerdic in Sléibhte aufgefallen war? Und dass man sie daraufhin nach Cashel eingeladen hatte, um sie so mit deiner Abordnung zusammenzubringen?«

»Ich verstehe nicht, wie du das meinst.«

»Wir versuchen eine Erklärung dafür zu finden, weshalb Bruder Cerdic Äbtissin Líoch und ihre Schaffnerin Schwester Dianaimh nachdrücklich gebeten hat, hierherzukommen. Sie wurde darauf hingewiesen, dass ihre Anwesenheit bei der Beratung hier in ihrem ureigenen Interesse liege. Wenn der Besuch eurer Abordnung in unserem Land lediglich dem Zweck dient, zu ergründen, welche Abtei mehr Anspruch auf die Oberherrschaft hat – was man mit anderen Mitteln viel leichter hätte erkunden können –, warum hätte man da die Äbtissin einer neuen und kleinen Gemeinde einladen sollen, deren Abtei in diesem Zusammenhang beim besten Willen keine Rolle spielt?«

»Dass Bruder Cerdic eine solche Einladung ausgesprochen hat, wussten wir nicht«, setzte sich der Schreiber zur Wehr.

»Er hat es aber getan. Er war offensichtlich in Sléibhte und hat dort Schwester Dianaimh getroffen. Mir stellt sich das so dar, dass sie für ihn oder auch für eure Abordnung auf der Beratung in Cashel wichtig war. Nur konnte man sie schlecht allein einladen, lud man jedoch Äbtissin Líoch ein, würde sie unweigerlich auch ihre Schaffnerin mitbringen.«

Bruder Bosa blickte sie verständnislos an. »Ich kann dir da einfach nicht folgen, Lady.«

»Das Rätselhafte an dem Ganzen ist, weshalb man all die Mühe auf sich nimmt, um einen so einfachen Sachverhalt zu klären. Wäre eure Abordnung zum Palast des Hochkönigs nach Tara gegangen und hätte sich mit Cenn Faelad und seinem Brehon Sedna zusammengesetzt, hättet ihr das, was ihr wissen wollt, erfahren, ohne von einem Königreich zum anderen zu ziehen. Wenn ich mich da frage, ob eure Abordnung noch etwas anderes im Sinn hat, darf dich das nicht wundern.«

Bruder Bosa wurde rot. »Was anderes sollten wir denn im Sinn haben?«, fragte er herausfordernd.

»Verkauft ihr irgendetwas?« Eadulfs unvermittelte Frage überraschte selbst Fidelma.

»Verkaufen? Wie soll ich das verstehen?« Bruder Bosa tat entrüstet.

»Ich hatte den Eindruck, man gedachte gestern Abend von mir zu erfahren, ob Abt Ségdae – sollte er an einer Vormachtstellung interessiert sein und sich dafür stark machen wollen – etwas dafür geben, vermutlich zahlen würde, wenn man ihn in seinen Bemühungen unterstützte. Wie ich hörte, hast du eine gleichlautende Frage bezüglich Abt Aéd an Schwester Dianaimh gerichtet.«

»König Fianamail hatte uns mitgeteilt, dass Abt Aéd den Bestrebungen von Abt Ségéne von Ard Macha positiv gegenübersteht«, entgegnete Bruder Bosa verärgert, biss sich aber sogleich auf die Zunge, weil er mit dieser Auskunft bereits zu viel gesagt hatte.

»Da haben wir's, deshalb also seid ihr hier«, frohlockte Eadulf. »Geht es euch tatsächlich darum, herauszufinden, wer von den Äbten dieser Königreiche für die Anerkennung einer Vormachtstellung durch Rom der höchste Bieter ist?«

In Bruder Bosas Gesicht arbeitete es. »So ein Unfug!«, polterte er los. »Glaubst du denn, der Heilige Vater würde das Kaufen und Verkaufen eines solchen Amtes gutheißen?«

»Warum nicht?«, meinte Eadulf leichthin. »Sich jemandes Gunst zu erkaufen ist leider ein gängiges Übel.«

»Das ist reiner Schwachsinn«, entrüstete sich Bruder Bosa.

»Wenn ihr mich jetzt bitte entschuldigen wollt ...«

Wütend ließ er sie stehen und eilte zu den Stufen, die hinunter auf den Hof führten.

»Wir haben ihn empfindlich getroffen«, stellte Eadulf befriedigt fest. »Trotzdem kann ich nicht verstehen, weshalb Abt Aéd Ard Macha unterstützt, wenn seine Abtei doch darauf besteht, die ältere zu sein.«

»Das ist ganz einfach«, erwiderte Fidelma trocken. »Es ist mehr eine politische als religiöse Frage. Der erste Bischof und Abt von Sléibhte, Fiacc, war ein Fürst der Uí Bairrche, und die waren einst der herrschende Clan von Laighin. Fiaccs Bruder aber, Prinz Oénghus, erschlug Crimmthan, einen Stammesfürsten der Uí Cennselaigh. Als Vergeltung haben die Uí Cennselaigh nach und nach die Macht der Uí Bairrche in all ihren Hochburgen in Laighín untergraben und beseitigt. Abt Aéd stammt von den Uí Bairrche ab und weiß genau, dass religiöse und politische Macht oder Herrschaft Hand in Hand gehen. Zweifelsohne fürchtet er, dass die Uí Cennselaigh seine große Abtei an sich reißen könnten. Wenn er sich also bereit erklärt hat, Ard Macha die Vorherrschaft über seine Abtei zuzugestehen und sich dadurch ihres Schutzes zu vergewissern, ist das ein Zeichen dafür, dass er politischen Machterwägungen gefolgt ist.«

Eadulf brauchte eine Weile, um das Gehörte zu verdauen.

»Aber das passt doch nicht mit dem zusammen, was uns Muiredach, der Krieger, darüber berichtet hat, was er in Sléibhte gesehen hat. Was hatte Schwester Dianaimh bewirken sollen, und was ist mit dem Beutel voller wertvoller Münzen?«

Fidelma stand an der Brüstung, stützte sich mit den Ellenbogen ab, hielt dabei die Hände verschränkt und blickte gedankenvoll nach unten auf das sich weit hinstreckende Grün. Verunsichert wartete Eadulf auf ihre Antwort und hatte schon Sorge, etwas Falsches gesagt zu haben.

»Zumindest müssten wir das noch einmal überdenken«, fügte er wie zu seiner Rechtfertigung hinzu.

Fidelma drehte sich zu ihm um. »Das ›zumindest‹ kannst du getrost vergessen. Du berührst eine äußerst wichtige Frage, die eine Antwort verlangt.«

»Glaubst du, Vitalianus würde jemandem, der ihm Geld anbietet, die Vormachtstellung zusichern?«

»Nein«, entgegnete sie zu seiner Enttäuschung. »Trotzdem bleibt es eine wichtige Frage: Weshalb schleppte Schwester Dianaimh das viele Geld mit sich herum? Was erhoffte sie sich davon? Wollte sie etwas kaufen? Aber was?«

»Langsam glaube ich, dass unser Freund Deogaire recht hatte«, stöhnte Eadulf.

»Recht hatte womit?«

»Dass diese Abordnung – und er beschrieb sie als eine Abordnung aus dem Osten –, dass diese Sendboten der Teufel geschickt hat. Vier Tote, der rätselhafte Victricius eingerechnet, sechs, wenn wir die Bootsmänner dazuzählen. Todesfälle, die unabhängig voneinander geschehen sind, aber nichtsdestotrotz lauter Todesfälle.«

»Plus ein Versuch, uns zu töten«, ergänzte Fidelma mit einem ironischen Lächeln.

Sie löste sich von der Brüstung und reckte sich. Am Himmel standen Wolken, aber es war trocken und für die Jahreszeit auch nicht zu kühl. Fidelma ließ ihren Blick über die

Mauer gleiten, die in südliche Richtung um den Burgkomplex verlief.

»Mir schwant da etwas«, sagte sie plötzlich und begann, den Wehrgang abzuschreiten. Eadulf trottete ihr hinterher. Zwei Wachposten traten zur Seite, um sie vorbeizulassen. Einer rief ihnen allerdings eine Warnung nach.

»Vorn an der Südwestecke lass Vorsicht walten, Lady. Da ist der Felssturz. Die Bauarbeiter haben dort ihre Gerüste aufgestellt.«

Sie hob die Hand zum Zeichen, dass sie verstanden hatte. Es war genau der Punkt, auf den sie zusteuerte. Im Stillen verfluchte sie sich, nicht früher daran gedacht zu haben.

Als sie an die besagte Stelle kamen, war ein Steinmetz auf dem Gerüst dabei, einen Felsblock zu bearbeiten. Er sah sie, ließ Hammer und Meißel ruhen und grüßte sie ehrerbietig.

»Hab Acht, Lady, es ist gefährlich hier.«

»Ich pass schon auf«, beruhigte sie ihn. Vorsichtig beugte sie sich vor und blickte durch das hölzerne Gestänge, das bis zum Boden ging, nach unten. Dort waren mehrere Arbeiter am Werk, bearbeiteten Steine, hievten sie in die Höhe und mühten sich, die Mauer, die durch einen Felsrutsch in Mitleidenschaft gezogen war, auszubessern.

»Ist es schwierig, an dem Gerüst hinauf- und hinunterzuklettern?«, fragte sie.

»Für den, der es einmal gelernt hat, ist es ganz einfach, Lady. Für uns gehört es zur täglichen Arbeit.«

»Ist es auch für einen Ungelernten machbar? Dazwischen sehe ich Leitern. Sind die immer da?«

»Die Leitern sind fest ans Gerüst gebunden, sind Teil des Gerüstaufbaus. Sie sind aus Sicherheitsgründen nötig. Es würde unnütz Zeit kosten, wollten wir sie täglich an- und abbauen. Der Hofmeister ist ohnehin schon ungehalten, dass wir so lange brauchen, dabei arbeiten wir so zügig, wie wir nur können.«

»Die Leitern bleiben da also auch über Nacht?«

»Ja. Aber deshalb brauchst du keinen feindlichen Überfall aus dieser Ecke fürchten, Lady.« Der Mann lachte bei dem Gedanken. »Es ist ein Leichtes, von da oben den ganzen Aufbau im Auge zu haben und zu verteidigen.«

»Auch ohne Übung könnte jemand da rauf- und runterklettern?«

»Eine Leiter zu erklimmen ist weiß Gott kein Kunststück.«

Schmunzelnd drehte sich Fidelma zu Eadulf um. »Ich glaube, wir haben die Lösung für wenigstens eine Frage«, verriet sie und wandte sich wieder an den Steinmetz. »Ich klettere jetzt mal herunter, möchte ausprobieren, wie leicht es ist.«

Der Mann war erschrocken. »Wir können unmöglich die Verantwortung übernehmen, wenn du ausrutschst und dir etwas tust, Lady.«

»Sollte etwas passieren, ist Eadulf mein Zeuge, dass ich aus freien Stücken den Abstieg wage. Man darf euch also nicht zur Rechenschaft ziehen, wenn ich mich verletze.«

Sie schwang sich über die Mauer, bekam die hölzernen Streben zu fassen, gewann so sicheren Halt und hangelte sich bis zu dem ersten Absatz, wo der Steinmetz stand. Sie ließ sich von dem protestierenden Mann nicht aufhalten und kletterte weiter nach unten zur ersten Leiter. Eadulf, der es nicht gewagt hatte, ihrem Vorhaben zu widersprechen, überwand seine Bedenken und folgte ihr. Erst auf der dritten Leiter blieb Fidelma stehen, da gab es eine Stelle, wo das Holz gesplittert war und wo sich farbige Wollfetzen verfangen hatten. Sie griff nach den Fasern und nahm sie an sich. Sie erinnerten an den Stoff, der für Kutten frommer Brüder und Schwestern verwendet wurde.

Es war ein rascher und verhältnismäßig unkomplizierter Abstieg, die Leitern führten zum jeweils nächsten Absatz, und so ging es mühelos weiter bis nach unten. Als sie wieder festen Boden unter den Füßen hatten, blickten sie nach oben zur königlichen Burg. Die bewältigte Höhe war beachtlich. Kopfschüttelnd hatten die verdatterten Arbeiter ihren Abstieg beobachtet.

»Wir wissen jetzt also, wie Schwester Dianaimh die Burg unter Umgehung der Tore verlassen konnte«, stellte Fidelma triumphierend fest und zeigte Eadulf die Wollsträhnen. »Wetten, dass die hier genau zu Schwester Dianaimhs Umhang passen, wenn wir beides aneinander legen?«

»Ich hätte dir auch ohne diese riskante Kletterei geglaubt«, beteuerte er und blickte über ihre Schulter in die Landschaft. »Der Weg von hier bis zu Rumanns Wirtshaus ist keine Hürde. Wenn das aber ihr Ziel war, muss sie mit jemand verabredet gewesen sein.«

»Ich glaube auch, dass sie dort jemand zu treffen hoffte«, bestätigte Fidelma. »Jemand, den sie kannte und mit dem sie ...«

»... mit dem Sack Münzen über eine Bezahlung verhandeln wollte«, fiel er ihr ins Wort.

»Wobei sie den kostbaren Beutel nicht mitgeschleppt hat«, merkte Fidelma an. »So langsam kriege ich aber Licht in das Dunkel.«

Noch ehe Eadulf auf ihre Überlegung eingehen konnte, fragte sie verschmitzt: »Wie ist es dir lieber, wollen wir außen herumlaufen und die Wachen am Tor überraschen, oder möchtest du nach oben zurückklettern?«

Allein sein Gesicht war eine beredte Antwort. »Eher marschiere ich freiwillig dreimal um den Felsen, als dass ich mir erneut das Herumklettern auf Gerüst und Leitern zumute.«

Im Schatten der Zitadelle wanderten sie langsam zum Haupttor.

»Da wir nun wissen, wie Schwester Dianaimh die Burg verlassen konnte, ohne gesehen zu werden, drängt sich mir ein anderer Gedanke auf«, offenbarte Eadulf Fidelma.

»Und der wäre?«, fragte sie gut gelaunt.

»Wenn es für sie ein Leichtes war, aus der Burg herauszukommen, wäre es umgekehrt für jemanden doch ebenso leicht, sich Zugang zur Burg zu verschaffen.«

Sie nickte nur, denn es war ein Gedanke, der ihr auch schon aufgestoßen war. »Ich werde meinem Bruder raten, dort ständig einen Wachposten aufzustellen«, meinte sie gelassen.

Kapitel 17

Bruder Conchobhar werkelte in seiner Apotheke. Als Fidelma und Eadulf eintraten, begrüßte er sie mit einem Lächeln.

»Deine Nachricht habe ich erhalten und meine Vorräte sogleich überprüft. Für das Krankheitsbild, wie du es beschrieben hast, hat Deogaire die richtige Medizin genommen. Ich werde mir die Patientin auf alle Fälle ansehen.«

»Dann würden wir dich begleiten, denn diese Frau möchten auch wir kennenlernen.«

»Übrigens gut, dass ihr hereinschaut. Ich habe was Neues für euch«, sagte der Apotheker, er war leicht erregt. »Es geht um dieses lange Band aus Lammwolle. Unser Hüter der Bücher hat etwas darüber herausgefunden. Es ist so, wie wir es uns schon dachten. Vor noch gar nicht langer Zeit wurde so ein Band von allen Bischöfen angelegt, wenn sie die Messe zelebrierten. In den Kirchen der Fünf Königreiche hat sich das aber nicht gehalten, weil bei uns die Äbte mehr Ansehen genießen als die Bischöfe.«

Fidelma war enttäuscht. »Weiter nichts?«

Bruder Conchobhar sah sie aufmunternd an. »Er hat mir auch erzählt, dass man so ein Band *pallium* nennt und dass sich sein Symbolgehalt vor etwa hundert Jahren geändert hat. Der damalige Bischof von Rom, ein gewisser Gregor, erließ die Anordnung, dass so ein Zeichen nur Bischöfe von außerordentlichem Rang tragen sollten. Er schickte an Bischof Johannes von Ravenna ein Sendschreiben, in dem er den Symbolgehalt erläuterte. Heutzutage wird das *pallium* vom Bischof von Rom an von ihm ernannte Oberbischöfe oder Erzbischöfe verliehen. Niemand sonst ist dazu berechtigt.«

»Ist das so zu verstehen, dass nur ein Erzbischof es benutzen dürfte?«, fragte Eadulf erstaunt.

»Offenbar ist es ein Teil der Insignien der neuen Macht Roms, das über dem liturgischen Gewand ausschließlich während des Gottesdienstes getragen werden darf, es sei denn, der Bischof von Rom hätte es zu anderen Anlässen genehmigt. Unser Bibliothekar hat diese Neuregelung in der Abschrift des Buchs mit dem Hirtenbrief gefunden, die wir in unserer *tech screpta* haben.«

»Dieses *pallium* ist also das Symbol eines Erzbischofs«, stellte Fidelma fest und überlegte, welche Folgerungen sich daraus ergaben.

»Wenn Rudgal es bei dem Überfall am Fluss gestohlen hat, muss es eine besondere Bewandtnis damit haben«, grübelte Bruder Conchobhar. »Sollte es einem Bischof hier überbracht werden? Die Kirchen der Fünf Königreiche anerkennen doch aber keinen Oberbischof, der über ihnen steht. Bischöfe sind in unseren Kirchen den Äbten untergeordnet.«

»Genau das wollen der Ehrwürdige Verax und seine Abordnung erörtern«, gab Eadulf zu bedenken. »Gehen wir mal davon aus, Abt Ségéne von Ard Macha hat von Rom verlangt, der Abtei Ard Macha den Vorrang über alle Kirchen der Fünf Königreiche zu verbriefen, weil diese Abtei von Patricius gegründet wurde. Dann könnte diese Abordnung den Auftrag haben, die Ansichten der Äbte und Bischöfe zu erkunden, bevor Ségéne das *pallium* verliehen wird.«

»Das halte ich für unwahrscheinlich«, erwiderte Fidelma.

»Die Wirkungsstätte von Patricius war vor allem die Abtei Dún Phádraig, die Festung des Patricius. Dort starb er, und dort ist er begraben«, machte Bruder Conchobhar klar. »Selbst wenn sie sich auf Patricius berufen, allein damit können sie ihren Anspruch nicht begründen.«

»Wenn Rom das *pallium* auf Verlangen von Ard Macha in die Fünf Königreiche schicken wollte, warum mussten dann die Sendboten des römischen Bischofs mit diesem Symbol der Oberherrschaft nach Cashel kommen? Warum sind sie nicht gleich nach Ard Macha gezogen?«, fragte Fidelma.

Bruder Conchobhar kam ein anderer Gedanke. »Könnte es nicht sein, dass dieses *pallium* für Abt Ségdae bestimmt war? Dass Imleach und nicht Ard Macha diese Würde zuerkannt werden sollte?«

Fidelma schaute beide mitleidig an. »Ich fürchte, ihr überseht ein paar wesentliche Fakten. Zunächst einmal, wie sind wir in den Besitz dieses *palliums* gelangt?«

»Rudgal, der Raubmörder, hatte es sich um den Leib gebunden, er kannte seinen Wert und wollte sich damit wahrscheinlich seine Freiheit erkaufen«, antwortete Eadulf sofort.

»Und wie hat Rudgal es an sich gebracht?«

»Er hat es diesem Victricius abgenommen, als er und seine Spießgesellen das Boot überfielen und ihn und ...«

»Und wer war Victricius? Bruder Bosa versichert, er war ein Dieb und hatte keinerlei Berechtigung, sich Priester zu nennen.«

Eadulf zuckte zusammen. »Wenn das stimmt, war Egric dann sein Mitverschworener, oder war er unwissentlich in die Sache geraten? Mein Bruder behauptet, er hätte Victricius in Canterbury getroffen, und der hätte ihn als Dolmetscher und Begleiter angeworben. Victricius habe ihm nur gesagt, er sei von Erzbischof Theodor auf eine vertrauliche Mission geschickt worden. Welcher Art diese Mission war, habe er ihm aber nie verraten. Was und wem soll ich nun glauben?«

»Wenn wir der Aussage von Bruder Bosa nicht trauen, dann müssen wir annehmen, dass er oder besser die ganze Abordnung nicht das sind, was zu sein sie behaupten.«

Eadulf schwieg und grübelte, was zutreffen könnte.

»Ein weiterer Punkt: woher konnte Rudgal wissen, welche Symbolkraft dieser Stoffstreifen besitzt, wohingegen wir keine Ahnung hatten?«, fuhr Fidelma fort. »Für die meisten ist es lediglich ein aus Lammwolle gewebtes Band oder eine Art Schärpe. Nur ganz wenige Leute würden es als *pallium* erkennen und um seine Bedeutung wissen. Und darüber hinaus mussten diese wenigen ahnen, wie wertvoll das Band aus Lammwolle ist, dass es einen Mann reich machen kann, der es geschickt einzusetzen weiß. Glaubt ihr wirklich, dass Rudgal über so viel Kenntnis verfügte?«

Unversehens wurde die Tür zur Apotheke aufgerissen, und Enda kam hereingestürzt.

»Verzeiht, dass ich einfach so hereinkomme, ich habe gehört, Eadulf ist hier.«

»Worum geht es, Enda?«, fragte Eadulf sofort.

»Bruder Berrihert aus Eatharlach steht am Burgtor und will dich dringend sprechen.«

Die Nachricht überraschte Eadulf. Vor drei Jahren hatte er Berrihert und seinen beiden Brüdern Peccanum und Naovan geholfen, sich im großen Tal von Eatharlach im Gebiet des Clans der Uí Cuileann anzusiedeln. Sie waren sowohl Brüder von Geburt als auch Brüder im Glauben. Er hatte Berrihert auf dem Konzil von Streonshalh kennengelernt. Nachdem König Oswy den verhängnisvollen Beschluss gefasst hatte, den römischen Ritus zu übernehmen, weigerte sich Bischof Colmán, die bisherigen irisch-keltischen Gepflogenheiten aufzugeben. Er versammelte um sich alle, die den Lehren von Colmcille treu blieben, und führte sie zunächst ins Königreich der Britannier Rheged, und von dort in sein Herkunftsland Connachta. Berrihert und seine beiden Brüder fanden schließlich Frieden und Geborgenheit in Eatharlach. Eadulf hatte sich für sie verbürgt, und Miach, der Stammesführer der Uí Cuileann, gewährte ihnen Zuflucht in seinem Tal.

»Was führt ihn her? Er und seine Brüder haben doch bislang das Tal kaum verlassen.«

Man sah Enda an, wie verstört er war. »Was ihn bewegt, weiß ich nicht, aber sein Kommen bedeutet nichts Gutes. Er ist auf einem Pferd hergeritten.«

»Ist das ungewöhnlich, einen Glaubensbruder reiten zu sehen?« Fidelma wunderte sich über diese Bemerkung.

»An sich nicht, aber es ist das Pferd, auf dem Dego vorgestern weggeritten ist«, erklärte Enda und runzelte die Brauen. »Es ist bestimmt Degos Pferd. Ich hab ihn gefragt, wie er zu dem Pferd gekommen ist, aber dazu hat er geschwiegen. Er hat nur darauf bestanden, dass ich dich sofort holen soll.«

Eadulf atmete hörbar aus und war schon an der Tür. In aller Eile bat Fidelma Bruder Conchobhar, das *pallium* an sicherer Stelle zu verwahren, und stürzte ihm nach. Auf dem Burghof stand staubbedeckt Bruder Berrihert neben Degos Pferd. Umständliche Begrüßungen ersparte er sich.

»Ohne jede Rast bin ich von Eatharlach hergeritten, Bruder Eadulf. Ich habe eine Nachricht für dich und deine Freunde hier.« Seine Stimme war ein einziges Krächzen, so trocken war ihm der Mund. Enda holte sofort Wasser und reichte ihm wortlos den Becher. Bruder Berrihert leerte ihn in großen Schlucken. »Tut mir leid, Lady«, sagte er zu Fidelma. »Die Anstrengung war zu groß.« Doch ehe sie antworten konnte, redete er weiter. »Gestern habe ich dieses Pferd frei umherlaufen sehen, es war noch gesattelt. Unten am Abhang vom An Starracín habe ich es entdeckt.«

»An Starracín?« Eadulf blickte fragend Enda an.

»Das heißt ›Spitzer Berg‹, einer der Gipfel der Bergkette Sliabh na gCoillte«, erläuterte Enda kurz.

Bruder Berrihert fuhr fort: »Unten am Südhang an einem Bach. Das Pferd lief frei herum, wie gesagt, keiner hielt es am Zügel. Da habe ich mich überall umgeschaut und auch bald den Reiter gefunden ... ein Krieger, und der war schwer verwundet. Er muss dort am Bach kampiert haben, sein Angelzeug lag noch herum. Ich habe ihn und das Pferd zu meiner Hütte geschafft. Meine Brüder und ich nutzen die auch als Kapelle. Wir kümmern uns da um ihn, so gut wir können. Ich habe gleich erkannt, das ist ein Krieger aus Cashel, er trug den goldenen Halsreif.«

»Schwer verwundet?«, fragte Fidelma beklommen.

»Es hat ihn am Hinterkopf erwischt, am schlimmsten aber ist die Wunde am Arm, da quoll das Blut nur so heraus. Auch am Rücken ist er verletzt, das ist aber nur eine Fleischwunde. Er kam kurz zu sich. ›Sag es Eadulf, sag es Eadulf!‹, war alles, was er herausbrachte.«

»Dego! Das kann nur Dego sein!« rief Enda, der seine Befürchtungen bestätigt sah.

Eadulf zitterte vor Erregung. »Dego war in der Gegend mit meinem Bruder Egric auf der Jagd. Was ist mit Egric? Wo ist Egric?«

In dem Versuch, ihn zu beruhigen, strich ihm Fidelma mitfühlend über den Arm.

»Ich habe niemand sonst gesehen. Der Krieger war allein, er konnte kaum sprechen. Die Wunden sind schlimm. Meine Brüder sind bei ihm und versorgen ihn. Er verlangte dringend nach dir, Eadulf.«.

»Was hat er gesagt?«

»›Sag es Eadulf, sag es Eadulf!‹ Das war alles. Was ich dir sagen soll, habe ich nicht erfahren. Ich habe sein Pferd genommen und bin auf schnellstem Wege hierher geritten. Von einem Gefährten Egric war nicht die Rede.«

»Dego liegt jetzt in eurer Hütte?«

»Meine Brüder Peccanum und Naovan sind bei ihm«, wiederholte der Mann. »Seine Wunden sind schlimm, wir versorgen ihn nach bestem Wissen und Gewissen. Doch vor allem lag ihm daran, dass du erfährst, was geschehen ist.«

»Sieh zu, dass Bruder Berrihert was zu trinken und zu essen bekommt«, beauftragte Fidelma Enda. »Kannst du ihm ein ausgeruhtes Pferd beschaffen? Er und Eadulf müssen sofort nach An Starracín aufbrechen.« Sie ließ Eadulf keine Zeit, etwas einzuwenden. »Ihr müsst gleich los. Wenn ihr schnell reitet, könnt ihr noch vor Einbruch der Nacht dort sein. Gormán und Aidan werden euch begleiten. Aidan ist ein hervorragender Fährtenleser, ihr werdet sein Können benötigen, wenn ihr nach Egric sucht.« Das hatte sie für Enda hinzugefügt, weil der enttäuscht zu sein schien, dass er nicht mitreiten durfte. »Enda, du musst hierbleiben und den Befehl über die Leibwache übernehmen; im Rang bist du der nächst Höhere nach Gormán. Such jetzt Gormán und Aidan und gib ihnen meinen Auftrag weiter.«

Es dauerte nicht lange, und eine Gruppe Berittener sprengte vom Burgfelsen hinab und durch die Ortschaft in Richtung Südwest zum Tal Eatharlach. Fidelma begab sich in ihre Wohngemächer und machte sich fertig, Bruder Conchobhar zur Hütte zu begleiten, in der Beccan seine Freundin Maon zurückgelassen hatte.

Sie war kaum in ihrem Gemach, da klopfte Muirgen, die Kinderfrau, an. »Klein-Alchú ist fertig für seinen Morgenausritt«, meldete sie.

Fidelma schoss die Röte ins Gesicht. Die Ereignisse hatten sich so überschlagen, dass sie völlig vergessen hatte, was sie ihrem Jungen versprochen hatte. Muirgen konnte ihren Unwillen nur schwer unterdrücken, als sie Fidelmas Miene sah.

»Der Morgenausritt mit einem von euch macht ihm immer solchen Spaß. Gestern ist Bruder Eadulf mit ihm geritten, heute bist du dran, Lady«, mahnte sie.

»Ich weiß, ich weiß!«, entgegnete Fidelma gereizt. »Doch gerade jetzt gibt es so viel zu tun.« Sie atmete tief durch. »Bring mir den Jungen her.«

Es verging keine Minute, da stand Muirgen mit dem kleinen Burschen in der Tür. Alchú blickte seine Mutter prüfend an. »*Muimme* sagt, du hast viel zu tun, reiten kann ich dann wohl nicht?«, fragte er vorwurfsvoll.

Fidelma beugte sich zu ihm. »Ganz so hat sie das nicht gemeint«, besänftigte sie den Jungen und zwang sich zu einem Lächeln. »Ich muss wichtige Dinge für den König erledigen, doch für dich habe ich eine kleine Überraschung.«

Der Junge krauste die Stirn und wartete, was für eine Überraschung das wohl sein könnte.

»Ich bring dich zu Tante Della und bitte sie, dass du auf ihrer Koppel reiten darfst. Die wird dir bestimmt ein paar Tricks zeigen, wie man mit Pferden umgeht. Und du weißt doch, immer hat sie ein paar Leckerbissen für dich, wenn du sie besuchst.«

Der Junge strahlte und klatschte in die Hände. »Tante Della! Tante Della!«

Fidelma war sichtlich erleichtert.

In den Stallungen standen die gesattelten Pferde schon bereit. Wenig später gesellte sich Bruder Conchobhar zu ihnen. Er hatte die Arzttasche über die Schulter geworfen und hielt eine Reitgerte in der Hand. Sein Rang als Heilkundiger berechtigte ihn, ein gutes Pferd zu reiten, und sein Statussymbol als Arzt war die Reitgerte. Sie wurde nicht benutzt, um das Pferd anzutreiben, sondern war Teil seines Ehrenpreises als Arzt und konnte ihm entzogen werden, wenn er für schuldig befunden wurde, unredlich gehandelt zu haben. Bruder Conchobhar war zwar betagt, doch immer noch ein tüchtiger Reiter. Schon in Fidelmas Kindertagen war er mit ihr ausgeritten. »Es trifft sich gut, dass wir bei deiner Freundin Della vorbeischauen«, meinte er, als Fidelma ihm erklärte, warum Alchú mitkam. »Ich wollte ohnehin verschiedene Kräuter bei ihr abholen, die sie für mich gesammelt hat. Die von Beccan beschriebene Hütte ist nicht weit von ihrem Hof entfernt, nur ein Stück bergauf.«

»Sie dürfte leicht zu finden sein«, stimmte ihm Fidelma zu. »Ich besuche Della öfter mal und freue mich immer wieder, wie gut sich das Mädchen Aibell bei ihr eingelebt hat.«

»Es hat sich bis zu mir herumgesprochen, dass Gormán wohl ein Auge auf sie geworfen hat«, sagte Bruder Conchobhar und lächelte verschmitzt.

»Das lässt sich kaum verbergen«, bestätigte Fidelma. »Schon damals, als wir sie in der Holzfällerhütte hinter Dellas Koppel fanden, hat er sich in sie verguckt. Wir hatten doch zuerst gedacht, sie wäre in den Mordanschlag auf meinen Bruder verwickelt.«

»Sie muss eine ziemlich elende Jugend als Leibeigene bei den Luachra gehabt haben. Ich hätte längst Deogaire fragen sollen, ob er ihr in dem düsteren, unwirtlichen Land begegnet ist.«

Auch Fidelma war nie in den Sinn gekommen, Deogaire deswegen anzusprechen. Bei dem Ausritt jetzt wollte sie die Gelegenheit nutzen, dem Mädchen erneut zu versichern, dass sie in Cashel eine geschützte Zuflucht hatte. Es konnte leicht sein, dass sie Deogaire begegnete und ihn als Angehörigen des Clans erkannte, in dem sie als Leibeigene gehalten wurde, nachdem ihr Vater sie an Fidaig, den Stammesführer der Luachra, verkauft hatte, was gegen das Gesetz verstieß.

Fidelma saß auf ihrem Hengst Aonbharr, Klein-Alchú auf seinem Pony war an ihrer Seite, und Bruder Conchobhar folgte ihnen. Im Schritt zogen sie los. Schneller wollte sie nicht reiten, sowohl ihres kleinen Sohnes wegen als auch mit Rücksicht auf den alten Apotheker, wusste sie doch, dass ihn Altersbeschwerden plagten. Dennoch überquerten sie bald den Marktplatz, wo die Männer der die Kirchenfürsten begleitenden Eskorte wieder beim Würfelspiel saßen. Sie umrundeten die dicht beieinander stehenden Häuser und erreichten den Rand der Siedlung.

Dort befand sich auch Dellas Anwesen. Am Gatter zur Koppel glitt Fidelma vom Pferd und half Alchú beim Absteigen. Ein großer Hund kam auf sie zugestürmt, sein lautes Gejapse war lediglich freudige Begrüßung. Della hatte den Hund, eine Kreuzung zwischen Wolfshund und Terrier, schon lange.

Mit einem Zuruf machte sich Fidelma bemerkbar, und gleich kam eine junge Frau aus dem Haus gelaufen. Volles blauschwarzes Haar umrahmte ihr ebenmäßiges, mit Sommersprossen gesprenkeltes Gesicht. Ihre dunklen Augen blitzten, die roten Lippen waren leicht geöffnet und gaben eine blendend weiße Zahnreihe frei.

»Aibell, halt den Hund fest«, rief ihr Fidelma zu, »sonst rennt er in seinem Ungestüm noch Alchú um.«

Das Mädchen bückte sich, packte den Vierbeiner am Halsband und befahl ihm zu sitzen. Der Hund gehorchte prompt und wedelte freudig mit dem Schwanz.

Erst dann nahm Aibell den Apotheker wahr, der noch auf seinem Pferd saß. Enttäuschung huschte über ihre Züge, was Fidelma nicht entging.

»Gormán musste mit Eadulf ins Eatharlach-Tal reiten«, erklärte ihr Fidelma. »Ich fürchte, es wird etwas länger dauern.«

»Du bist uns immer willkommen, Bruder Conchobhar«, begrüßte ihn Aibell. »Ich weiß, du kommst wegen der Kräuter …«, sagte sie noch, um ihre Verlegenheit zu überspielen.

»Wir möchten Alchú bei dir und Della lassen, was euch hoffentlich recht ist. Lange bleiben wir nicht fort. Wir müssen einen Krankenbesuch machen. Entschuldige uns bei Della, dass wir nicht mal zum Guten Tag sagen hereinkommen.«

Aibell wunderte sich zwar, stimmte aber zu und nahm fröhlich lächelnd den Jungen bei der Hand, während Fidelma aufsaß.

Nach raschem Abschiedswinken trabten sie und der Arzt um die Koppel herum auf die niedrigen Berge im Süden zu. Der Pfad schlängelte sich zwischen Felsbrocken entlang und hieß deshalb der »Steinige Weg«. Er führte nach Rath na Drinne, wo Ferloga seine Schenke hatte. Aber zunächst kamen sie in ein Waldstück, das nicht sonderlich groß war, dahinter erstreckte sich die Ebene von Femen. Auf dem enger werdenden Pfad ritt Fidelma unter den hohen Bäumen voran.

»Schon merkwürdig, dass Beccan seine schwerkranke Freundin gerade hier untergebracht hat«, sagte Bruder Conchobhar und schaute zu den Bäumen hoch, die einen die Kälte noch stärker empfinden ließen.

»Wahrscheinlich war sie so krank, dass er sie nicht in den Ort schaffen konnte«, erwiderte Fidelma, war aber davon selbst nicht recht überzeugt.

»Da vor uns, das muss die Hütte sein«, rief plötzlich der Arzt.

Sie kam Fidelma viel kleiner vor, als sie sie in Erinnerung hatte. Die kleine Behausung war kaum größer als die Holzfällerhütte, in der sie Aibell gefunden hatten.

Als läse Bruder Conchobhar ihre Gedanken, vervollständigte er ihr Bild: »Ich glaube, hier wohnte mal ein Förster. Ist aber schon viele Jahre her. Guck mal, da steigt kein Rauch von einem Feuer hoch, keine Spur von einem Pferd oder einem Wagen. Sieht immer noch wie verlassen aus.«

Fidelma ging Ähnliches durch den Kopf. Beccan hatte erklärt, dass es dort kein Pferd gab, obwohl Dar Luga darauf bestand, sie hätte bei der Hütte ein Pferd gesehen. Und dass kein Rauch aufstieg, hielt sie für ein untrügliches Zeichen, dass in der Hütte kein Herdfeuer brannte.

Kurz vor der bescheidenen Behausung blieb sie stehen und rief: »Maon! Hab keine Angst! Ich komme mit einem Doktor. Beccan schickt uns.«

Vögel, die aufgeschreckt durcheinanderzwitscherten und hochflogen, waren die Einzigen, die Antwort gaben.

Sie stiegen ab, banden die Pferde am Gebüsch an und näherten sich vorsichtig der Hütte. Fidelma stieß gegen die grobe Holztür, die aufschwang, da sie weder Riegel noch Schloss hatte.

Drinnen war es dunkel, offenbar war dort niemand. Ihr fiel sofort der schale Alkoholgeruch auf. Auch Bruder Conchobhar schaute über ihre Schulter angewidert ins Innere. Zögernd ging sie ein paar Schritte weiter und riss einen Sack herunter, der vor dem Fenster hing. Ein schwacher Lichtschimmer drang in den Raum.

»Aufgehalten hat sich hier jemand«, bemerkte Fidelma und ging zu einem Strohlager in einer Ecke. Sie bückte sich und tastete es mit beiden Händen ab. »Muss aber schon länger her sein. Fühlt sich feucht und kalt an.«

»Wie willst du denn wissen, dass überhaupt jemand hier war?«, fragte Bruder Conchobhar.

Sie deutete auf den Tisch, auf dem zwei leere Tonbecher standen und daneben ein irdener Krug. »Stünden die da schon länger als eine Woche, wären sie wie das Wandbord dort drüben von einer Staubschicht bedeckt.«

Bruder Conchobhar seufzte. »Eine andere Hütte gibt es in diesem Wald nicht. Wenn Beccan das Mädchen nicht hier untergebracht hat, wo dann?«

Fidelma wusste darauf keine Antwort, sie ging hinaus und schaute sich um. Beim Rundgang um die Hütte fiel ihr eine ebene Fläche auf; dort hatte der Förster wahrscheinlich seinen Jagdkarren und sein Pferd stehen gehabt. Aber das Gras, das auf dem Fleck wuchs, war niedergetrampelt. Hier musste also vor kurzem jemand gewesen sein. Ein alter Eimer lehnte an der Wand, da war sogar noch Wasser drin. Sie tauchte den Finger ein und leckte daran. Das Wasser schmeckte ziemlich frisch. Auch Haferähren lagen verstreut umher. Ganz offenbar hatte da ein Pferd gestanden, war getränkt und gefüttert worden. Prüfend betrachtete sie die Baumstämme im Umkreis. Sie musste nicht lange suchen, an der Rinde eines Baumes gab es Abschürfungen. Die konnten nur von einem Strick herrühren, der um den Stamm geschlungen und mit dem ein Pferd dort angebunden war. Das unruhige Tier hatte an dem Strick gezerrt und so die Rinde abgescheuert.

Bruder Conchobhar wartete vor der Hütte auf sie. »Den Weg haben wir umsonst gemacht«, erklärte sie kurz und bündig.

»Ob Beccan sich geirrt hat, als er beschrieb, wo die Hütte steht?«, erwog der Arzt.

»Das glaube ich nicht«, erwiderte sie trocken. »Leider ist das nicht die einzige Unwahrheit, die mir in den letzten Tagen aufgetischt wurde. Im Augenblick können wir nichts anderes tun, als zu Dellas Gehöft zurückzukehren.«

Sie saßen wieder auf, ritten auf dem Steinigen Weg bergab zur Westseite der Ortschaft. Dann hatten sie Dellas Koppel mit der Scheune und dem Schuppen daneben erreicht. Schon von weitem sahen sie Alchú im Kreis auf seinem Pony reiten und mit ihm über niedrige Gegenstände springen. Der Kleine genoss den Spaß und jauchzte bei jedem Sprung. Aibell hockte auf der Umzäunung und hatte ihn im Blick.

In einer Ecke der Koppel rupfte Dellas Arbeitsgaul ungestört Gras. Meistens stand auch Gormáns Ross dort, wenn der Hauptmann der königlichen Leibwache keinen Dienst auf der Burg hatte. Alchú erkannte die beiden Reiter sofort, brachte mit einem »Brrr!« sein Pony zum Stehen, wendete dann und trabte quer über die Koppel auf sie zu.

»Hallo, *mathair*. Wir können nicht nach Hause. Tante Della bäckt gerade Fladen, die müssen wir noch essen.«

»Keine Sorge, wir haben Zeit, bis du sie verspeist hast.«

Aibell kletterte von ihrem Beobachtungsposten und half Alchú, vom Pony zu steigen.

Da stand auch Della bereits unter dem Vordach und wischte sich die Hände an der Schürze. Trotz ihrer vierzig Jahre sah sie mit ihrem goldig glänzenden Haar immer noch jugendlich aus.

»Du willst doch nicht etwa Alchú schon abholen, Fidelma? Ich habe gerade ein paar Fladen fertig. Ah, Bruder Conchobhar ist auch hier. Sei gegrüßt, Bruder. Deine Kräuter sind getrocknet und verpackt. Kommt rein, kommt alle rein. Hab die Fladen gerade aus dem Ofen genommen, die müsst ihr kosten. Guten Apfelwein hab ich auch dazu.«

Wie eine Mutter, die ihre Kinder beisammenhält, schob sie alle ins Haus. Aibell hatte den Hund beruhigt, der aufgeregt umhertänzelte. Gehorsam nahm er seinen Platz vor der Tür ein. Alchú wurde an den Tisch gesetzt, hatte einen Teller mit kleinen Fladen vor sich und einen Becher voll Apfelsaft. Nachdem alle von den Fladen gekostet und sie gebührend gelobt und dem gehaltvollen Apfelwein zugesprochen hatten, fragte Fidelma: »Hast du Beccan in den letzten Tagen hier vorbeireiten sehen?«

»Beccan? Dem bin ich noch nie begegnet«, antwortete Della und schüttelte den Kopf. »Er ist doch der neue Hofmeister auf der Burg deines Bruders, nicht wahr? Er soll ein sonderbarer Kerl von kleiner Statur sein, habe ich gehört. Achtet sorgfältig auf sein Äußeres und ist angeblich sehr höflich, gibt sich aber unnahbar, so dass man wenig über ihn erfährt.«

»Ich hatte gehofft, du kennst ihn und hast ihn hier vorüberkommen sehen.«

»Dar Luga hat mir erzählt, dass er erst in der Burgküche gearbeitet hat und kaum ein oder zwei Monate danach zum Hofmeister im Haushalt deines Bruders aufgestiegen ist.«

»Dazu ist es nur gekommen, weil sein Vorgänger uns unerwartet verließ«, erklärte ihr Fidelma.

»Ich habe mich gewundert, dass dein Bruder sich nicht einen Hofmeister aus einem der Eóganacht-Clans genommen hat. Beccan ist doch einer von den Déisi, jedenfalls sagt Dar Luga das.«

Fidelmas Kopf schoss hoch. »Von den Déisi?« Ganz neu war ihr das nicht, doch sie hatte dem nie Beachtung geschenkt.

»Warum soll er hier vorbeigekommen sein?«, fragte nun Della.

Fidelma schilderte, was Beccan ihr von Maon erzählt hatte und dass sie und Bruder Conchobhar gerade in der Hütte im Wald gewesen waren und was sie dort vorgefunden hatten.

»Merkwürdig, dass du gerade von dieser Hütte sprichst«, bemerkte Della. »Neulich hatte Gormán einen Auftrag und musste durch eben jenes Waldstück und genau auf dem Pfad entlang reiten. Als er zurückkam, hat er mich gefragt, ob die Försterhütte überhaupt noch benutzt wird. Ihm war aufgefallen, dass vor der Hütte ein Pferd angebunden war. Seit meiner Kindheit ist sie nicht mehr bewohnt gewesen, habe ich ihm gesagt, und das ist ganz schön lange her.«

Fidelma machte ein nachdenkliches Gesicht. »Dar Luga hat mir dasselbe berichtet, auch sie ist vor ein paar Tagen dort vorbeigekommen.«

»Eine Schande, dass Beccan ein krankes Mädchen ausgerechnet dort untergebracht hat.«

Fidelma sah Bruder Conchobhar nur groß an und sagte sarkastisch. »Um die Gesundheit seiner Freundin brauchen wir uns gegenwärtig wohl keine Sorgen zu machen. Jedenfalls müssen wir ihn, sobald wir auf der Burg sind, fragen, wo das Mädchen geblieben ist.«

»Dass sie nach der Krankheit überhaupt in der Lage war, fortzugehen, erscheint mir sonderbar. In der Regel dauert es ein paar Tage, bis man wieder zu Kräften kommt«, erklärte Bruder Conchobhar.

Fidelma konnte ihm nur zustimmen. Dann entsann sie sich, dass sie mit Aibell noch etwas bereden wollte. »Aibell, ich halte es für richtig, dich auf einen Umstand vorzubereiten … Bruder Conchobhar hat einen Verwandten, der bei ihm auf der Burg war. Er gehört zu den Luachra in den Sliabh Luachra Bergen.«

Das Mädchen sah sie erschrocken an. »Ich hatte gehofft, nie mehr etwas von diesen Leuten hören zu müssen und von dem Land.« Den Apotheker traf ein misstrauischer Blick. »Dass du auch einer von den Luachra bist, geht mir erst jetzt auf.«

»Ich selber nicht«, entgegnete der Alte. »Ich hatte eine Schwester, die mit einem Mann vom Stamm der Luachra verheiratet war. Sie ist schon lange tot, aber ihr Sohn kommt ab und zu nach Cashel und besucht mich.«

Obwohl Aibell zu der Zeit schon erwachsen und im Alter der Wahl war, hatte man sie als Leibeigene verkauft. Ihr Vater hatte das getan, ein niederträchtiger Kerl, der ständig seine Frau prügelte. Als sie ihm weglief, hatte er aus Rache ihrer beider Tochter verkauft. Sie war von den Luachra wie eine Leibeigene behandelt worden, bis sich ihr eine Gelegenheit bot, aus dieser Sklaverei zu fliehen.

»Ich habe dir das nur sagen wollen, falls du dem Mann begegnest und du ihn erkennst oder er dich erkennt«, erklärte Fidelma, um sie zu beruhigen. »Gegenwärtig steht er auf der Burg unter strenger Bewachung. Er hat möglicherweise mit den Morden zu tun, die in den letzten Tagen dort geschehen sind.«

»Jedem vom Stamm der Luachra gehe ich aus dem Weg, wenn ich irgendwie kann«, versicherte Aibell.

»Schon gut. Du hast nichts zu befürchten von diesem Clan.«

»Es sind allerlei Gerüchte im Umlauf über die Morde auf der Burg. Hat dieser Mensch sie begangen?«, fragte Della.

Bruder Conchobhar ging sofort in Abwehrstellung. »Ich weigere mich, das zu glauben. Mit den Ansichten meines Neffen und seiner Lebensführung bin ich nicht einverstanden, aber nicht einmal in einem Wutanfall würde er die Hand gegen jemanden erheben, davon bin ich überzeugt.«

»Wer ist denn dein Verwandter, Bruder Conchobhar?«, wollte Aibell wissen. »Hätte ich ihm in den Bergen von Sliabh Luachra begegnet sein können?«

»Wohl kaum. Deogaire heißt er.«

Die Nennung des Namens hatte eine erstaunliche Wirkung. Mit offenem Mund und weit aufgerissenen Augen saß das Mädchen wie erstarrt da. »Du meinst doch nicht etwa Deogaire, den Wahrsager?«, stieß sie hervor und sprang auf.

»Ja, den meine ich. Deogaire ist der Sohn meiner Schwester.«

Aibell wankte und ließ sich wieder auf die Bank fallen.

KAPITEL 18

»Du kennst ihn also?«, fragte Fidelma ruhig, wenngleich ihr die Antwort von vornherein klar war.

Womit sie allerdings nicht gerechnet hatte, war Aibells strahlendes Gesicht. »Ich kenne ihn, ja. Wo kann ich ihn sehen? Ist er auf der Burg?«

Fidelma geriet in einen leichten Zwiespalt der Gefühle.

»Was bedeutet er dir?«, erkundigte sie sich vorsichtig.

»Er war einst sehr gütig und freundlich zu mir.«

»Gütig und freundlich zu dir? Deogaire?« Bruder Conchobhar konnte es kaum fassen. »Wie das, Kind?«

»Ohne Deogaires Hilfe wäre ich Fidaig nie entkommen, der mich entgegen Gesetz und Sitte als Leibeigene hielt«, eröffnete ihnen das Mädchen.

»Du hast uns nie erzählt, wie dir die Flucht aus der Bergfestung der Luachra gelungen ist«, erinnerte Fidelma sie. »Nur, dass du geflüchtet bist, weiß ich, und dass du an der Eselsfurt am Fluss Siúr Pause gemacht hast und dich von da der Kaufmann Ordan von Rathordan auf seinem Karren mitgenommen hat. Er brachte dich nach Cashel, und dort fanden wir dich in dieser Holzfällerhütte.«

»Viel mehr gab es ja auch nicht zu erzählen«, meinte das Mädchen ungerührt.

»So wenig, wie es sein mag, lass es uns wissen.«

»Lange Zeit war ich gezwungen, im Haushalt von Fidaig als Sklavin zu schuften. Ich wurde schlecht behandelt und drangsaliert. Es gab niemand, dem ich meine Qualen anvertrauen konnte, und alle Hoffnung schwand, bis … bis eines Tages Deogaire auf die Festung kam. Man empfing ihn in allen Ehren, denn die Luachra sind sehr abergläubisch, und viele von ihnen verehren die alten Götter, auch wenn einige wenige wie Artgal und Gláed, die Söhne von Fidaig, sich zum Neuen Glauben bekannten. Du weißt ja, wie abgelegen das Gebiet ist, umringt von Gebirgszügen und eingebettet in undurchdringliches Marschland. Die beiden Gipfel, die wie Zwillinge in die Höhe ragen, nennt man nicht umsonst ›Die Brüste der Danu‹, die ja die heidnische Gottesmutter unseres Volkes war.«

Sie hielt einen Augenblick inne, ehe sie fortfuhr. »Immer, wenn Fidaig auf der Festung Gäste empfing, und das geschah nicht oft, hatte ich sie zu bedienen, und so kam es, dass ich auch Deogaire bediente. Er hatte ganz deutlich Verbindung zu den Geistern, denn er sah sofort, wie unglücklich und verzweifelt ich war. Er sprach mit mir. Zum ersten Mal, seit ich in Fidaigs Gewalt war, fand ich jemand, mit dem ich reden konnte. Mein ganzer Kummer sprudelte aus mir heraus. Er lehrte mich, dass selbst ein fast abgestorbener Baum wieder grün werden kann. Er machte mir Hoffnung für die Zukunft. Er half mir, aus der schrecklichen Bergfestung zu entkommen.«

»Er hat dir zur Flucht verholfen?«, fragte Fidelma überrascht.

»Eines Nachts nahm er mich auf sein Pferd. Wir umgingen die Wächter und flohen. Schon bald wurde klar, dass Fidaigs Krieger uns nachhetzten. Ein oder zweimal hätten sie uns fast erwischt. Dann fanden wir Schutz im Tal der Raben, einer kargen Einöde, in der die alte Göttin haust, die über Tod und Schlachten herrscht, wie Deogaire mir erzählte. Von unserem Versteck aus konnten wir Fidaigs Krieger sehen, die nach uns suchten. Wir mussten befürchten, dass sie uns über kurz oder lang entdecken würden.

Deogaire eröffnete mir, dass wir uns trennen müssten. Mit uns beiden auf dem Pferd würde man uns bald einholen und gefangen nehmen. Würde er aber allein fliehen und meinen Umhang nehmen, könnte er die Krieger vielleicht glauben machen, dass ich hinter seinem Rücken säße, und könnte sie so von unserem Versteck weglocken. Sobald er sie in die Irre geführt hätte, sollte ich mich auf den Weg Richtung Osten machen. Er würde versuchen, wieder zu mir zu stoßen. Gesagt, getan. Ich sah ihn das Tal hinuntergaloppieren, ihm hinterher jagten, Zeter und Mordio schreiend, ein Dutzend wilde Krieger. Ich zögerte nicht lange und folgte seinem Rat. Ich habe ihn nie wieder gesehen.«

»Letztendlich bist du dann an die Eselsfurt gelangt, wo dich Ordan aufsammelte und du auf seinem Karren bis hierher mitfahren durftest«, ergänzte Fidelma ihre Schilderung. »Und von Deogaire hast du seither nie wieder gehört?«

»Leider nein, nie mehr ..., das heißt bis eben jetzt.«

Bruder Conchobhar schien über die Geschichte sehr erfreut. »Dann steckt also doch ein guter Kern in ihm.«

»Ein guter Kern? Hast du das jemals bezweifelt?« Schon verfiel Aibell in ihre feindselige Haltung von früher. Und ehe Bruder Conchobhar etwas erwidern konnte, redete sie weiter. »Wahrscheinlich verdammen ihn die Menschen, weil er sich nach wie vor zu der alten Religion unseres Volkes bekennt. Weshalb sollte er auch den Neuen Glauben aus dem Osten annehmen? Nur weil jemand anders denkt als du, ist er doch nicht schlecht. Mir ist ein Mensch wie Deogaire, seine Freundschaft und Unterstützung, lieber als mein Vater, der sein ganzes Leben lang behauptete, zum Neuen Glauben zu stehen.«

»Ich will hoffen, dass auch Deogaire die Erlösung zuteil wird«, bekannte Bruder Conchobhar frommen Sinns.

»Erlösung wovon? Hat er es nötig, von einem, wie du es

siehst, verderbten Zustand erlöst zu werden? In einem fort hören wir von Streitigkeiten unter denen, die von Amts wegen das Christentum vertreten, Rede und Gegenrede darüber, welche Auslegungen richtig oder falsch sind, was oft genug zu Zwistigkeiten und Blutvergießen geführt hat. Wer will sich da das Recht herausnehmen, zu beurteilen, ob jemand wie Deogaire von seinen Glaubensvorstellungen erlöst werden muss? Bietet denn der Neue Glaube irgendetwas Besseres?«

Della schaute unglücklich drein und beobachtete den kleinen Alchú, der mit großen Augen die leidenschaftliche Debatte der Erwachsenen verfolgte. »Aibell, alle, die wir hier sitzen, sind Christen«, ermahnte sie das Mädchen bedächtig. »Du willst doch nicht allen Ernstes sagen, dass du an den alten Auffassungen festhältst?«

Aibell schoss die Röte ins Gesicht, beruhigte sich aber sogleich. »Es tut mir leid, Della. Ich wollte niemanden verletzen. Nach allem, was ich erlebt habe, und so, wie mich mein Vater behandelt hat, bin ich mit mir selbst nicht im Reinen, was ich glauben soll. Ich kann es nur einfach nicht ertragen, dass jemand wie Deogaire verurteilt wird, weil er an andere Götter glaubt. Schließlich sind es doch die Götter, die unser Volk schon vor tausend Jahren pries, lange, bevor die neuen Ideen aus dem Osten zu uns kamen. Es sind Glaubensvorstellungen aus uralten Zeiten. Warum soll er sich nicht an sie halten dürfen?«

Ihr leidenschaftlicher Ausbruch ließ alle für eine Weile verstummen. Dann beugte sich Fidelma zu dem Mädchen und tätschelte ihr liebevoll den Arm. Insgeheim konnte sie Aibells Argumente nur allzu gut nachvollziehen. »Niemand wird einen Menschen wegen seines Glaubens verdammen. Ein jeder hat das Recht auf eigene Ansichten, sofern sie seine Mitmenschen nicht verletzen.«

»Ist Deogaire oben auf der Burg?«, fragte Aibell, immer noch erregt. »Ich will mitkommen und ihn sehen.«

Fidelma war nicht wohl zumute. »Das wird nicht gleich möglich sein. Es findet gerade eine Untersuchung über mehrere Todesfälle statt, und solange die nicht abgeschlossen ist, steht Deogaire unter Bewachung.«

Verstört sah das Mädchen sie an. »Ist das dein Ernst? Steht er unter Verdacht, damit etwas zu tun zu haben?«

»Unter anderem auch«, bestätigte Fidelma.

»Dann ... dann musst du ihn eben verteidigen«, beschwor sie Fidelma. »Du bist eine *dálaigh*, du wirst seine Unschuld beweisen.«

Fidelma zögerte kurz. Auch die Wahrheit kann bitter sein. »Ich bin mit der Untersuchung beauftragt, Aibell«, klärte sie sie auf. »Ich war es, die ihn aufgrund der gegenwärtigen Beweislage hat gefangen nehmen lassen.«

Aus dem jungen Gesicht schien alle Hoffnung zu schwinden. Aibell presste die Lippen zu einem einzigen Strich zusammen und bekannte mit großer Entschlossenheit: »Ich nehme es nicht hin, dass Deogaire jemandem etwas angetan haben soll. Ich weigere mich einfach, das zu glauben.«

»Dann wollen wir hoffen, dass wir dich in deinem Glauben bestärken können, Aibell«, entgegnete Fidelma und stand auf. »Komm, Alchú, wir müssen uns auf den Heimweg machen.« Und zu dem Mädchen gewandt, sagte sie: »Du erfährst von mir, wie es weitergeht. Sobald es möglich ist, dass du Deogaire sehen kannst, schicke ich nach dir. Du hast mein Wort.«

Sie drehte sich um und dankte Della für die Gastfreundschaft. Mit besorgtem Gesicht reichte ihre Freundin Bruder Conchobhar den Beutel mit Kräutern und sagte allen Lebewohl. Aibell blieb schweigend am Tisch sitzen, starrte ins Leere und ließ auch Alchú ohne Abschiedsgruß gehen.

Erst als sie schon eine Weile geritten waren, wagte Bruder Conchobhar einen Blick zu Fidelma. »Irgendetwas bedrückt dich. Worüber machst du dir Gedanken?«

Mit einem flüchtigen Blick zu Alchú vergewisserte sie sich, ob der Junge mit sich und seinem Pony beschäftigt war, und gestand dann: »Ich mache mir tatsächlich Gedanken. Das eben Gehörte ist eine unerwartete Wendung. Hat Deogaire mit dir irgendwann über Aibell gesprochen?«

»Er behält viele Dinge für sich«, erwiderte der alte Mann. »Vermutlich sah er keinen Grund, sie mir gegenüber zu erwähnen. Ist ja auch verständlich, denn dass sie unten in der Siedlung wohnt, ahnte er gewiss nicht.«

»Aibell scheint von ihm regelrecht betört, man braucht nur ihr Gesicht zu sehen.«

Der Apotheker nickte versonnen. »Du meinst, dass sie in ihn verliebt ist? Stimmt, das lässt sich nicht leugnen. Ich sehe das auch so. Und jetzt machst du dir um Gormán Sorgen?«

»Schon lange, bevor ich wusste, dass meine alte Freundin Della seine Mutter ist, habe ich den Burschen gekannt und gemocht. Du kannst dich gewiss entsinnen, dass niemand etwas davon ahnte. Erst, als die beiden des Mordes und der Inzucht beschuldigt wurden, kam die Wahrheit ans Tageslicht.«

»Aber wenigstens kam die Wahrheit zutage. Ohne dich wäre das nicht gelungen«, meinte Bruder Conchobhar.

»Dass Aibell es Gormán angetan hat, ist mir gleich bei unserer ersten Begegnung mit ihr aufgefallen. Oft genug hatte ich Geschichten von so etwas wie dem *teinntide* gehört, wusste aber nie so richtig etwas mit dem Begriff anzufangen. Erst, als ich merkte, was in Gormán aufloderte, als er das Mädchen sah, ging mir ein Licht auf.«

»*Teinntide* – der Blitzstrahl?« Bruder Conchobhar lachte vergnügt. »Immer wieder singen die Barden davon, ergehen sich in schwärmerischen Schilderungen, wie sich junge Menschen auf den ersten Blick verlieben und ...«

»Gormán traf es wie ein Blitz aus heiterem Himmel, und er leidet«, unterbrach ihn Fidelma bitter. »Ich habe immer gehofft, Aibell würde seine Gefühle erwidern, aber so, wie ich sie heute erlebt habe, wie sie über Deogaire sprach und ihn verteidigte ... Ich fürchte, ihr Herz hat ein anderer erobert.«

»Das durchzustehen ist nicht einfach«, bestätigte der Alte. »Ich glaube, viele Menschen haben so etwas schon erlebt. War es bei dir nicht auch Liebe auf den ersten Blick, als du Eadulf zum ersten Mal sahst?«

Fidelma antwortete nicht. Ihre Gedanken wanderten zurück in die Vergangenheit, als sie an Brehon Moranns Schule für Recht studierte; dort hatte sie so etwas gespürt wie Liebe auf den ersten Blick. Ein junger Krieger namens Cian hatte ihr Herz erobert, war dann aber mit einer anderen auf und davon gegangen. Lange hatte sie die Enttäuschung mit sich herumgetragen. Erst viele Jahre später, als sie auf einer Pilgerreise Cian wiederbegegnete, lernte sie, diese Liebe zu begraben. Mit Eadulf war das anders gewesen. Aus dem ursprünglich freundschaftlichen Verhältnis war mit der Zeit eine enge Bindung geworden, die sich bewährte. Sie waren ein unzertrennliches Paar geworden, wenngleich sie verschiedentlich versucht hatte, sich von ihm zu lösen. Inzwischen wusste sie, dass es wahre Liebe war und nicht ein plötzlich entflammter *teinntide*. Eadulf hingegen hatte ihr immer versichert, dass es bei ihm Liebe auf den ersten Blick gewesen war. In Hildas Abtei in Streonshalh hatte es ihn gepackt, als sie sich auf einem Gang, aus entgegengesetzten Richtungen kommend, an einer Ecke fast umgerannt hatten.

»Du schweigst«, hörte sie Bruder Conchobhar wie aus der Ferne sagen.

Er brachte sie in die Gegenwart zurück. »Verzeih. Was hattest du bemerkt?«

»Ich hatte gefragt, ob es bei dir und Eadulf nicht auch Liebe auf den ersten Blick war.«

»Einer Liebe auf den ersten Blick ist nicht zu trauen«, erklärte sie zu seinem Erstaunen. »Liebe bedeutet, einen Menschen gut zu kennen. Das aber ist auf den ersten Blick nicht möglich. Wahrhafte Liebe setzt die Kenntnis der Stärken und Schwächen des Partners voraus.«

Bruder Conchobhar ließ sich nichts anmerken. Er hatte Eadulf immer so verstanden, dass es bei ihm Liebe auf den ersten Blick gewesen war, und hatte es von Fidelma nicht anders erwartet.

»Ich mache mir um Gormán Sorgen«, fuhr Fidelma nachdenklich fort. »Aibell lebt bei Della, Gormáns Mutter, und gehört schon so gut wie zur Familie. Das dürfte Schwierigkeiten geben. Ich hatte eigentlich damit gerechnet, über kurz oder lang von Aibell und Gormán etwas über ihre Zukunftsabsichten zu hören.«

»Es dürfte erst recht problematisch werden, falls sich herausstellt, dass es tatsächlich Deogaire war, der versucht hat, dich und Eadulf umzubringen«, stellte der alte Apotheker bedrückt fest.

»Mein Gefühl sagt mir, dass man Deogaire nicht für schuldig befinden wird«, beschwichtigte sie ihn.

Sie ritten über den Marktplatz. Fidelma schaute zu Rumanns Wirtshaus hinüber. Die Krieger aus Laighin waren immer noch dort und versuchten, mit einigen Mädchen aus der Siedlung anzubandeln, die offenbar daran Gefallen fanden.

»Das will ich hoffen, allein schon wegen der Tatsache, dass ich sein einziger Verwandter bin, denn damit würde ich für die Zahlung seiner Geldstrafen, der Wiedergutmachung und des Ehrenpreises aufkommen müssen.«

Erschrocken blickte Fidelma ihn an, sah aber sofort das ironische Funkeln in seinen Augen. Der Alte war für seinen hintergründigen Humor bekannt. Erleichtert lachte sie auf. »Ich glaube, dein Geld ist sicher, Bruder Conchobhar. Doch, ich glaube das.«

Gormán ritt voran und gab ein zügiges Tempo vor. Krampfhaft versuchte Eadulf, mit dem galoppierenden Hauptmann mitzuhalten. Neben ihm ritt Bruder Berrihert, und Aidan, der sein wachsames Auge nicht von den ungeübten Reitern ließ, bildete die Nachhut. Nur einmal gönnten sie sich eine Pause, und die auch nur, um die Pferde zu tränken. So lagen sie gut in der Zeit und trabten über die Ebene den Bergen mit dem breiten Pass entgegen, hinter denen sich das Tal mit dem Fluss Eatharlach erstreckte.

Eadulf hatte richtig geschätzt: Die Sonne versank bereits hinter den Bergen, als sie in das Tal einbogen. An einer Furt überquerten sie den Fluss und gelangten damit auf die Südseite des Tals. Die Gebirgsausläufer dort waren unter dem Namen »Bewaldete Berge« bekannt, und das machte Sinn. Überall ragten aus dem dichten Grün der Bäume Berggipfel empor. Etwas abseits vom Fluss hatten Bruder Berrihert und seine zwei Brüder eine kleine Holzhütte errichtet und auch mit dem Bau einer richtigen Kapelle begonnen. Noch lagen die Berge nicht völlig im abendlichen Dunkel, und die Reiter konnten durch die Bäume hindurch bereits von weitem einen flackernden Lichtschein erkennen, ehe sie die Lichtung erreichten, auf der die Gebäude standen. Man hatte das Feuer aus gutem Grund weiter draußen entfacht, denn allzu leicht konnten die Holzbauten in Flammen aufgehen.

Schon aus einiger Entfernung gab sich Bruder Berrihert mit einem Zuruf zu erkennen. Als sie sich näherten, trat auch einer seiner Brüder aus der Hütte, um sie zu begrüßen. Es war Bruder Peccanum, wie Eadulf beim Absitzen feststellte.

»Sein Zustand hat sich verschlechtert«, war das Erste, was Bruder Peccanum ihnen eröffnete. »Ich dachte, wir hätten die Wunde ordentlich verbunden. Aber wie es jetzt aussieht, steckt der Wundbrand im Arm. Es ist nicht das erste Mal, dass ich so etwas erlebe. Ich fürchte, der Arm ist nicht zu retten.«

Eadulf packte das Entsetzen. »Ist die Verletzung wirklich so schlimm?«

»Möglicherweise haben wir versagt. Wir glaubten zuerst, die Wunde wäre sauber, aber seit Berrihert nach Cashel losjagte, hat sie sich mehr und mehr entzündet. Der Hieb ging tief in den Arm … in den Schwertarm. Wir sind nach bestem Wissen und Gewissen vorgegangen, und trotzdem eitert die Wunde und riecht übel.«

Gormán erschrak. Als Befehlshaber der Leibgarde des Königs wusste er, was es für einen Krieger bedeutete, den rechten Arm zu verlieren, selbst wenn er die Amputation überlebte.

Aus der Hütte drangen Schmerzensschreie zu ihnen, und Eadulf fragte sofort: »Habt ihr ihm etwas zur Schmerzlinderung gegeben?«

»Er hat darauf bestanden, dass wir nichts weiter machen, er wollte durchhalten, bis du kommst und er mit dir sprechen kann. Er ist ungeheuer willensstark.«

Eadulf wandte sich an Gormán und Aidan. »Wartet draußen. Ich geh hinein und schau ihn mir an.« Er atmete tief durch und schluckte, wie um sich auf das Bevorstehende vorzubereiten. Dann betrat er die Hütte. Bruder Naovan, der dritte Mönch, hockte neben einem Strohsack und betupfte mit einem feuchten Tuch die Schläfe einer sich krümmenden

Gestalt. Er blickte kurz auf, erkannte, wer da kam, und beugte sich zu dem mit den Schmerzen Ringenden.

»Bruder Eadulf ist da.«

Das Gesicht des Kriegers war in Schweiß gebadet und aschfahl. Die Augen waren nur leicht geöffnet und schienen nichts wirklich erfassen zu können. Nichts erinnerte mehr an den hübschen jungen Mann, den Eadulf noch ein paar Tage zuvor in Cashel gesehen hatte.

»Freund ... Freund Eadulf? Bist du es?«, brachte Dego mühsam hervor.

Eadulf kauerte sich neben den Strohsack. Sofort schlug ihm Eitergeruch entgegen. »Ja, Dego, ich bin's.«

»Es tut mir ... tut mir unendlich leid.«

»Was sollte dir leidtun?«, fragte Eadulf bang.

»Wir angelten ... Egric und ich ... schauten ins Wasser ... in den Fluss. Ich spürte einen Schlag ... einen Schlag von hinten. Ein scharfer Hieb ... sie ... weiß nicht wer ... Egric war fort. Der mich überfallen hat, muss sich auch Egric vorgenommen haben. Hörte noch Pferde. Verzeih ... ich ... ich habe deinen Bruder nicht schützen können. Es tut mir leid.«

Der Ärmste war ungemein erregt. Eadulf wollte ihm zureden, zur Ruhe zu kommen, aber Dego war schon in seinen Dämmerzustand zurückgefallen und murmelte nur noch zusammenhangloses Zeug.

Bruder Naovan befühlte die Stirn des Kranken und gab weitere Erläuterungen. »Berrihert hat niemand weiter gesehen. Jemand muss ihn von hinten überfallen haben. Er hat eine kleine Fleischwunde in der Schulter, die im Arm jedoch muss von einem schartigen Dolch stammen. Könnte mir vorstellen, der Angreifer wollte ihn seinem Opfer in den Rücken stoßen, doch dank einer unerwarteten Abwehrbewegung des Opfers erwischte er nur den Arm. Auch am Hinterkopf hat er eine Wunde, die ist nicht so schlimm, die konnten wir gut versorgen. Aber die im Arm ...«

»Lass mich mal sehen«, sagte Eadulf und versuchte den Gedanken an Egric zu verdrängen. Er betrachtete das verschwitzte, blasse Gesicht des Kriegers, mit dem er und Fidelma so manche Abenteuer bestanden hatten. Seine erste und oberste Pflicht war es, alles in seinen Kräften Stehende für den jungen Mann zu tun.

Bruder Naovan zog die Abdeckungen vom rechten Arm. Eadulf presste die Lippen zusammen, der Unterarm war stark angeschwollen, übler Geruch stieg ihm in die Nase. Was immer für eine Stichwaffe es gewesen sein mochte, sie war weder sauber noch scharf gewesen. Die Entzündung hatte sich rasch ausgebreitet. Bruder Peccanum hatte nicht übertrieben, das unmittelbare Umfeld der Wunde war bereits schwärzlich verfärbt. Eadulf hatte nicht umsonst in Tuam Brecain Medizin studiert, auch wenn er sich kaum in der Heilkunst geübt hatte, er wusste, wie er das sich ihm bietende Bild zu deuten hatte.

»Die einzige Chance für sein Überleben ist, den Arm sofort zu amputieren«, erklärte er entschlossen.

»Das haben auch wir befürchtet«, sagte Bruder Naovan. »Nur sehen wir selbst keine Möglichkeit, es zu tun. Mit einfachen Dingen können wir helfen – Heilsäfte verabreichen, Salben zusammenrühren und dergleichen, aber sich mit einem Messer an Fleisch, Muskel oder Knochen zu wagen ... Das verlangt exaktes Wissen.«

»Und doch muss es gemacht werden«, erwiderte Eadulf mit rauer Stimme. Er stand auf und ging hinaus, wo die anderen warteten. Verzweifelt sah er in die Runde. Mit Bruder Naovan hatte er sich in seiner eigenen Sprache verständigt, jetzt aber suchte er nach den richtigen Worten, damit auch Gormán und Aidan ihn verstanden und erfuhren, was zu tun war. Er entschied sich für den Begiff *trochugad*, Abtrennen von Gliedmaßen.

»Der Arm muss amputiert werden, und zwar sofort. Kennt sich einer von euch darin aus? In Schlachten erprobt, wie ihr seid, dürfte euch das nicht fremd sein.«

Betreten verneinten sie, keiner hatte die nötigen Kenntnisse. Eadulf knirschte mit den Zähnen und stöhnte auf.

»Dann werde ich es versuchen.«

An den Stallungen verabschiedete sich Fidelma von Bruder Conchobhar und machte sich unverzüglich auf den Weg zu den *laochtech*, wo sie, wie gehofft, Enda und Luan vorfand. Beide standen sofort auf, als sie sich näherte.

»Ich möchte mit eurem Gefangenen sprechen«, eröffnete sie ihnen.

»Wir werden froh sein, wenn wir den hier rauslassen können«, sagte Enda und griff nach den Schlüsseln.

»Wieso? Macht Deogaire euch Ärger?«

»Und das nicht zu knapp«, erwiderte Enda sauer. »Ständig hat er gerufen und wollte wissen, ob Beccan schon zurück ist. Und seit ich ihm mitgeteilt habe, dass er wieder da ist, gibt er überhaupt keine Ruhe mehr und besteht darauf, dass man Beccan zu ihm bringt, um ihn zur Rede stellen zu können.«

»Du bist dem doch hoffentlich nicht nachgekommen?«, vergewisserte sich Fidelma besorgt.

Enda sah sie fast beleidigt an. »Selbstverständlich nicht, Lady. Gormán hat strikte Anweisungen hinterlassen und ausdrücklich betont, dass sie nur von dir aufgehoben werden dürften. Selbst Brehon Aillíns hartnäckige Forderungen habe ich abgewiesen.«

»Brehon Aillín? Er hat es gewagt, sich einzumischen?«

»Er kam und verlangte, den Gefangenen zu sehen. Ich erklärte ihm die Sachlage, und er schäumte vor Wut, pochte darauf, dass er der Oberste Brehon sei. Ich habe ihm klargemacht, dass ich mich an die Weisungen meines Befehlshabers zu halten habe und dass die nur vom König persönlich oder einem in seinem Auftrag Entsandten widerrufen werden könnten. Sollte ich vom König einen entsprechenden Befehl erhalten, würde ich ihn zu Deogaire hineinlassen.«

»Das lässt einen aufhorchen«, meinte Fidelma mehr zu sich selbst. »Wann war Brehon Aillín hier?«

»Kaum, dass du mit Bruder Conchobhar die Burg verlassen hattest.«

»Ging er widerspruchslos?«

»Das schon, wenn auch nicht gerade in der besten Laune.«

»Na gut. Schließ mir jetzt auf und warte draußen, solange ich mit Deogaire rede.«

»Ist das klug, Lady?«

»Ich denke schon.«

Enda entriegelte die Tür, ließ Fidelma hinein und zog sie wieder hinter sich zu. Deogaire, der auf einer Liegestatt gesessen hatte, sprang bei ihrem Eintreten auf.

»Ist Beccan zurück? Hat er die Wahrheit gesagt?«, fragte er erregt.

»Er ist zurück, ja.«

»Dann bin ich jetzt frei?«

»Setz dich, Deogaire.« Sie wies auf das Bett und hockte sich selbst auf den einzigen Schemel im Raum. Verunsichert blickte er sie an. »Weshalb, glaubst du, hat dich Brehon Aillín heute Nachmittag sehen wollen?«

»Hat er das? Darum hat es draußen das Theater gegeben!« Deogaire ließ sich auf sein Lager sinken. »Es ging vorhin ganz schön heftig zu. Gedanken lesen kann ich nicht, ich weiß nicht, was in dem alten Mann vorgeht. Wenn du ihn nicht geschickt hast, dann hat er mich vielleicht ins Gebet nehmen wollen. Du fragst ihn am besten selbst.«

»Vielleicht tue ich das.«

»Wenn Beccan zurück ist, wieso lässt man mich dann nicht frei?«

Fidelma sah ihm ernst in die Augen. »Weil deine Wahrheit sich nicht mit seiner deckt. Euer beider Aussagen stimmen nicht miteinander überein.«

Deogaire blinzelte. »Das verstehe ich nicht.«

»Unstreitig ist, dass du dich mit deinem Verwandten, Bruder Conchobhar, gestritten und sein Haus verlassen hast. Deiner Aussage nach machte Beccan dir den Vorschlag, dich in einer der Gästekammern unterzubringen. Er aber behauptet, du hättest ihn um eine solche Möglichkeit gebeten und ihm in Aussicht gestellt, dich mit einem Kräutertrank für seine kranke Freundin erkenntlich zu zeigen, den du aus Bruder Conchobhars Apotheke beschaffen würdest.«

Deogaire schien wie vor den Kopf geschlagen.

»Du wirst doch einsehen«, fuhr Fidelma geduldig fort, »dass es die Dinge in einem andern Licht erscheinen lässt, wenn du es warst, der Beccan vorgeschlagen hat, ihm als Gegenleistung für deine Übernachtung im Gästequartier einen Heiltrank zu besorgen. Die Vermutung liegt nahe, dass du einen besonderen Grund hattest, dort übernachten zu wollen.«

»Ich brauchte für die Nacht eine Bleibe. Ich hätte genauso gut einen Platz in den Ställen finden können, mich in der Kapelle in eine Ecke verkriechen oder auch hinunter in die Siedlung ins Gasthaus gehen können. Das Einzige, was ich nicht wollte, war, mich im Dunkeln auf den Weg nach Sliabh Luachra machen.«

»Du hast aber die Nacht im Gästehaus verbracht, und nicht

woanders. Und während du dort warst, wurde auf Eadulf und mich ein Mordanschlag verübt. Dass sich daraus logischerweise die Frage ergibt, wie und warum du ausgerechnet dort übernachtet hast, wirst du doch einsehen. Wem soll ich nun glauben, dir oder Beccan, dem Hofmeister meines Bruders?«

Deogaire schüttelte den Kopf. »Ob die Frage logisch ist oder nicht, ich kann dir nur sagen, dass es nicht meine Idee war. Der Vorschlag kam von Beccan, und nicht von mir.«

»Warum hätte Beccan einen solchen Vorschlag machen sollen?«

Deogaire hob verzweifelt die Hände. »Keine Ahnung. Ich kann nur noch einmal betonen, ich habe die Wahrheit gesagt.«

Fidelma atmete tief durch. »Dann musst du dich gedulden, bis mich meine Nachforschungen einen Schritt weitergebracht haben. Ich werde noch einmal mit Beccan sprechen. Du aber bleibst hier, und zwar so lange, bis sich die Dinge geklärt haben.«

»Und wenn das nicht geschieht? Soll ich etwa ein Opfer von Beccans Lügen werden?«

»Auf jede Flut folgt die Ebbe, Deogaire«, versicherte ihm Fidelma und erhob sich. »Das ist doch auch deine Philosophie, oder nicht?«

Der junge Mann machte ein finsteres Gesicht, blieb ihr aber eine Antwort schuldig. Er tat ihr leid. Sie beugte sich zu ihm und legte die Hand auf seine Schulter.

»Du hast einmal ein junges Mädchen gelehrt, dass selbst ein fast abgestorbener Baum wieder grün werden kann. In ihrem Fall hat sich das bewahrheitet. Vertraue deinem eigenen Rat.«

Er sah zu ihr auf, zog die Brauen zusammen und versuchte, hinter die Bedeutung ihrer Worte zu kommen.

Sie wurde etwas deutlicher. »Nicht weit von hier hast du zumindest einen Freund. Jemand, der fest daran glaubt, dass du niemals das tun würdest, dessen man dich verdächtigt. Es ist ein junges Mädchen, dem du geholfen hast, Fidaigs Fängen zu entkommen.«

»Aibell?«, fragte er erregt und kam rasch auf die Füße. »Ist sie hier? Hat sie aus dem Tal der Raben fliehen können? Wo ist sie?«

»Alles zu seiner Zeit«, beruhigte sie ihn. »Aber du siehst, auf dunkle Wolken folgt Sonnenschein. Aibell jedenfalls sieht in dir den Menschen, der du wirklich bist, und nicht den, für den dich andere halten. Sowie sich alles geklärt hat, wirst du zu ihr können.«

»Wann aber wird das sein?«, fragte er bang.

»Ich hoffe, bald. Man hat dich für irgendetwas missbraucht, ich weiß nur nicht, wofür. Deshalb musst du hierbleiben, ich fürchte, es ist der einzige Ort, an dem du sicher bist.«

Draußen, nachdem Enda die Tür verriegelt hatte, wies Fidelma ihn unmissverständlich an: »Sorge dafür, dass deine zuverlässigsten Krieger den Gefangenen bewachen, vertrauenswürdige Männer, die Tag und Nacht ein wachsames Auge haben.«

»Geht in Ordnung, Lady«, erwiderte Enda und überspielte eine leichte Erregung. »Glaubst du, er könnte versuchen auszubrechen? Versuchen zu fliehen?«

Mit einem Anflug von Lächeln schüttelte sie den Kopf. »Das nicht, mein Freund. Ich glaube eher, jemand könnte versuchen, gewaltsam einzudringen und ihn töten.«

Mit verbissenem Gesicht sah Eadulf im Schein des Feuers seine Gefährten an. »Ich muss die Amputation wagen. Wenigstens habe ich schon einmal einem Arzt dabei zugeschaut.«

»Was aber ist mit deinem Bruder, Freund Eadulf«, fragte Gormán zögernd. »Sollten wir nicht zuerst versuchen, ihn zu finden?«

»Dego übersteht die Nacht nicht, wenn wir nicht sofort handeln. Unsere ganze Aufmerksamkeit sollte ihm gelten. Zudem wäre es vergebliche Liebesmüh, im Dunkeln nach Egric zu suchen. Da müssen wir schon das Tageslicht abwarten.«

Er blickte in die Runde. Nahe am Feuer stand ein grob zusammengezimmerter Tisch, an dem die drei Mönche vermutlich ihr Essen zubereiteten und ihre Mahlzeiten einnahmen.

»Habt ihr ein paar Laternen?«, fragte er Bruder Berrihert, und als der das bejahte, zeigte er auf den Tisch und wies ihn an: »Reinige den Tisch so gut es geht mit Wasser und hänge die Laternen so um ihn herum, dass von allen Seiten Licht darauf fällt.«

Berrihert und Peccanum machten sich sofort an die Arbeit, Eadulf aber wandte sich an Gormán und Aidan.

»Euch steht eine schreckliche Aufgabe bevor. Ihr müsst Dego festhalten, während ich mich an seinem Arm zu schaffen mache.«

»Verstanden«, bestätigte Gormán mit rauer Stimme. »Ich habe einen *lestar* mit *laith* bei mir, das ist scharfer Alkohol, der könnte ihn etwas betäuben.«

»Ich habe auch noch einen *lestar* voll *laith*«, meldete sich Aidan. »Das Zeug ist ungemein stark.«

Ein *lestar* war ein gut schließendes Gefäß, das man zum Transport von Getränken benutzte. Eadulf war es zufrieden. »Je stärker das Gebräu ist, desto besser. Es wird uns gute Dienste leisten, zum einen wird es Degos Schmerzempfinden betäuben und zum anderen können wir damit die Wunde desinfizieren. Schneidet jetzt ein paar starke Zweige und schabt die Rinde ab ... Er wird etwas brauchen, wenn er krampfhaft die Zähne zusammenbeißt, und besorgt auch einen Streifen Stoff und einen Knebel, womit wir den Arm abschnüren können, um die Blutung zu unterbinden.«

Sie folgten seinen Anweisungen, derweil ging Eadulf zu seinem Pferd und band einen Lederbeutel los, den er stets bei sich trug. Es war ein *lés*, ein kleiner Medizinbeutel. Auf seinen Reisen mit Fidelma hatte es sich immer wieder als hilfreich erwiesen, dass er ihn mitgenommen hatte, und er achtete auch stets darauf, dass es an nichts fehlte. Unter anderem befanden sich darin chirurgische Instrumente und allerlei kleine Behälter mit Kräutermixturen, Desinfektions- und Beruhigungsmitteln. Eadulf nahm den Beutel und ging zu dem Tisch zurück, den Bruder Peccanum inzwischen gründlich mit Wasser gereinigt hatte. Auch die Laternen hingen bereits wie geheißen und spendeten das nötige Licht.

»Bestens«, begutachtete Eadulf die Vorbereitungen. Er legte seinen *lés* auf einen Schemel und nahm die Behälter mit dem Alkohol, die ihm die Krieger reichten. »Wir werden zügig arbeiten müssen, wirklich sehr schnell. Ihr werdet verstehen, garantieren, dass ich sein Leben rette, kann ich nicht, aber wenn wir tatenlos zusehen, wird er den kommenden Morgen nicht erleben.«

Schweigend standen sie neben ihm. Eadulf war geradezu dankbar für den schwankenden Laternenschein, hoffte er doch, dass er von seiner Blässe und deutlichen Nervosität ablenkte. Schließlich wollten die anderen von ihm ermutigt sein und vertrauten seinem Geschick.

»Gormán, versuche Dego so viel Alkohol wie möglich einzuflößen, und dann hebe ihn zusammen mit Aidan vorsichtig an und lege ihn hier auf den Tisch. Eure Aufgabe wird es sein, ihn auf dem Tisch festzuhalten. Du, Aidan, stemmst dich auf seine Beine und Gormán auf die Schulter und seinen linken Arm. Ich nehme mir den rechten Arm vor. Ich kann nur hoffen, dass der Alkohol ihn betäubt. Du, Bruder Berrihert, bleibst die ganze Zeit an meiner Seite und hältst die Lampen so, wie ich sage, und du, Peccanum, wirst mir assistieren und mir die Werkzeuge reichen, die ich gerade brauche. Ich zeige dir vorher, was wahrscheinlich benötigt wird.«

Er blickte einen nach dem anderen an. Keiner hatte eine Frage.

»Sowie wir beginnen, darf es kein Zögern geben. Fangen wir also an. Gormán, geh rüber zu Dego und sieh zu, wie viel du in ihn hineinkriegst. Lasst nicht locker, bis er hoffentlich bewusstlos wird. Komm, Peccanum, ich zeig dir jetzt die Dinge, die ich aus dem Beutel da wahrscheinlich brauchen werde.«

Es dauerte eine Weile, bis Dego endlich auf dem Tisch lag. Er machte unruhige Bewegungen und murmelte im Unterbewusstsein, Alkohol und Fieber blieben nicht ohne Wirkung. Eadulf warf einen prüfenden Blick auf ihn und vergewisserte sich dann bei seinen Gefährten.

»Seid ihr bereit?« Er wickelte einen Tuchstreifen um den rechten Oberarm des Verletzten, nahm einen kleinen Zweig als Knebel und zwirbelte ihn so fest er konnte. Dann reichte er Gormán einen anderen Zweig, der Degos Mund aufsperrte und ihm das Holz zwischen die Zähne schob, damit er sich daran festbeißen konnte.

»Jetzt!«, gab Eadulf das Kommando.

Gormán und Aidan stemmten sich mit ihrem ganzen Gewicht auf Dego. Bruder Berrihert richtete die Lampe.

Eadulf hatte bereits das *altan*, ein chirurgisches Messer in der Hand. Er arbeitete so rasch er konnte. Schon nach wenigen Augenblicken verlangte er von Bruder Peccanum die *rodh*, eine scharf gezackte chirurgische Säge. Das war der Moment, da Dego losschrie und Gormán und Aidan alle Kraft aufbieten mussten, um den sich aufbäumenden Körper festzuhalten. Der abgetrennte Arm fiel zur Seite und ließ über dem Ellenbogen einen blutigen Stumpf zurück. Zu ihrer aller Erleichterung verlor Dego das Bewusstsein. Mit Bruder Peccanums Hilfe übergoss Eadulf den blutenden Stumpf mit Alkohol, zog das bewusst ausgesparte saubere Stück Haut darüber, griff zur Nadel, durch deren Öhr bereits Darm gezogen war, und nähte den Hautfetzen säuberlich an. Ein weiteres Mal goss er Alkohol über den Armstumpf.

»Das wäre geschafft«, sagte er erschöpft zu den anderen.

Dego lag bewusstlos auf dem Tisch. Eadulf befühlte seine Stirn. Sie war kalt und schweißnass. Er beugte sich über den Brustkorb des Amputierten und überprüfte den Herzschlag. Das Herz schlug schnell, aber regelmäßig. Er nahm aus dem *lés* eine frische Binde aus weißem Leinen, tränkte sie mit Alkohol aus einem der kleinen Gefäße und wickelte sie dann um den Armstumpf. Als er damit fertig war, trat er einen Schritt zurück und atmete tief durch.

Bruder Berrihert, der neben ihm stand, hielt ihm einen Becher hin. »Trink, es wird dir guttun«, sagte er schroff.

Eadulf fragte nicht lange, sondern nahm einen Schluck. Dass es ein so starkes Zeug sein würde, hatte er nicht erwartet. Er musste mehrfach husten.

Bruder Berrihert grinste. »Was du da trinkst, ist *nóndan*, es wird aus Sumpfbeeren gemacht, du kennst doch die roten Blüten von dem einen Heidekraut, und noch einiges anderes kommt dazu. Ganz schön stark, wie? Weitaus besser als Ale.«

Eadulf nickte und fuhr sich über die brennenden Lippen.

»Ihr könnt Dego wieder zurück aufs Bett legen«, wies er Bruder Berrihert und Aidan an. Als sie ihn anhoben, fiel etwas aus Degos Kleidung. Es landete auf dem Gras, und Eadulf nahm etwas Glitzerndes im Lampenschein wahr. Er bückte sich danach, dachte, es wäre eine Münze. Aber für eine Münze aus Bronze, Silber oder Gold war es zu schwer. Er hielt es gegen das Licht, drehte und wendete es zwischen Daumen und Zeigefinger.

Überrascht gab er einen Pfeifton von sich, hatte er doch Ähnliches schon mehrfach gesehen.

»Was ist es, Freund Eadulf?«, wollte Gormán wissen.

»Einfach ein Stückchen Blei. Es steckte in Degos Kleidung und ist rausgefallen.«

»Ach, das!«

Fragend blickte Eadulf ihn an. »Hast du es schon mal gesehen?«

»Dego wollte es als Senkblei für seine Angel benutzen.«

»Und woher hatte er es?«

Gormán überlegte kurz, dann fiel es ihm ein. »Das lag zwischen dem Kram, den die Déisi-Bande hatte liegenlassen, die deinen Bruder und seinen Gefährten auf dem Fluss überfallen hatte.«

Eaduls spürte, wie sein Herzschlag schneller wurde. »Sag, Gormán, hing da noch irgendetwas dran?«

»Ob da was dranhing? Es war nur ein Klumpen Metall und dazu ein Haufen verbrannter Dokumente.«

»Dokumente? Nicht irgendein Pergament und ein Stück Band?«

»Die Dokumente waren alle verbrannt. Ob sie aus Pergament oder Papyrus waren, weiß ich nicht. Sie waren bereits verkohlt, da konnte man nichts mehr erkennen. Und zwischen all dem Unrat lag das Stückchen Blei. Dego hob es auf, stellte fest, dass es nichts weiter taugte und sagte, er könnte es als Gewicht für seine Angelrute gebrauchen.«

»Dass es nichts weiter taugte?«, wiederholte Eadulf nachdenklich.

»Na, eine Münze kann es nicht sein. Es ist Blei. Vielleicht ist es so etwas wie ein Glücksbringer, denn auf der einen Seite steht das lateinische Wort für ›Leben‹. Schau hier – VITA – Leben.«

Eadulf lächelte milde und schüttelte den Kopf. »Nicht ›Leben‹, Gormán, es ist ein Name – Vitalianus.«

»Weshalb sollte jemand seinen Namen in ein Stück Blei eingravieren?«, fragte der Krieger verdutzt.

»Ich nehme es erst mal an mich«, entgegnete Eadulf, ohne Gormáns Frage zu beantworten. »Keine Sorge. Ich werde Dego dafür entschädigen.« Sein Blick fiel auf den provisorischen Operationstisch und auf das dort liegende Überbleibsel.

»Wir sollten das besser vergraben, und auch der Tisch muss gesäubert werden.«

Eilfertig machten sich Gormán und Bruder Peccanum ans Werk. Bruder Berrihert kam aus der Hütte. »Naovan ist bei ihm«, berichtete er. »Gibt es noch etwas zu tun?«

»Wir können lediglich beten. Bei Tagesanbruch wissen wir mehr.«

»Egal, was wird«, rief Gormán und blickte von seiner Arbeit auf, »ich hoffe, die Barden lobpreisen dich, Freund Eadulf. Noch nie habe ich einen so sachkundig arbeiten sehen. Sollte es mich einmal in einer Schlacht erwischen und ich Gefahr laufen, einen Arm oder ein Bein zu verlieren, kann ich nur hoffen, dass du dann an meiner Seite bist. Du bist noch großartiger als Fingín Faithliaig.«

Eadulf konnte ihm nicht recht folgen, auch wenn er verstand, dass Gormán ihm seine Anerkennung aussprach. »Wen hast du da genannt?«

»Er war der größte aller Ärzte in Muman«, erklärte Gormán. »Hast du noch nie von der Schlacht bei Crinna gehört, die in Midhe, dem Mittleren Königreich, stattfand?«

Eadulf schüttelte vage den Kopf. Erschöpfung übermannte ihn. Die Gedanken wirbelten im Kopf durcheinander. Sein Blick fiel auf eine Pferdedecke am Feuer, er ging hinüber und setzte sich. Zwar hörte er Gormáns Stimme, aber die einzelnen Worte verschwammen und ergaben für ihn keinen rechten Sinn.

»Die Schlacht bei Crinna fand vor über vier Jahrhunderten statt, das war noch bevor die Eóghanacht Cashel gründeten und es zum Zentrum ihres Königreiches machten. König war in jener fernen Zeit Tadg, der Sohn von Cian, und Fingín war sein Leibarzt. Der Geschichte nach zog ein König von Ulaídh, ein gewisser Fergus mac Imchadh, mit seinem Heer nach Midhe und wollte den Hochkönig, Cormac mac Art, stürzen. Cormac rief die Kleinkönige, die ihm Treue gelobt hatten, auf, ihn zu unterstützen. Tadg und seine Krieger waren die Einzigen, die ihm aus Muman zu Hilfe eilten. Es kam zu einer großen Schlacht bei Crinna, in der Fergus geschlagen und getötet wurde. In dieser Schlacht wurde aber auch Tadg schwer verwundet, es heißt sogar, man hätte ihn am Schädel verletzt. Sein Arzt Fingín brachte das Wunder zustande und machte ihn wieder gesund. Seither wurde er als der größte aller Ärzte gerühmt.«

Eadulf versuchte ein Lächeln, konnte sich aber der Erschöpfung kaum erwehren.

»Ob meine Arbeit gut war oder nicht, das wird der Morgen zeigen, und …« Weiter kam er nicht, denn plötzlich fühlte er sich von Nebelschwaden umgeben und sank zurück, die Kräfte verließen ihn. Er hörte noch jemand aufschreien und vernahm wie aus weiter Ferne Gormáns Stimme.

»Es ist nichts weiter. Einfach Erschöpfung. Das passiert, wenn einer ...«

Die Stimme verhallte, Eadulf hatte das Gefühl, in einem zeitlosen Raum zu schweben.

Kapitel 19

Unsanft erwachte Fidelma, jemand rüttelte sie an der Schulter. Nur eine Schrecksekunde, und sie saß aufrecht im Bett, bereit, einen Angreifer abzuwehren. Es war jedoch nur Muirgen, ihre Kinderfrau. Fidelma rieb sich die Augen; es musste bereits nach Sonnenaufgang sein, denn draußen war es trotz des grauen Himmels schon hell. Sie hatte lange und fest geschlafen. Fast hätte sie eine Entschuldigung gemurmelt, spürte aber, dass Muirgen einen besonderen Grund hatte, sie zu wecken.

»Was gibt's?« Ihr erster Gedanke galt Eadulf. »Ist Eadulf zurück?«

Muirgen schüttelte den Kopf. »Nein, Lady, Enda schickt mich. Du sollst sofort ans Burgtor kommen.«

»Sofort? Ich bin noch nicht einmal aufgestanden, bin weder gewaschen noch angezogen.«

»Es ist ganz dringend, hat er gesagt. Sie haben wieder einen Toten gefunden.«

Fidelma schwang sich aus dem Bett, griff hastig ihre Sachen und streifte sie sich über, wobei Muirgen ihr zur Hand ging.

»Nicht, dass es Deogaire ist?«, kam ihr plötzlich in den Sinn.

»Den hat er nicht genannt, Lady.«

»Was hat Enda denn gesagt, wer ist es?«

Muirgen gab keine Antwort, drückte Fidelma auf einen Schemel und kämmte ihr das lange Haar. Sie rutschte unruhig hin und her, konnte kaum erwarten, dass die Kinderfrau den Kamm beiseitelegte und das Haar aufsteckte. Sobald Fidelma Muirgens hilfreichen Händen entkommen konnte, stürzte sie aus dem Gemach, rannte über den Hof zum Tor, an dem Enda und ein anderer Krieger mit einem Mann standen, der ihr bekannt vorkam. Es war der Steinmetz, mit dem sie gestern gesprochen hatte. »Was ist los?«, fragte sie und blickte von Enda zum Steinmetz.

Der Krieger bedeutete dem Handwerksmeister, als Erster zu sprechen. »Ich und meine Gesellen sind heut früh zur Arbeit gekommen, Lady«, begann der Mann zögerlich. »Es wurde gerade hell. Unten am Gerüst lag ein Toter. Er ist offenbar von ganz oben herabgestürzt. Helfen konnte man ihm nicht mehr, er war bereits tot.«

Fidelma musste heftig schlucken. »Der Tote ist ein Mann, sagst du? Weißt du vielleicht, wer es ist?«

»Leider ja.«

»Warum leider?«

»Leider ist er der Mann, von dem wir den Auftrag erhielten, die Mauer auszubessern.«

»Das verstehe ich nicht. Den Auftrag hat doch mein Bruder erteilt …«

»Sein Hofmeister, Lady. Beccan. Mit ihm haben wir alles abgesprochen.«

Sie starrte ihn so durchdringend an, dass er zu Boden blickte und verunsichert mit den Füßen scharrte.

»Du bist sicher, der Tote ist Beccan?«, fragte sie, als hätte sie es nicht begriffen.

»Ganz sicher, Lady. Die Leiche, das ist Beccan, der Hofmeister.«

Ihre Gedanken überschlugen sich, vor allem aber fühlte sie sich schuldig. Sie wusste, dass Beccan sie mit der Geschichte von der Frau, die krank in der Försterhütte lag, belogen hatte. Auch stimmte seine Schilderung der Absprachen mit Deogaire nicht mit dessen Schilderung überein. Sie hatte sich vorgenommen, noch eine Nacht vergehen zu lassen. Beccan sollte sich in trügerischer Sicherheit wähnen, dann wollte sie ihn sich vorknöpfen. Wenn ihre Vermutung stimmte und Beccan in den schrecklichen Vorgängen auf der Burg verstrickt war, dann war sie an seinem Tod schuld, weil sie zu lange gezögert hatte. Sie hatte sogar gehofft, Eadulf würde bald mit weiteren Erkenntnissen zurück sein, denn inzwischen glaubte sie, alle Morde auf die Geschehnisse am Ufer des Siúr zurückführen zu können, und Eadulfs Bruder Egric war der Schlüssel zu allem.

»Soll ich anordnen, dass der Leichnam in Bruder Conchobhars Apotheke geschafft wird?«, fragte Enda.

Doch der Steinmetz kam ihrer Antwort zuvor. »Ich kann mir einfach nicht vorstellen, dass jemand aus Versehen vom Gerüst stürzt. Du weißt selbst, Lady, es besteht aus vielen Leitern und Zwischenböden. Auf den Leitern fehlzutreten oder von einem Gerüstboden zu fallen …, ich halte es für unmöglich. Wir arbeiten seit Jahren auf solchen Gerüsten, und nie ist es zu einem Unfall gekommen.«

»Glaubst du, es hat jemand nachgeholfen?«, fragte sie. »Oder ist er womöglich selber gesprungen?«

Der Mann zuckte die Achseln. »Ich werde mich hüten, dazu etwas zu sagen. Für den Gerüstbau bin ich verantwortlich, und wenn sich ein Unfall ereignet, muss ich Entschädigung zahlen. Ich kann mich drehen und wenden, wie ich will, Lady, meine Meinung gilt als voreingenommen.«

Fidelma wandte sich an Enda: »Ist Deogaire noch sicher im *laochtech* verwahrt?«

»Er wird Tag und Nacht bewacht, Lady, wie du angeordnet hast.«

»Dann wollen wir uns erst das Baugerüst ansehen, bevor wir den Toten wegschaffen«, entschied Fidelma und stieg die

Stufen zum Wehrgang auf der Mauer hoch, die alle Gebäude der Burg umschloss. Binnen kurzem waren sie an der Süd-westbastion. Im Stillen ging sie mit sich ins Gericht. Sie hatte ihren Bruder drängen wollen, einen Wachposten an die Bau-stelle mit den Gerüsten zu stellen. Doch hatte sie das dann vollends vergessen. Der Steinmetz und Enda schauten ihr zu, während sie Mauer und Gerüst in Augenschein nahm. Ihr fiel ein großer behauener Stein auf, der nicht sauber eingefügt war. Sie hob ihn heraus und betrachtete ihn von allen Seiten. Die Unterseite war dunkel verfärbt. Vorsichtig legte sie den Brocken beiseite, beugte sich über die Brustwehr und schaute in die Tiefe.

»Ich vermute, du hast den Toten gleich neben dem Gerüst gefunden?«, fragte sie den Steinmetz.

Der Meister nickte.

»Hatte er eine blutende Wunde am Kopf?«

»Natürlich, Lady. Nach so einem Sturz ...«

»Blut am Hinterkopf?«

»Wahrscheinlich ist er mit dem Kopf irgendwo gegenge-schlagen. Am Schädel hatte er hinten eine große Wunde.«

Fidelma blickte ihn ergrimmt an. »Beccan wurde ermordet, er ist nicht versehentlich vom Gerüst gefallen.«

Dem Steinmetz blieb vor Schreck der Mund offen, und auch Enda war fassungslos. »Woraus willst du das schließen, Lady?«

Fidelma hob den Stein an, den sie aus der Mauer genom-men hatte, und zeigte auf das Blut. »Beccan hat eine Wunde am Hinterkopf. Ich nehme an, unser Meister hat das richtig gesehen, wir werden uns nachher selbst davon überzeugen. Höchstwahrscheinlich hat der Mörder mit dem Ding hier sei-nem Opfer den Schädel eingeschlagen. Das Blut ist noch nicht eingetrocknet.«

»Könnte es nicht doch ein Unfall gewesen sein?« Enda wollte es genau wissen.

»Es ist reichlich unwahrscheinlich, dass Beccan sich selbst auf den Kopf geschlagen, den Stein zurück in die Mauer geschoben hat, dann auf das Gerüst gestiegen, dabei ausgerutscht und abgestürzt ist«, erwiderte Fidelma spöttisch und überspielte damit, wie sehr die Schuld an ihr nagte. Sie wandte sich um und wies auf die Brustwehr. »Wäre er vom Gerüst gefallen, läge er jetzt nicht da unten neben den Leitern. Er muss geradewegs von der Stelle hier gefallen sein. Jemand hat ihm mit dem Brocken auf den Kopf geschlagen und ihn hinuntergestoßen.«

Alle schwiegen und stellten sich vor, wie es geschehen sein mochte. In einer Hinsicht war der Meister erleichtert, an seiner Vorrichtung gab es nichts zu tadeln.

»Du bist doch davon überzeugt, dass dein Gerüst standfest ist und nicht wackelt, oder?«

»Ja, du hast mich sogar darin bestärkt, weil du feststellst, vom Gerüst ist der Hofmeister nicht gestürzt«, antwortete der Steinmetz.

»Ich habe nur gefragt, weil wir jetzt hinunterklettern und uns die Leiche ansehen werden. Das geht schneller, als erst durch das Burgtor zu gehen.«

Ehe noch jemand etwas einwenden konnte, stieg sie über die Brustwehr und kletterte nach unten. Da sie es schon einmal gemacht hatte, fiel ihr das jetzt leicht. Beim Hinuntersteigen versuchte sie, den neuerlichen Mord und das bisherige Geschehen zu überdenken.

An sich war sie zu der Schlussfolgerung gekommen, Beccan wäre der Täter. Nun war er selbst tot. Freilich, sein Motiv hatte sie sich bislang nicht erklären können. Man hatte ihn in der Nähe der Kapelle gesehen, in der Bruder Cerdic leblos aufgefunden wurde; auch in die Scheune, in der man Rudgal eingesperrt hatte, konnte er mühelos gelangen; er hatte über seine Abmachung mit Deogaire die Unwahrheit gesagt, und die Geschichte über seine Freundin Maon in der Försterhütte war erfunden; er hätte ungesehen nachts ins Gästequartier gelangen und die Statue hinuntergestürzt haben können, von der sie und Eadulf beinahe erschlagen wurden. Über das Gerüst konnte er aus der Burg und in die Burg gelangen, ohne durch das Burgtor zu gehen. So hätte er sich auch in der Dunkelheit mit Schwester Dianaimh verabreden und sie ermorden können. Dass er zu den Déisi gehörte, war kein beweiskräftiger Grund, wiederum stammte er aus der Gegend, aus der Rudgal und seine Räuberbande kamen. Es schien alles irgendwie zu passen, aber es gelang ihr nicht, die einzelnen Fäden zu einem Knoten zu verknüpfen und so das Motiv zu finden. Das war frustrierend.

Hinter all den Vorgängen musste mehr stecken, als sie bislang gedacht hatte. Irgendetwas übersah sie. Es musste einen gemeinsamen Nenner geben, doch wo war der?

Eadulf schlug die Augen auf, hin und her zuckende Lichtstrahlen blendeten ihn. Es war die Sonne, die durch das raschelnde Laub der Bäume schien. Dann hörte er auch die Vögel, die ihr Morgenlied zwitscherten und trillerten. Es war längst nach Tagesanbruch. Er wollte sich aufrichten, doch eine schwere Zudecke lag auf ihm, die jemand wegen der Nachtkühle über ihn gebreitet hatte. Ein Schatten schob sich zwischen ihn und die Sonne. Er schaute hoch und sah Gormáns lachendes Gesicht über sich, der ihm einen Becher Wasser hinhielt.

»Bleib liegen, Freund Eadulf. Es ist alles in Ordnung.«

Eadulf rieb sich die Stirn und versuchte, sich zu erinnern.

»Was ist passiert?«, fragte er und spürte, wie trocken seine Kehle war. Er nahm den Becher und nippte daran, das Wasser kam frisch und kühl aus dem Bach.

»Du warst völlig erschöpft«, klärte ihn Gormán auf. »Nach dem langen Ritt gestern und der Sache, die du noch machen musstest … Na, ich hätte das nicht geschafft. Als du mit allem fertig warst, bist du einfach umgekippt, war doch ganz natürlich.«

»Hat Dego … hat er …?«, erkundigte sich Eadulf stockend.

»Dego lebt. Bruder Berrihert sagt, er schläft und hat fast die ganze Nacht durchgeschlafen.«

Eadulf atmete erleichtert auf und trank den Becher in großen Schlucken leer. »Schlaf ist ein wunderbarer Heiler. In den nächsten Tagen muss er schlafen, soviel er nur kann, dann kommt er wieder zu Kräften.« Er stand auf und reichte Gormán den Becher zurück. »Ich muss mir die Wunde anschauen.«

Dego lag ruhig auf der Bettstatt. Eadulf war erstaunt, dass er die Augen aufhatte, obwohl er sehr benommen schien. Er brachte sogar ein schwaches Lächeln zustande, als Eadulf sich über ihn beugte.

»Wie fühlst du dich?«

»Hab mich schon mal besser gefühlt«, antwortete der Krieger mit einem Anflug von Humor.

Eadulf nickte ihm verständnisvoll zu und wickelte die Binden vom Arm. Kein Eitergeruch, die Wunde war sauber. Er untersuchte sie genau und war mit sich zufrieden. Wenn es keine unliebsame Entzündung gab, würde die Wunde gut verheilen. Sein Blick ging zu Bruder Peccanum, der neben ihm stand.

»Die Wunde muss regelmäßig gereinigt und feucht gehalten werden. Ich lasse euch einen Kräuteraufguss da, davon müsst ihr von Zeit zu Zeit etwas aufträufeln. Wichtig ist, den Verband oft zu wechseln, so lässt sich eine Entzündung verhindern. Noch ein paar Tage … und die Wunde wird sich schließen.« Und zu Dego sagte er: »Wir kriegen das hin. Bald wirst du aufstehen können und wieder ganz der Alte sein.«

Degos Miene verfinsterte sich, er klang bitter. »Welchen Sinn hat das Leben jetzt noch für mich? Mein rechter Arm ist hin. Ich kenne nichts anderes, als in den Reihen der Nasc Niadh zu dienen. Immer bin ich Krieger gewesen. Was bleibt mir noch vom Leben?«

»Aber, aber, lieber Freund. Wie singen eure Barden so schön: Elatha hatte nur eine Hand und ein Auge, und doch gelang es ihm, die Göttin Ériu zu verführen?«

»Uralte Legenden sind das, nichts weiter«, grummelte der junge Krieger. »Er war König der Fomoirii, die lebten jenseits des Meeres und waren entstellte Ungeheuer.«

»Dennoch, in den Legenden steckt auch manche Wahrheit. Immerhin hast du eine linke Hand, und die kann auch was leisten. Ich habe schon Krieger mit dem Schwert in der linken Hand kämpfen sehen.« Eadulf redete unermüdlich auf Dego ein, während er die Wunde neu verband. »Wir machen uns jetzt auf die Suche nach Egric und nach den Schurken, die dir das angetan haben.«

»Es tut mir leid, dass ich ihn nicht schützen konnte. Wir waren am Fluss beim Angeln, und da habe ich nichts Verdächtiges gehört. Ich wurde niedergeschlagen, glaube aber, Pferdegetrappel vernommen zu haben, als ich schon am Boden lag. Dann weiß ich nichts mehr.«

»Gräm dich nicht«, beruhigte ihn Eadulf. »Deine Aufgabe ist jetzt nur, wieder auf die Beine zu kommen.«

Dego bewegte den Kopf, wollte andeuten, dass er ihn verstanden hatte, verstummte aber. Er begriff allmählich immer mehr, dass sich sein Leben schlagartig verändert hatte. Draußen gab Eadulf den Brüdern Berrihert und Naovan Anweisungen.

»Pflegt ihn gut, meine Freunde. Versorgt nicht nur seine Wunde, muntert ihn auch auf. Er ist jung, ein Krieger. Jetzt zermartert er sich den Kopf, was aus ihm wird mit der einen Hand, die er noch hat, dazu nur die linke.«

Bruder Berrihert drückte Eadulf den Arm. »Mach dir keine Sorgen. Wir werden ihn pflegen, so gut wir können. Meine Hochachtung, Bruder Eadulf. Du bist wirklich ein Arzt mit ungemeinem Geschick. Was du da vollbracht hast und wie du das gemacht hast, habe ich mein Lebtag nicht gesehen.«

»Gott sei gedankt, er hat mir die Hände geführt«, murmelte Eadulf. »Dank allen, die mir geholfen haben. Doch man soll den Tag nicht vor dem Abend loben. Bleibt auf der Hut.«

»Wir verstehen schon«, versicherte Bruder Naovan. »Er soll so viel wie möglich ruhen, und wir müssen auf die Wunde achten, dass sich da keine Entzündung einschleicht.«

»Ich bringe euch zu der Stelle, wo ich Dego gefunden habe«, bot Bruder Berrihert an. »Ohne meine Hilfe würdet ihr kaum dorthin finden. Meine Brüder kümmern sich auch ohne mich um Dego.«

»Das nehmen wir gern an, Berrihert«, sagte Eadulf und holte seinen Beutel. Er nahm drei Gefäße aus gebranntem Ton heraus, die mit Korkstöpseln aus Iberia verschlossen waren. Wachs umgab die Korkstöpsel. Peccanum und Naovan erklärte er den Gebrauch der Mixturen. »Achtet auf die Zeichen, die ich jeweils angebracht habe. Das hier ist ein Destillat aus den Stängeln, Blättern und Blüten der Goldrute. Es ist ein Mittel, das Entzündungen hemmt und Blutungen stillt. Sowie ihr merkt, dass die Wunde sich verfärbt, badet den Armstumpf darin.«

Die Brüder nickten.

»Das andere hier ist ein starkes Beruhigungsmittel, ihr könnt es ihn trinken lassen. Es wird aus *goimin serraigh* gewonnen, den wildwachsenden Stiefmütterchen. Das dritte Mittel ist ähnlich, es ist gut zum Einschlafen und lindert Kopfschmerz. Man destilliert es aus Fingerkraut, *tor cúigmhéarach* heißt es bei euch. Habt ihr alles verstanden?«

»Haben wir, Bruder Eadulf. Wir werden über Dego wachen und beten, dass er bald gesund wird.«

»Also dann los«, meinte Eadulf zu Gormán. »Hoffentlich haben wir Glück und finden meinen Bruder bald.«

Sie machten sich auf den Weg. Bruder Berrihert stapfte ihnen bergauf zu Fuß voran. Eadulf und seine Begleiter führten ihre Pferde am Zügel. Der Hang war so steil, dass man ihn kaum hätte hochreiten können. Bruder Berrihert versicherte ihnen, sie würden die Pferde in dem langgestreckten Hochtal brauchen. Bis auf die höchsten Gipfel mussten sie nicht steigen, überquerten aber die Baumgrenze und kamen der Erhebung nahe, die »Spitzer Berg« hieß. Nach Süden zu ging es abwärts durch ein Tal zwischen Bergen, die es im Westen und Süden überragten. Danach fiel der Pfad rasch ab und folgte einem rauschenden Bach. Der wurde breiter und schneller und strömte auf die Ebene zu.

Gormán lachte auf. »Ah, den kenne ich. Der Bach wird bald ein Fluss, Entenfluss heißt der. Am Ende der Ebene dort hinten mündet er in den Siúr.«

»Du kennst dich in dieser Gegend aus?«, fragte Eadulf verwundert, denn er selbst hatte bei dem Schlängelpfad durch den Wald die Orientierung verloren.

Gormán hob die Hand und wies auf einen unscheinbaren Weg, der sich nach Süden auf einem Bergsporn hinzog. »›Maranáin-Weg‹ sagen die Leute jetzt dazu. Das war einer der Rebellen von den Uí Figente, er war auf der Flucht, als die Aufständischen bei Cnoc Áine geschlagen wurden. In der Gegend ist er begraben«, berichtete der junge Krieger mit grimmiger Genugtuung.

»Dort, am Ostufer des Flusses habe ich deinen Waffenbruder Dego gefunden«, unterbrach ihn Bruder Berrihert.

»Von meinem Bruder Egric aber war da keine Spur, nicht mal von seinem Pferd?«, fragte Eadulf nachdrücklich.

»Außer einem Pferd war keine Seele ringsum. Was da herumlag, zeigte nur, dass der Krieger beim Angeln überfallen wurde. Was sollte ich machen? Ich habe ihn auf das Pferd gesetzt und zu unserer Hütte geschafft.«

»Du bist über den Berg hier gezogen mit Dego auf dem Pferd?« Eadulf konnte es kaum glauben.

Bruder Berrihert wies nach Osten. »Ich habe mit euch eine Abkürzung gewählt. Mit Dego habe ich den längeren, aber einfacheren Weg genommen. Der geht durch das Dickicht von Gloiairn und über den Pass zwischen An Starraicín und Sliabh an Aird. Das dauert zwar länger, ist aber weniger anstrengend für einen verwundeten Reiter.«

»Wollen mal sehen, ob wir etwas Aufschlussreiches finden, da, wo Dego gelegen hat.«

Die Stelle auszumachen war nicht schwer. Packtaschen und was wohl Degos Angelzeug war lagen verstreut um ein längst erloschenes Lagerfeuer. Aidan suchte auf allen vieren nach Spuren, stand aber schon nach wenigen Sekunden auf und ging langsam am Flussufer entlang. Dann hörten sie ihn befriedigt grunzen. Er verschwand zwischen Gestrüpp und Unterholz, und sie warteten schweigend, bis er wieder auftauchte.

»Pferde!«, verkündete der Krieger lakonisch. »Zwei Pferde waren hinter der Lagerstelle angebunden. Jede Menge Fußstapfen deuten darauf hin, hier sind zwei Reiter abgestiegen und haben ihr Lager aufgeschlagen. Das müssen Dego und

Egric gewesen sein. Von Osten sind dann zwei weitere Berittene gekommen und haben in dem Wäldchen Halt gemacht. Sie werden sich lautlos herangeschlichen haben. Seht mal, da sind Blutspuren auf dem Felsblock. Das ist die Stelle, wo sie über Dego hergefallen sind.«

»Und Egric?«, fragte Eadulf. »Gibt's Spuren von ihm?«

»Anzeichen, dass er sich gewehrt hat, sind da, aber kein Blut. Ich denke, sie haben ihn einfach überwältigt. Es gibt Schleifspuren auf der Erde, sie haben ihn zu seinem Pferd geschleppt, er muss um sich geschlagen haben. Ich habe Hufabdrücke gefunden, die zum Wäldchen hinführen, wo die Schurken ihre Pferde hatten. An den Spuren sieht man, dass drei Pferde Richtung Osten getrabt sind.«

»Glaubst du, sie haben Egric gefangen genommen?«, fragte Eadulf, den trotz aller Sorge um Egric Aidans Spurensuche beeindruckte. »Umgebracht haben sie ihn deiner Meinung nach nicht?«

»Ich vermute, sie haben sich ihn als Geisel gegriffen. Anders kann ich die Spuren nicht deuten«, erwiderte Aidan.

Gormán zog nachdenklich an der Unterlippe. »Wie weiter? Wer können diese Kerle sein?«

»Wir müssen ihnen hinterher«, entschied Eadulf. »Die Spuren sind vielleicht schon zwei Tage alt, aber irgendwohin werden sie uns führen. Wir müssen meinen Bruder finden und die Schufte aufspüren, die Dego so zugerichtet haben.«

Man befand, Bruder Berrihert hätte ihnen bereits mehr als genug geholfen. Er würde zu Fuß zurück über die Berge wandern, und die drei Reiter folgten finster entschlossen den Spuren nach Osten.

Erregt ging Colgú hin und her. Von Zeit zu Zeit blickte er auf seine Schwester, die seelenruhig in einem Armsessel vor ihm saß. Sie waren allein in seinem Privatgemach. Schließlich blieb er stehen und fuhr sich ergrimmt durchs feuerrote Haar. »Ich verstehe überhaupt nicht mehr, was da vor sich geht. Sind wir selber auch in Gefahr? Immerhin wurde auf dich und Eadulf ein Anschlag verübt, fast wäret ihr erschlagen worden.«

»Das glaube ich nicht«, erwiderte sie. »Der Anschlag auf uns war nur ein Ablenkungsmanöver, sollte uns auf eine falsche Fährte führen. Unser Königreich ist nicht unmittelbar betroffen, die Dinge sind weit verworrener.«

»Hältst du das alles für eine undurchsichtige Verschwörung dieser Geistlichen?«

»In gewisser Weise schon«, stimmte sie ihm zu.

»Wollen etwa Deogaire und die Verfechter alter Sitten und Gebräuche sich gegen die anrollende Flut des Neuen Glaubens stemmen?«

»Ich bin mir ziemlich sicher, auch Deogaire wurde nur zur Ablenkung benutzt. Meiner Meinung nach ist er unschuldig. Ich könnte mich schwarzärgern, dass Beccan, den ich für den Hauptschuldigen hielt, zu Tode gekommen ist, bevor ich ihn in die Zange nehmen konnte. Da habe ich mich gründlich verkalkuliert.«

»Wie kommst du auf Beccan …? Dass der damit zu tun hatte, ist ganz unmöglich. Hast du noch mehr Verdächtige?«

»An Verdächtigen mangelt es nicht, das ist nicht das Problem.«

»Hast du schon eine Nachricht von Eadulf?«

»Nein, noch nicht.«

»Dego ist einer meiner zuverlässigsten Krieger. Ich kann nur hoffen, dass seine Verwundung nicht lebensbedrohlich ist. Wenn nur Gormán hier wäre, ich würde mich so gern mit ihm beraten. Soll ich für alle Fälle eine *catha* meiner Krieger in Kampfbereitschaft versetzen?« Colgú war unschlüssig. Vor kurzem erst war Gormán zum *cath-mhilidh* befördert worden, zum Befehlshaber eines Bataillons von Elitekriegern.

Zu einem *catha* oder Bataillon gehörten 3000 Mann. Es wurde in Kompanien zu je 100 Mann unterteilt, und die Kompanien in Züge zu je 50 Mann, 9 Mann davon waren ein Trupp. Die besten dieser Krieger gehörten dem Orden Nasc Niadh an, den Kriegern vom Goldenen Halsreif; sie stellten auch die Leibwache des Königs. Üblicherweise war nur eine Kompanie ständig auf der Burg einquartiert, die übrigen Krieger verbrachten ihre Zeit in Lagern in der weiteren Umgebung. Dort wurden sie in der Kriegskunst unterwiesen, übten sich ständig im Gebrauch von Waffen und trainierten auf vielfältige Weise. In bedrohlichen Zeiten konnten sie rasch zu einer schlagkräftigen Truppe zusammengezogen werden.

»Ich glaube, Gefahr droht uns nicht von Heerscharen, sondern von etwas viel Gefährlicherem«, antwortete Fidelma. »Starre Denkweisen lassen sich sehr viel schwerer bekämpfen als Männer unter Waffen.«

Colgú setzte sich und griff zu einem Glas Wein. »Was hatte Beccan mit dem Streit um Glaubensfragen zu tun? Mir ist das unerklärlich.«

»Mir fehlt noch ein Teil zum Gesamtbild, irgendetwas muss ich übersehen haben, einen einzigen Strang nur, der zur Entwirrung des Knäuels führt.«

»Könnte Eadulfs Bruder Egric darin verwickelt sein?«

Fidelma schüttelte den Kopf. »Seine Rolle steht für mich fest. Mit Eadulf habe ich darüber nicht gesprochen, es dürfte ihn schmerzen, meinem Gedankengang zu folgen. Spricht Cicero nicht vom *bellum domesticum* – vom Familienzwist? An sich wäre das nichts Neues, aber ich nehme an, dass Eadulf aus allen Wolken fällt, wenn es ihn selbst betrifft.«

Colgú wiegte das Haupt. »Deine Erwägungen haben sich stets als richtig erwiesen, Fidelma. Aber Sorge macht mir Eadulf. Er ist als Fremder in unser Land gekommen, und immer hat er sich selbstlos für uns eingesetzt. Ihm droht hoffentlich keine Gefahr.«

»In Gefahr schwebt jeder. Deshalb habe ich veranlasst, dass Gormán und Aidan ihn begleiten. Zu diesen beiden habe ich größtes Vertrauen.«

»Ich befürchte immer, dass du dich selbst in Gefahr bringst.« Colgú wollte sich nicht beruhigen. »Bist du sicher, dass ich die Leibwache nicht noch verstärken müsste?«

»Enda habe ich aufgetragen, er soll allen einschärfen, äußerst wachsam zu sein. Dass Beccan umgebracht wurde, ist meine Schuld, dabei hatte ich mir fest vorgenommen, das Gerüst von einem Wachposten sichern zu lassen. Ich habe einfach nicht bedacht, dass sein Mitverschwörer sich gegen ihn wendet.«

Colgú starrte sie überrascht an. »Du weißt also, dass Beccan einen Mitverschworenen hatte?«

»O ja«, erwiderte sie. »Ich klopfe gerade alle Möglichkeiten ab, wer es sein könnte.«

Eadulf kam es vor, als folgten sie den Spuren der drei Pferde schon eine Ewigkeit. Doch nach dem Stand der bleichen Sonne schloss er, dass es noch nicht einmal Mittag war. Aidan ritt vornweg, lehnte sich weit über den Nacken seines Pferdes und blickte angestrengt auf den Weg vor ihm.

»Die Hufabdrücke sind immer noch eindeutig. Drei Pferde sind unterwegs, sie halten Abstand voneinander, werden also nicht getrieben.«

»Was meinst du, in welche Richtung reiten sie?« Eadulf fragte das nicht zum ersten Mal.

»Nach Südost«, antwortete Gormán. »Jedenfalls auf den großen Strom zu, den Siúr.«

»Sie einzuholen schaffen wir wohl nicht?«

»Machen wir uns nichts vor, Freund Eadulf«, antwortete Gormán. »Dego wurde überfallen, und deinen Bruder haben sie mitgenommen, das ist zwei Tage her. Selbst wenn sie nachts irgendwo ein Lager aufgeschlagen haben, sind sie uns immer noch ein ziemliches Stück voraus. Unsere einzige Hoffnung ist, dass sie zu einem bestimmten Ort unterwegs sind und dort länger Rast machen, nur dann können wir sie einholen.«

Eadulf schwieg eine Weile. Eine Überlegung drängte sich ihm auf: Wenn diese Bande eher gemächlich dahinzog, könnten sie selbst doch schneller reiten, vielleicht sogar in leichtem Trab, und sie so bald einholen. Aber rasch verwarf er den Gedanken. Fidelma sagte immer, wenn man zu schnell reitet, ermüden die Pferde rasch, und ein müdes Pferd hat im entscheidenden Moment keine Kraft mehr.

Soviel jedenfalls begriff Eadulf: Sie ritten durch einen Wald, der sich bis zum Siúr erstreckte. Bis auf den schmalen Pfad, dem sie folgten, schien er ihm undurchdringlich, und dass in ihm die verschiedensten Baumarten wuchsen, nahm er kaum wahr. Von Zeit zu Zeit hielt Aidan an, vergewisserte sich, dass die Spuren immer noch da waren, und gab ihnen einen Wink, weiterzureiten.

Der Weg zog sich hin, Eadulf döste auf dem Rücken seines stämmigen Braunen ein und schwankte hin und her, bis ein Schrei und noch einer ihm in die Ohren gellte. Ein Mann hatte vor Schmerz aufgeschrien.

Gormán und Aidan hatten sofort ihr Schwert in der Hand und spähten wachsam in die Runde. Da etwas Bedrohliches nicht gleich auszumachen war, gab Gormán das Zeichen zum

Absitzen. Er winkte Aidan heran, der in die Zügel von Gormáns Ross griff, schlich selbst gebückt auf dem Pfad vor und
verschwand hinter einer Biegung. Bald war er wieder da und
presste den Finger auf die Lippen.

»Wir haben Glück«, flüsterte er. »Die Burschen, denen wir
auf den Fersen sind, haben gleich um die Ecke unter den Bäumen ihr Lager. Da ist eine aufgegebene Viehkoppel und daneben eine Hütte. Dürfte einer ihrer Schlupfwinkel sein.«

Er benutzte das Wort *fochlach*, Eadulf kannte es nicht, verstand aber, dass es Versteck oder Höhle bedeutete.

»Wer hat da geschrien? War es Egric?«, fragte Eadulf leise
und befürchtete das Schlimmste.

»Er ist ihr Gefangener«, wurde ihm bestätigt. »Ruhig, bleib
ruhig«, hieß es, als Eadulf losstürmen wollte. »Sie befragen
ihn und sind dabei nicht gerade zimperlich.«

Eadulf war bemüht, seine Gefühlsaufwallung zu beherr-
schen. »Was sollen wir tun?«

»Egric ist an einen Haltering fürs Vieh fest angebunden.
Zwei haben den Gefangenen in der Mache. Mehr sind nicht
da. Mit den beiden haben wir leichtes Spiel. Sehen nicht wie
Krieger aus. Die Pferde lassen wir hier. Aidan, du bist ein
treffsicherer Bogenschütze. Schleich dich ans andere Ende der
Koppel. Da ist ein Hügel mit Bäumen und Büschen, die gute
Deckung bieten. Du hast von dort volle Sicht auf die Koppel.
Ich schleiche mich auf dem Pfad ran …«

»Ich komme mit«, sagte Eadulf entschieden.

Gormán war von dem Gedanken nicht erbaut, sah jedoch
Eadulfs entschlossene Miene und gab nach. »Gut, bleib hinter mir und immer in Deckung. Ich werde die beiden Kerle
lautstark auffordern, sich zu ergeben. Hoffentlich tun sie es.
Wenn nicht, wird Aidan auf den zielen, der am gefährlichsten
aussieht. Alles klar?«

Aidan griff sich den Bogen und den Köcher voller Pfeile von seinem Pferd und schlich sich lautlos durchs Unterholz.

Gormán wartete eine Weile, schätzte die Zeit ab, die Aidan brauchte, um in Stellung zu gehen, zog sein Schwert und winkte Eadulf, ihm leise und unauffällig zu folgen. In geduckter Haltung erreichten sie bald die Wegbiegung. Vor ihnen lag eine Lichtung mit einem zerfallenden Ringwall, der einmal als Viehpferch gedient hatte. Die Reste der hüfthohen Trockenmauer waren von Moos überzogen und mit Grasbüscheln bewachsen. An einer Seite befand sich eine Hütte, in der sich wohl der Hirte aufgehalten hatte, wenn er bei seiner Herde war.

In der Einfriedung standen zwei Männer. Einer hielt ein Schwert in der Hand und starrte auf etwas, das vor ihm auf dem Boden lag. Was es war, konnte Eadulf nicht sehen, weil ihm die Trockenmauer die Sicht nahm. Der andere Bursche trank gerade aus einem Tonkrug. Von Egric keine Spur. Neben der Hütte waren drei Pferde angepflockt. Von dem Lagerfeuer vor der Hütte stieg Rauch auf, auch andere Anzeichen wiesen darauf hin, dass die Männer hier bereits einige Zeit kampierten.

Gormán blickte angestrengt über die Lichtung zu dem baumbestandenen Hügel, als wollte er Aidan zwischen dem Buschwerk ausmachen. Er schien etwas zu erkennen, das Eadulf entging, nickte, sprang hoch und schrie: »Werft die Waffen weg! Ihr seid umzingelt!«

Die Wirkung war vorhersehbar. Der eine Mann warf den Krug weg, den er in der Hand hielt, blickte in Gormáns Richtung und rief seinem Kumpanen zu: »Mach den Hund fertig!«

Doch nicht Gormán war gemeint, denn der Mann mit dem

Schwert hob die Waffe und stieß sie in etwas zu seinen Füßen. Noch im selben Moment stöhnte er auf und fiel vornüber. Eadulf konnte den Pfeil sehen, der ihm im Rücken steckte.

Der andere Mann hatte kaum begriffen, was seinem Spießgesellen widerfahren war, da rannte Gormán schon mit gezogenem Schwert auf den Pferch zu. Er setzte mit einem gewaltigen Sprung über die Mauer, brauchte aber einen Moment, um sein Gleichgewicht wiederzufinden, so dass es ihm nicht mehr gelang, den ersten Schurken daran zu hindern, mit dem Schwert auf jemand einzuhauen, der, halb verdeckt von dem mit dem Pfeil Getroffenen, am Boden lag. Als der Mörder zurückfuhr, um sich zu verteidigen, drang Gormáns Schwert ihm unters Brustbein. Röchelnd fiel er zur Seite, sobald Gormán sein Schwert zurückzog.

Eadulf, der Gormán hinterhergestürzt war, erkannte die Gestalt, die auf der Erde kauerte, und schrie verzweifelt auf. Egric lehnte mit dem Rücken gegen die Trockenmauer. Um seine Handgelenke war ein Strick gebunden, der an einem Ring in der Mauer hinter ihm festgemacht war. Kleidung, Gesicht und Arme waren blutüberströmt. Man hatte ihn gefoltert, die Finger einer Hand hingen gekrümmt herab und waren offensichtlich gebrochen. Eadulf kniete sich neben ihn und sah mit einem Blick, dass der Zustand seines Bruders hoffnungslos war. Er zerrte die Leiche des Mordgesellen beiseite, zog sein Messer und durchschnitt den Strick, mit dem Egric gefesselt war. Der stöhnte und kippte nach vorn.

Behutsam brachte ihn Eadulf in eine halbsitzende Lage, nahm seinen Wasserbehälter und beträufelte ihm die Lippen. Egric öffnete die Augen.

»Bist du's, Eadulf?«, flüsterte er kaum hörbar.

»Ich bin bei dir, Egric.«

»Es tut ... tut mir leid, dass es so gekommen ist ...«

»Bleib ruhig. Alles wird gut ...«

»Versuch nicht, mich zu belügen ... ich weiß ... lange bin ich nicht mehr auf dieser Welt. Nur glaub ich nicht an die Welt ... die du angenommen hast.« Egric hustete, spuckte Blut. »Muss dir gestehen ...«

»Ich weiß schon, du bist kein Mönch«, erwiderte Eadulf. »Jetzt ist das völlig egal.«

»Konnte dir nie etwas vormachen, selbst als wir noch Kinder waren. Stimmt ... ich hab unter den Cruthin gelebt ... war kein Mönch. Ich war Krieger in Oswys Heer. Nach Auflösung der Truppe ... bin nach Canterbury gegangen. Hatte nichts zu tun. Traf den alten Victricius ... der war ein gewiefter Dieb ... gaben kein schlechtes Paar ab.«

Ein Hustenanfall schüttelte ihn, Blut lief aus den Mundwinkeln.

»Es geht zu Ende ... muss dich verlassen ...«

Eadulf zwang sich zu lächeln. »Das kannst du nicht tun. Du hast mich gerade erst gefunden. Wer waren diese Kerle? Wer hat dich gefoltert?«

»Wollten wissen, wo's versteckt ist ... konnt ich ihnen nicht sagen.«

»Wo was versteckt ist?«

Egric stöhnte auf, und Eadulf gab ihm kleine Schlucke Wasser. Zwar war das verkehrt, doch es kam nicht mehr darauf an.

»Anführer ... Maon hieß er. Haben uns am Fluss überfallen, war vielleicht seine Bande. Maon. Weiß nicht mehr.«

»Was hat der gewollt?«

Noch ein Hustenanfall. Egrics Züge waren schmerzverzerrt.

»Wer ... wer ist Bruder Docgan ...? Frag *custodes* ... frag ... Bosa! Bosa! Hab keine Zeit mehr ...«

»Das kriegen wir raus. Sei unbesorgt«, versicherte ihm Eadulf grimmig.

Egric versuchte ein Kopfschütteln. »Unbesorgt? Ich höre sie kommen ... bin auf dem Weg nach Gladsheim ...« Angst huschte über sein Gesicht. »Das gibt es doch ... stimmt's ... großer Bruder?«

Eadulf musste heftig schlucken. Gladsheim – Wodans Burg in Asgard. Erinnerungen an seine Jugend überfielen ihn, an die Zeit, bevor er den Neuen Glauben annahm. Sollte er jetzt den alten Glauben verleugnen? Jetzt, da die Augen seines jüngeren Bruders ihren Glanz verloren?

»So fest, wie du an das Göttergeschlecht der Wali glaubst, wirst du nach Asgard eilen, kleiner Bruder«, murmelte er. »Wodan erwartet dich in Gladsheim.«

Ein zufriedenes Lächeln breitete sich auf Egrics Zügen aus, für einen Moment schloss er die Augen. Sogleich riss er sie ängstlich wieder auf, sein Blick irrte umher, als suche er etwas.

»Gehen muss ich ... Schwert in der Hand ... werde nicht eingelassen ohne Schwert ... wo ist ...?« Eine unglaubliche Kraft ließ ihn mit den Händen fuchteln, nach etwas greifen.

Eadulf wandte sich an Gormán: »Reich mir dein Schwert, schnell.«

Wortlos hielt ihm der Krieger sein Schwert hin, mit dem Griff voran. Eadulf packte den Schwertgriff und drückte ihn seinem Bruder in die unversehrte Hand.

»Spürst du es, kleiner Bruder? Fühlst du es? Das Schwert ... dein Schwert ... du hältst es in der Hand.«

Egric schloss die Augen, erneut glitt ein Lächeln über sein Gesicht. Krampfhaft umklammerte die Hand den Schwertgriff.

»Danke, großer Bruder.« Die Worte kamen fast unhörbar über seine Lippen. »Wir sehen uns wieder ... eines Tages in

Aesirs großer Stadt. Leb lange und leb wohl, bis zu dem Tag, der einmal kommt ...«

Nochmals schüttelte ihn Husten, und als der sich legte, prägte eine seltsame Entschlossenheit seine Züge. Langsam hob er das Schwert mit der Spitze zum Himmel. Ein gewaltiger Ruf entrang sich seiner Brust und hallte im Wald wider. »Wodan!« Er fiel zurück, die Augen blicklos gen Himmel gerichtet.

Eadulf liefen Tränen über die Wangen. »Behüt dich Gott, kleiner Bruder. Möge Wodan geneigt sein, dich in Gladsheim zu empfangen. Und möge Gott mir vergeben, dass ich dir geholfen habe, die Reise dorthin anzutreten und nicht in den Himmel der Christenheit.«

Er spürte Gormán neben sich. Er nahm das Schwert aus der leblosen Hand seines Bruders und reichte es, ohne sich die Tränen abzuwischen, dem Hauptmann zurück.

»Du hast eben einen Krieger meines Volkes sterben sehen«, sagte er leise. »Ein Krieger ist gestorben im Glauben an die alten Götter meiner Heimat.«

Gormán schwieg und ließ Eadulf gewähren. Lange kniete der neben seinem Bruder und nahm Abschied von ihm.

Schließlich fand Eadulf wieder zu sich, stand auf und schaute umher. Gormán und Aidan hatten die Lagerstelle abgesucht und die beiden toten Mörder nebeneinander gelegt.

»Ich kenne sie nicht, hab die beiden nie gesehen«, sagte er. Auch Gormán und Aidan schüttelten die Köpfe, noch ehe er sie fragen konnte. »Mein Bruder hat den Namen von einem genannt. Wie war der doch gleich? Ach ja, Maon.« Dann runzelte er die Stirn. Hatte er den Namen nicht schon einmal gehört? Hieß das Mädchen nicht so, dem Beccan ein Mittel gegen Fieber gebracht haben wollte? Nein, das konnte nicht stimmen. Sicherheitshalber fragte er Gormán. »Was ist Maon für ein Name? Ich habe geglaubt, es sei ein Mädchenname, mein Bruder hat aber gesagt, der Anführer der beiden Kerle hier hieß so.«

»Den Namen können sowohl Männer wie Frauen tragen«, antwortete ihm der Krieger. »Er bedeutet so viel wie ›der Schweigsame‹, einer der alten heidnischen Götter hatte mehrere Namen, darunter auch Maon. Lady Fidelma wird sich erinnern, dass die Tochter von Brehon Morann, ihrem Lehrer, so hieß.«

Eadulf schaute nach dem Sonnenstand. »Können wir Cashel noch vor Einbruch der Nacht erreichen? Es ist dringlich.«

»Wahrscheinlich nicht bevor es dunkel wird, und dunkel wird es früh in dieser Jahreszeit. Aber bis Finnians Höhe könnten wir kommen. Die Mönche von der Abtei dort haben eine Brücke über den Siúr gebaut. Von da an gibt es eine gute Straße, auf der wir auch bei Dunkelheit sicher reiten können.«

»Ist denn Finianns Abtei so nahe?«, fragte Eadulf. »Die Straße kenne ich.«

»Ja, das ist so. Wie sollen wir jetzt verfahren, Eadulf?«

»Schafft diese beiden Leichen in die Hütte. Wir nehmen ihre Pferde mit zur Abtei, die Mönche können sie behalten, wenn sie die Toten holen und irgendwie beerdigen. Wir haben nicht die Zeit, uns darum zu kümmern. Doch meinen Bruder will ich mit nach Cashel nehmen.«

Gormán und Aidan blickten sich schweigend an. Gormán hüllte Egrics Leichnam behutsam in eine Decke, hob ihn hoch, als sei er ein Federgewicht, legte ihn quer über den Pferderücken und schnürte ihn fest. Dann trug er gemeinsam mit Aidan die beiden anderen Toten in die Hütte.

»Sie trugen absolut nichts bei sich, woran man sie erkennen könnte?«, wollte Eadulf wissen.

»Nein, nichts«, bestätigte Gormán. »Krieger waren sie bestimmt nicht, vielleicht gehörten sie zu Rudgals Bande von Strauchdieben. Hat Cummasach nicht gesagt, dass ihnen zwei entkommen sind?«

Das hatte Eadulf vergessen. »Sehen wir zu, dass wir rasch nach Cashel gelangen«, erwiderte er nur knapp.

Sie stiegen auf. Gormán führte das Ross mit Egrics Leichnam an der Leine. Eadulf folgte ihm. Aidan machte den Schluss mit den zwei anderen Pferden. Abgesehen vom kurzen Aufenthalt in der Abtei bei Finnians Höhe legten sie den Weg nach Cashel in düsterem Schweigen zurück.

Kapitel 20

Eadulf blickte verstimmt aus dem Fenster und verfolgte, wie unten eine Gruppe Berittener die Tore passierte. Es waren Krieger, angeführt von Enda.

Er drehte sich zu Fidelma um, die vor dem wärmenden Feuer saß. »Ich habe gehört, der Rat der Brehons hat sich geeinigt und einen Beschluss gefasst«, sagte er.

»Ja. Irgendwie tut mir der alte Aillín leid«, erwiderte sie. »Er geht morgen, gibt aber sein Amt nur unfreiwillig auf. Es wäre besser gewesen, wenn er von selbst zurückgetreten wäre. Nach so einer langen Laufbahn ist es für ihn ein bitteres Ende.«

»Kennst du den neuen Obersten Brehon? Fíthel? So heißt er doch, oder?«

»Ich bin ihm nur einmal auf einer Versammlung des Rates der Brehons begegnet, unsere Wege haben sich nie wirklich gekreuzt. Er stammt von den Corco Mruad im Nordwesten des Königreiches, und meine Aufgaben haben mich nie dorthin geführt. Er ist verhältnismäßig jung und hat den Ruf, noch nie ein falsches Urteil gefällt zu haben. Soviel ich weiß, wird er im Laufe des Tages hier eintreffen.«

Sie stand auf, wanderte rastlos im Zimmer hin und her und blieb schließlich bei Eadulf am Fenster stehen.

»Bist du dir sicher, dass dein Bruder den Begriff *custodes* benutzt hat?« Es war nicht das erste Mal, dass sie ihm diese Frage stellte.

»Ich habe genau das wiederholt, was er gesagt hat«, entgegnete er geduldig. »Warum sperrst du dich dagegen, dass ich mit Bruder Bosa rede? Egric hat doch angedeutet, dass er mit derjenige ist, welcher.«

»Dein Bruder hat aber auch gefragt, wer Bruder Docgan sei.«

»Das war der Mensch, den er und Victricius in Cluain Meala zu treffen gedachten. Jedenfalls hat er das Gormán so erzählt. Wir wissen jedoch, dass es den gar nicht gibt.«

»Das ist ein sächsischer Name, hast du gesagt, und bedeutet so viel wie ›kleiner Hund‹.«

»Die Bedeutung des Namens hilft uns auch nicht weiter.«

Sie wandte sich von ihm ab und begann erneut, im Zimmer auf und ab zu gehen. Sie überlegte fieberhaft.

»Hier auf und ab zu laufen und den Fußboden zu ruinieren ist sinnlos.« Eadulf war der Verzweiflung nahe. »Mein Bruder hat in den letzten Augenblicken seines Lebens Bosa genannt. Was zögern wir da noch lange? Wir sollten ihn uns gleich jetzt vornehmen.«

Mit zornigem Gesicht blieb Fidelma stehen und schaute ihn an. Erst im letzten Moment fing sie sich, empfand so etwas wie Mitleid für ihn.

»Es ist schwer für dich, Eadulf, ich weiß. Zehn Jahre lang hast du Egric nicht gesehen, und als du glaubtest, das Schicksal hat euch wieder zusammengeführt, wird er dir genommen. Trotzdem, du musst einen klaren Blick behalten und darfst dich nicht von Gefühlsaufwallungen beirren lassen.«

»Er hat gesagt ...«

»Ich weiß, was er gesagt hat, und genau das bestätigt, was ich denke. Ich glaube, ich weiß jetzt, wer hinter all diesen Morden steckt. Ich muss mir nur etwas einfallen lassen, wie ich den Verdächtigen in die Falle locke.«

»Dann zieh mich ins Vertrauen, vielleicht finden wir gemeinsam einen Weg.«

»Wenn du alles, was geschehen ist, noch einmal durchdenkst, wirst du feststellen müssen, dass es außer dem Mörder oder den Mördern für keinen der Morde einen Zeugen gibt. Ohne einen Zeugen kannst du schwerlich vor Gericht gehen. Da nun auch Egric tot ist, haben wir keinen Zeugen für den Überfall auf Victricius. Ebenso fehlt es an Zeugen für den Mord an Bruder Cerdic, für den an Rudgal, nicht minder für den an Schwester Dianaimh oder Beccan. Und selbst für den Anschlag auf unser Leben stehen wir ohne Zeugen da.«

»Glaubst du wirklich, dass sie alle miteinander zu tun haben?«

»Das steht für mich fest. Immer, wenn einer als Zeuge in Frage gekommen wäre, wurde er rechtzeitig aus dem Weg geräumt. Und zu guter Letzt müssen wir uns auch noch damit abfinden, dass dieser Maon und sein Spießgeselle tot sind.«

»Du gehst davon aus, dass Beccan Maon meinte, als er davon sprach, jemand in der Försterhütte mit Medikamenten versorgen zu müssen?«

»Beccan hatte immer Schwierigkeiten, sich Namen zu merken. Weißt du noch, was mein Bruder einmal sagte? Beccan hätte sich stets die Namen aufschreiben müssen, weil er vermutlich ein schlechtes Namensgedächtnis hatte. Beccan blieb nichts anderes übrig, als auf einen fingierten Mädchennamen zurückzugreifen, er wollte uns etwas vortäuschen, in Wirklichkeit aber Maon treffen, den er kannte und dessen Namen er im Kopf hatte. Dass Maon ein Name ist, den gleichermaßen Jungen und Mädchen tragen, war ihm geläufig, also hielt er sich an den richtigen Namen, um im entscheidenden Moment nicht durcheinanderzukommen.«

»Das ist eine Schlussfolgerung, die nur auf Indizien beruht«, gab Eadulf zu bedenken.

»Alles in der ganzen Geschichte beruht auf Indizien. Indirekte Beweisführung nennen wir das in der Rechtssprache. Das Gesetz lässt zwar Verdachtsmomente gelten, aber ohne die *arrae cuir*, ohne verschiedene glaubwürdige Personen, die einzeln ihre Beschuldigung vortragen, wird eine Schuldanklage erst gar nicht zugelassen. Selbst dann kommt sie nicht zum Tragen, wenn der Angeklagte überzeugend darlegen kann, dass die Verdachtsmomente nicht gerechtfertigt sind. Und damit stecken wir fest.«

»Wenn ich dich recht verstehe, glaubst du zu wissen, wer der Hauptakteur bei all den rätselhaften Geschehnissen ist, kannst ihn aber mangels Beweisen nicht entlarven?«

»Mir fehlt ein schlüssiger Beweis, um vor dem Obersten Brehon Fíthel, der über den Fall entscheiden muss, meine Anschuldigung hieb- und stichfest zu belegen.«

»In mancherlei Hinsicht ist euer Rechtssystem gut, aber es gibt auch Punkte, wo ich das unsrige besser finde. Wenn es Verdachtsmomente gibt, wird der Beschuldigte zur Rechenschaft gezogen, und es ist an ihm, seine Unschuld zu beweisen.«

»Wir müssen uns an das hier geltende Gesetz halten. Du hast mir gesagt, dass Maon und sein Kumpan Egric gefoltert hätten, um aus ihm herauszukriegen, wo … ja, wo und was? Wo konnte etwas versteckt gewesen sein? Wir beide wissen, worum es ging, und ich kann mir inzwischen vorstellen, wie besagtes Etwas in die Hände von Victricius und deinem Bruder geraten ist.«

Nur zögernd nickte Eadulf.

Über Fidelmas Gesicht huschte plötzlich ein Lächeln. »Eadulf, ich hab's! Ich hab eine Idee, wie wir zu dem Beweis kommen können, ich kann mich nur ärgern, dass mir das nicht früher eingefallen ist. Los, wir müssen Gormán finden.«

Schon eilte sie davon, um den Befehlshaber der Krieger mit dem Goldenen Halsreif zu suchen; Eadulf lief ihr verdutzt hinterher.

Gormán war im *laochtech* und begrüßte Fidelma nicht gerade freudig.

»Ich hoffe, du kommst, um mir zu sagen, dass ich Deogaire hier rauslassen kann, Lady. Nicht nur, dass ich mit ihm Probleme habe, jetzt setzt mir auch noch Aibell mit ihren Vorwürfen zu. Ich ahnte ja nicht, dass sie ihn kennt.«

»Ist Aibell hier gewesen?«, fragte Fidelma verärgert. »Ich habe ihr doch gesagt, dass ich sie wissen lassen würde, wenn es so weit ist, dass sie ihn sehen darf.«

»Du wirst dich erinnern, dass sie schon damals trotzig aufbegehrte, als wir das erste Mal mit ihr zu tun hatten«, entgegnete Gormán missmutig. »Sie ist mehrfach hier aufgetaucht und wollte Deogaire sehen. Selbstverständlich halte ich mich an deine Anweisungen, aber so, wie sie sich mir gegenüber gebärdet, könnte man meinen, ich sei ein wahres Scheusal.«

»Es tut mir leid, dass die misslichen Umstände zu Streitigkeiten zwischen euch führen. Trotzdem müssen wir Deogaire noch einen weiteren Tag festhalten. Derweil habe ich eine andere Aufgabe für dich. Ich möchte, dass du dir ein paar Leute herauspickst und mit ihnen ins Gespräch kommst, dabei aber den Eindruck erweckst, du würdest ihnen rein zufällig begegnen. Zudem darf keiner vom anderen etwas wissen.«

Gormáns Augen leuchteten auf. »Ist das ein Geheimauftrag, Lady?«

»So etwas Ähnliches. Ich möchte, dass du im Gespräch beiläufig eine Bemerkung fallen lässt. Habt ihr, du oder Aidan, nach deiner Rückkehr mit Eadulf und eurem vergeblichen Versuch, seinen Bruder zu retten, mit irgendjemand darüber gesprochen?«

»Natürlich haben wir dir und dem König Bericht erstattet.«

»Und gegenüber anderen habt ihr kein Wort verloren?«

Er schüttelte den Kopf. »Ich hatte genug mit anderen Dingen zu tun. Doch ich könnte mir vorstellen, dass der König sich dazu geäußert hat, zum Beispiel gegenüber Abt Ségdae.«

»Das hat er auch getan, ja. Jetzt aber möchte ich, dass du so ganz nebenbei erwähnst, dass Eadulf ein kleines ledernes Kästchen mit zurückgebracht hat, das Egric versteckt gehabt hatte. Eadulf hätte es an sich genommen, wie einen Schatz gehütet und hier gleich Bruder Conchobhar überantwortet, der es sorgsam in seiner Apotheke verwahrt hält.«

Beide, Gormán und Eadulf, schauten sie verwundert an.

»Ein Kästchen aus Leder?« Gormán strich sich durchs Haar und versuchte, die Botschaft in sich aufzunehmen.

»Eine bloße List«, eröffnete ihnen Fidelma. »Die Leute, denen gegenüber du das durchsickern lässt, müssen aufhorchen, wenn du erwähnst, dass das Kästchen nun bei Bruder Conchobhar ist, dass es zuvor in den Händen von Eadulfs Bruder war und dass Eadulf wegen des Inhalts jetzt äußerst besorgt um seine Sicherheit ist. Ist das klar? Vor allen Dingen aber muss das Ganze den Anschein haben, als würdest du das nur dem einen, mit dem du gerade sprichst, erzählen. Er möge es vertraulich behandeln und für sich behalten.«

»Ich blicke da nicht durch, Lady«, meinte Gormán achselzuckend und grinste. »Wie auch immer, ich werde die Neuigkeit so streuen, dass sie mehr wie ein Gerücht klingt. Wer also sind die Leute, denen ich die Geschichte vorgaukeln soll?«

Bruder Eadulf hockte in unbequemer Haltung in einer Ecke von Bruder Conchobhars Apotheke auf der kalten Erde und hätte seinen Beinen gern etwas Bewegungsfreiheit gegönnt. Am liebsten wäre er aufgestanden, um sich ein wenig zu recken und zu strecken. Ihm gegenüber saß Fidelma, ähnlich unglücklich eingequetscht. Im rückwärtig gelegenen kleinen Raum hielt sich Bruder Conchobhar versteckt. Nicht, dass der etwa eingeschlafen war! Draußen im Schatten der Kapelle hatte Gormán Posten bezogen; von deren Seiteneingang konnte man gut den kleinen Innenhof überblicken und die Tür zur Apotheke im Auge behalten. Es war eine sternenlose Nacht, und durch die niedrighängenden, schweren Wolken drang kein Mondlicht. Eine genaue Vorstellung, wie spät es war, hatte Eadulf nicht, aber Mitternacht musste wohl längst vorbei sein. Würde Fidelmas Plan aufgehen? Er hatte seine Bedenken, ob die von ihr erdachte List zum Erfolg führte.

Die Zeit kroch dahin. Er lief Gefahr, einzudösen, als ihn ein Geräusch hellwach werden ließ. Am Seitenfenster bewegte sich etwas. Eadulf drückte sich in seine dunkle Ecke. Glas splitterte leise, und gleich darauf wurde quietschend ein Fensterriegel beiseitegeschoben. Durch das nun offene Fenster drang ein Hauch kalter Nachtluft. Jetzt vernahm er schweres Atmen und Stöhnen, jemand versuchte, sich durch die entstandene Öffnung zu zwängen. Leicht war das bei dem verhältnismäßig kleinen Fenster nicht.

Nun stand die Gestalt im Apothekenraum und verharrte, denn sie hatte zu tun, sich an die Dunkelheit zu gewöhnen.

»Hatte ich doch gehofft, dass du als Erster auftauchen würdest, Bruder Bosa!« Fidelmas helle Stimme war nicht zu überhören.

Erschrocken drehte sich der Eindringling herum. »Ich … ich …«, begann er.

»Spar dir deine Worte und bleib stehen, wo du stehst!«, befahl ihm Fidelma in aller Ruhe und rief dann: »Bruder Conchobhar!«

Die Tür vom Nebenraum ging auf, und Bruder Conchobhar fragte im Flüsterton: »Haben wir ihn?«

»Unseren ersten Besucher hätten wir, ja«, bestätigte Fidelma. »Bruder Bosa, geh mit Bruder Conchobhar nach nebenan, verhalte dich ruhig und warte, bis ich etwas anderes sage. Und noch eins, komm auf keine dummen Gedanken. Bruder Conchobhar hat für alle Fälle ein *altan* bei sich, ein Messer, wie es die Chirurgen benutzen. Es ist äußerst scharf, und eine Verletzung damit könnte ziemlich wehtun.«

Eadulf wollte nun schon aus seiner Ecke herauskriechen, aber sie gebot ihm, dort zu bleiben. Wieder verging etliche Zeit, und Ungeduld überkam ihn, als ihn ein weiteres Geräusch zusammenzucken ließ. Fidelma hatte darauf bestanden, dass die Tür zur Apotheke verriegelt wurde, um keinen unnötigen Verdacht zu erregen. Eine unverschlossene Tür hätte ihren Feind leicht stutzig machen können. Es geschah, wie erwartet. Sie hörten, wie Metall auf Metall schabte, dann folgte ein Schnapplaut. Angestrengt spähte Eadulf in die tiefe Dunkelheit.

Trotz der pechschwarzen Nacht konnte man schemenhaft Umrisse erkennen, als die Tür aufging. Für einen Moment tauchte ein Schatten auf, und gleich war es wieder völlig dunkel. Vermutlich hatte der Eindringling die Tür hinter sich geschlossen. Kurz herrschte absolute Ruhe, dann hörte man, wie Stein auf Metall geschlagen wurde. Funken sprühten, und jemand versuchte, eine Lampe anzuzünden. Es gelang, und eine Flamme erhellte den Raum.

Eadulf sah, wie Fidelma sich erhob; er tat ein Gleiches und starrte verdutzt auf die Gestalt, die jetzt zu erkennen war. Die drehte sich erschrocken zu ihnen um, und Eadulf musste sich eingestehen, dass er mit der Person, die vor ihm stand, am wenigsten gerechnet hatte.

Fassungslos ließ der Mensch die Lampe fallen, die auch sofort ausging, doch im gleichen Moment wurde die Tür aufgerissen, und ein riesiger Schatten versperrte den möglichen Fluchtweg. Gormáns Stimme war deutlich und eindringlich.

»Am besten, du fügst dich. Eine Flucht dürfte dir nicht gelingen.«

Von hinten öffnete sich eine andere Tür, und Licht flutete in den Raum, denn Bruder Conchobhar erschien – in der einen Hand eine Laterne, in der anderen sein Messer. Der Eindringling schreckte zurück, blickte von einem zum anderen, als wollte er abschätzen, ob sich Widerstand lohnte oder nicht. Resigniert ließ er die Schultern sinken und ergab sich in sein Schicksal.

Um die Mittagszeit rief König Colgú auf Fidelmas Anraten hin alle Beteiligten in die Ratskammer. Ihm zur Rechten saß der jüngst ernannte junge Oberste Brehon Fíthel. Er war ein hagerer Mann mit sandfarbenem krausem Haar und nahezu weichen Gesichtszügen. Am auffälligsten waren seine eisblauen Augen, deren stechender Blick einen zu durchbohren drohte.

Vor den beiden auf der rechten Seite des Raumes saßen Fidelma und Eadulf und neben ihnen Abt Ségdae, Äbtissin Líoch, Bruder Madagan und Bruder Conchobhar. Dieser Gruppe unmittelbar gegenüber auf der linken Seite hatten der Ehrwürdige Verax, Bischof Arwald und Bruder Bosa Platz genommen.

Auch Deogaire und Muiredach, der Krieger aus dem Clan Baiscne, waren anwesend. Den einen hatte man aus der Gefangenschaft, den anderen aus Rumanns Wirtshaus geholt. Sie saßen am hinteren Ende des Raumes mit dem Gesicht zum König und Brehon Fíthel. Strategisch über den Raum verteilt, hatten Gormán, Enda, Aidan und Luan, die rangältesten Krieger aus der Leibgarde des Königs, Posten bezogen.

Spannung und Erwartung lagen in der Luft.

Nachdem sich Colgú vergewissert hatte, dass alle sich so gesetzt hatten, wie Fidelma es empfohlen hatte, nahm er das Wort.

»Eigentlich wäre es die Aufgabe meines Hofmeisters, dieses Verfahren zu eröffnen. Da er aber nicht mehr unter uns weilt, muss ich die Leitung übernehmen und erfreue mich dabei der Unterstützung meines neuen Obersten Brehons, der den Richterspruch fällen wird. Ich gehe davon aus, dass bis auf einigen meiner Leibgardisten allen Anwesenden die lateinische Sprache geläufig ist, folglich wird Rede und Gegenrede, von notwendigen Erläuterungen abgesehen, auf Latein erfolgen. Besteht darüber Einverständnis?«

Zustimmendes Gemurmel bestätigte den Vorschlag, woraufhin Colgú Brehon Fíthel zunickte, der nach kurzem Räuspern Fidelma fragte, ob sie bereit sei.

Fidelma erhob sich, bezeugte mit einem raschen Kopfneigen gegenüber ihrem Bruder und dem Obersten Brehon ihre Ehrerbietung und schritt in die Mitte des Raumes.

»In meinen Jahren als *dálaigh* habe ich es mit vielen schwierigen Fällen zu tun gehabt. Für eine Anwältin bei den Gerichten dieses Königreiches ist nichts hinderlicher, als wenn es an Zeugen für begangene Verbrechen mangelt, wenn man auf Mutmaßungen angewiesen ist und nur auf ihrer Grundlage Schlussfolgerungen ziehen kann. Genau mit diesem Problem hatte ich es in den vorliegenden Fällen zu tun. Niemand schien gewillt, uns die Wahrheit zu sagen, und so mussten wir uns die Anhaltspunkte mühsam zusammensuchen. Letztendlich sah ich mich gezwungen, zu einer List zu greifen, um die Person, die ich im Verdacht hatte, dazu zu bringen, sich unfreiwillig zu verraten

Ich verweise darauf, dass – nachdem man meine Darlegungen angehört hat – diese meine List im Sinne der Rechtsprechung als eine Methode gesehen werden muss, um von dem Übeltäter ein *coibsena*, ein Schuldbekenntnis, zu erlangen, wodurch er sich selbst als der Verbrechen schuldig spricht.

Nach dieser Vorrede möchte ich zur Erläuterung und Erhellung der tragischen Vorgänge kommen.« Sie wandte sich dem Ehrwürdigen Verax zu. »Berichte uns bitte, wie es zu dem Diebstahl der Gegenstände kam, die du von deinem Bruder Vitalianus, Bischof von Rom, in Empfang genommen hattest, um sie dem Erzbischof Theodor von Canterbury zu übergeben.«

So unvermittelt angesprochen, schreckte der Ehrwürdige Verax überrascht zusammen. Er warf einen Blick zu Bruder Bosa, der in unmittelbarer Nähe saß, aber nur mit den Schultern zuckte. Mit zusammengekniffenen Augen drehte er sich wieder zu Fidelma um.

»Bist du wirklich so klug, Fidelma von Cashel, oder äußerst du nur Mutmaßungen?«

Wehmütig lächelnd schüttelte Fidelma den Kopf. »Wenigstens eines hättest du vom *nomenclator* des Lateranpalastes, dem Ehrwürdigen Gelasius, den ich in Rom einen Freund nennen durfte, über mich gehört haben: Ich äußere nie Mutmaßungen.«

Der Ehrwürdige Verax war einen Augenblick unschlüssig, ehe er sich zu antworten entschloss. »Dann wirst du auch wissen, dass ich im Auftrag von Rom zu Theodor von Canterbury reiste und gewisse Gegenstände bei mir hatte, die mir der Heilige Vater anvertraute, um sie Theodor zu übergeben. Sie waren einzig und allein für ihn bestimmt.«

»Soweit mir bekannt, warst du gerade in Canterbury eingetroffen, als es zu dem Diebstahl kam«, half sie nach. »Ich hätte gern die genauen Umstände erfahren.«

»Ich hatte gewisse heilige Gegenstände bei mir, die sich in

einem Kästchen befanden, das ich stets im Auge behielt, ebenso wie mein getreuer Diener.«

»Bis auf den Moment, da es gestohlen wurde«, bemerkte Fidelma trocken.

»Ich glaubte die Kostbarkeiten in meiner Unterkunft sicher, während ich zu einem Gespräch bei Erzbischof Theodor war. Erst spät in der Nacht kehrte ich zurück und stellte zu meinem Schrecken fest, dass mein Diener überfallen, das Kästchen gewaltsam geöffnet und alle Gegenstände und Dokumente entwendet worden waren. Man betrieb sofort Nachforschungen. Bischof Arwald diente zu der Zeit Erzbischof Theodor als Verantwortlicher seiner *custodes*. In dieser Eigenschaft übernahm er die Aufgabe, bei der Suche nach dem Dieb oder den Dieben zu helfen.«

Fidelmas nächste Frage galt Bischof Arwald. »Erzbischof Theodor war zu dem Entschluss gekommen, nach dem Vorbild des Lateran ein Gremium mit dem Namen *custodia* ins Leben zu rufen, das sich um die Sicherheit der Kirche von Canterbury und deren Schätze kümmern sollte. Das ist doch geschehen, nicht wahr?«

»Ja.«

»Und dir wurde die Leitung des Gremiums übertragen?«

»Das ist richtig.«

»Zu der Gruppe gehörten auch Bruder Bosa und Bruder Cerdic?«

»Das ist ebenfalls richtig.«

»Dir oblag also die Aufgabe, den Dieb zu finden. Wann wurde dir klar, dass ein gewisser Victricius, der sich unter diesem Namen als Priester ausgab, die vermissten Gegenstände gestohlen hatte?«

»Ziemlich bald. Unter Dieben gibt es kein Ehrgefühl, und Victricius war allgemein bekannt. Zeugen war er an der Residenz des Erzbischofs aufgefallen, sie hatten auch beobachtet, wie er den Wohnbereich für Ehrengäste verließ. Später wurde er in mehreren Gasthäusern gesehen, wo er mit einem jungen Mann zusammenkam, der Beschreibung nach einem Krieger. Dieser junge Mann war für Bischof Arwald und Bruder Bosa von früher her kein Unbekannter, aber dass es mit seiner Person eine Verbindung zu den Ereignissen gab, wurde erst später erkannt. Wie ich schon ausgeführt habe, hatte er eine gewisse Ähnlichkeit mit Bruder Eadulf. Es dauerte nicht lange, und andere Diebe verrieten ihr Versteck. Einer der *custodes* wollte sie dort dingfest machen, aber da waren sie schon geflohen. Einige mehr oder weniger belanglose Papiere aus dem Diebesgut hatten sie zurückgelassen, womit ihre Schuld bewiesen war.«

»War es Bruder Cerdic, der losgeschickt wurde, sie in ihrem Versteck aufzuspüren?«

Bischof Arwald schien überrascht, nickte aber. »Er gehörte erst seit kurzem zu unserer *custodia*, hatte mich jedoch durch seinen Eifer beeindruckt.«

»Und er berichtete dann, dass die Diebe geflohen waren?«

»Wenn es unter Dieben Unstimmigkeiten gibt, kommt man leichter hinter die Wahrheit«, erklärte der Bischof. »Ich befragte den Gastwirt, bei dem sie Unterschlupf gefunden hatten, und erfuhr, dass sie Richtung Nordküste aus Canterbury geflohen waren. Reiter jagten ihnen hinterher, aber sie waren bereits auf einem Schiff, das mit Waren zu diesem Königreich unterwegs war. Uns war klar, dass es für sie ein Leichtes sein würde, für die gestohlenen Gegenstände Käufer zu finden.«

»Was führte euch zu einer solchen Schlussfolgerung?«

Die Antwort darauf gab der Ehrwürdige Verax. »Ich wusste von meinem Bruder und auch aus unseren Archiven, dass Ard Macha bereits um die kirchliche Vormachtstellung ersucht hatte. Das Diebesgut wäre ohne weiteres auf Nachfrage gestoßen.«

»Dürfen wir erfahren, um was für Gegenstände es sich bei dem Diebesgut handelte?« Die Zwischenfrage kam vom Obersten Brehon Fíthel.

»Ich komme gleich darauf zurück«, entgegnete Fidelma rasch und wandte sich erneut an den Ehrwürdigen Verax. »Ihr habt dann beschlossen, den Dieben hierher zu folgen?«

»Wir hatten keine andere Wahl, wollten wir die Dinge wieder in unseren Besitz bringen.«

»Was mich wundert, ist, dass ihr nicht dieselbe Schiffsroute genommen habt«, merkte sie an.

»Sturm war aufgekommen, und es hieß, es könnte Tage dauern, ehe wir ein Schiff finden würden. Wir folgten dem Rat von Bruder Bosa, der schon mal hier gewesen war, und machten uns auf den Weg zu einem Hafen im Land der Westsachsen, um ein Schiff von dort zu nehmen. Bruder Bosa hatte ja hier in Darú studiert und kannte sich mit den Verkehrswegen aus. Er glaubte sogar, auf diese Weise noch vor dem Handelsschiff anzukommen, da dessen Route entschieden länger war.«

»Eine Frage!«, meldete sich Eadulf zu Wort und erhielt von Brehon Fíthel die Erlaubnis zu sprechen. »Ich kann verstehen, dass der *custodes*, wie beschrieben, zur Eile drängte, aber warum war die Anwesenheit des Ehrwürdigen Verax vonnöten? Er war doch ein hochangesehener Gast aus Rom?«

»Ich hatte einen Auftrag vom Heiligen Vater, und den hatte ich auszuführen«, erklärte der alte Prälat. »Außerdem wusste nur ich, um welche Gegenstände es sich handelte, und hätte sie identifizieren können.«

»Merkwürdig, die Diebe wussten offensichtlich ebenso gut Bescheid«, stellte Eadulf fest.

Brehon Fíthel bestand auf seiner Forderung: »Wir würden das alles besser verstehen, wenn wir endlich erführen, um welche wertvollen Dinge es sich handelt.«

Der Ehrwürdige Verax versuchte es mit einer Ausflucht und stotterte eine umständliche Erklärung zusammen. »Es geht um äußerst wertvolle Dinge; besonders in den Augen gewisser Personen in den Königreichen hier, die sich Begünstigung von Rom erhoffen, sind sie von unermesslichem Wert.«

»In den Augen gewisser Personen«, wiederholte Fidelma und lächelte nachsichtig. »Man sollte lieber deutlich sagen, dass es sich um die Geistlichen handelt, die als oberster Abt oder Bischof über alle Gläubigen in unseren Königreichen anerkannt werden möchten. Und das erklärt natürlich, weshalb ihr unbedingt herausfinden wolltet, wer von unseren Äbten und Bischöfen nach einer solchen Vorherrschaft strebt. Victricius und sein Helfershelfer waren darauf aus, die erbeuteten Gegenstände dem Meistbietenden zu verkaufen, denn wer in ihrem Besitz ist, ist im Namen des Bischofs von Rom weisungsbefugt.«

Jetzt war es an Abt Ségdae, sich empört einzumischen. »Den Dieben muss doch aber klar gewesen sein, dass ein solcher Handel illegal und nicht rechtskräftig gewesen wäre!«

»Nicht rechtskräftig insofern, da die Gegenstände an sich nicht erkennen ließen, dass sie vom Bischof von Rom gesegnet waren, es sei denn, man hatte auch ein Dokument dazu, das auf einen bestimmten Empfänger ausgestellt war«, ergänzte Fidelma.

»Die Dinge liegen etwas anders«, eröffnete ihnen der Ehrwürdige Verax betreten. »Name und Amt auf dem Pergament – für sie ist ein Freiraum unmittelbar unter dem Siegel des Heiligen Vaters vorgesehen – waren noch nicht eingetragen; das sollte erst später durch einen Schreiber erfolgen.«

»Sagtest du nicht, dass die Gegenstände für Theodor, Erzbischof von Canterbury, gedacht waren?«, erinnerte ihn Eadulf ungehalten.

»Wie du richtig gesagt hast, ist Theodor bereits Erzbischof. Er braucht nicht mehr eine Vollmacht aus Rom«, erwiderte der Ehrwürdige Verax. »Aber er fand es schwierig, alle Königreiche der Angeln und Sachsen im Blick zu haben. Deshalb schickte er einen Gesandten nach Rom mit der Bitte, ihm die Erlaubnis zu erteilen, einen Bischof namens Wilfrid als Erzbischof von Northumbrian ernennen zu dürfen, der seine Kathedrale in der Stadt York hat. Damit sollte Wilfrid der zweite führende Bischof in den Königreichen der Angeln und Sachsen werden. Allerdings bat Theodor um diese Urkunde ohne Einsetzung des Namens. Er wollte sich erst noch von Wilfrids Fähigkeiten überzeugen, denn zwischen beiden gab es einige Unstimmigkeiten. Meine Aufgabe war es, das *pallium* und das Ernennungsdekretale mit Siegel des Heiligen Vaters nach Canterbury zu bringen. Den Namen des zukünftigen Erzbischofs, seinen offiziellen Sitz und Zuständigkeitsbereich sollten später Theodors Schreiber einsetzen.«

Eadulf brachte das soeben Gesagte auf den Punkt. »Mit anderen Worten, jemand hätte das alles den Dieben abkaufen und seinen eigenen Namen einsetzen können? Rom könnte sich dann zwar dagegen verwahren, aber der Anspruch auf das Amt des Erzbischofs könnte recht lautstark erhoben werden, und allein das würde genügend Menschen überzeugen. Das könnte über Generationen hinweg zu einer Spaltung der Kirche führen.«

»Genau so ist das«, bestätigte der Ehrwürdige Verax.

»Mir dürfte jedenfalls keiner mit solchen Machenschaften kommen«, empörte sich Abt Ségdae.

»Es mag aber durchaus Leute geben, die sich über moralische Bedenken hinwegsetzen«, erklärte Fidelma. »Ich war auf Konzilen in Streonshalh und Autun und habe erleben müssen, dass Bischöfe und Äbte in ihrer Machtgier nicht besser sind als weltliche Fürsten. Ich kann mir sehr wohl vorstellen, dass viele bereit wären, den Ehrenpreis eines Königs für diese wertvollen Stücke zu zahlen. Zum Glück gibt es etliche davon nicht mehr, sie sind vernichtet worden.«

Der Ehrwürdige Verax schreckte hoch. »Dass Diebe sie gestohlen haben, weiß ich, aber dass sie vernichtet sein sollen ... Bist du dir da sicher?«

»Einige Vorgänge haben wir geklärt, lasst uns nun fortfahren«, sagte Fidelma, als hätte sie seine Frage nicht wahrgenommen. »Ihr gingt im Königreich Laighin an Land und erzähltet dort den Leuten, ihr wäret eine Abordnung aus Rom und wolltet euch eine Meinung über die Ansichten der Äbte und Bischöfe machen. Gleichzeitig aber befragtet ihr auch Kaufleute und Reisende, um in Erfahrung zu bringen, ob die Diebe ebenfalls schon da wären. Sie waren aber in einem Hafen weiter südlich und nicht in Laighin an Land gegangen, nämlich in Láirge, einem Hafen, der bei uns, im Königreich von Muman liegt. Sie hatten ein Flussboot angeheuert, das sie hierherbringen sollte.«

»Sagtest du, einer der Diebe trug den Namen Victricius?«, wurde sie von Brehon Fíthel unterbrochen.

»Er nannte sich der Ehrwürdige Victricius von Palestrina und gab sich als in Ehren ergrauter Mönch aus«, erläuterte Fidelma.

»Ich muss gestehen, dass sein Gehilfe mein Bruder Egric war«, bekannte Eadulf gefasst. »Mein jüngerer Bruder, der durch eine seltsame Fügung des Schicksals den Überfall überlebte und hierher nach Cashel gebracht wurde. Er versuchte auch hier den Mönch zu mimen, der mit dem Ehrwürdigen

Victricius in frommem Auftrag reiste. Ich spürte, dass er log, wollte es aber nicht wahrhaben.«

»Dann waren also Victricius und Egric die Diebe, die die heiligen Gegenstände aus Canterbury gestohlen hatten und sie zum Hafen Láirge brachten?«, vergewisserte sich Colgú.

»Ja. Victricius und die Bootsmänner wurden auf dem Fluss überfallen und ermordet. Egric kam mit dem Leben davon«, bestätigte Fidelma. »Von den wertvollen Gegenständen glaubte man, die Räuber hätten sie mitgehen lassen oder vernichtet.«

Alle sahen sie gespannt an. Sie gab Eadulf ein Zeichen, der ein kleines Bündel hervorholte.

»Die Diebe hatten insofern Pech, da sie bei ihrer Ankunft im Hafen von Láirge auf eine Person stießen, die alle Untaten ausheckte und vollführte, bei denen so viele Menschen ihr Leben lassen mussten. Solange der Übeltäter hier kein vollständiges Geständnis ablegt, können wir hinsichtlich der Einzelheiten nur Mutmaßungen anstellen. In Láirge traf er Victricius und Egric. Er erfuhr, womit sie zu handeln gedachten, erkannte den ungemeinen Wert und auch, dass er damit zu Ansehen und Macht gelangen könnte. Nur gab es da ein Problem – es fehlte ihm an Geld, um die Gegenstände selbst zu kaufen.

Er riet also Victricius und Egric, für die Fahrt flussaufwärts auf dem Siúr ein Boot zu nehmen. Sie sollten nach Cluain Meala, dem kleinen Ort Honigfeld fahren, wo man sie erwarten würde. Er hatte nicht vor, sie den Ort erreichen zu lassen. Er heuerte ein paar Banditen an, deren Anführer Rudgal war, die die Reisenden überfallen sollten. Alles, was sie konnten, sollten sie an sich bringen, gewisse Dinge aber dann unbedingt ihm persönlich übergeben. Wie wir wissen, ermordeten Rudgal und seine Kumpanen Victricius und die beiden Bootsmänner und glaubten, auch Egric getötet zu haben.«

»Und einige von den Sachen konnten gerettet werden, sagtest du?« Der Ehrwürdige Verax war begierig, es zu erfahren.

Auf Fidelmas Wink hin öffnete Eadulf das vor ihm liegende Bündel und enthüllte das reichbestickte Band aus Schafswolle, das Bruder Conchobhar an Rudgals Körper gefunden hatte. Den Ehrwürdigen Verax hielt es nicht länger auf seinem Sitz, er stand auf und griff mit zitternden Händen nach dem Schatz.

»Es ist das *pallium*«, stammelte er, »das vom Heiligen Vater gesegnete *pallium*.«

»Rudgal und seine Mörderbande scherten sich um keinerlei Werte, egal, ob es um Menschenleben oder Sachen ging, und sie hatten auch kein Gespür für das geschriebene Wort«, fuhr Fidelma in ihren Darlegungen fort. »Rudgal fand das *pallium*, und seine Kumpanen plünderten wie wild und vernichteten alle Schriftstücke, darunter auch das Dokument mit dem Siegel des Bischofs von Rom. Was sie für wertvoll und brauchbar hielten, nahmen sie mit, alles andere wurde verbrannt, um die Spuren zu verwischen.«

»Woher aber wollen wir wissen, ob das Dokument mit dem Siegel des Heiligen Vaters tatsächlich nicht mehr existiert?«, fragte der Ehrwürdige Verax.

Eadulf langte in seine Kutte und holte das münzenähnliche Stückchen Blei hervor.

»Zum Glück hatte ich seinerzeit in Rom schon Ähnliches gesehen«, erläuterte er. »Das hier ist das Siegel mit den eingravierten Buchstaben V. I. T. A. und dem dazu gehörigen Wahrzeichen. Als unsere Krieger am Fluss auf den Unglücksort stießen, entdeckte einer von ihnen, Dego, auf der Erde dieses Stückchen Blei. Es lag – durch das Feuer vom Pergament abgetrennt – zwischen den verbrannten Papieren. Dego hob es aus der Asche, ahnte aber nichts von seiner Bedeutung. Er hielt es für eine wertlose Münze, die er als Gewicht für seine Angelrute zu benutzen dachte. Somit ist das Siegel der einzige Gegenstand, der außer dem *pallium* noch erhalten geblieben ist.«

Er ließ es in die ausgestreckte Hand des Ehrwürdigen Verax gleiten. Der Prälat betrachtete es tiefsinnig. »Es ist die *bulla*, das Siegel des Heiligen Vaters, das an seinem mit eigener Hand ausgefertigten Dokument hing«, bestätigte er.

Brehon Fíthel verlangte das Beweisstück zu sehen. Er drehte und wendete es in seinen Fingern. »Seltsam, ich hätte gedacht, ein so wichtiges Siegel wäre aus einem edleren Material als Blei gemacht. Wie hast du es genannt?«

»*Bulla* ist das Wort für ›Siegel‹«, erklärte der Ehrwürdige Verax, nahm es dem Obersten Brehon wieder ab und wandte sich erneut Fidelma zu. »Mehr konnte also nicht gerettet werden? Keine anderen Dokumente?«

»Die beiden Stücke sind alles«, bekräftigte Fidelma.

»Demnach scheint unsere Reise umsonst gewesen«, stellte Bischof Arwald enttäuscht fest.

»Umsonst? Das möchte ich nicht hoffen. Wie kann diese Reise umsonst gewesen sein?«, entrüstete sich Fidelma. »Du hast *pallium* und *bulla*. Auch könnte es sehr gut sein, dass ihr, du und deine Begleitung, etwas über unsere Königreiche gelernt habt.« Ohne eine Miene zu verziehen, blickte sie jetzt den Ehrwürdigen Verax an. »Du könntest sogar deine Leute dahingehend belehren, dass Strabon sich geirrt hat, als er die Welt glauben machen wollte, wir wären Kannibalen. Allein diese Erkenntnis gewonnen zu haben, war doch schon die Reise wert.«

»Ich wollte damit nur gesagt haben, dass unsere Befürchtung, die Gegenstände hätten in die falschen Hände gelangt sein können, umsonst war«, versuchte Bischof Arwald sich zu rechtfertigen.

»Auch dem muss ich widersprechen. Eure Befürchtung und umsonst? Habgierige Hände haben acht Menschen das Leben geraubt, einen jungen Krieger zum Krüppel gemacht, und hätten Eadulf und ich nicht Glück gehabt, hätten sie auch uns getötet oder zumindest verletzt.«

»Acht Tote?«, fragte der Ehrwürdige Verax ungläubig zurück.

»Dein Dieb und Egric, sein Gefährte, zwei unschuldige Bootsmänner, Bruder Cerdic, Rudgal, Schwester Dianaimh und Beccan, des Königs Hofmeister. Hinzu kommen die Toten aus Rudgals Räuberbande.«

»Willst du damit sagen, dass die genannten Todesfälle alle auf ein und denselben Vorfall zurückgehen …, dass alle durch den einen Diebstahl in Canterbury ausgelöst wurden?«, versuchte Brehon Fíthel sich zu vergewissern.

»Das ist meine Meinung, ja«, bestätigte Fidelma.

»*Post hoc, ergo propter hoc*«, bemerkte Bischof Arwald sarkastisch. »Nur weil all die anderen Vorfälle nach dem genannten ersten erfolgten, behauptest du, dass sie alle miteinander zu tun haben. Das ist keineswegs schlüssig.«

»Im Gegenteil. Wie ich bereits ausführte, kamen die Diebe nach ihrem Diebstahl in Canterbury in dieses Königreich, landeten im Hafen von Láirge und stießen dort auf eine Person, die entschlossen war, koste es, was es wolle, sich ihrer mitgeführten Schätze zu bemächtigen. Damit war ihr Schicksal von vornherein besiegelt, und die erste Tat führte zu allen folgenden.«

»Und wer ist besagte Person?«, fragte der Oberste Brehon. »Wirst du sie uns nennen?«

»Selbstverständlich. Einige unter uns wissen bereits, wer sie ist. Trotzdem möchte ich euch erst durch den ganzen Morast der Täuschungsmanöver führen, damit ihr nachvollziehen könnt, wie ein Ereignis dem anderen folgte. Die Räuberbande bestand aus Männern, die wegen begangener Verbrechen bereits vom Déisi-Clan geächtet waren. Als Cummasach, dem Stammesführer der Déisi, von ihrem neuerlichen Überfall berichtet wurde, befahl er, die Täter aufzuspüren.

Es kam zu einem Kampf, bei dem die Banditen unterlagen und bis auf drei den Tod fanden. Zwei konnten fliehen – das waren Maon und sein Kumpan, beide sind inzwischen tot. Ihr Führer Rudgal aber wurde gefangen genommen. Er wusste von dem Wert des Stück Tuchs, band es sich um den Leib und beschloss, sich damit seine Freiheit zu erkaufen.

Das wiederum konnte der Verschwörer des mörderischen Komplotts nicht zulassen. Er setzte Rudgals Tod so in Szene, dass er wie ein Selbstmord erschien, hatte dabei allerdings nicht bedacht, dass Rudgal das *pallium* um den Leib geschlungen trug. Es wurde entdeckt, als man den Leichnam für die Bestattung vorbereitete, und wurde seitdem bei Bruder Conchobhar in der Apotheke vor jedwedem Zugriff sicher verwahrt.«

»Und wie sind die anderen Todesfälle zu erklären?«, wollte Brehon Fíthel wissen. »Du sagst, es wäre ein und dieselbe Person, die für alle zur Rechenschaft zu ziehen ist. Einige der Morde, so höre ich, sind geschehen, während Deogaire gefangen gehalten wurde. Er ist doch aber derjenige, der den Anschlag auf dein und Eadulfs Leben verübt haben soll? Wenn er es nicht war, wer dann?«

»Ich verkünde hiermit, dass Deogaire unschuldig ist. Leider musste ich ihn gefangen setzen, zunächst, um dem wahren Mörder das Gefühl zu geben, er bliebe unverdächtigt, dann aber, um ihn vor seiner möglichen Ermordung zu schützen. Der Mörder hätte keine Gewissensbisse gehabt, auch einen Unschuldigen zu opfern.«

Bruder Conchobhar beugte sich zu seinem Neffen und klopfte ihm wohlwollend auf die Schulter. Deogaire war sichtlich erleichtert.

»Dann ist also Beccan der Täter«, schlussfolgerte Colgú. »Nur, wie kann das sein? Schließlich wurde auch er ermordet, ebenso wie Schwester Dianaimh.«

Fidelma versuchte es mit einem Bild. »Es gibt eine bekannte Redensart, und die lautet: Eine Ziegenmutter liebt ihr Zicklein, egal ob es schwarz, grau oder weiß ist.«

»Ja, und?« Brehon Fíthel wusste nicht, worauf sie hinauswollte, und den anderen erging es nicht anders.

»Wir dürfen nicht vergessen, dass Beccan ein Déisi war. Das ist ein Volksstamm, der südlich des Flusses Siúr angesiedelt ist«, fügte sie für die auswärtigen Gäste hinzu. »Als Beccan das Lügenmärchen von seiner Freundin Maon erfand, die er gesund pflegen wollte und die in Wahrheit ein Mann mit eben dem Namen war, der zu Rudgals Räuberbande gehörte, erwähnte er auch, dass sein Heimatort Míodán sei. Als Fürst Cummasach Rudgal als Gefangenen hier auf die Burg brachte, sagte er uns, dass man ihn und seine Kumpanen nahe Míodán, woher sie stammten, aufgespürt hätte.«

»Heißt das, Beccan gehörte zu der Bande?«, fragte der Richter.

»So hart gesotten war er nicht. Doch seine Unfähigkeit, sich Namen richtig zu merken, gab uns einen wichtigen Anhaltspunkt. Beccan hatte stets Angst, Namen zu vergessen. Immer, wenn mein Bruder Gäste hatte, schrieb er sich alle ihre Namen auf. In unserem Fall half er sich damit, bei der Person, die er aufgesucht hatte, bei ihrem wahren Namen zu bleiben, damit er nichts durcheinanderbrachte. Der Name Maon ist für Frauen und Männer gleichermaßen gebräuchlich. Beccan wurde, weil er auch ein Déisi war, in die Verschwörung hineingezogen. Er sollte uns auf eine falsche Spur lenken, als der eigentliche Übeltäter fürchtete, dass ich ihm bei meinen Nachforschungen zu nahe kam. Leider war ich zu dem Zeitpunkt noch nicht so weit, andernfalls ...« Sie zuckte traurig mit den Schultern.

»Wie hat man ihn dafür gewinnen können? Mir will die Sache nicht in den Kopf.« Colgú schaute sie fragend an.

»Ich glaube, es wird sich herausstellen, dass er mit dem Drahtzieher dieser mörderischen Verschwörung und auch mit Rudgal und dem ganzen Gesindel aus Míodán verwandt war.«

Brehon Fíthel bemühte sich, den Durchblick zu behalten. »Beccan sollte dich und Eadulf auf eine falsche Spur lenken, sagst du. Wer veranlasste ihn dazu?«

»Man überredete ihn, etwas zu unternehmen, das es so aussehen ließ, als wäre Deogaire in die Sache verwickelt. Leider ist es so, dass jemand, der mit seinen Auffassungen nicht hinterm Berg hält, leicht in Verruf gerät. Deogaire hat nie ein Geheimnis daraus gemacht, dass er ein Anhänger des alten Glaubens unseres Volkes ist. Viele begegnen ihm deshalb mit Vorurteilen, und da ist es nicht schwer, ihm alles Mögliche anzuhängen. Wenn man Schuldzuweisungen auf ihn lenkt, lenkt man von den eigentlichen Tätern ab. Es war eine ausgeklügelte Geschichte.

Deogaire hatte einen Streit mit seinem Onkel gehabt, und das war nach außen gedrungen. Beccan wurde dazu veranlasst, Deogaire eine Übernachtungsmöglichkeit im Gästehaus anzubieten. Dass Beccan sich im Gegenzug von Deogaire Arzneimittel aus der Apotheke beschaffen ließ, sollte erstens verhindern, dass Deogaire nicht misstrauisch wurde, weil sich Beccan entgegenkommend verhielt, und zweitens einen Grund für Beccan vortäuschen, abends die Burg zu verlassen.

Eile war geboten. Maon und sein Kumpan mussten schnellstens erfahren, dass Egric, Eadulfs Bruder, den Überfall am Siúr überlebt hatte und dass er mit Dego nach Eatharlach geritten war. Der Mörder glaubte, Egric hätte *pallium* und *bulla* gerettet und bei sich versteckt. Maon musste instruiert werden, Egric nachzureiten. Warum das der Mörder nicht selbst tat? Wenn er selbst sich aus der Burg entfernt hätte, wäre das nicht unbemerkt geblieben und hätte unnötig Fragen aufgeworfen.

Alles verlief wie geplant. Der eigentliche Mörder lockerte eine der Statuen, damit er sie vom Dach stürzen konnte. Ich glaube nicht, dass sie uns wirklich töten sollte, denn ob sie tatsächlich herabfallen würde, war nicht sicher. Ich glaube eher, auch damit wollte man uns in die Irre führen. Wir sollten Deogaire im Gästequartier entdecken und ihn für den Täter halten. Rückblickend war das ein törichter Einfall, denn selbst wenn wir Deogaire gefangen setzten, würde sich bei Beccans Rückkehr herausstellen, dass dessen Aussage nicht mit seiner übereinstimmte. Dachte der Mörder, wir würden eher Beccan als Deogaire glauben, und die Sache wäre damit erledigt? Dachte er, wir würden der Geschichte mit Maon, der kranken Freundin, nicht auf den Grund gehen? Oder hoffte er, in dem Falle würden wir in Beccan den alleinigen Übeltäter sehen? Ich muss zugeben, dass ich das anfänglich allen Ernstes tat.«

»Hat dir erst Beccans Tod klargemacht, dass es sich anders verhielt?«, fragte Colgú.

»Ich war dahintergekommen, dass jedermann die Burg über das Baugerüst verlassen und sich auch auf demselben Weg Zugang in die Burg verschaffen konnte, ohne an der Torwache vorbei zu müssen. Deshalb war ich zunächst überzeugt, dass auch Beccan diesen Weg genommen hatte.«

»Und wodurch bist du zu einer anderen Auffassung gelangt?«, wollte Abt Ségdae wissen.

»Mit dem Mord an Beccan beging der Verschwörer seinen größten Fehler. Ich kann mir nur denken, dass er fürchtete, Beccan könnte, wenn man ihn zur Rede stellte, alles gestehen.«

»Wie bist du dann weiter vorgegangen?«, drängte Brehon Fíthel.

»Ich habe bereits darauf verwiesen, dass es für keinen der Morde einen Zeugen gab, ich konnte mich allein auf die Fakten verlassen, wie sie sich mir darstellten. Durch ein Ausschlussverfahren erhärtete sich mein Verdacht. Es gab nur eine Person, die zum Zeitpunkt aller Morde in der Nähe war, es war dieselbe Person, die eine Verbindung zu dem Dorf Míodán hatte, und dieselbe Person, die im Hafen von Láirge war, als Victricius und Egric dort an Land gingen.«

Sie machte eine Pause, und die im Raum Versammelten blickten sie wie gebannt an. Es war das, was sich Fidelma in ihrer Laufbahn als *dálaigh* zu eigen gemacht hatte – in Gerichtsverhandlungen zum gegebenen Zeitpunkt eine dramatische Pause einzulegen.

»Ich stellte eine Falle – in der Gesetzgebung ist das zulässig; man bezeichnet es als eine ›List‹, mit deren Hilfe sich der Schuldige selbst entlarvt. Gewissen Personen wurde wie beiläufig zugetragen, dass man bei dem toten Egric ein Kästchen gefunden hätte. Auch ließ man die Bemerkung fallen, dass Eadulf das Kästchen mit nach Cashel gebracht hätte und es sich zur sicheren Verwahrung bei Bruder Conchobhar in der Apotheke befände. Ich war mir sicher, dass nach allem, was bisher geschehen war, der Missetäter versuchen würde, in die Apotheke einzudringen, um des Kästchens habhaft zu werden.«

Sie hielt erneut inne und blickte in die erwartungsvollen Gesichter.

»Gestern Nacht brachen zwei Personen in Bruder Conchobhars Apotheke ein.«

KAPITEL 21

Alle warteten gebannt auf die Enthüllung der Namen. »Der Erste, der in die Apotheke einbrach, war Bruder Bosa«, eröffnete Fidelma ihnen.

Kaum hatte sich das darauf anhebende Stimmengewirr gelegt, sprang Bischof Arwald auf. Er bebte vor Zorn. »Behauptest du etwa, Bruder Bosa hat all diese Verbrechen begangen? Seit mindestens fünf Jahren gehört er der *custodia* von Canterbury an und dient ihr treu ergeben. Er war noch gar nicht hier, als …«

»Setz dich!«, herrschte ihn Brehon Fíthel an. »Bruder Bosa, bist du gestern Abend in Bruder Conchobhars Apotheke eingebrochen?«

Der junge Geistliche erhob sich. »Ich leugne es nicht.«

»Aus welchem Grund?«

»Um genau die Dinge an mich zu bringen, die bereits beschrieben wurden.«

»Du wirst uns dein Motiv erklären müssen«, verlangte Fidelma energisch und übertönte mit ihrer Stimme die aufgebrachten Ausrufe.

»Ich bin Mitglied der *custodia* von Canterbury. Als *custodes* war es meine Aufgabe, nach dem Verbleib der gestohlenen Sachen zu forschen, ihrer habhaft zu werden und sie dem rechtmäßigen Eigentümer zurückzugeben.«

»Mir geht es noch um eine andere Frage, Bruder Bosa. Bischof Arwald hat erwähnt, dass Bruder Cerdic neu in der *custodia* war. Stimmt das?«

»So war es.«

»Kannst du bestätigen, dass Bruder Cerdic losgeschickt wurde, um Victricius und seinen Mitverschworenen in ihrem Schlupfwinkel aufzuspüren und dingfest zu machen?«

»Ja, auch das stimmt.«

»Er hat dann berichtet, er sei zu spät dort eingetroffen, denn die beiden waren bereits geflohen, was ihm natürlich sehr gelegen kam.«

»Was willst du ihm damit unterstellen?«, rief Bischof Arwald dazwischen, den Fidelmas spöttischer Ton reizte.

»Ich unterstelle nie jemandem etwas«, erwiderte sie ernst. »Doch ich habe auch an dich ein, zwei Fragen. Hat Bruder Cerdic sich eigens darum beworben, dich auf dieser Verfolgungsjagd der Diebe zu begleiten?«

»Meine erste Wahl war er zwar nicht, doch er war sehr erpicht darauf, sich uns anzuschließen«, räumte der Bischof ein.

»Ihr seid in Laighin eingetroffen und habt erfahren, dass Victricius und Egric im Hafen von Láirge gelandet und auf dem Siúr stromaufwärts in unser Königreich unterwegs waren. Wer ist auf die Idee gekommen, ausgerechnet Bruder Cerdic als Boten vorauszuschicken, um uns hier eure Ankunft zu vermelden? Er verfügte über keinerlei Kenntnisse unserer Sprache, Bruder Bosa hingegen beherrscht sie. Wäre nicht Bosa für diesen Auftrag geeigneter gewesen?«

»Bruder Cerdic wollte unbedingt auch diese Aufgabe übernehmen«, entgegnete der Bischof kleinlaut.

Fidelma legte eine kurze Pause ein. »Bruder Cerdics Verhalten lässt sich auf zweierlei Weise deuten. Entweder war er von Anfang an in den Plan von Victricius und Egric eingeweiht – oder er hat die beiden in Canterbury gefunden, und sie haben ihn überredet, sie fliehen zu lassen. Dafür sollte er dann am möglichen Gewinn beteiligt werden.«

»Woher willst du das wissen?«, fragte der Ehrwürdige Verax betroffen.«

435

»Ich ziehe aus verschiedenen mir zugetragenen Nachrichten meine Schlüsse. So weiß ich von Muiredach, einem der Krieger, die euch hierher Geleitschutz gegeben haben, dass er zuvor Bruder Cerdic und Bruder Rónán zur Abtei von Sléibhte zu begleiten hatte. Dort hielt sich zu dem Zeitpunkt auch Schwester Dianaimh auf. War das nun Zufall, oder war es vorbedacht?«

Äbtissin Líoch, die bisher kein Wort gesagt hatte, schluchzte laut auf.

»Die Abtei Sléibhte hat Bruder Cerdic als Erstes aufgesucht, weil man uns gesagt hatte, sie sei eine der frühesten Abteigründungen hier«, erklärte Bischof Arwald. »Wir vermuteten, dort wäre man am ehesten geneigt, die Oberherrschaft für sich zu beanspruchen.«

»Euch war jedoch nicht bekannt, dass Abt Aéd von Sléibhte sich aus politischen Gründen entschlossen hatte, den Anspruch von Ard Macha zu unterstützen. Wir alle hier wissen, dass dieser Abt ein Nachfahre der Fürsten vom Stamme der Uí Bairrche ist und dass der Stamm seit jeher dem Clan von König Fianamail die Königsherrschaft über Laighin missgönnt. Wenn Aéd den Anspruch Ard Machas auf die kirchliche Oberhoheit unterstützt, kann ihn der jetzt herrschende König von Laighin nicht beschuldigen, sich des höchsten Kirchenamts bemächtigen zu wollen. Doch die Geschichte hatte einen Haken.«

Brehon Fíthel rutschte ungeduldig auf seinem Armsessel hin und her. »Was für einen Haken? Erklär uns das!«

»Schwester Dianaimh hat einige Zeit in der Abtei Laestingau in Oswys Königreich gelebt und war daher mit Bruder Cerdics Sprache vertraut«, führte Fidelma aus. »Er konnte sich ohne Dolmetscher mit ihr verständigen. Es gelang ihm, mit ihr zu sprechen, ohne dass Bruder Rónán es hörte, und sie um Mithilfe bei seinem Plan zu bitten. Dianaimh fühlte sich Abt Aéd verbunden und berichtete ihm, was Cerdic vorhatte. Ich vermute, der Abt wollte aus Gefälligkeit Ard Macha eine Summe Geldes zukommen lassen und benutzte Schwester Dianaimh als Überbringerin. Irgendwie musste Bruder Cerdic die Sache dann so einfädeln, dass Schwester Dianaimh mit dem Geld nach Cashel kam, wo er Victricius und Egric zu treffen hoffte.«

»Aber Schwester Dianaimh hat mich doch nur als *bann-mhaor*, meine Schaffnerin, begleitet«, wehrte sich Äbtissin Líoch gegen den Gedanken. »Ich wusste, dass sie der Abtei von Sléibhte immer noch zugetan war, denn dort hat sie ihre Ausbildung erhalten, und ich habe sie dann mit den Aufgaben als *bann-mhaor* betraut.«

»Wir konnten nicht verstehen, warum Bruder Cerdic in deiner Abtei erschien und verlangte, dass du unbedingt beim Empfang dieser Gesandtschaft hier zugegen sein müsstest. Du konntest ja keinerlei Interesse an ihrem Anliegen haben. Doch Bruder Cerdic wusste genau, dass du nicht ohne deine Schaffnerin reisen würdest. Also drängte er dich zur Teilnahme an dieser Beratung, und er und Schwester Dianaimh konnten auf diese Weise sichergehen, mit dem Geld vor Ort zu sein, um die gesegneten Insignien zu erwerben.«

»Bruder Cerdic steckte demnach mit Victricius und Egric unter einer Decke?«, fragte Brehon Fíthel.

»Nach meiner Auffassung war das von Anfang an der Fall«, erwiderte Fidelma. »Nur beweisen lässt sich das jetzt nicht mehr.«

»Du hast behauptet, zwei Personen seien vergangene Nacht in Bruder Conchobhars Apotheke eingebrochen«, erinnerte sie Brehon Fíthel.

»Kehren wir noch einmal zu den Vorgängen von gestern

Abend zurück. Bruder Bosa ist in die Apotheke eingebrochen, um der Insignien habhaft zu werden, die sich, wie ihm zugetragen wurde, dort befanden. Du bist in den Apothekenraum gelangt, Bruder Bosa, schildere uns, was dann geschah.«

»Du und deine Gefährten waren dort, ihr hattet mich in eine Falle gelockt«, erklärte der *custodes*. »Du hast mich geheißen, keinen Widerstand zu leisten und mich still zu verhalten. Dann haben wir gewartet, bis …«

»… bis der zweite Einbrecher eindrang«, beendete Fidelma seinen Satz. Sie drehte sich zu Bruder Madagan um, der mit steinerner Miene auf seinem Platz saß. Erst jetzt fiel den anderen auf, dass Gormán und Aidan dicht neben dem Verwalter von Imleach Stellung bezogen hatten. Bruder Madagan hob den Kopf und grinste verächtlich.

»Ich will nicht leugnen, dass ich gestern Abend Bruder Conchobhars Apotheke aufgesucht habe. Aber für alles andere hast du keine Beweise, keine Zeugen; das sind alles nur Hirngespinste. Es kann doch durchaus sein, dass ich die nunmehr bekannten Gegenstände für die Abtei sicherstellen wollte …«

»Das bedeutet immerhin, du wusstest, um welche Dinge es sich handelte und welchen Wert sie hatten«, fiel ihm Fidelma, ironisch lächelnd, ins Wort.

»Genauso gut hätte ich auch Zahnschmerzen haben können und mir ein Mittel dagegen vom alten Conchobhar holen wollen.«

»Und deswegen hättest du eine verschlossene Tür aufgebrochen?«

»Jedenfalls vermagst du nicht, Beweise zu erbringen – du erklärst, dass ich im Hafen von Láirge war und dass ich zum Clan der Déisi von Miodán gehöre. Schön und gut, das ist aber auch schon alles.«

»Wenn du Anklage gegen ihn erhebst, musst du deine Darlegungen hieb- und stichfest begründen«, mahnte Brehon Fíthel.

»Ich darf euch an Folgendes erinnern: Abt Ségdae hatte uns berichtet, dass Bruder Madagan gerade erst vom Hafen in Láirge in die Abtei zurückgekommen war. Er war also dort, als Victricius und Egric an Land gingen, und – unter welchen Umständen auch immer – müssen sie ihm anvertraut haben, was sie Kostbares mit sich führten und feilzubieten hatten. Vielleicht hatte er sich gebrüstet, er sei der Verwalter der ältesten Abtei in den Fünf Königreichen.

Er riet dann Victricius und Egric, ein Boot zu mieten und flussaufwärts bis Cluain Meala, dem Ort Honigfeld, zu fahren. Dort würde sie ein gewisser Bruder Docgan mit dem Geld, das sie verlangten, erwarten. Etwas zu zahlen, hat er jedoch nie beabsichtigt. Er hat einfach ein paar Angehörige seines Clans, der Déisi von Míodán, dazu angeworben, die Reisenden auf dem Boot zu überfallen und die wertvollen Sachen zu stehlen.

Als er nach Imleach zurückkehrte, war Bruder Cerdic bereits dort eingetroffen, und damit entstand ein weiteres Problem. Bruder Cerdic gab sich als Mitglied des Diebestrio zu erkennen. Entscheidender aber war, dass er durchblicken ließ, er hätte einen Käufer für die begehrten Sachen. Das war Schwester Dianaimh. Bruder Madagan musste Cerdic aus dem Weg schaffen. Dann galt es, sich Schwester Dianaimhs zu entledigen, wenngleich er nicht entdeckt hatte, wo sie die Münzen verborgen hielt, mit denen sie für die Sachen zahlen wollte. Wohlgemerkt, Bruder Madagan hatte nicht die Mittel und auch nicht die Absicht, für diese Ware etwas zu zahlen.

Helles Entsetzen packte ihn, als er erfuhr, dass Egric den Überfall am Fluss überlebt hatte. Mir fiel auf, dass er es vermied, Egric zu begegnen. An Cerdics Bestattung um Mitternacht musste er teilnehmen, doch er verbarg sein Gesicht mit einer Kapuze. Egric hätte ihn sonst erkennen können. Da Egrics anderer Mitverschwörer Cerdic nun auch tot war und die Ankunft weiterer Angehöriger der *custodia* von Canterbury unmittelbar bevorstand, kam es ihm gelegen, mit Dego angeln zu gehen und Cashel zu verlassen.

Madagan stand nun vor der Frage – wo sind die Sachen geblieben? Er stellte Rudgal in der Scheune zur Rede, doch Rudgal verweigerte jede Auskunft, weil er sich mit dem *pallium* die eigene Freiheit erkaufen wollte. Er wird Madagan aber gesagt haben, sobald er frei sei, würde er wieder Verbindung mit Maon aufnehmen, der in einer Hütte im Wald auf ihn wartete. Madagan brachte Rudgal um, ahnte aber nicht, dass der das *pallium* am eigenen Leibe verbarg. Vielmehr war er davon überzeugt, dass Egric die Sachen noch haben müsste. Das führte ihn zu dem vertrackten Einfall, Beccan zu veranlassen, Maon diese Nachricht zu überbringen. Gleichzeitig wollte der Übeltäter uns auf eine falsche Fährte locken, indem er den unsinnigen Überfall mit der abstürzenden Statue ersann, bei dem Deogaire als der Schuldige erscheinen sollte. Doch dieser missratene Anschlag war ein weiterer grober Fehler, der ihm unterlief.«

»Wer aber war dieser andere Mittäter?«, wollte Brehon Fíthel wissen. »Bruder Docgan hast du ihn wohl genannt.«

»Docgan ist ein sächsischer Name. Und darin besteht der Witz. Er bedeutet ›kleiner Hund‹. Bruder Madagan, würdest du bitte unseren Gästen erklären, was Madagan bedeutet?« Bruder Madagan warf ihr einen wütenden Blick zu. »Nein! Na schön, es heißt …«

»Es heißt ›kleiner Hund‹«, trompetete Bruder Conchobhar frohlockend.

Damit beendete Fidelma die Zusammenfassung ihrer Erkenntnisse und setzte sich. Fassungslos starrte Abt Ségdae auf seinen Verwalter.

»Wie kann das alles nur wahr sein?«, brachte er gequält heraus. »Zwar hat Madagan oft davon geredet, dass Imleach als große Abtei viel stärkere Anerkennung verdient ...«

Bruder Madagan wandte sich ihm verärgert zu, aber ebenso gut konnte man seinen Gesichtsausdruck auch als herablassendes Mitleid deuten. »Imleach ist älter als Ard Macha. Ailbhe hat dieses Königsreich bekehrt, lange bevor Patricius den Sliabh Mís bestieg und den Neuen Glauben predigte. Schon vor vielen Jahren hättest du beanspruchen sollen, was dir eigentlich zusteht. Imleach gehört die Vorherrschaft in allen Fünf Königreichen. Ehrerbietung wäre ihm erwiesen und in allen Fünf Königreichen seine Macht anerkannt worden. Und Imleach wäre weithin, selbst bis Rom, gerühmt worden. Daraus wird nun nichts.«

Brehon Fíthel lehnte sich in seinem Armsessel zurück und nickte zufrieden. »Damit hast du dein *bibamnacht* abgelegt – dein Schuldeingeständnis.«

Der Ehrwürdige Verax schüttelte betrübt das Haupt. »Mir will nicht in den Kopf, Fidelma, wie dieser Mann zu deinem Hauptverdächtigten wurde. Es kann doch nicht nur daran gelegen haben, dass zwei Namen die gleiche Bedeutung haben. Sein Vorgehen war so ausgeklügelt, dass es kaum möglich war, ihm auf die Schliche zu kommen.«

»Wenn alle Möglichkeiten überdacht und verworfen sind, kann nur noch die richtige Lösung übrigbleiben«, erklärte Fidelma ernst. »Mir war im Unterbewusstsein haftengeblieben, dass Deogaire beim Begräbnis von Bruder Cerdic prophezeite, Trübsal und Verderben würden aus dem Osten über uns kommen. Abt Ségdae hatte sich bei diesen Worten umgedreht und in Bruder Madagans Richtung die sonderbare Bemerkung fallenlassen, dass der Prophet nichts gilt im eigenen Land. Ich verstand nicht recht, worauf er damit anspielte. Später habe ich ihn danach gefragt, und er hat mir erzählt, Bruder Madagan habe ihm von einem Traum berichtet, in dem er das Grab des heiligen Ailbhe geöffnet und darin einige Gegenstände gefunden habe, die nahelegten, Imleach würde als Hauptabtei aller Fünf Königreiche auserwählt werden.«

»Das war doch nichts als ein alberner Traum«, fügte Abt Ségdae verbittert hinzu.

»So albern war der gar nicht«, erwiderte sie. »Bruder Madagan wollte dich auf ein Ereignis einstimmen, das eintreten sollte, sobald er *pallium* und Siegel in Händen hatte. Zweifelsohne hatte er geplant, diese Insignien in Ailbhes Grabstätte zu verbergen. Später wollte er sie, von seinem Traum geleitet, wieder ans Tageslicht befördern und als ein Wunder verkünden.«

Es erübrigte sich, Bruder Madagan bestätigen zu lassen, ob das der Wahrheit entsprach oder nicht.

»Aber dieser Mann war doch nur mein Verwalter«, stöhnte Abt Ségdae. »Was hätte er von einer erhöhten Stellung der Abtei gehabt?«

»Er wäre Verwalter einer mächtigen Abtei geworden«, erläuterte Eadulf. »Auch er hätte sich im Glanz und Ansehen der Abtei spiegeln können. Er dürfte wohl sogar gehofft haben, dir dereinst als Abt zu folgen.«

»Warum nur, Madagan, warum?«, fragte der Abt bekümmert und sah seinen Verwalter eindringlich an. »Warum?«

Bruder Madagan hatte lediglich ein verächtliches Lächeln für ihn übrig. »Es ist weitaus besser, von andern beneidet als bemitleidet zu werden.«

Einige Tage später saßen Fidelma und Eadulf vor dem Wärme spendenden Kamin in ihrem Gemach. Der Tag war kalt, und am Morgen hatte sich eine leichte Schneedecke über das Land gelegt.

»Wie friedlich alles wieder ist, seit der Ehrwürdige Verax und seine Begleiter nach Osten aufgebrochen sind«, meinte Fidelma nachdenklich.

»Ich glaube, meine Landsleute haben sich arg gewundert, dass Bruder Madagan nicht sofort zum Tode verurteilt wurde«, bemerkte Eadulf. »Mir fällt es mitunter schwer, zu begreifen, wie unterschiedlich die Auffassungen unserer Völker über Gesetz und Strafe sind.«

»Was nützt es der Gemeinschaft, jemand aus Rache zu töten? Verbrecher sollten verurteilt werden, denen Wiedergutmachung zu leisten, denen sie geschadet haben, und durch nützliche Arbeit ihren guten Ruf wiederherzustellen.«

»Was wird mit Bruder Madagan geschehen?«

»Da seine Verbrechen so ungeheuerlich sind, wird er von einem Trupp unter Fürst Finguine, dem Stellvertreter meines Bruders, auf eine der Inseln vor dem Gebiet der Corco Loígde geschafft. Es gibt dort Hunderte unbewohnter Eilande. Man wird eines davon auswählen, ihn, mit einigen Werkzeugen versehen, aussetzen und sich selbst überlassen. Nach einem Jahr oder so wird man die Insel wieder aufsuchen und nachsehen, ob er hat überleben können. So überantworten wir ihn Gott. Er wird über sein Schicksal entscheiden.«

»Schwer, sich damit abzufinden, dass der Kerl noch am Leben ist.« Eadulf seufzte. »Zwar hat er Egric nicht mit eigener Hand ermordet, und ja, Egric war ein Dieb ... Vielleicht habe ich vieles falsch gemacht. Ich hätte auf Egric besser aufpassen müssen, als er heranwuchs. Ich habe ihn sich selbst überlassen und nur an mich gedacht.«

»Du kannst dir nicht die Schuld daran geben, dass Egric seine eigenen Wege ging«, redete ihm Fidelma gut zu. »Wir haben keine Ahnung, welchen Einflüssen er in all den Jahren ausgesetzt war.« Sie schwiegen eine Weile, dann sagte sie: »Dego ist heute früh nach Cashel zurückgekehrt, habe ich gehört. Ich muss ihn nachher aufsuchen und sehen, wie es ihm geht.«

»Vorhin habe ich Gormán getroffen«, erzählte er ihr. »Der meinte, Dego sei leidlich wohlauf. Der Arm heilt gut, doch es wird noch eine Weile dauern, bis er völlig genesen ist. Reiten kann er schon wieder. Die ganze Strecke von Eatharlach bis hierher ist er geritten, wenn Bruder Berrihert ihn ab und zu auch gestützt hat.«

Fidelma musste schmunzeln, sie wusste ja, dass Eadulf nicht gerade gut zu Pferde saß. »Um ein Pferd zu lenken, brauchst du keine zwei Hände. Ein tüchtiger Krieger reitet in die Schlacht mit dem Schwert in einer Hand und dem Schild in der anderen, nur mit Schenkeldruck lenkt er sein Tier.«

»Ich wünsche Dego von Herzen, dass es ihm bald wieder richtig gutgeht. Um ihn ein bisschen aufzumuntern, hatte ich ihm von dem einarmigen König der Fomorii erzählt.«

Sehr passend fand Fidelma das nicht. »Die Formorii? Lieber hättest du ihn an die Sage von Nuada mit der Silberhand erinnern sollen.«

Eadulf runzelte die Stirn. »Habe noch nie von ihm gehört.«

»Das war ein König in grauer Vorzeit, er soll sogar mit unserem Clan, den Eóganacht, verbunden gewesen sein. Eóghan Mór, der Urahn unseres Hauses, wird oft Mug Nuadat, Knecht des Nuada, genannt. Nuada verlor einen Arm in der Schlacht.«

»Und was wurde dann aus ihm? Ich dachte immer, wenn

jemand einen körperlichen Makel hat, kann er nicht Stammeskönig bleiben oder werden.«

»In der Geschichte heißt es weiter, dass der Leibarzt der Götter, Dian Cécht, ihm einen Arm und eine Hand aus Silber gemacht hat. Von da an wurde er Nuada mit der Silberhand genannt. Doch im Laufe der Jahre wuchs Miach, der Sohn von Dian Cécht, heran und wurde ein noch besserer Arzt als sein Vater. Er versah Nuada wieder mit einer Hand und einem Arm aus Fleisch und Blut.«

Eadulf verzog skeptisch die Miene. »Die Sagen von Göttern und Helden aus längst vergangener Zeit sind gut und schön. Doch weder ein Gott noch ein Arzt werden erscheinen und Dego Hand und Arm aus Fleisch und Blut zurückgeben. Leider leben solche Geschichten nur in unserer Phantasie.«

»Und doch stärken solche Phantasien unseren Willen, etwas zu erreichen. Ich bin sicher, Dego wird sich nicht damit zufriedengeben, in einer Ecke im Wirtshaus zu sitzen und sein Schicksal zu beklagen. Um Dego mache ich mir keine Sorgen.«

»Um wen dann?«, hakte Eadulf nach. Er spürte, dass sie noch mehr hatte sagen wollen.

»Um eine Sache mache ich mir wirklich Sorgen.«

»Nur um eine?«, fragte er spöttisch.

»Die nehme ich sogar ziemlich ernst.«

»Meinst du Aibell?«

»Ist dir noch nichts aufgefallen?«

»Wie hätte ich das nicht bemerken können?«

»Ich habe mich bereits gefragt, ob es nicht besser wäre, Deogaire zu raten, so schnell wie möglich nach Sliabh Luachra aufzubrechen. Hast du gesehen, wie finster Gormán ihm jedes Mal nachblickt?«

»Er hat ja auch allen Grund dazu. Seit der Wahrsager freigelassen wurde, ist Aibell ständig mit ihm zusammen. Was Gormán für sie empfindet, kann ich mir denken, es würde mich nicht wundern, wenn es noch Mord und Totschlag gäbe.«

»Genau das befürchte ich auch.« Fidelma zog die Brauen zusammen. »Deshalb bin ich der Ansicht, dass man Deogaire auffordern muss, Cashel zu verlassen. Vermutlich bin ich diejenige, die das tun muss.«

Eadulf schüttelte den Kopf. »Für jemand, der mit so viel Klugheit und Scharfsinn bedacht ist, bist du manchmal erschreckend naiv, wenn es darum geht, menschliche Verhaltensweisen einzuschätzen.«

»Wie denn das?«, fragte sie unwirsch.

»Wenn du ihn wegschickst, wird das Mädchen natürlich wissen, warum. Sie wird Gormán die Schuld geben, es wird zum Zerwürfnis kommen, und er wird auch späterhin ihre Zuneigung nicht wiedergewinnen. Außerdem könnte sie Deogaire folgen, und das Ergebnis wäre dasselbe.«

»Was soll man also tun?«

»Der Ehrwürdige Verax würde sagen *res in cardine est* – die Sache hängt wie eine Tür in den Angeln. Sie kann in diese oder in jene Richtung schwingen. Ich bin überzeugt, am Ende wird sich das Problem von selber lösen. Wenn wir jetzt eingreifen, werden wir nicht das Ergebnis erhalten, das uns vorschwebt. Eine Fleischwunde heilt, Fidelma, eine Wunde im Herzen nie.«